U0506178

浙江师范大学中国语言文学论丛

中国现当代文学研究论集

浙江师范大学人文学院 编

高 玉 主编

上海古籍出版社

浙江师范大学中国语言文学论丛

编委会

（以姓氏笔画为序）

王嘉良　方卫平　刘彦顺　刘力坚　张涌泉　张　法
张先亮　吴泽顺　李贵苍　赵山奎　高　玉　聂志平
梅新林　黄灵庚　傅惠钧　葛永海

总　序

浙江师范大学中国语言文学学科始建于 1956 年,为学校传统优势学科。自 1979 年开始招收硕士研究生,此后从未间断。2006 年中国语言文学学科被国家批准为硕士学位一级学科授权点。2009 年,被浙江省确立为一级学科博士点立项建设单位。该一级学科现拥有三个省级重点学科:中国现当代文学、中国古代文学、汉语言文字学;两个省级重点研究基地:浙江省社会科学重点研究基地——江南文化研究中心、浙江省高校人文社科重点研究基地——中国现代文学与传统文化研究基地。良好的学术平台、优越的研究条件和浓郁的科研氛围吸引了各地人才,形成了一支高职称、高学位、年龄结构合理、学科分布均衡、具有较强创新能力的科研队伍。

本学科师资力量雄厚,专任教师高级职称占 80％以上,博士比例近 80％。在职教师中,有教育部"长江学者"2 人,享受国务院特殊津贴 2 人,国家"新世纪百千万人才工程"入选者 2 人,教育部"新世纪优秀人才支持计划"入选者 2 人,全国优秀教师 3 人,国家与省有突出贡献中青年专家各 1 人,省特级专家 1 人,省功勋教师 1 人,省"新世纪151 人才工程"重点资助入选者 1 人,第一、二层次入选者 5 人,省高校中青年学科带头人 7 人,曾宪梓奖获得者 3 人。

本学科以教学为本,取得了丰硕的成果。2009 年,汉语言文学专业成功申报为"国家级特色专业",使本学科专业建设迈上一个全新的台阶。同年,荣获第六届国家级教学成果二等奖 2 项。2010 年,"中国现当代文学"教学团队入选"国家级教学团队","语言学概论"入选"国家级精品课程"。这些国字号教学成果的取得,表明本学科的教学综合实力已位居全国先进行列。

本学科又以科研为重。历经几代学者的艰苦创业,已有丰厚的学术积淀,形成了中国现当代文学、中国古代文学、汉语言文字学、文艺学、比较文学与世界文学等多个稳定发展的优势学科,并注重学科间的交融与贯通,逐步整合、凝练成多个在全国独树一帜的研究方向。

本学科以 3 个省级 A 类重点学科、2 个省级重点研究基地为依托,追求"上层次、出精品",学术研究成果丰硕。近 5 年,主持国家社科基金重大招标项目、重点项目各 1 项,一般项目和青年项目 17 项、国际合作研究项目 3 项、各部委项目及省社科规划项目 68 项。在《中国社会科学》、《文学评论》、《新华文摘》、《中国语文》、《文艺研究》等权威期刊上就发表论文 59 篇,在《文学遗产》、《中国现代文学研究丛刊》、《方言》、《文艺理论研究》、《外国文学研究》等国家一级学术刊物发表论文 162 篇,出版专著 54 部。获中国出版政府奖 3 项,教育部人文社会科学优秀成果二等奖 2 项,省级科研成果奖 27 项,还有 2 部学术著作入选国家第一、二届原创出版工程。高层次、高水平学术论著的发表与获奖,有力地提升了本学科在国内学术界的地位。

浙江师范大学位于金华,这是一片具有丰厚文化底蕴与历史积淀的热土。历史上名家辈出,南宋著名思想家吕祖谦即生于金华(婺州),乃为婺学创导者、浙东学术文化之先驱,其学与朱熹闽学、张栻湘学鼎足为三,成就卓著,影响深远。南宋另一著名思想家、文学家陈亮则为金华永康人,其所创立的"永康学派",力倡事功之学,志在通经达用,对近代经世实学有重要影响。宋元时期著名的理学学派"北山学派"亦出于金华,生于金华的何基、王柏、金履祥和许谦被时人称为"北山四先生",北山学派历史悠久,人数众多,是当时十分重要的朱子学派别。

金华历史上的这些前贤往哲为我们留下丰富的文化遗产,也成为我们奋然前行的学术动力。重温昔日的学术情怀,以实证求其绵密,以思辨求其精粹,沐浴和感悟先贤遗风,足以温暖人心。

本论文集主要收入学科成员近年来较具代表性的成果,这是对浙江师范大学中国语言文学学科学术成果的一次总检阅,意在见证成长、感奋人心、强化信念。金华北山巍巍,浙中文脉绵延。站在浩瀚的历史天宇下,面对全新的时代起点,将浙江学术文脉传承延展,发扬光大,正是吾辈的历史责任!

是为序。

主编
2011 年 3 月

目　录

学海纵衡

儿童文学研究

文学思潮研究

论都市"病相"对沈从文"湘西世界"的建构意义

高　玉*

在沈从文研究中,"湘西世界"是人们谈论最多的一个问题。的确,"湘西世界"对于沈从文小说来说具有根本性,这一问题研究清楚了,沈从文小说的很多问题包括思想上的问题、艺术上的问题都可以迎刃而解。我认为,对于"湘西世界",学术界还存在着很多误解。

本文将从都市的角度来研究沈从文的"湘西世界",主要是研究现代都市的负面性或者说病相、病态对于沈从文小说中"湘西世界"的建构意义。通过这一研究,本文希望澄清沈从文研究中的一些问题,包括:沈从文对都市文明的态度以及这种态度对他文学创作的影响;在沈从文那里,小说里的"湘西世界"与现实都市世界以及现实湘西之间究竟是一种什么关系。进而把沈从文和中国现代文学史上的"乡土小说"以及"海派小说"进行比较从而对他的特殊性进行定位。

一

沈从文对现代都市文明是一种什么态度？这对于我们理解他的"湘西世界"非常关键。我认为,总体来说,沈从文对现代都市持一种批判的态度,但他不是笼统地批判现代都市文明,而是批判现代都市文明的"病相"或病态,主要限制在精神的层面。

沈从文在文学中对现代都市文明"病相"的反感、厌恶溢于言表,既表现在他的小说、散文作品中,也表露在他的"创作谈"中。比如他说:"人固然产生了近代文明,然而近代文明也就大规模毁灭人的生命(战胜者同样毁灭)。"[①]对于都市文明的现实弊端,他的批判非常尖刻、激烈:"生命中储下的决堤溃防潜力太大太猛,对一切当前存在的'事实'、'纲要'、'设计'、'理想',都找寻不出一点证据,可证明它是出于这个民族最优秀头脑与真实情感的产物。只看到它完全建筑在少数人的霸道无知和多数人的迁就虚

---

* 高玉,男,1964年3月生,湖北荆门人。研究生学历,博士学位,教授,主要从事文学语言学、文学思潮研究。曾于《文学评论》、《文艺研究》、《中国现代文学研究丛刊》、《外国文学研究》等刊物发表论文160多篇,撰写专著5种,参编教材5种。主持国家社科基金课题2项,中国博士后基金课题1项,教育部社科规划课题1项,浙江省社科规划课题2项,获全国及浙江省各类重要奖项11项。

① 沈从文:《烛虚·烛虚》,《沈从文全集》第12卷,北岳文艺出版社,2002年版,第17页。(按:以下所引《沈从文全集》皆此版本,不再一一注明。)

伪上面。政治、哲学、文学、美术，背面都给一个'市侩'人生观在推行。"①他不仅批判现代体制，而且还把批判泛化，进一步对现代都市文明弊端进行追根溯源的批判，甚至于连我们所说的传统文明也被他批判了，比如他批评文字（即语言）："文字虽增进人类理性，解除传统的束缚，可是它本身事实上也就是个可以妨碍理性，增加束缚的东西……人类固因文字而进步，然文字却为各民族保留一个野蛮残忍、偏持、愚蠢的对立局面——人与人的对立局面。"②在这里，沈从文的确表现出一种原始主义的倾向。

在小说创作中，沈从文对现代都市文明"病相"的批判主要是通过两种方式完成的，一是直接以都市生活为题材，通过刻画都市众生的病相来批判都市文明，其笔锋多讽刺、调侃乃至尖酸，其中以《八骏图》为代表。这类小说约占沈从文全部小说的三分之一。"几乎所有沈从文以都市为题材的作品，都强烈表现出对都市上流社会的厌憎。"③二是以湘西生活为题材，通过湘西的美丽、质朴、人性等反衬现代都市的病态，其中以《边城》为代表，这类小说约占沈从文全部小说的一半。

沈从文并不是笼统地批判现代都市文明，他的批判实际上具有很强的针对性，主要是批判都市病态，具体地说，主要是批判城市道德、城市伦理，批判现代商业化社会以及金钱关系对人精神的腐蚀，特别是对乡村淳朴民风人情的破坏、对自然社会结构的摧毁。沈从文深深地感到，现代所谓"文明"不仅毁坏了城市，也毁坏了乡村。18年之后重回湘西，他感觉到："表面上看来，事事物物自然都有了极大进步，试仔细注意注意，便见出在变化中那点堕落趋势。最明显的事，即农村社会所保有那点正直素朴人情美，几几乎快要消失无余，代替而来的却是近二十年实际社会培养成功的一种唯实唯利庸俗人生观。敬鬼神畏天命的迷信固然已经被常识所摧毁，然而做人时的义利取舍是非辨别也随同泯没了。'现代'二字已到了湘西，可是具体的东西，不过是点缀都市文明的奢侈品，大量输入，上等纸烟和各样罐头，在各阶层间作广泛的消费。"④随后他用杂文的笔调描述了湘西种种所谓"现代"的浅薄，既形象生动，又尖锐深刻。

沈从文的这种批判甚至指向自我。在《龙朱·写在'龙朱'一文之前》一文中，沈从文反省自己："血管里流着你们民族健康的血液的我，二十七年的生命，有一半为都市生活所吞噬，中着在道德下所变成的虚伪庸懦的大毒，所有值得称为高贵的性格，如像那热情、与勇敢、与诚实，早已完全消失殆尽，再也不配说是出自你们一族了。"⑤城市文明对乡村的破坏不只是环境上的、生活方式上的、社会结构上的，更重要的是心灵上的、精神上的，其影响之深，甚至连沈从文本人也不能幸免。

沈从文对现代都市文明批判的限定性，还可以从他批判的对象上看清楚。纵观沈从文的小说，我们发现，沈从文对现代都市文明"病相"的批判主要是通过批判"都市人"

---

① 沈从文：《烛虚·长庚》，《沈从文全集》第 12 卷，第 39 页。
② 沈从文：《术艺刍言·谈进步》，《沈从文全集》第 16 卷，第 482 页。
③ 凌宇：《沈从文创作的思想价值论》，《文学评论》2003 年第 1 期。
④ 沈从文：《长河·题记》，《沈从文全集》第 10 卷，第 3 页。
⑤ 沈从文：《龙朱·写在'龙朱'一文之前》，《沈从文全集》第 5 卷，第 323 页。

来完成的,也就是说,在对象上,他批判的主要是都市人,特别是城市知识分子。在小说《如蕤》中,他借人物的口批判城里人:"的的确确,都市中人是全为一个都市教育与都市趣味所同化,一切女子的灵魂,皆从一个模子里印就,一切男子的灵魂,又皆从另一模子中印出,个性特征是不易存在,领袖标准是在共通所理解的榜样中产生的。"①他认为,城市人都是一些庸众,没有个性,从身体到精神都不健全,"这种'城里人'仿佛细腻,其实庸俗。仿佛和平,其实阴险。仿佛清高,其实鬼祟,……老实说,我讨厌这种城里人。"②在《八骏图·题记》中,沈从文直接开骂城市知识分子,"大多数人都十分懒惰,拘谨,小气,又全都是营养不足,睡眠不足,生殖力不足。"③沈从文认为,城市知识分子的种种弱点,与城市的社会体制有很大的关系,与城市精神有很大的关系。在这一意义上,沈从文对城市知识分子病态的批判某种意义上就是对城市文明病态的批判。

有一种很流行的观点是,沈从文是反城市文明的,我认为这个观点很不准确。从沈从文的作品来看,对于海派所着力表现的大楼、马路、汽车、电影院、舞厅、咖啡厅、霓虹灯、广告等城市景象,包括当代人所特别关注的比如城市噪音、拥挤、污染等问题,他并没有批判。在现实的层面上,沈从文实际上是认同都市生活的,特别是都市的物质生活。也许正是城市物质生活上的繁华与优越吸引了他,他苦苦挣扎,硬撑着,坚强地在城市生活下来,并且发誓跻身上流社会。初到北京的沈从文并没有什么文化,但他却梦想享受文化人的生活,这其实是希望走捷径直接从社会底层跳到社会上层。沈从文太想过一种知识分子的生活了,所以他考不取大学便转而想直接当大学老师,其途径就是写作,通过写作一举成名,从而可以栖身大学。

沈从文"走捷径"的思路太奇特了,也太冒险了,在现在看来简直匪夷所思,完全是非分之想。当然,沈从文最后成功了,他不仅成为了作家,而且是大师级的作家;不仅当上了教授,而且是当时中国最高学府——北京大学的教授。但是,这成功的难度之大、之艰辛,我们可以想见。一般来说,政治上可以冒险,也容易成功,古今中外一步登天的政客大有人在,而文化上这种"冒险"在理论上缺乏依据。但沈从文偏偏是一个倔强的人,他的北京之行是从考大学开始的,也即从文化开始的,他就是不服输,一条筋地在"文化"这条路上走下去。自然,在沈从文通向作家、教授的"文化之旅"中,他接触最多的是文化人,对他伤害最深的也是文化人,这就是后来为什么他把批判的笔触主要放在知识分子上的原因。

都市的确对年青的沈从文造成了伤害,考燕京大学受挫,为了生活而写作,稿子投出去石沉大海,这对于梦想在城市生活下来的沈从文来说是沉重的打击,因此他对都市社会可以说是充满了愤激和怨恨。但沈从文对都市的愤激和怨恨绝没有学术界所说的那么夸张,他并不是整体性地否定城市文明以及城市生活。如果都市真的那么一无是处,不适宜

---

① 沈从文:《如蕤集·如蕤》,《沈从文全集》第7卷,第337页。
② 沈从文:《序跋集·萧乾作品集题记》,《沈从文全集》第16卷,第324—325页。
③ 沈从文:《八骏图·题记》,《沈从文全集》第8卷,第195页。

居住;如果湘西真是那么美好,像"世外桃园"一样是生活的天堂,那沈从文为什么不放弃城市而回到湘西去呢? 特别是初到北京时,生活上走投无路,几近于绝望,他也不返回湘西。走出湘西,沈从文就发现,都市才是他生活的归属,才是他真正的栖居地。事实上,正是现代都市成就了沈从文,没有现代都市文明,没有自身的启蒙过程,没有现代文化制度,比如没有现代化的文学生产方式、现代传播媒体和印刷业等,就没有现代意义上的沈从文。沈从文作为一个知识分子,从根本上就是现代都市文明的产儿。

在这一意义上,我们不能把沈从文对城市"病相"的批判看作是对整个都市文明的批判,也不能把他想象的"湘西世界"理解为现实的乡村,"湘西世界"不是乡村的符号和代名词。沈从文的批判实际上是泛化的,他所批判的城里人的弱点,比如虚伪、庸俗、道德堕落、伦理沦丧、缺乏个性、小气、懦弱、懒惰、冷酷、势利等,乡下人同样也有,这是人的弱点而不仅仅只是城里人的弱点。不同在于,鲁迅以及其他乡土作家对社会的批判、对国民性的批判主要是以农民以及下层人为对象,而沈从文则主要以城里人特别是文化人为对象。

杨联芬认为沈从文具有"反现代性"[1],我觉得这只说对了一半。沈从文不仅"反现代",也"反传统",但不论是"反现代"还是"反传统",他都是有限定的。对于城市的物质生活方式和生活条件,他未必是"反"的,反而是非常迷恋的。他并不是笼统地批判现代都市文明,而只是批判现代都市文明中的负面性因素,批判现代都市的病相或病态,他的批判集中在道德上、伦理上,是精神层面的。事实上,真正对沈从文的"湘西世界"起建构作用的正是现代都市"病态"。在这一意义上,我认为,正是现代都市文明的"病相"成就了沈从文的"湘西世界",也就是说,沈从文的"湘西世界"从根本的思维的意义上来说是沈从文对现代都市"病相"批判的附属物。

二

那么,在沈从文那里,对现代都市"病相"的批判是如何转换成对"湘西世界"建构的呢?"湘西"与都市在沈从文的作品中究竟是一种什么样的逻辑关系? 这是我们紧接着应该追问的问题。

沈从文从乡下闯入城市,不顾一切地在城市生活下来,并事实上过上了上等人的生活。但"路途"的磨难以及伤痛的记忆,再加上在乡下所接受的传统文化的教育,所养成的自由散漫的性格,使他很难在精神上融入城市,对现代都市的一些价值观比如道德、人情,他很难认同,也不接受,他说:"在都市住上十年,我还是个乡下人。第一件事,我就永远不习惯城里人所习惯的道德的愉快,伦理的愉快。"[2]又说:"我发现在城市中活

---

[1] 杨联芬:《沈从文的"反现代性"》,《孙犁:革命文学中的多余人——20 世纪中国文学论》,中国文联出版公司,2004 年版,第 36 页。

[2] 沈从文:《序跋集·萧乾作品集题记》,《沈从文全集》第 16 卷,第 324 页。

下来的我,生命俨然只淘剩一个空壳。譬喻说,正如一个荒凉的原野,一切在社会上具有商业价值的知识种子,或道德意义上的观念种子,都不能生根发芽。个人的努力或他人的关心,都无结果。"①他虽然就居住在城市,享受着现代都市的物质成果,但在观念上、在价值尺度上、在思想意识上,他不能或不愿意适应城市,他感觉他始终不是一个城市人。

但是,他又不能退回去,湘西也不是一片乐土。湘西给沈从文留下的恰恰是痛苦,这种痛苦不仅是生存上的,也是精神上的,这可以从《从文自传》中看得很清楚。实际上,从沈从文的所见所闻、亲身感受来看,湘西一点也不美好:贫困、落后、愚昧、腐败、生存环境险恶……只不过这一切都比城市来得直接,不虚伪,不矫饰。特别是杀人,充满了人性的野蛮、残忍与兽行,邪恶而恐怖。在这里,杀人如麻,杀人如儿戏,士兵竟然通过杀人取乐。对于杀人,大家已经没有任何感觉,刽子手没有感觉,看的人没有感觉,被杀的人也没有感觉,生命在这里完全是麻木的。沈从文描写杀人情形:"当初每天必杀一百左右,每次杀五十个人时,行刑士兵还只是二十,看热闹的也不过三十左右。有时衣也不剥,绳子也不捆缚。就那么跟着赶去的。常常听说有被杀的站得稍远一点,兵士以为是看热闹的人就忘掉走去。被杀的差不多全从乡下捉来,胡胡涂涂不知道是些什么事。因此还有一直到了河滩被人吼着跪下时,方明白行将有什么新事,方大声哭喊惊惶乱跑,刽子手随即赶上前去那么一阵乱刀砍翻的。"②在不动声色的描写中,沈从文明显是批判和反思的。生命在这里是如此之轻贱,比动物还轻贱,能说这地方是美好的吗? 这样的地方还能回去生活吗?

赵园说:"沈从文以轻松的笔调写在小说散文中的'杀人的游戏'。"又说:"由于有意以一种超然的立场看人间的善恶、义与不义,他甚至既写被杀者的优美,复又写杀人者的糊涂可爱。"③其实这是误读。丁玲说沈从文"用'有趣的'眼光看世界"。④ 和周作人非常相似,沈从文的写作的确有一种"趣味"的情调,但这种趣味不是对现实的,不是对世界的,而是对表达和写作本身的。有的作家,总有些话题不愿触及,对于敏感的话题和记忆中的伤痛往往回避,下笔沉重,但沈从文不是这样。沈从文对任何事情,哪怕是痛苦的经历,他都写得津津有味,这是写作的快乐,而不是生活本身的趣味。湘西杀人的情形,留给沈从文的是彻底的灰心、恐惧与失望,是对湘西的失望,也是对人性的失望。当他还在湘西时,还处于蒙昧状态时,还缺乏反思能力时,身处其中,对于杀人,他也是麻木的,他并没有深切地感受到这种恐惧。但事过境迁,回首往事时,他感到后怕,以致他后来接受记者采访时说"他一生最怕听打杀之类的事",他愿意"牢守一个读书人最基本的本分"⑤,他最愿意生活在城里,过一种城市文化人的生活。

① 沈从文《烛虚·烛虚》,《沈从文全集》第12卷,第23页。
② 沈从文:《从文自传·辛亥革命的一课》,《沈从文全集》第13卷,第270页。
③ 赵园:《沈从文构筑的"湘西世界"》,《赵园自选集》,广西师范大学出版社,1999年版,第78、74页。
④ 丁玲:《致徐霞村》,《丁玲全集》第12卷,河北人民出版社,2001年版,第228页。
⑤ 子冈:《沈从文在北平》,王珞编《沈从文评说八十年》,中国华侨出版社,2004年版,第222页。

事实上，正是因为苦难、凶险、恐怖、罪恶、生存的艰难，沈从文才逃出湘西的。根据"自传"，我们知道，沈从文离开湘西最直接的原因有二：一是大病一场，二是一位老同学的淹死。他说："我去收拾他的尸骸掩埋，看见那个臃肿样子时，我发生了对自己的疑问。我病死或淹死或到外边去饿死，有什么不同？若前些日子病死了，连许多没有看过的东西都不能见到，许多不曾到过的地方也无从走去，真无意思。"怎么办？于是："我想我得进一个学校，去学些我不明白的问题，得向些新地方，去看些听些使我耳目一新的世界。"①湘西的闭塞、落后、贫穷、残暴以及它给沈从文精神上所造成的伤痛，这才是沈从文离开湘西的真正原因，所以，并不是湘西的"生气与活力"推动他走出湘西，而恰恰是湘西的生存困境把他逼出来的。比较起来，还是都市好，所以，即使在生存的最艰难时期，沈从文也不愿意回到湘西，而是选择了在城市漂泊。

现在的问题是，沈从文身居城市，对城市物质生活感到满足，但对于都市文明的精神价值，他并不认同，始终没有归属感，而现实的湘西不论是物质上还是精神上都非安身立命之地，但人又不能悬浮于空中，置身世外。于是他便作了一种尴尬的选择，在物质生活的层面上享受都市，而在精神上想象一个"湘西世界"以寄托，这便是"湘西世界"的由来。在这一意义上，"湘西世界"从根本上是一个想象的、充满了理想色彩的、陶渊明"桃花源"式的世界。这个"湘西世界"已经不是现实的湘西，即沈从文生活过的湘西，而是弥补城市文明缺陷的、与城市病态相反的、对城市病态构成批判的、理想化的湘西。它既是现实都市的反动，也是现实湘西的反动。它是批判的工具，更是逃避的居所。苏雪林说："本来大自然雄伟美丽的风景，和原始民族自由放纵的生活，原带着无穷神秘的美，无穷抒情诗的风味，可以使人们这些久困文明重压之下疲乏麻木的灵魂，暂时得到一种解放的快乐。"②对于读者来说，"湘西世界"是"一种解放的快乐"，对于沈从文本人来说，何尝不也是这样？沈从文写美丽的湘西，于社会来说，是希望把人从现代都市文化的精神颓废中解救出来，对于自己来说则是一种逃避，一种在精神上对于现实的逃避。

我们应该把现实中的湘西和沈从文文学中的"湘西世界"区分开来，这是两个完全不同的湘西。现实中的湘西虽然不乏原始的质朴，特别是自然环境上的优美，但总体来说是闭塞、贫穷、荒凉与落后的，甚至于野蛮与残暴，缺乏人性。沈从文曾谈到他的写作理想："我只想造希腊小庙。选山地作基础，用坚硬石头堆砌它。精致，结实，匀称，形体虽小而不纤巧，是我理想的建筑。这种神庙供奉的是'人性'。"③沈从文这段话经常被人引用。实际上，"湘西世界"就是沈从文造的"小庙"。在这个"小庙"里，沈从文特别强调的是"人性"。

与现实的湘西不同，沈从文作品中的"湘西世界"可以说是完美的：纯洁、明净、静

---

① 沈从文：《从文自传·一个转机》，《沈从文全集》第 13 卷，第 364 页。

② 苏雪林：《沈从文论》，王珞编《沈从文评说八十年》，中国华侨出版社，2004 年版，第 186 页。

③ 沈从文：《习作选集代序》，《沈从文全集》第 9 卷，第 2 页。

谧、温暖、自由、个性、淳厚、质朴、诗意、画景、放纵、情调、勇敢、活力、和谐、真实、健全、恬然、怡然、人情、人性、豪爽、血性、乐观、诚实……当然也有各种问题,包括杀戮、卖淫等,但都合于自然,合于道德。沈从文曾以极度诗意的笔触描写湘西:"那里土匪的名称不习惯于一般人耳朵。兵卒纯善如平民,与人无侮无扰。农民勇敢而安分,且莫不敬神守法。商人各负担了花纱同货物,洒脱单独向深山中村庄走去,与平民作有无交易,谋取什一之利。地方统治者分数种……人人洁身信神,守法爱官。……人人皆很高兴担负官府所分派的捐款,又自动的捐钱与庙祝或单独执行巫术者。一切事保持一种淳朴习惯,遵从古礼。"①尽管沈从文是在非虚构的意义上抒写的,但我认为它仍然是虚构的,是沈从文对逝去的湘西的想象,具有"儿童视角"性。而沈从文小说中的"湘西世界"就是这样建构起来的。

"湘西世界",这是沈从文对中国现代文学的贡献,也是他对整个世界文学的贡献,可以说是沈从文整个文学活动的最大成就。这是一个完整的世界,一个独立自足的世界,可以和陶渊明"桃花源"、柏拉图的"理想国"、莫尔的"乌托邦"相提并论。无数人被这个世界感染,从这里得到享受和慰藉。

沈从文小说中的湘西当然与现实中的湘西有联系,但二者有天壤之别。小说的湘西只是借用了现实湘西的人情、风情、自然、故事等,但现实生活的本质却被理想化了、人性化了、美化了。现实中的湘西在沈从文小说那里其实只有外壳,只有自然和抽象的精神。并且,沈从文笔下美好的湘西并不是渊源于现实湘西的美好,而是恰恰相反,它渊源于现实湘西的不美好,而更深层的原因则是现代都市病态。从根本上,"湘西世界"不过是沈从文对都市病相的一种批判,当然也是对现实湘西病态的批判。在沈从文作品中,"湘西小说"和"都市小说"具有"互文性",可以进行对读。

所以,"湘西世界"固然是沈从文小说的主体或精髓,具有自足性,但城市则是它的"根源",没有对都市病相的发现和反思,以及现代知识分子的批判意识,沈从文难以如此想象湘西,对湘西的描写包括美化也不能达到这样一种深度。赵园说:"沈从文在其所置身的城市文化环境中,在其所置身的知识者中,到处发现着因缘于'文明'、'知识'的病态,种种'城市病',可以归结为'阉寺性'的种种人性的病象。正是对病态、阉寺性的发现,使沈从文终于发现了他独有的那个世界,属于沈从文的'湘西'。"②这是非常精湛的概括。在沈从文的写作逻辑上,从"城市病相"到"湘西世界",是单向度的,是先看到城市的病态,然后构筑、想象一个健美的"湘西世界"来批判和医治城市病态,而不是先有一个健美的"湘西世界",而后因此发现城市具有病态。可以说,"湘西世界"不是在现实湘西中自然生长出来的,而是被城市病态激发出来的。从阅读的角度来说,我们当然可以说沈从文的"湘西小说"是在歌颂湘西、赞美乡村和田园,但他的本意并不是这样。

---

① 沈从文:《从文自传·我所生长的地方》,《沈从文全集》第13卷,第244—245页。
② 赵园:《沈从文构筑的"湘西世界"》,《赵园自选集》,广西师范大学出版社,1999年版,第61页。

沈从文一直以"乡下人"自居:"我实在是个乡下人,说乡下人我毫无骄傲,也不在自贬,乡下人照例有根深蒂固永远是乡巴老的性情,爱憎和哀乐自有它独特的式样,与城市中人截然不同!他保守,顽固,爱土地,也不缺少机警,却不甚懂诡诈。他对一切事照例十分认真,似乎太认真了,这认真处某一时就不免成为'傻头傻脑'。"①但我们决不能从字面上来理解"乡下人",凌宇的话是对的:"沈从文决非一般意义上的乡下人。因而,他的'乡下人'自况,除了情感层面对乡村的认同,也许更多的是一种反讽,一种有意为之的对都市人生、知识阶级的疏离姿态。"②我们可以说他是"乡下人",但这是一个高高在上的"乡下人",一个超越了城市和乡村精神局限的高级"乡下人"。当沈从文自称"乡下人"时,他其实是无比傲气的。"湘西世界"就是这个高高在上的"乡下人"想象的世界,一个具有反思性、批判性和审美性的世界;一个具有浓郁的理想主义色彩的世界;一个具有丰富思想内涵的世界。它是沈从文的精神家园,也是大多数现代中国人的精神家园。正是在这一意义上,我们不能说沈从文是"向后看",也不能说他是原始主义的、悲观主义的、怀旧主义的。

三

从一定意义上说,沈从文的小说既属于都市小说,又属于乡土小说。所以,把沈从文的小说和中国现代文学史上的乡土小说和海派小说进行比较是非常有意思的。通过比较,我们可以更清楚地看出沈从文小说在思想和艺术上的独特风格。

我们看到,王鲁彦等"乡土小说派"作家包括鲁迅,他们都是城市寄居者,他们多来自乡村甚至于是很偏远、很落后的乡村。面对现代都市文明,他们痛感乡村的贫穷与苦难,同时也深深地认识到乡村的愚昧、无知与落后,所以,他们一方面书写乡村的衰败、萧条和种种惨状,对农民的苦难表示深深的同情,另一方面,他们又对乡村的陋俗、麻木以及种种黑暗和罪恶给予了深刻的批判。正是城市文明成就了乡土小说,正如有学者所说,"可以毫不夸张地说,没有城市,也便没有了他们的乡土小说。"③

对于沈从文来说,其实也是这样,不同在于,"乡土小说派"认同现代都市文明,他们是站在现代启蒙的角度,对乡村是一种居高临下的同情与批判,这和四十年代的"工农兵文学"作家站在工农兵本位立场来写作是完全不同的。而沈从文既不认同现代都市文明,也不认同现代乡村文明,既不站在乡村本位立场上,也不站在都市本位立场上,而是以想象为本位立场,以想象的"湘西世界"来对抗现代乡村,来批判现代城市文明的病态。所以,"乡土小说派"是在现实的层面上书写乡村,他们所呈现的是 20 世纪 20 年代

---

① 沈从文:《习作选集代序》,《沈从文全集》第 9 卷,第 3 页。
② 凌宇:《沈从文创作的思想价值论》,《文学评论》2003 年第 1 期。
③ 许道明:《"乡"与"市"和中国现代文学》,《南京师范大学文学院学报》2002 年第 1 期。

中国乡村的真实图景,正如许道明对鲁迅乡土小说的定位:"说到底,他的乡土小说,是一种由现代人思想烛照的农村写真。"[①]而沈从文则是在理想的层面上来书写乡村,"沈从文笔下的湘西,也只能是现代知识者沈从文眼中的、审美想象中的湘西,作为这一个现代人的审美理想的感性显现的湘西。"[②]沈从文的"湘西世界"完全是一个文学的世界,现实生活中找不到这样的世界。

沈从文的小说也不同于海派文学。海派作家本身就是都市文化的产物,他们浸润在都市文化之中,乡村对于他们来说非常遥远,所以,他们的小说缺乏乡村的背景和参照。"新感觉派"作家可以说是全身心地拥抱现代都市的一切,汽车、霓虹灯等都市景象是"新感觉派"所极力描写的,对于都市文明,特别是都市的现代品格,"新感觉派"可以说倾尽了热情予以颂扬。他们尽情地享受大都市的文明,包括"享受"城市的孤独、寂寞、空虚、不安等,这种"享受"在具体形态上就表现为"颓废"——一种"忧伤的美"。如果说沈从文的湘西小说是"乡村牧歌",那么"新感觉派"小说则可以说是"城市牧歌"。"新感觉派"也写精神,也表现现代都市人的情感、欲望,比如恐惧、疑虑、躁动、变态、孤独等,但他们显然缺乏批判性,他们仅只是把它们作为都市现象来书写。

而张爱玲与都市可以说完全是融为一体的,不论是在她的生活中,还是在她的文学中,都没有乡村的参照系,她没有乡村的经验,在她的笔下,即使有些乡村人、乡村生活的描写,也是极其表象的,对于乡村的精神以及文化积淀,她不能理解。对于城市生活,特别是城市世俗生活,张爱玲是认同的,并且沉迷其中。张爱玲的小说以写小市民著称,其实她本人就是一个小市民,她的生活情趣、爱好等都具有普通的市民性。当然,她看到了都市的弊端和给社会带来的问题,以及一些根深蒂固的病疾,对于这些,她明显是批判的,但这种批判是现象批判,不具有理论上的"反思"色彩,不能进一步延伸。她的小说写出了现代人的沉落,写出了现代人生存状态的苍凉,写出了现代人的孤独以及精神上的恐慌,但沉落也好,苍凉也好,孤独与恐慌也好,这些都不是城市文明的过错,恰恰相反,它们是传统封建思想和封建文化的罪恶。张爱玲出生于名门贵族,在北京、天津长大,成人后穿梭于上海与香港,一生浪迹于都市,她本身就是都市的产物,本身就是都市的精灵,所以不论是在生活上还是文学创作上她都不能脱离都市。她不能站在都市之外来看都市,她与都市之间缺乏必要的距离,因而即使是对都市病相的批判,她的批判和沈从文的批判也绝然不同。

(原载《文学评论》2007 年第 2 期)

---

① 许道明:《"乡"与"市"和中国现代文学》,《南京师范大学文学院学报》2002 年第 1 期。
② 赵园:《沈从文构筑的"湘西世界"》,《赵园自选集》,广西师范大学出版社,1999 年版,第 62 页。

文学与政治联姻：现实主义的独特张力与限制

王嘉良[*]

政治介入文学，是中国新文学现实主义的一个突出表征。因为在相当程度上和在相当长时间内，中国新文学创作直面的是现实社会革命，许多作家本身就同政治有着割不断的情缘，其创作总是同反映社会问题包括政治制度变革紧密相关，势必带有浓厚的政治倾向性。诚如李欧梵所指出的，从中国现代作家"感时忧国"的精神出发可以概括出中国的批判现实主义是"社会—政治批判"[①]。然而，文学与政治联姻，毕竟呈现着复杂状况，它注定将不停地被后人以各种方式言说；在现实主义命题范围内，因政治的强化也历来成为人们垢病现实主义文学的理由。我以为对其作简单化处理不利于文学历史经验的总结，重要的是对中国新文学现实主义的这一突出表征和重要形态，作出准确、科学的评价。

一

现实主义本身作为一种被接受、被阐释的文学思潮，在不同的接受者和阐释者那里有着认同和诠释的差异，这种差异是如此广泛，以至于对现实主义有如许多的"限制"，产生出诸如启蒙现实主义、人道现实主义、社会批判现实主义、心理体验现实主义等多种形态。[②]在诸多现实主义形态中，恐怕没有哪一种像具有较强政治功利性的现实主义那样遭遇过这么多的非议以至于攻讦。公允地说，此种类型的现实主义文学能作为经典文本传留于世的确实不多，但并不能就此认为文学与政治是毫无关系的，文学与现实主义联姻是不可思议的；相反，文学无法远离政治，无法拒绝政治的渗透。鲍海姆有言，"艺术、文化和哲学由于是由当时社会和政治力量所塑造的，所以只不过是那个时代主要乌托邦思想的表达"[③]。社会政治力量"塑造"文学和文学成为特定时代乌托邦思想

* 王嘉良，男，1942 年 7 月生，浙江上虞人，本科学历，教授，长期从事中国现当代文学研究。研究的方向涉及文学史、作家论、文学思潮与流派、地域文化与文学等。曾于《中国社会科学》、《文学评论》、《新华文摘》等刊物发表论文 200 篇左右。已出版的学术专著、编著、教材近 30 部。曾主持国家社科基金课题 2 项，浙江省哲学社会科学规划重点课题等省级课题 8 项；获国务院颁发的政府特殊津贴，获全国及浙江省各类重要奖项 17 项。

① ［美］李欧梵《现代性的追求》第 229 页，三联书店 2000 年版。
② 这些现实主义形态，笔者曾著文阐述，分别载《天津社会科学》2004 年第 5 期（《新华文摘》2005 年第 5 期转载）、《天津社会科学》2006 年第 2 期、《文艺研究》2006 年第 8 期、《浙江学刊》2005 年第 5 期。
③ ［德］卡尔·鲍海姆《意识形态与乌托邦》第 227 页，商务印书馆 2000 年版。

表达者,这在现实主义文学中会得到更显著的呈示。"当作家转而去描绘当代现实生活时,这种行动本身就包含着一种人类的同情,一种社会改良主义和社会批评,后者又常常演化为对社会的摒斥和厌恶。在现实主义中,存在着一种描绘和规范、真实与训谕之间的张力。这种矛盾无法从逻辑上加以解决,但它却构成了我们正在谈论的这种文学的特征。"[①]韦勒克在这里就谈到了现实主义的先天命运——思想性与文学性的冲突。他显然是排斥文学的政治功利性的,但他也不得不承认,"描绘和规范、真实与训谕"正是现实主义自身特有的一种张力。而"规范"和"训谕"往往和政治性紧密相关,尤其是在不排斥教化("训谕")功能的现实主义文学创作中,一旦使教化成为一种带有鲜明政治倾向性的教化,就会形成对社会问题、社会现象的政治性阐释,于是就有可能产生带有思潮性的文学现象,"政治化"现实主义文学便是如此形成的。

中国新文学现实主义思潮的形成过程中,政治思潮的影响力始终不能低估,而且在特定时期还表现出强力显现的态势。这同这个时期特定的社会政治环境以至于国际大背景密切相关。20世纪是现实主义文学依旧得到发展的时期,政治对文学的渗透也依旧彰显,尤其是"政治化"思潮特别浓重的"红色的30年代"。这显然是由世界资本主义经济和精神双重危机压迫下形成的,于是就有所谓"政治朝圣"的热潮。"所谓政治朝圣,主要发生于三十和六十年代,是西方文明或是陷入严重的经济和社会危机,或是面临深刻的精神和价值危机的时代,西方知识分子因而转向其他社会寻找替代",而社会主义体制"赋予了世俗生活以神圣的意义,使得全体人民具有了同一感和目的意识,整个社会因而凝聚成了某种共同体"[②]。从这个角度可以解释当时西方的知识分子何以认同"红色的苏联",一度形成一股潮流,许多作家也因此而纷纷"左倾";同时也可以理解一大批中国作家走向左翼,掀起了中国现代文学史上规模和声势最壮的无产阶级文学运动,文学的政治化和阶级性的强化达到了前所未有的程度。鲁迅在30年代"由个性主义向集体主义"转化(瞿秋白语),重视了文学的阶级性、政治性要求,成为左翼文艺运动的一面旗帜,当是最典型的例证。

然而,从深层次考量,中国新文学作家对政治的认同,还不仅是个别作家的行为,而带有一定程度的普泛性;他们在创作方法上选择现实主义,在文化观念上选择政治倾向性,有着特殊的政治文化学意义。"政治文化是一个民族在特定时期流行的一套政治态度、信仰和感情。这个政治文化是由本民族的历史和现在社会、经济、政治活动进程所形成。人们在过去的经历中形成的态度类型对未来的政治行为有着重要的强制作用。"[③]由此看来,此种形态的现实主义成因,从更普泛意义上看,还关联着本民族的政治文化生态及作家的创作心态。

中国新文学的现实主义选择,就联系着特定的政治文化背景。用文学"革新"社会,是

---

① R·韦勒克《批评的诸种概念》,第232页,四川文艺出版社1988年版。
② 程映红《政治朝圣的背后》,《读书》1998年第9期。
③ [美]阿尔蒙德著《比较政治学:体系、过程和政策》,曹沛霖等译,上海译文出版社1987年版,第29页。

中国近现代知识分子的"集体情结"。新文学产生前夜,现实主义就已受到青睐,文学与政治的关系也备受关注。梁启超鼓吹"小说界革命",欲以改良国民和社会,率先引进西洋"写实派"小说,便是基于其姿态鲜明的"小说救国论"("欲新政治,必新小说")。这种对文学政治功利性的极力推崇,就成为中国新文学的一种重要创作机制。五四新文学诞生,为中国全面接受现实主义提供了必备条件,而对现实主义功能的理解,则明显向着服从于政治性、群体性、阶级性一面急剧倾斜。整个 20 世纪前半期,中国处在内忧外患、战乱频仍的社会文化环境中,对于深受阶级压迫、民族压迫的中国人民(尤其是身处"底层"的劳动者)来说,政治生活远较其他社会生活(包括个人精神生活)更受关注。没有阶级和民族的解放,遑论个性解放? 以此之故,中国新文学在"启蒙"与"救亡"的双重变奏中,总是呈现出"救亡"压倒"启蒙"的态势。而当 30 年代阶级矛盾、民族矛盾日益加剧,社会危机更趋尖锐化之机,强化文学的社会意识与政治意识,更是顺理成章。这里说的是左翼文学,其实右翼文学亦然,而且作为一种反证,恰恰证明了强化文学的政治化色彩在当时已成为一种风气。30 年代初国民党文人提倡的"民族主义文学"也是一种政治文学。司马长风认为:"民族主义文艺运动也无非把文艺当做政治斗争的手段,与左派的区别只在'民族主义'与'无产阶级'名词不同"[1]。此说虽过于笼统,但就政治介入文学而论,也有一定道理。张道藩就认为"文艺为生活意识的表现",要求作家"用现实的形式"、"以民族的立场来写作","目的在辅佐革命"[2]。其提出文学以三民主义为指导思想,强调"民族立场"、"辅佐革命"等,实质是以民族代言人、"革命者"的资格为国民党的一党专政发言,同样带有强烈的政治倾向性,要求文学与政治联姻的意愿也一样十分鲜明。只不过其所主张的政治,是逆历史潮流而动的,因而所谓的"民族主义文学"在当时就没有市场。

　　从作家主体一面说,政治文化生态中形成的作家创作心态,注定了政治与现实主义文学有着无穷的缠绕。政治化诉求是现代知识分子寻求重建文化秩序和精神支柱的自觉行为。"士志于道"、"明道救世"是中国知识分子素来的传统,在现代社会则将其转换为创建现代民族国家的新主题,而且新文学处在一个社会危机频频的话语场中,社会历史处境将最终决定作家忧民患世的创作心态。五四以来的文化精英,无论是与文学发生若即若离关系的陈独秀、李大钊、瞿秋白,还是典型的新文学作家鲁迅、郭沫若、茅盾等,都有极强的社会意识和政治敏感性,他们作为新文学的领军人物,其创作心态的变化对整个新文学都会施加深层的影响。他们中有许多都有过"文学与政治的交错"(茅盾语)的经历,在革命高扬年代投身政治,革命受挫以后又专注于文学,其在政治与文学之间的周旋恰恰展示了相当多作家在中国特有的政治文化中"形成的态度类型"。鲁迅对 30 年代无产阶级文学的兴起有过非常精辟的分析:"这革命文学的旺盛起来,在表面上和别国不同,并非由于革命的高扬,而是因为革命的挫折"[3]。对此,美国学者安敏成

---

① 司马长风:《中国新文学史》中卷第 20 页,香港昭明出版社 1978 年版。
② 张道藩:《我们所需要的文艺政策》,《文艺先锋》第 1 卷第 1 期(1942 年 9 月 1 日)。
③ 鲁迅《二心集·上海文艺之一瞥》。

一语道破："中国的两种革命——政治的与文学的——在历史中都呈现出一种必然的趋向"；"只是在政治变革的努力受挫之后，中国知识分子才转而决定进行他们的文学改造，他们的实践始终与意识中某种特殊的目的相伴相随。"①实际的情况正是这样：对于许多作家而言，政治与文学的价值是等量的，社会政治环境的变迁，带给他们的，只是身份与角色的转换，而他们与革命、政治意识则始终"相伴相随"，这就注定了政治理念在他们的文学观中始终也是不离不弃的。在这样的政治文化生态中，便注定关注政治不会仅仅只是是少数作家的行为，还有可能成为作家的普遍心态，不谈政治的文艺思想反而有可能被认为是落伍的思想。如抗战时期朱光潜提倡文学创作中的"心理距离说"，当即就受到巴金的质问："我不知道以青年导师自居的朱先生要把中国青年引到什么样的象牙塔里去。"②像巴金这样政治化理念并不很强的作家尚且如此，政治观念强烈的作家就更不论了，政治文化对作家创作心理、创作思想的制约力莫此为甚。

二

在现实主义文学中，政治对文学的渗透带有普遍性，但也有程度上的差别。我们这里所说的"政治化"现实主义，指的是明确标举文学为一定的政治路线服务，对社会现象作出旗帜鲜明的"政治阐释"，政治化程度甚深的文学类型。依据不同的政治内涵，中国新文学中的"政治化"现实主义可分为两种最基本的形态："阶级政治"阐释与"民族政治"阐释。

"阶级政治"阐释是"政治化"现实主义文学的最基本形态，其形成直接根因于中国20世纪前半期激烈的阶级对抗现实。20年代前半期，社会的阶级对立状况甚为分明，新文学作家已经提出了文学的阶级性命题。至20年代末，两大阶级的生死对抗激烈展开，遂有声势壮阔的无产阶级文学运动，文学的阶级性被置于压倒一切的地位。40年代的解放区文学，强化了文学的阶级性，毛泽东在"讲话"中指出："在现在世界上，一切文化或文学艺术都是属于一定的阶级，属于一定的政治路线的"，则把文学的"阶级政治"阐释作了更明确的规范。由是，就政治化程度而言，30年代的左翼文学和40年代的"工农兵文学"，当是最典型的"阶级政治"文学。这是中国新文学发展进程中无可回避的现象："阶级"取代"个人"成为文学注目的焦点，社会革命和阶级解放愈来愈成为时代主题，大多数作家身不由己被卷入风云突变的时代漩涡中，有许多则在动乱中颠沛流离，深化了他们对民族和阶级苦难的认知；于是，融汇在阶级解放的洪流里，作家们以严肃、敏锐的现实视角和强烈、凝重的社会批判理性，集中关注现存社会及其政治制度的弊病，决然否定其合理性，激励人们为建立光明合理的新社会奋起抗争，就构成了一个时代文学的主潮。

---

① ［美］安敏成著、姜涛译《现实主义的限制——革命时代的中国小说》，江苏人民出版社 2001 年版第 4 页。
② 巴金：《向朱光潜先生进一个忠告》，《中流》第 2 卷第 3 期。

阶级文学主潮的形成，"阶级政治"一度成为一个时代的话语中心，无疑取决于它与时代思潮的契合。它曾一度盛行，与其说是它的理论完备性，毋宁说是它的适时性。"阶级政治"观因其鲜明的意识形态性和政治倾向性，使文学承受了过多非文学的因素，曾遭致许多强调"艺术独立"作家的责难。但问题的独特性恰恰就在这里：在30年代，"阶级政治"观念正是不断承受来自各种理论的挑战而日渐强固起来，而且每次论战都是以其取得更大优势而告结束。这只要审视围绕阶级文学观的几次重要论战便可见端倪。例如创造社、太阳社与鲁迅等五四作家的论战。革命文学的倡导者提出了超越五四文化秩序的命题，认为"五四"作家已经"落伍"，"阿Q时代"已经"死去"，现在是到了表现"阶级意欲"的时代了。这未必是精当之论，他们提倡阶级文学观，也没有将"阶级论"说清楚，然而论争的结果却是"阶级意识觉醒了起来，前进的作家，就都成了革命文学者"[1]，连鲁迅本人也被"挤"进了阶级论者的队伍。原因无他，盖在于特殊的时代政治环境促使了文学功能认识的转化，"阶级论"似乎已有了"无可置辩"的正确性。又如左翼作家与新月派的论争。新月派作家基于其文学独立、自由的立场，当然不能容忍阶级政治论，于是当左翼作家揭出文学阶级论的旗帜时便首先发难予以阻遏。今天看来，梁实秋主张文学可以表现"普遍的人性"并非没有道理，左翼作家只讲阶级性不准讲人性的观点倒反见出文学观念的偏狭，但在当时阶级观念几乎成为一种主流话语时，梁实秋以颇为激进的全盘否定阶级性的姿态参与论争，便注定必处于下风，最后获胜显然在左翼作家一边。"这场论战在当时的直接作用，是扩大了阶级论的影响，推动了无产阶级文学的发展"[2]。在特定的时代语境中，"阶级政治"阐释总是显得所向披靡、"无懈可击"，当时并非处于政治权力中心的左翼作家却获得了无可置疑的文学"话语权"，这恰恰证明此种观念在中国这个特殊社会环境中还是颇有生存土壤的，它也的确存在着诸多适应新文学发展潮流的合理性因素。在阶级对抗最激烈的年代里，文学的阶级性似乎是不证自明的，鼓吹与阶级政治无关的"纯文学"观就会显得特别背时。左翼作家的政治敏感，实际上是对一种时代情绪的把握。时代情绪的表现也源自作家对现实主义精神的持守，库尔贝曾经说过："一个时代只能够由它自己的艺术家来再现。我的意思是说，只能由活在这个时代里的艺术家来再现它。"[3]对左翼作家适应时代性的努力也应作如是观。

"阶级政治"文学文本作为特定时代的产物，也烙印着时代特质，呈现出复杂的价值取向。它们是在阶级对抗最激烈的年代产生，作家们带着强烈的革命义愤从事创作，其文本意蕴显示出作家强烈的入世精神和对现世使命的承诺，理所当然会与特定的时代精神相呼应。30年代的时代语境是民众的政治热情普遍高扬，人们对专制制度的失望一变而为对改革旧制度的共同心理期待，因而关注社会变革的风气特别浓厚。作家们

---

① 鲁迅《且介亭杂文·〈草鞋脚〉小引》。
② 吴中杰《中国现代文艺思潮史》第196页，复旦大学出版社1996年12月版。
③ 《给学生的公开信》，《西方文论选》下卷，上海译文出版社1979年版第221页。

（特别是左翼作家）的现实关怀途径是"用被压迫者的语言"来"抗议和拒绝社会"①，他们以"被压迫者"的姿态反映强烈的政治制度变革要求，实际上是以民众参与意识显出对国家前途命运的关注，作品集中批判战乱频仍、军阀割据、政治腐败、经济崩溃的社会现实真相，就必然会引起社会的普遍心理共鸣。"革命文学"作家在文学领域里首先举起反抗的旗帜，就颇激动了一部分前进青年，所以尽管蒋光赤等作家的小说在艺术上较为粗糙，但仍是青年读者中流传最广的读物。早期"普罗文学"反映了"阶级政治"文学在其初始阶段的特点。作为表现革命性阶级性主题的首创者，其对时代思潮的敏锐感知是难能可贵的；然而同样由于其是"首创"，阶级文学的创制毕竟前无先例，文学创作如何把握阶级性和文学性的关系，欠缺可资借鉴的经验，就不可避免显出种种艺术弱质。而且，"阶级政治"文学有着自己的价值取向，同"纯文学"不在同一个层面上，也应对其作出有所区别的艺术价值考量。鲁迅为叶紫的《丰收》作序指出，这些作品不是"为艺术而艺术"的，也称不上是"永久"的艺术，它写出的都是一些极平常的事情，"因为极平常，所以和我们更密切，更有大关系"；由此也就确立了其价值："这就是作者已经尽了当前的任务，也是对于压迫者的答复：文学是战斗的！"②这既是对叶紫作品的切中肯綮的评价，也可说是对这一种类型"阶级政治"文学基本特质的精当概括。

三

如果说，"阶级政治"阐释具有一定的阶级限定性，那么"民族政治"阐释以其"民族"视野的拓展就有着较大的普泛性与包容性。政治文化作为"一个民族在特定时期流行的一套政治态度、信仰和感情"的呈示，决定着"民族政治"话语的不可或缺，中国新文学的"社会—政治批判"也不会限于单一的"阶级政治"话语。事实上，新文学作家在"走向现实"与"政治批判"聚合的历史过程中，表现出强烈的创建现代民族国家的"乌托邦"构想，这为他们用文学变革社会提供了一个共有的"阿基米德点"——用"民族"视角观照社会批判社会，于是由"政治批判"演绎的国家意识、民族意识、平民意识伸展了现实主义的张力，它可以体现在不同政治倾向、不同阶级立场的作家身上，避免了政治批判仅止于单纯的"意识形态纠缠"，从而大大深化了现实主义的表现内涵。

20世纪初的"中国"是一个倍受蹂躏的语词。"四万万人同一哭，天涯何处是神州"③，正是处于风雨飘摇之中的苦难民族命运的写照。在这一片土壤上诞生的中国新文学，也不得不承受着种种外在的压力，面对着一种种血与泪的经验和体认，在诸如"五四"、"五卅"、"九·一八"、"一·二八"、"七七"等这样一些刻印着民族耻辱与民族奋起的语符中备受苦难与艰辛。即使在今天的历史叙述中，我们依然能从过去频繁使用的

---

① 马尔库塞：《工业社会和新左派》第136页，商务印书馆1982年版。
② 鲁迅《且介亭杂文二集·叶紫作〈丰收〉序》。
③ 《谭嗣同全集》上册第167页，中华书局1981年版。

"瓜分"、"丧权辱国"、"国难当头"、"民族危亡"等语词中感受到那一时代的紧张和压力。当生活安定的我们指责 20 世纪前期阐释"民族政治"的文学束缚太多,竟至于把抗战文学称之为中国新文学的"凋零期",作家们"将抗日宣传与文学创作混为一谈,使文学创作一度陷入窒息状态"①,恰恰暴露了我们生活经验的限制和民族记忆的缺失,以致于无法理解那种时代给予的切肤之痛。正如詹姆森在《处于跨国资本主义时代中的第三世界文学》中对轻视第三世界文学的指责:"如果规范的目标在于限制我们的审美同情心,通过阅读一小部分有选择性的本文而发展我们丰富微妙的感性知识,不鼓励我们阅读其他任何本文或以不同的方式来阅读,那么,这便是人文的贫困。"②今天对"民族政治"文学的排斥和狭隘理解也应该接受这种批评。

中国新文学同"民族政治"联姻贯穿在其发展全程中。新文学也是"民族的文学",这是"五四"以来作家们的共识;"救亡"成为中国新文学的一条主线,就其特指意义言,所指恰恰是拯救民族危亡的民族性命题。但从"民族政治"的强烈显现而论,它应集中反映在以战争为契机的民族危急关头。"民族情怀"在民族危机加剧的情势下会加倍张扬,原由就在于民族感情对于中国作家来说是一种强劲的凝聚力,因此民族政治在一个特定时期内可以成为最重要的政治。例如"五卅",李欧梵认为,"'五卅惨案'对中国现代作家的政治神经的影响,是巨大的"③。五月的鲜血唤醒了潜伏的民族意识,激起了中国知识分子前所未有的政治热情。这只要看一看当时的《文学周报》对这一事件的迅速反应,当时名重一时的作家几乎都著文声讨帝国主义的暴行,便可见民族政治热情对作家的感召力。此后的"九·一八"事变(1931 年)和"一·二八"事变(1932 年),作家的政治热情又超越了"五卅",抗战文学作品数量的激增,正与民族危机的加深同步,昭示着民族大义对于中国作家的更强烈感召。1937 年抗战爆发后,"民族政治"无疑成为最大的政治,文学纳入举国一致的战时体制,原来疏离政治的作家也卷入了战争的洪流,从而使不同政治倾向的作家达成了文学使命的共识。"民族的命运,也将是文艺的命运"④,这是当时"文协"确定的宗旨,也就是除汉奸文人以外所有中国作家对民族使命的共同承担,且将其贯穿在抗战始终。因而,无论就广度还是深度而言,"民族政治"对文学的介入,"抗战文学"无疑是一次最集中的显现。

作为体现"民族政治"阐释特质的一种文学形态,抗战时期的文学与战时作家的文化心理均有异于别的任何时期,它集中体现为作家对战时责任的体认,造就全新的创作格调,建构文学联系时代,与人民、民族的命运攸切相关的文学价值观念体系。正是国破家亡的现实促发作家形成同仇敌忾之势,把文学定位在强化"民族政治"的层面上,消弭了原有的阶级对立概念,这势必使文学的表现内涵有所拓展与深化。作家们面对的

---

① 司马长风《中国新文学史》下卷第 1、2 页,香港昭明出版社 1978 年 12 月版。
② 参见张京媛主编《新历史主义与文学批评》,北京大学出版社 1993 年版第 231 页。
③ 李欧梵《现代性的追求》第 249 页。
④ 《中华全国文艺界抗敌协会发起旨趣》,《文艺月刊·战时特刊》1938 年第 9 期。

是"国难当头"、"民族危亡"，因而国家利益、民族利益是至高无上的，文学创作无一例外以此作为表现重点。对战争过程和军人的描写，表现的是中国军民的爱国精神和抗战热情，不再分哪一种政治力量的军队和人民，即便原先的左翼作家也不例外。集体创作的剧本《保卫卢沟桥》就是写国民党正规军和敌人的搏战，笼罩着悲壮的气氛，给人以奋进的力量。左翼作家丘东平在抗战初期写出的许多有影响的小说和报告文学，主要表现的也是国民党军队士兵与下级军官的爱国热情与民族感情。其反映国民党士兵抗战的著名报告文学《第七连》，被胡风称赞为是"中国抗日民族战争底一首最壮丽的史诗。在叙事与抒情的辉煌的结合里面，民族战争底苦难与欢乐通过雄大的旋律震荡着读者底心灵。"①读过这个作品，这一点不难体验。抗战文学的另一个特点是创作与时事（势）的几乎同步，也就是"话语讲述的时代"和"讲述话语的时代"的基本重合。这是由峻急的"政治任务"决定的，面对急剧变动的现实，作家们不能不作"近距离"的观照，由此使此种文本产生独特的效应。为着服从动员民众的需要，抗战文艺作品中有不少是"急就章"，许多作家宁肯抛却精致艺术的创造，去创作一些一般老百姓易于接受的通俗文学作品。老舍在抗战前期一度中止小说创作，写了不少相声、鼓词之类的通俗文艺，便是典型一例。这里显示的正是作家们为服从民族政治要求而在艺术上作出的调整，他们是出于"民族义愤"才作出这样选择的，这些作品在战争初期对于唤醒民众、鼓动民众也并非毫无意义。而且这样的选择也只是权宜之计，抗战后期的民族政治文学就为我们留下了具有浓郁时代精神的文本，作家们与时代同步，直面战争，加强了对战争想像维度的开掘，就有可能提供以往新文学很少见到的"战时文学"文本。抗战后期出现长篇小说"竞写潮"，推出一批有影响的作品，如茅盾创作了暴露抗战阵营内部矛盾的《腐蚀》，巴金完成了反映抗战"惨胜"的《寒夜》，老舍也写出了被称为民族"愤史"的《四世同堂》，这些作品至今依然受到人们的珍视，证明了"民族政治"阐释也可以提供有价值的文本。

四

"政治化"现实主义文学作为一种历史的存在，而且曾经是一度占主导地位的文学思潮，理应引起我们足够的重视。当然，因受到社会历史条件、社会政治集团等诸多因素的"限制"，它也表现出许多历史复杂性，因而对其得失的评估必须持更为谨慎的态度，简单的肯定或简单的否定都是不足取的。我们认为，重要的是不但要把问题提到一定的历史范畴内，探讨这股思潮在特定时期产生的可能性与必然性，而且还要注意到它同本真意义上的现实主义有着诸多相合相离、相生相克的关系，注意到此类文学体现历史的必然与实现这种必然之间的差距。因此，审视中国新文学现实主义与政治的联姻，探究下述既互相契合、又互相疏离的特点，从中找到一些规律性的东西，当能为完善此

---

① 胡风《忆东平》，《胡风全集》第 3 卷第 346 页，湖北人民出版社 1999 年版。

类现实主义提供有益的经验。

文学向政治化方向运作,在中国新文学特定时代语境中的突出表征,是实现了两个主体的转换:文学创作主体由个体意识向群体意识转换,文学表现主体由"人的文学"向阶级文学、民族文学转换。这样的转换,发生在相当数量的现代作家及其创作中。翻开这类作家横跨不同时代的作品,我们几乎都可以发现其群体意识扩张、文学话语转化的痕迹。"五四文学"中典型的"个性主义者"丁玲走向左翼又走向延安,当是典型例证。其转换是与阶级和民族的要求密切相关的,在政治压迫和民族危机深重的情况下,个人只能感到渺小与无力,走向群体、融于群体,也许就是一种自然的归趋。于是,在这个"崇尚英雄行为却又藐视个人英雄的时代","他们书写的不再是片断的个人灵感,而是全民族的集体记忆与情感"①,文学创作获得了另一番价值。当然,在这样的政治化运作中,艺术能量的充分发挥,还取决于群体性和个体性关系的妥善处理,即作家融于群体并不意味着应彻底消解个性,因为"产生革命变革的需求,必须源于个体的激情、个体的冲动与个体的目标。"②丁玲在同时代作家中取得相对较高的创作成就(这一点尤其在洗去其身上的尘垢以后越发为人们所认知),就在于这位"个性化"意识极强的作家,在投入革命熔炉后写出了不少反映时代情绪、体现阶级欲求的成熟作品,又依然活跃着"个体的激情",创作保持着自己的艺术个性。其进入延安以后写出的《夜》、《在医院中》、《三八节有感》等作品,在反映解放区新生活新气象的同时,又敏锐地捕捉、表现生活中的矛盾,敢于为完善新社会、新制度提出自己的独特思考。这虽然为丁玲后来的罹难埋下了伏笔,但这类作品坚持现实主义真实性与艺术性的统一,今天看来恰恰是解放区文学中最值得珍视的成果之一。反观有些也从"亭子间"走出的作家,个体"无条件"地融入整体,不再重视个体意识和潜意识力量的发掘,使个体完全沦入"失语"状态,艺术上的创造力便受到限制。这说明,现实主义与政治联姻,个体与群体融合,并不一定是造成艺术失落的原因,关键还在于两者关系的准确处理。

就体现现实主义的功能而论,政治与文学的联姻,也存在既契合又疏离的关系。其契合面集中表现在作家们以其对建立健全社会机制的积极参与,表现出变革现实、改造现实的强烈欲望,对国家命运、民族使命的自觉承担,而历史使命感和深广的忧患意识正是文学尤其是现实主义文学的深度模式,文学的震撼力和它的多向度拓进大半也缘于此。现实主义得以在中国通行,正是基于其固有的干预现实的本色,政治化现实主义既为阶级解放奔走呼号,又为民族解放摇旗呐喊,无疑使此种特色得以强化。政治作为人类社会的一种现象,归根结底是人们愿望的一种体现,作家的追求同人类进步的心灵相通,政治文学就会在普通民众中获得相当的认同度,从而创造出属于自己的历史,完成其他现实主义文学无力承担的历史使命。其现实主义张力就在于文学格调的提升:政治文学文本的格调由五四时期的苦闷情绪转向了一种阶级的激昂情绪,正如鲁迅所

---

① 孙晓忠《抗战时期的"集体创作"》,《中国现代文学研究丛刊》2000 年第 1 期。

② 马尔库塞《完美之维》,李小兵译,三联书店 1989 年版第 208 页。

说，"与革命爆发时代接近的文学每每带有愤怒之音"，于是"怒吼的文学"就出现了①。此种文本的另一层意义是对历史价值的追求，集中表现在对"史诗"创作传统的接近。凯塞尔认为："全部世界在崇高的声调中的叙述叫做'史诗'；私人世界在私人声调中的叙述叫做'长篇小说'。"②"政治化"文本的特点就是以阶级话语、民族话语取代私人话语，力图用宏大历史叙事把握阶级斗争、民族斗争的现实动向与发展趋势，从这个意义上说它具有体现崇高风格的"史诗"格调还是颇切合的，尽管其提供的文本同真正意义上的"史诗"还相距甚远。在特定的时代语境中，意识形态叙事机制融进了叙述过程，是此类文本的一种创造，虽然"当时他们是不太完美的"，"然而那是完美的开始"③。

政治与现实主义精神的疏离也是在功能性层面上发生的。正是现实关怀和使命感使文学通向政治，但又使政治和文学产生隔阂。从现实关怀层面看，政治注重的是表层的现象而忽视深层的本质，而现实主义则要求对现实有一种穿透力，能够昭示出冰山下的巨大的潜流；从历史使命感看，政治更看重某一阶段的历史任务，它有一种急功近利的品性，现实主义则是立足现实面向未来的，其历史眼光更为深远，所以表现的内容也更为宽泛。由是，政治对文学的介入，有可能产生对现实主义精神的不同程度的偏离。而从新文学创作实际看，由于"政治化"现实主义是政治与现实主义沟通的产物，功利目的是其与生俱来的一个品质，它对艺术的要求就是一定要有益于阶级、国家、民族，所以，"宣传第一，艺术第二"、"抗战第一，艺术第二"、"政治第一，艺术第二"等等，是自无产阶级文学倡导以来直至文艺工农兵方向确定过程中，曾经反复出现过的口号，艺术这个对于文学来说至关重要的问题始终被置于千年老二的地位。这或许是受到峻急政治任务的驱遣，为达成既定的功利目标而设计的，有时候可能也是一种权宜之计。正如克罗齐所说："历史也像从事工作的个人一样，一次只做一件事情，对于当时来不及照顾的问题则加以忽视或临时稍加改进，任其自行前进，但准备在腾出手来的时候给以充分的注意。"④在激烈的阶级对抗和特殊的战争环境中，提出上述口号，不排斥"来不及照顾"其他而强调了一个侧面，也许有可以理解的一面，然而后来政治环境改变了，这样的口号依然盛行，就不能不说是艺术上的失误。

在艺术表达层面，政治与文学关系的妥善处理也至关重要。就气质而言，政治是显性的、明晰的，因而是较易判断的，而文学则是内蕴的、朦胧的，是需要用心把握的，所以政治与文学的联姻就带来了一种危险性——以较易判断的方式去把握文学，使文学创作流于表层的概念表达，就会导致文学自身价值的丧失。避免这种危险就要突破"规范"和"训谕"的制约，尽力实现真实的艺术描绘，使现实主义的张力得以形成。在政治化现实主义文本中，"规范"和"训谕"是不可或缺的，但它必须寄寓在"描绘"和"真实"

---

① 鲁迅《而已集·革命时代的文学》。
② 转引自徐岱《小说形态学》，杭州大学出版社 1992 年版。
③ 转引自梁山丁《受欢迎的缪斯》，《烛心集》前言，春风文艺出版社 1989 年版。
④ 转引自刘纳《辛亥革命时期至五四时期我国文学的变革》，《文学评论》1986 年 3 月版。

中,也必须服从于"描绘"和"真实"。与现实主义精神疏离的作品往往用政治分析置换审美表现,所以主题的传达趋向明确化和单一化——往往用历史必然性取消人生的模糊性和多义性,而在内容上则以对集团命运的揭示代替对个体生命的展示,文本中一些常见的语汇如进步、落后、伟大、时代精神、白色恐怖等,传达的并不是审美信息,更多的是一种政治倾向性,倾向的表达也不是自然而然的流露,大多是由作者外加的,采用的技巧多是"讲述"而很少"显示"。这一方面与作者对现实事件进行艺术转化的才能欠缺有关,另一方面也与时代的激进性有关,激昂的时代情绪往往淹没了个人的声音,使现实主义创造精神受到相当程度的限制。例如蒋光赤的小说总是把阶级的使命融入到创作中,这是基于其坚守"阶级政治"的立场,本也无可厚非;问题是其概念化地处置人物,常常把人物写成革命的"标本"而非真实意义上的人。其作品的主要人物一出场就是坚守革命理想的人,没有普通人所有的七情六欲,不管是亲情还是爱情,一旦与革命发生冲突,就会毫不犹豫地予以丢弃。《田野的风》中地主家庭出身的知识分子李杰,为示与自己的家庭决裂,鼓起人们的革命情绪,居然冒着自己的母亲和妹妹可能要被烧死的危险,鼓动人们去烧自己家的房子,把革命描写得简直不近人情。这种带有浓厚革命浪漫蒂克倾向的小说显然没有对现实主义的发展作出贡献,还把现实主义引向一个误区:它"既否定文学必须以生活为基础,也必然否定创作中作家的主体性,这实际上是完全违背创作规律的,结果既不可能达到浪漫主义(因为浪漫主义要个性表现),也不可能达到现实主义"[1]。后来的左翼作家抛弃了浮浅的政治幼稚病,对这一创作倾向有所克服,政治倾向的表达寄寓在真实的艺术描绘中,就取得了较高成就。如柔石的中篇小说《二月》表现大时代中青年知识分子的彷徨心态,既展示了"时代情绪",小说的诗意笔调及优美的叙事抒情也给读者以强烈的艺术感受;短篇《为奴隶的母亲》表现了一定的阶级意向,作者揭示一个普通劳动妇女因双重被弃(社会、家庭)造成的内心悲苦,虽然没有喊出"我们要改变这个黑暗社会",但小说描写"沉静而寒冷的死一般的"社会之需要改变,已是表露无遗。

由上述论证可知,"政治"这一概念被冠在现实主义之前的时候,也许就注定了我们在驾驭它的时候是必须谨慎从事的。政治介入现实主义,不一定导致价值失落,关键在于创作主体对政治与文学关系的准确处理。"对于一部真正的文学作品来说,其政治倾向性的强弱,主要不决定于作家在作品中公开表明了何种立场,证明了何种信念,或宣传了何种社会政治观点,而在于作家对生活的理解和态度是否正确,是否写出了生活的真实,提示了客观的真理"[2]。可以预料,只要政治生活依然是社会生活中不可或缺的内容,只要文学与政治的关系存在,政治阐释型现实主义依然会有其生存发展的可能。

(原载《文学评论》2009年第5期)

---

[1] 温儒敏《新文学现实主义的流变》,第104页,北京大学出版社1988年版。
[2] 纪怀民等编著《马克思主义文艺论著选讲》,第204页,中国人民大学出版社1982年版。

沈雁冰提倡"新浪漫主义"新考

潘正文*

沈雁冰与"新浪漫主义"的关系,是茅盾研究乃至整个现代文学研究中的一个重要问题,因为它不仅关涉到茅盾的文学道路问题,而且关涉到文学研究会乃至"五四"以来占据现代文坛主流地位的"为人生"、"写实主义"文学的发展历程和走向问题。目前学界虽然对沈雁冰"提倡""新浪漫主义"的问题做过非常充分的研究,但不少问题并没有最终圆满解决,还需做一番切实的考据。

建国后,学界对沈雁冰提倡新浪漫主义问题的认识,经历了两大阶段。在二十世纪八十年代以前,研究者一般倾向于,沈雁冰当年提倡的"新浪漫主义",是指"现代主义"。因为,茅盾在 1957 年的《夜读偶记》中指出,何谓"新浪漫主义"?"现在我们总称为'现代派'的半打多的'主义'就是这个东西",他还进一步指出,"我们也不应该否认,象征主义、印象主义乃至未来主义在技巧上的新成就可以为现实主义作家或艺术家所吸收,而丰富了现实主义作品的技巧。"[①]于是研究者普遍从"创作方法"的角度,去考察和研究沈雁冰当年对"新浪漫主义"的倡导,比如:"象征"手法的应用,追求"主观"与"客观"的融合,"观察"与"想象"的结合,揭露"现实"与描写"理想"的结合。确实,沈雁冰当年在谈到"新浪漫主义"的《小说新潮栏宣言》、《为新文学研究者进一解》、《现在文学家的责任是什么》等文中,陆续出现过以上这些相关的词汇和论述。不少研究者为此还从茅盾日后的小说创作中找到了看起来非常有说服力的证据,比如《子夜》中的"象征"手法,吴老太爷到达上海时光怪陆离的"观感",吴老太爷突然死亡的"神秘"气息,茅盾对上海投机市场的仔细"观察"与在人物塑造上的"想象",揭露资本主义制度在中国穷途末路的"现实"和憧憬无产阶级革命成功的"理想"。现实主义的精神加上吸收现代派的创作方法,沈雁冰当年提倡"新浪漫主义"的问题,似乎得到了圆满的解决。然而,这种解读,与沈雁冰当年提倡"新浪漫主义"的实际情形,有着非常大的出入。因为他在 1919 年到 1924 年间,所有提到"新浪漫"一词的文章中,都不是把重点放在"创作方法"上,并且明

---

* 潘正文,男,1970 年 12 月生,江西赣州人。研究生学历,博士学位,副教授。主要从事中国现代文学社团、思潮、文学思想史研究、地域文学研究、世界文学问题研究。在《文学评论》、《文艺研究》、《中国现代文学研究丛刊》、《学术月刊》等学术刊物发表论文 30 余篇,有多篇为《新华文摘》、《人大复印资料》全文转载。出版专著 2 部,参撰专著 2 部。曾主持国家社会科学基金项目 1 项,浙江省哲学社会科学重点课题 1 项,中国博士后科学基金项目 1 项,浙江省教育厅课题 1 项,获各类奖项数项。

① 茅盾:《夜读偶记》,百花文艺出版社,1956 年版,第 2 页。
② 雁冰:《为文学研究者进一解》,《改造》,1920 年 9 月 15 日,第 3 卷 1 号。

确提出,他看好的并不是"新浪漫"的创作技巧,而是其"健全的人生观"②,即使是在他转而提倡"自然主义"的《自然主义与中国现代小说》中,他也说得非常明确,倡导"自然主义"为的是学习其创作技法,而在"人生观"上则以"新浪漫"为"健全"①。

进入二十世纪八十年代后,随着学术研究氛围的好转和研究的深入,沈雁冰当年提倡"新浪漫主义"的问题得到了学术界的普遍重视,程金城、王中忱、曹万生、黎舟、王嘉良、钱林森、王向远等学者就相关问题相继发表了学术论文,研究上取得了较大的突破和进展。在八十年代,以王中忱的《论茅盾与新浪漫主义文学思潮》一文最富有代表性,文章虽然没有给出明确的结论,但通过对沈雁冰与"新浪漫主义"关系的历史过程的考察,王先生指出:"对于新浪漫主义中所包括的现代派作家最为强调与重视的艺术直觉,茅盾表示出相当的淡漠。"②这实际上暗示了沈雁冰提倡的"新浪漫主义",与"现代派"之间存在着一定的距离。进入九十年代后,黎舟先生、钱林森先生均撰文指出:"茅盾所说的新浪漫主义并不完全等同于现代主义",他想要倡导的,实际上是以罗曼·罗兰为代表的"新理想主义文学"③。以上诸专家的观点虽然各有侧重,但基本上达成了以下的一些共识:1. 沈雁冰提倡的"新浪漫主义",不能简单等同于"现代派"。2. 沈雁冰提倡"新浪漫主义",与他"为人生"的文学主张并不冲突。但在沈雁冰究竟为何要去提倡"新浪漫主义"的问题上,目前学界有多种解释,分歧非常大。1. 误解说。这一派观点认为,当时国内外对"新浪漫主义"一词在认识和使用上的混乱,导致了沈雁冰误认为"新浪漫主义"可以引导正确的"人生观"④,并把"唯美派"排斥在"新浪漫主义"之外,同时也没把"表象主义"(象征主义)包含在"新浪漫派"之中,却把罗曼·罗兰包括进了"新浪漫"派当中⑤。2. 进化说。这种观点认为沈雁冰受"进化论"的影响,以为中国文学假如要赶上世界的潮流,就必须提倡西方最新的文学品种"新浪漫主义",其依据是沈雁冰在《为文学研究者进一解》中所列出的"古典主义-浪漫主义-自然主义-新浪漫主义"的进化次序。这种观点,在八十年代一直比较流行,直到近年,仍有学者持类似的观点⑥。3. 客观与主观说。这种观点指出,沈雁冰当年受国外文学思潮的影响,认为自然主义的遗传决定论、机械决定论,是一种客观论文学,只见黑暗不见光明,而"新浪漫主义"加入了"理想"、"个性"等主观因素,更为合理⑦。这三种理由虽然说法不一,但非常有意思的是,最终研究者们还是比较一致地将沈雁冰提倡"新浪漫主义"的问题,落实在了

① 沈雁冰:《自然主义与中国现代小说》,《小说月报》,1922 年 7 月 10 日,第 13 卷 7 号。
② 王中忱:《论茅盾与新浪漫主义文学思潮》,《浙江学刊》,1985 年第 4 期。
③ 黎舟:《茅盾处理现实主义与现代主义关系的历史轨迹》,《福建师范大学学报.》哲学社会科学版 1993 年第 4 期。钱林森:《茅盾与新浪漫主义——茅盾与法国文学研究之二》,《中国文化研究》,2000 年第 4 期。钱林森:《20 世纪法国新浪漫主义与中国现代文学》,《外国文学研究》,2001 年第 1 期。
④ 参见杨义著:《中国现代小说史》第一卷,人民文学出版社,1986 年版,第 98 页。
⑤ 王向远:《中日新浪漫文学因缘论》,《四川外国语学院学报》,1998 年第 3 期。
⑥ 参见陈思和:《试论"五四"新文学运动的先锋性》,《复旦学报》(社会科学版),2005 年第 6 期。
⑦ 曹万生:《美在主观:提倡新浪漫主义—茅盾艺术美本质论诞生期》,《四川师范大学学报》,1988 年第 6 期。

"创作方法"上①。也就是说，八十年代以来的新研究成果，虽然和此前相比取得了很多方面的突破，但在沈雁冰为什么要提倡"新浪漫主义"这一最为关键的问题上，仍然在重复着从"创作方法"上去解释的老路，而沈雁冰提倡"新浪漫"时提出的它可以指导"健全的人生观"问题，仍然没有解决。

那么，沈雁冰"提倡""新浪漫主义"究竟是意欲何为呢？我们不妨先对沈雁冰提倡"新浪漫主义"的过程作一番考索。他最早提到作为"新派"的"现代主义"作家、作品的文章，见于1919年7月至12月连载于《学生杂志》的《近代文学家传》，他将"神秘派"、"表象主义"和俄国的"心理派戏剧"视为外国文坛的"新派"，并认为"新派"与"旧派"（按：指"自然主义"）的孰高孰下现在还未能分明。他在1920年1月的《小说新潮栏宣言》中，第一次使用了"新浪漫派"一词，认为它是从写实主义的"客观"重新向"主观"的回归，而又不同于旧浪漫主义的"空想"的"主观"，它以象征主义为前导，而"表象主义"（按：象征主义）是从"写实"过渡"到新浪漫的一个过程"②。在1920年1月至8月间，沈雁冰介绍过的外国"新派"文学，有比利时象征主义作家梅特林克，俄国的带有神秘、颓废色彩的作家安特列夫，英国象征主义作家叶芝，瑞典表现主义作家斯特林堡等等。但是，"译介"并不等于是"倡导"，如对于邓南遮、王尔德等现代主义的作家及其作品，沈雁冰都有翻译和介绍，但与此同时，他又基本上对之持否定态度③；再如，在翻译和介绍叶芝时，他说只是为了"增加国人对于西洋文学研究的资料和常识"，"当然不是鼓吹夏脱（按：今通译为叶芝）主义"④；又如他在《未来派文学之现势》中虽然对未来派作了介绍，但并不主张未来派的文学⑤。所以，沈雁冰对于"现代主义"作家、作品的常识性介绍，并不能简单等同于他明确要"提倡"的"新浪漫主义"。在他看来，出于国内文坛急需了解世界文学最新动向的现实情况，而译介这些他并不完全认同和满意的现代派作家、作品，是无可厚非的，因为这有利于普及文学常识。但至于要在中国文坛倡导什么样的文学，沈雁冰则充分认识到，这必须考虑到中国的现实需要。他虽然信仰文学上的"进化论"，但他也提出，"最新的不一定就是最美的、最好的"，"我以为新文学就是进化的文学。进化的文学有三种要素：一是普遍的性质；二是有表现人生指导人生的能力；三是为平民的非为一般特殊阶级的人的"，"如拿这三件要素去评断文学作品，便知新旧云者，不带时代性质。"⑥所以，"进化论"并不是沈雁冰倡导"新浪漫主义"的理由，他并不会因为"新浪漫主义"是世界文学的最新潮流，就提出要去倡导它。他所关注的"焦点"，是文学"表现人生、指导人生的能力"，也就是他所说的指引"健全的人生观"问题。直到1920年8、9月间的《非杀论的文学家》、《为新文学研究者进一解》中，沈雁冰将巴比塞、

---

① 分别见以上提到的王中忱、黎舟、钱林森、曹万生等人的文章。

② 《小说新潮栏宣言》，《小说月报》，1920年1月25日，第11卷1号。

③ 冰（沈雁冰）：《唯美》，《民国日报·觉悟》，1921年7月13日。

④ 沈雁冰：《〈沙漏〉译者前记》，《东方杂志》，1920年3月，第17卷第6、7号。

⑤ 雁冰：《未来派文学之现势》，《小说月报》，1922年10月，第13卷10号。

⑥ 冰（沈雁冰）：《新旧文学平议之评议》，《小说月报》，1920年1月25日，第11卷1号。

罗曼·罗兰的"新理想主义"引入了"新浪漫"的范畴之后，他对于"新浪漫"的态度才转而为肯定。他认为新浪漫主义是一种运动，这种运动初期始于心理派小说家和象征派诗人从艺术上对于自然主义的反拨，渐次发展，终于以罗曼·罗兰、巴比塞的"新理想主义"为"主要趋势"①。其后，只要是明确肯定和倡导"新浪漫主义"之时，沈雁冰的所指已经不再是"现代主义"各派——如象征主义、唯美主义、表现主义、未来主义、达达主义等等的"泛指"，而是专门用于指"新理想主义"。

首先需要明确的是，沈雁冰提出要提倡"新浪漫"的文学，主要的着眼角度并不仅仅在于文学的艺术方法本身，他更注重的是借倡导"新浪漫"来推动"新思潮"的发展，也就是他所说的"指导人生"的问题。在《现在文学家的责任是什么》中，沈雁冰对自己文学倡导的目的，表述得非常明确，那就是，"用文艺来鼓吹新思想"，因为"自来一种新思想发生，一定先靠文学家作先锋队"，"凡是一种新思想，一方面固然要有哲学上的根据，一方面定须借文学的力量"②。他认为，文学应当以"哲学"作骨子，并进而指出："哲学上的新理想主义"取得了"长足的进步"，"……遂有一种新理想主义盛行起来了。这种新理想主义的文学，唤作新浪漫运动。"③也就是说，沈雁冰之所以反复地将"新浪漫"与"人生观"连在一起来加以肯定，原因在于他是从"哲学"（新思潮）的角度来理解和倡导"新浪漫主义"（新理想主义）的。

那么，沈雁冰所理解的"哲学/文学"意义上的"新理想主义"（新浪漫）究竟是何所指呢？笔者在查阅当年的相关期刊时发现，在沈雁冰之前，李大钊、陈独秀都在文章中使用过"新理想"一词来作"哲学/文学"上的指称。李大钊在1919年《新青年》第6卷5—6号连载的《我的马克思主义观》中，就用到过"新理想主义"一词："近来哲学上有一种新理想主义出现，可以修正马氏的唯物论，而救其偏弊。各国的社会主义者，也都有注重于伦理的运动、人道的运动的倾向，这也未必不是社会改造的曙光"，"我们主张以人道主义改造人类精神，同时以社会主义改造经济的组织。"④在这里，李大钊所谓的"新理想主义"，指的是"互助、博爱的人道主义"，他把它称为人类的"灵"的一面，而把"唯物论"所重点论述的"经济基础/社会制度"称为"物"的一面。他主张社会改造必须经济制度（物质）和伦理（心灵）改造双管齐下，方能见效。其后，陈独秀也在1920年2月《新青年》第7卷2号的《自杀论——思想变动与青年自杀》一文中，也使用了"新理想主义"一词。他提出，人类社会的哲学思潮大致上经历了三个阶段，古代思潮是"理想主义"的，近代思潮是"唯实主义"的，最近最新的思潮则是"新理想主义入新唯实主义"的，"最近最新的思潮底代表，就是英国罗素（Bertrand Russell）底新唯实主义的哲学，和法国罗兰（Romain Rolland）底新理想主义的文学，和罗丹（Rodin）底新艺术"。不久，他又在《告新文化运动的诸同志》一文中解释说："我们所欢迎的新思潮，不是中国人闭门

---

① 雁冰：《为新文学研究者进一解》，《改造》，1920年9月15日，第3卷第1号。
② 佩韦（沈雁冰）：《现在文学家的责任是什么?》，《东方杂志》，1920年1月10日，第17卷1号。
③ 雁冰：《文学上的古典主义浪漫主义和写实主义》，《学生杂志》，1920年9月，第7卷9期。
④ 李大钊：《我的马克思主义观》，《新青年》，1919年10—11月，第6卷5—6号。

私造的新思潮,乃是全人类在欧战前后发生的精神上物质上根本改造有公同趋势。""像克罗马底资本论,克波客拉底互助论,真是我们持论的榜样。"①(按:前者指马克思,后者指克鲁泡特金)陈独秀在这里提出的"新思潮",包括了马克思的"唯物论"("物质/制度"改造)和克鲁泡特金的"互助论"("精神/伦理"改造),而罗曼·罗兰和罗丹都是"互助论"的信仰者,所以,陈独秀所谓的"新理想主义"、"新艺术",实质上是指以"互助、博爱"为内核的人道主义文学。他也和李大钊一样,主张社会改造必须兼顾"物质"(唯物论:马克思、罗素)和"心灵"(互助论:克鲁泡特金、罗曼·罗兰、罗丹)。

李大钊、陈独秀对于"新理想主义"的"哲学/文学"的赞许,与第一次世界大战后西方思潮的影响有关。当时,西方普遍认为,一战的恶果是"迷信物质","迷信科学万能",过分强调"竞争"的"民族本位主义"造成的。要避免此类惨绝人寰的大战的出现,就必须重视人类的"精神"、"伦理"建设,以"互助"、"博爱"的思想来建设"世界大同",这样才能避免战争的再次发生。1918 年蔡元培游欧回国,在演讲中到处宣扬"互助论",认为"一战"之后,一定是"竞争"的民族主义、种族主义消灭,"互助"的"大同主义"发展②。在此前后,高一涵③、陈独秀④、李大钊⑤,都纷纷在《新青年》等杂志上撰文鼓吹放弃"民族竞争",转向"互助"、"人道"的"世界大同"学说。"五四"时期新文化界对于"新理想主义"哲学和文学的倡导,正是在这一背景之下形成的。

沈雁冰对于"新理想主义"哲学和文学的认识,显然与"五四"时期新文化界的这一拨思潮有关,并由此促成了他将"新浪漫主义"按照"新理想主义"来加以理解。1918年,沈雁冰就提出:"自欧洲大战开始以来,全欧俶扰,影响且及于亚东","吾学生因社会环境之恶劣,旧日教育之熏陶,思想界不能合于世界大同之境,无待讳言。"⑥1919 年,沈雁冰又在文章中对托尔斯泰主张的"心力"与"体力"调和,"根据大同思想的新生活"表示心仪⑦。其后他还翻译了罗素结合了"社会主义"重视经济体制(物质)改造和"互助主义"的重视伦理(心灵)改造的《到自由的几条拟径》,并对其主张表示赞同⑧。1920 年1 月,沈雁冰又在文章中明确表示,"我是希望有一天我们大家以地球为一家,以人类为一家族,我是相信迟早要做到这一步,吴稚晖先生说的'世界早晚欲大同',我是很相信的。"⑨"我们爱的是人类全体,有什么国,国是拦阻我们人类相爱的!"⑩。正是对于"互助主义"、"世界大同"、"人道和平"的前理解,构成了沈雁冰对于世界"新思潮"的基本认

---

① 陈独秀:《告新文化运动的诸同志》,《大公报》(长沙),1920 年 1 月 11、12 日。

② 蔡元培:《黑暗与光明的消长———在庆祝协约国胜利大会上的演说词》,《北京大学日刊》,1918 年 11 月 27 日。

③ 高一涵:《近世三大政治思想之变迁》,《新青年》,1918 年 1 月 15 日,第 4 卷第 1 号。

④ 陈独秀:《偶像破坏论》,载《新青年》,1918 年 8 月 15 日,第 5 卷第 2 号。

⑤ 李大钊:《联治主义与世界组织》,载《新潮》,1919 年 2 月 1 日,第 1 卷第 2 期。

⑥ 雁冰:《一九一八之学生》,《学生杂志》,1918 年 1 月 5 日,第 5 卷第 1 号。

⑦ 冰(沈雁冰):《对于黄蔼女士讨论小组织问题一文的意见》,《时事新报·学灯》,1919 年 7 月 25 日。

⑧ 雁冰:《罗塞尔〈到自由的几条拟径〉》,《解放与改造》,1919 年 12 月 1 日,第 1 卷 7 号。

⑨ 雁冰:《读〈少年中国〉妇女号》,《妇女杂志》,1920 年 1 月 5 日,第 6 卷 1 号。

⑩ 雁冰:《佩服与崇拜》,《时事新报·学灯》,1920 年 1 月 25 日。

识,而这种认识又影响到他直接将"新理想主义"视为"新浪漫主义"的代表和标竿。他指出:"最能为新浪漫主义之代表作品,实推法人罗兰之《约翰·克利斯朵夫》。罗兰于此长篇小说中,综括前世纪一世纪内之思想变迁而表现之,书中主人公约翰·克利斯朵夫受思潮之冲激,环境之迫压,而卒能表现其'自我',进入新光明之'黎明'"①。很多研究者因为没有注意到沈雁冰这段话的思想源流背景,认为这里所谓的"表现自我",就是一般意义上的倡导"个性主义"和"主观";其实,这完全是一种误解,因为罗曼·罗兰借约翰·克利斯朵夫来追求的"自我实现":"就是要建立一个国际性的祖国,一个理想世界;在这个世界上,没有阶级之分、人种之分、民族之分、国家之分,大家都是世界公民,都是兄弟姐妹。……在国际性的祖国里,人类之间只有安慰和热爱"②。沈雁冰在另一篇倡导"新浪漫主义"的文章中,正是这样解释的:"罗兰的大著'Jean Christophe'(按:《约翰·克利斯朵夫》)便是他的新浪漫主义的代表","他书中打破了德法的疆界,既然德法的疆界可以打破,自然一切的疆界都可打破"③。意思很明确,沈雁冰所看中的正是《约翰·克利斯朵夫》中主人公克利斯朵夫身上那种超越德国、法国的民族和种族界限的"人类爱",视全世界为一家的"博爱大同"式"人道主义"情怀。1920年,沈雁冰在《非杀论的文学家》中对于巴比塞的"新浪漫主义/新理想主义"文学的肯定,其实也正是对于巴比塞主张"非杀论"(反战)、"人道"的肯定,在不久后写作的《欧美新文学最近之趋势》中,沈雁冰更进一步指出,巴比塞的"新浪漫主义/新理想主义"代表作《光明》,最大的特点就是写青年"入于战场而终能超于战场,不为战争而战争。"④正是"一战"后"反战"思潮和"人类大同"的人道主义思想的流播,扩大了"反战"的人道主义作家罗曼·罗兰的《约翰·克利斯朵夫》和巴比塞的《光明》、《火线下》在中国文坛的影响,沈雁冰也正是在这个意义上将"新理想主义"理解成"新浪漫主义"的代表的。

沈雁冰对于"新理想主义"文学的这种理解,在"五四"时期并不是一种孤立现象。周作人在谈论到日本的"新派"文学时,也曾用"新理想主义"一词,来指称武者小路实笃等人提倡"互助、博爱"的人道主义文学⑤。谢六逸也指出,以武者小路实笃为首的白桦派的"新理想主义"艺术,"是肯定人生的,是有理想的,有光明的。他们的基本思想是人道主义与爱的思想","尤以托尔斯泰的世界主义与人道主义的思想对于他们的感化最大"⑥。同时,郁达夫、郭沫若也都曾在文章中指出,反抗既成国家制度的罗曼·罗兰和"提倡新光明运动"的巴比色(Barbusse),是新理想主义的代表⑦;罗曼·罗兰、巴比塞是

---

① 雁冰:《为新文学研究者进一解》,《改造》,1920年9月15日,第3卷1号。
② 杨善禄、罗刚:《罗曼·罗兰·译序》,见茨威格著《罗曼·罗兰》,杨善禄、罗刚译,安徽文艺出版社,2000年8月版,第2—3页。
③ 雁冰:《为新文学研究者进一解》,《改造》,1920年9月15日,第3卷1号。
④ 雁冰:《欧美新文学最近之趋势书后》,《东方杂志》,1920年9月25日,第17卷18号。
⑤ 周作人:《日本近三十年小说之发达》,《新青年》,1918年7月,第5卷1号。
⑥ 谢六逸:《日本文学史》,北新书局,1929年版,第95页。
⑦ 郁达夫:《文学上的阶级斗争》,《创造周报》,1923年5月27日,第3号。

提倡世界主义宣扬"人类爱"的作家,我国当今"从事文艺运动的人",应该"与国外的世界主义者相呼应……使我们中国得以早一日成为世界主义的新国。"①沈雁冰自己则明确指出,文学是"沟通人类感情代全人类呼喊的唯一工具,从此,世界上不同色的人种可以融化可以调和"②。

沈雁冰对于"新理想主义"的"人类爱"的认定和倡导,得到了文学研究会从理论到创作上的支持。《文学研究会丛书缘起》宣称,新文学的理想就是"把人们的一切阶级、一切国界、一切人我界,都融合在里面。"③郑振铎提出,新文学的使命就是把人类的"同情心"从"残忍冷酷的国旗与阶级制度底下"解放出来④。这种对于"人类爱"的理想追求,相应地诞生了文学研究会"爱"与"美"的"人道主义"代表作之一———冰心的《国旗》。小说描写的是不同国籍的儿童之间的朋友之爱对国家之爱的突破与超越,那阻隔了"天真的,伟大的爱"的国旗,最后"幻成了一种新的标帜"———人类"大同"。小说旨在阐明,国家是妨害人与人之间相爱与互助的障碍,只有消除国界所造成的隔阂而向人类"大同"凝眸,人类才能真正步入充满了"爱"与"美"的理想国。《小说月报》上署名"赤子"的文章赞道:《国旗》是一篇极好的作品……在此发现了她对于国家的观念。她觉得国界是不应当分的,人类是应当合一的,因此她对那隔开人类的友爱的'国旗'下以最猛烈的攻击……这篇里表现的作者,最为伟大,现在的世界正急切的需求这等的作品呵!"⑤。可见,文学研究会的"爱"与"美"的文学创作,与沈雁冰所倡导的"新浪漫主义"(新理想主义),是有具体某种协同性的。

虽然沈雁冰自 1922 年起就将文学倡导的重点转向了"自然主义"、"写实主义",不过他认为这只是在"创作方法"上的一种汲取,至于在"人生观"上,他一直到了 1924 年仍然认为以"新浪漫主义"为合理。到了 1925 年,中国国内的形势急剧变化,国共合作的国民革命受到了大小军阀所勾结的国外势力的种种威胁,民族危机意识在知识界再度激化,"无产阶级革命"被一大批左翼知识分子认为是改造中国社会制度进而拯救民族危亡的唯一出路,因此,沈雁冰撰写了《论无产阶级艺术》一文,认为罗曼·罗兰主张通过"人类爱"来实现"世界大同"的"民众艺术"("新理想主义"文学),"不过是有产阶级知识界的一种乌托邦思想而已"⑥,并转而提倡高尔基那种以阶级斗争的方式实现社会主义理想的"新唯实主义"文学(按,指唯物主义)。此时,民族危机意识再度高扬所引起的中国思想界和文学界的思潮变化,可以在周作人那里得到印证。他在此时也放弃了

---

① 郭沫若:《国家的与超国家的》,《创造周报》,1923 年 10 月 20 日,第 24 号。
② 雁冰:《文学和人的关系及中国古来对于文学者身份的误认》,载《小说月报》,1921 年 1 月 10 日,第 12 卷第 1 号。
③ 《文学研究会丛书缘起》,阿英编选《中国新文学大系·史料、索引》,上海良友图书印刷公司 1936 年版,第 73 页。
④ 西谛(郑振铎):《文学的使命》,《时事新报·文学旬刊》,1921 年 6 月 20 日,第 5 号。
⑤ 赤子:《读冰心女士作品底感想》,《小说月报》,1922 年 11 月 10 日,第 13 卷第 11 号。
⑥ 参见沈雁冰:《论无产阶级艺术》,《文学周报》,1925 年 5 月 2、17、31 日和 10 月 24 日,第 172、173、175、176 期。

世界主义的"大同"幻想，"又回到民族主义上来了"①。同时，沈雁冰这种由思想观念转型而引起的文学观念的变化，在文学研究会中并不是一种孤立的现象。在1925年"五卅"惨案之后，郑振铎、胡俞之、叶圣陶等人创刊了《公理日报》，为民族危亡急剧呼吁。此时，"阶级文学观"逐渐代替"人道主义"文学观，并成为了文学研究会的主流，按郑振铎的说法，是"五卅运动在上海的爆发把整个中国历史涂上了另一种颜色，文学运动也便转变了另一个方面②"。至此，文学研究会的"爱"与"美"的文学走向式弱，其步调与沈雁冰否弃罗曼·罗兰的"新浪漫主义"大体一致。至1929年，茅盾在《西洋文学通论》里已经不再把巴比塞视为与罗曼·罗兰相同的"新理想主义"作家了，而将已经由"人道主义"转向同情苏俄的"阶级革命"的巴比塞，划归到了以高尔基为代表的"新写实主义"行列；坚持"人道主义"文学，并因拒绝"阶级论"而和巴比塞论争的罗曼·罗兰，在茅盾眼中则成了"个人主义"、"资产阶级"文学的一个代表，并由此将他与真正的"现代主义"（也被认为是"个人主义"、"资产阶级"的艺术）归并为一处加以否弃。茅盾这时给"新浪漫主义"的新定义是："只是不安社会中彷徨者的麻醉剂和逃遁的暗角罢了"③。茅盾的这种认识，在1929年前后并不是一种独立的现象，王独清后来有一段话可与之相印证："巴比塞一篇批评罗曼罗郎底主义的文字激起了一场论战。罗曼罗郎表示出了他改造社会的主张，他以为甘地所取的手段便是唯一可赞美的手段。人道主义与暴力革命的主张在双方文字中狠显明地爆着它们的火花。……一向罗曼罗郎是我表敬意的现代作家之一，而这次我却像被巴比塞吸引住了。"④

　　通过以上考察我们可以发现，沈雁冰与"新浪漫主义"的关系，沈雁冰与"现代主义"的关系，虽然两者之间不无关联，但实际上它们基本上属于两个命题，不能简单等同。沈雁冰虽然译介过许多现代派的作家、作品，但这只是出于普及知识的需要；而他明确提出要倡导的"新浪漫主义"（这代表着沈雁冰心目中的文学方向），实质上是指以"新理想主义"哲学为骨子，包含着"人类爱"这一特殊色彩的"人道主义"文学。文学研究会的"爱"与"美"文学，正是与之相呼应的文学种类，或者可视为是某种变形。

【本文为笔者主持的"国家社科基金项目"：《〈小说月报〉与中国文学的现代进程》（项目编号08CZW030）的阶段性成果。】

（原载《文学评论》2009年第6期）

---

①　开明（周作人）：《元旦试笔》，《语丝》，1925年1月12日，第9期。

②　郑振铎：《中国新文学大系·文学论争集·导言》，上海良友图书印刷公司，1935年版。

③　茅盾：《西洋文学通论》，《茅盾全集》第29集，人民文学出版社，第191页。

④　王独清：《我在欧洲的生活》，《申报·自由谈》，1934年8月9日。

"五四"新文学与古典传统及其评价

高　玉

不可否认,"五四"新文化运动和新文学运动有失误的地方,"五四"之后中国文化和文学的很多弊端都可以从"五四"之中找到历史的渊源,所以,对"五四"进行历史反思和现实意义的总结是非常必要的。但另一方面,我认为,评价和定位"五四",我们不应该脱离具体的历史语境,我们不能用今天的现实状况和理论水平来要求"五四",很多人都把目前中国思想文化领域存在的问题归罪于"五四"进而否定"五四",我认为这是反"历史"的,也是标准错位的。那么,现代文学与传统文学是否是断裂的关系? 在现代与传统的意义上我们如何评价"五四"? 本文将主要探讨这两个问题。

一

近年来,对"五四"新文化运动和新文学运动的否定性观点越来越多,比如批评白话文运动,郑敏认为:"将文言文定为封建文化并予以打倒,其结果是播下整个世纪轻视汉语文化传统的政治偏见的种子。"[①]再比如批评"五四"把"科学"和"民主"绝对化,张灏认为"五四"知识分子把"德先生"和"赛先生"变成了"德菩萨"和"赛菩萨"[②],他批评"五四"新文化运动试图用这两个"先生"来一劳永逸地解决中国的一切问题。还有诸多具体的批评,但根本性的批评也是最多的批评是认为"五四"极端反传统,从而丢弃了传统,造成了中国文化与文学的断裂。

我认为,这种观点不仅对"五四"新文化运动和新文学运动的理论有误解,对中国现代文化特征和性质的判断也是错误的。

"五四"新文化运动的确是陈独秀、胡适等人发动的,他们的理论代表了新文化运动的主流,他们通常被称为"新文化派"。但"五四"以后所形成的中国现代文化包括文学却是一种复合体,"五四"新文化运动时,各种力量相互制衡并且相互作用,因而所形成的现代中国文化和文学也具有各种因素,既有西方的因素,也有中国传统的因素,因而既具有西方性,又具有中国传统性,这两方面相融合从而使中国现代文化和文学既不同

---

① 郑敏:《关于〈如何评价"五四"白话文运动〉之商榷》,《结构-解构视角:语言·文化·评论》,清华大学出版社,1998年版,第126页。
② 张灏:《五四运动的批判与肯定》,《张灏自选集》,上海教育出版社,2002年版,第233页。

于西方文化和文学,也不同于中国传统文化和文学,而具有新的品质。"五四"新文化运动不具有单纯性,中国现代文化和文学也不是单一的整体。

很多人都把中国现代文化和文学理解为陈独秀、胡适等人所提倡的"新文化"和"新文学",这是很大的误解。"五四"时期,在文化和文学上有各种各样的理论主张和具体实践,从极端传统派到传统派到折衷派到西化派到极端西化派,从而构成了一条完整的从"中"到"西"的链条。极端传统派也可以说是极端保守主义,以辜鸿铭为代表,"五四"时期以主张"复古"而有名。传统派也即保守主义,代表人物有"学衡派"诸君子以及杜亚泉、章士钊、梁启超、梁漱溟等。折衷派也即调和派,以伧父、刘鉴泉为代表。西化派也即"新文化派",当时被认为是激进主义的,以陈独秀、胡适、鲁迅、李大钊等为代表。极端西化派则以陈序经为代表,当时以提倡"全盘西化"而著名。并且这每一派都不是凭空产生的,都有历史渊源,比如辜鸿铭的极端复古主张就可以追溯到杨光先、倭仁那里,杨光先非常有名的言论是:"宁可使中夏无好历法,不可使中夏有西洋人"[①]。传统派的理论可以追溯到张之洞的"中学为体,西学为用"[②]。西化派实际上是魏源、林则徐、王韬等人"师夷"主张的进一步发展和深入。而陈序经"全盘西化"则把向西方学习极端化或者说绝对化。

"五四"新文化运动是陈独秀、胡适等人发动的,所以"新文化派"思想是当时的主流思想,但保守主义的思想同样对新文化运动有着深刻的影响,只不过方向相反罢了。"五四"新文化运动并不完全是按照"新文化派"的理论和设想来行进的,"新文化派"的有些设想和主张实现了,有些则没有实现或者说没有完全实现,比如废汉字改用拼音文字的设想就没有实现。白话文取代文言文可以说是"新文化派"最重要的成功,但"五四"后通行的白话文和胡适所倡导的口语性的白话文实际上有相当的差距,"五四"之后通行的白话文当时叫"国语",现在叫"现代汉语",在构成上,它既具有民间口语的成分,又有西方语言的成分,还有古代汉语的成分,也就是说,文言文实际上以词语和话语的方式融入了现代汉语。"新文化派"的各种理论和主张之所以不能畅通无阻地施行,这与保守主义的制衡有很大关系,保守主义实际上以他们的理论和实践对"新文化派"的文化革新进行了修正、补充和完善,这种修正、补充和完善不是主观愿望上的,而是事实上的。

实际上,"五四"时期,激进与保守不仅相互制约,而且相互作用。关于激进与保守,余英时先生曾有一个非常精彩的论述:"相对于任何文化传统而言,在比较正常的状态下,'保守'与'激进'都是在紧张之中保持一种动态的平衡。例如在一个要求变革的时代,'激进'往往成为主导的价值,但是'保守'则对'激进'发生一种制约作用,警告人不

---

① 转引自鲁迅的《随便翻翻》"杨光先"注释,《鲁迅全集》第6卷,人民文学出版社,1981年版,第140页。

② 张之洞:《劝学篇·会通》,原话是:中学为内学,西学为外学,中学治身心,西学应世事."《张之洞全集》第12卷,河北人民出版社,1998年版,第9767页。关于这个问题的来龙去脉,可参见丁伟志、陈崧著《中西体用之间》,中国社会科学出版社,1995年版。

要为了逞一时之快而毁掉长期积累下来的一切文化业绩。相反的,在一个要求安定的时代,'保守'常常是思想的主调,而'激进'则发挥着推动的作用,叫人不能因图一时之安而窒息了文化的创造生机。"①"五四"时期激进与保守就是第一种状况,用现在的政治话语来讲就是,陈独秀、胡适等人的激进派是"执政党",而"学衡派"等"传统派"则是"反对党"或者"在野党","反对党"不是可有可无的,它在整个新文化运动中扮演了重要的角色,是一种重要的力量,它的作用主要是制约。

"五四"之后,中国文化发生了根本性的变化,所形成的中国现代文化深受西方文化的影响,大量吸收和借鉴了西方思想资源,从而在"类型"上迥异于中国古代文化,这就是我们所说的"现代转型"。比如中国现代知识谱系就与中国古代知识谱系在类型上有根本的差别,中国古代是"四部"之学,而中国现代则是"七科"之学。但是,这并不意味着中国传统文化在"五四"之后就消失了,恰恰相反,在中国现代文化中,中国传统文化仍然是非常重要的构成因素,只不过不再以谱系的方式存在。"五四"新文化运动可以说摧毁了中国传统文化的秩序并建立了新的文化秩序,但它并没有完全抹去传统文化,传统文化在新的文化秩序中仍然是重要的组成部分。在传统问题上,我非常赞同这样一种评价:"事实上,'五四'以及'五四'以来的半个多世纪,是从未与传统脱过钩的。'五四'的最激进者在态度上仿佛是与传统决裂的,但无论从他们本人的生活还是从他们写出的东西上看,他们都与传统保持着千丝万缕的联系。"②

"打倒孔家店"是我们后来对"五四"新文化运动一个非常流行的概括,但却是非常简单化的概括。它并不能概括"五四"新文化运动的精神,联系胡适说这句的语境,它其实有其特殊的含义。③ 实际上,"五四"新文化运动真正的口号,肯定性的是"民主"与"科学"(即"德先生"和"赛先生"),否定性的是从尼采那里借来的一句话:"重新估定一切价值","估定"而不是"否定"非常明确地表达了"五四"对于传统的态度。对于"国故",胡适主张"整理"而不是"否定",这同样说明了"五四"对于传统的态度。"五四"新文化运动的确具有强烈的反传统色彩,但主要是反封建专制政体和专制思想,并不是全盘否定传统,也从来没有"全盘否定传统"的说法,有人把"五四"新文化运动说成是主张在传统的灰烬上重建中国文化,这是非常错误的理解。

"五四"时期,陈序经曾提倡"全盘西化"。但什么是"全盘西化",我们没有看到陈序经具体的解释,他曾说"全盘"就是"彻底",但这仍然是词语上的意义循环,没有具体内涵。所以对于"全盘西化",我们至今仍然在理解上存在着歧义,有人认为,陈序经真正

---

① 余英时:《中国近代思想上的保守与激进——香港中文大学二十五周年纪念讲座第四讲(一九八八年九月)》,《钱穆与中国文化》,上海远东出版社,1994年版,第216页。

② 孔庆东:《现代文学研究与坚持"五四"启蒙精神》,《中国现代文学研究丛刊》1997年第4期。

③ 关于这一问题,严家炎先生有详细的辨析,参见严家炎《"五四""全盘反传统"问题之考辨》,《文艺研究》2007年第3期。

的意思是"要在中国确立现代性"①。殷海光则认为"全盘西化"就是把"自己的文化完全洗刷干净,再来全盘接受西方",所以他说:"严格地说,主张全盘西化的人,连'全'、'盘'、'西'、'化'这四个汉字也不能用,用了就不算全盘西化。"②事实上,陈序经"全盘西化"主张是建立在胡适的一个基本判断上,胡适认为:"我们必须承认我们自己百事不如人,不但物质上不如人,不但机械上不如人,并且政治社会道德都不如人"③,因为不如人所以要学习西方。陈序经似乎是在"百事"上做文章,既然中国"百事"不如人,那就应该"百事"都向西方学习,所以他提倡科学要西化、教育要西化、政治要西化、法律要西化、文化要西化等④。据此,我的理解,他所说的"全盘西化"应该是"全面西化",不只是物质上要西化,精神上也要西化,因为西方精神和物质是一体的。所以,"全盘西化"并不是我们一般人所理解的把传统放弃,改用西方的那一套,这既没有必要,也不可能。退一步讲,就算陈序经的"全盘西化"本义是主张照搬照抄西方,完全否定中国传统,这也只是一家之言,并不代表"五四"新文化运动的全部。陈序经的理论并不能主宰新文化运动的方向。

就文学来说,中国现代文学既与中国古代文学有根本的区别,但又有深层的联系,中国现代文学并没有割断与传统文学的血脉关系。中国现代文学与中国古代文学是"转型"的关系而不是"断裂"的关系。这首先表现在,"五四"以后所形成的中国文学格局不只是有新文学,还有旧文学,比如旧体诗词、章回体小说、武侠小说等。其实,"五四"新文学运动之后,旧文学的力量和势力还非常强大。当今的中国现代文学史以"新文学"为本位,排斥旧文学和旧文学色彩比较重的通俗文学,似乎"五四"时期和"五四"之后就是新文学一统天下,似乎旧文学一夜之间就从中国文学舞台上消失了。其实不是这样。"五四"时期,新文学运动作为新文化运动的急先锋,作为新兴文学,曾非常风光,给中国文坛造成巨大的震动,并改变了中国文学的格局和发展方向,但当时中国文学的主流并不是新文学,而是旧文学,旧文学在出版和发行上都处于绝对的优势地位。事实上,"五四"新文学运动之后很长一段时间新文学都非常寂寞,作家有限,作品有限,读者也有限。赵家璧之所以要编后来影响巨大的《中国新文学大系》,一个很重要的原因就是"30年代初五四文学已经衰落并且被迅速忘却","竟有些像起古董来"。⑤ 这可能有些夸张,但新文学在"五四"时期以及之后很长时间的确不像我们现在文学史中书写的那样热闹和一统天下,这却是事实。在《中国新文学大系》"小说一集"的"导言"中,茅盾描写新文学初期的情况:"那时候(民国十年春),《小说月报》每月收到的创作小说投稿——想在'新文学'的小说部门'尝试'的青年们的作品,至多不过十来篇,而且大多

① 张世保:《陈序经"全盘西化"论解析》,《中南民族大学学报》2008年第2期。
② 殷海光:《中国文化的展望》上海三联书店,2002年版,第364、368页。
③ 胡适:《请大家来照照镜子》,《胡适文集》第4卷,北京大学出版社,1998年版,第27页。
④ 参考陈序经《东西文化观》第三编。中国人民大学出版社,2004年版。
⑤ 刘禾:《跨语际实践——文学、民族文化与被译介的现代性(中国,1900—1937)》,生活·读书·新知三联书店,2002年版,第310、313页。

数很幼稚,不能发表。""那时候,除《小说月报》以外,各杂志及各日报副刊上发表的创作小说,似乎也不很多。"①茅盾这里所说的"创作小说"其实就是现代小说。1921 年,中国的小说并不少,只是属于新文学的现代小说不多。

1943 年,郭沫若还这样描述新文学的历程:"经过一九一九年的'五四'运动,随着反帝、反封建的政治旗帜的明朗化,新文艺运动乃至整个的文化运动,获得了划时期的胜利,便由叛逆的地位升到了支配的地位。"②20 年代初期,新文学运动就可以说取得了胜利,但新文学何时取得支配的地位,这是一个有争论的问题。一个基本的事实是:"五四"时期新文学是"反抗者",是"被压迫者",而传统文学则是"被反抗者"或"压迫者",新文学取得支配地位之后,二者的位置颠倒过来,但不管谁是"反抗者"或"被压迫者",谁是"被反抗者"或"压迫者",它都说明,新文学和传统文学在中国现代文学史上是共存的,并且同等重要,范伯群先生称之为"两个翅膀"。③ 传统文学特别是纯粹的旧文学虽然在 40 年代之后越来越式微,但总体上它仍然是一种广泛的文学现象,有自己的审美特征以及文学史的贡献,至今也没有从文坛上消失并且仍然有影响。

更重要的是,即使在新文学内部,传统的因素也是非常强大的。今天我们批评"五四"新文学太激进因而导致和传统文学的"断裂",其实,"五四"之后很长一段时间文学界对新文学的批评和现在的方向恰恰是相反的,多是批评"五四"新文学在传统问题上的不彻底性和妥协性。比如茅盾就多次批评"五四"新文学,认为它是失败的:"'五四'运动并未完成它的历史的任务:反封建和反帝国主义的斗争。'五四'以'反封建'为号召,但旋即即与封建势力为各种方式的妥协,对封建势力为各种方式的屈服!"④"'五四'做'启蒙先生'的时候,得意文章之一是'反对封建思想'。不幸他只做了一个头,就没有魄力做下去。"⑤又说:"'五四'的文学运动在最初一页是'解放运动';就是要求从传统的文艺观念解放出来,从传统的文艺形式(文言文、章回体等等)解放出来。"但实际却是:"'解放运动'堕落为白话文运动,而新旧文学之争也被一般人认为文言白话之争;到了问题只在'文''白'的时候,所谓'新文学运动'者只是阉割了的废物。"⑥郭沫若在 1923 年这样评价"五四"新文学运动:"四五年前的白话文革命,在破了的絮袄上虽打了几个补绽,在污了的粉壁上虽涂了一层白垩,但是里面内容依然还是败棉,依然还是粪土。"⑦这些批评不一定正确,新文学是否在"反封建"、"反传统"的层面上失败了?是否

① 茅盾:《中国新文学大系·小说一集·导言》,《中国新文学大系·小说一集》,上海文艺出版社,2003 年影印版,第 1 页。
② 郭沫若:《新文艺的使命——纪念文协五周年》,《郭沫若全集》"文学编"第 19 卷,人民文学出版社,1992 年版,第 375 页。
③ 见范伯群《我心目中的中国现代文学史框架》,《深圳大学学报》2004 年第 1 期;《"两个翅膀论"不过是重提文学史上的一个常识——答袁良骏先生的公开信》,《文艺争鸣》2003 年第 3 期等。
④ 茅盾:《"五四"与民族革命文学》,《茅盾全集》第 19 卷,人民文学出版社,1991 年版,第 311 页。
⑤ 茅盾:《从"五四"说起》,《茅盾全集》第 20 卷,人民文学出版社,1990 年版,第 52 页。
⑥ 茅盾:《我们有什么遗产》,《茅盾全集》第 20 卷,人民文学出版社,1990 年版,第 54、55 页。
⑦ 郭沫若:《我们的文学新运动》,《郭沫若全集》"文学编"第 16 卷,人民文学出版社,1989 年版,第 4 页。

只是白话文运动？是否是"新瓶装旧酒"？这值得深入地讨论。但这种从新文学内部发出来的批评新文学保守的观念，则从另外一个方面说明了新文学的传统性或者说它与传统文学之间的密切联系，新文学对传统文学的反抗和叛逆其实是有限度的。

新文学的开创者们都是从旧文化的母体中脱胎出来的，他们从小就熟读古书，他们的语言、思维、对事物的感知方式、情感等都与从小的阅读有很大的关系，中国传统文化和文学的精髓就像血液一样流淌在他们的体内，他们的文学创作不可能与传统文学没有关系，中国古代经籍和文学对他们的影响是巨大的，并且表现在他们的创作中，只不过这种影响是深层的，他们本人可能并没有意识到[①]。

事实上，"五四"之后的新文学并没有完全脱离传统，它具有很强的传统性。冯至认为，"五四"新文学既有对传统的继承，又有对外来文学的借鉴，二者的历史逻辑是先有对西方文学的学习然后才有对传统继承的自觉，他说："有两种看法：一种是认为新文学是继承和发展了中国进步文学的传统，一种说是受到西方文学的影响。这两种看法各有它的理由，但不能只强调一方面而忽视另一方面，把两者结合起来，才符合实际。……先有了西方文学的影响，新文学才更好地继承和发展了中国文学的优良传统，而不是相反。"[②]周质平先生认为胡适的文学观念一方面深受西方文学观念的影响，但另一方面也具有本土性，"他承继了相当的祖宗遗产，他们的综合之力是大于创始之功的。"[③]胡适说："做新诗的方法根本上就是做一切诗的方法。"[④]"一切诗"，既包括西方诗歌，也包括中国传统诗歌。新诗作为自由体诗，它的发生深受西方自由诗的影响，但与西方自由诗又有根本的区别。它与中国古典诗歌在形式上迥异，但在深层上包括思想、意境、意象、技法等方面都大量从古典诗歌中吸收营养[⑤]，特别是成熟之后的新诗越来越回归中国传统，换句话说，新诗由于回归传统而越来越成熟。

诗歌是这样，小说也是这样。实际上，中国现代"小说"概念既不是西方的"小说"概念，也不是中国古代的"小说"的概念，而是综合了中西方两种"小说"概念的新的概念。文学事实是，中国现代小说一方面深受西方各种小说的影响，但另一方面又充分吸收和借鉴了中国古典小说的形式，在结构、表现手法和写作技巧等多方面多有继承，因而中国现代小说仍然有很浓的传统因素。散文、戏剧也是这样。所以，中国新文学是一种调和或中和的文学，既学习西方，又不失中国传统。

对于陈独秀、胡适、鲁迅、李大钊、周作人等新文学运动的发起者和开创者，我们过去一直把他们定性为"激进派"，认为他们的观点过于偏激。我认为这极其表面。的确，现在看来，胡适、鲁迅以及钱玄同、傅斯年、陈独秀等人有很激进的主张，比如鲁迅主张

---

① 关于这一问题，笔者在《读古书与现代知识分子》一文中有详细的论述，见《学术界》2009 年第 3 期。

② 冯至：《新文学初期的继承与借鉴》，《冯至全集》第 8 卷，河北教育出版社，1999 年版，第 218 页。

③ 周质平：《胡适文学理论探源》，《胡适与现代中国思潮》，南京大学出版社，2002 年版，第 167 页。

④ 胡适：《谈新诗——八年来一件大事》，《胡适文集》第 2 卷，北京大学出版社，1998 年版，第 145 页。

⑤ 关于新诗与中国古典诗歌之间的关系，可参见李怡《中国现代新诗与古典诗歌传统》，西南师范大学出版社，1999 年版。

青年人少看或者干脆不看中国书，认为中国古书页页害人，中国国粹等于放屁。胡适主张"全盘西化"。但实际上，胡适、鲁迅等人的这些观点具有策略性，在激烈的表述后面具有一种中庸的心态和目标。胡适理论上提倡"全盘西化"，但真正希望的是折中的、调和的事实。"取法乎上，仅得其中，取法乎中，风斯下矣"，"全盘接受了，旧文化的'惰性'自然会使他成为一个折衷调和的中国本位新文化。"①对于中国传统文学，他表面上激烈地否定，但本意并不是完全否定，而是在否定中求得平衡，在激进中求得中庸。

鲁迅也是这样，他曾经说："中国人的性情是总喜欢调和，折中的。譬如你说，这屋子太暗，须在这里开一个窗，大家一定不允许的。但如果你主张拆掉屋顶，他们就会来调和，愿意开窗了。没有更激烈的主张，他们总连平和的改革也不肯行。"②主张折衷、调和，理论上当然正确，但是在当时的语境中，在强大的传统惰性力量中，他会成为保守观念的一种委婉的表达。所以我们可以这样说，"保守派"在理论上主张调和而实际上是保守，"激进派"在理论上主张激进而实际上是中庸。在这一意义上，我们不能根据胡适、鲁迅等人的一些理论主张就认定他们否定传统文学并反对继承传统文学。

二

如何评价"五四"新文化运动和新文学运动？过去的充分肯定是没有多少争议的，但目前似乎又成为了一个问题，否定性的意见越来越多。我认为，"五四"新文化运动对中国现代社会的建构，其贡献是巨大的，它所确立的"科学"、"民主"等一系列价值观，使中国社会和文化发生了转型，中国社会的结构、知识谱系，中国人的思维方式和观念都发生了根本性的改变，从此脱离了"古代"类型，真正进入了"现代"，进而融入到世界体系之中，并且不可逆转。张申府这样评价"五四"："中国在思想见解学术文化上，五四以前是封锁的，五四以后，是开放的；五四以前是单纯的，五四以后是复杂的；五四以前是停滞的，五四以后是急进的。"③中国近代以来向西方学习从器物的层面上升到社会的层面再上升到文化的层面，这是一个逐步深入的过程，相应地，中国社会的变革也是从科学技术上升到政治体制再上升到思想文化，可以说，"五四"新文化运动是戊戌变法运动的合理延伸。在当时的历史语境下，"革新"是最佳时机，"五四"新文化运动是最合理的选择、最好的选择，也是最有效的选择。

在文学上，我认为，向西方学习，反传统，积极寻求变革与创新，这无可非议。中国文学在《红楼梦》以后到新文学运动前夕一百多年一直处于低谷，没有伟大的作家，也没有伟大的作品。中国文学已经长期停滞不前，不论是内容上还是形式上都需要革新和

---

① 胡适：《编辑后记》，罗荣渠主编《从"西化"到现代化》，北京大学出版社，1990年版，第416页。
② 鲁迅：《无声的中国——二月十六日在香港青年会讲》，《鲁迅全集》第4卷，人民文学出版社，1981年版，第13—14页。
③ 张申府：《五四当年与今日》，《张申府文集》第1卷，河北人民出版社，2005年版，第428页。

创造,"五四"新文学运动则可以说是积蓄已久的文学变革的一个总爆发。作为变革,它是长期积累的结果,它有其历史根据和逻辑根据,并不是某些个人的心血来潮和随心所欲。鲁迅认为文学革命的发生有两个原因:"一方面是由于社会的要求的,一方面则是受了西洋文学的影响。"①茅盾也说:"'五四'不是从天而降的。不是北大的几位教授胡适之随陈独秀他们一觉困醒来时忽然想起要搞个'五四'玩玩。这是有它的必然要发生的社会的基础。"②也就是说,"五四"新文学运动其实是顺应历史,它和晚清的"诗界革命"、"小说界革命"等文学革新运动是一脉相承的。

整个新文学是这样,新文学中的具体文体和问题也是这样。比如新诗,臧克家说:"中国旧诗到了'五四'以前的那个时期,已经丧失了它的生命力,从中再也找不到古典优秀诗歌里所具有的那种时代精神和人民性,虽然也还有几个人顶着诗人的头衔,其实他们只是在苦心摹拟古人,只'专讲声调格律',那种腐朽的内容,和时代的要求相去是多么远呵。"③就是说,诗歌革命是历史的必然要求,也是诗歌发展的一种趋势。

事实上,新文化和新文学运动中的很多具体问题都是有历史来源的。比如,"五四"时期,钱玄同提出废除汉文:"欲废孔学,不可不先废汉文;欲驱除一般人之幼稚的野蛮的顽固的思想,尤不可不先废汉文。"④傅斯年主张"汉字改用拼音文字"⑤。鲁迅当时在私下里也曾表示:"汉文终当废去,盖人存则文必废,文存则人当亡。"⑥这在今天看来也是非常极端的。但实际上,早在晚清就有废汉文的主张,最早对汉文表示怀疑的是谭嗣同,在《仁学》中他提倡"尽改象形字为谐音字"⑦,这可以说是"废汉字改拼音文字"主张的先声。1904年,蔡元培设想造一种"新字","又可拼音,又可会意,一学就会"⑧。而在1907年,吴稚晖、褚民谊、李石曾、张静江等人则比较系统地提出了"废汉字"的理论,他们在《新世纪》杂志上对这个问题进行了广泛的讨论,还提出了具体的方案。实际上,新文化运动前夕,文化界曾对中国是否应该废汉字改用"万国新语"(即世界语)进行过广泛的讨论⑨。

再比如白话文问题,"五四"新文化运动和新文学运动最明显的成果就是白话文取代文言文并最终成为中国现代通用语言。但实际上,提倡白话文并不是"五四"的新主

① 鲁迅:《〈草鞋脚〉小引》,《鲁迅全集》第6卷,人民文学出版社,1981年版,第20页。
② 茅盾:《"五四"运动的检讨——马克思主义文艺理论研究会报告》,《茅盾全集》第19卷,人民文学出版社,1991年版,第231—232页。
③ 臧克家:《"五四"以来新诗发展的一个轮廓——〈中国新诗选1919—1949〉代序》,《臧克家全集》第10卷,时代文艺出版社,2002年版,第219页。
④ 钱玄同:《中国今后之文字问题》,《钱玄同文集》第1卷,中国人民大学出版社,1999年版,第162页。
⑤ 傅斯年:《汉语改用拼音文字的初步谈》,《傅斯年全集》第1卷,湖南教育出版社,2003年版,第160页。
⑥ 鲁迅:《致许寿裳》(1919年1月16日),《鲁迅全集》第11卷,人民文学出版社,1981年版,第357页。
⑦ 转引自杨思信《文化民族主义与近代中国》,人民出版社,2003年版,第229页。
⑧ 蔡元培:《新年梦》,《蔡元培全集》第1卷,浙江教育出版社,1997年版,第435页。
⑨ 详细观点可参见罗志田《国家与学术:清季民初关于"国学"的思想争论》第四章,生活·读书·新知三联书店,2003年版。

张,早在戊戌维新时期,裘廷梁就提出"崇白话而废文言"的主张①。事实上,在"五四"白话文运动之前,晚清有一个同样广泛的白话文运动②,当时的陈独秀和胡适都曾积极参与。白话文在"五四"之后通行并构成了国语的基础或前身,当然与胡适的倡导有关,但它与其说是胡适的"发明创造",还不如说是胡适在代历史说话,正如郁达夫所说:"要知道白话文的所以能通行,所以不必假执政和督办的势力来强制人家做或买而自然能够'风行草偃'的原因,却因为气运已到,大家恨八股文,恨'之乎者也',已经恨极了,才办得到。哪里是胡氏的一句话,就能做出这样的结果来呢?"③如果白话文不能通行或者没有必要通行,多少个胡适提倡也是没有用的。

"五四"新文学运动的成就是巨大的,它为中国文学新的发展开辟了广阔的道路。现代文学与古典文学最大的不同就在于,它不再是封闭和自我循环的,而确立了向西方开放的机制,建立了与西方文学进行有效交流和对话的平台。西方文学不仅仅只是中国文学的资源,更是中国文学创造和革新的参照。郁达夫总结五四新文学的意义有三条,"最重要的一点,是因五四的一役,而打破了中国文学上传统的锁国主义;自此以后,中国文学便接上了世界文学的洪流,而成为世界文学的一枝一叶了。"④王瑶先生把"五四"文学革命的精神概括为五个方面:"(一) 提倡白话文,反对文言文;(二) 提倡正视现实,反对瞒与骗;(三) 提倡创新,反对模拟;(四) 提倡批判精神,反对折衷调和;(五) 提倡学习外国进步文学,反对国粹主义。"⑤新文学的精神当然不只是这些,但就是这些已经大大创新了中国文学,使中国文学在内容和形式上都取得了巨大的进步。比如在文学对人的描写和表现上,新文学呈现出一种全新的面貌,胡风评价"人的文学"的文学史进步:"这并不是说,五四以前的一部中国文学史没有写人,没有写人的心理和性格,但那在基本上只不过是被动的人,在被铸成了命运下面为个人的遭遇或悲或喜或哭或笑的人。到了五四,所谓新文学,在这个古老的土地上突然奔现了。那里面也当然是为个人的遭遇或悲或喜或哭或笑的人,但他们的或悲或喜或哭或笑却同时宣告了那个被铸成了命运的从内部产生的破裂。"⑥

今天我们站在新文学的基础上,享受和沐浴着新文学的阳光时,我们对白话文运动,对"人的文学",对文学革命,对戏剧等新文体的产生,觉得都不算什么,但是在当时的条件下,这是非常了不起的革新。正如臧克家评价新诗的贡献所说:"新诗之所以'新',首先在于它表现了'五四'时代新民主主义的革命精神,也就是彻底反帝反封建的精神。但是语言形式革命的重要性也不能低估。用了人民的口语或比较接近口语的语

---

① 裘廷梁:《论白话为维新之本》,郭绍虞、罗根泽主编《中国近代文论选》上册,人民文学出版社,1959 年版,第 178 页。

② 参见陈万雄:《五四新文化的源流》,生活·读书·新知三联书店,1997 年版,第 6 章第 1 节。

③ 郁达夫:《咒〈甲寅〉十四号的评新文学运动》,《郁达夫全集》第 10 卷,浙江大学出版社,2007 年版,第 124 页。

④ 郁达夫:《五四文学运动之历史的意义》,《郁达夫全集》第 11 卷,浙江大学出版社,2007 年版,第 83 页。

⑤ 王瑶:《"五四"文学革命的启示》,《王瑶全集》第 5 卷,河北教育出版社,2000 年版,第 171 页。

⑥ 胡风:《文学上的五四——为五四写》,《胡风全集》第 2 卷,湖北人民出版社,1999 年版,第 622 页。

言写诗,在形式方面,打破了固定的格律,另作一种截然不同的创造,在当时来说,是了不起。"①正是这种种革新创造使中国文学走出了低谷,并走向了全新的繁荣,产生了鲁迅、郭沫若、茅盾、巴金、老舍、曹禺这样一大批文学大师。朱光潜说:"五四运动促成精神的解放,可以说是一种具体而微的文艺复兴。"②中国现代文学是中国几千年文学史上少有的辉煌时期,就创造性来说,历史上只有春秋战国时期差可比拟。

这样说,并不是说"五四"新文化运动和新文学运动就是完美无缺的。"五四"也有失误,也存在着偏颇,并且这些失误和偏颇给中国现代文化和文学造成了某些遗憾。比如,对西方文化认识的一知半解,误解误读很多。对西方各种学说和理论缺乏深入的研究,借鉴和学习缺乏审慎的选择和甄别,有时盲目和急躁。对某些主张过于自信,陈独秀说:"伦理的觉悟,为吾人最后觉悟之最后觉悟。"③"改良中国文学,当以白话为文学之正宗之说,其是非甚明,必不容反对者有讨论之余地,必以吾辈所主张者为绝对之是,而不容他人之匡正也。"④今天看来,这些话在词句上过于绝对,也不是很科学的态度。再比如,"五四"新文化运动和新文学运动在价值选择和取舍上过于偏执,把某些价值强调到极端,而又忽视一些有用的价值,过分强调社会功利目的,比如强调理性忽视和否定非理性,强调科学忽视和否定宗教,强调现代性、启蒙主义忽视传统,强调物质价值忽视精神价值等。在文学上,强调文学的社会价值而忽视文学的娱乐休闲价值,重纯文学而忽视通俗文学,重现代文学而忽视传统文学等。⑤现代文学因为过分关注于国家民族的命运,过分关注于社会重大问题,强调启蒙主义和现代主义,有时不免显得太沉重、太严肃乃至陷于林语堂所批评的"方巾气"、"道学气"或者"冷猪肉气":"动辄任何小事,必以'救国''亡国'挂在头上,于是用国货牙刷也是救国,卖香水也是救国,弄得人家一举一动打一个嚏也不得安闲。有人留学,学习化学工程,明明是学制香烟、水牛皮,却非说是实业救国不可。"⑥

又比如,关于中与西对立问题。理论上,"中"与"西"并不是二元对立概念,它们不过是表示不同的地理位置而已,但在近代中国特殊的语境之中,学习西方就意味着传统的某些东西要放弃,所以它们构成了尖锐的对立,可以说,"中"与"西"的对立在鸦片战争之后突显了出来,而"五四"新文化运动因为激烈的变革不仅没有理性地缓解二者之间的矛盾,而且加剧了二者之间的冲突。陈独秀说:"吾人倘以新输入之欧化为是,则不得不以旧有之孔教为非。倘以旧有之孔教为是,则不得不以新输入之欧化为非。新旧之间,绝无调和两存之余地。"⑦这是当时比较普遍的观念,这种对立深刻地影响了中西

① 臧克家:《"五四",新诗伟大的起点》,《臧克家全集》第9卷,时代文艺出版社,2002年版,第446页。
② 朱光潜:《五四运动的意义和历史影响》,《朱光潜全集》第9卷,安徽教育出版社,1993年版,第114页。
③ 陈独秀:《吾人之最后觉悟》,《陈独秀著作选》第1卷,上海人民出版社,1993年版,第179页。
④ 陈独秀:《再答胡适之〈文学革命〉》,《陈独秀著作选》第1卷,上海人民出版社,1993年版,第302页。
⑤ 参见拙文《论"启蒙"作为"主义"与现代文学的缺失》,《人文杂志》2008年第5期。
⑥ 林语堂:《方巾气研究》,《林语堂名著全集》第14卷,东北师范大学出版社,1994年版,第168页。
⑦ 陈独秀:《答佩剑青年〈孔教〉》,《陈独秀著作选》第1卷,上海人民出版社,1993年版,第281页。

两种文化和文学在"五四"时期的交融与整合。我们看到,"五四"时期,白话与文言、现代与传统、科学与玄学、专制与民主、体与用、问题与主义、新与旧等构成了尖锐的二元对立,在态势上你死我活、势不两立,互相以否定和打倒对方为前提,从而制造了很多人为的对立和分裂。

在这一意义上,"五四"新文化运动和新文学运动值得反思也应该反思。但反思不能脱离历史语境,不能是非历史的,不能用今天的标准和眼光,不能站在现实立场和理论水平上来苛求"五四"进而否定它。

科学可以说是现代社会的核心价值,它作为一种精神价值的确立与"五四"新文化运动有着根本的关系,新文学运动某种意义上可以说是"科学"与"民主"的运动。陈独秀说:"凡此无常识之思,惟无理由之信仰,欲根治之,厥维科学。"[1]科学在"五四"时期可以说被强调到至高的地位,张君劢概括为:"盖二三十年来,吾国学界之中心思想,则曰科学万能。"[2]梁启超称之为"科学万能梦想"。在很多人的印象中,科学能够解决所有的问题。抽象地来说,把科学强调到极致,绝对化,这的确有它的问题,在这一意义上,我们可以对"五四"科学至上主义进行反思。但是,在当时传统思想方式占主导地位的语境下,在最缺乏科学的历史条件下,提倡科学和科学精神,这无可非议。20世纪初,西方都还沉浸在对科学和民主的满怀信心之中,让中国人对西方的核心价值观进行反思,这样的要求太高了,也是非历史的,极端理想化的。今天,以后现代主义为理论背景,站在西方一百多年社会发展的现实基础上,也即启蒙主义和现代性的问题都充分暴露出来之后再来看科学,我们看到,科学的确具有双面性,它给人类带来巨大进步的同时,也对现代社会造成了很大的负面影响,比如技术的发展使人类和地球自我毁灭的危险性大大增加,物质的繁荣导致精神上的更加空虚和异化,追求知识和真理而忽视幸福、正义和美,压抑"叙事"等。但"五四"时期,我们根本就不可能有这种理论水平,西方都不可能预见,我们怎么应该有这种先见之明呢?而且,今天对科学的合理反思并不意味着对科学的根本否定,它只是否定了科学的唯一性、万能性、至上主义等,某种意义上后现代主义对科学的反思可以看作是对科学的修补和完善。科学仍然是我们这个社会的主体价值,也是最有用的价值,科学给这个社会带来了危害,但如果不要科学,这个社会将会陷入更大的灾难。

实际上,反思科学要求我们具有高度的科学水平,"五四"时期中国对科学认识和了解还非常浅显,首要的任务是确定科学的观念,发展科学,达到西方的科学水平,然后才有可能进一步反思科学。否则,反思就只能是肤浅的、失败的,也是没有意义的。事实上,"五四"初期,新文化运动正在蓬勃开展之时,梁启超就对"科学"有所反思,后来的梁漱溟、张君劢对科学也有所批评,但他们的情绪是悲观主义的,方向是复古主义的"向后转",其工具是"东方文化"和"玄学",因而其论证自然是苍白的,不得要

---

① 陈独秀:《敬告青年》,《陈独秀著作选》第1卷,上海人民出版社,1993年版,第135页。
② 张君劢:《再论人生观与科学答丁在君》,《科学与人生观》,山东人民出版社,1997年版,第61页。

害,虽然有一定的影响,博得一定同情,但总体上是失败的。周策纵评价"科学与玄学"之争:"争论的双方在许多方面看来是很肤浅和混乱的,它们更像大众的辩论而不是学术的探讨。"①也就是说,当时的中国,不论是对科学的认识还是对于传统的认识,都达不到反思的水平。

中国现代社会以及当代社会出现了很多失误,有很多问题,但我们不能把这些失误和问题都归罪于"五四",比如把后来的极左路线和"文革"归罪于"五四"。"文革"不是"西化",而是极端化,即把西方的某些学说和理论极端化,极端化便造成"五四"所形成的那种传统与现代、中与西所构成的"张力"没有了,因而文化失范,其结果是传统受到伤害,现代也受到伤害。"文革"不是源于"五四",恰恰是背离了"五四"。今天很多人都主张恢复传统,这有一定的合理性,但恢复传统并不是对"五四"的否定,恰恰是"五四"精神的继承和发扬,即恢复中国现代文化的张力。

林毓生说:"我们今天纪念'五四',要发扬五四精神,完成五四目标;但我们要超越五四思想之藩篱,重新切实检讨自由、民主与科学的真义,以及它们彼此之间的和它们与中国传统之间的关系。"②我非常赞同这个观念。"五四"的反传统,以及提倡科学、民主、自由、人权等这在精神上是没有任何问题的,今天我们根据现实的情况对这些问题进行反思和重新调整,这恰恰是继承和发扬"五四"精神。中国有几千年的文明,这说明了中国古代文化的合理性,但中国在近代以后落后挨打、受尽了欺压这也是事实,这又说明了传统的确有它的局限和弊端,需要改革,因而又说明了"五四"反传统以及向西方学习的合理性。"五四"完成了其历史使命,这是一个层面;从现实的角度来反思"五四",这是另外一个层面。我们应该把历史的"五四"与现实的"五四"区别开来,"五四"留给我们的历史遗产,这是不容否定的,但"五四"时期所建立的一些具体理论和观念在今天是否还有用,我们应该根据今天的现实来反思,在现实的层面上,我们继承的应该是"五四"的精神,而不能把"五四"时期的一些具体观点当作绝对真理。社会在发展,我们的思想文化也应该发展,我们应该在已有的基础上,大胆革新、创造,推动社会的发展。我们应该走出历史并建立新的历史。

具体于文学也是这样,新文学运动进行"文学革命",改革语言,提倡"人的文学"、"平民文学",向西方文学学习,改良文体,创造现代小说、现代诗歌、现代散文、现代戏剧四大文体,在内容和形式两方面展示出全新的面貌,具有巨大的创制性。新文学在"五四"时期乃至 30、40 年代都有它不成熟的地方,50 年代之后又走过了一段曲折的路程。新文学当然也有它失误的地方,比如对通俗文学、旧文学的压制和忽略等,在这一意义上,我们今天应该总结"五四"新文学的经验,对新文学运动进行重新研究和反思,但这种重新研究和反思构不成对"五四"新文学的否定。中国当代文学需要重估传统,需要重估学习西方文学的问题,需要重估文学的娱乐消遣价值,需要重估传播、接受和市场

---

① 周策纵:《五四运动:现代中国的思想革命》,江苏人民出版社,1996 年版,第 460 页。
② 林毓生:《中国传统的创造性转化》,生活·读书·新知三联书店,1988 年版,第 149 页。

问题,需要重估作家身份和写作方式的问题,需要重估通俗文学大众文学的走向问题,等等,但这些都构不成对"五四"文学的否定。当代文学在精神上不仅不应该违背"五四",恰恰相反,它们之间应该是一脉相承的。

（原载《文学评论》2010 年第 5 期）

现实主义："社会批判"传统及其当代意义

王嘉良

尽管对于现实主义已经说得很多,但总结 20 世纪中国文学的历史经验与教训,现实主义依然是一个绕不开的话题。长期以来我们所理解与接受的现实主义局囿于从前苏联输入的政治化现实主义,只是强调其教化功能和观念宣示,同注重"批判性"本质的西方传统现实主义相去甚远,以至于建国初的现实主义一度成为"颂歌"和"假大空"的代名词,弄得现实主义的名声很不好听。事实上,就中国新文学现实主义演进看,其接受源并不单一,其中受欧洲"正宗"现实主义影响颇大[①],特别在注重"社会批判"性方面便很有可道处,笼统地将其视为"伪现实主义"有碍历史的公正。从这个意义上不妨可以说,总结中国新文学现实主义的"社会批判"传统,吸取其有益的经验部分,不独是对历史的一种审视,对当代文学现实主义的开展也不失观照价值。

一

欧洲"正宗"现实主义,通常是指欧洲 19 世纪"悄悄"兴起的批判现实主义。普实克列举欧洲"正宗"现实主义作家,便是巴尔扎克、托尔斯泰等。此种现实主义崛起后之能风靡世界,且仍为 20 世纪作家所推崇,就在于其蕴涵极强的社会参与功能与艺术精神。豪泽尔认为,文艺"是对人遭到贬低的生存状况的一种无言的批评",它"只有在具有抵抗社会的力量时才得以生存",由此决定艺术的审美本质应该是"针对社会"的"批判的","有助于变革社会,尽管是以隐蔽、无形的方式。"[②]从这个意义上甚至可以说,批判性是现实主义的灵魂,而欧洲现实主义正是以此获得不竭的生命力。如果说"理性的批判"是"法国文学中最富活力、最有影响、冲击力最大、生命力也最强的部分"[③],那么用它来形容 19 世纪欧洲现实主义的精神同样一语中的。综观其精神内质,最突出的便是用理性精神浇铸的"社会批判性":从人在社会中的处境变迁入手,广泛描写复杂的社会关系;其社会批判,包含着道德批判和政治批判,关涉人的德行、品性、善恶、是非,也

---

① 捷克汉学家普实克认为,中国现代作家描写现实大量使用精雕细刻及史诗性、客观性叙事方式,"所用的是欧洲正宗的现实主义方法"。参见李岫编《茅盾研究在国外》第 737 页,湖南人民出版社 1984 年版。

② [匈]阿诺德·豪泽尔《艺术社会学》第 68 页,居延安译,学林出版社 1987 年版。

③ 艾珉《法国文学的理性批判精神》第 2 页,北京大学出版社 1991 年版。

涉及社会状况、政治体制、国家制度等等，现实主义由此获得了丰富的表现力。法、英、俄等国的现实主义文学大师，从司汤达到巴尔扎克，从萨克雷到狄更斯，从果戈理到托尔斯泰，无不用理性的解剖刀，剜出血淋淋的事实，用"无情的真实"揭示现存社会的弊病，批判不合理的社会关系。正是凭借着对"社会"的无孔不入的穿透力使欧洲批判现实主义文学显示出辉煌业绩，在世界文学中矗立起一座丰碑，对后世文学产生不竭的影响。

20 世纪的中国现实主义文学呈现着复杂状况，它受到 20 世纪形形色色现实主义思潮的影响，因而出现多种现实主义文学形态，如启蒙现实主义、人道现实主义、心理体验现实主义、社会主义现实主义等①。然而，中国新文学作家接受西方现实主义文学思潮的最初源头是 19 世纪欧洲批判现实主义，正是那些现实主义文学大师理论与著作的引入，才直接引发了中国新文学，并长时期产生潜在影响，由此形成一种可名之为"社会批判"型现实主义，现实主义的社会批判传统也因此受到特别的推崇。

用文学"革新"社会，是中国近现代知识分子的"集体情结"。近代启蒙初潮，梁启超鼓吹"小说界革命"，欲以改良国民和社会，掀起翻译和学习外国小说热。这当中，"摹写其情状"、"和盘托出"的"写实派小说"是重头②，一批 19 世纪批判现实主义作家的作品（如狄更斯、巴尔扎克、契诃夫、托尔斯泰等）便由林纾、伍光建等人率先译介引进。考究其时注重引进西洋写实小说的原由就在于，此类小说"或对人群之积弊而下砭，或为国家之危险而立鉴，揆其立意，无一非裨国利民"③；在此基础上衍生的社会谴责小说，针砭时弊，鞭挞官僚制度，并将其当作一个巨大的社会祸根进行揭露，显出鲜明的社会批判色彩。尽管这类小说的政治情绪宣泄压倒了对现实社会的客观真实的描写，就严格的现实主义意义而言还存在不少弱点，但它毕竟是世纪初的"社会批判"在现实主义命题范围内的一次预演。

五四新文学运动是一场更深刻意义上的文学革命，为中国全面接受现实主义提供了必备条件。"士志于道"、"明道救世"是中国知识分子素来的传统，在现代社会则将其转换为"创建现代民族国家"的新主题；而且新文学处在一个社会危机频频的话语场中，社会历史处境将最终决定作家忧民患世的创作心态。新文学先驱者对外来文学思潮的选取，首选目标是现实主义。陈独秀在《文学革命论》中倡言建立三种文学：社会文学、国民文学、写实文学，都是在现实主义命题上提出的，这大体上确立了中国新文学的建设路标。对现实主义功能的理解，基于明确的社会使命感，则认为最有力地批判"恶社会的腐败根"的写实主义为当今社会所必需④。由此出发，接受、吸纳注重社会批判功能的欧洲批判现实主义文学便成为新文学作家的一种必然性选择。就中国新文学作家的现实主义接受源而言，最主要的应是法、俄两国的批判现实主义，这两国文学的"社会

---

① 这几种现实主义文学形态笔者已撰文论述，分别参见《天津社会科学》2004 年第 5 期（《新华文摘》2005 年第 5 期转载）、2006 年第 2 期，《浙江学刊》2005 年第 5 期。

② 梁启超《论小说与群治之关系》，载《新小说》1902 年第 1 卷第 1 号。

③ 衡南劫火仙《小说之势力》，载《清议报》1901 年第 68 期。

④ 沈雁冰《我们现在可以提倡表象主义的文学吗?》载《小说月报》1920 年 2 月第 11 卷第 2 号。

批判"传统之深厚积淀,足为中国作家师法,而其把握现实主义的不同侧重点,又给中国作家以多方面的启迪。法国文学为中国新文学作家所重,是基于其在世界的影响力及其现实主义创作与理论体系的丰赡性与完备性。早在1915年,陈独秀就在《青年杂志》上发出先声,鼓吹介绍法国自然主义(实为现实主义)。从"五四"至20年代,法国文学的翻译和研究,逐步趋向全面、系统,《小说月报》等刊物就连续推出《法国文学专号》、《法国文学研究专号》。对法国文学的借重,是在强调其"科学的描写法","真实与细致"等,以此可以"医中国现代创作的毛病",救正新文学凌空蹈虚、不切实际之病,为现实主义健康发展开了一剂猛药。俄国现实主义文学的社会批判倾向容易引起中国作家的心理共鸣,是由于两国社会现状与文学关系的某种相通性。俄国在专制制度下产生的"怒吼的文学",对中国作家来说是感同身受。沈雁冰竭力推崇托尔斯泰与俄罗斯文学,就在于俄国"处于全球最专制之政府之下,逼压之烈,有如炉火,平日所见,社会之恶现象,所忍受者,切肤之痛苦。故其发为文学,沉痛恳挚;于人生之究竟,看得极为透彻"[①]。周作人在《文学上的俄国与中国》中对两国文学可能的参照关系说得更为透彻:俄国的"特别国情"和文学背景"有许多与中国相似,所以他的文学发达情形与思想的内容在中国也最可以注意研究",其所述便是由"特别国情"的相似而显出的特别的亲和力。由是,中国作家对法、俄两国作家创作的直接借鉴就特别明显,如鲁迅之于果戈理、陀思妥也夫斯基,茅盾之于托尔斯泰、左拉。要之,对法、俄批判现实主义文学的重视与审视角度,可以从一些重要侧面反映中国新文学作家的现实主义兴奋点与关注点,从中也可以映照出中国新文学"社会批判"传统的某些基本内涵和特色所在。

二

就总体而言,中国新文学的现实主义之路走得并不平直,尤其在后来不断受到左倾思潮的影响,现实主义精神有不同程度的偏离。然而,考虑到中国新文学作家是在更广泛的层面上接受现实主义的,内中毕竟有着欧洲正宗现实主义的巨大参照,因而在坚持现实主义社会批判传统方面也很有值得总结的经验。

首先是"社会—政治批判"的多向度展开。从20年代初开始发展的"社会批判"型现实主义,以"批判不合理的社会"作为文学的崇高使命,在相当程度上是与当时的社会革命紧紧联系在一起的,许多作家本身就是出色的社会活动家和社会革命家,社会现实批判总是同面对社会问题包括政治制度变革紧密相关,势必带有浓厚的"社会—政治"倾向性。诚如李欧梵所指出的,从中国现代作家"感时忧国"的精神出发可以概括出中国的批判现实主义是"社会—政治批判"[②]。但值得注意的是,此种"社会—政治批判"因受欧洲批判现实主义广泛伸展批判触角的影响,并不限于单一政治话语,具有相当的

① 沈雁冰《托尔斯泰与今日之俄罗斯》,载《学生杂志》1919年4月第6卷第4—6号。
② 李欧梵《现代性的追求》第229页,三联书店2000年版。

普泛性与包容性,呈现出多向度展开的复杂状况,就有可能避免社会批判内涵的过分狭窄。文学体现政治倾向性,并非文学自身的过错,相反,文学无法远离政治,无法拒绝政治的渗透。恰如曼海姆所言,"艺术、文化和哲学由于是由当时社会和政治力量所塑造的,所以只不过是那个时代主要乌托邦思想的表达。"他把"乌托邦"界定为"超越现实,同时又打破现存秩序的结合力的那类取向"①。这里说的还是一般的艺术,倘若将其限定在社会价值取向特别显豁的那种文学艺术类型里,那么,社会政治力量"塑造"文学和文学成为特定时代社会乌托邦思想表达者的意义将会得到更显著的呈示。由此看来,文学与体现一定政治倾向性的现实主义联姻也并非不可思议。"当作家转而去描绘当代现实生活时,这种行动本身就包含着一种人类的同情,一种社会改良主义和社会批评,后者又常常演化为对社会的摒斥和厌恶。在现实主义中,存在着一种描绘和规范、真实与训谕之间的张力。这种矛盾无法从逻辑上加以解决,但它却构成了我们正在谈论的这种文学的特征。"②这里韦勒克就谈到了现实主义的先天命运——思想性与文学性的冲突,他显然是排斥文学的政治功利性的,但也不能不承认在政治与艺术的冲突之中存在着某种张力。问题在于如何使此种张力得以生成?重要的恐怕是在不能使社会批判仅止于单纯的"意识形态纠缠",尽可能扩张政治批判的社会内涵。在"走向现实"与"社会批判"聚合的历史过程中,表现出强烈的创建现代民族国家的"乌托邦"构想,是中国新文学作家的共识,这为他们用文学变革社会提供了一个共有的"阿基米德点"——用"民族"视角观照社会、批判社会。因此,其政治倾向性常常表现为是"民族政治"而非单一的"阶级政治",于是由"政治批判"演绎的国家意识、民族意识、平民意识伸展了现实主义的张力,它可以体现在不同政治倾向、不同阶级立场的作家身上,也丰富了现实主义的表现内涵。如二十年代文学中,体现阶级政治倾向性的社会批判创作时有涌现,但也有后来并非走向左翼的文学研究会作家,如叶绍钧、许地山、王统照、王鲁彦、朱自清等的创作,其作品多半是反映民生疾苦,痛贬社会痼疾,显出鲜明的平民关怀精神,便受到社会的广泛关注。即便是信奉资产阶级民主政治的作家,他们注目现实人生,也痛彻感到国家民族社会改造的必要性。胡适认为新文学应该"表现人生——不是想象的人生,而是那实在的人生:民间的实在痛苦,社会的实在问题,国家的实在状况,人生的实在希望与恐惧"③,其文学理念就有显著的社会批判倾向。他的早期白话诗《人力车夫》、《老洛伯》等实践了写"今日之贫民社会"的文学主张。徐志摩的前期诗作对封建军阀的抨击,对下层人民命运的人道主义同情更见突出,其《大帅》、《先生! 先生!》等直写人间惨剧的现实主义诗篇,就成为他此时诗歌创作的基本主题之一。这部分作品同样显示出浓厚的国家民族社会关怀意识,也应进入"社会批判"型创作之列。至于三、四十年代用民族视角观照现实的作品更是不可胜数,如老舍的被称为"民族愤

---

① [德]卡尔·鲍海姆《意识形态与乌托邦》第 227 页,商务印书馆 2000 年版。
② R. 韦勒克《批评的诸种概念》第 232 页,四川文艺出版社 1988 年版。
③ 胡适《白话文学史》第 307 页,《胡适文集》第 8 卷,北京大学出版社 1998 年版。

史"的《四世同堂》便是适例。正是现实主义成分的并不单一,遂使社会批判视野大为拓展,它可以在不同的政治层面上发挥其特有的社会批判功能。

其次是社会批判同人道关怀的融合。"文学是最富于人道的艺术,文学家可以称为职业的博爱者和人道主义生产者。"①高尔基一语切中了人道精神对于文学的永恒存在意义。社会批判中人道精神的缺失,或视表现人性、人道为畏途,恐怕是以往现实主义文学的一个通病。这有理念上的障碍,误以为文学表现人性与表现阶级性是完全对立的,现实主义强调阶级性就将人性和人道的主题彻底放逐了。事实上,人道主义特别能够同现实主义的社会批判性联姻,取决于这两者在精神上的趋同性。社会批判固然是对现存社会秩序、社会关系的观照与批判,但此种批判主要是通过对社会关系中的人以及人的命运的关注来完成的,透过这样的批判,在人本主义层面和终极关怀层面达到对人的价值和人生意义的高扬,乃是现实主义的使命。欧洲现实主义作家的社会批判,总是坚持政治批判与道德批判并重,其作品也总是体现出鲜明的人性主题和人道主题。巴尔扎克的创作在揭露资本主义社会中人与人之间赤裸裸的金钱关系和资本家唯利是图、尔虞我诈的本性时便显出对人的命运的关注:"生活的主导原则表现在强烈的利己主义欲望和渴望中,一方面是局部的和普通的东西的结合,另一方面是人道与非人道的东西的冲突。"②作家把对人和人的命运的探索、发现,凝聚在对小说中人物性格的探索、发现和塑造上,其笔下的人物总是既具有独特的个性,又蕴含着丰富的社会性和人性内涵,从而使创作获得了经久不衰的艺术魅力。中国新文学现实主义作家最初接受欧洲现实主义,也是侧重在其蕴涵人道主义精神的一面。周作人倡导"人的文学",便是主张"用这人道主义为本"③。即便是坚持马克思主义观的李大钊,也同样认为改造社会应"以人道主义改造人的精神,同时以社会主义改造经济组织"④;为此他特别推崇俄罗斯的现实主义文学,认为其突出之处就在于"数十年来,文豪辈出,各以其人道的社会的文学,与其专制之宗教政治制度相搏战"⑤。由于并非像后来那样对人道主义采取排斥以至于恐惧的态度,新文学的"社会批判"型创作中能产生撼动人心力量的作品,总是将批判社会同表现人的处境、命运结合起来,灌注了鲜明的人道关怀精神,或痛贬对人性的摧残,或表现对被压迫、被侮辱者的同情。作家的创作无论是取"贵族"立场(如胡适、徐志摩),抑或是"平民"立场(如叶绍钧、朱自清),还是"劳工"、"劳农"立场(如部分左翼作家),都能将对弱者的人道主义同情融入对象化客体世界中,使作品显出特有的亲和力。取前两种立场的作家大抵是从人性层面把握现实主义,因而有着人道精神的自觉,可以暂置不论;单以一些左翼作家的创作而言,其能够构成对社会本质的批判又能产生艺术感染力量,也往往在于人道关怀精神的浓重渗透。如两个表现社会弱势群

① 高尔基《论文学》第 4 页,广西人民出版社 1980 年版。
② 米·赫拉普钦科《艺术创作·现实·人》第 57 页,上海译文出版社 1999 年 12 月版。
③ 周作人《人的文学》,载《新青年》1918 年 12 月 15 日第 5 卷第 6 号。
④ 李大钊《我的马克思主义观》,《新青年》第 6 卷第 5 号,1919 年 5 月。
⑤ 李大钊《法俄革命之比较观》,载《言治》季刊 1918 年 7 月第 3 册。

体——妇女命运的作品:柔石的《为奴隶的母亲》和罗淑的《生人妻》,其艺术魅力就来自对摧残人性的非人道现象的犀利批判。唯其作家深刻理解、体察妇女的悲苦命运,浓重渲染"人"被作为"非人"(而不单是作为阶级人)处置的可悲境遇,故而能引起社会的普遍性同情,作品也就产生了更大的社会批判力量。当然左翼作家在"阶级性"理念强化以后,将人道精神撇在一旁,社会批判的内容日见空洞,也是有例可证的,这恰恰反证了灌注人道精神对于深化社会批判是不可或缺的。

再次,社会批判契合社会政治文化需求。"社会批判"型创作必然涉及社会政治制度变革之类重大命题,这类命题的提出,必须以切合民众心理、民族需求为前提,从而使此种批判获得最大的接受可能。30年代与40年代后半期曾掀起两次较大规模的社会批判高潮,这与特定时代的社会政治文化心态有关。"政治文化是一个民族在特定时期流行的一套政治态度、信念和感情。"① 30年代的时代语境是民众的政治热情普遍高扬,人们对专制制度的失望一变而为改革旧制度的共同心理期待,因而关注社会变革的风气特别浓厚,"社会批判型"创作就应运而生。左翼作家的创作大抵是在社会批判的格局中运行,其对现实主义的把握存在着复杂状况,作品的艺术水准也参差不齐,但由于他们实现现实关怀的途径是"用被压迫者的语言"来"抗议和拒绝社会"②,他们以"被压迫者"的姿态反映强烈的政治制度变革要求,实际上是以民众参与意识显出对国家前途命运的关注,作品集中批判战乱频仍、军阀割据、政治腐败、经济崩溃的社会现实真相,就必然会引起社会的普遍心理共鸣。这只要从蒋光赤等左翼作家的小说被一禁再禁而又一版再版,便可以得到证明。而以茅盾为代表的注重社会分析的一大批"史诗"型巨著的问世,则更将"社会批判"型创作推向高潮。其重要表征之一,便是社会批判格局的开阔,作家们注目于中国社会"当代史"的演示和批判,不再满足表现身边的"小悲欢",而是以史家的眼光对描绘社会的"全般现象"表现出浓厚兴趣。这是中国新文学由"五四"向"三十年代"演进,借鉴西方现实主义文学的重大转换,因此被普实克称之为采用了"欧洲正宗现实主义"。吴组缃在当年的评论中指出:《子夜》出版以后,已完全可以说"中国之有茅盾,犹如美国之有辛克莱,世界之有俄国文学"③。特定时代社会的呼唤,使"社会批判"产生了前所未有的效应。40年代后半期,在新旧两个中国命运之大决战前夜,国统区的社会腐败达于极点,在文学领域出现又一个"社会批判"高潮。作家们以一种除旧布新的心态看取社会,以更猛烈的笔墨批判旧社会、旧制度无可挽回的没落命运,同时怀着看到胜利曙光的喜悦热切盼望新社会早早来临,社会批判中的褒贬态度尤其鲜明。此时在带有前进倾向的现实主义创作中,大抵含有社会批判色彩,尤其是讽刺文学的盛行可称是这个时期现实主义文学的最大看点。讽刺文学容涵在各种体裁的创作中,尤以讽刺喜剧与政治讽刺诗最为流行,且最能造成轰动效应。陈白尘、吴祖

---

① [美]阿尔蒙德《比较政治学:体系、过程和政策》第29页,曹沛霖等译,上海译文出版社1987年版。
② 马尔库塞:《工业社会和新左派》第136页,商务印书馆1982年版。
③ 吴组缃:《〈子夜〉》,《文艺月报》第1卷创刊号。

光、宋之的、马凡陀、臧克家等，是当时人们耳熟能详的名字。从文学的眼光看，此类创作的艺术审美价值并不高，但在社会乌托邦思想的驱动下，审美眼光也会随着人们的心理需求而发生变化，在当时的人们看来，旧社会、旧制度被如此痛快淋漓地诅咒，莫不产生一种心理快感，这样的作品便是最美的。这一次现实主义的精彩出演，再次证明了"社会批判"作为现实主义文学的一种重要样式，它切合社会心理需求，必然会在社会中引起普遍而热烈的回响。

三

从拓展现实主义的表现内涵等方面看，"社会批判"作为现实主义文学创作的重要类型，的确有着极强的艺术生命力。由此足证：尽管20世纪的现实主义已有了多种形态的发展，但传统现实主义的基本原则和精神对后来的文学依然有着不可或缺的借鉴意义，尤其对处于急剧变革中的中国社会而言，社会批判传统更有其接续的需要和可能。但反观20世纪后半段中国文学对社会批判传统的继承，却在相当长的时期里被忽略了；由于对社会批判传统存在种种理念上的误区，致使这一创作传统在有所承续的同时又发生了质地上的变化。

其一是社会批判主题的放逐与变异。受到政治理念的支配，现实主义被放在政治天平上权衡，其合理的精神内核被悄悄取消了。建国初17年文学便是在这样的格局中运行：一方面可以是对欧洲批判现实主义文学的尽情把玩，因其揭露资本主义制度的腐朽性对于"旧社会"的批判是完全适用的，藉此恰恰可以反衬"新社会"的无限光明；另一方面则是在观照现实的创作中将社会批判主题彻底放逐，因沉浸在胜利的欢愉中，新社会似乎一片光明，再无重大社会矛盾和社会问题，用文学进行"社会批判"就成了一种禁忌。这一时期的文学是"颂歌"压倒一切，偶有触及的社会现象批判性文字反而难逃被批判的厄运。50年代的一个短暂时期，文学对当代社会的"批判"曾有过显性表征。一些融合社会理性和政治理性的作家，创作过一些批评言辞并不激烈的"干预生活"的社会批判型作品，如《组织部来了个年轻人》、《改选》等，对权力体制集中形成的官僚主义、教条主义、形式主义等社会问题有所揭露与批评。但即便是这样色彩温和的社会批判之作，也被视为大逆不道，许多作家因此而遭受灭顶之灾。今天看来这当然是很荒唐的：社会制度的变革，并不意味着人类理想境界的立时出现，当然也不可能是社会矛盾和社会问题的立时消亡，单就现实提供的严峻性就已证明其缺乏理论依据与现实依据。而从看取现实主义的基本精神而言，取消其批判性灵魂也不是对其蕴有的独特功能的准确把握。新时期文学的头几年，鉴于"文革"带来的巨大创伤，作家们痛彻感到放逐社会批判是极为愚蠢的，理论上的重大讨论，提出诸如"写真实"、"社会主义的批判现实主义"等主张，在批判和暴露是现实主义的重要内容和客观存在等命题上达成共识，显示出社会批判的整体推出态势。这一时期出现的作品，包括"伤痕文学"、"反思文学"、"改革文学"等，集中批判极左路线，反思造成以往的严重失误以至出现"文革"悲剧的根源，对当下改革开放情势下的社会政治经济活动也予以特别关注,作品显出相当宽泛的社会内涵,也表现了颇见锋芒的批判力度。但仔细审视这些创作理论和实践,基本上是接续50年代的思考,可以谓之拨乱反正。问题是在于:正视现实的理性,固然使作家们迸发了社会批判的激情,然而支撑着这些作家创作热情的依然是一种"规范"理性,基于乌托邦理想的虚幻与天真,忽视了对生活本身的复杂性探究,往往在作品中"天真"地设想一步到位地解决社会矛盾,没能跳出"简单"、"虚幻"地解决问题的圈套。这表明新时期初的社会批判创作是有待进一步深化的。

其二是史诗创作模式的意识形态纠缠。"史诗"创作的盛行,是革命英雄主义时代独特的文学现象:在整个时代的颂歌氛围中,大量的革命叙事建构了宏伟壮观的中国人民反抗黑暗追求光明的伟大诗篇,由此逐渐确立起了50年代的"红色经典"叙事格局。这一革命的"经典化"叙事,也含有社会批判色彩:它在革命历史题材领域奋力掘进,以对旧社会旧制度的无情否定确立新社会新制度的优势地位,唤起革命年代的英雄模范以作"改造"人的范式。新中国成立以后,先进意识形态观念取得权威地位,并已被历史证明其具有无可置疑的真理性,势必为作家们心悦诚服地接受,且自觉担当起"代言人"的角色,许多创作合乎情理的演示在相当程度上获得了社会的热情赞许和广泛认可。但此种创作模式过重的意识形态纠缠,也意味着它在承续以往创作传统时,显出对"传统"的某种悖离,因而也便隐含着某种危机:即由于突出意识形态性有可能累及创作中艺术个性的表达。因为在旧时代,作家是为广大民众推翻不合理的社会制度代言,作家及其代言的社会、民众与国家意识形态、国家政治权威站在对立的立场上,显示出以独立于权力话语之外的个人姿态睥睨社会政治状况,因而常常能发出自己独特的声音。相比之下,在社会与国家意识形态空前协调一致的情况下,作家是为新的国家意识形态代言,文学被"规范"为一种高度政治化和组织化的运作,它必然抛弃个人话语走向宏大的阶级和国家话语的建构,发出的几乎是同一声音,创作中千差万别的人物命运及作家观照社会的独特眼光也无形中消泯了。通过一个旁证可以说明:周而复的《上海的早晨》,从题材选择、人物设置到创作思维,都有对《子夜》模仿的痕迹,徐义德就像是一个50年代的吴荪甫;但作品通过徐氏和他的同行民族资本家行为的描写,突出表现的是他们面对人民政府的改造时体现的对抗、忧虑和恐惧,揭示了这批人必然的历史命运:不是接受人民政府的改造就是走向历史的反动。人们在这一主题叙述中的突出感受是,统摄整个作品的是一个宏伟的声音,它发出的地方不只是来自作家,而来自权威意识形态。如果说,茅盾在《子夜》中表现吴荪甫的悲剧命运时,看到这位民族资本家为发展民族工业而奋力拼搏的一面时,不惜将其处理为值得人们同情的"失败英雄",在他对人物作"阶级分析"的同时仍不乏发出"个人的声音",因而作品表现的主旨及提供的人物就有相当的现实依据,也显示出深沉的历史透视力。相比之下,《上海的早晨》因纳入既定的意识形态框架,人物的独特个性和命运展示就要逊色得多。

上述种种表征说明,由于对"社会批判"的认知存在这样那样的偏差,建国以后的文学创作对现实主义存在着不同程度的偏离。这当然有极复杂的社会原因,而就文学自身看,对现实主义基本精神理解的失误恐怕是最主要的。这应当给当下文学的发展以诸多有益的启迪。许多有眼力的作家正是从过去的失误中看到了继承新文学现实主义传统的必要性,从而增强了社会批判的自觉。冯骥才说:"只要这些有碍社会进步和毒化生活的现象没有被深刻地加以认识,从中汲取教训,彻底净除与杜绝,还有存在着再生的条件",那么社会批判的作品"就不会是无用的,也是不可避免的"①。这可以看成是基于社会责任感的中国作家对于社会批判的深刻认知。由此出发便会有不懈探索,并使之取得长足进展。90 年代以来在弘扬"主旋律"、振兴现实主义的大气候下,针对社会转型、市场经济发展过程中出现的种种时弊,再一次抓住社会重大问题着力批判,标志着此类现实主义文学的新发展。一再引起读者阅读热情的"反腐反黑文学",发挥"社会肌体的清洗剂"、"社会体制的警戒系统"作用,批判"官场"的某些腐败现象,展示道德、法律与"权势"、"钱势"的斗争,写出了社会转型期整个社会机体的复杂性,体现了作家们企望用文学达到改造社会目的的高度现实主义自觉性。曾获得轰动效应的"官场小说"《抉择》的作者张平说:"只要你直面社会,法制问题、腐败问题、党风问题、干群问题等矛盾就回避不掉"②;"要我放弃对社会的关注,对政治的关注,那就等于要我放弃生命"③。这些话让我们感到了他与他的前辈作家精神上的趋同。在文坛被日益挤向边缘的时候,这类创作能一再成为社会热点,也证明了社会批判作品依然有着巨大的吸引力。作家们着力于现实主义的深化,使这类作品在艺术上也较前有很大突破。如《红色康乃馨》突破清官戏的道德模式,把腐败的根源由个人道德品质深入挖掘到社会不够完善的体制上,人物的塑造也跳出了绝对化、脸谱化的陷阱,对反面人物走向犯罪的心路有丝丝入扣的解剖,写出人性的复杂性和社会的复杂性;《沧浪之水》不局限于官场权力斗争的外在矛盾冲突,联系社会转型中经济生活变化带来的文化、心理变异,深层发掘其变异的根源,揭示"官本位"、"权本位"的思想如何演变成为一种"集体无意识"的社会心理疾病,某种意义上对现代文明中人的生存悖论有所反省,又有新的意义开拓。此类小说热闹文坛,为社会批判型作品脱出"简单化"窠臼提供了启示,由此证明了作家的艺术视野不应被"社会问题"遮蔽,关键是应当思考如何协调"社会时效性"与"艺术持久性"的结合,在对社会问题的描写中探求文学的"普遍性意蕴"。现实主义文学的魅力就在于,从社会问题的关注出发,深入到对社会根本精神趋向的揭示,审视社会生活中人的灵魂奥秘与人性复杂性。循此而进,既能敏锐地洞察大转型时期的诸种社会弊病,使文学发挥激浊扬清、除旧布新的社会批判作用,又能遵循现实主义的本质,实现文学对于人的根本关怀,必能使社会批判作品从社会时效中升腾出恒久的艺术生命力。

(原载《文艺研究》2006 年第 8 期)

---

① 转引自祁述裕《市场经济下的中国文学艺术》,北京大学 1998 年版第 127 页。

② 《北京青年报》2000 年 8 月 5 日。

③ 《文学报》1511 期第 1 版。

中国近现代启蒙思潮与"世界文学"观念的发展

潘正文

中国近现代"世界文学"观念发展史，是至今尚未得到详尽梳理的一个重要研究领域。有不少论者模糊地认为，中国的"世界文学"观念之发生、发展，主要是受到了歌德等人的影响。然而，事实并非如此。正像赫尔德、歌德的"世界文学"构想来自于西方"启蒙"思潮所带来的"视界"拓展一样，中国的"世界文学"观念之发生、发展也主要来自于中国近现代"启蒙"思潮的推动。但由于中国近现代"启蒙"思潮更多地起源于应付民族危机的"救亡"反应，这导致了中国的"世界文学"观念发展过程曲折而复杂，其内部充满了矛盾和张力。以至于，"启蒙"思潮究竟在何种层面上对中国的"世界文学"观念发展起到了巨大的推动作用，至今仍然是一个有待研究的重大问题。

一、中国近代启蒙的时空观念拓展与文学的"世界意识"之酝酿

早在"五四"新文化运动时期，罗家伦就已经在《近代中国文学思想的变迁》一文中指出，近代启蒙思潮所带来的"世界"、"全球"空间意识与"进化论"时间意识，极大地促进了近现代中国文学与世界文学接轨[①]。可惜罗家伦此文讨论的主要是"国语文学"问题，故未能对近现代中国的"世界文学"观念发展作具体展开。

罗家伦的预示颇有见地，"世界文学"尽管是一个多元概念，但无论是从"总体论"还是从"经典论"、"交互论"的角度看[②]，它都毋庸置疑地意味着"世界"、"全球"的空间意识，与及历史地把握人类文明"发展史"的时间意识。这种关注全人类文明进化与发展的博大胸襟，首先来自于德国启蒙思想家赫尔德。1769 年，赫尔德在旅行欧洲各国时受到伏尔泰、卢梭等法国启蒙思想家的启发，认识到启蒙运动不仅需要超越凝滞不前的"神学"视野，而且还必须超越"本民族中心主义"视野，从而在《1769 年游记》中，他萌发了将"一切空间、时间、民族"的人文资源融合为"全世界文明进化、发展史"的伟大构想，以期为启蒙运动提供思想指南。顺着这一思想发展，赫尔德在 1793 年的《鼓励人道的书简》中提出了"全世界文学史"的构想："我们应该排除狭隘的民族局限性框

---

① 罗家伦：《近代中国文学思想的变迁》，《新潮》，1920 年 9 月，第 2 卷 5 号。
② 目前国内外学界对于"世界文学"这一概念的解释主要有三种：一是世界各国文学的"总体"集合，二是世界各国文学"经典"的集合，三是世界各国文学相互渗透与影响的"交互"。

框,和全球各民族建立精神商品的自由交换,把历史发展各个阶段由各民族创造的最珍贵的作品,都包容到自己的组成部分中来,使我们的文学史成为包罗万象的全世界文学史"①。

中国近现代"世界文学"观念的最初酝酿,正是从"世界"、"全球"空间意识的滋长起步的。传统中国的空间观,一直是一种"华夏中心观"。这种"本民族中心主义"的空间观,导致了中国文学很大程度上一直处于一种自足、封闭的发展状态。虽然证明"华夏"并非世界中心的中文著作《全地万国纪略》早在 19 世纪 20 年代就出现了(1822 年,传教士米怜编译),其后,魏源的《海国图志》②与及徐继畬的《瀛寰志略》(1848 年刊于福州)也相继面世,但国人的"华夏中心观"并未受到根本动摇。在魏源之后的士大夫李圭说,他对"地球"之说"亦颇疑之",直到"奉差出洋","得环球而游焉,乃信"③。这种典型的例证无疑说明,只有亲历西洋文明的发达之后,"华夏中心观"才有可能真正受到挑战,地球作为一个并无中心的"圆球"才能得到中国人的认可,"世界"、"全球"意识才能真正萌发。中国文化与文学"世界意识"的真正酝酿,首推中国近代启蒙先驱王韬。他最初也像多数的传统中国人那样视西方事物为"奇技淫巧,……即中国不行,变不足为病"④,这无疑是"华夏中心观"的空间意识在起作用。但当王韬在 1862 年进入英殖民地香港,特别是在 1867 年冬起的三年时间里游历了英国、法国、瑞士等国之后,他的空间观念发生了质的飞跃,认识到:"今昔异情,世局大变,五洲交通,地球合一,我之不可画疆自守也明矣。"⑤从而萌发了"全地球可合而为一家"的宏大构想⑥,并进一步提出:"天下之道,一而已矣,夫岂有二域!""东方有圣人焉,此心同此理同也;西方有圣人焉,此心同此理同也"⑦。"全球合一"的空间想象与及"理同"、"道同"的东、西方文化体认,无疑意味着作为一个整体而出现的"世界"文明具有了某种可能。他游历结束后回香港所办的《循环日报》,以"通外情以内"和"达内情于外"为务⑧,已经具有明确的中外文化"交流"意识。他的文言志异小说《淞隐漫录》、《淞滨琐话》,表达了打破国界、融古今中外文学于一炉的抱负:"求之于中国不得,则求之于遐陬绝峤异域荒裔;求之于并世之人而不得,则上溯之亘古以前,下极之千载以后"⑨。这无疑包含着他将中西方文学融通为一个世界文学整体来进行观照的潜在想象,昭示了中国文学"世界意识"的最初萌芽。

---

① 赫尔德:《赫尔德全集》(德文版),柏林,1877—1893 年,第 17 卷,第 163—164 页。译文引自钱念孙《文学横向发展论》,上海文艺出版社 1989 年版,第 34 页。
② 林则徐命人以英国人慕瑞所著《世界地理大全》为基础编译了《四洲志》,未刊,魏源的《海国图志》在此手稿的基础上编撰出版,初版 50 卷于 1843 年 1 月刻印于扬州。
③ 李圭:《环游地球新录》,湖南人民出版社,1982 年版,第 312 页。
④ 王韬:《与周弢甫徵君》,《弢园尺牍》,卷四,中华书局 1959 年版,第 28 页。
⑤ 王韬:《拟上当事书》,《弢园尺牍续钞》,见《弢园尺牍》,中华书局,1959 年版,第 215 页。
⑥ 王韬:《变法自强下》,《弢园文录外编》,卷二,中华书局,1959 年版,第 42 页。
⑦ 王韬:《原道》,《弢园文录外编》,卷一,中华书局,1959 年版,第 3—5 页。
⑧ 转引自忻平:《王韬最早提出"振兴中国"这一口号》,载《历史教学问题》,1984 年第 4 期。
⑨ 王韬:《淞隐漫录自序》,《弢园文录外编》,卷十一,中华书局,1959 年版,第 316 页。

但是,遗憾的是王韬并未直接提出引进西方文学的问题,而是在《漫游随录》一类的著作中指出西方"弗尚诗赋词章",这使得他离"世界文学"问题的真正提出还有相当的距离。因为与西方启蒙运动所确立的"世界/人类"的"整体"空间意识有所不同,中国近现代启蒙思潮是在中国应付西方挑战的"东方/西方"两元体系中确立的。其结果就正如王富仁所指出的那样,中国文化与文学观念的开放,主要呈现为一个在东方/西方的对比中进行实用性"选择"的过程,"在中国文化和西方文化的对立中思考一切问题",而不是主动去把世界/人类文化当作一个"整体"来进行观照和"认知"①。王韬对于西方文明的接受过程,实质上也就是一个实用性的"选择"过程:为他所关注的是西方的"天文、地理、电学、火学、气学、光学、化学、重学"这些"实学",而不是"诗赋词章"的"文学"②。这种选择,明显局限于民族"救亡"的实用主义需要。因此,王韬虽然具备了"全球"、"世界"意识,但却忽视了"文学",故他并没有像赫尔德那样去思考"世界文学"问题。

中国近现代文学"世界意识"的进一步酝酿,得益于启蒙思潮所带来的时间观念的拓展。传统中国的时间观,是以"天道"来附会"人道"的"循环论"时间观,阴阳互化、四季轮回、历史循环、六十年一甲子从头再来。在"循环论"的时间观之下,所谓"开新",实为"复古"——回到唐虞三代的"王道"之治。这就造成了中国文化与文学的长期封闭、裹足不前。因此,中国文学"世界意识"的进一步萌芽,还有待于时间观念的转型。随着中国近代启蒙思潮的兴起,"进化论"的时间观逐渐取代了"循环论"时间观,极大地推动了中国近代文学的"世界意识"朝前发展。中国传统中的"进化"一词,本义为"变化转换"——循环,直到清代仍然如此③。"进化"词义的现代转型,以介绍"兑儿平"(按,达尔文)生物进化论的《地学浅释》④为铺垫,中经康有为的"公羊三世""进化"说⑤,最终完成于严复的《天演论》。严复所"做"的《天演论》⑥,以生物由低到高演变的格致之"理"来演说历史朝前发展的进化之"道",彻底改变了中国传统"六十年一甲子"、"历

---

① 参见王富仁:《中国现代文化指掌图》,人民文学出版社,2004年版,第1页。

② 王韬:《漫游随录》,陈尚凡、任光亮点校,岳麓书社,1985年版,第115页。

③ 中国传统经籍中可查到的最早的"进化"一词,出现于《文渊阁四库全书》的《朱文公易说》(二十二卷,宋朱金监编)卷九:"變化者,進退之象也,變是進化。"其义为"循环"。"进化"的这一解释,延至清代。清李光地撰《周易观象》卷十:變化者,進退之象也,……變則進化。"

④ 华衡芳与玛高温合译的《地学浅释》,在1873年(同治十二年)由上海江南制造局出版。

⑤ 康有为:"盖自据乱进为升平,升平进为太平。进化有渐,因革有由。"见《论语注》,中华书局1984年版,第28页。

⑥ 鲁迅称:"严又陵究竟是'做'过赫胥黎《天演论》的"(鲁迅:《随感录二十五》,《热风》,《鲁迅全集》第1卷,人民文学出版社,1981年版,第295页)。意谓严复的《天演论》并不是达尔文那种生物学意义上的自然科学的进化论,而是赫胥黎那种将进化的原理应用到社会科学上的社会理论,在此基础上,严复还出于激起国人的民族危亡感的需要加入了大量的"案语"。故吴汝纶也曾一针见血地指出:"抑严子之译是书,不惟自传其文而已,盖谓赫胥黎氏以人持天,以人治之日新,卫其种族之说,其义富,其辞危,使读焉者怵焉知变,于国论殆有助乎?"(吴汝纶:《天演论·吴序》,《严复集》第5册,中华书局,1986年版,第1318页)。

史轮回"的时间观念,从此国人的时间观过渡到了"且演且进,来者方将"①的"进化"时间观。人类历史被国人依照"物竞天择,适者生存"②的强弱法则进行了重新的排序。作为弱国的中国,被排在了历史发展的后面;而作为强国的西方,则排在了历史发展的前端。于是,中国的政治、经济、教育、文化、伦理、文章、学术等各个领域,都面临着急需进化与革新的问题。一时之间,"新"、"维新"、"革新"、"进化"乃至后来发展出来的"革命",成为了近代中国的"关键词"。"进化"的时间想象,充当了中国文学"世界意识"进一步酝酿的酵素。出于学习西方以小说促进国民"开化"、"进步"的目的,严复、夏曾佑于 1897 年在《国闻报》上附印小说:"或译诸大瀛之外,或扶其孤本之微。……宗旨所存,则在乎使民开化。"③同一年,康有为也同样出于推进国民"进化"之需,提出了向走在进化序列前头的"泰西"学习"小说学"的问题④。向西方文学学习、"译诸大瀛之外"的文学观,无疑比王韬更进一步接近了"世界文学"意识的萌蘖。

但是,"进化"的时间观虽然促使了严复、康有为的文学观念向"世界化"的方向发展,而进化论以强弱为序的历史编排方式,同时也强化了他们在"中/西"二元思维中"选择性"地考虑问题的民族救亡焦虑意识。因此,严复、康有为等人并未进一步向"世界文学"问题迈进,而是把重心放在了文学译介如何服务于民族救亡的问题上。严复在《原强》、《救亡决论》等文中主张放弃"词章"之学,而以声光电化之类的"实学"为尚,而康有为则只看重西方的"政治小说"和"教化小说",这都离"世界文学"的正轨还有相当的距离。

二、中国近现代启蒙的"人学"思想与"世界文学"观念之发生、发展

"世界文学"意识在已经具备"时空"条件的近代中国仍然受到阻滞的一个重要原因,与"文学"本身在启蒙先驱们的思想中所处的尴尬地位有关。一方面,在近代启蒙先驱看来,以文立国、垂文而治是中国的传统,到了近代这恰好被认作中国贫弱的根源,故"文学"问题对于中国"救亡"的重要性与作用远远不能与"实学"、"政治"相比;另一方面,即使相当一部分维新派启蒙人士认识到了引进西方文学的重要性,也往往不是出于"文学"自身的原因,而是认为西方文学具有浓厚的"政治"、"教化"色彩,适于中国民族"救亡"的实用之需。故周作人说,维新派启蒙人士的文学译介,"都不是正路的文学"⑤。只有等到启蒙思想家们超越了"实学"、"政治",把目光聚焦于"人学"时,"文学"

---

① 严复:《天演论(上)·导言一·案语》,《严复集》,中华书局 1986 版,第 5 册 1325 页。
② 参见严复:《天演论(上)·导言一·察变》,《严复集》,中华书局 1986 版,第 5 册 1324 页。
③ 几道(严复)、别士(夏曾佑):《本馆附印说部缘起》,《国闻报》,光绪二十三年(1897 年)十一月十八日。
④ 康有为:《日本书目志·识语》,陈平原《二十世纪中国小说理论资料》,第一卷,北京大学出版社,1997 年版,第 29 页。
⑤ 周作人:《文学革命运动》,原为《中国新文学的源流》第五讲,《中国新文学大系·史料·索引》,上海良友图书印刷公司,1936 年版,第 4—5 页。

自身的重要性才得到了充分的体认,近代中国"世界文学"观念的发生才真正具备了条件。

在这方面起步最早的,并非是我们所熟知的作《论小说与群治之关系》的梁启超,而是陈季同。19世纪80—90年代一直在欧洲从事外交活动的陈季同,深受法国启蒙思想家伏尔泰、卢梭等人的"人学"思想影响,学会了以"欧洲人的方式来思考"问题,这使得他深刻地认识到中国与西方进行交流的最大障碍,在于西方人视多次战败的中国人为未开化的野蛮人:"把我们中国人想象成了一种被驯化了的类人动物,在动物园里表演着各种滑稽动作"①。为了纠正西方对于中国人的偏见,陈季同以法文撰写、编译了多部介绍中国文化与文学的著作:《中国人自画像》(1884)、《中国戏剧》(1886)、《中国故事》(1889)、《中国人的快乐》(1890),以"中学西渐"为己任。与福建船政学堂的同学——留英的严复从事"西学东渐"时把重心放在"实学"、"科学"上不同,留法的陈季同所从事的"中学西渐"工作则把重心放在了"人学"上面,他站在文学是"人学"的角度上对"科学"提出了某种质疑:"因为科学一般有这种禀性,它会使人的心灵枯干,使心灵对人类的苦难冷漠无情"②。因此,陈季同所从事的一系列撰写、编译工作,总是从人生或人性的角度出发考虑问题:"在《中国故事》一书里,我主要突出了同胞们生活的日常细节",在《中国人的快乐》中,"主要为描述中国人的小型公共节庆和私人的消遣娱乐。就此书名而言,它属于人类学范围。"③正是因为站在"人类学"的高度,才使得陈季同超越了中国近代启蒙的"实学主义"取向,充分体悟到了"人学"、"文学"在中西文化交流中的重大意义。这种情形,使得陈季同处在了与歌德萌发"世界文学"构想时相同的境地。歌德正是在1827年看到一部中国小说之后意识到"中国人在思想、行为和情感方面几乎和我们一样,使我们很快就感到他们是我们的同类人",才进而提出:"所以我喜欢环视四周的外国民族情况,我也劝每个人都这么办。民族文学在现代算不了很大的一回事,世界文学的时代已快来临了,现在每个人都应该出力促使它早日来临"④。陈季同从事"东学西渐"的文学译介立场与歌德相似,就是要让人们从文学中认识到中国人与西方人虽然有习俗、政治等各个方面的差异,但在"人类学"的意义上仍然是"同类人"。这种"去隔膜"、"免误会"的"人学"化的中西文学交流思想,促使陈季同在1898年第一次提出了中国人自身的"世界文学"主张:"我们现在要勉力的,第一不要局于一国的文学,嚣然自足,该推扩面参加世界的文学;既要参加世界的文学,入手方法,先要去隔膜,免误会。要去隔膜,非提倡大规模的翻译不可,不但他们的名作要多译进来,我们的重要作品,也须全译出去。"⑤

---

① 陈季同:《中国人自画像·序言》,见《中国人自画像》,黄兴涛等译,贵州人民出版社,1998年版,第3页。
② 陈季同:《中国的戏剧·前言》,见《中国人自画像》,黄兴涛等译,贵州人民出版社,1998年版,第302页。
③ 陈季同:《中国人的快乐·序言》,见《中国人自画像》,黄兴涛等译,贵州人民出版社,1998年版,第171页。
④ 德国,艾克曼(J. P. Eckermann)著:《歌德谈话录》(全译本)洪天富译,南京译林出版社,2002年1月第1版,第221页。
⑤ 见《曾先生答书》(曾朴致胡适谈翻译的信),欧阳哲生编:《胡适文集》,北京大学出版社,1998年版,第4卷,第617页。

　　当然,我们不否认陈季同受到了歌德的"世界文学"观念的影响①。但中国的"世界文学"观念发生、发展的关键,并不是"影响论"所能解决的,而是"发生论"的问题。在十九世纪末与二十世纪初,辜鸿铭和马君武都对歌德的著作有所接触,但歌德的影响,并没有把他们导向"世界文学"问题。辜鸿铭所关注的是《浮士德》中的"自强不息"对于拯救中国民族危亡的意义(《张文襄幕府记闻》),马君武虽然在1903年翻译了歌德的《米丽容歌》(Mignou,为歌德《迷娘》歌中最著名的一首)②,但他的兴趣仍然主要在《俄罗斯大风潮》一类的革命救亡作品处。民族救亡所带来的"选择"偏见,显然妨碍了辜鸿铭、马君武向歌德的"世界文学"观念靠拢。即使是陈季同自己,他一旦将目光转向以民族救亡为取向的国内文化界时,他的"世界文学"观的高明之处也被遮蔽无遗。且不说他在自己创办的《求是报》③上所译载的主要是《法兰西民主立国律》一类的"实学",就是他倾力向国内文化界译介的法国作家贾雨的《卓舒及马格利小说》(未完),也并非他"世界文学"设想中所谓的"名作"。这部小说,是以法国著名将军布朗热的事迹和爱情故事为蓝本创作的一部半纪实性的长篇作品。其中的用意,并未超出梁启超的《意大利建国三杰传》一类的编译之作太远——那就是企图呼唤英雄人物出来改革和拯救中国,表现出鲜明的民族"救亡"实用"选择",与"世界文学"观意义上的"正路文学"差距甚大。很显然,陈季同一旦偏离了文学的"人学"内涵,而把目光对准"民族"、"国家"的"救亡"问题时,他也就远离了"世界文学"本体。

　　在国内文化界的民族"救亡"大潮之下,虽然梁启超的《新民说》、《论小说与群治之关系》等文将中国国民性的"人学"问题与影响国民性的"文学"问题摆上了重要的议事日程,并由此促发了近代文学译介之风的兴盛,但中国的"世界文学"观念发展并未进入通途。以当时在译介外国文学方面影响最大的《新小说》为例,它的译介重点并非是"正路"的文学之文、名家经典,而是把重心放在"专借小说家之言,以发起国民政治思想,激励其爱国精神"的"政治小说","专借小说以发明哲学及格致学"的"哲理科学小说","专以养成国民尚武精神"的"军事小说","以激励国民远游冒险精神"的"冒险小说",与及宣传政治改革的"历史演义小说",歌颂民族英雄的"传记"等等④。这显然不是在关注"世界文学"问题,而是借文学为工具达到实用的"救亡"目的。而且,正如徐念慈所指出的那样,"救亡派"的文学翻译,因不合于占读者百分之九十的"出于旧学界而输入新学说者"的阅读口味,售数"十仅得一二"而势力日微;而守旧派的审美口味,又多为猎奇、猎艳、证古,"所以林琴南先生,今世小说界之泰斗也,问何以崇拜之者众? 则以遣词缀

①　李华川:《"世界文学"观念在中国的发轫》,《光明日报》,2002年8月22日。

②　参见杨武能:《歌德与中国》,上海三联书店,1991年版,第93—94页。

③　《求是报》,英文名:InternationalReview,综合性报刊。1897年9月30日(光绪二十三年九月初五)创刊,在上海出版。旬刊。铅印,每期约30页。1898年3月间停刊。陈季同(敬如)、陈寿彭(逸如)兄弟创办,陈衍(石遗)曾任主编。

④　《中国唯一之文学报〈新小说〉》,《新民丛报》,1902年,第14号。

句,胎息史汉,其笔墨古朴顽艳,足占古文学界一席而无愧色。"①大为流行的林纾式的翻译,不仅"所译本率皆欧洲第二三流作者"②,而且好以中国传统文化心理、审美习惯去"误解"和"改编"外来文学作品。它不仅常常将外来小说的形式改窜成中国章回小说的形制,而且原作中大段的自然环境描写与人物心理描写,也因不合中国传统往往遭受大量删削③,并且译者还常常认为自己的译笔胜于原文而对原作内容进行"加油加酱"④,后来更是出现了追求所谓"有句皆香,无字不艳"的"译述"倾向。同时,林纾式的翻译还好以中国传统伦理道德的"忠"、"孝"去进行随意附会,如将英国哈葛德的《蒙特祖马的女儿》译为《英孝子火山报仇录》,将迭更司的《老古玩店》译为《孝女耐儿传》。这种"循华文而失西义"(语出梁启超《变法通议·论译书》)的文学翻译,虽然在某种程度上促进了中外文学的交流,但另一方面却偏离了"世界文学"发展的正轨。

曾朴与林纾的一段翻译交往颇能说明这一问题。深受陈季同的"世界文学"观念影响的曾朴,在接触到林纾"拿古文笔法来译欧美小说的古装新剧"后,很婉惜林纾的翻译"没有标准",对二三流作家哈葛德等"毫无文学价值作家的作品"译的太多,而名作、名著所占的分量太少。他认为林纾这样做下去,充其量"不过增多若干篇外国材料的模仿唐宋小说"。因而曾朴贡献了两点意见:"一是用白话,固然希望普遍的了解,而且可以保存原作的作风,叫人认识外国文学的真面目,真精神;二是应预定译品的标准,择各时代、各国、各派的重要名作,必须迻译的次第译出。"但曾朴对林纾的这番"世界文学"观教育,丝毫未起作用,原因在于他的"成见很深固","还时时露出些化朽腐为神奇的自尊心"⑤。林纾这种对于民族文化、民族文学传统的过分"自尊",所表现出来的是"文化民族主义"的偏见,是无法导向"世界文学"之正轨的。林纾的"成见",实质也就是当时读者的普遍成见,故在此种情形下,真正明了"世界文学"本意的曾朴是无法扭转乾坤的,他本人也直到1920年代才全力从事法国经典名著的直译。可见,只有在具备时代条件的情况下,曾朴式的"正路""世界文学"观才能得到发扬光大。

继陈季同之后,近代中国"世界文学"观念的"正轨"发展,来自周树人、周作人兄弟1909年翻译的《域外小说集》的推动。在这种推动之中,启蒙的"人学"思想扮演了核心角色。有别于维新、革命两派人士关注"人"的外部因素——政治觉悟、民族国家意识等等——从而以"政治小说"、"历史演义"、"革命小说"为译介重点,周氏兄弟关注的是"人"的内在"心灵"——"籀读其心声,以相度神思之所在"。同时,与林纾等人以中国传统文化心理去"误解"和"改编"西方文学作品不同,周氏兄弟心目中已经立"异域文术"

---

① 觉我(徐念慈):《余之小说观》,《小说林》,1908年,第9、10期。
② 梁启超:《清代学术概论》,北京:东方出版社,1996年版,第89页。
③ 参见郭延礼:《近代西学与中国文学》,百花洲文艺出版社,2000年版,第184页。
④ 钱钟书:《林纾的翻译》,《七缀集》(修订本),上海古籍出版社,1994年版,第84—85页。
⑤ 见《曾先生答书》(曾朴致胡适谈翻译的信),欧阳哲生编:《胡适文集》,北京大学出版社,1998年版,第4卷,第619页。

为"新宗",所以能做到"收录特慎,迻译亦期弗失文情"①。尽管到现在都还存在着"直译"与"意译"之优劣的争论,但周氏兄弟以"人"的心灵为文学着眼点,选译"名作"②,"弗失文情"的翻译,无疑昭示了中国近代"世界文学"观念的深入发展和趋于成熟。

但是,周氏兄弟在当时也没有直接去思考"世界文学"的问题。他们认为"近世文潮,北欧最盛"③,也并不完全符合世界文学的史实,而明显带有中国国情与北欧(包括俄国)相近的考虑,其背后的着眼点在于借反抗意识较强的"弱小民族"文学来激起中国的自强与反抗。故其文学观念仍然更多地与民族"救亡"相连,而不是直接指向"世界文学"。同时,从周氏兄弟比较接近于"世界文学"之正轨的《域外小说集》只卖出二十本看,则进一步表明"世界文学"观念在近代中国的发展仍然相当艰难。

三、"五四"启蒙中的"人类主义"思潮与"世界文学"观念之成熟

近现代中国的"世界文学"观念发展之所以充满曲折与艰难,主要与国人过多地从"民族"的救亡需要出发看待文学问题的"选择"意识有关。而"世界文学"观,需要的更多是从"人类"的眼光出发,将世界各国的文学当作一个"整体"来把握和观照。从最早萌发"世界文学"观念的赫尔德看,他之所以提出"世界文学"问题,其目标固然是借别国的文学来促进德国的民族文学发展,但他的着眼点更多地还是考虑到"人类"启蒙的"整体"需要。早在《1769年游记》中,赫尔德就提出了写作一部《人类史》、一部《人类史年鉴》和一部《人性的教育纲要》的计划和设想。他在1793年提出的"全世界文学史"构想,正是这一宏伟的"人类史"计划的发展与具体化。这里的关键词,是"人类"。所以,"世界文学"观的真正基础,是"人类主义",而不是在近现代中国占主流地位的与之相反的"民族主义"。中国的"世界文学"观念之发展成熟,正是来自于"五四"启蒙中"人类主义"思潮的推动。

1918年以前的新文化界,"国家"、"民族"仍然是人们看问题的根本出发点。陈独秀的《青年杂志》发刊词《敬告青年》,正是从"吾国之社会,其隆盛耶,抑将亡耶"着眼看问题的;"五四"启蒙中强烈反传统的文化革命、伦理革命、文学革命,其出发点是民族救亡的需要——"吾宁忍过去国粹之消亡而不忍现在及将来之民族不适世界之生存而归削灭也"。同时,正是因为着眼于国家、民族"救亡",故陈独秀呼吁:"吾愿青年之为托尔斯泰与达噶尔(R. Tagore. 印度隐遁诗人),不若其为哥伦布与安重根"④。陈独秀对中国传统文学与达噶尔(泰戈尔)等人的强烈排斥,表明在"五四"启蒙前半阶段的"民族"、"国家"视野局限之下,中国的"世界文学"观念还无法真正走向成熟。

---

① 参见周树人:《〈域外小说集〉序言》,日本东京版《域外小说集》第一册,1909年。
② 参见周树人:《〈域外小说集〉略例》,日本东京版《域外小说集》第一册,1909年。
③ 周树人:《〈域外小说集〉略例》,日本东京版《域外小说集》第一册,1909年。
④ 陈独秀:《敬告青年》,《青年杂志》,1915年9月15日,第1卷1号。

随着 1918 年"一战"终局所引发的"五四"启蒙界的"大同主义"——"人类主义"思潮的兴起,"民族主义"思想局限开始被超越。这一年,被认为代表着"国家主义"、"民族主义"的德国战败,受到这一局势的警醒,新文化界清醒地认识到了一切皆从"民族"、"国家"出发看问题的局限,从而开始转换视野,走向人类一家、世界大同的"人类主义"立场。高一涵指出,"一战"带给人们的教训是:"于是信赖民族竞争之小国家主义者又一变而神想乎人道和平之世界国家主义"[①]。蔡元培认为,"现在世界大战争的结果,协约国占了胜利",将来一定是民族主义、种族主义消灭,合人类为一家的"大同主义"发展[②]。陈独秀在战后指出,所谓"国家","不过是一种骗人的偶像"。"现在欧洲的战争,杀人如麻,就是这种偶像在那里作怪","各国的人民若是渐渐都明白世界大同的真理,……这种偶像就自然毫无用处了"[③]。李大钊也指出,人类进化是沿着"世界大同的通衢"向前行进的,世界人类的"大联合"必将来临[④]。世界大同的"人类主义"理想在新文化界的迅速生长和蔓延,导致新文学的"视野"由民族、国家转向了世界、人类。其标志性事件,是周作人在 1918 年引进了日本白桦派领袖——"新村"运动的领导人武者小路实笃的文学主张[⑤]。武者小路实笃宣称:"我们不用国家的立脚地看事物,却用人类的立脚地看事物"[⑥]。武者小路实笃"用人类的立脚地看事物"的"人类主义"文学主张,引起了蔡元培、陈独秀、鲁迅等新文化领袖的共鸣[⑦]。从"人类"的"人"(而不是"国家"、"民族"的"人")这一视野出发,周作人连续撰写了两篇影响巨大的论文——《人的文学》、《平民的文学》[⑧]。紧接着,周作人就在《新文学的要求》一文提出,所谓"为人生"的"人道主义"文学,其"基调"是"大人类主义":"现在知道了人类原是利害相共的,并不限定一族一国","这样的大人类主义,……也就是我们所要求的人道主义的文学的基调"[⑨]。至此,新文学界大体完成了由"民族"、"国家"视野向"人类"、"世界"视野的转型。中国的"世界文学"观念之发展成熟,由此具备了真正的基础。

---

① 高一涵:《近世三大政治思想之变迁》,《新青年》,第 4 卷第 1 号,1918 年 1 月 15 日。

② 蔡元培:《黑暗与光明的消长——在庆祝协约国胜利大会上的演说词》,《北京大学日刊》1918 年 11 月 27 日。

③ 陈独秀:《偶像破坏论》,《新青年》,1918 年 8 月 15 日,第 5 卷 2 号。

④ 李大钊:《联治主义与世界组织》,《新潮》,1919 年 2 月 1 日,第 1 卷 2 期。

⑤ 周作人于 1918 年 5 月 15 日在《新青年》4 卷 5 号上发表了《武者小路君所作〈一个青年的梦〉》一文。

⑥ 武者小路实笃:《一个青年的梦》,鲁迅译,《新青年》第 7 卷第 5 号,1920 年 4 月。

⑦ 周作人的《武者小路君所作〈一个青年的梦〉》发表后,引起了鲁迅的关注,他于 1919 年开始翻译《一个青年的梦》,并在北京《国民新报》连载,后因停刊转至《新青年》连载。1919 年 12 月 9 日,武者小路实笃写了《与支那未知的友人》回应鲁迅的翻译,并希望为了"人类"的"事业",人人都应该从"民族"、"国家"的迷梦中觉醒;反对战争,实现世界、人类的一体化——"大同"。陈独秀、蔡元培都发表了呼应其观点的文字。具体参见《新青年》,1919 年 12 月,7 卷 3 号。

⑧ 周作人《人的文学》中所谓的"人",是指以阶级消失、国家消亡为前提条件的"大同"社会的"人",其核心是超越了民族、国家意识的"人类"的"人"。具体内容可参见姜玉琴:《"人"与误读的"人"——再论周作人的〈人的文学〉》,《东方论坛》2004 年第 4 期。

⑨ 周作人:《新文学的要求》,北京《晨报》,1920 年 1 月 8 日。

"五四"启蒙中的"人类主义"思潮对于中国的"世界文学"观念成熟之推动，主要落实在了"文学研究会"这一社团当中。陈独秀、李大钊、鲁迅、胡适等《新青年》一代，因为曾经深受"民族主义"思想影响，故对于"人类主义"的接受有所保留，其中只有受武者小路实笃的"人类主义"思想影响最深的周作人比较例外①。文学研究会一代的阅历则相对单纯，他们的思想从起步阶段就深受"人类主义"思潮的影响。文学研究会的发起骨干与主要成员，来自于心仪于周作人的"人类主义"的五个青年团体——觉悟社、少年中国学会、人道社、曙光社、青年互助团②。这五个团体曾联合组成一个名为"改造联合"的团体，其宗旨是："组织一个打破一切界限的联合"的"大同世界"③——就是组织一个超越"民族"、"国家"局限的"人类主义"理想国。文学研究会就是以这五个团体的骨干为基础成立的，所以，它自诞生之日就天然具备了一副"人类主义"眼光，并直接提出了"世界文学"的问题。《文学研究会丛书缘起》宣称："我们觉得文学是不容轻视的，他的伟大与影响，是没有什么东西能够与之相并的。他是人生的镜子，能够以慈祥和蔼的光明，把人们的一切阶级、一切国界、一切人我界，都融合在里面"④。文学研究会的理论主将沈雁冰也宣称，文学作品是"沟通人类感情代全人类呼喊的唯一工具，从此，世界上不同色的人种可以融化可以调和"⑤。正是出于世界各国的文学交流能够消除民族、种族、人我的界限，促进"人类主义"的世界一体化进程的考虑，导致了文学研究会会刊《时事新报·文学旬刊》的创刊《宣言》提出："我们确信文学的重要与能力。我们以为文学不仅是一个时代，一个地方，或是一个人的反映，并且也是超于时与地与人的"，"无论世界上说那一种语言的人们，他们都有他们自己的文学，也同时有别的人们最好的文学，就是，同时把自己的文学贡献于别人，同时也把别人的文学介绍给自己。世界文学的联锁，就是人们最高精神的联锁了"⑥。"超于时与地与人"的"人类主义"眼光，使得文学研究会超越了近代以来文学译介只着眼于民族"救亡"的实用"选择"，而走向了把各国之间的文学交流汇合为一个"整体"的"世界文学的联锁"。

正像雷·韦勒克、奥·沃伦所指出的那样，"世界文学"最"重要是把文学看作一个整体"⑦。文学研究会的"人类主义"视野所带来的世界文学"整体"意识，表现出一种对于各国、各派文学不抱偏见的"兼容包并"意识。文学研究会的代用刊《小说月报》的《改

---

① 鲁迅虽然在1919—1920年间翻译了日本新村领袖武者小路实笃的反战小说《一个青年的梦》，但对周作人所心仪的"人类主义"、"大同"充满了怀疑。可参见钱理群著《周作人论》，上海人民出版社1991年版，第13—14页。

② 觉悟社、少年中国学会、人道社、青年互助团与周作人所宣扬的"人类主义"、"大同"之间的关系，可以参见钱理群著《周作人论》，上海人民出版社1991年版，第13—15页，第351—355页。

③ 见《少年中国》，1920年11月15日，第2卷5号，"附录"栏。

④ 《文学研究会丛书缘起》，阿英编选《中国新文学大系·史料、索引》，上海良友图书印刷公司，1936年版，第73页。

⑤ 沈雁冰：《文学和人的关系及中国古来对于文学者身份的误认》，《小说月报》12卷1号，1921年1月10日。

⑥ 《时事新报·文学旬刊·宣言》，《时事新报》副刊《文学旬刊》第1号，1921年5月10日。

⑦ 雷·韦勒克、奥·沃伦：《总体文学、比较文学、国别文学》，《文学理论》，刘象愚等译，北京：生活·读书·新知三联书店，1984年版，第44页。

革宣言》宣称:"即不论相反之主义咸有研究之必要。故对于为艺术的艺术与为人生的艺术,两无所祖"①。虽然出于中国的民族危机尚未最终解决的考虑,文学研究会继承了《新青年》主要着眼于民族"救亡"之需的译介之风,体现出偏重于"弱小民族"文学、"写实主义"、"自然主义"文学的取向②;但在文学实践活动中,文学研究会还是更多地考虑到了人类文学的整体要求,力图排除民族实用主义的"选择"偏见,尽量做到对于各国文学、各种文学流派"无所祖"。以"文学研究会丛书"为例,其译介目标是"为所有在世界文学水平线上占有甚高之位置,有永久普遍的性质之文学作品"③。其译介内容不限国别,遍及俄、英、德、美、法、印度、日本、匈牙利、意大利、波兰、北欧、西班牙、爱尔兰、瑞典、挪威、犹太、斯堪的纳维亚等国的文学;所涉流派虽以写实主义为主,但新浪漫主义、唯美主义、颓废派的作家作品来者不拒——王尔德、梅特林克、苏德曼、霍普特曼、波德莱尔、安德列夫均在其译介之列。

文学研究会之所以能超越近代以来文学译介的"选择"偏见,而体现出一种"兼容并包"的"世界文学"胸怀,是因为它立足于"人类"的交流需要而不是"民族"的"救亡"之需。文学研究会的主要发起人周作人指出:"这文学是人类的,……却不是种族的,国家的,乡土及家族的"④。文学研究会的理论代表郑振铎宣称:"文学是属于人类全体的","文学是没有国界的","文学是没有古今界的","所以我们研究文学,我们欣赏文学,不应该有古今中外之观念"⑤。从"文学是属于人类全体"的立场出发,郑振铎编撰了被人们誉为世界范围内第一部真正意义上的世界文学史——《文学大纲》。它以 1920 年代英国著名戏剧家约翰·特林瓦特撰写的《文学大纲》(共二十四册)为底本进行改写,并在此基础上超越了原作强烈的欧美中心主义观念,把东方各国的文学也列入了研讨范围,涉及二三十个国家从古至今的文学,遍及各大洲,包罗了从古至今世界文学史上的所有重要流派。文学研究会这种不以文学国别、派别为选择标准,而着眼于文学"经典"的"兼容并包"文学观,真正做到了超越"民族"偏见和"选择"偏见,是中国"世界文学"观念的成熟体现。

其次,成熟的"世界文学"观,还必须做到将"文学定位于全人类价值",但"这种全人类价值每一次都是用民族精神来理解的",既要"将其他民族文学的艺术经验与技巧整合到本民族文学中去",又要"立足于本民族自身的传统"⑥。而自进入近现代以来,由

---

① 《小说月报·改革宣言》,《小说月报》1921 年 1 月 10 日,第 12 卷 1 号。
② 沈雁冰和郑振铎在编排《小说月报》时,曾在 1921 年间倡导"新浪漫主义"文学的译介,但胡适却对二人耳提面命地指出:"不可滥唱什么'新浪漫主义'"(胡适 1921 年 7 月 22 日日记,见《胡适的日记》上册 156—157 页,中华书局 1985 年版)。从表面看,胡适的理由是"现代西洋的新浪漫主义的文学所以能立脚,全靠经过一番写实主义的洗礼",更合于"科学"。但其背后的逻辑却是"科学"能更好地服务于民族"救亡"大任。胡适这种由于民族"救亡"之需而导致的排斥"新浪漫主义"的做法,显然与"兼容并包"的"世界文学"观念不完全相符。
③ 《文学研究会丛书编例》,《小说月报》,1921 年 8 月 10 日,12 卷 8 号。
④ 周作人:《新文学的要求》,北京《晨报》,1920 年 1 月 8 日。
⑤ 郑振铎:《文学大纲·叙言》,《郑振铎全集》第 10 卷,花山文艺出版社,1998 年版。
⑥ 〔俄〕尤里·鲍列夫:《文化范式的流变与世界文学的进程》(周启超译),《文学评论》,2003 年第 3 期。

于民族危机的激发,中国的传统文学遇到了前所未有的尴尬。一方面,"文化民族主义"者出于"民族认同"的"救亡"需要,把中国传统文学列入"国粹"而竭力加以鼓吹。所谓"欧风东渐,国学几灭,著者抱亡学亡国之惧"①。另一方面,"文学革命"后的陈独秀、鲁迅等"文化激进主义"者则出于改造国民性的"民族改革"需要,对中国传统文学采取了激烈的批判态度。这两种文学倾向,都偏离了"世界文学"的正题:前者是一种"本国主义"的文学倾向,缺乏将"文学定位于全人类价值"的世界意识;后者则透露出一种"外国主义"色彩,对"立足于本民族自身的传统"缺乏认同。而文学研究会的理论代表郑振铎,则主张应该超越这两种偏见:"我们看文学应该以人类为观察点"②,"文学的研究看不得爱国主义的色彩,也看不得'古是最好的'、'现代是最好的'的偏见";"迷恋骸骨与迷恋现代,是要同样的受讥评的,本国主义与外国主义也同样的是一种痼癖"③。因此,文学研究会一方面极力批判学衡派、甲寅派名为"整理国故"实为"表彰国故"的"民族自夸"④,另一方面也反对"宣传新文学的人一见到人家谈到'国故',便痛斥'关门自绝于世',便指笑以为'献媚旧社会,没有奋斗的精神'"⑤,进而主张以"世界文学"的眼光来平等地对待中西古今文学:"旧文学底实质,和新文学底实际是一样的;因为他们同是文学,同是普遍的真理表现;所以凡是真正的文学作品,都有永久的价值。不过他们的范围广狭不同罢了;旧文学的范围是局于小部分的人民小部分的土地;新文学的范围是及于全人类、全世界。"因此,"整理国故就是新文学运动当中一种任务,他的地位正和介绍外国文学相等"⑥。文学研究会立足于"全人类、全世界"而平等对待中外古今文学的态度,不仅做到了将"文学定位于全人类价值",而且做到了"立足于本民族自身的传统",将中国传统文学纳入了"世界文学"的构架之内并给予其合理的定位,进一步显示出中国的"世界文学"观念已经臻于成熟。

最后,"人类主义"视野的介入,还使得文学研究会将民族文学(地方文学、乡土文学)的创作纳入了"世界文学"的构架内进行双向的辩证考察,在中国的"世界文学"观念发展史上第一次摆正了两者之间的关系。成熟的"世界文学"观,意味着"世界文学"的总体与"民族文学"的部分之间存在着"一种制约依存双向生成的关系":"世界文学进程将促成民族文学的进一步发展,把民族文学推进到一个新的历史高度";"民族文学进一步发展,需要以世界文学为目标"⑦。文学研究会早期的精神盟主周作人从"人类主义"立场出发,对"世界文学"与"民族文学"、"地方文学"(乡土文学)的创造之间的"双向生成关系"作出了辩证的阐发:

---

① 邓实:《第七年政艺通报题记》,《政艺通报》,戊申(1905年),第7年第1期。
② 西谛(郑振铎):《新旧文学的调和》,《时事新报》副刊《文学旬刊》第4期,1921年6月10日。
③ 郑振铎:《文学大纲·叙言》,《郑振铎全集》第10卷,花山文艺出版社,1998年版。
④ 《沈雁冰复万良濬》,《小说月报》,1922年7月10日,13卷7号。
⑤ 王伯祥(文学研究会会员):《国故的地位》,《小说月报》,1923年1月10日,14卷1号。
⑥ 余祥森(文学研究会会员):《整理国故与新文学运动》,《小说月报》,1923年1月10日,14卷1号。
⑦ 张敏:《冰点的热度:比较文学与世界文学论集》,太原:山西人民出版社,2002年3月版,第4页。

我们不必一定在材料下有明显的乡土的色彩,只要不钻入那一派的篱笆里去,任其自然长发,使会到恰好的地步,成为有个性的著作。不过我们这时代的人,因为对于偏隘的国家主义的反动,大抵养成一种'世界民'(Kosmopolites)的态度,容易减少乡土的气味,这虽然是不得已却也是觉得可惜的。我仍然不愿取消世界民的态度,但觉得因此更须感到地方民的资格,因为这二者本是相关的,正如我们因是个人,所以是'人类一分子'(Homarano)一般。我轻蔑那些传统的爱国的假文学,然而对于乡土艺术很是爱重:我相信强烈的地方趣味也正是'世界的'文学的一个重大成分。具有多方面的趣味,而不相冲突,合成和谐的全体,这是'世界的'文学的价值①。

正是因为对于"人类"与"个体"、"世界"与"民族"(地方、乡土)的关系有着独到的体认,所以文学研究会提出:"同人以为今日谭革新文学非徒事模仿西洋而已,实将创造中国之新文艺,对世界尽贡献之责";"同人等深信一国之文艺为一国国民性之反映,亦惟能表现国民性之文艺能有真价值,能在世界文学中占一席之地"②。这实际上比鲁迅1934年提出"有地方色彩的,倒容易成为世界的"③早了十几年。同时,立足于"人类主义"立场的文学研究会也未像许多后来者那样,以"愈是民族的,就愈是世界的"为理由,去排斥"世界文学"的滋养,而是怀着一种"以介绍世界文学整理中国旧文学创造新文学为宗旨"④的宏伟抱负。

直到1949年,中国的"世界文学"观念都未能超出文学研究会太远。因为民族危机意识仍然一直强烈制约着大多数国人的文学观念,能够做到像文学研究会那样从"人类"出发看待文学问题的人并不太多。即使是文学研究会本身,也在民族危机的再次冲击下由"人类主义"、"世界主义"文学立场向"民族主义"文学立场回撤。周作人于1925年1月12日发表《元旦试笔》,谈到了自己的思想变化:"我的思想到今年又回到民族主义上来了"。并说他"最早是尊王攘夷思想","后来读了《新民丛报》《民报》《革命军》《新广东》之类,一变而为排满(以及复古),坚持民族主义者计有十年之久,到了民国元年这才转化。五四时代我正梦想着世界主义,讲过许多迂远的话,去年春间收小范围,修改为亚洲主义。及清室废号迁宫以后,遗老遗少以及日英帝国的浪人兴风作浪,诡计阴谋至今未已,我于是又悟出自己之迂腐,觉得民国根基还未稳固,现在须得实事求是,从民族主义做起才好"⑤。出于同样的民族危亡感,文学研究会的骨干郑振铎、叶圣陶等人也在"五卅"之后也由"人类主义"立场回到了"民族主义"立场。此后,新文化界的文学译介再次偏离了"世界文学"正轨,集中于"政治立场"相近的苏俄文学,并日益呈现出单一化的趋势。

(原载《文艺研究》2007年第4期,《新华文摘》2007年第22期全文转载)

---

① 周作人:《旧梦》,《自己的园地雨天的书》,人民文学出版社,1988年版,第104页。
② 《小说月报·改革宣言》,《小说月报》,1921年1月10日,12卷1号。
③ 鲁迅:《鲁迅全集》,人民文学出版社,1981年版,第12卷,第391页。
④ 《文学研究会简章》,《小说月报》,1921年1月10日,12卷1号。
⑤ 开明(周作人):《元旦试笔》,《语丝》,1925年1月12日,第9期。

两浙文学研究

地域人文传统与浙江新文学作家群体建构

王嘉良

浙江新文学作家群的崛起，曾是中国现代文学史上的重要文学现象。上世纪 90 年代中后期，现代文学界着力研究 20 世纪中国文学与区域文化时，严家炎先生就谈到，研究区域文学须"注意抓取典型的具有区域特征的重要文学现象作为切入口"，而"五四"以来从浙江走出的著名作家最多，且"各自成为一个方面的领袖人物和代表人物"，"这种突出的文学现象很值得研究者去思考和探讨"。[①] 此说甚是。浙江作家群体在中国新文学史上的突出之处就在于：不只阵容壮观，可以载入新文学史册的作家就多至百余人 [②]，更重要的是许多作家还是现代文学思潮或文学创作的开创者、领衔者，往往是他们引领着中国现代文学新潮流，这个作家群体的生成及其提供的历史经验，的确值得认真总结与研究。

然而，对于这样一个"典型的具有区域特征"的重要文学现象，至今仍缺乏深入研究的论著。对这一文学现象，过去也曾受到部分关注，如彭晓丰、舒建华所著《"S 会馆"与五四新文学的起源》[③]，探讨五四时期浙江新文学先驱者对中国新文学的开创之功；笔者著有《浙江 20 世纪文学史》[④]，发表部分研究"浙江潮"与中国新文学关系的论文等。但对这个作家群体的研究，目前尚未取得突破性进展，主要不足有二：一是研究视角多半局限于"浙江文学"自身，缺少由此及于整体的观照，因此也便限制了由特定地域入手总结整体文学经验意义的拓展；二是部分论著涉及地域与整体的关系，但涉及的范围很小（如仅止于"五四"或新文学"发生意义"等），对这个群体建构的深层因素及其为文学的发展提供更深刻的经验，尚缺乏深入的挖掘与剖析。作家群体的研究，并不在于揭示群体本身的成就，重要的是要探讨群体生成的"意义"及对后来文学的"启示"。本文拟从地域人文传统角度探究群体生成的深层动因及其文学史意义，旨在对这个作家群体的研究有所深化。

一、人文传统：地域背景中"人文因素"之重

浙江新文学作家群在"五四"以后的强势崛起，既是一种文学现象，同时也是一种文

---

① 严家炎：《20 世纪中国文学和区域文化丛书·总序》，载湖南教育出版社 1995—1998 年版丛书卷首。
② 陈坚主编：《浙江现代文学百家》，浙江人民出版社 1988 年版，介绍浙江新文学作家 129 位。这个数字还不是很完整的，《浙江省文学志》（中华书局 2001 年版）所载的现代浙籍作家，超过此数甚多。
③ 彭晓丰、舒建华著：《"S 会馆"与五四新文学的起源》，湖南教育出版社 1995 年版。
④ 王嘉良主编：《浙江 20 世纪文学史》，中国社会科学出版社 2000 年 12 月版。

化现象。其生成机制肯定同"五四"特定的时代语境和启蒙文化思潮紧密相关,但若是从"地域学"的"面型"语码看,却不能不说与此地的特殊地理区域种型和历史文化传统有着割不断的联系。而且从整个中国新文学发生的整体背景考量,在时代语境相同的情况下,浙江一地异军突起,则后一层地域文化因素显得更为突出。谈到地域文化因素,"地域"应是一种诸元素的"综合性"呈示,显现出"时空合一内外兼顾"的多维性形态,不只是自然生态上的"地域性"。诚如严家炎所言:"地域对文学的影响是一种综合性的影响,决不仅止于地形、气候等自然条件,更包括历史形成的人文环境的种种因素","而且越到后来,人文因素所起的作用也越大"[①]。文化在其累积过程中,总是不断同其他因素"综合"而丰富其内涵,产生出新质。文化传统越是发展到后来,越是同人文素质相联结,形成一种精神性的东西为后人承传。纵观浙江文化发展历史,体现"远传统"的"越文化"精神固然已积淀为本地域的思想文化资源,如王思任之谓"吾越乃报仇雪耻之乡,非藏垢纳污之地",就乐于为近代浙江人引用,鲁迅曾不止一次提及。然而,从深处看,对于近现代浙江人(特别是浙江士人)产生深刻影响的,恐怕并不只是"报仇雪耻"之类的文化命题,应当还有更深刻的内涵。

从文化发展的走势看,如果考虑更多"人文因素"的作用,那么,对于近现代浙江士人更具感召力因而也产生更直接影响的应该是体现"近传统"意义的"两浙文化"传统,而首先可以进入我们研究视野的,是启蒙传统的现代延续。自宋、明开启的两浙启蒙文化思潮在中国思想文化史上曾有过显赫地位,由此必造就此地浓烈的启蒙文化氛围;而思想启蒙是20世纪中国知识分子的普遍心态,中国新文学作家最初是从思想启蒙的层面切入新文学建设,其中又以周氏兄弟为代表的浙江家鼓吹最力。将这两者联系起来思考,可以认定:正因两浙启蒙文化思潮成为"浙军"介入新文学革命的一种重要思想文化资源,遂有其在注重启蒙的五四文学革命中卓然独步的辉煌。

文化溯源应是历史踪迹的探寻,寻绎浙江的启蒙文化思潮,也可以追溯较远,但就确立近代理性所必须的启蒙文化精神而言应始自南宋。文化的发达景状是伴随着社会经济的发展而相偕行进的。台湾学者陈正祥曾著文论述因北方战乱不息,而"东南久安",中国的文化中心有过三次南迁,认为北宋统一王朝的毁灭是中国文化中心南迁的真正分野,从此文化中心"搬到了江南",而浙江、杭州又成为"江南的核心"[②]。此说甚为有理。南宋定都临安(杭州),这里人文荟萃,又得东南雄厚财富之利,遂显一时文化繁荣景观。"东南形胜,三吴都会,钱塘自古繁华",柳永词描述的钱塘人杰地灵、文化发达景状正是对此的形象写照。在此氛围中必造成文化思想的空前活跃。宋明以来浙江是人才辈出、学派林立:由南宋开启的"浙东学派"(叶适、陈亮、吕祖谦等),创事功学与心学两大体系,确立近代理性所需的务实精神和张扬人的精神主体性的哲学理念,构成对汉儒经典的冲击,开启中国近代思想文化启蒙之先河;至明清之际,集心学之大成的

---

① 严家炎:《20世纪中国文学和区域文化丛书·总序》。
② 陈正祥:《中国文化地理》第5、20页,三联书店1983年版。

王阳明哲学与以黄宗羲为代表的浙东史学,促成事功学与心学的合流,建构一种兼具主体精神与事功精神的哲学理论体系,抨击压抑人性的经学与理学,鼓吹民族民主思想,使这里成为当时新思想、新思潮的主要启蒙地区。近代文化巨匠梁启超就认为,出于浙东的"残明遗献思想"已处在当时的"文化中心"地位,其影响所及直成为促成近代"思想界的变迁"的"最初的原动力"。①当代学者余秋雨也曾著文指出:"从明代开始,长江下游的姚江地区,开始成为中国人文思维的一个重镇,以王阳明、黄宗羲为代表的姚江学者在思维的强度和深度上都处于整个中国文化制高点的地位上,这种情况,使长江下游当之无愧而又平静厚实地取得了对近代以前的中国文化的大部分总结权,此时此刻,小小的姚江所涌流的智慧甚至已不亚于滔滔的黄河了。"②近代以来,此地启蒙文学一直呈持续发展态势,特别是作为封建"衰世"的批判者和改革风雷的呼唤者的龚自珍,更是从浙江走出的第一流启蒙文学大师,其思想学识不独流布甚广,"风尚所趋,尊为'龚学'……家弦户诵,遍于江浙"③,且以其振聋发聩的"改革"呼声直接影响了 19 世纪末、20 世纪初的思想界、文学界。对于"龚学",梁启超也极为推崇:"语近世思想自由之先导,必数定庵,吾见并世诸贤,其能为现今思想界放光明者,彼最初率崇拜定庵。"④由是观之,以启蒙思潮为核心的两浙文化传统,早已处在引领全国文化新潮的位置,并事实上构成了对处于急剧震荡中的近现代中国知识界以强大的思想、精神"原动力",尤其会对生于斯长于斯的浙江士人施加深层影响。在此"背景"上,后来走出一个以启蒙为重任的新文学作家群体,正可以说是对一种历史传统的承续,是文化启蒙思潮的一种蓄势已久的喷发。

这决非虚言。浙江新文学作家群体建构,外来文学思潮的影响不可忽视,但传统积淀的因素也不能低估。两浙文化传统的刻骨铭心的熏染,总是使得浙江作家在审视文化、文学思潮时怀有一种深沉的历史感,他们往往对此地自宋、明以来颇盛的启蒙文化思潮表现出自觉的怀恋与认同。20 世纪初,新一代浙江学人崛起,在日本东京创办《浙江潮》,从其间走出的鲁迅、周作人、蒋百里、许寿裳等日后成为中国新文学的重臣。他们当时就"发大声于海上"⑤,表达出欲以思想文化之力起区域而抗陆沈的强烈意愿,而在发出的声音中,最响亮的便是受到"乡先贤"的启迪,作出如此激昂的发问:"浙江省文明之中心点也,吾浙人果能担任其此言乎,抑将力不能胜任,徒为历史羞乎?"⑥这里所说的文明"中心点",显然是指从南宋以来一气贯注下来的两浙文化传统曾居于"文化中心"地位,表露出新一代浙江学人自觉追踪同乡先哲,油然而生承传地域文化传统的自豪感和紧迫使命感。不妨说,带着一种对于前贤造就的文化传统的自觉接受意识,应是

①　梁启超:《中国近三百年学术史》,见《梁启超论清学史二种》第 123 页,复旦大学出版社 1987 年版。

②　余秋雨:《姚江文化史》(季学原著)"序",宁波出版社 1998 年版。

③　王文濡:《龚定庵全集序》,世界书局 1935 年版。

④　梁启超:《论中国学术思想变迁之大势》,《饮冰室文集(之七)》第 97 页,中华书局 1989 年版。

⑤　《浙江潮》发刊词,《浙江潮》第 1 期(1902 年)。

⑥　公猛:《浙江文明之概观》,《浙江潮》第 1 期。

许多浙江新文学作家紧紧抓住新世纪到来的机运作一次开拓新文学努力的原动力之一。这只需举周氏兄弟为例便可印证。

鲁迅对地域文化的承传，是基于一种自觉的传统接受意识。其在早年写出的《文化偏至论》中就表述过：匡救中国的"明哲之士"，应是"外之既不后于世界之思潮，内之仍弗失固有之血脉"。对于鲁迅而言，这"固有之血脉"包涵整个中国的优秀文化传统，自然也包括两浙(特别是浙东)文化的"血脉"。两浙深厚的文化底蕴，对鲁迅始终有着不可名状的亲和力与感召力，因而其意识深处也便有无可抹去的"乡前贤"思想的印痕。是故在他走出越中以前，便有校辑《会稽郡故书杂集》，"集资刊越先正著述"，"用遗邦人，庶几供其景行，不忘于故"①之举。他最为推崇"非汤武而薄周孔"的嵇康，为整理、校勘《嵇康集》历时23年之久(1913—1935)。在他赴南京求学、东渡日本之后，经受近代文化思潮大裂变，于内、外两面的文化新潮都有所汲取，而在接受中国传统文化方面，两浙人文精神依然是"供其景行"的重要思想资源。他对于两浙文人，尤其是浙东学派的启蒙思想家，始终怀着敬仰之情，如竭力推崇客死异乡的明末"遗民和逆民"朱舜水②，在日留学期间不忘造访其"客死的地方"——水户③；念念不忘明末思想家王思任，将其名言"会稽乃报仇雪耻之乡，非藏污纳垢之地"一直引为光荣。他后来最早表现出启蒙意识的自觉，不能说没有先贤的影响。周作人对两浙人文传统的推崇有过于乃兄。他在其著名的《地方与文艺》一文中历数"近来三百年"的两浙人文传统，勾勒自徐渭、王思任、张岱至袁枚、李慈铭、章学诚直至章太炎的浙籍文化先驱冠盖一时的成就，内中不乏叛逆道统的文人学士，自然也有尽力鼓吹启蒙思潮的"浙东学派"健将。他称这一"异端"思潮形成时期乃是中国"在文学进化上"的"很重要的一个时期"④，其对"乡前贤"的推崇可谓溢于言表。在《中国新文学源流》中，甚至将中国新文学"源头"追溯到晚明，认为"民国以来的这次文学革命运动"是"明末的新文学运动"的重演，举证便有浙籍启蒙文学先驱徐渭、张岱等。周作人在论述转型期文学思潮时经常使用"王纲解纽"的字眼以喻急剧的社会变动促成思想文化与文学变革的可能性，这同明清时期浙江启蒙思想家与文学家用"天崩地解"概括当时的社会思潮以推进新文化思潮，也有精神上的暗合。也许，正是有这种精神上的联系，当"五四"前后面对几近相同的思想解放潮流时，遂有新文学作家承续先贤的启蒙文化要求，挺立潮头再作思想启蒙的呐喊。

诚然，浙江新文学作家承传乡前贤的启蒙文化精神，介入"五四"做一以贯之的思想启蒙工作，是一种群体性行为，可以与乡前贤找到诸多有形的联系。最典型的例证，是晚明时期的小品作家群与"五四"时期的"语丝"作家群的精神传承。传统散文作家中以叛逆封建道统著称表现得富有生气的是晚明小品作家，五四散文中作为纯粹的散文流

---

① 鲁迅：《〈会稽郡故书杂集〉序》，《鲁迅全集》第10卷第32页。
② 鲁迅：《华盖集·这回是"多数"的把戏》。
③ 鲁迅：《朝花夕拾·藤野先生》。
④ 周作人：《谈龙集》第12—14页，开明书店1930年版。

派呈现,且在五四文化氛围中以文明批评与社会批评见长的,当首推"语丝派"。语丝作家最显著的思想特色是坚持启蒙为重的文化立场与姿态,他们秉承"最要紧的是改革国民性"①,只有"竭力发掘铲除自己的劣根性,这才是民族再生的希望"②等理念,始终承担着改造民族灵魂的思想启蒙重任。语丝派作家创造的"语丝文体"包括小品文和杂感文两大类别,以及擅用讽刺、幽默的语体特色,提倡率性自由的文体风格等,也同晚明小品最为类似。这里就有两种文体、两个创作群体之间的有形联系及群体生成的相同地域文化因素。晚明(尤其是"明末")小品作家中,浙江籍作家占了很大比重,在文学史上占据重要地位的小品作家如张岱、王思任、祁彪佳等,均出自浙江山阴。所以周作人断言体现晚明文风"总是以浙江为最明显"③。值得注意的是,语丝作家群也是"浙江色彩"特别浓重的,以至于当年陈西滢曾讥《语丝》是"某籍"(按指浙江籍)、"某系"的刊物。④因为无论是《语丝周刊》(后来是半月刊)的发起人还是主要撰稿人,多半是浙江人。最主要的有鲁迅、周作人、钱玄同、孙伏园、孙福熙、俞平伯、章廷谦(川岛)等,而周氏兄弟则被称为"语丝派"的主将。这绝非偶然巧合,从深层次的文化现象看,这同浙江以至于江南地域自晚近以来浓烈的启蒙文化思潮有关。自晚明至"五四",浙江作家都显现出革新传统的超前文化意识和叛逆道统的思想解放精神,于是就有他们在两个不同时代里创作上的遥相呼应。

然而文化的承传更多是无形的,是精神上的,一个地域积淀的历史文化传统总是以"集体记忆"的方式为后世留传。考量浙江新文学群体对两浙启蒙思潮在精神上的呼应,也许更触及承传关系中的本源性问题。近代以来的思想文化启蒙思潮所关注的最根本问题,是确立人的近现代理性,使人摆脱封建思想观念和思维方式的束缚,获得个体精神的自由和人性的释放。在这一点上,最能见出浙江新文学作家与他们的前辈在精神上的相通。浙东学派所鼓吹的启蒙思想,便包涵有针对长期经学统治造就的忽视人的现实存在和自身发展的弊端,而提出重新审视人的全新观念。无论是"事功学"的强调现实精神:"无验于事者,其言不合;无考于器者,其道不化"⑤,体现为对于人的经验世界的尊重和对人的生存的合理肯定;抑或是"心学"的"以心为本",提出"吾心之良知,即天理也"⑥,敢于同天道抗衡,充分肯定人的自我意识和人的精神主体性,无一不显示出同封建传统观念的挑战。至近代,浙江启蒙思想家对人的认识更加深化,龚自珍高唱"人"的赞歌:"天地,人所造,众人自造,非圣人所造";"众人之宰,非道非极,自名曰'我'"⑦,对"天人关系"这一古老的哲学命题作了全新的阐释,张扬人"自我"对命运的

---

① 鲁迅:《两地书·八》(1925年3月31日),《鲁迅全集》第11卷第31页。

② 周作人:《答木天》,《语丝》第34期,1925年。

③ 周作人:《地方与文艺》,《谈龙集》,河北教育出版社2002年版,第11页。

④ 陈西滢:《闲话》,《现代评论》第1卷第25期。

⑤ 叶适:《水心别集》卷六《进卷·总义》。

⑥ 王阳明:《传习录》卷中《答顾东桥书》。

⑦ 龚自珍:《壬癸之际胎观第一》。

主宰,体现了近代中国"人"的意识的觉醒,在当时可谓振聋发聩。返观浙江新文学作家,也正是在"人学"命题上作出了承续前贤又超越前贤的探索。"五四"新文学观念的核心,是在现代启蒙主义思潮影响下,注重人的思想、精神启蒙,确立"人的文学"观念。因此执着于"辟人荒"的工作,谋求"人的觉醒和解放",便成为新文学先驱的共识,也必然形成新文学创作的基本主题。有意思的是,这一带有方向性的路标,恰恰是由浙江作家首先择定的。周作人首创"人的文学"理论,在新文学建设中无异于炸响了春雷;茅盾、郁达夫等也从不同角度阐述过"人性解放"、"个人发现"是五四文学"主要目标"的意见 ①;而鲁迅作为启蒙主义文学大师,早在新文学诞生前夜,就已在《文化偏至论》等文中提出系统的"人学"理论,体现了最显著的"人的意识"的自觉。在创作方面,尽管早期浙江作家对文学思潮、创作方法的选择有所不同,但都有一个共同的基本点,即基于其自觉的启蒙意识,不同程度地体现了自由平等、人格独立、个性解放的思想。如郁达夫的小说在"灵和肉"的冲突中发出要求尊重"人"的尊严的呼喊,"湖畔诗人"在凄苦的"情诗"中吐露情感备受压抑的苦闷,徐志摩诗作表现对自由人性的向往等等。从中不难看出对两浙人文精神中异常鲜明的反叛"存天理,灭人欲"的封建道统在精神上的承传,其创作中的启蒙意识在很大程度上是传统启蒙精神的现代延续。

二、历史机运:"小传统"地域占得文化先机

地域人文传统作为一种新文化的生成机制,对于新文学作家群体的生成是至关重要的,但这个群体在一个特定时期的猝然爆发,还取决于独特的历史机运。马克思说过,"人们自己创造自己的历史,但是他们并不是随心所欲地创造",而是在"直接碰到的、既定的"条件下的创造。② 浙江新文学作家群体的生成亦然:由于时代为他们提供既定的条件,特定地域占得文化先机,遂有这一群体在一个特定时期的整体集结。

美国学者费正清指出:中国文化中一直存在着两个对立的传统,即"面海的中国"的"小传统"和"占支配地位的农业—官僚政治腹地"的"大传统",前者表现为先进的"城市—海上的思想",后者则依然是"占统治地位的农业—官僚政治文化的传统制度和价值观念":自近代海禁大开以来,"面海的"富有变革精神的"小传统"渐次获得生机,其释放的巨大能量日益改变着被"支配"的角色定位,而日渐由"边缘"向"中心"位移 ③。此说概括了中国文化在由传统向现代转型中内部结构的变化,用来说明浙江文化传统的近现代进程颇有启迪。浙江作为"面海的中国"的一部分,能够在 19、20 世纪之交中西文化大冲撞之际得风气之先,率先经受近代文明思潮的洗礼,便源于这一块根基厚实而又敏于新变的文化土壤。

---

① 茅盾《关于"创作"》、郁达夫《中国新文学大系·散文二集·导言》等。
② 马克思《. 路易·波拿巴的雾月十八日》,《. 马克思恩格斯选集》第 1 卷第 603 页,人民出版社 1972 年版。
③ 费正清:《剑桥中华民国史》(上卷)第 11—15 页,中国社会科学出版社 1992 年版。

　　"小传统"地域之具有文化生机,是在于"面海"的拓展性、开放性优势,同"大传统"的封闭性、固守性相对,它蕴涵着融通新潮、因时而进的改革气度,因此当中国有可能向着近代化的方向迈进时,这里就会获得变革的先机。就浙江这一独特地域而言,由于它地处东南沿海,其作为中国一个重要对外窗口的区位优势,势必使其率先经受近代文化思潮的洗礼,近代化进程也必加速推进,包括文学在内的思想文化变革,产生出远比其他地域更为广泛深刻的意义。早在明、清之际,浙江就已开始显示出走向近代的轨迹。其重要表征,是资本主义经济萌芽的生长,农业、手工业的发展,市镇经济的繁荣,生产商品化因素的不断增长,标示着原有的封建经济结构在逐渐解体①。循此而进,浙江在中国的近代化进程中必会更有所作为,并在19世纪中后期中国蹒跚着步入近代以后,又一次获得了思想文化快速发展的机运。首先,浙江是清政府实行闭关锁国政策以来,在鸦片战争后率先被外国资本主义"叩关"的省份之一,继1844年宁波作为通商口岸正式开埠后,温州又于1877年开埠。浙江"海禁"既开,在遭受外国势力掠夺的同时也必促进了中外贸易、文化交流。其次,随着封建自然经济的加速解体,浙江的近代民族工业已有相当规模,其发展速度远远超过内地,日益改变着浙江的经济结构和社会结构②。在此基础上,酝酿着新的思想文化变动便是势所必然,其中反映一些有识之士要求改革弊政、学习西方科技文化以振兴中国的维新思潮,在浙江便有较大规模的展开。汤震所著《危言》一书,刊于1890年,比康、梁的"公车上书"早五年。该书力主变法,提出各方面的改革措施,主张创办铁路学堂等,实为开维新变法风气之先,因而受到决心变法的光绪帝的重视。③另一位维新人士张元济,在维新运动前后更是躬身实践,走变法图强之路。他本着"今之自强之道,自以兴学为先"④的宗旨,首办"西学堂","专讲泰西诸种实学",培养各种有用人才,这为浙江迅速形成近代知识分子群体注入了新机。浙江又是中国近代民主革命思潮较为高涨的省份,这里民主革命斗争声浪之高为国人瞩目:章太炎、蔡元培等是我国近代著名民主革命思想家,秋瑾、徐锡麟等身殉革命的精神也在全国产生强烈的反响。遇合在中国近代文化思潮大裂变中,得沿海风气之先的浙江人便有望在中国近代文化大潮中抢滩成功。

　　文化变革反映在文学领域里,是文学观念的调整与文学新军的积聚。文学"浙江潮"在19、20世纪之交已开始涌动。在新文学诞生"前夜"时期的"文学界革命"中,浙江作家已崭露头角⑤。尤其是进入"革命文学时期",以章太炎为代表的"革命派"主张为文必"震以雷霆之声","欲以跳踉搏跃言之"⑥,力图扭转以往"温藉"文风,实为"文界革

①　参见滕复等著:《浙江文化史》.浙江人民出版社1992年版,第13—15页。
②　参见徐和雍等著《浙江近代史》,第135—155页,浙江人民出版社1982年版。
③　光绪的老师翁同龢曾赞此书"于时事极有识,……此人(即汤震)必为好官。"(《翁文公日记》卷34),并将此书进呈决心变法的光绪。参见《浙江近代史》,第169页。
④　致汪康年信,《张元济书札》,商务印书馆1981年版,第10页。
⑤　如被梁启超称为"近世诗界三杰"的黄遵宪、夏曾佑、蒋智由,是"诗界革命"的领衔人物,其中夏、蒋二位是浙江人。
⑥　章太炎:《序〈革命军〉》。

命"之异军突起,使文学界革命开了一个新生面。然而,文学的近代化变革对中国文学发展的意义,主要不在于它的最终实现形态("近代"形态),而恰恰是完成文学由古代向现代的转型,建构具有"现代"特质的新文学。从 20 世纪初旬到"五四"文学革命前夜,经交融在世界文化大潮中的近代文化思潮的洗礼,浙江积储了一支文化新军,这支新军已开始向文学的"现代"方向发起有力的冲击,这对于未来中国文学的发展构成不可或缺的要素:因这一支文学新军的壮阔阵容,使中国新文学创建期便显示出整体作家队伍的不俗声势,也因其"现代"质素的显现使新文学开创期加速了文学向现代的转型,这是"小传统"地域的浙江占得文化先机之更重要的意义所在。

近现代转型时期文化新军在浙江的聚集,很大程度上就缘于"小传统"地域固有的文化精神。这个区域文化场地处海隅的流动性特征,赋予这里的人们一种乐于外向拓展、积极进取的文化性格。文人学士大抵不失好动的习性:所谓浙江"子弟胜衣能文词,父兄相与言,命束装负书,以行四方"①,是对此的生动注脚。这种外向拓展意识,对于走出自我封闭,广纳异质文化,从而加厚加深自身的文化积累,是至关重要的。特别是在 19、20 世纪之交文化思潮大裂变、中西文化激烈冲撞之际,尤会使外向拓展意识获得加倍张扬的机遇和可能。一方面,国门既开,为"面海"地域的人们率先提供了探头向外的条件;另一方面,异域新风的吹拂,也使他们首先感受到勇迎世界潮流实为当务之急。鲁迅便是因固守国内难于满足其吸纳新知之所需,这才"走异路,逃异地,去寻求别样的人们"(《呐喊·自序》)。世纪之初,出国留学,外向拓展,就成为浙江学人的一种急切而又自觉的选择。当年《浙江潮》曾刊登文章急召浙江子弟出国留洋获取"新学",至今读来,仍令人怦然心动:

> ……以广义言之,东京多一留学生,则将来建造新中国多一工技师。以狭义言之,东京多一浙江留学生,即将来建造新浙江多一工技师。故我乡先生诸父伯叔而不欲兴浙,一任浙江之腐败溃烂,折入于他人之版图,而甘为其奴隶,为其犬马也则已。若其否也,则必谋所以救浙者,救之之策,则造就人材是也。造之之策,则出洋留学是也。②

将"出洋留学"定位为拯救一个国家、一个地区的"策略性"举措,如此明确的眼光向外、造就人才的意识,在当时的国人中是罕有其匹的,这恐怕也是"小传统"地域人才有的对于振兴民族方略的独特认知。正是有此意识,浙江人于近世跨出国门人数之众必居于全国上乘。在维新变法期间,求是书院等学堂已开始派遣留学生去日本。20 世纪初,浙江官府派遣留学生数量大增。据《清国留学生会馆第三次报告》,自癸卯(1903 年)三月起至九月止,全国赴日留学生总数 1 058 人,浙江达 142 人,仅次于江苏省(175 人)占第二位③。此后留学欧美,浙江学人也稳居全国前列。1909 年派

---

① 袁桷:《送周子敬序》,《清容居士集》卷二十三。
② 《敬告乡先生请令子弟出洋游学并筹集公款派遣学生书》,《浙江潮》第 7 期。
③ 参见《辛亥革命浙江史料选辑》,浙江人民出版社 1981 年版,第 67 页。

出第一批庚款赴美留学生，全国 43 人，其中浙江占 8 人；1910 年派出第二批，全国 70 人，浙江又占 14 人。①到"五四"前后，"出洋留学"在浙江已成为一种时尚，这股出国留学潮培养了大批人才，仅就文学人才而言，浙江就形成了两个人数颇众的留学生群体：一个是日本留学生群体，其中有王国维、钱玄同、周氏（树人、作人）兄弟、沈氏（尹默、兼士、士远）兄弟、郁氏（曼陀、达夫）兄弟、丰子恺、夏丏尊、刘大白等；另一个是欧美留学生群体，包括徐志摩、梁实秋、林徽因、俞平伯、罗家伦、邵洵美、孙大雨、宋春舫、陆志韦等。这两个留学生群体日后便成为浙江新文学作家群的重要构成，也成为建构"五四"新文学的中坚力量。

如果说，新型作家队伍的形成是建构新文学不可或缺的前提，那么作为"小传统"地域占得文化先机的重要表征之一的文化新军积聚，对其应有更深刻的意义认知。浙江新一代学人崛起之更深刻的意义是在于：它对于改变近代以来作家队伍的整体结构，进而实现文学由近代向现代的转型，产生了多方面的意义。首先，作家队伍知识结构的更新和意识观念的调整，奠定了向现代转型的底色基调。这新一代学人，大都有"旧学"的根基，又有"西学"的背景，都是在鼓吹"新学"的环境中长大，不同程度受到欧风美雨的浸染。不独出国留学者鲁迅、郁达夫等是如此，走出国门接触的是世界文学新潮；即便那时未及赶上"出国潮"者如茅盾、夏衍等，进的也是中西合璧的新式学堂，在既读国文又学英语，既读"子曰诗云"又学"声光化电"的文化背景下开始他们的受教生涯 ②。他们在心理素质、文化观念、思维方式上奠定了现代性底色，随着现代化进程的加速必稳定发展，不可能像他们的前辈（如章太炎）往往在前行途程中停步不前以至于落伍倒退，他们总是能够站在时代潮流面前，不断刷新文化思想、文学观念，在后来就完成了整体性的现代转换。其次，新一代学人在择取新知中重在世界进步学问的深究，还表现出向文学一面的倾斜，这使日后的新文学受惠甚多。同许多以留学作为"仕进之捷径者"不同，王国维是深知"今日之最急者，在授世界最进步之学问之大略，使知研究之方法"③，因而在留学期间对康德、叔本华、席勒、尼采等西方不同学派的哲学、美学著作作了一番穷本溯源的研究，这为其后来贯通中西学问打下了坚实基础。鲁迅弃医从文的另一层意义是：从中国旧文学的衰微中，看到了它急需"新生"而有志于"新文学"建设者甚少，因而在日本留学期间就开始了对文学改革和建设的直接介入。拟议创办专"治文学和美术"的《新生》杂志，是基于此种考虑 ④；"别求新声于异邦"，翻译、出版《域外小说集》，"异域文术新宗，自此始入华土"⑤，则是付诸实施的行动。再次，这新一代学人还表现出对文化新潮的敏锐感知，在世纪之初已开始向文学的"现代"方向发起强有力

① 据《浙江通史》第十卷第六章晚清"教会教育和出国留学"所述，浙江人民出版社 2005 年版第 255 页。

② 参见茅盾：《我走过的道路·学生时代》，人民文学出版社 1981 年版。

③ 王国维：《奏定经学科大学文学科大学章程书后》，载《静庵文集》第 178 页，辽宁教育出版社 1997 年版。

④ 鲁迅在《呐喊·自序》中谈到拟办《新生》杂志的原因之一是，"在东京的留学生很有学法政理工以至警察工作的，但没有人治文学和美术"。

⑤ 鲁迅：《域外小说集·序言》，《鲁迅全集》第 10 卷，人民文学出版社 1982 年版。

的冲击。其中表现文学先导性思想最突出的,同样是曾被郭沫若称为"一对现代文化上的金字塔"的鲁迅与王国维①。这一对恰好出自浙江的文化"双璧",在当时就表现出目光如炬的改革气度。王国维是近代以来系统引进西方美学和文学观念在中国建构"纯文学"理论体系的第一人,同时也是作为"世纪初的一个非理性的、人本话语的言说者"开启了中国新文学的"另一思想源头"②;斯人之出,标志着我国于古今、中西之间徘徊不前的近代文艺思潮已加速了向"现代"迈进的步伐。鲁迅作为中国新文学的奠基人,其更重要的业绩是在"五四"以后,然而其在"前夜"期对文学革命的深邃思考同样引人注目。他在其时已系统提出"立人"思想,实开其后五四新文化思潮之先声;更难能可贵的是他还以此为准则看出了"前夜文学"改革的不彻底性,痛感"呼维新既二十年,而新声迄不起于中国",热切呼唤"第二维新之声,亦将再举"③,这实际上已在殷切期盼一场新的文化、文学革命早早到来。这说明,作为20世纪初旬崛起的浙江文化新军的典型代表,鲁迅与王国维已在文化思想、文学观念上迥别于他们的前辈,明显已达到一个新的高度。在此基础上再跨前一步,并将个体的精英文化思想扩展为普遍的社会思潮和文化思潮,必促成中国文化、文学思想向"现代"的全面转型。

三、文体变革和创新:地域文化精神的驱动

中国新文学是在"五四"期间结出第一批果实的,而且还显示出起点颇高的生成、发展态势。这当中,浙江作家的创作特别值得称道。"如果说五四时期的文学天空群星灿烂,那么,浙江上空的星星特别多,特别明亮。"④在新文学开创期,不难见出浙江作家率先表现出文学观念的更新和新文体意识的觉醒,在创造新文学中作出了别地作家无可比拟的成就。"五四"新文学各种文体的首创性建设中,浙江作家都勇于开拓,而且往往在各个创作领域里独占鳌头:鲁迅是中国现代小说之父,郁达夫首创浪漫抒情小说;周作人、沈尹默、刘大白等创作初期白话诗开中国新诗先声,徐志摩无疑是"五四"诗坛最注目的明星之一;"新青年"散文作家群中浙江作家占据重要席位,⑤"五四"散文中最纯正的散文流派"语丝派"又是周氏兄弟独领风骚;宋春舫、陈大悲、李叔同等作为我国第一代新剧的引入者、创造者,对于中国新兴话剧的创建作出了开拓性贡献,如此等等。在一个独特地域涌出的作家群体在短时期内释放出如此巨大的能量,就不能不深究这个地域积累深厚的文化传统的影响,而细细探察浙江新文学作家的创造精神,也不难发现有两浙文化传统的驱动作用。

---

① 郭沫若:《鲁迅与王国维》,《沫若文集》第12卷第536页,人民文学出版社1959年版。
② 程文超:《前夜的涌动》第172页,山东教育出版社1998年版。
③ 鲁迅:《坟·文化偏至论》,《鲁迅全集》第1卷第51页、56页。
④ 严家炎:《20世纪中国文学和区域文化丛书·总序》。
⑤ "新青年"作家群中最重要的7位散文家是:陈独秀、胡适、李大钊、鲁迅、周作人、钱玄同、刘半农,浙江作家据有其三(鲁、周、钱)。

　　文体的创制与新变,总是同时代精神紧密相联。明末浙籍文学家王思任有言:"一代之言,皆一代之精神所出,其精神不专,则言不传。汉之策,晋之玄,唐之诗,宋之学,元之曲,明之小题,皆必传之言也"①。他所说的文体为"一代之精神所出",强调的便是文体与时代的关联意义。另一浙籍文化先驱王国维也有几乎相同的表述,他将"一代有一代之文学",概括为"楚之骚、汉之赋、六代之骈语、唐之诗、宋之词、元之曲",②对各代文体的把握似更为精到。他在另一处还谈到文体新变的必然性:"盖文体通行既久,染指遂多,自成习套。豪杰之士,亦难于其中自出新意,故循而作他体,以自解脱。"③他们说的都是文体变革与创新同时代精神的切合性:适应新兴社会思潮与文学思潮,旧有文学观念被颠覆,必促成文体意识的调整。五四新文学建设的一个突出表征是,文学"为人生"命意的强调和平民化趋势的加浓,传统的文体观必有所改变,于表现人生有用、易于为平民接受的文体形式就不再被置于无足轻重的地位,于是就出现了传统文体观念中"主要样式"(散文、词赋)与"次要样式"(小说、戏曲)畛域的打破,乃至造成后者由边缘向中心位移。浙江新文学作家在历来被视为毫不足道的"俗"文学上建树最多,便体现了勇决的文体革新精神,而这恰恰相当程度地受制于地域文化传统的影响。

　　中国传统的文学观念,历来以诗文为"正宗",以小说、戏曲为"邪宗",这是"大传统"文学观念中不可更易的法则。但随着时代的递进,这个法则也在逐渐动摇之中。文体变革趋势早在新文学产生以前已有显露,这依然以早就经受过人文主义思潮洗礼的"小传统"地域的浙江为甚。浙江古代作家的创作提高其自身在全国的地位,也以确立"文化中心"地位的南宋为起点,至元、明、清而达于极盛。其突出的表现是,随着此地经济繁盛商贾云集,加以"心学"思想的鼓吹,文人们以人格自由和个性解放开始了文学向近代潮流的转换,促成了包括文体变革在内的文学近代导向。一是启蒙文化氛围浓厚,率性自由的个性化创作倾向抬头。基于对自由人格的追求,又加上"越子俗好贾"④,浙江文人不重儒业、功名的创作心态有可能突破只重诗文的"正统"文体规范,进入性之所至的自由创作天地,于是能够出现像徐渭这样疏狂放纵而又于诗、书、画以至曲艺、杂剧各艺皆擅的近代精神先驱。二是市镇经济的繁荣,使文学日渐走向市民化与世俗化。为适应市民阶层日渐扩大、社会审美文化需求急剧变化的需要,俗文学、小说、戏曲纷纷走到前台。南宋以来,浙江的话本、长篇通俗小说、戏曲、传奇的创作可谓极一时之盛,内中不乏留传后世的精粹之作。有学者统计,元、明、清三代最重要的戏曲家、小说家、曲词家几乎都出在浙江,其数在 30 位以上,内中包括徐渭、罗贯中、凌濛初、王骥德、祁彪佳、李渔、洪升、俞万春、俞樾这样的小说大家和戏曲巨擘,在当时稳稳坐定了全国首屈一指的位置 ⑤。

———————————

①　王思任:《〈唐诗纪事〉序》。

②　王国维:《宋元戏曲考·自序》。

③　王国维:《人间词话·人间词》第 47 页,群言出版社 1995 年版。

④　韩元吉:《南涧甲乙稿》卷十七《贾说》。

⑤　此统计数字引自彭晓丰等著《"S 会馆"与中国新文学的起源》第 83—84 页,湖南教育出版社 1995 年版。

　　文体传承的可能性就来自文化思潮、时代精神的切合性：出自浙江的促成近、现代导向的文学思想解放潮流对后起作家，特别是来自同一地域的作家有着至深影响；甚至可以说，由于文体革新既来自于新文学建设的自身要求，又受到此地文化传统的浸染，遂使新文学"浙军"在全面拓展新文体建设视野的同时又有所侧重，其中呼应前贤，扭转传统文体观念，执着于新兴文体创作的探索与尝试，恐怕是最突出的。针对小说与戏剧的"邪宗"说，钱玄同与此反一调："小说戏剧，皆文学之正宗"，并认为"此亦至确不易之论"①，把数千年的传统观念作了个空前的颠倒；沈雁冰在新文学开创期接手《小说月报》编务，即提出"说部、剧本、诗，三者并包"的方针②，显然也在于提高小说与戏剧这两种"次要样式"的地位。而鲁迅与王国维两位大师在小说和戏曲领域里筚路蓝缕的建设者之功，更显出对前贤精神的承续。鲁迅首创白话小说于前，又为中国小说修史于后，其在创作与理论两个方面都倾注心力，开创了中国现代小说的崭新样式，而且将小说的创作水平提到很高的位置，使被从来看作"小道"的小说真正坐稳了文学"正宗"的地位。王国维在研治中国古代文学时，看到了文体发展的大势，选择研究的主要文学样式也是为"后世硕儒，皆鄙弃不足道"③的戏曲与小说。他用叔本华的悲剧理论解读《红楼梦》，使人大开眼界，提升了小说的价值；而他积多年心血完成的"被公认为划时代著作"、"我国戏曲史的开山之作"④的《宋元戏曲史》，从文学和美学的角度对宋元戏曲作了高度评价，推翻了长期以来正统文人对戏曲的历史偏见。王国维的《宋元戏曲史》和鲁迅的《中国小说史略》这两部煌煌的文学史巨著，一前一后呈现于 20 世纪初叶的中国文坛，都在于提高小说与戏曲这两种"次要样式"的地位，他们在文体选择上的默契决非偶然，正同拥有一个共同的区域文化场密切相关。

　　地域文化传统对文体变革的影响，既可以反映在对"次要"文体样式的提升，也应该表现在对于传统"正宗"文体的现代转换上，因为新文体建设同样可以在对旧有文体的改造中进行。事实上，素有"散文大国"、"诗歌大国"之称的中国诗文传统没有必要也不可能被轻易抛弃。就文体的历史传承与现代延伸而言，散文应是最早彰显传承关系且取得显著实绩的文体。鲁迅在论述五四文学革命初始阶段各种文体的创作成就时就有如此判断："散文小品的成功，几乎在小说戏曲和诗歌之上"⑤。论其缘由，周作人认为，"现代的散文在新文学中受外国的影响最少"，倒是与传统散文接近，明人的文章"与现代文的情趣几乎一致"，他们"于礼法的反动又很有现代的气息"⑥。"五四"前后的时代潮流与晚明几近相同，"王纲解纽"的时代环境将现代知识分子推到历史的前台，文学担负起"启蒙"与"救亡"的双重责任，因此适于推进"文学革命"以至"思想革命"的散文文体也就有了独步文坛的可能。

---

① 钱玄同：《寄陈独秀》，《新青年》第 3 卷第 1 号（1917 年 3 月 1 日）。

② 沈雁冰：《〈小说月报〉改革宣言》，《小说月报》第 12 卷第 1 号（1921 年）。

③ 王国维：《宋元戏曲考·自序》。

④ 张炯等主编：《中华文学通史》第 5 卷第 641、642 页，华艺出版社 1997 年版。

⑤ 鲁迅：《小品文的危机》，《鲁迅全集》第 4 卷，人民文学出版社 1982 年版，第 576 页。

⑥ 周作人：《陶庵梦忆·序》，《苦雨斋序跋文》，河北教育出版社 2002 年版，第 115 页。

　　值得注意的是,在这样相近的时代氛围中产生的散文文体的承传与革新,最能见出地域文化精神的承传关系。对古老散文文体的改造,浙江新文学作家亦多有建树:周作人创"美文"说,改变了传统小品文的观念,将其演绎为"诗与散文中间的桥";鲁迅则向传统的文学观念挑战,将杂文列为文学"正宗",并使之"侵入高尚的文学楼台",①这都是前无古人、后启来者之举。这样的散文文体革新之举,显然受到"乡先贤"的启悟,正是此地晚明以来颇盛的文体革新之风直接促发了他们改革文体的思考。周作人推崇晚明浙籍作家小品散文立论的依据之一,是在于两浙作家的散文"总有一种特殊的性质",即"较少因袭的束缚,便能多少保全他的个性"②。晚明作家受到近代理性和个性解放思潮的影响,以挣脱传统道德规范的内心世界为主宰,自由自在挥洒笔墨,形式上要求打破已有文体范式,创造出适于表达真情实感的文字。无论是徐渭的放浪形骸、蔑视世俗,王思任的故作滑稽、玩世不恭,抑或是张岱的适情任性、时涉诙谐,袁枚的独抒性灵、通达自然,无一不冲破固有的文体束缚,葆有自己独特的个性。周作人的散文新文体创造,如渗透"个性主义"的"美文",便明显烙下了承续晚明小品的痕迹。鲁迅看取晚明小品的视角与周作人有所不同,他看重的是其"抗争"的一面:"并非全是吟风弄月,其中有不平,有讽刺,有攻击,有破坏"③,这恰与其杂文文体风格相对应。在诗歌领域,新文学作家对这种积累深厚的传统文体的改造,是在破除其束缚甚多的繁杂形式,使之成为心口相随、自由表达的文体。其中的一个表征是由"文"向"白"、由"雅"到"俗"的转变,这恰与浙江作家的"平民文学"主张和"俗"文学追求相对应,于是就有其在初期白话诗上的用力探索,周作人的《小河》、沈尹默的《三弦》等都是当时脍炙人口的名篇。特别值得提及的是,他们对比传统文学观念中的"次要样式"(小说、戏剧)更不堪的"低级样式"——歌谣的重视。五四时期,北京大学曾有征集歌谣之举,此项倡议的发起人是沈尹默、刘半农、周作人、沈兼士、钱玄同④。此五人中除刘半农外均为浙江人。此举便显出他们对诗歌样式之一种的"俗"体诗歌的青睐;再联系鲁迅、周作人对"乡土艺术"、"乡土文学"的重视,便可以理出一条清晰的思路:深受地域传统文化的影响,新文学"浙军"继承前贤的文体革新精神,总是不断地为拓宽新文学的表现内涵而寻求文学变革之途,于是也便有他们在新文学多种领域里的广泛建功。

　　不过,浙江新文学作家对于传统文体的改造,并非无往而不胜,获得了"全面"的成功,应该说也有弱项,甚至还有失误。这主要表现在戏剧(戏曲)的改造和建设方面。浙江的新文学创作,相对较弱的便是戏剧。尽管"五四"初年有宋春舫、陈大悲们对于建设新剧的开拓者之功,后来也出过戏剧大家夏衍,但浙江的总体戏剧水平没有在全国占得很重要位置,这同浙江的小说、诗歌、散文三种文体大家辈出、无与伦比的地位相比较,

---

① 鲁迅:《且介亭杂文二集·徐懋庸作〈打杂集〉序》。
② 周作人:《谈龙集·地方与文艺》。
③ 鲁迅:《南腔北调集·小品文的危机》。
④ 《北京大学征集近世歌谣简章》,《新青年》4 卷 3 号。

不可同日而语。个中原由很多,重要的恐怕是对建构现代戏剧认识上的偏差。应当提高戏剧的地位,将其列为文学"正宗",曾是浙江新文学作家的共识。问题是在于,建设怎样的"现代戏剧",如何处置传统戏曲,却出现了理解的失衡。"五四"时期新文学作家对新型戏剧(话剧)创建予以极大关注,本无可厚非;但随即引发一场全盘批判、否定旧戏(戏曲)的运动,又导致了戏剧文体与传统的彻底"断裂"。这其中,批判最力者就是两位浙籍作家钱玄同和周作人。钱玄同的态度最为激进,认为旧戏"理想既无,文章又极恶劣不通"①,应"全数扫除,尽情推翻"②,周作人呼应钱玄同的言论,也认为旧戏融汇各种封建毒素而"妨碍人性的生长",戏剧改革的唯一出路,"也只有兴行欧洲式的新戏一法"③。这些观点当然不无偏激,它在戏剧实践中并非通行无阻,中国戏剧舞台上盛行的依然是传统戏曲而非现代话剧。鲁迅在30年代回述这场纷争时还是有不少感慨:"那时的绍介者恐怕是颇有以孤军而被包围于旧垒中之感的罢,现在细看墓碣,还可以觉到悲凉","戏剧还是那样旧,旧垒还是那样坚"④。浙江作家基于对旧文学的强烈反叛精神,采取矫枉过正行为,或许正是"旧垒"坚固的压抑心态的反弹,然而对积淀深厚的传统戏剧的彻底否定毕竟并不合理。中国新文学中的戏剧是在彻底抛弃传统戏曲的基础上另起炉灶构建的,现代戏剧的唯一品种便是从西方"舶来"的话剧,一部中国现代戏剧史描述的只是话剧发展史,现代期依旧盛行的传统戏曲几乎完全被搁置一旁,现在看来,这都是不近情理的。造成如此局面,当然并非全要浙江作家负责,但周氏兄弟等作为新文学时期举足轻重的人物对于戏剧的态度,肯定会产生较多的负面效应。而且,鉴于戏剧改革的艰难,他们大抵采取不介入的态度,或者说,是着眼于破坏,无意于建设,在戏剧领域里的建树就不多,这不能不说是他们在新文学建设中留下的一种缺憾。

四、两浙文风:地域环境造就的文学风貌

美国学者本尼迪克特认为:"特定的习俗、风俗和思想方式",就是一种"文化模式",它对人的"生活惯性与精神意识"的"塑造力"极大甚至令人无可逃脱⑤。如此说来,作为"精神意识"产品的文学创作及其独特文风的形成,也可以探究它同特定地域独有的自然风习、人文环境、文化传统之间的关系。浙江新文学作家的文风明显烙刻着地域文化的印记,这从又一个侧面可以窥见这个作家群体独特创作风貌的形成同两浙文化传统的传承关系。

论地域文风,我国古代文论中并不鲜见,论者多从山川、地形、民俗、风情审察特定

① 钱玄同:《致陈独秀》,《新青年》第3卷1号,1917年3月。
② 钱玄同:《随感录十八》,《新青年》第5卷第1号,1918年7月。
③ 周作人:《论中国旧戏之应废·致钱玄同》,《新青年》第5卷第5号,1918年11月。
④ 鲁迅:《〈奔流〉编校后记》,《鲁迅全集》第2卷163页,人民文学出版社1982年版。
⑤ 露丝·本尼迪克特:《文化模式》第5页,北京三联书店1988年版。

地域文风的生成,常有剀切之论。近人刘师培的《南北文学不同论》①,从地理环境和语言、风尚、习俗等不同文化生态圈论述南北文学的差异,对地域文风研究有较大突破。就现代作家而论,文学创作的地域性差异已不及古代作家明显,但作家的生成环境、文化教养对后天文化人格、文学创作风格的形成仍会产生潜在的影响。美国学者夏志清用南北文学的"地理区分概念",对中国现代文学中分别代表南北两地作家的茅盾与老舍的不同创作风格作出比较,就有颇为别致的看法:"在许多方面,他们两人恰恰形成一种有趣的对照。茅盾用的是经过润饰的文学词藻;老舍擅长纯粹的北京土话。借用历来对南北两地不同感受的说法,我们可以说,老舍代表北方,重个人,直截了当,幽默;茅盾则代表较为女性的南方,浪漫、多情、忧郁。茅盾以其女性画廊而闻名;老舍的主角却几乎全是男子,尽可能避免浪漫的主题。"②夏志清的这段评述,从一个角度评论作家,也许并不全面(普什克对此就颇持异议),但他论列的茅盾运用文学词藻的精雕细刻、善于塑造女性形象以及作品往往显露浪漫多情的色调等,倒是与茅盾的创作较为贴合,由此证明其文化人格与创作品性体现出诸多江南文化特色是有一定说服力的。由这一点延伸开去,可以探寻浙江作家创作风貌的诸多共同性特征。

就总体而言,浙江新文学作家的创作吹刮的"江南风",渗透着鲜明的地域色彩,在整个中国新文学中可谓独树一帜。最鲜亮的标记,无疑是浙江作家笔下浓墨渲染的吴越文化氛围和浙江山川风光,那是任何一个来自别地的作家的创作都无法混淆的。鲁迅小说中的"未庄"、"鲁镇"、"S城",周作人散文里的"乌篷船"、"故乡的野菜",茅盾笔下刻着杭嘉湖水乡印记的小镇、乡村,郁达夫的小说、散文中隐约透露的秀美的富春江山光水色,是那样深深地刻印着"浙江"的"胎记",任什么力量也无法抹去。还有走到天边也改不掉的"乡音",浙江作家笔下的文学语言总是免不了"浙江腔"。读刘大白的早期白话诗,一望而知这是用浙东的方言俗语写成的,浙江人读起来犹如异乡遇故知般的亲热。而作为深潜的"浙江"标记,则是体现着两浙文化精神的浙江人的意识观念、思维方式、文化性格等等,这是积淀在浙江作家意识深处的东西,总是在其笔端经意或不经意地表露出来,犹如吉光片羽般散落在各种类型的作品中,倘若用心收集,不难从整体的"五四"文学中概括出地域文学的特色与风貌。事实上,地域性是一种很难消解的"惰性",一个作家可以远离故土,但他的创作总是离不开那一片曾经生于斯、长于斯的土地。正如鲁迅指出的:"凡在北京用笔写出他的胸臆来的人们,无论他自称为用主观或客观,其实往往是乡土文学,从北京这方面说,则是侨寓文学的作者。"③这里说的是"乡土文学",但放大来看,浙江作家"侨寓"于"异乡"而创作的文学,相对于整体的"五四"文学而言,它同样是一种"侨寓文学",从本质上说,它依然属于浙江自己。文风中打上深深的地域印记,无疑是形成这个群体的一种重要凝聚力。

---

① 刘师培:《南北文学不同论》,1905年《国粹学报》。
② 转引自李岫编:《茅盾研究在国外》第743页,湖南人民出版社1984年版。
③ 鲁迅《且介亭杂文二集·〈中国新文学大系〉小说二集序》。

　　然而，就地域造就文风而论，笼统的"江南风"还不能揭示浙江新文学作家文风的独特性，似应有更切近于两浙文化传统的文学品格与风貌，对此应作更深层次的探究。考察历史形成的浙江作家的文风，并不是整齐划一的，因为两浙文化传统是一个整体概念，如若能再加以深入辨析，还应该有两浙之分。所谓两浙，是指以钱塘江为界，把浙江分隔成"浙东"、"浙西"两块。细分"两浙"，因区域性的生存形态（地理环境、物候气象、民俗风情、人文环境等）的不尽相同，便会产生质地很不相同的文化品性。浙东和浙西人秉性就有较大差异，群山环抱的浙东之坚硬劲直（土性）与水网密布的浙西之温婉秀美（水性）形成鲜明的对照。《浙江潮》载匪石一文称："东西浙之各自殊尚而已，……浙西以文，浙东以武，浙西之人多活泼，浙东之人多厚重。浙西人好为表面之事业，浙东人能为实地之研究。"①是故属于"吴文化"圈的浙西独多风流倜傥的文人学士，所谓"吴兴山水发秀，人文自江右而后，清流美士，余风遗韵相续"②之说者是。而浙东以会稽为中心的古越文化中，"锐兵任死，越之常性也"③，其地人坚实厚重、勇武善战，也是有史可据的。这种不同的文化人格，反映在文人身上，就会产生与之相对应的独特思维方式、气质秉赋等。一般而言，浙西文人生活在吴文化圈内，受其"儒雅"风尚浸淫，独多"清流美士"，晚近的鸳鸯蝴蝶派产生于吴地（主要在江苏，也包括浙西的杭州、嘉兴、湖州）绝非偶然。而浙东"尚古淳风，重节慨"④，便多了一分刚武、厚重之气，叛逆道统的"浙东学派"和张扬抗世文风的徐渭、王思任等出自越地，也不足怪。周作人在《地方与文艺》中论述明末以来的两浙文风，概括出"飘逸与深刻"两种类型："第一种如名士清谈，庄谐杂出，或清丽，或幽玄，或奔放，不必定含妙理而自觉可喜"；"第二种如老吏断狱，下笔辛辣，其特色不在词华，在其着眼的洞彻与措词的犀利"。他没有明说这两种文风各出自何地，但细细探究两浙作家的创作风尚与审美趣味，一般说，以清丽、幽玄取胜的"飘逸"文风多出自浙西，以辛辣、犀利见长的"深刻"文风多存于浙东，是大致不错的。

　　这种历史存在的文学现象，发展到文化变迁甚大的近现代当然已不可同日而语，作家的流动性加大已不能单纯以出生地确定作家固有的文化素养，现代人与外部世界联系、交往的便捷与频繁也促成文化的交流与融通，各地文化风尚的差异在逐步缩小，因此仅以两浙地域区分判定两地作家文风的差异肯定会有很大的片面性。但地域风气、习惯的形成又有相对稳固性，因此历史流转的文化精神依然会或深或浅影响到现代人。鲁迅就说过："中国的人们，不但南北，每省也有些不同的"，"我还能看出浙西人和浙东人的不同"。⑤审视浙江新文学作家的创作可以发现：两浙文风的差异，在新文学"浙军"身上也有部分的印证，东、西浙文人两种颇不相同的文化性格，在来自东、西浙两个地域的新文学作家那里有不同程度的传承与延伸，尤其在反映人的气质秉赋方面有明显呈

---

① 匪石：《浙风》，《浙江潮》第 4 期。
② 《中华全国风俗志》上编卷三第 19 页。
③ 赵晔：《吴越春秋·勾践伐吴外传》。
④ 王士性：《广志绎》卷四《江南诸省·浙江》。
⑤ 鲁迅致萧军、萧红信（1935 年 3 月 13 日），《鲁迅全集》第 13 卷第 79 页，人民文学出版社 1981 年版。

现，由此产生两地作家颇不相同的创作风貌。尽管这种差异并不是绝对的，受到后天时代环境的影响，从同一地区走出的作家也有个性和文风反差很大的，即使相同的文风还往往显现出同中有异或异中有同的特点，但是，差异性的存在，毕竟有助于我们从一个方面去体察与认知两地作家的不同文风。

体现浙西"水性"文化特色的作家的文风大都偏于秀婉，可以说属"飘逸"一路。浙西新文学作家的创作并非都可归属这一路，例如从杭州走出的夏衍，其创作就颇有刚毅之风。然而，浙西作为两浙"飘逸"文风集中显现之地，"飘逸"之风毕竟在更多的新文学作家身上得到了反映。典型的作家如来自于杭嘉湖地区的郁达夫、徐志摩、戴望舒、施蛰存等。两浙作家中倾向于浪漫主义、唯美主义的大多出于此地，五四时期以创作"情诗"著称的"湖畔诗派"亦出于此。这些作家当然并非传统的"清流美士"，他们的文化人格、创作风范显然都具浓烈的"现代"特质，然而其气质秉赋中的风流儒雅、多愁善感，艺术追求上的轻巧灵动、韵味盎然，乃至文学创作中的诗意审美化倾向等等，显然都烙有产生在同一文化背景中的传统浙西文人的印记。同中有异的是革命色彩浓厚的茅盾。茅盾一生在"政治与文学的交错"中度过，社会参与意识十分强烈，其文化选择与艺术思维习惯与上述浙西作家很不相同。但他既然也来自于浙西杭嘉湖地区，其受水乡文化浸淫的文化个性与文学创作风格也必然会有所显现。就性格个性说，其自谓"秉承慈训，谨言慎行"[①]，并非虚言，这可以在他的生活道路上找到印证。他有热情，但并不激进，即使参与各种论争，为文也并非锋芒毕露，故作激烈之态。他经历了大波大澜，但似乎也没有太多的大悲大喜，始终保持着一种平和的心态，即使遇到挫折，也只是将自己置于痛苦、矛盾的心狱中，"文革"中就保持了"十年沉默"[②]，这同浙西文人的"儒雅"风尚就较为接近。而就其创作看，现实主义文学的敏于观察、细腻分析及委婉、曲折的人物行为、心理描写，仍使其文风不失温婉的品格。试看其创造大量的"时代女性"形象便可知端倪，他以曲折入微的笔致表现多姿多彩的女性心理，这在现代男性作家中并不多见。这与"水性"文化特质倒是颇为吻合。

与此相对照，浙东新文学作家文风的刚韧、劲直恰恰印证了素有"浙东硬气"之称的传统文化品格，见出与浙西文风的极大差异。其文化性格中的"刚性"质素同传统浙东文人是一脉相承的，其艺术思维就不如浙西人的"飘逸"，有了更多的深至与厚重，文风该归于"深刻"一路。从浙东走出的新文学作家数量更大，创作也更复杂，文风自不能一概以"刚性"论之。如从浙东慈溪走出的穆时英、徐訏，艺术追求偏向灵动、飘逸，这同他们后来走进了"《现代》作家群"的文化圈子不无关系，其文风倒是与浙西作家戴望舒、施蛰存等近似。但这似乎只是"个案"，因为多数浙东作家受到地域风尚的影响，文风还是偏于刚性一面。从浙东走出的作家，除周氏兄弟外，还有"像地地道道的农民"的冯雪峰，对"这土地爱得深沉"的艾青，有台州人"硬气"的柔石，喜欢表现"石骨铁硬"性格的

---

① 茅盾：《我走过的道路·序》第 1 页，人民文学出版社 1981 年版。
② 韦韬、陈小曼：《我的父亲茅盾》，辽宁人民出版社 2004 年版第 57 页。

巴人等等,都显出坚硬的"土性"特征。尤值得注意的是从这里走出的两个作家群体。一个是浙东乡土作家群,包括许杰、许钦文、王鲁彦等作家,其创作师承鲁迅,演绎出土性十足的浙东坚硬民风与民气,形成以启蒙话语为主导的沉重坚实的创作主题,在"土性"的尽情挥写中透出"深刻"。另一个是浙东左翼作家群,其成员大多从宁波、台州两地走出,人数之众蔚为壮观,单为左翼文艺运动献身的就有柔石、殷夫、应修人、潘漠华等。这个群体的形成固然取决于该地当时浓厚的革命情势,但浙东刚烈民风营造坚硬性格、激扬文字,当是更内在的原因。至于周氏兄弟的文化性格及其文风,显示出的是异中有同的特点。鲁迅的"浙东性"更深厚些,由此养成他独特的审美趣味与艺术追求,他对格调粗犷的浙东绍剧与"目连戏"情有独钟,直至晚年写出的《女吊》仍掩饰不住他对表现厉鬼精魂剧作的激赏之情。而文字的深刻(甚至还带有些"尖刻")与桀骜不驯,显然属于"老吏断狱"的那一种,比之于他的先辈同乡徐文长、李莼客实有过之而无不及。周作人曾主张写"闲适"文字,其"言志"小品颇有"飘逸"之风,似乎与"浙东性"无涉,文风应归于"飘逸"一路。但细细体察其为人与为文,仍可以发现其骨子里有深藏不露的浙东脾性。正如其自谓:"四百年间越中风土的影响大约很深",由此"成就了我的不可拔除的浙东性"①。也许正因有这"浙东性",遂有其早期创作的"满口柴胡,殊少敦厚温和之气",以至于不想轻易改变这种习性:"我不必因自以为是越人而故意如此,亦不必因其为学者士大夫所不喜而故意不如此:我有志为京兆人,而自然不容我不为浙人"②。这段话是在同"现代评论派"论战时说的,箭在弦上不得不发,终于以"浙人"为自豪,露出了浙东人的峥嵘。事实上,周作人刚性气质的深藏与显露,是同他自谓的"叛徒"与"隐士"、"流氓鬼"与"绅士鬼"的两个侧面并存的文化人格是一致的,其文风是"飘逸"与"深刻"兼而有之。看来,地域文化传统对许多作家的影响是根深蒂固的,它一旦作为精神性的东西世代传承,总会以极强的渗透力浸染、塑造着作家的文风,使其在创作中或隐或显地呈现出来。

综观上述,浙江新文学作家群体的生成,应是此地浓厚的启蒙文化传统的现代延续,也是时代提供了条件,作家们敏锐感知文学新潮把握历史机运的结果;其对于推动中国文学变革和创新的诸多创造性成就,乃至形成独特的文风,也都受到地域文化精神的驱动。从"史"的角度切入,重视历史文本的搜罗和爬梳,解剖一个对于中国新文学的生成和发展最具典型意义的地域作家群的经验,便获得了观照整体文学史的一个非常有价值的视角。

地域文学作为整体文学的一部分,应该具有立足地域又超越地域的意义,浙江作家群经验的超越性意义就在于,集中张扬积淀深厚又敏于新变的地域人文传统,为我国新文学及未来文学的发展提供了许多有益的"启示"。

---

① 周作人:《雨天的书·自序》。
② 同上。

　　首先,从地域人文传统视角探究作家群体的生成,审视这片富有生机的文化土壤不断孕生出文化新质,昭示着中国文学传统蕴涵着与现代性的对接意义。浙江新文学作家群体凸现于 20 世纪中国文学史上,其最耀眼之处,是以其特殊品格及传统累积的先导性文学思想,引领了中国现代文学潮流。这个群体所具有的地域性特征,体现出特定地域形成的文化传统、地域风尚等这些常常标志民族文化个性的重要艺术符码,但最重要的无疑是人文精神、文化人格这些更深在的文化因素。浙江积淀深厚的历史文化传统中,就有一种不断突破固有传统束缚努力追赶文化新潮的精神,此种精神至近代获得加倍的张扬,并在相当程度上具备了回应世界文化新潮的质素,于是就有一大批作家在 20 世纪初参与融合世界文学新潮开拓新文学的精彩出演。这个事实印证了下述论断的正确性:"在现代中国,国外鼓动的革新仍必须作为'传统内的变化'而出现。因为即使与传统最惊人的决裂,仍然是在继承下来的中国方式和环境的日常连续统一体中发生的"①。浙江作家群以一个地域提供的历史经验证明:接纳外来文化/文学思潮,必须以呈现出"连续统一体"的传统文化为基点,有效发挥传统本身蕴涵的力量是通向现代化不可或缺的,因此即便是在今天逐步走向世界文化一体化的背景下,每个民族自身的文化传统不必也不应轻易丢弃;但另一方面,"传统内的变化"同样是融通世界文化的前提,浙江作家的求变思维与不断累积的新变能力方能使其在参与世界文化大潮中有所作为,这就昭示着:只有强化自身的变革,才能取得与世界对话的条件,这一点在当今中国文学走向世界的话题中,尤有警示意义。

　　其次,联系着"面海的中国"的"小传统"的积极进取性之于新文学建构的必要性,可以深层次领会文化/文学传统的创新意义。传统作为一种历史的"物质积存",它是"几经筛选"才为人们接受的,因此"传统的进程也是选择的过程"②。从这个意义上不妨说,文化传统的传承,很大程度是现代人在"传统的进程"中对其作出的现代性的"选择"。处于沿海地域的"小传统"对于"占支配地位的农业—官僚政治腹地"的"大传统"的颠覆,本身就是传统的一种扬弃、一种选择。"面海"的"小传统"地域的文化之富有生气,就在于其善于接纳异质文化,恰好同"大传统"长期以来形成固守一隅的封闭的文化心态相对。如果说,中国晚近因"西学东渐"曾获得过参与世界文化进程的良机,但中国在临近现代化门槛时总是难以跨越,"大传统"的文化封闭性也屡屡显示其在世界文化大潮中的无所作为;那么,"小传统"地域的人们把握机遇,以极大的热情显示出迎受西方文化"冲击"的姿态,正显示其内蕴的无限生机。同时,"小传统"地域的浙江作家努力适应文学新变规律,不断寻求文体的变革与创新,形成一种优良的文学传统,也使其在新文学建设中发挥无可取代的作用。其昭示的意义就在于:努力刷新旧有文化/文学传统,促进传统自身的现代性进程,这对于一个民族的文化/文学的长盛不衰,不断进取,是多么重要!

①　费正清编:《剑桥中华民国史》(上卷)第 10 页,中国社会科学出版社 1993 年版。

②　[美]E·希尔斯著《论传统》第 34 页,上海人民出版社 1991 年版。

再次,浙江新文学作家群的聚合特点、创作经验,对于文学史经验的总结、对于中国当代文学的发展,也有着直接的借鉴意义。这个作家群体依据特定时代社会文化需求而聚合,从这里走出的一支壮观的新型文学队伍,在各个文学领域都有所开拓,并以烙有"小传统"地域深刻印痕的文学创作显示出新文学的独特品格,在某种意义上可以看成是中国新文学史上一种富有生机的变革文学发生发展的历史缩影,其作为群体显现的价值,其提供的诸多经验,对于准确、科学揭示、阐释中国新文学现象都是极其有益的。浙江作家以勇为人先的精神,开创了我国 20 世纪中外文化、文学交流的新生面,在旧文学的一片疮痍中开出了中国文学新路径,也以新文学建构中的创造性成就取得了别地作家无可比拟的贡献,堪称前无古人、后启来者;其提供的许多文学经验,诸如文化传统的刷新对于文学更新的意义,外向拓展意识造就文学底蕴的丰足,作家的创作与时而进的趋向等等,也能为中国当代文学及未来文学的发展提供诸多有益的启示。

【本文系国家社会科学基金项目《浙江新文学作家群与 20 世纪中国文学》(05BZW043)阶段性成果。】

(原载《中国社会科学》2009 年第 4 期。《新华文摘》2009 年第 21 期、
《中国社会科学报》2009 年 12 月 15 日 6 版转载)

"诊者"与"治者"的角色分离

——论鲁迅现代知识分子角色的再定位

曹禧修*

鲁迅经常把自己文艺启蒙和国民性批判的工作比作一个医生的工作,在从事文艺事业的最初几年中,鲁迅所理想的工作是一个完整的医生的工作,所谓一个完整医生工作就是说,这个医生既是病人所患何病的诊断者,同时,也是这个疾病的治疗者。鲁迅在回忆自己"弃医从文"的最初的想法时说:"这一学年没有完毕,我已经到了东京了,因为从那一回以后,我便觉得医学并非一件紧要事,凡是愚弱的国民,即使体格如何健全,如何茁壮,也只能做毫无意义的示众的材料和看客,病死多少是不必以为不幸的。所以我们的第一要著,是在改变他们的精神,而善于改变精神的是,我那时以为当然要推文艺,于是想提倡文艺运动了。"[①]在这时的鲁迅看来,"善于改变精神的",首推文艺,而鲁迅弃医之后,所要从事的正是文艺,鲁迅是想用文艺来开具其独特的"药方"以医治国民精神之"病",显然,此时的鲁迅既是"诊者",也是"治者"。不过,接下来是历时九年的沉默,鲁迅几乎放弃了文艺启蒙工作,他既不是"诊者",也不是"治者"。然而,当鲁迅走出"沉默期",重拾文艺理想时,鲁迅是这样为自己的工作定位的:"揭出病苦,引起疗救的注意。"[②]显然,疗救者"疗救"的工作已不再是作家鲁迅的主要工作,此时的鲁迅已经把"治者"的角色推给了旁人,而自己却安居在一个很边缘的角色位置上——"诊者"。

鲁迅思想上如此重大的一次转变和深化固然不会像我们所描述的这样简单。如此概括的描述也许有助于我们理清思路,却不可避免地把鲁迅丰富而又复杂的思想简单化了,还是让我们回到历史中来,在对历史的追问中,把捉鲁迅思想的深度,体察鲁迅心灵世界的丰富性、复杂性和深刻性。

(一)

"弃医从文"是鲁迅思想一次重要的深化和转变。但是,与鲁迅后来对文艺、人生、

---

* 曹禧修,男,1964年2月生,湖南永兴人。研究生学历,博士学位,教授。一直从事20世纪中国文学形式批评的理论与实践研究。在《文学评论》、《中国现代文学研究丛刊》、《人民日报》、《学术月刊》等学术刊物发表论文40余篇,专著2部,参撰著作5部。曾主持国家社科基金1项,浙江省社科规划课题2项,浙江省社科联重点课题1项。曾获省哲学社会科学优秀成果一等奖。

① 鲁迅:《呐喊·自序》,《鲁迅全集》第1卷,人民文学出版社,1981年版,第416—417页。
② 鲁迅:《南腔北调集·我为什么做起小说来》,《鲁迅全集》第4卷,人民文学出版社,1981年版,第512页。

民族、社会的认识的深化与转变相比,鲁迅这一次思想的转变并不是最深刻的,更不是最富有鲁迅个性的。更富于鲁迅个性的一次转变和深化发生在鲁迅"弃医从文"之后。

鲁迅当年抱着"医学救国"的梦想时,事实上是抱着"救治肉身"与"救治精神"双重的、也的确是"很美满"的梦想。他看到了医学不仅能够救治国民肉身之病,同时对于促进"国人对于维新的信仰"①也具有重要意义和价值。此后由于认识到"第一要著"是"救治精神"而非"救治肉身",因而以"救治精神"为自己最主要的奋斗目标,于是转而怀抱"文艺救国"的理想。这大概就是鲁迅"弃医从文"所表现出来的思想深化的"梯度"。显然,此时此刻鲁迅并不怀疑"文艺救国"的前途,他想望的是启蒙的希望,他"文艺救国"的心态是积极而明朗的,而这明朗的心态正好反映了鲁迅弃医从文之初的思想认识水平与十余年后五四新文化运动的同行们处于相差无几的层面,即"启蒙"的层面。因为并不曾足够认识到"救治思想"工程的复杂性和艰巨性,因而也就并不曾怀疑启蒙以及作为启蒙的自我。

此刻的鲁迅如此果断地决定用文艺去"改变他们的精神",那么,改变什么,怎么改变,特别是改变的方向——拿什么新精神去改变,改变的前景——梦醒后路如何走等等,诸如此类的种种问题在鲁迅的心目中似乎都还没有成为"问题",事实上,此刻的鲁迅与五四时期其他启蒙者的认识水平处于几无等差的水平就表现在这"还没有成为问题"的问题上,他们都仅以惊醒梦中昏睡者为目的。看来,此刻的鲁迅是可以安心居于启蒙者的位置,也不会拒绝导师的招牌,作为文艺工作者的角色也不必分化为"诊者"与"治者"。

据许寿裳的回忆,1902 年鲁迅在东京弘文学院经常与他讨论的"三个相联的问题"是"(一) 怎样才是理想的人性?(二)中国民族中最缺乏的是什么?(三)它的病根何在? 对于(一),因为古今中外哲人所孜孜追求的,其说浩瀚,我们尽善而从,并不多说……"②其中相关联的三个问题中并不明显的包含着"治"的问题,甚至与"治"紧密相关的,摆在首要的"(一)怎样才是理想人性"的问题也并不多谈,这显然并不意味着他们认为"治"的问题不重要,或者与己无关。事实上,还停留在纸上谈兵层面的他们的思想认识恐怕不曾意识到:"治"会是一个更大的问题。试想对于一个已经知道患者病情、病根的医生,手中还有"良药"——"理想的人性","治"还会是一个问题吗? 在没有任何临床经验的他们看来,利用文艺的"移情"功能,就可以把古今中外哲人已经阐明的"理想人性"输入到愚弱的中国国民的头脑里。如果此言不差,那么也足够说明即便伟大深刻如鲁迅,也曾像平常人一样简单幼稚过。

然而,《新生》的创刊失败了,连续两集《域外小说集》销售冷落,无法再行。鲁迅在"文艺救国"的理想中苦苦挣扎了约三年时光(1906—1909),活生生的现实彻底地破碎了纸上

---

① 鲁迅:《呐喊·自序》,《鲁迅全集》第 1 卷,人民文学出版社,1981 年版,第 416 页。
② 许寿裳:《回忆鲁迅》,《1913—1983 鲁迅研究学术论著资料汇编》第 3 编,中国文联出版公司,1987 年,第 1435 页。

谈兵的幻梦。鲁迅的理想自此陷入了无法自拔的困境。此后的鲁迅便是整整九年的"沉默"(1909—1918),进入鲁迅传记史上所谓的"晦暗不明期"。九年的"而立"时光在鲁迅五十六年的生命中实在不算短,一向鼓吹"韧性战斗精神"的鲁迅,虽不能说彻底放弃了但也的确已经远离了"文艺救国"的理想,此间基本上没有做过可以让今天热爱鲁迅的人们拿来揄扬的有关"文艺救国"的大事。相反,他的大量业余时间投注在类似胡适先生"整理国故"的"事业"上,而这一点正是走出"沉默"期过后的鲁迅不遗余力攻击的所在。

无视鲁迅整整九年的"沉默"期,直接把 12 年前(1906)的"弃医从文"与 12 年后(1918)的文艺启蒙接续起来,研究鲁迅的"文艺救国"思想,实在不能算一个小的疏忽。它的直接后果就是过分揄扬鲁迅弃医从文的原始举动,看不到此原始壮举掩盖下鲁迅思想真实的初始状态;自然也就发现不了鲁迅思想内在的深化过程,同时,也不能更好地理解 12 年后鲁迅的思想高度。难道 12 年后的鲁迅仅有知识素养的累积储备? 经受过文艺实践的挫折和社会生活的洗礼后的鲁迅对文艺、对国民、对民族没有新的认识? 鲁迅后来回忆说:这寂寞又一天一天的长大起来,如大毒蛇,缠住了我的灵魂了。……只是我自己的寂寞是不可不驱除的,因为这于我太痛苦。我于是用了种种法,来麻醉自己的灵魂,使我沉于国民中,使我回到古代去,后来也亲历或旁观过几样更寂寞更悲哀的事,都为我所不愿追怀……"①这无边寂寞的苦痛就表明鲁迅不甘心于远离自己既定的理想,却又不得不远离;而"回到古代去"也绝不是磨刀霍霍有意识有目的地去做知识素养的储备工作,而在我看来,为了"麻醉自己灵魂"的解释倒更合符实情。

鲁迅为何要"麻醉自己的灵魂"? 从他几近于自残自虐的行为中,从它长达九年的时间跨度中,我们就可以想见,这绝不是任何复杂的客观原因(诸如由国外到国内学习工作环境变迁等之类)可以解释得通的。那么,他的内在的思想上的原因是什么呢? 是什么思想上的障碍阻隔了鲁迅与理想之间的通道?

对此,学术界有种种解释,但鲁迅自己的解释却强调"铁屋子"的发现,他说:"假如一间铁屋子,是绝无窗户而万难破毁的,里面有许多熟睡的人们,不久都要闷死了,然而是从昏睡入死灭,并不感到就死的悲哀。现在你大嚷起来,惊起了较为清醒的几个人,使这不幸的少数者来受无可挽救的临终的苦楚,你倒以为对得起他们么?"②鲁迅说得很清楚,他放弃文艺启蒙的理想不是因为别的,就因为他发现自己启蒙的对象(读者)居住在一间"绝无窗户而万难破毁"的铁屋子中,自己热情的启蒙并不能给他们以出路,反而让他们陷入了"无可挽救的临终的痛苦中"。如此没有出路而且徒然增加国民苦痛的理想固然只有选择放弃了。可是,九年后,在鲁迅"确信"破毁铁屋子的希望有"必无的证明"③的情况下,鲁迅又重新拿起了"文艺启蒙"的武器,而且从此终其一生,没有再放弃过。那么,鲁迅是如何破解"铁屋子"的难题的呢?

① 鲁迅:《呐喊·自序》,《鲁迅全集》第 1 卷,人民文学出版社,1981 年版,第 417—418 页。
② 鲁迅:《呐喊·自序》,《鲁迅全集》第 1 卷,人民文学出版社,1981 年版,第 419 页。
③ 同上。

　　显然，鲁迅思想的复杂性、深刻性以及其独特的个性标示在"铁屋子"难题的发现处，而鲁迅思想新的高度却标示在"铁屋子"难题的破解处，因为"铁屋子"难题的破解意味着鲁迅走出了整整九年的思想的迷茫区，一个卓越思想家九年的沉默，九年的困惑，九年的思索，九年的黄金岁月，九年的难题被破解……；这其中沉甸甸的分量，是任何人都可以感受得到的。

　　在此，我们不可能全面回答鲁迅究竟是怎样破解"铁屋子"难题的，但毋庸置疑的是，"诊者"与"治者"的角色分离，是鲁迅走出九年困境的前提条件，也是最为关键的一步。

　　因为，铁屋子的发现，使鲁迅的思维不可避免地陷入了"惊醒昏睡者"与"破毁铁屋子"两个问题紧密联贯的恶性循环中。鲁迅把这两个问题紧密地联贯在一起，也即把"诊"与"治"两者联结在一起，把后者作为前者存在的前提条件；因此，在铁屋子万难破毁的前提下，则万不可做"惊醒昏睡者"的工作；而另一方面，因为不可做"惊醒昏睡者"的工作，则铁屋子就愈加没有破毁的希望，在这种恶性循环中，最后只得陷入思维和行为两方面的瘫痪中。

　　铁屋子的发现使许多原来不曾成为问题的问题现在都浮出现实的地表，特别是"治"不再是一个可有可无，与己无关的可以悬搁的问题。这一问题的连带发现是发现了"自己也帮助着排筵宴"，"我就是做这醉虾的帮手，弄清了老实而不幸的青年的脑子和弄敏了他的感觉，使他万一遭灾时来尝加倍的苦痛，同时给憎恶他的人们赏玩这较灵的苦痛，得到格外的享乐。"①

　　可以断定，只要鲁迅的思想依然模糊在"惊醒昏睡者"与"破毁铁屋子"两个问题恶性循环的联贯中，也即模糊在"诊"与"治"恶性循环的紧密联贯中，把后者作为前者存在的前提条件，那么鲁迅就无法走出启蒙的困境，因为与无望之"治"连带而至的是无用之"诊"，其最后结果是"诊"与"治"二者俱废。

（二）

　　弃医从文之初，即 1906 年，鲁迅对文学是充满自信的，而这自信就建立在"诊者"与"治者"角色统一的基础之上，因为他不仅相信文学可以改变国民的精神，而且相信文学"善于"改变国民的精神，换言之，作家不仅仅是"治者"，而且是优秀的"治者"。因为"我们的第一要著，是在改变他们的精神，而善于改变精神的是，我那时认为当然要推文艺，于是想提倡文艺运动了。在东京的留学生很有学法政理化以至警察工业的，但没有人治文学和美术，……"②鲁迅写下这段文字的时间是 1922 年 12 月，这时鲁迅的思想已经发生了很大变化，所以鲁迅特别强调是"我那时"的看法。正因为是事后的追述，因此，那种横刀立马，"天下英雄，舍我（文学）其谁"的豪迈气概不见了，然而在写于 1907 年的

---

① 　鲁迅：《而已集·答有恒先生》，《鲁迅全集》第 3 卷，人民文学出版社，1981 年版，第 454 页。

② 　鲁迅：《呐喊·自序》，《鲁迅全集》第 1 卷，人民文学出版社，1981 年版，第 416 页。

《摩罗诗力说》中却有很显明的表现:"故推而论之,败拿破仑者,不为国家,不
为皇帝,不为兵刃,国民而已。国民皆诗,亦皆诗人之具,而德卒以不亡。此岂笃守功利,摈斥诗
歌,或抱异域之朽兵败甲,冀自卫其衣食室家者,意料之所能至哉?"①然而这种豪迈之
气在 1918 年之后却冷落了不少。发表于 1919 年 5 月《新青年》第六卷五号的《随感录
·"圣武"》却这样写道:"新主义宣传者是放火人么,也须别人有精神的燃料,才会着火,
是弹琴人么,别人的心上也须有弦索,才会出声;是发声器么,别人也必须是发声器,才
会共鸣。中国人都有些不很像,所以不会相干。"②如果说在弃医从文之初,鲁迅往往兴
致盎然地论证着"文学的兴废盛衰,实关乎国家的存亡"③的命题的话,那么,第二次拥
抱"文艺救国"理想的鲁迅却一反常态地经常弹唱文学无用的论调。他曾这样说:"诸君
是实际的战争者,是革命的战士,我以为现在还是不要佩服文学的好。学文学对于战
争,没有益处,最好不过作一篇战歌,或者写得美的,便可于战余休憩时看看,倒也有趣。
……中国现在的社会情状,止有实地的革命战争,一首诗吓不走孙传芳,一炮就把孙传
芳轰走了。自然也有人以为文学于革命是有伟力的,但我个人总觉得怀疑,文学总是一
种余裕的产物,可以表示一民族的文化,倒是真的。"④其实,写作《摩罗诗力说》时,鲁迅又
何尝不相信文学之于革命的"伟力",又何曾怀疑过文学之于战争的"益处",他相信"败拿
破仑者,不为国家,不为皇帝,不为兵刃",实为"诗人之诗";而此刻的鲁迅却强调"学文学
对于战争,没有益处",前后存在着如此巨大的反差。这反差是颇富意味的,它是鲁迅完成
了"诊者"与"治者"角色分离的证明。试想鲁迅为何在确信文学无用的情况下,依然从事
着文学事业,原因之一,就是此刻的鲁迅,不再把"诊"与"治"紧紧地扭结在一起,因此,在
"治之无望"的情况下,却依然能够看到"诊"的独立价值。与战争的显效相比,文学之"治"
的功用不能不说几近于"无",但文学之"诊"的功能却也是战争不具备的。

　　"诊者"与"治者"角色分离具体的发生过程定然是漫长的,我们现在可以断定的是,
当鲁迅走出九年的沉默期,重抱文艺救国的理想时,这个过程已经完成,也就是说,当鲁
迅创作其第一篇白话小说《狂人日记》时,这个过程已经完成。鲁迅的《狂人日记》创作
于 1918 年 4 月,1918 年 1 月鲁迅致许寿裳信中说:"来论谓当灌输诚爱二字,甚当;第
其法则难,思之至今,乃无可报。吾辈诊同胞病颇得七八,而治之有二难焉:未知下药,
一也;牙关紧闭,二也。牙关不开尚能以醋涂其腮,更取铁钳摧而启之,而药方则无以下
笔。"⑤这封信明显承续着他们 1902 年在东京弘文学院的话题,虽然治之无方的苦痛依
然纠缠着鲁迅的灵魂,但他已经明确地把"诊"与"治"的问题分而论之。

　　1918 年后的鲁迅多次从不同的角度谈到"诊者"与"治者"角色分离的问题。足见
鲁迅的重视。1925 年鲁迅有一篇专论导师的杂文,彻底否定"那挂着金字招牌的导师"

① 鲁迅:《坟·摩罗诗力说》,《鲁迅全集》第 1 卷,人民文学出版社,1981 年版,第 70 页。
② 鲁迅:《热风·随感录五十九"圣武"》,《鲁迅全集》第 1 卷,人民文学出版社,1981 年版,第 354 页。
③ 任访秋:《鲁迅散论》,陕西人民出版社,1983 年 9 月,第 23 页。
④ 鲁迅:《而已集·革命时代的文学》,《鲁迅全集》第 3 卷,人民文学出版社,1981 年版,第 422—423 页。
⑤ 鲁迅:《书信·致许寿裳》,《鲁迅全集》第 11 卷,人民文学出版社,1981 年版,第 345 页。

在彼时中国存在的可能性,他写道:"要前进的青年们大抵想寻求一个导师。然而我敢说:他们将永远寻不到。寻不到倒是运气;自知的谢不敏,自许的果真识路么?"①1923年在著名的《娜拉走后怎样》的讲演中,鲁迅明确肯定易卜生"诗人"的角色定位:"但娜拉毕竟是走了的。走了以后怎样? 伊孛生并无解答;而且他已经死了。即使不死,他也不负解答的责任。因为伊孛生是在做诗,不是为社会提出问题来而且代为解答。"②1927年在另一篇讲演《关于知识阶级》,鲁迅以同样鲜明的态度否定英国罗素及罗曼罗兰等知识分子的角色"越位":"英国罗素(Russel)法国罗曼罗兰(R,Rolland)反对欧战,大家以为他们了不起,其实幸而他们的话没有实行,否则,德国早已打进英国和法国了;因为德国如不能同时实行非战,是没有办法的。俄国托尔斯泰(Tolstoi)的无抵抗主义之所以不能实行,也是这个原因。"③不论是肯定还是否定,都表明鲁迅主张知识分子从"治者"的半边位置上抽身而出。而且这种抽身而出绝不是知识分子的"失职",更不是逃避,而是安居于"本位"的表现。1934年,国际文学社向鲁迅提出了这样的问题:"苏联的存在与成功,对于你怎样(苏维埃建设的十月革命,对于你的思想的路径和创作的性质,有什么改变)?"鲁迅的回答是:"先前,旧社会的腐败,我是觉到了的,我希望新的社会的起来,但不知道这'新的'该是什么;而且也不知道'新的'起来以后,是否一定就好。……现在苏联的存在和成功,使我确切的相信无阶级社会一定要出现,不但完全扫除了怀疑,而且增加许多勇气了。但在创作上,则因为我不在革命的旋涡中心,而且久不能到各处去考察,所以我大约仍然只能暴露旧社会的坏处。"④在我看来,国际文学社的问题无疑贴进了鲁迅思想的深处,因此,这一问一答,都颇具意味。尽管鲁迅热情地肯定苏联的新型社会,然而鲁迅依然没有改变自己既定的"诊者"的角色定位——"仍然只能暴露旧社会的坏处"。而经这一问,鲁迅现代知识分子的角色位置便更明确了。1933年,鲁迅曾引用过恩格斯致敏娜·考茨基的一封信中的一段话,这段话现今的翻译为:"……如果一部具有社会主义倾向的小说……不可避免地引起对于现存事物的永世长存的怀疑,那么,即使作者没有直接提出任何解决办法,甚至作者有时并没有明确地表明自己的立场,但我认为这部小说也完全完成了自己的使命。"⑤大概国际思想家的论述足堪为鲁迅个人作为现代知识分子的角色定位提供有力的支持。

(三)

在中国的文化传统中,"士"始终占据着社会结构的中心位置。"士"的政治批评或

---

① 鲁迅,《华盖集·导师》,《鲁迅全集》第3卷,人民文学出版社,1981年版,第55页。
② 鲁迅:《坟·娜拉走后怎样》,《鲁迅全集》第1卷,人民文学出版社,1981年版,第159页。
③ 鲁迅:《集外集拾遗补编·关于知识阶级》,《鲁迅全集》第8卷,人民文学出版社,1981年版,第190页。
④ 鲁迅:《且介亭杂文·答国际文学社》,《鲁迅全集》第6卷,人民文学出版社,1981年版,第18页。
⑤ 鲁迅:《南腔北调集·关于翻译》,《鲁迅全集》第4卷,人民文学出版社,1981年版,第556页。又见《马克思恩格斯全集》第三十六卷,人民出版社,1974年,北京。

社会批评的任务与重构新的政治秩序和文化秩序始终是密不可分的。正如余英时先生所说:"无论如何,在一般社会心理中,'士'是'读书明理'的人;他们所受的道德和知识训练(当然以儒家经典为主)使他们成为唯一有资格治理国家和领导社会的人选。"①也就是说,在中国文化传统中,知识分子一向来既是诊者,也是治者,而且是惟一的"治者"。这对鲁迅来说,则必须既是昏睡者的惊醒者,也是铁屋子的破毁者。从某种意义上讲,这种角色的整体感正是造成鲁迅把"诊"与"治"二者之间的因果关系联贯得过于紧密的内在原因,也正因为如此,现在反过来要把自己从一个完整的角色中分离出来,退居于半个明显带有边缘性的角色位置——"诊者",而把另半个颇为关键的角色位置——"治者"交给不可知的旁人,定然不是一件容易事,这一心理历程走了将近九年的黄金时光应是可以理解的。的确,并不是鲁迅不明白自己不是铁屋子的破毁者,而是作为一个身体里流着中国文化血液的知识分子要在心理上完成角色分离实在不是一件容易事,而对于从来自我承担过多的鲁迅而言更是如此。

毕竟是中国传统文化养育的知识分子,因此当自己果真从治者的半边位置上抽身而出时,不免心态失衡,故而一反常态地弹唱文学无用的论调,可以想见其中有几分实情,有几分无奈,也有几分牢骚。失衡的心态不免偏激,因此,鲁迅居然完全否定文学之于战争的"益处"。其实,既然文学一定的移情功能是不容否定的,那么文学一定的改变国民精神的意义就是不容怀疑的,曾经是那么强调文学移情功能的鲁迅并非不明白这一点。说到底,鲁迅之所以一再弹唱文学无用的论调,是因为鲁迅对文学之"治"的功能要求太高,而这一点又缘于鲁迅的社会承担太多。

鲁迅因为自我的角色定位是"诊者",于是也拒绝导师的桂冠,但鲁迅并不一概反对全世界所有的作家做导师,例如,鲁迅对俄国作家契里珂夫(Evgeni Tshirikov)并俄国文人热衷做导师的"通有性"即不置可否,他这样写道:"他是艺术家,又是革命家,而他又是民众教导者,这几乎是俄国文人的通有性,可以无须多说了。"②从另一层面讲,既然鲁迅小说承担了呐喊、助威、启蒙的现实任务,那么鲁迅无疑又顶着导师的"桂冠",因为不论是呐喊助威,还是启蒙,都是指路。

看来,对鲁迅"诊者"与"治者"的角色分离,不能做简单的理解。事实上,说鲁迅把"治者"的角色推给了旁人,并不十分准确。从小说修辞学的角度看,鲁迅把自己确立在"诊者"的角色位置上,也必然把鲁迅小说中的"隐含作者"定义在"诊者"的意义范围内,同时把"疗救者",也即"治者"安放在"隐含读者"的重要位置上。这就是说,"治者"虽然不再是知识分子鲁迅的主要职事,但"治者"却并没有从鲁迅小说的创作过程中"退场",他依然以"隐含读者"的身份参与创作。这就是说,从小说修辞学的角度看,鲁迅小说的基本结构框架是"诊者"与"治者"的对话,准确地说,是"诊者"与"治者"跨历史时空的对

---

① 余英时:《中国知识分子论》,河南人民出版社,1997年4月,第164页。

② 鲁迅:《译文序跋集·〈连翘〉译者附记》,《鲁迅全集》第10卷,人民文学出版社,1981年版,第188页。

话。①而这一点也正是我们研究鲁迅"诊者"与"治者"角色分离的诗学意义之所在。

"诊者"与"治者"角色分离的研究价值远不止诗学意义。它不仅是鲁迅解决"铁屋子"难题极关键的一个环节,也是鲁迅走出长达九年"沉默期"极重要的一步,同时又是我们理解鲁迅思想和行为极重要的关节点,它是鲁迅观察、思考、言行、著述等最富个性特征的立足点,是鲁迅现代知识分子角色的一次新定位。当这新定位确立后,鲁迅给"真的知识阶级"的定义是:"对于社会永不会满意的,所感受的永远是痛苦,所看到的永远的是缺点,……"②其中颇显"诊者"的本色。

(原载《文学评论》2006 年第 3 期)

---

① 曹禧修:《小说修辞学框架中的隐含作者与隐含读者》,《当代文坛》2003 年第 5 期。
② 鲁迅:《集外集拾遗补编·关于知识阶级》,《鲁迅全集》第 8 卷,人民文学出版社,1981 年版,第 191 页。

地域文化视野中的左翼话语

——论浙东左翼作家群

王嘉良

　　研究左翼文学会发现,三十年代中国左翼作家来源的地域分布,既呈全国铺展态势,又有相对集中的区域。据姚辛编著的《左联词典》"左联盟员简介"[①],在总数288位盟员中,按省籍统计,位居前五的是浙江(47人)、江苏(31人)、广东(31人)、湖南(19人)、四川(17人)五省,共145人,占到总数的一半以上。这反映了左翼文学风潮在特定地域内的强势显现,它势必给予整体的左翼文学以特殊的影响力。此种左翼作家来自相对集中的区域,从而形成左翼创作的独特地域风尚现象,也曾为研究者所注意。杨义在《中国现代小说史》中论述左翼文学,就特别提到"左翼文坛的乡野风",论述对象便是走出左翼作家甚众的浙江、湖南两省,并以"浙东曹娥江的忧郁"和"湖南洞庭湖的悲愤"为题,分别论述了这两地作家的不同创作风貌。[②]可见从地域文化视角研究左翼作家群体,从中透视左翼文学的某些规律性特点,应该是饶有兴味的话题。本文论述的浙东左翼作家群,便是左翼文学队伍中最有影响的一个群体,透过这个群体的构成及其创作文本的左翼话语呈示,当能窥见左翼文学不少有价值的东西。

一、群体形成：地域背景与文化合力

　　浙东左翼作家群在左翼文学队伍中的强势凸现,的确呈现一种夺目景观。这个从浙江走出的作家群体影响之大、地位之显要,不仅在于阵容壮观(其出场人数之众居于各省绝对领先优势),更在于其引领左翼的地位:鲁迅、茅盾历来被视为左翼文坛的"盟主",甚至连当时的国民党报刊都惊呼他们是左翼的"两大台柱"[③];还有两位浙江作家冯雪峰、夏衍,既是"左联"的发起人,又长期担任"左联"的实际组织工作;类似的浙江左翼作家如朱镜我、楼适夷、王任叔(巴人)、徐懋庸、艾青、沈西苓、陈企霞、魏金枝、何家槐、唐弢、黄源、林淡秋等,都是任何一部中国新文学史都不能不提及的"左联"作家名字;其中为革命献出生命的,也以浙江作家为多,较著者就有柔

---

① 姚辛:《左联词典》,光明日报出版社1994年12月版。
② 杨义:《中国现代小说史》第297页,人民文学出版社1998年版。
③ 参见《左翼文化运动的抬头》,上海《社会新闻》1933年3月3日版。

石、殷夫、潘漠华、应修人等著名"左联"烈士,他们彪炳于世的功绩更令后人敬仰。在一个不太长的时间内汇聚一支如此壮观的左翼文艺队伍,足够令人惊叹,而透过其所由构成的诸种复杂因素,则可以在独特的文化聚合背后看出左翼文学的存在特点及其深在意义。

从表层看,这个群体的形成同 20 年代后期新文学中心南移不无关联:浙江与"左翼"中心上海临近的地域亲缘关系,促成浙江作家由"边缘"向"中心"位移,为更多作家介入左翼提供了机遇。如果说五四时期的新文学中心在北京,浙江作家的介入,总有地理上的阻隔,不免有许多局限,如颇有声势的"五四"乡土文学创作,就难于改变如鲁迅所说的"侨寓文学"①的性质;那么,到了这一时期,文学中心就在邻近,必然会带动一大批浙江作家走进上海的文学圈子,在创作上也会更有所作为。事实上,此种状况不独以浙江为然,江苏的左翼作家数量位居第二,乃至广东、湖南、四川各省也呈左翼甚炽之势,同样联系着地域因素,而且是在更深的层次上反映了中国 30 年代因左翼文艺运动的展开作家队伍新格局的建构。

中国的 30 年代文学,是因以上海为中心蓬勃展开的左翼文艺运动而日渐壮大其声势的。由此,中国新文学发生又一次历史性变革:从五四的"文学革命"到 30 年代的"革命文学"的转化。此种转化,造成中国新文学的一次大规模的空间传动,即新文学中心南移和南方地区作家队伍的拓展。"五四"落潮以后,"苦闷彷徨的空气支配了整个文坛"②,而以北洋军阀统治下的北方为尤甚。曾是"五四"新文学策源地的北京,此时也显得死气沉沉。鲁迅描述的"寂寞新文苑,平安旧战场"③,是对此的生动写照。富有变革精神的新文学作家,当然难耐此种寂寞的气氛,便纷纷南下当时革命空气高涨的广州、上海。而当大革命失败,倡导无产阶级文学的时机成熟,遂有一大批作家汇聚上海,成立"左联",掀起声势浩大的左翼文艺运动。如此态势,对于促成新文学作家队伍结构的调整与外延的拓展,有着不可低估的意义。以鲁迅领衔的浙江左翼作家群的形成,当是典型例证。地域亲缘关系容易使鲁迅同前进的浙江文学青年心灵沟通,而鲁迅的召唤也的确浙江新文学作家队伍的重新组建和进一步充实产生重要影响。鲁迅到上海不久,即与郁达夫联手创办《奔流》杂志,介绍革命文艺理论和作品,这对郁达夫最初一度加入"左联",无疑有显著影响。鲁迅对来自宁海的青年作家柔石,立即给予了信任,与之合办朝花社,编辑《语丝》,使其得到锻炼,后来又一起发起成立"左联"。他同冯雪峰保持着长期的友谊与联系,这位来自浙东的质朴而耿直的青年显然与他灵犀相通,在彼此的亲密合作中推进了左翼事业,冯雪峰就成了他与共产党沟通的最重要的桥梁。此外,夏衍、殷夫、楼适夷、徐懋庸、唐弢等等,一个个都是在他的扶掖、指导下成长为坚强的左翼文艺战士,且在后来的文学活动中有更长足进展。从这一点看,左翼文艺运动

---

① 鲁迅:《〈中国新文学大系〉小说二集序》,《鲁迅全集》第 6 卷第 247 页,人民文学出版社 1982 年版。
② 茅盾:《中国新文学大系・小说一集导言》,《茅盾全集》第 20 卷第 466 页,人民文学出版社 1990 年版。
③ 鲁迅:《集外集・题〈彷徨〉》,《鲁迅全集》第 7 卷第 150 页,人民文学出版社 1982 年版。

作为 30 年代"唯一的文艺运动"①,它对于中国新文学在更广泛的程度上展开的确有着无可漠视的意义,单就新文学队伍建设而言,其意义就是远远超越于文学自身的。

考察浙江左翼作家群所出自的地域,除一两个作家是从浙西走出的外,绝大多数来自大革命时期革命气氛高涨的浙东,尤以浙东的宁波、台州两地为甚。这里显示的是群体形成的另一个原因:即与浓厚革命情势的遇合是作家走向左翼的重要驱动力,从中反映出左翼文学作为"政治文化"形态显现的存在意义。"政治文化是一个民族在特定时期流行的一套政治态度、信念和感情。"②左翼文学所由产生,与特定时代的社会政治文化心态密切相关。30 年代的时代语境是民众的政治热情普遍高扬,人们对专制制度的失望一变而为改革旧制度的共同心理期待,因而关注社会变革的风气特别浓厚,而左翼作家是"用被压迫者的语言"来"抗议和拒绝社会"③,他们以"被压迫者"的姿态反映强烈的政治制度变革要求,实际上是以民众参与意识显出对国家前途命运的关注,就必然会引起社会的普遍心理共鸣。文学与一个时期流行的政治态度、信念和感情紧密一致,以切合民众心理、民族需求为前提,才能使其获得最大的接受可能和最广泛的文学创作趋求,从而使一个地区的作家集结于同一文学领域成为可能,也会召唤更多的作家加入左翼文艺队伍。中国左翼作家走出特多的区域,往往联系着该地蓬勃高涨的革命情势和民众的普遍热情,如农民运动开展得最为热烈的湖南和曾为"革命策源地"的广东,这既是革命的情势使然,也由此内化为作家的一种自觉心理诉求。浙江的情况也大体类似。虽说其时浙江全境的革命运动不及两湖、广东等地高涨,但正如当时的中共浙江省委所分析的:"浙江农民并不因浙江的富庶而革命性弱,反因富庶而被剥削更苦",因而,农民"推翻封建势力亦愈迫切,土地革命适为浙江农民目前斗争之中心问题",特别以浙东地区"为甚"④。大革命失败后浙东相继爆发的奉化暴动、三北暴动、宁海亭旁暴动等,曾在浙江大地上掀起波澜,这是使得许多知识分子倾向革命、走向左翼的一个重要背景。后来走向左翼的浙东作家巴人、朱镜我、楼适夷、柔石、许杰等,正是在亲历或感受了这里的革命声浪以后才确立新的文学意向,立志要用更切近时代心理的文学来表现这个伟大的时代。这当中,柔石走向左翼最具典型性。他原在故乡宁海中学任教,一度担任县教育局长,立志"开展宁地之文化",政治态度属"中间偏左","同情共产党"⑤;宁海亭旁暴动失败后,曾为暴动指挥中心的宁海中学被蹂躏,他深感教育无望、理想毁灭,更痛恨反动当局镇压革命之凶残,才愤然离乡去沪,投身左翼文艺运动⑥。时代的呼唤成为作家转

---

① 鲁迅:《二心集·黑暗中国的文艺界的现状——为美国〈新群众〉作》,《鲁迅全集》第 4 卷第 285 页,人民文学出版社 1982 年版。

② 〔美〕阿尔蒙德《比较政治学:体系、过程和政策》第 29 页,曹沛霖等译,上海译文出版社 1987 年版。

③ 马尔库塞:《工业社会和新左派》第 136 页,商务印书馆 1982 年版。

④ 《浙江党部目前政治任务决议案(1928 年 3 月 16 日)》,《浙江革命历史档案选编》第 342 页,浙江人民出版社 1989 年版。

⑤ 许杰:《坎坷道路上的足迹·在宁海中学》,《新文学史料》1984 年第 2 期。

⑥ 参见郑择魁等:《左联五烈士评传》第 85—86 页,重庆出版社 1995 年版。

型的无形感召力,顺应文学发展潮流促成许多作家加盟左翼,甚至不惜以身相殉,即此而言,左翼作家及其创造的左翼文学自有其独特价值,实在不可以等闲视之。

从地域文化考量,浙东左翼作家群的形成,还有更深层动因:应该同此地深厚的历史文化积淀不无关联。一个饶有兴味的事实是,鲁迅引领的"五四"浙东乡土作家群同仍由其领衔的浙东左翼作家群,不独有着地缘上的关联,同时也有群体组成上的叠合:上一期的乡土作家如许杰、巴人、潘训(漠华)、魏金枝等,此时大都成为左翼作家。这不是偶然的巧合。正同乡土作家群只会产生在浙东,不可能出现在浙西,左翼作家大多集结于浙东,不大可能出现在浙西,这除了革命情势的条件外,地域文化精神的因素也是至关重要的。地域文化积淀联系着一个地区的民情、民风,也对作家的精神品格、个性气质的养成产生潜在影响。浙东"越文化"刚性精神的传承,与浙西"吴文化"柔美品格的延续,导致两地截然不同的文风,这在新文学中也有例可证。"吴文化"是产生柔美文学的土壤(鸳鸯蝴蝶派就在此聚集),多情浪漫的作家如徐志摩、郁达夫、戴望舒等也大多出于此。而"越文化"的刚性质素则造就作家的坚硬品性,走出诸如颇具浙东"台州人硬气"的柔石、许杰这样的作家,是故就有坚硬劲直的乡土文学和左翼文学。即便就左翼文学产生的显在因素——革命性而言,也联系着一个地域的民性、民气。鲁迅指出过的"浙东多山,民性有山岳气,与湖南山岳地带之民气相同"[①],恰恰暗合了大革命时期类似于湖南地域的浙东民气高扬的特点。在这样的地域文化环境中,孕育出具有现代特质的刚性素质作家,恐怕也是一种必然性现象。当然,关键在于时代条件的成熟,一旦置身在革命声浪高涨的时代环境中,作家的刚性素质就有可能向着革命方向转化。浙东作家中有一部分是在"五四"落潮以后的感伤时代里开始文学创作摸索的,其时他们既有积闷要吐露,但同时又感觉着前路茫茫,创作难免呈现出一种低色调。当新的时代思潮来临,意识到个人解放要求必须同社会解放融合在一起时,他们必会眼睛为之一亮,精神为之一振,迅速完成创作倾向的转变。殷夫从早期《孩儿塔》里唱出无爱的忧伤到投身大众唱出无产阶级的战歌的转向,柔石从哀叹"旧时代之死"到注目劳苦大众的转换,都没有经历太久的时间,由此昭示着:地域文化精神所产生的潜在力量还是在相当程度上影响着作家创作精神、风格的形成与转化。

二、浙东风尚:左翼文学"乡野"风

左翼文学就其发展大势看,它反映了整个 30 年代社会的历史变动,在文学表现现实革命斗争重大题材、反映人们变革旧社会、旧制度的普遍渴望方面显示出整体一致性。然而,由于不同地域革命斗争的形势并不完全相同,作家看取左翼文学的视角也有差异,这就有可能形成各地左翼文学不同的创作风貌、创作个性,遂有显示地方色彩的左翼文学"乡野"风的涌现。而此种"乡野"风的形成与汇聚,在一定意义上是克服左翼

---

① 徐梵澄《星花旧影——对鲁迅先生的一些回忆》,《鲁迅研究资料》第 11 辑,天津人民出版社 1983 年版。

文学初期创作弊端使之渐趋成熟的一个标志。如果说,初期左翼创作之病是在于凌空御虚,作家毫无生活实感,又急忙制作大而无当的革命三部曲,仅以浪漫蒂克幻想布置一个又一个"革命方程式",描写一个又一个"脸谱主义"人物①,势必受到人们诟病;那么,"乡野"风的形成无疑为左翼文坛吹来一股新风,它以质朴、清新的生活描写使左翼创作真正落到了"实"处,同时也因各地"乡野"风的共生竞存,有可能使左翼文学作品在审视社会、表现革命、传达左翼话语方面显露出斑斓色彩,从而使左翼创作开出一种新生面。

浙东左翼作家群作为左翼的一个最重要创作群体,其创作上的优势也是显而易见的。基于这个群体生成的地域背景及作家观照生活的独特视角,其创作价值突出地反映在左翼话语的地域文化个性呈示,即在着力表现体现浙东风尚的地域"乡野"风方面显示出自己的特色。这一视角的选择,既有作家创作上的心理习惯因素,但首先取决于作家在特定地域背景中的感受与体验。例如,左翼文学曾一度流行写"尖端题材",要求表现两大阶级的生死对抗与激烈冲突。由于经历所限,这就非浙江作家所长。在浙江地域上曾发生过自发的或有组织的小规模革命暴动,但没有产生类似于江西、湖南那样牵动全国的轰轰烈烈的革命斗争和暴风骤雨式的农民运动,因此,大规模的急风暴雨式的阶级斗争描写,如叶紫的《丰收》、《火》等作品那样直写声势壮阔的湖南农民运动,乃至号召人们上"金钢山"(井岗山),就不可能出现在浙江作家笔下。虽然为突进"时代的核心",浙东左翼作家也为此作过努力,一些作家着眼于沿海地域的革命斗争描写,如楼适夷的《盐场》写浙东余姚一带的盐民暴动,巴人的《六横岛》写舟山群岛中一个小岛的渔民暴动,提供了一般左翼创作很少见到的斗争画面,不妨说也是丰富了左翼文学在这一题材领域里的表现。但终究由于表现视角太小,对"革命"刻画不深,这类作品并没有产生很大的影响。因此,对浙江作家来说,扬长避短,找到一个适合于自己的表现视角,以期对促进左翼创作的深化有所贡献,应该是明智的选择。这样,奋力于向"乡野"掘进,便成为他们最为可取的视角,由此也显示其创作的一种特色、一种优势。

注目"乡野",依恋乡土,表现乡土,曾是浙东作家在"五四文学"时期就开创的创作风气。来自浙东的像一个"地地道道的农民"的冯雪峰曾在其诗作《雨后的蚯蚓》里写道:"蚯蚓们穿着沙衣不息地扭动"。另一位浙东作家潘训(漠华)也曾写过一首《雨后的蚯蚓》:"雨后蚯蚓般的蠕动,是我生底调子"。如果用"穿着沙衣的蚯蚓"这样的意象来比拟浙东作家的"生命基调"是最贴切不过的。对这种钻进泥土深层、与土地共同着生命的生灵的礼赞,恰恰是浙东作家情系地母、依恋乡土的真切写照。进入30年代,浙东作家大多转化为左翼作家,他们曾倾心表现过的乡土,当然依旧为他们所关注、所瞩目,而面对落后面貌依旧,而且变得更坏的乡土,他们自会投入更注视的目光。由是,透过浙东这块颇具地域个性的"乡野"在30年代时代风潮中的剧烈动荡和变迁,去把握那个时代的特质,就成为浙东左翼作家的一种重要选择,创作也因此呈现出承续五四、超越

---

① 茅盾《〈地泉〉读后感》,《茅盾全集》第19卷第333页,人民文学出版社1990年版。

五四的特点。表现乡土的作品,在"五四文学"层面上,大抵停留在对古老乡土文化的审视,作家们致力于乡村群落人们的落后国民性探讨,从历史形成的精神蒙昧角度寻求农民思想落后人性麻木的根源,这几乎成了那时期乡土小说的一个根本性主题。到了 30 年代,社会现实是风云激荡,沉滞的乡村也在剧烈动荡中,乡民们在努力走出愚昧、走向坚实,作家们就会用另一副笔墨去看取乡土、表现乡土。魏金枝曾被称为"中国最成功的一个农民作家",这不免过誉,但说这位来自曹娥江上游的农家子弟,"以忧郁的含泪的文笔,写出了古旧的农村在衰老,在灭亡,在跨进历史的坟墓里去,这情调,凡是作者的无论哪一篇创作里都弥漫着的"①,却是的论。其创作从"五四"到"30 年代",就实现了一个较大幅度的跨越。他的早期乡土小说《留下镇的黄昏》写小镇上无聊的"看客"无所事事,只围观小贩宰杀黄鳝,是对一种国民精神的观照,小说阴冷、滞重的氛围反映了那个时代的色调。成为左翼作家后,魏金枝尽力用革命视角透视乡土,一面埋葬着毫无生气的"古旧的农村",一面提示着乡民新的生路。三万余言的《坟亲》写一个看守公坟的诚实农民的苦难一生,其阅尽人间沧桑的确昭示着衰败农村应"跨进历史的坟墓里去",而主人公顽强的生存意志则展示了农民倔强、坚韧的品格。《奶妈》写充作"奶妈"的农妇,从一个普通农妇成长为秘密的女革命者,很长时间被人怀疑行为不端,并有"告发者"之嫌,最后真实身份暴露,英勇地牺牲在敌人屠刀下。这篇小说在当时的革命小说中实属翘楚,除了技巧上的精心结撰外,还有对时代风云激荡下妇女、乡民心理的深层透视。《白旗手》写士兵哗变:一群新兵不堪受辱,在白旗手——一名勤务兵的组织下联合"乌合的难民"揭竿而起,走向新的反抗道路,探索着农民的生路,显示出更浓厚的革命色彩。另一位乡土小说作家巴人(王任叔),有着更丰富的革命经历,大革命前后一直处在革命斗争旋涡中心,但其创作也经历了基调的转换:早期作品写农民被生活"压弯了脊骨",欲"做一个老老实实的农民"而不得(《疲惫者》);到了 30 年代写出的《乡长先生》,乡民们喊出了"要干就要干个硬朗明白。白刀子进,红刀子出!用性命来换饭吃,倒也显得做人一分骨气",透出一股血性硬气,同样烙刻着时代风云的印记,显示出创作与时代俱进的趋向。有的作家并没有直写乡民革命,但却在刻绘乡土的时代苦难上见出深度。创作起步于 30 年代、在 40 年代颇负盛名的浙东左翼作家王西彦,也以乡土小说驰名,他同样写着悲凉乡土上的坚韧人性。其状写浙东悲凉乡土的作品,在很大程度上承续着鲁迅和许钦文、王鲁彦们开创的主题,其表现乡村的愚昧和落后国民性的沉重,不难在两者之间找到联系。只不过身处"更坏"的时代里,王西彦会以更沉郁的笔调去营造悲凉的乡土氛围。试看他在《讨血钱》里描写那个陷入两难的刘兴嫂子和《毒虫草》里展现郁热的小茅屋里直挺挺地躺着金喜麻皮全家五具僵尸,可以发现他是以更冷峻的眼光观照着 30 年代黄土地下的紫色灵魂,其状写的死难图画简直是对燥裂大地上的死亡的写生。土性的艺术思维在浙东作家那里是一脉相承的,从后起乡土作家创作中可以

---

① 湖风书局为魏金枝《七封书信的自传》重版所作的广告语,引自杨义《中国现代小说史》第 2 卷第 298 页,人民文学出版社 1998 年版。

窥见他们对前辈作家创作精神的承传,他们共同的艺术追求几乎就是一种时代的接力。

作为左翼话语的地域文化个性呈示的,还有浙东作家在把握独特时代风尚中透出的鲜明特色,这便是依据浙东农村的社会经济状况,从经济文化视角切入,用力表现农村经济崩溃所产生的社会深层次矛盾,使作品在反映、剖析30年代的时代特质上见出优势。有论者指出,在30年代左翼文学中,"写旧中国农村经济崩溃的作品比写农民暴动和苏区斗争的作品取得更为巨大的成功"①,此语不虚。30年代的时代特点是阶级矛盾加剧、社会动荡不安,导致城乡经济崩坏、人民日益陷于贫困。这样的现实状况因其带有普遍性,是远比不断鼓吹"暴动"之类题材更应引起作家关注的。正缘于此,"左联"在总结以往创作的教训以后,于1931年作出关于题材问题的决议,要求作家必须面对现实,抛弃以往那种只写"革命的兴奋和幻灭"、"恋爱和革命的冲突"之类"定型"题材,应密切关注"中国现实社会生活中广大的题材",尤其把揭示"农村经济的动摇和变化"等作为重要内容来表现②。这一要求就纠正初期创作偏向、促进左翼文学深化而言,无疑是有积极意义的。而事实也证明,作家们克服浮躁情绪,把笔触伸向生活深层,努力表现农村经济破产所产生的各种社会矛盾,创作就取得长足进展。这当中,浙东左翼作家基于该地农村经济破产问题的鲜明性与尖锐性,予以重墨描写,显示出他们在把握时代主题方面的敏锐感知力和深沉表现力,在整个左翼文坛都产生重大影响。

浙江的富庶原是其作为沿海省份的重要经济特征,然而在30年代的特定时代环境中,这里的农民"反因富庶而被剥削更苦",连年遭受灾荒、饥饿的煎熬,这就使经济破产的时代问题变得更为尖锐、突出,作家们去用力捕捉和表现这一话题,这对于深入透视那个动荡时代的本质应当更具表现力。在这方面,左翼小说的领衔者茅盾的创作,为浙东左翼作家作出了表率。茅盾的小说从一个重要视角——经济视角,描写了从城市到乡村、从工业到农业的经济全面崩溃,反映了当时中国社会的普遍性矛盾,而这一矛盾的揭露,是通过富庶的江南农村经济的崩溃来表现而增加了透视力。其作品的背景以杭嘉湖为中心辐射上海的地域特色,反映了30年代浙江乃至江南社会的深刻变动:原本衣食有余的自耕农(如老通宝)此时已走上破产之途,经营有道的小商人(如林老板)也面临商铺"倒闭"的命运,而当铺前的门庭若市(《当铺前》)则更昭示出经济的畸形繁荣;作品中出现的买卖洋货、横冲直撞的小火轮等外国资本主义势力的侵入,折射出那个时代典型的沿海地域特点,对城乡经济破产的社会根源作了有力的揭示。毫无疑问,在30年代表现经济破产的创作中,茅盾的思考是最见深度与力度的。这固然得益于作家深厚的艺术积累,也同他善于在一个富有表现力的题材领域里的深入开掘不无关联。茅盾创作的成功,及其创作视角的选择和作品显露的鲜明浙江色彩,对浙东左翼作家是一种鼓舞,也是一种无形的感召,青年作家巴人、林淡秋等,取材于浙东农村,注目于经济领域,写出社会的剧烈动荡在农民心里投下的深重阴影以及农民在经济恐慌面前的

---

① 杨义:《中国现代小说史》第2卷第238页,人民文学出版社1998年版。
② 《中国无产阶级革命文学的新任务》,载1931年11月《文学导报》第1卷第8期。

极度贫困，一度构成浙东左翼文学一种颇见声势的创作风气。林淡秋的《散荒》写原本并不贫困的小村也无端遭荒，以至于农民年关将近尚衣食无着，不得不祈求当局"散荒"（赈济），然而饥寒交迫的乡民被愚弄一番以后，并没有得到"布施"，依然饥肠辘辘，这终于使得领到过几升米的乡民愤然将米倒进街边的污沟里，锋芒直指政治经济制度。巴人这时候也将创作视角转换到农村经济题材，写出《灾》、《牛市》、《佳讯》等一系列作品，表现动荡时代的农村经济状况，揭示农民贫困的社会根源，与茅盾小说的社会剖析有着类似的思考。《灾》描写"精明"的地主比他的祖辈更"棋高一着"，他不再满足于"总是把从土地上赚来的钱放在土地里"的敛财办法，而是在土地以外，又通过办钱庄、开商行等手段向农民盘剥，终于使得农民灾祸丛集，不堪其苦；《牛市》写经济凋敝，牛市不兴，技艺精湛的屠夫已无事可做；《佳讯》写租、债、捐、税的层层剥削，农民已是负债种田，土地失去意义，即使把田送人也没有人要。这些作品反映了当时经济的一个"死结"：社会政治的腐败必促成社会经济的全面崩坏，农村的破败必在所难免，即使再富庶的地域也不可幸免，从而有力地表现了那个令人窒息的时代无可挽回的颓势。切入特定题材领域，表现鲜明时代主题，这种不可取代的特色，既有浙江人创作左翼文学的标记，也必以作品鲜明的地域色调造成浙东作家创作在左翼文学中的优势。

三、深层拓展：提升左翼文学品位

论及左翼文学创作成就，一个毋庸置疑的事实是：尽管左翼文学理论的政治意识、阶级意识日趋强化，但左翼创作仍有着丰富的形态，内中不乏创作高手与艺术佳构，因此，笼统地把左翼文学看成仅仅是泛政治化文学，艺术品位不高，是不恰当的，至少是不够全面的。因为在左翼文学时期，理论的喧闹与创作的展开并不完全是一回事，左翼作家的创作仍有相当的自由度，并不完全是在一个先定、封闭的文学规范和整齐、划一的文学框架内运行，每一个作家个体的创作便会呈现出复杂状况。而且，多数左翼作家都是从"五四"走来，"五四"孕育的追求民主自由、融通各种思潮的艺术精神到左翼时期不可能就截然中断，因而在30年代左翼文学中，以反封建为核心的个性主义、人道主义思潮依然得到张扬，只是反封建的内涵带有更多的现实印记，仍会有作家继续探索"人学"命题，并使其在深层开掘中有所深化。鲁迅是最典型的例证。其创作的主导倾向是强化了阶级意识，但无论是杂文还是小说（《故事新编》）创作，都仍有对中国"国民性"弱点的深刻剥露，有对封建文化和封建意识形态的犀利批判，表现出承续"五四文学"主题的鲜明意向。浙东左翼作家群的创作，就整体而言也可作如是观：他们顺应革命文学潮流，大都表现出走向革命的倾向，但由于这个群体在一个独特的文化环境中生成，有着自己的独特审美价值取向，且作家的创作多起步于"五四"，便有对"五四文学"的深情眷顾，其创作必会显出超越左翼的泛政治化走势，从而为拓宽左翼文学视野、丰富左翼文学内涵，作出自己应有的贡献。

从审美视角看，浙东左翼"乡野风"所呈示的创作基调是"忧郁"，颇不同于"湖南风"

的"激愤",显示出独特的艺术审美效应。"忧郁"基调在魏金枝、潘漠华、林淡秋等的小说,艾青、殷夫等的诗作中都可以得到印证。其与"湖南风"的差异,既源于两地不同革命斗争情势下作家所产生的不同情绪感受,同时也来自作家出于不同地域所产生的文化心理感应:"激愤"往往是面对即时爆发的现实残酷性的强烈反弹,于是就有激越的反抗声浪;"忧郁"是对渐滋渐长而又沉淀太多的痛苦驱之不去的伤感,其背后潜藏着的往往是对积淀深厚的病象、病痛的忧虑,并非眼前激烈斗争的即时反映。艾青曾有对无边的黑暗和苦难地母的呼唤,并将此作为他艺术思维中幽深神秘的动力源:"为什么我的眼里常含着泪水?因为我对这土地爱得深沉"(《我爱这土地》)。为爱土地而落泪,显然是"土地"承载了太多的苦难,这苦难无际无涯,超越时空而存在,于是就有无边的忧伤。"忧郁"是艾青诗作的基调,其"忧郁"之所指,就既包括眼前身受或目睹人民苦难的心理感应,也蕴涵诗人更广泛的情绪感受,是一个扩大了的情绪能指范畴,包含了指向人类、面向过去与未来的超越特定时代性和阶级性的丰富内涵。恰如艾青所说:"把忧郁与悲哀,看成一种力!把弥漫在广大土地上的渴望、不平、愤懑……集合拢来,浓密如乌云,沉重地移行在地面上"[1],这就使其诗作有更开阔的胸襟和浑厚的力量。其成为左翼作家后被投入监狱创作的《大堰河——我的保姆》,便是一首使"忧郁"情绪得到艺术升华的著名左翼诗作。此诗洋溢着泥土气息,有大量富有浙东风情文化色彩的农村生活事象描写,显出十足的"土"味,昭示着这位从浙东土地上走出不久的诗人对故土的眷恋,对土地的挚爱。诗作生发出诗人对"土地"的无限感兴:既有一位"地主的儿子"转变阶级立场对一位无私奉献一切的普通农妇——"土地"母亲的礼赞,显示出诗人明确的左翼立场;诗作同时表明此诗也"呈给黄土下紫色的灵魂"、"呈给大地上一切的"受难者,是对人间一切苦难的审视,其间包含对人的生存命运的莫测不安,越出了单一"阶级压迫"层面,故而能引起各阶层人们广泛的心理共鸣。艾青诗的力量就在于,深层开掘诗作内涵,立足左翼又超越左翼,这无疑是对左翼文学艺术品位的有力提升。另一位浙东左翼诗人殷夫的诗作,在左翼诗中也有不俗的品位。鲁迅称殷夫的诗"是对于前驱者的爱的大纛,是对于摧残者的憎的丰碑"[2],是就诗作蕴涵丰富的情感内涵作出的评价,可谓独具只眼。其早期诗作《孩儿塔》的基调是伤感,那诉说个人心灵痛苦的低回婉转,感人至深;即使后来直写革命的诗篇,也不乏丰富情感渗透。其一曲《别了,哥哥》,强烈的政治抒情内涵和婉转的兄弟情谊抒写相融合,表达一个革命者的磊落情怀,曾使许多革命者为之动容,也令普通读者心灵震撼。这一类诗作有着远比"战叫"更动人的力量,它们是左翼文学创作中更值得珍视的精品。

浙东左翼作家群的创作对左翼文学的深化,还表现在从地域文化视角切入,透过凝重、沉郁的笔调表现乡村的落后性及其亟待改造的一面,从而使创作显示出超越于社会批判的深刻文化批判意义。就整体而言,浙东作家当然也涉及现实社会批判,但很少描

---

① 艾青:《诗论》第 212 页,人民文学出版社 1980 年版。
② 鲁迅:《白莽作〈孩儿塔〉序》,《鲁迅全集》第 6 卷第 494 页,人民文学出版社 1982 年版。

写"现时代大潮流冲击圈内"的人物和生活,大多避开了刀光剑影的重墨渲染,更多关注的是乡村日常生活体验:农村的凋敝,荒年的煎熬,盗贼的横行,乡民的无奈,甚至于还有农村寡妇"饿死事小,失节事大"之痛(魏金枝《报复》),流落城市的乡民遭受无妄之灾(巴人《仿佛》)等等。这类作品有一定的社会批判意义,但更显著的是文化批判色彩。魏金枝的《报复》写一位乡村寡妇被鸦片鬼秋老板奸污生下"野种",背负"失节"恶名,遂到尼姑庵带发修行,以求洗刷"龌龊";不意20年后,那个长大了的"野种"竟到庵堂认母,她仍感莫名羞辱,竟在拥抱之际用利刃刺杀了"野种",演出了亲母杀子的悲惨一幕。小说含有对社会恶势力的谴责之意,但更多的是表现封建礼教文化给妇女造成的伤痛。潘漠华《冷泉岩》对传统文化习俗的冷静观照,更似远离时代主潮。小说写发生在离开县城五十里外的深山冷庙里的故事,这里的人们还过着半人半兽的生活,童养媳、典妻制度的流行,使女人毫无人性尊严。这纯粹是对传统习俗的批判,要不是小说借人物之口喊出对邻村"第一财主"的不平呼声,很难将其同左翼小说并举。而对"典妻"习俗、女性命运作了更深入开掘的则是柔石的名作《为奴隶的母亲》,作品写一个沦为生育工具的"母亲"依违在两个孩子间难以割舍的情感,演绎了人间的惨剧。这一幕情感悲剧的制造者,主要也是封建文化习俗本身,而非某个恶人恶行,从而使作品对传统文化的反思意义更为浓厚。以往这篇小说被认为只是作家向着左翼"转换"的标记,还不是地道的左翼文学,原因也在于其批判阶级压迫的左翼色彩不彰。事实上,无论是《冷泉岩》还是《为奴隶的母亲》,从文化视角透视"乡野"落后习俗的滞重、板结,在更深层次上揭示乡村改造的紧迫性,拓宽左翼文学的表现视野,应当也是左翼作家的一项使命。风俗文化批判,曾是浙东"五四"乡土文学的一个重要主题,进入左翼文学时期,作家们依然在一个擅长表现的主题领域里掘进,而且以左翼的眼光审视30年代乡村文化毫无长进更待改造的一面,显然是对以往创作的一种超越。试看《为奴隶的母亲》一类作品至今仍为人们传颂,显示出不竭的艺术生命力,为左翼文学赢得了声誉,证明着致力于文化批判恰恰是使左翼文学艺术得以提升的一个途径。

与文化批判在同一层面展开的,是许多浙东作家突破左翼文学理论的模式化要求,创作表现出超越单纯的阶级性理念,重视对"人"以及人性的丰富、复杂性的审视,从而在延伸、拓展五四的"人学"命题上为提升左翼文学价值提供了范例。人性、人道主题的放逐,曾是左翼文学理念和创作的一个突出特点。左翼作家显然强化了阶级意识,人性、人道话题已很少在左翼理论家们的口碑之中,文学创作也大抵视表现人性、人道为畏途。由是,后来的研究者也往往把是否蕴涵阶级性作为判定左翼文学属性的重要依据。但事实并非完全如此。实际上,体现人性、人道倾向的创作并没有在左翼文本中绝迹,特别在一些重视文化意义揭示的创作中有更显著的呈示。这一方面是由于左翼文学理论在当时并没有成为作家必须遵循的理论规范(像后来文学体制化时期那样),作家依据自己的眼光和思考选择表现视角依然起着决定作用;另一方面则是由于左翼文学目光投射的依然是下层人民的苦难,这一目标同五四文学没有太多的相异之处,或者正可以说是对五四文学传统的一种延续,因而创作表现出承接五四"人学"主题的一面也是很自然的。许多作家对"苦难"的审视,就不是绝对的"阶级对立"理念,倒是大抵停留在贫富差异、善恶对立、落后的文化习俗、社会恶势力横行等因素上。因此,当他们审视人的生活与命运时,尤重人的个性开掘,往往会从人性视角揭示人的固有弱质,探索造成这些弱质的文化、伦理、道德因素(而非阶级对立、阶级压迫原因),作品会迸发出对反人性、反人道现象的激越批判声音。这在浙东作家的创作中表现非常突出。唯其许多作家对人的审视侧重于文化心理透视,于是就有封建伦理道德观念对人性的撕裂,导致一个柔弱寡妇的心理变态(魏金枝《报复》);就有原本老实的农民因生活所迫沦为小偷,"在旧社会旧习俗道德"之前"低头受缚"(巴人《灵魂受伤者》)。柔石的《为奴隶的母亲》之所以历来脍炙人口,除了文化习俗的批判意义而外,还在于人物深层心理开掘中所显示的人性深度。作品透过对春宝娘的"母性"心理刻画,展开了对摧残人性的非人道现象的批判。作品浓重渲染"人"被作为"非人"(而不单是作为阶级人)的可悲境遇,故而能引起社会的普遍性同情,作品也就产生了极大的艺术力量。即便革命色彩很浓的小说,也有从人性视角透视人物心理的描写,使人物变得更真实可信。魏金枝的《奶妈》写女革命者的精神品格,便有很浓厚的人情味渲染。这位"奶妈"在临刑以前提出的唯一要求是再见一面被她悉心抚育过的孩子,提出的理由很简单:"虽然我是个共产党,难道共产党就没有亲戚、朋友,以及一切人情的事么?"这是很精彩的一笔:唯其不违言人情、人性,这样的共产党人才是有血有肉的,才能真正打动人们,引得人们的尊敬。像这样灌注鲜明人性、人道内涵的作品,在左翼作家创作中并不罕见,这应当是审视、评价左翼文学的一个不可或缺的视角。以往人们谈人性、人道而色变,对左翼文学评判大抵缺失这一视角,这实在并非公正之论。

(原载《文学评论》2006 年第 7 期)

时间、修辞策略与鲁迅"铁屋子"难题的破解

曹禧修

当鲁迅认识到民族复兴的"第一要著"是改变国民的精神从而把国民性批判确立为自己的主要职事时，却转而发现自己并不是国民性改革的合格"医生"，因为自己虽"诊同胞病颇得七八，……而药方则无以下笔"[①]，在鲁迅看来，把无法治愈的疾患诊告给国民则只能使国民经受"无可挽救的临终的苦楚"，[②]治之无方，则诊之有害无益，于是鲁迅国民性改革的思路在理论和实践两方面均陷入了所谓的"铁屋子"的难题中：疾病无法治愈，则万不可把病情诊告给病者；正如，"铁屋子"不可破毁，则万不可惊醒"铁屋子"中的昏睡者，鲁迅把国民劣根性比作一个绝无窗户万难破毁的"铁屋子"。因为文艺启蒙是鲁迅国民性批判的主要载体，因此，鲁迅不仅被迫放下了国民性批判武器，也被迫放弃了文艺启蒙的理想。

但是，历经九年的沉默后，鲁迅同样是在确认破毁"铁屋子"的希望有"必无的证明"[③]的前提下，却重拾文艺启蒙的理想，重新拿起国民性批判的武器，这就是说，鲁迅终于破解了"铁屋子"难题。那么，鲁迅是如何破解这个长达九年的难题的呢？

时间和修辞策略是鲁迅破解"铁屋子"难题两个极为重要的元素。

一、时间的魔杖与心灵的支点

鲁迅之所以陷于"铁屋子"的难题中，原因之一便在于其思维陷于了"治之无方，则诊之有害无益"的因果链中。这样，鲁迅不得不把一个完整"医生"分为疾病的"诊断者"和"治疗者"，并把"治者"的角色推给了他人，而自己却安居在一个很边缘的角色位置上——"诊者"，完成了其现代知识分子角色的再定位[④]。"诊"与"治"的角色分离使鲁迅从"治之无方，则诊之有害无益"的逻辑联贯中摆脱出来，从而为破解"铁屋子"难题提供了可能性，但这仅仅是问题解决的必要条件却远不是充分条件，因为只要在"药方"没有寻求到之前从事"诊者"的工作，则国民依然无法摆脱"无可挽救的临终前的苦楚"。

问题的关键之一，便在于找到破解"铁屋子"的希望。对此，鲁迅说："说到希望，却

---

* 国家社科基金课题(06BZW050)及浙江社科联重点课题(07Z22)阶段性成果之一。

① 《鲁迅全集》第11卷，人民文学出版社，1981年版，第345页。
② 《鲁迅全集》第1卷，人民文学出版社，1981年版，第419页。
③ 同上。
④ 曹禧修：《"诊者"与"治者"的角色分离——论鲁迅现代知识分子角色的再定位》，《文学评论》2006年3期。

是不能抹杀的,因为希望是在于将来,决不能以我之必无的证明,来折服了他之所谓可有,于是我终于答应他也做文章了,……"①显然,当鲁迅把"治"的希望交给时间,寄托在未来"治者"的身上时,鲁迅便看到了希望,便重新拿起了文艺启蒙的武器。可见,在破解"铁屋子"的难题上,时间是多么关键的因素。

在鲁迅看来,真正能够担负疗救使命的疗救者在现实社会即便不是没有,也远不是"铁屋子"的毁坏势力。对此,鲁迅有过难以统计的论述。鲁迅在 1925 年 3 月 23 日致许广平的信中说:"这种漆黑的染缸不打破,中国即无希望,但正在准备毁坏者,目下也仿佛有人,只可惜数目太少。……但是这自然还在将来,现在呢,只是准备。"②对此,鲁迅感到并不完全达意,在一周后即 3 月 31 日的信中进一步强调其所谓"正在准备破坏者"的"意见和我并不尽同",因此,"要成联合战线,还在将来。"③这无异于进一步否定破毁"铁屋子"希望的现时性,从而在时间的维度上与"必无的证明"④的论断保持一致性。

为什么在时间的长河中,绝望的鲁迅却看到了希望呢?因为时间本身是一根人类无法左右的神秘的魔杖。在时间的魔杖下,所谓希望与绝望、有与无等一切人类的命题都不再具有绝对的意义。鲁迅把希望交给时间,凭靠了时间的魔杖,鲁迅就可用那"没奈何的自欺的希望"去"抗拒那空虚中的暗夜的袭来",⑤为自己,更为自己的读者;尤其可以避免把自己心中曾饱含着的"血腥的歌声"传给读者。但另一方面,鲁迅显然又不愿意把一个并不确知的"黄金世界"直接地预约给读者。这样,鲁迅在论到希望的时间性时,就表现出鲁迅特有的吞吐隐晦、含混模糊、甚至前后矛盾。

例如鲁迅说:"幸而谁也不敢十分决定说:国民性是决不会改变的。在这'不可知'中,虽可有破例——即其情形为从来所未有——的灭亡的恐怖,也可以有破例的复生的希望,这或者可作改革者的一点慰藉罢。"⑥第一句话是明白的,即希望是无所谓无的。但它既像是对别人说的,也像是对自己说的;既像是在说服别人,又像是自我说服。而第二句话似乎是在说有希望,但也仿佛在说没希望,至少是各占百分之五十,然而这已经是改革者的"慰藉"了。可惜,它已经淹没了第一句话的明白性。好在有一点是明白的,那就是希望即便有也在将来而不在现时。

当鲁迅把"治者"与"诊者"以某种方式分离的同时,又必须以另一种方式把二者联结在一起。显然,时间就是这样一种联结物。然而二者之间的时间跨度却是含混的、模糊的,有着不可限量的伸缩性。由于鲁迅并不否认同时代的少数"治者"的存在的可能性,也就是说"诊者"与"治者"完全可能处于同一时间域;那么,从理论上讲,其时间跨度

① 《鲁迅全集》第 1 卷,人民文学出版社,1981 年版,第 419 页。

② 《鲁迅全集》第 11 卷,人民文学出版社,1981 年版,第 26 页。

③ 同上,第 32 页。

④ 《鲁迅全集》第 1 卷,人民文学出版社,1981 年版,第 419 页。

⑤ 《鲁迅全集》第 2 卷,人民文学出版社,1981 年版,第 177 页。

⑥ 《鲁迅全集》第 3 卷,人民文学出版社,1981 年版,第 18 页。

的最小值可以趋近于零。然而,"治者"的存在是与"铁屋子"的存在相始终的,铁屋子不破毁,"治者"就始终存在;因此,时间的跨度的最大值是无法确定的,就像铁屋子的破毁日无法确定一样。从某种意义上讲可取无限值。事实上,"治者"可能存在于未来中国的任何时空,因此,二者的时间跨度本质上讲是不确定的,随时变化的。关于这一点应是很容易就可以从鲁迅本人的论述中找到印证。

然而,我更觉得,正是在时间的分析维度上,鲁迅的希望与绝望才显得具体、清晰、可以把握,褪尽了它惯常的抽象、神秘、虚无缥缈的面纱。具体地讲,当鲁迅把目光投向时间的终端,关注铁屋子的最终破毁时,鲁迅的笔端便迅速升腾起一股绝望之气。因为鲁迅心中明白,"铁屋子"破毁的希望有"必无的证明"。说它希望,那是在"空虚"中,"有时故意地填以没奈何的自欺的希望。希望,希望,用这希望的盾,抗拒那空虚中的暗夜的袭来,虽然盾后面也依然是空虚中的暗夜。"①所谓的希望,其实是骗人的。但是,当鲁迅把视线从时间的终端收回,重新投向"诊者"与"治者"的时间跨度内,鲁迅的思维便发生转换——从关注"结果"到思考"过程"。于是鲁迅的话语间便能明显地感触到某种希望的内质,因为在这"过程"中,鲁迅亲眼见到"居然也有几个不问成败而要战斗的人";②同时,也因为鲁迅明白时间是一根消解"绝对性"的魔杖。这样,在"诊者"与"治者"的时间跨度内,或者说通过时间联结的"诊者"与"治者","二者"都在行动之中,鲁迅所想到的就不再是"铁屋子"能否最终被破毁这"结果",而鲁迅所看到的也包括铁屋子正在被破毁这"过程"。那么,从这个意义讲,说希望骗人不免也是一种自欺行为。

无独有偶,1926年的夏天,鲁迅也曾决定由"呐喊"再度转入"沉默",而且"预定的沉默期间是两年"。于是有读者由于"久不见鲁迅先生等的对盲目的思想行为下攻击的文字",写来"恳切地祈望鲁迅先生出马"的信件。我们感谢这封信,因为正是它引出了鲁迅先生对"沉默的原因"的直接解释。原因有两点,而第一点即是:"我的一种妄想破灭了。我至今为止,时时有一种乐观,以为压迫,杀戮青年的,大概是老人。这种老人渐渐死去。中国总可比较地有生气。现在我知道不然了,杀戮青年的,似乎倒大概是青年,而且对于别个的不能再造的生命和青春,更无顾惜。……但事实是事实,血的游戏已经开头,而角色又是青年,并且有得意之色。我现在已经看不见这出戏的收场。"③我们不难从中见出鲁迅的希望和绝望之与鲁迅的视线在时间维度上的投射点之间的关系,一旦鲁迅想到"戏的收场",话语间便升腾起一股愤慨与绝望之气。

鲁迅在1918年写道:"民族根性造成之后,无论好坏,改变都不容易的。……但如从现代起,立意改变:扫除了昏乱的心思,和助成昏乱的事物(儒道两派的文书),再用了对症的药,即使不能立刻奏效,也可把那病毒略略羼淡。如此几代之后……,那时便

① 《鲁迅全集》第2卷,人民文学出版社,1981年版,第177页。
② 《鲁迅全集》第11卷,人民文学出版社,1981年版,第32页。
③ 《鲁迅全集》第3卷,人民文学出版社,1981年版,第453—460页。

有转机……至于'灭绝'一条,那是全不成话,可不必说。"①当鲁迅把思维从"结果"转向"过程"时,鲁迅便看到了希望,一种并不欺人的希望。鲁迅甚至有过这样的论述:"中国经了许多战士的精神和血肉的培养,却的确长出了一点先前所没有的幸福的花果来,也还有逐渐生长的希望。"②

实际上,鲁迅并不悬置"结果"来思考、观察、把握"过程",鲁迅热衷于"过程—结果"的整体性思维。鲁迅的复杂性和矛盾性也缘于此。因此,鲁迅话语的深层结构总是希望与绝望的复杂交织。但有一点是确定不疑的:1918年后的鲁迅明确地把自己排除在观察"结果"的时间域之外。他情绪愤激时是这样,他情绪冷静时也是这样。如1925年4月8日致许广平的信中说:"我对于攻打这些病根的工作,倘有可为,现在还不想放手,但即使有效,也恐很迟,我自己看不见了。"③鲁迅将终生看不到"结果",这是铁一般冷冰冰的事实。尽管不会忘记这"结果",但一贯讲求"行"的鲁迅自然要把专注的中心放在"过程"中,希望就是这样升出地平线,这也是他第二次重抱文艺启蒙理想的主要支撑力之一。

二、智情双结构与"铁屋子"难题的破解

与时间相比,修辞策略必然是鲁迅破解"铁屋子"难题更为关键的元素。因为,既然文学文本是鲁迅国民性批判的主要载体,而文学文本终归是面对读者的,那么,在国民劣根性不能医治的前提下,又如何能够使读者免受"无可挽救的临终的苦楚"呢? 显然,最终的决定元素只能是"怎么写"的修辞策略④。鲁迅经常说:"我就怕我未熟的果实偏偏毒死了偏爱我的果实的人,而憎恨我的东西如所谓正人君子也者偏偏都矍铄,所以我说话常不免含胡,中止,心里想:对于偏爱我的读者的赠献,或者最好倒不如是一个'无所有'。"⑤这其中的"含胡、中止"固然也是为了读者免受痛苦的修辞策略之一,因为"含胡、中止"的表达方式,自然使一般读者很难明白鲁迅的真实意图,从而得到的便是鲁迅所预想的"无所有",自然也就免却了被"毒死"的恶果。

再比如,跌宕起伏的情节曾经是中国传统小说的艺术支柱,但鲁迅小说却采取空间形式叙事,极力淡化传统小说用时间流程和因果逻辑所编制的情节,基本上是不同人物的行为片段在空间关系上的连缀和并置。有人认为,情节弱化是鲁迅为了防止读者单被情节所牵引、疏忽情节背后所表达的思想所采取的修辞策略,这固然是有道理的。可是,许多普通的读者也许并不能接受这种背离传统的叙述形式,反而因此而放弃阅读,

---

① 《鲁迅全集》第 1 卷,人民文学出版社,1981 年版,第 313—314 页。
② 《鲁迅全集》第 3 卷,人民文学出版社,1981 年版,第 410 页。
③ 《鲁迅全集》第 11 卷,人民文学出版社,1981 年版,第 40 页。
④ 根据 M·H·艾布拉姆斯的定义,"为了读者的缘故才存在的"诗学策略即为修辞策略。参见 M·H·艾布拉姆斯:《欧美文学术语词典》,朱金鹏,朱荔译,北京大学出版社,1990 年 11 月版,第 295 页。
⑤ 《鲁迅全集》第 1 卷,人民文学出版社,1981 年版,第 284 页。

自然达不到迫使读者思考的目的，从而得到的也是"无所有"的修辞结果。

诚然，鲁迅小说创作最主要的动机应该是，让尽可能多的读者阅读的结果是"有所得"，而不是"无所有"，但同时也尽可能地免受其害。因此，我们认为，鲁迅破解"铁屋子"难题最重要的修辞策略并不是"含胡、中止"之类，而是"智情双结构"的设置。

所谓的"智情双结构"是说，鲁迅的小说创作有两种类型的隐含读者，因而也有双重的文本结构设计。一种是普通读者，与之相应的是情结构的设置，其价值内核是呐喊、助喊、启蒙；一种是智性读者，与之相应的是智结构的设置，其基本模式是两类知识分子的"潜对话"，即"探讨国民性病态的知识分子"与"未来承担改造国民性病态历史任务的知识分子"之间跨历史时空的交流与对话。处于同一文本中的两结构固然各有它们概念意义上较为抽象但也不失清晰的分界点，然而实际上却是一个彼此错杂、相互交融、难舍难分的结构实体，且名之为"智情结构"或"智情双结构"。这是一个可以公开面向社会面向任何读者层的文本结构。

智情双结构的设计内在地根源于鲁迅强烈的读者意识，且与"铁屋子"难题直接相关。当鲁迅一方面面临"铁屋子"难题，另一方面又不能使所有读者得到"无所有"的阅读结果时，鲁迅惟一的办法就是选择"智结构"的表达方式。鲁迅只能无可奈何的假定：那些能够理解"智结构"的智性读者都是那些有足够的心理承受力，能够坦然面对"临终的苦楚"，并进行绝望的抗战的读者。诚然，鲁迅也明白，尽管自己可以作这样一厢情愿的假定，而事实上任何小说的实际读者是无可选择也是无法选择的。这样，再针对一般读者给小说另结撰一个外结构，就不是一个可有可无的事。这就导致了情结构的生成。特别重要的是，普通读者也因为情结构的存在而避免了"无所有"的阅读结果。

鲁迅在《〈自选集〉自序》中说："既不是直接对'文学革命'的热情，又为什么提笔的呢？想起来，大半倒是为了对于热情者们的同感。这些战士，我想，虽在寂寞中，想头是不错的，也来喊几声助助威罢。首先，就是为此。自然，在这中间，也不免夹杂些将旧社会的病根暴露出来，催人留心，设法加以疗治的希望。"[1]这里，鲁迅明确地把呐喊、助威与"暴露病根"作为两种不种的职事予以区分，而且隐含地指出了各自不同的时间指向；而这正分别是情结构和智结构不同的职责范围和时间指向。以暴露病根为主要职事的智结构在时间向度上，具有鲜明的未来指向性，因为"设法加以疗治的希望"并不在现时，而在未来；以呐喊、助威、启蒙为主要职事的情结构则有较强的现实指向性。

启蒙是五四时代的吁求，也是当时知识分子的主流话语。一贯强调现实关怀精神，对民族的生死存亡大计忧心忡忡的鲁迅自然不会推卸启蒙的现实承担，包括慰勉前驱者、呼唤同路人、给病患者以短时镇痛的药效等等。如："在《药》的瑜儿的坟上平空添上一个花环，在《明天》里也不叙单四嫂子竟没有做到看见儿子的梦"[2]，鲁迅小说中诸

---

① 《鲁迅全集》第 4 卷，人民文学出版社，1981 年版，第 455 页。
② 《鲁迅全集》第 1 卷，人民文学出版社，1981 年版，第 419 页。

如此类的"曲笔"显然是其情结构的修辞策略之一。此外,"战斗的意气"①、"近于鼓动青年"的"愤言激语"②、"安特莱夫(L,Andreev)式的阴冷"与深广的"忧愤"③等等,都可以说是"暴露病根"工作之外的呐喊和助威。《阿 Q 正传》中"不必有的滑稽"④与《故事新编》中的"油滑"也是纯属于情结构的修辞范围。

就是单为了"那寂寞里奔驰的猛士",鲁迅也一定要呐喊助威,"使他不惮于前驱"⑤;不过,在中国这样一个特殊的语境中,小说艺术的真正长处并不在呐喊、助威、启蒙,按通常的理解先锋小说的艺术形式也难以负载"呐喊、助威、启蒙"的艺术功能。就中国特殊的国情而言,论贴进民众,或者说论艺术的大众性、普及性、时效性,小说艺术比不上电影、戏剧、木刻版画等,同时,在同是小说艺术的门类中,先锋小说比不上通俗小说。先锋小说的艺术魅力在于它的智识性、探索性,包括思想内容和艺术形式两方面的前锋性。当鲁迅本人把"呐喊"与"鞭打劣根性"作为两种不同的职事区分开来,就更使我们相信,鲁迅的先锋小说越出了我们通常所理解的"呐喊、助威、启蒙"的意义范畴,使我们相信其小说有比这更精心的内结构的结撰。这内结构就是智结构,其实质是两类知识分子的"潜对话",也即作为隐含作者的"诊者"与作为隐含读者的"治者"之间跨历史时空的交流与对话。在《狂人日记》中,鲁迅通过一个文言小序,让发出天籁之声的狂人又回到"正常"的传统社会秩序中。在《伤逝》中,被子君命名为"阿随"的叭儿狗,不管涓生用什么手段送走,都要倔强地回来。最让人吃惊的是,当子君死后,被再三送走的叭儿狗,居然再次回到吉兆胡同。最后,迫使涓生所能做的,不再是设法把叭儿狗从吉兆胡同送走,而是自己从吉兆胡同出走。鲁迅通过这些独特的结构所表达的思想,并不是不想让读者明白,但显然也不想让所有的读者在短时间内就明白,这就是文本的内结构,也即智结构。鲁迅想回避的是普通读者,而鲁迅并不回避的是智性读者。

诚然,稍具常识的人都知道,国民性探讨与呐喊、助威、启蒙必然出现内容上的交叉,两者在题材内容上的部分重叠固然表明情结构与智结构的内涵并不像人们想象的那样泾渭分明,但也并不意味着它们之间分界线含混模糊,无法辨析,更不意味着它们之间没有各自独立的表现空间。比如,《狂人日记》即通过结构设置上的"小伎俩"使同一文本翻出表里两层意蕴,使同一题材内容同时实现情结构与智结构的表意功能⑥。

与"医生"(诊者)的理性、冷峻相比,呐喊、助威、启蒙固然更强调感性、激情的重要。这正分别是智结构与情结构命名的感性基础。感性基础固不是命名的惟一基础,更关键的意义还在于:从修辞学意义讲,二者结构的生产机制有着本质上的区别,由此也决

---

① 《鲁迅全集》第 4 卷,人民文学出版社,1981 年版,第 456 页。
② 《鲁迅全集》第 4 卷,人民文学出版社,1981 年版,第 96 页。
③ 《鲁迅全集》第 6 卷,人民文学出版社,1981 年版,第 239 页。
④ 《鲁迅全集》第 3 卷,人民文学出版社,1981 年版,第 378 页。
⑤ 《鲁迅全集》第 1 卷,人民文学出版社,1981 年版,第 419 页。
⑥ 曹禧修:《话语与结构:言说的双主体——论〈狂人日记〉的内结构及其叙事策略》,《中国现代文学研究丛刊》2004 年第 3 期。

定了它们多方面的差异。情结构的构筑双方是鲁迅(实际上系指作为隐含作者的鲁迅，为行文方便而径称鲁迅。下同。)与普通读者，其关系的实质是先觉者与后觉者、智识者与蒙昧者、启蒙者与被启蒙者、导师与学生之间的"呐喊"与"启蒙"。由于两者在知识水平、认知能力、精神境界等多方面都存在明显的落差，平等的对话与交流关系无法生成。因此，情结构中的呐喊、助威、启蒙只能是一种权威话语，读者被某种先在的权威别无选择地嵌置在被呼吁、被启蒙、受教育的位置上。与此不同的是智结构，其构筑双方是"诊者"(隐含作者)与"治者"(隐含读者)，彼此各司其职，相互依存却无法彼此取代，尤其是随着两者在知识水平、认知能力以及精神境界等多方面落差的消失，作为隐含作者的"诊者"不存在任何先在的权威优势，平等的对话与交流关系自然生成。因此，智结构的话语表达式必然是对话性的、非权威性的。

也许情结构与智结构确定不移的分界线之一就在于前者主要承载着权威话语，而后者主要承载着非权威话语即对话话语，由此决定了鲁迅的小说文本是权威话语与非权威话语的复杂交织体。

情与智不仅是支撑各自结构的主导元素，而且二者之间又并无冰炭水火的矛盾。引情入智，无异于汤中加盐；而情中之智，不差于蜜中之糖。因此，在同一文本中情与智交融互补；情结构与智结构浑然一体，相得益彰。被指称为智情双结构的鲁迅小说文本让现实生活中的读者不仅没有生涩造作之感，相反却不难领受到情智兼容互补结构中必然具备的多层面的阅读快感。尽管智性读者也许是鲁迅小说最重要的设定读者，而实际上它却并不排斥各层次的读者，也不拒绝多层面的阅读阐释。因为智为理性之本，情乃感性之核，智情双结构让雅俗读者都从中受益，这并不奇怪。

尚情的情结构不免"外露"，尚智的智结构自然"内潜"。从这个意义上讲，浑然一体的智情双结构也不是没有深浅、内外的分别。这样让接受难度小、障碍少、渠道相对畅通的外结构承载呐喊、启蒙等现实指向性明显的内容，让接受难度大、障碍多、渠道相对梗塞的内结构负载会诊顽疾，探讨铁屋子结构等未来指向性强的责任就并非没有考虑的随意安排。

情结构重在"移情"，智结构强调"益智"，而智情双结构则满足了作者既移情又益智的艺术追求。鲁迅《摩罗诗力说》有言："试稽自有文字以至今日，凡诗宗词客，能宣彼妙音，传其灵觉，以美善吾人之性情，崇大吾人之思理者，果几何人？上下求索，几无有矣。"①诉诸读者感性的情结构满足艺术的欣赏性欲求，而诉诸读者理性的智结构则满足艺术的探索性欲求；故情结构的主要表达式是诗性的抒情，而智结构的主要表达式则是先锋性叙事。二者之间泾渭分明的界线正是修辞学研究把整体的小说文本割裂为情结构与智结构分别予以探讨最有力的支点。

鲁迅智情双结构的小说文本，确如一首配乐诗，诗与乐虽然各有自己不同的表达媒介、结构方式、修辞形式，承载的主题内容也并不完全重叠，然而面对一首配乐诗的朗

①《鲁迅全集》第1卷，人民文学出版社，1981年版，第69页。

诵,听者可以赏乐,可以品诗,可以赏乐兼品诗,可以品诗兼赏乐,配乐诗有足够的宽容给听众以选择的自由。只要依凭了正常的感受力,每个人都会觉得自己感受到了什么,然而感受到的"什么"其实并不一样。倘若认真分析起来,定然大异其趣。

鲁迅说:"可是戏剧,对于吸引观众的注意力,有着许多有利条件,因为戏剧是综合性的艺术:首先是有伴奏的音乐。即使有些人有时对于剧情不感兴趣,听听悦耳的音乐,也是不至于不耐烦的。音乐是,即使你并不注意倾听,也会钻到你的耳朵里来的。何况舞台,高大的建筑,生动的雕刻,美丽的绘画的布景,配上五花八门的灯光,总是显得堂堂皇皇的。所以要用戏剧这个艺术武器宣传新思想,实在也并不难,这终究是个革命的武器!"①从某种意义上讲,鲁迅的小说未尝不是一门"综合性的艺术",又未尝不是一种宣传新思想的"革命武器"。

三、智情双结构与鲁迅内在的心理需求

鲁迅身上充满了深刻的矛盾。第二次抱守文艺启蒙理想的鲁迅,一方面执著地坚守文学创作的阵地,另一方面却又频繁地弹唱"文学无用"的论调。他常说:"推崇文艺的人,虽喜欢说文艺足以煽起风波来,但在事实上,都是政治先行,文艺后变。倘以为文艺可以改变环境,那是'唯心'之谈,事实的出现,并不如文学家所豫想。"②鲁迅甚至把"讲话和写文章"看作"失败者的征象":"真有实力的胜利者也多不做声。譬如鹰攫兔子,叫喊的是兔子不是鹰;猫捕老鼠,啼呼的是老鼠不是猫……。又好像楚霸王……追奔逐北的时候,他并不说什么;等到摆出诗人面孔,饮酒唱歌,那已经是兵败势穷,死到临头了。最近像吴佩孚名士的'登彼西山,赋彼其诗',齐燮元先生的'放下枪枝,拿起笔干',更是明显的例了。"③

频繁地弹唱"文学无用"论调的鲁迅却并未放弃文学创作,也没有放弃以呐喊、助威、启蒙为指归的情结构的设置。这就证明,支撑鲁迅文学创作的力量,绝不仅仅是一种外在的需要,一定还有某种内在的需要;换言之,鲁迅的文学创作绝不仅仅是为了满足民族、国家、社会、革命、时势等诸种外部需要,也是为了满足某种内在的心理需求。鲁迅曾多次说:"好的文艺作品,向来多是不受别人命令,不顾利害,自然而然地从心中流露的东西。"④既如"植物要开花,因为他非开不可的缘故。"⑤又如:"黄莺一样,因为他自己要歌唱,所以他歌唱,不是要唱给人们听得有趣、有益。"⑥

---

① 转摘自钦文《〈鲁迅日记〉中的我》,浙江人民出版社,1979 年,第 21 页。
② 《鲁迅全集》第 4 卷,人民文学出版社,1981 年版,第 134 页。
③ 《鲁迅全集》第 3 卷,人民文学出版社,1981 年版,第 177 页。
④ 同上,第 418 页。
⑤ 《鲁迅全集》第 5 卷,人民文学出版社,1981 年版,第 550 页。
⑥ 《鲁迅全集》第 1 卷,人民文学出版社,1981 年版,第 159 页。

古巴作家阿莱霍·卡彭铁尔有一句名言："小说是一种需要。"①只不过既是外在事功的需要，同时，也是内在心理满足的需要。但对鲁迅而言，内外两重需要并不矛盾，因为鲁迅血液里流淌的还是中国传统文化的因子，正如林毓生所说："尽管鲁迅对中国文化传统是全盘拒绝的，然而他对具象的感知却使他认识、欣赏并采纳了一些传统道德价值并且没有违反这些价值的真义。"②的确，鲁迅的一生没有违背传统道德价值的"真义"。成年的鲁迅不仅以拜伦，雪莱等"立意在反抗，指归在动作"的西方摩罗诗人自许，同时也以"路漫漫其修远兮，吾将上下而求索"的中国爱国诗人屈原而自期；③检索鲁迅一生的言行，都可以说是"修身齐家治国平天下"等中国正统文化精神的某种形式的演义，而其终生的执著追求似乎都在诠释着"以道自任"的中国传统精神。以何道自任，余英时说："中国古代知识分子所持的'道'是人间的性格，他们所面临的问题是政治社会秩序的重建。"④当鲁迅认识到自己不是"政治社会秩序的重建者"，自己只能孤守在"诊者"的位置，自己必须把一个完整的角色强行撕裂，把其中更为重要的一半——"治"交付给别人，把"治"的希望托付给不可预知的时间时，鲁迅显然无法做到让情感跟着理智走，与理智保持同一步调。理性可以充分认识到角色分离的必要性和合理性，然而情感却无法割舍对完整角色的依恋。内在的心理需要源于内在的心理缺失，而鲁迅心理缺失的正是其内心深处的自期自许的理想无法真正实现，其"以道自任"的潜在愿望也远不能获得圆满的满足。

当鲁迅决定第二次把"文艺救国"的理想付诸实践时，理智与情感的矛盾冲突对鲁迅的纠缠不是结束而是真正意义上的开始。换言之，如果说鲁迅由中心（"诊治者"）到边缘（"诊者"）的角色定位整整走了九年的心理历程；那么，九年后由边缘化的"实际行动"所引起的情感缺失，由情感缺失所引发的矛盾冲突并没有稍减，相反却是更加强烈了，其表现就在于：一方面以"咬定青山不放松"的执著坚忍精神实践着"文艺救国"的理想，另一方面却又日甚一日地强调文学无用论，并予多角度的阐释，可以肯定，其中有几份真诚，也有几份牢骚，不妨说是以情绪宣泄的方式补偿着深层心理情感的缺失。具体到小说创作而言，一方面始终坚持"暴露痛根"的工作，设置智结构，实践着"诊者"与"治者"跨历史时空对话的创作意图，体现自己的理性精神；另一方面也始终关注"时事政治"，不舍呐喊、助威、启蒙的工作，设置情结构，居然不惜"将结构的宏大毁坏"，⑤不惮于"从认真陷入了油滑"，⑥尽管理性上十分清楚"油滑是创作的大敌，我对于自己很不满"，然而其实际行为却依然如

---

① 陈众议译《小说是一种需要——［古巴］阿莱霍·卡彭铁尔谈创作》，云南人民出版社，1995年，第49页。
② ［美］林毓生《关于知识分子鲁迅的思考》，乐黛云主编《当代英语世界鲁迅研究》，江西人民出版社，1993年版，第217页。
③ 参见许寿裳：《亡友鲁迅印象记·屈原和鲁迅》，人民文学出版社，1953年6月，第4—7页。
④ 余英时：《中国知识分子论·中国知识分子的古代传说》，河南人民出版社，1997年4月版，第7页。
⑤ 《鲁迅全集》第4卷，人民文学出版社，1981年版，第513页。
⑥ 《鲁迅全集》第2卷，人民文学出版社，1981年版，第341页。

故,可谓伴随了鲁迅终生的创作生活,其实质则是鲁迅深层的心理需求所致,潜藏的情感缺失的原故。

因此,从外部需求看,不论是智结构,还是情结构,都是为了满足民族、国家、革命、时势以及各类不同读者的需要;而从内部需求看,智结构满足的是鲁迅理性的需要,而情结构满足的是鲁迅感性的需要,或者说是深层的心理情感的需要,因此,对鲁迅而言,情结构与智结构两者都重要,缺一不可。

（原载《文学评论》2008 年第 5 期）

人性·体制·文本性思想

——"铁屋子"结构摭论

曹禧修

　　鲁迅"弃医从文"之初,对文学启蒙可谓满怀着自信、激情和抱负,颇有几分横刀立马、"天下英雄,舍我(文学)其谁"的豪迈气概。这种豪迈气概是无须掩饰的,在1907年撰写的《摩罗诗力说》中即溢于言表:"故推而论之,败拿破仑者,不为国家,不为皇帝,不为兵刃,国民而已。国民皆诗,亦皆诗人之具,而德卒以不亡。此岂笃守功利,摈斥诗歌,或抱异域之朽兵败甲,冀自卫其衣食室家者,意料之所能至哉?"[①]然而,令人匪夷所思的是,如此豪迈的鲁迅在文学启蒙的道路上仅仅扑腾三年,便跌入整整九年晦暗不明的沉默期(1909—1918)。九年的"而立"时光在鲁迅五十六年的生命中实在不算短,一向鼓吹"韧性战斗精神"的鲁迅却把大量的时间投注在类似胡适先生"整理国故"的"事业"上,而这一点正是走出"沉默"期过后的鲁迅不遗余力攻击的所在。那么,究竟是什么力量,竟然可以让如此自信、激情而且韧性的鲁迅陷于"沉默"之中,自行冰封其热情和理想? 对此,学术界有种种解释,但鲁迅自己的解释却强调了"铁屋子"的发现,他说:"假如一间铁屋子,是绝无窗户而万难破毁的,里面有许多熟睡的人们,不久都要闷死了,然而是从昏睡入死灭,并不感到就死的悲哀。现在你大嚷起来,惊起了较为清醒的几个人,使这不幸的少数者来受无可挽救的临终的苦楚,你倒以为对得起他们么?"[②]显然,是"铁屋子"阻断了鲁迅的启蒙之路。九年的沉默,九年的困惑,九年的黄金岁月,……;这其中沉甸甸的分量,应是不难感受的。"铁屋子"的意象隐含着鲁迅在作家这个特定的角色位置上极具鲁迅个性特色的言说的尴尬困境——一个典型的文艺启蒙的难题:文艺启蒙固然是民族救亡的必经之路,可是文艺启蒙本身却找不到出路,它似乎只能给"惊醒"的国民增添"无可挽救的临终的苦楚"。这个意象极形象也极深刻地表达了鲁迅心灵世界的丰富性、复杂性和矛盾性。那么,"铁屋子"的所指是什么? 为什么在鲁迅看来,破毁"铁屋子"的希望有"必无的证明"[③]? 围绕"铁屋子"种种问题的追问,无疑对我们进入鲁迅复杂的心灵世界和文学世界具有不可忽视的意义。鲁迅研究中举足轻重的某些问题,如鲁迅与传统文化的关系、鲁迅思想革命的定位和定性等等,都可

---

① 　鲁迅:《鲁迅全集》第1卷,人民文学出版社,1981年,第70页。

② 　同上,第419页。

③ 　同上。

以在"铁屋子"的结构性分析中得到某种启发。"铁屋子"不仅标示了鲁迅思想革命的广度和深度,也标示出其思想革命的个性特征。

（一）"铁屋子"是中国封建思想传统吗？

"铁屋子"的所指是什么？

我们如今较普遍的理解,认为它指中国封建思想传统,因为封建思想传统作为民族的集体无意识记忆同时活跃在我们每个人的显意识和潜意识中,无法选择也无法驱避;因此,我们可以推翻封建社会的政治、经济、文化体制,却无法真正推翻封建思想传统,或者说根本无法从我们的显意识和潜意识中真正清除封建文化思想的潜在影响。破毁这样的"铁屋子"的希望似乎就如鲁迅所说有"必无的证明"。

这种解释在理论上似乎无懈可击。问题是何谓"中国封建思想传统"？在我们许多人看来,这个概念似乎不言自明,它主要由中国传统文化中许多经典性文本构成,或者说,主要是中国传统文化中经典性文本所直接弘扬的思想的历史性集合。它具体包含两层涵义:一是指传统文化中具有原创性的经典文本所直接弘扬的思想,这些经典文本包括《论语》、《孟子》、《荀子》等所代表的儒家经典,《老子》、《庄子》、《列子》等所代表的道家经典,《墨子》等所代表的墨家经典,《管子》、《商君书》、《韩非子》等所代表的法家经典,《孙子兵法》、《孙膑兵法》、《吴子》等所代表的兵家经典,《黄帝内经》、《千金要方》等所代表的医家经典,《农政全书》、《齐民要术》等所代表的农家经典……二是阐释上述原创性经典文本所形成的经典阐释文本所直接弘扬的思想,这些经典文本历朝历代都有一些,如东汉何休《春秋公羊解诂》,魏晋王弼《道德真经注》,唐孔颖达等奉唐太宗编定的《五经正义》,宋朱熹的《论语集注》、《孟子集注》,清刘宝楠《论语正义》,清孙诒让《墨子闲诂》等。在此,我们权且把诸如此类经典文本和经典阐释文本所弘扬的思想指称为"文本性思想",而其历史性的集合则为"文本性思想传统"。

可是,如果"铁屋子"即指"文本性思想传统"的话,那么破毁这样"铁屋子"的希望就并不是如鲁迅所说有"必无的证明"。因为在鲁迅看来,中国人对文本性思想并不真正信从。事实上,鲁迅在其国民性批判中就已经很充分地揭示了传统文化中文本性思想在现实中的尴尬和无奈的状况。鲁迅认为,一切文本性思想对中国人而言不是真正的信仰而是"敲门砖",而是"上天梯"。他说:"中国人自然有迷信,也有'信',但好像很少'坚信'。"[1]中国人虽处处表示对信仰的忠诚,不惜指天发誓,但骨子里是没有信仰的:"他们的对于神,宗教,传统的权威,是'信'和'从'呢,还是'怕'和'利用'？只要看他们的善于变化,毫无特操,是什么也不信从的,但总要摆出和内心两样的架子来。"[2]以儒学为主体的中国传统文化以"道德人格"模式对中国人强塑了几千年,可是鲁迅却发现,

---

[1] 鲁迅:《鲁迅全集》第 6 卷,人民文学出版社,1981 年,第 131 页。
[2] 鲁迅:《鲁迅全集》第 3 卷,人民文学出版社,1981 年,第 328 页。

中国国民最突出的劣根性之一恰恰就是"无特操";"中庸"该是儒学的核心观念吧,可鲁迅却看到中国人骨子里的"反中庸"。如果你认为中国人有道德、有操守、有信仰,那不是真实的中国人,真实的中国人是最擅长"演戏"的人,是"做戏的虚无党"或"体面的虚无党"①,现实的例子不胜枚举,可信手拈来:"张宗昌很尊孔,恐怕他府上也未必有'四书''五经'罢。"②真实的中国人不是"信教",而是"吃教","吃教"两个字真是提出了中国"教徒的'精神',也可以包括大多数的儒释道之流的信者。也可以移用于许多'吃革命饭'的老英雄。"③对于"无特操"的中国国民来说,其思想意识的空间简直就是任由其他思想填充的"伸缩袋",可供任何其他"思想"驰奔的"跑马场":"崇孔的名儒,一面拜佛,信甲的战士,明天信丁。宗教战争是向来没有的,从北魏到唐末的佛道二教的此仆彼起,是只靠几个人在皇帝耳朵边的甘言蜜语。风水、符咒、拜祷……倨大的'运命',只要化一批钱或磕几个头,就改换得和注定的一笔大不相同了——就是并不注定。"④也因此,广州"可以做'革命的策源地',也可以做反革命的策源地……","青天白日旗插远去,信徒一定加多。"⑤其"敲门砖"、"上天梯"的工具性实质再清楚不过了,瞧:"讲革命,彼一时也;讲忠孝,又一时也;跟大拉嘛打圈子,又一时也;造塔藏主义,又一时也。有宜于专吃的时代,则指归应定于一尊,有宜合吃的时代,则诸教亦本非异致,不过一碟是全鸭,一碟是杂伴儿而已。"⑥总之,在中国"只有几个胡涂透顶的笨牛,真会诚心诚意地来主张读经。"⑦

显然,如果鲁迅"铁屋子"的所指是"文本性思想传统"的话,那么对于"毫无特操"的中国人来说,这样的铁屋子不破已经自毁,又怎会"万难破毁"且有"必无之证明"?

(二)"铁屋子"与"非文本性思想"

其实,"铁屋子"即"非文本性思想传统"。

我们把传统文化中四书五经等经典文本及经典阐释文本所直接弘扬的思想称之为"文本性思想"的同时,也把国民心灵世界中所实际上呈现的思想称之"非文本性思想",而其历史性的集合则为"非文本性思想传统"。"文本性思想"与"非文本性思想"、"文本性思想传统"与"非文本性思想传统"显然是两组相对的概念。关于这两组概念的联系与区别,特别是鲁迅思想革命的中心对象是非文本性思想及其传统等诸多问题,已

---

① 鲁迅:《鲁迅全集》第 3 卷,人民文学出版社,1981 年,第 328 页。
② 鲁迅:《鲁迅全集》第 5 卷,人民文学出版社,1981 年,第 380 页。
③ 同上,第 310 页。
④ 鲁迅:《鲁迅全集》第 6 卷,人民文学出版社,1981 年,第 131 页。
⑤ 鲁迅:《鲁迅全集》第 4 卷,人民文学出版社,1981 年,第 33 页。
⑥ 鲁迅:《鲁迅全集》第 5 卷,人民文学出版社,1981 年,第 311 页。
⑦ 鲁迅:《鲁迅全集》第 3 卷,人民文学出版社,1981 年,第 128 页。

有专文论述，不必再论[①]。为了让读者简捷地理解二者之间的区别，这里仅举一例：鲁迅一生致力于国民劣根性的批判，这种种劣根性也就是中国人思想意识中实际上所有的思想，即“非文本性思想”。鲁迅一生批判过的国民劣根性有：卑怯，凶残，贪婪，自私，敷衍，冷漠，好古，退守，昏乱，迷信，盲从，麻木，健忘，懒惰，调和，折中，骑墙，善变，巧滑，虚伪，无信仰，无特操，信命运，要面子，目光短浅，以众虐独，善于做戏，自欺欺人，糊涂主义，唯无是非观，亦奴亦主的二重人格，不敢正视人生的瞒和骗，不能平等待人的骄和谄，只求做稳奴隶的苟且偷生，合群的爱国的自大，等等[②]。试把这种种非文本性思想与圣经贤传中所弘扬的文本性思想比较，两者之间的出入可谓大矣。

弃医从文之初，鲁迅文学启蒙的目的是明确的。他说：“凡是愚弱的国民，即使体格如何健全，如何茁壮，也只能做毫无意义的示众的材料和看客，病死多少是不必以为不幸的。所以我们的第一要著，是在改变他们的精神，而善于改变精神的是，我那时以为当然要推文艺，于是想提倡文艺运动了。”[③]（着重号为笔者所加）显然，鲁迅文学启蒙的出发点和最终目的是改革国民的精神结构，也即非文本性思想的革命。于是，鲁迅倾注全部的热情致力于国民劣根性的批判。可惜，几经折腾，鲁迅很快就发现：“吾辈诊同胞病颇得七八，而治之有二难焉：未知下药，一也；牙关紧闭，二也。牙关不开尚能以醋涂其腮，更取铁钳摧而启之，而药方则无以下笔。”[④]正因为“治之无方”，鲁迅陷于了“铁屋子”的难题中：国民的劣根性固然应该诊告给国民，然而，这是目前无法医治的顽疾，而把无法医治的顽疾诊告给患者将使患者经受“无可挽救的临终的苦楚”。显然，鲁迅所感到目前无法医治的顽疾不是别的什么，而是国民的劣根性；使国民经受“无可挽救的临终的苦楚”的祸根也不是什么神秘的所指，正是国民自身的劣根性，其实质即非文本性思想。正是从这个意义上讲，“铁屋子”并不是泛指的中国封建思想传统，而是非文本性思想传统。

历经九年的“沉默期”，鲁迅终于走出了“铁屋子”的困境，重拾文艺启蒙的理想；然而鲁迅最终却没能破解“铁屋子”的难题，因为终其一生鲁迅没能够提出治疗国民劣根性的良方；他最终只能依了“金心异”（即钱玄同）的办法，把破毁“铁屋子”的希望交给“将来”[⑤]，只能自我安慰地说：“祖先的势力虽大，但如从现代起，立意改变，扫除了错乱了心思和助成错乱的物事（儒道两派的文书），再用了对症的药，即使不能立刻奏效，也可把那病毒略略羼淡。如此几代之后待我们成了祖先的时候，就可以分得昏乱祖先的若干势力，那时便有转机，……”[⑥]鲁迅一方面只能把希望交给渺茫的未来，另一方面，鲁迅也深知自己最终不能提供“对症的药”，不是“治疗者”，因此，只能够为自己的启蒙

---

① 曹禧修：《文本性思想与非文本性思想——略论鲁迅研究中的一个理论问题》，《新疆大学学报》，2004年4期。

② 王福湘：《鲁迅改革国民性的思想及其失败》，《学术研究》2001年2期，第150页。

③ 鲁迅：《鲁迅全集》第1卷，人民文学出版社，1981年，第417页

④ 鲁迅：《鲁迅全集》第11卷，人民文学出版社，1981年，第345页。

⑤ 鲁迅：《鲁迅全集》第1卷，人民文学出版社，1981年，第419页。

⑥ 同上，第313页。

工作重新定位:"揭出病苦,引起疗救的注意。"①也就是说疗救者"疗救"的工作已不再是作家鲁迅的主要工作,此时的鲁迅已经把"治者"的角色推给了旁人,而自己却安居在一个很边缘的角色位置上——"诊者",也即"揭出病苦"。也正因为如此,从"铁屋子"困境中走出后的鲁迅虽然依然从事着启蒙的工作,但"治之无方"的痛苦可谓纠缠了他的一生。

(三) 人性·体制·文本性思想: 三大主要结构元素

非文本性思想固然是由多重因素相互制约、相互作用并在漫长的历史时期逐渐形成的,历史性和结构性是非文本性思想两大相互联贯的基本性质。非文本性思想形成的具体的结构元素固然是复杂多样的,很难一一列举,但举其要者,则无非环境、人性和文本性思想等三种。

任何思想都是在具体的历史环境中发生、发展并最终基本定型,非文本性思想也不例外。在自然环境和社会环境的诸多因素中,一定社会历史条件下的经济基础和上层建筑则是非文本性思想形成的关键元素,而重中之重的元素则是"体制",其中包括政治、经济、文化、历史、教育等多重体制。鲁迅说:"愚民的发生,是愚民政策的结果,秦始皇已经死了二千多年,看看历史,是没有再用这种政策的了,然而,那效果的遗留,却久远得多么骇人呵!"②对体制与非文本性思想之间直接而深远的关系,鲁迅自然了然于胸,而其大量关于体制批判的文字其实就是其国民性批判工作中的一个有机部分。

鲁迅曾具体分析了中国人缺乏诚与爱、诈伪无耻、猜疑相贼、无特操等非文本性思想形成的历史原因,他认为虽然因缘众多,而"两次奴于异族",则是"最大最深的病根。做奴隶的人还有什么地方可以说诚和爱呢?"③1933 年 6 月 18 日鲁迅致曹聚仁信中,继续从体制的角度予以剖析,他说:"自首之辈,当分别论之,别国的硬汉比中国多,也因为别国的淫刑不及中国的缘故。我曾查欧洲先前虐杀耶稣教徒的记录,其残虐实不及中国,有至死不屈者,史上在姓名之前就冠一'圣'字了。中国青年之至死不屈者,亦常有之,但皆秘不发表。不能受刑至死,就非卖友不可,于是坚卓者无不灭亡,游移者愈益堕落,长此以往,将使中国无一好人,倘中国而终亡,操此策者为之也。"④一是国家体制——"淫刑",二是文化教育体制——"皆秘不发表",三是人——"倘中国而终亡,操此策者为之也"。简单地说就两点:一是"策",二是"人"。"策"之策划者和执行者都是人。"策"本身也许并非没有善恶优劣之"性",但"策"本身没有生命力,然一旦与有生命力的"人"遇合,其"性"的复杂程度是怎么估测也不为过分的。这也就是说,体制对非文

---

① 鲁迅:《鲁迅全集》第 4 卷,人民文学出版社,1981 年,第 512 页。
② 鲁迅:《鲁迅全集》第 7 卷,人民文学出版社,1981 年,第 411 页。
③ 许寿裳:《回忆鲁迅》,载《1913—1983 鲁迅研究学术论著资料汇编》第 3 卷,中国文联出版公司,1987 年,第 1435 页。
④ 鲁迅:《鲁迅全集》第 12 卷,人民文学出版社,1981 年,第 185 页。

本性思想的形成作用固然不可忽视,但体制作为思想主体的外部因素并不是单方面的发挥功能性的作用,它必然是与思想主体的内部元素,即人性结合起来,共同发挥结构性的作用。鲁迅经常抨击"暴政"与人之普遍"利己"的基本属性结合起来所形成的"看客"的劣根性:"暴君的臣民,只愿暴政暴在他人的头上,他却看着高兴,拿'残酷'做娱乐,拿'他人的苦'做赏玩,做慰安。自己的本领只是'幸免'。"①暴君的"暴政"也许只在历史的某个时期"暴行",但"暴政"与人之"利己"性结合的"怪胎"——"看客"却子又生孙,孙又生子,子子孙孙,无穷匮也,其危害远甚于一时的暴政。

任何思想都是思想主体——人的产物,任何非文本性思想都不可能离开思想主体,即人的内在因素而独自发生、发展并基本定型,因此,除体制的批判外,人性的批判是鲁迅国民性批判中又一个重要内容。事实上,鲁迅在人性批判的广度和深度上,20世纪中国作家中罕有其匹;我们也正是在人性批判的向度上,才认识到鲁迅国民性批判独到的深度、力度和个性。鲁迅反思辛亥革命的一段话,就是一例:"最初的革命是排满,容易做到的,其次的改革是要国民改革自己的坏根性,于是就不肯了。所以此后要紧的是改革国民性,否则,无论是专制,是共和,是什么什么,招牌虽换,货色照旧,全不行的。"②(着重号为引者所加)这与其说是在批评封建思想的保守性,还不与说批评人人都有的惰性、自私性;鲁迅正是在普遍人性批判的视点上,超越时代的归属性看到了辛亥革命失败深层次中最根本的原因:并不在于革命的对象——封建的势力多么强大,而在于革命者自身人性上的缺陷。

人在长期的社会实践中自会形成一定的思想,特别是在各种体制的压制下产生种种劣根性;这一定的思想以及劣根性,也即非文本性思想,有时候与一个国家和民族的发展相背离,是阻碍社会进步的因素,于是一些"为天地立心,为生民立命"的精英知识分子就会提出种种文本性思想,其目的一方面是张扬和提升非文本性思想中善的因素,另一方面则是为了抵制和消除非文本性思想中不利于社会发展的恶的因素。鲁迅说:"然则圣人为什么大呼'中庸'呢?曰:这正因为大家并不中庸的缘故。"③所以,文本性思想与非文本性思想原本是处于某种张力结构中,甚至是矛盾对立结构中。就社会的主观设想而言,文本性思想原本是用来抵制、干预乃至清除非文本性思想中的消极元素,这是其社会功能中重要的一个方面;可是,在长期的社会实践中,经历了漫长的历史演变后,却事与愿违。我们有时候看到的却是另一番景象:文本性思想不但没有发挥其应有的作用——清除或抵制非文本性思想中消极元素,相反倒更像是与体制以及人的劣根性合谋,发生发展并形成更为复杂也更为恶劣的非文本性思想结构,它反过来对社会的危害愈演愈烈。在长期的历史演变中,以儒学为代表的文本性思想就没能够避免如此可悲的角色,特别是当儒学被政治权力所利用、与国家管理体制合谋、形成一整

---

① 鲁迅:《鲁迅全集》第1卷,人民文学出版社,1981年,第366页。
② 鲁迅:《鲁迅全集》第11卷,人民文学出版社,1981年,第31页。
③ 鲁迅:《鲁迅全集》第4卷,人民文学出版社,1981年,第507页。

套伦理规范和道德法则时,由于它一方面对人性的压制极为残酷,另一方面又为体制中的人所必须遵循,于是虚伪、做戏、巧滑、善变、等种种劣根性势必缘此而生,最终便没能够避免扮演"上天梯"、"敲门砖"的悲剧角色。这样,文本性思想的批判便合乎逻辑地成为鲁迅国民性批判的第三大内容。在《春末闲谈》中,鲁迅在揭露统治者"细腰蜂"之治术险恶实质的同时,也一针见血地指出:支撑其"治术"的理论则是以儒学为代表的文本性思想,如"唯辟作福,唯辟作威,唯辟玉食"(《尚书·洪范》);"君子劳心,小人劳力"(《左传·襄公九年》);"治于人者食人,治人者食于人"(《孟子·滕文公》);等等。

(四) 为何"铁屋子"万难破毁?

为何铁屋子"万难破毁"?为何鲁迅可以揭示国民的劣根性,然而却治无良策,以至于改革国民精神结构的希望只能交给渺茫的"将来"?其根本原因则在于"非文本性思想"的结构性。

有人这样描述结构的复杂性:一加一等于二,这似乎是无可置疑的数学等式;但是,在结构中这个等式却不一定成立,它可能等于二,可能大于二,也可能小于二。任何结构都是由多个结构元素构成的,但任何结构都不是结构元素的简单相加,元素简单相加的结果是元素的集合而不是结构。任何一个结构的构成元素在结构中都会发生根本性质的变化,因为这种变化是化学变化而不是物理变化。在结构的化学变化中,一种全新的物质结构产生了,这新物质结构与新结构产生之前的任何结构元素都存在根本性质的不同。举例来说,中国传统文化中的文本性思想原本是非文本性思想结构的构成元素,但是我们从鲁迅所批判的非文本性思想来看,如卑怯、凶残、贪婪、自私、敷衍、冷漠、懒惰、调和、折中、骑墙、善变、巧滑、虚伪、无信仰、无特操等等,没有任何一种文本性思想在非文本性思想中依然保持它的原生形态,没有任何一种文本性思想在非文本性思想结构中没有发生根本性质的变化。在结构中,单个结构元素善恶改变的向度性与结构本身善恶变化的向度性并不一定是正相对应的,有时也许是反相对应的。有人做过这样一个实验,从好莱坞女明星中选择最美的眼睛、最美的眉毛、最美的鼻子、最美的嘴巴、最美的双耳等等组合起来,希望得到一张绝美的头像,然而其结果却是相反。

鲁迅以非文本性思想为其思想革命的中心对象,而非文本性思想本身却是一个结构,这样鲁迅思想革命就不可避免地陷入了一个结构中。因此,尽管鲁迅可以不断地批判传统社会中政治、经济、文化等种种体制的弊端,可以尽情地批判传统文化中文本性思想的诸种症结,同时也可以不遗余力地批判人性的丑陋;但是,鲁迅对思想革命的前途依然感到绝望;因为并不是体制改变了、文本性思想的缺陷得到了补救、同时人心向善等等——总之,非文本性思想的每一个结构元素都优化了、理想化了,国民的劣根性就能够根治。非文本性思想既然是一个结构,那么非文本性思想革命就是一个系统结构的革命,由于结构的复杂性,革命的结果也就很难预期。

走出"铁屋子"困境、重拾启蒙理想的鲁迅在谈到革命的前途和希望时,经常性表现出一种"结构性的迷茫"：可以分析判断结构元素，却无法把握结构命运的困惑。也就是说，在鲁迅看来，尽管结构元素可以分析，可以解剖，也未尝不可以做出优劣好坏的分析判断，但结构的命运却很难把握。比如"科学"和"自由"固然是先进的好东西，然而，它们在这个结构中的命运却是无法把握的，鲁迅在《偶感》中写到："'科学救国'已经叫了近十年，谁都知道这是很对的，并非'跳舞救国'、'拜佛救国'之比"；可是，"科学不但更加证明了中国文化的高深，还帮助了中国文化的光大。马将桌边，电灯替代了蜡烛，法会坛上，镁光照出了喇嘛，无线电播音所日日传播的，不往往是《狸猫换太子》，《玉堂春》，《谢谢毛毛雨》吗？……罗兰夫人曰：'自由自由，多少罪恶，假汝之名以行！'每一新制度，新学术，新名词，传入中国，便如落在黑色染缸，立刻乌黑一团，化为济私助焰之具，科学，亦不过其一而已。"①事实上，当鲁迅立足于"思想"，"思想语境"，"思想主体"等多维结构中思考中国思想革命的问题时，便必然感到前途一片茫然，所以他说："在我自己，觉得中国现在是一个进向大时代的时代。但这所谓大，并不一定指可以由此得生，而也可以由此得死。"②鲁迅1920年5月4日致宋崇义的信中说到，"要而言之，旧状无以维持，殆无可疑；而其转变也，既非官吏所希望之现状，亦非新学家所鼓吹之新式，但有一塌胡涂而已。"③这种"结构性的迷茫"在鲁迅笔下有更诗意的描写，如"中国各处是壁，然而无形，像'鬼打墙'一般，使你随时能'碰'。能打这墙的，能碰而不感到痛苦的，是胜利者。"④然而这世界上有碰壁而不感到痛苦的所谓"胜利者"吗？再如"无主名无意识的杀人团"⑤，战士莫可奈何的"无物之阵"⑥，等等。

鲁迅之所以感到中国思想革命陷于了"铁屋子"绝望的困境中，是因为鲁迅不是孤立地思考思想革命的问题，而是在思想和思想语境以及思想主体等多维结构中探讨问题，由此而发现了一个绝望的"铁屋子"。因此，"铁屋子"的意义所指不是封建统治，也不是封建思想传统，而是由思想与思想语境中的"体制"以及思想主体中的"人性"等多重元素组合而成的一个结构，这是一个人类的理性无法左右的结构。正因为面对结构，人类感到了自己智性的贫穷，所以结构主义者宣称"人死了"；而鲁迅所说铁屋子"绝无窗户而万难破毁"，则与结构主义的论调有异曲同工之妙。

（五）几 点 启 发

启发之一，破毁"铁屋子"的希望，钱玄同认为"可有"，鲁迅认为"必无"；事实上两人并不在同一个平台上对话，钱玄同所说的希望大概是指反封建文本性思想或反封建统

---

① 鲁迅：《鲁迅全集》第5卷，人民文学出版社，1981年，第479—480页。
② 鲁迅：《鲁迅全集》第3卷，人民文学出版社，1981年，第547页。
③ 鲁迅：《鲁迅全集》第11卷，人民文学出版社，1981年，第370页。
④ 鲁迅：《鲁迅全集》第3卷，人民文学出版社，1981年，第72页。
⑤ 鲁迅：《鲁迅全集》第1卷，人民文学出版社，1981年，第124页。
⑥ 鲁迅：《鲁迅全集》第2卷，人民文学出版社，1981年，第214页。

治的希望；而鲁迅则是改变一个"结构"的希望，钱玄同只区别地考虑到每一个革命的对象，鲁迅虽然也区别地分析解剖每一个革命的对象，但鲁迅同时也考虑对象与对象之间相互联系、相互纠结的关系，即思想、体制、人性等多个方面的结构性问题；鲁迅的思想革命是全面的，他的全面性也反映出他的深刻性。海外一部著名的"五四运动史"研究专著指出："在这场社会变革中，最突出的是民众特别是青年知识分子的思想的改变。传统伦理原则与教条被彻底粉碎。偶像和权威遭到了冲击。从此旧传统的声誉再也没恢复，尽管后来守旧派和保守派竭力维护它。对新事物的向往取代了对旧事物的崇拜。再没有哪一个时期像这一时期那样，年轻人对新知识充满了渴望。新的标准开始成型。知识阶层的人生观和世界观有了扩展和变化。"[①]这的确证实了钱玄同之所谓希望"可有"，但并未确证鲁迅之所谓希望"必无"，因为中国国民的思想问题并未得到根本解决，鲁迅所批判的旧的劣根性并没有在这场著名的运动中根除，而新的劣根性却又在顽强地滋生着，鲁迅所说的"铁屋子"并没有破毁，其非文本性的思想革命还得在时间中延续下去。

启发之二，鲁迅与传统文化的关系一直是学界争议不断的焦点课题，特别是鲁迅激烈反传统的言论长期为人所诟病。但是，人们在探讨这个问题时却忽视了两个关键点：一是对传统文化中文本性思想与非文本性思想未做严格区分，二是人们只专注于鲁迅批判的内容却忽视了鲁迅批判的视角，把两个原本密切相关的问题孤立起来，而事实上批判的视角不仅决定了批判的态度，也决定了批判的内容。"横看成岭侧成峰，远近高低各不同。"庐山所呈现的不同面貌正是由观测者的不同观测视角所决定。上述"铁屋子"结构的分析已经表明：文本性思想的批判和非文本性思想的批判在鲁迅的国民性批判中并不处在同一个层级上。鲁迅的国民性批判以非文本性思想的批判为基本出发点，由此逐层展开对传统文化中包括文本性思想、体制、人性等各个层面的批判。国民劣根性的批判视角决定了鲁迅对传统文化激烈批判的重心所向是传统文化中的非文本性思想，而不是文本性思想。不过在鲁迅的思想批判中，无论是非文本性思想的批判，还是文本性思想的反思，虽然存在层级、主从、轻重等等区别，但其否定性的思维方式却是一以贯之的，这又是为其相同的批判视角所决定。也就是说，国民劣根性的批判视角决定了鲁迅批判文本性思想和非文本性思想的基本态度和主要内容都是否定性的，鲁迅只能竭尽全力发现并挖掘文本性思想的消极因素和负面影响，否则即是其劣根性批判的失职。这好比一个病毒学专家只能把目光和精力不断地投注于病毒分析和解剖，不管其病毒是原发性的，还是继发性的。批判的视角决定批判的态度和批判的内容，因此，从事劣根性批判的鲁迅与从事中国小说史研究的鲁迅，对待传统文化的态度和揭示传统文化的基本内容是两样的，前者以否定性为主，后者则以肯定性为主，两个不同的鲁迅其实并不矛盾，原因就在于批判的视角不同于研究的视角。不顾批判的视角而只专注于批判的内容，则难免"瞎子摸象"一类的低级错误。

---

① ［美］周策纵：《五四运动史》，岳麓书社，1999 年，第 504—505 页。

启发之三,为了从整整九年的"铁屋子"的困境中走出来,鲁迅不得不为自己知识分子的角色重新定位。"诊"与"治"原本是一个医生工作不可分的两个部分,一个医生本应该既是"诊者",也是"治者",鲁迅也常常自比为医生;但鲁迅却不得不从"治者"的中心位置上抽身而出,选择"诊者"的边缘角色,把"治"的希望交给时间,交给未来的同行,自己专心揭示国民的劣根性;这在鲁迅来说,既是理性选择的结果,也是不得已而为之的事。既然国民的劣根性是目前无法医治的"顽疾",破毁"铁屋子"的希望有"必无"的证明,那么理性的选择结果就只能把希望交给时间、交给未来,不再纠缠在"治之无方"的痛苦中。但是另一方面,正是由于鲁迅从"治之无方"的痛苦中摆脱出来,专事挖掘民族的病根性,鲁迅国民性的批判才达到前所未有的广度和深度。

鲁迅从非文本性思想革命的中心出发,很自然地衍生了多层次的批判对象,比如说对中国传统文化的文本性思想的批判,对政治、经济、文化、道德、教育、宗教、信仰、家族、军队、警察等各个层面制度的批判,对人的普遍劣根性的批判……总之,对非文本性思想产生形成的一切消极因素的批判,从而使鲁迅思想批判具有一个鲜明的个性特征:一方面鲁迅思想批判始终有一个聚焦点,因为一切批判的最初出发点和最终目的是为了国民精神结构的改革;另一方面也使得鲁迅的思想批判几乎涵盖了中国思想文化的各个方面。鲁迅思想批判的对象和范围常常越出了单纯"思想"的范畴,比如对中国政治、经济、文化教育等各制度层面的批判,对"两次奴于异族"惨痛历史的批判,对人的存在的荒诞性和虚无性的深刻揭示等等。因为一切对国民精神结构的产生和形成已然发生影响的因素必然进入鲁迅思想批判视野,一切对国民精神结构的改革尚未发生影响但将要发生影响的因素也必然进入鲁迅思想批判的视野。因此,"反封建"这个定语无法限定鲁迅思想革命的性质和范围。"反封建"是鲁迅思想革命的重要目的但不是惟一目的,是其重要意义但不是惟一意义。比如鲁迅对普遍人性的批判、以及由普遍人性的批判而上升到对人的存在的哲学性思考,显然不是"反封建"这三个字所能够归属的。质言之,既然"铁屋子"即非文本性思想传统,那么,其性质究竟是中国封建思想传统,还是中国思想传统呢? 鲁迅的思想革命到底是反封建思想传统的革命,还是反中国思想传统的革命? 其答案在"铁屋子"的结构分析中已经昭然若揭。

(原载《中国现代文学研究丛刊》2006 年第 5 期)

试论"白马湖文学"的独特存在意义与价值

王嘉良

在中国现代文学社团、作家群体研究中,白马湖作家群曾是一个长期缺失的概念,至今似乎尚无定论。这个出现在 20 年代初、中期,汇聚在浙江上虞白马湖畔春晖中学的文人群体,既以教育名世,一度有"北有南开,南有春晖"之说,以至于当时许多远在四川贵州等地的外省学子也纷纷慕名前来求学,也以此地曾成为作家诗意的理想栖居地而群贤毕至、文人咸集,拥有夏丏尊、朱自清、丰子恺、朱光潜、刘熏宇、刘叔琴等一批知名作家,产出"白马湖"品牌的文学创作而饮誉五四文坛,一直为海内外的众多文人学士所神往。这一段中国现代文学史上的"传奇",理应引起研究者的关注,对其的种种误解也理应予以匡正。本文特就其独特存在意义与价值,略做申论。

一

白马湖作家群长期未得确认,主要源于研究者对这个群体认识上的歧义。分析原因,大约有以下几种:

一是这个群体并没有结社,不可能像其他文学社团那样有鲜明的结社宗旨和代表社团的标志性文学期刊,当然作家们也没有提出过明确统一的文学主张。于是,因其没有一个"白马湖社",在创作上也未形成"白马湖派",在中国现代文学社团流派研究中,就很难纳入研究者们的视线之中。迄今为止的各种现代文学史版本,都没有将白马湖作家群作为一个独立的作家群体进行描叙与论述,当时活动在白马湖畔的诸多作家都被分别纳入其他文学社团、流派中,这个群体文学活动一度非常活跃且其创作显出一定文学社团、流派色彩的独立存在意义就此消失了。

二是对白马湖作家群的社团、流派归属产生的歧见。尽管白马湖作家没有结社,但这个群体 20 年代初、中期在白马湖畔的汇聚且产生过很大影响,毕竟是个事实,自然也会引起研究者的注意。然而,由于这个群体在白马湖存在的时间较为短暂,在白马湖畔的创作数量也不算太多,研究者大都认为它还没有能够来得及形成一个社团或流派,没有将其作为一个独立的群体看待,往往将其"挂靠"在某一个已有定评的社团或流派中。这有两种意见。一种是将其"挂靠"在文学研究会。由于文学研究会设有宁波分会,当时活动在白马湖畔的作家,又往往都在距此不远的宁波四中兼课,他们大都被认为是文学研究会宁波分会的成员,于是,白马湖作家群就被纳入了文学研究会分会的一个群体,白马湖散文也被当作文学研究会的一个流派来进行研究。如有的研究者认为:"宁波分会建于文学研究会鼎盛的 20 年代中后期。从宽泛和通达的眼光看,文研会宁波分会的活动地域除宁波外,似也包括上虞的春晖乃至上海江湾的立达学园"①,将白马湖创作也包容在内,这显然是一种相当"宽泛"的概括。另一种是将其往后"挂靠",即以白马湖作家后来的集聚地作为"派"的命名。这些作家在 20 年代后期于白马湖星散后,大多围绕在立达学园和开明书店从事文学创作活动,且持续的时间更长,创作也更多,故而把它命名为"立达派"或"开明派"。如钱理群、吴福辉、温儒敏等所著《中国现代文学三十年》1987 年 8 月版中把这个作家群称为"立达散文家",在 1998 年 8 月版的修订本中又把这个作家群称为"开明派",关于改变说法的理由则并没有作具体的阐述。另一位研究者姜建则认同"开明派"的说法,其在《一个独特的文学、文化流派——"开明派"论略》②和《"白马湖"流派辨证》③等文中都有对这一观点的详尽表述。

三是过去在提及这个作家群体时,研究者的视角往往集中在这个群体的核心人物夏丏尊、朱自清和丰子恺身上,而这三位散文名家,在文学史上早已各有归属,有了所谓派别上的定论,似乎无须再立门户,于是也就不再有"白马湖作家"之说了。其实,深入研究这个作家群体,它的成员还有很多,远非只上述三位作家;而且即便就这三位作家而言,其在白马湖时期的创作,也自成一体,明显打下了群体性的创作印记,因此无视这个群体的存在,显然也未为确论。

上述观点,大体上都未将白马湖作家群或"白马湖文学"当作一个独立的作家群体和文学现象看待。这些观点长期主导着现代文学研究,故而使"白马湖文学"总是声名不彰。然而,"白马湖文学"在当时和后来的影响都是无庸讳言的,它肯定会引起研究者的注意。事实上,自上世纪 80 年代以来,这个作家群体已经逐渐为研究者所关注。首先打破这一局面的是台湾作家杨牧。1981 年,杨牧在《中国现代散文选》的《前言》中,第一次提出了"白马湖风格"之说,并将"白马湖风格"概括为"清澈通明,朴实无华,不做作矫揉,也不讳言伤感";还认为夏丏尊的《白马湖之冬》树立了"白话记述文的模范",夏丏尊和朱自清是"白马湖风格派"的领袖。④ 1985 年,香港学者黄继持认同了这一观点,并在《试谈小思》一文中认为台湾作家小思的一些散文作品"似也可以跻身于白马湖畔散文作家之列"⑤。受到台港作家、研究者的启发,大陆学者也开始了对白马湖作家群的关注与研究。1994 年,朱惠民选编、出版了《白马湖散文十三家》一书,并在该书代前言《红树青山白马湖》一文里,把这些作家们的散文称为"白马湖派"⑥。专力于丰子恺研究的陈星,此时也将单个作家研究拓展为整个群体研究,其作于 1991 年的《台、港女

---

① 朱惠民:《关于文学研究会宁波分会》,《浙江学刊》1992 年第 5 期。

② 姜建:《一个独特的文学、文化流派——"开明派"论略》,江苏行政学院学报 2002 年第 2 期。

③ 姜建:《白马湖流派辨证》,王建华、王晓初主编"白马湖文学"研究,上海三联书店 2007 年版。

④ 杨牧:《中国现代散文选·序》,洪范书店 1981 年版。

⑤ 黄继持:《试谈小思》,《香港文学》1985 年第 3 期。

⑥ 朱惠民:《白马湖散文十三家》,上海文艺出版社 1994 年版。

作家林文月、小思合论》中就申述了香港学者黄继持的看法,肯定了"白马湖作家群"说法的合理性,[①]并于 1998 年出版了对这个群体作综合介绍的《白马湖作家群》[②]一书。此外,台湾学者张堂錡发表于 1995 年的《清静的热闹——白马湖作家群论》[③],有对这个群体的形成及其创作风格的较为深入的论述,在学界产生较大影响。进入 21 世纪后,对于这个作家群的关注者越来越多了,发表的研究成果也颇可观,较有代表性的是王建华、王晓初主编的《"白马湖文学"研究》论文集[④],从多个层面对"白马湖文学"作出探究。

由此看来,对白马湖作家群或"白马湖文学"的认识存在着歧见,论之者说有,辩之者说无,可谓莫衷一是。笔者认为,"白马湖文学"现象的存在,是无法抹杀的事实,问题的关键是要论证其在文学史上的独立存在意义与价值。

二

白马湖作家群的独立存在意义,并不取决于这个群体是否结社,也不在于作家们是否曾经打过派别的旗号。郁达夫曾经说过,"原来文学上的派别,是事过之后,旁人(文艺批评家们)添加上去的,并不是先有了派,以后大家去参加,当派员、领薪水、做文章,像当职员似的。"[⑤]此说甚是。考察一个群体是否存在,是否拥有响亮的口号与明确的主张,本不是关键。例如,现代文学史上的"京派"和"海派",就既不曾结社,也没有发表过声明,甚至连当事人都浑然不觉,半个世纪过去了都没有人给以文学流派的评说,直至 80 年代后期随着现代文学流派研究的深入,遂有了关于这两个流派的评定,研究者们根据这两派作家大体相同的文学主张、审美情趣、创作趋向给出了两个文学流派的称号。可见这两个流派论定同样是"事过之后"研究者们"添加上去"的,只是因此种论定有显著的学理依据,终于为学术界普遍接受。我以为,对白马湖作家群,也可作如是观。

对于白马湖作家群,是否一定要给以文学流派的认定,例如将其名之为"白马湖派",似乎还可讨论,但它作为一个体现一定流派性质的独特作家群体的存在,应该是没有疑问的。文学流派是文学思潮、作品风格和文学主张等近似或雷同的一个集体的文化形式。每个流派有相对应的作家群体,这些作家和文学流派之间有着密切的关系,但一个流派并不是其成员的简单的相加,而对于其中的作家的研究,也不能简单的用流派的风格思潮主张什么的来套,因为"一群人进入到一个文化集体,就自觉或不自觉地接受了集体的文化形式,他们在这种文化形式中的各种行为和言论都不会出现多大的悖离现象。但这并不意味着他们放弃了原先的自我个性,只要一有机会,他们每个人都可

---

① 陈星:《台、港女作家林文月、小思合论》,《杭州师范学院学报》1991 年第 1 期。

② 陈星:《白马湖作家群》,浙江文艺出版社 1998 年版。

③ 张堂錡:《清静的热闹——白马湖作家群论》,《中央日报》1995 年 5 月 16 日、17 日、18 日。

④ 王建华、王晓初主编:《"白马湖文学"研究》,上海三联书店 2007 年版。

⑤ 郁达夫:《新文学大系散文二集·导言》。

能显现自己的理论个性和文学个性”。① 从这个意义上说,白马湖文学现象就介于体现“集体的文化形式”和此种形式尚未完全成形之间,将其完全等同于流派,也许稍嫌草率,但无视其独立存在意义,则显然是对一段重要文学史研究的缺漏。

作为一个作家群体,白马湖作家群自有其形成、演化轨迹,通常描述其发展路径是:源起于“白马湖”,延伸于“立达”,发展于“开明”。以往的研究者忽略“白马湖”,只看重“立达”与“开明”,可能是以为“白马湖”期间为时不长,声势不大,尚不足以构成一个群体或流派。我们的观点恰恰相反:这“源起”阶段对于这个群体的形成有着无可漠视的意义,而且“源起”阶段它体现出作为“集体的文化形式”而呈示的特点,这对于一种文学现象和一个作家群体的成型是至关重要的。

首先,这个群体的组合有其特定的历史渊源,对群体内涵应有更拓展的认识。

白马湖群体的形成,应该追溯到“浙一师”。由著名教育家经亨颐长校的“浙一师”,在新文化运动中“唯北京大学之旗帜是瞻”②,积极介绍、传播新思潮、新学说,在当时颇有声望。如以该校师生为主创办的《浙江新潮》,以“议论更彻底”,文章写得“天真烂漫,十分可爱”而受到新文化运动的领袖人物陈独秀的推崇。③ 而其产生广泛影响,恰恰是在于集聚了一批文化精英,如被称为“四大金刚”的夏丏尊、刘大白、李次久、陈望道,和被称为“后四金刚”的朱自清、俞平伯、刘延陵、王祺。后因受到反动势力压迫,经亨颐愤而辞职,赴浙东同时兼任上虞春晖中学和宁波省立四中校长,“浙一师”进步教师与校长同进退,也到这两校任教,于是就有“金刚”们在白马湖的再度聚会。先后在这两校往返奔波,当着“火车教员”、“轮船老师”的有夏丏尊、丰子恺、朱自清、刘延陵、许杰、夏承焘、张孟闻、刘薰宇、刘叔琴、匡互生、朱光潜等,这些教师兼作家,就是通常所说的“白马湖群体”的主要成员。由此看来,由“浙一师”而“白马湖”,分明有着一条先后连接的历史线索,这个群体的形成,实有远比单纯的“白马湖群体”更为深厚的历史渊源。这个群体中的许多作家在五四文学初期就已崭露头角,他们志同道合聚集在浙江(由杭州而浙东),从事扎扎实实的新文化和文学事业,实非偶然的巧合;而其甫在“白马湖”立足,即引起较大反响,很大程度上起因于其在五四期间的影响。因此,谈“白马湖”,不能不谈“浙一师”,这个群体在前后两个阶段的联系与承续,既有文化、文学精神的内在一致性,又有文学创作倾向上的承续性与连贯性,将其作为一个整体观照,当能拓展对这个群体的认识,也更能察见“白马湖文学”承续五四传统的独特文化品格。

其次,对“白马湖群体”无可取代的独特地位的认知。

这个群体源起于“浙一师”,但文学创作活动的深入开展,主要是在白马湖期间,因而称其为“白马湖群体”是合适的。而且,这个群体还绝对不是一种松散的组合,而是在地理环境、人事背景、文人志趣相投等方面显出相当程度的紧密联系性。白马湖“四山

---

① 朱寿桐:《论中国现代文学社团的研究方法》,《文艺理论研究》2005 年第 3 期。
② 姜丹书:《我所知道的经亨颐》,《浙江文史资料选辑》,第 76 页。
③ 陈独秀:《随感录·七四·〈浙江新潮〉—〈少年〉》,《新青年》第 7 卷第 2 号,1920 年 1 月 1 日。

拥翠,曲水环之。菜花弥望皆黄,间有红墙隐约",更兼这里的人们"淳朴"与"平和",感觉进入其间犹如置身"仙境",①显然是文人理想的聚居之所。于是,得白马湖自然与人文二者皆美的条件,既离开了政治的尘嚣,又拥有"清静的热闹",找到了一片适宜于伸展自己抱负的土地,正是这个作家群隐然成形的主因。这个群体的成员多半来自"浙一师",他们当时的身份都是教师,在一起生活与工作,大都以春晖中学为阵地,"结庐"在白马湖边,相互为邻;有的(如叶圣陶、俞平伯)未长居白马湖,但也曾到白马湖客居游学,同白马湖保持着密切联系。相同的生活经历,深厚的文人情谊与共同的文学理想,把这些作家紧紧地联在一起,这就有群体性的文学活动的开展。当时经常参与文学活动的作家有:在春晖与四中两地兼课的夏丏尊、丰子恺、朱自清,在春晖的还有刘熏宇、刘叔琴、匡互生、朱光潜,在四中的有刘延陵、许杰、夏承焘、张孟闻等人,作家队伍的群体性组合已非常明显。

这个作家群体深厚的同志情谊的组合,营造了较为浓厚的文学氛围,在文坛留下了许多佳话。作家们置身于白马湖这个特定的文化环境中,经常在一起讨论诗文写作,曾无数次地聚集在夏丏尊的"平屋"和丰子恺的"小杨柳屋"内,"谈文学与艺术,谈东洋与西洋,海阔天空,无所不谈"②。他们相互阅读批评彼此的作品,或帮着推荐出版作品,互相影响和促进,互相支持与砥砺,营造了诗性雅致、引人神往的白马湖生活。如夏丏尊在白马湖完成译作《爱的教育》,最初的读者和批评者就是白马湖同人:"邻人刘熏宇君,朱佩弦君,是本书最初的爱读者,每期稿成即来阅读,为尽校正之劳;封面及插画,是邻人丰子恺的手笔。都使我不忘。"③有的作家则由白马湖时期而起步文学创作,对其一生的文学创作产生了重大影响。丰子恺当时学的是绘画,于文学出道较迟:"我在校时不会作文。我的作文全是出校(按:指从"浙一师"毕业)后从夏先生学习的。夏先生常常指示我读什么书,或拿含有好文章的书给我看,在我最感受用。"④朱光潜回忆其在春晖教书的经历时也说:"学校范围不大,大家朝夕相处,宛如一家人。佩弦与丏尊、子恺诸人都爱好文艺,常以所作相传观。我于无形中受了他们的影响,开始学习写作。我的第一篇处女作,就是在丏尊佩弦两位先生鼓励之下写成的。"⑤朱自清的第一部个人作品专集——诗歌散文合集《踪迹》也是在夏丏尊介绍下由上海亚东图书馆出版(1924 年 12 月),丰子恺为之制作了封面。这使得朱自清对这段生活有着十分动情的记述:"转徙无常,诚然算不得好日子,但要说到人生味,怕倒比平平常常时候容易深切地感着"。⑥ 朱自清自己曾为丰子恺的《〈子恺漫画〉代序》(1925 年 11 月),也曾为俞平伯的《忆》写跋(1924 年 8 月 17 日)。这些都给作家们留下了美好的记忆。由此看来,

---

① 俞平伯:《忆白马湖宁波旧游》,夏弘宁主编《白马湖散文随笔精选》中国文联出版社 2001 年版第 427 页。

② 丰华瞻:《朱自清和丰子恺》,载《西湖》1983 年第 9 期。

③ 夏丏尊:《〈爱的教育〉译者序言》,《夏丏尊文集·平屋之辑》,浙江人民出版社 1983 年版 43 页。

④ 丰子恺:《悼夏丏尊先生》,夏弘宁主编《白马湖散文随笔精选》,中国文联出版社 2001 年版第 354 页。

⑤ 朱光潜:《敬悼朱佩弦先生》,载《文学杂志》3 卷(5),1948 年版。

⑥ 朱自清:《一封信》,《中国新文学大系·散文二集》第 384 页。

白马湖畔的作家聚会,尽管时间并不长(约三四年光景),但群体性的文学活动并不少,这个群体在当时和后来都产生了较大的影响。当年的春晖学生,后来的作家谷斯范曾说过:"在白马湖的三年,对我有两个方面的影响:一是白马湖浓郁的文学空气,经先生的高瞻远瞩,请来了一些名作家当教师,如夏丏尊、朱自清、丰子恺、王任叔等,使我接近了文学,爱好文艺。其二,春晖中学在政治上接受了'五四'文学的传统,反对封建专制,向往民主与自由。"①谷斯范的这段话,在一定意义上可以概括这个受"五四"文学传统影响又营造了浓郁文学空气的作家群体的存在。非常可贵的是,这样的诗文往来的良好传统在作家群离开白马湖后依然一直保持着,如朱光潜在留英期间为青年人写的《谈动》《谈静》等文章于1926年11月至1928年3月先后发表在夏丏尊主编的《一般》杂志上,后又在刘薰宇、夏丏尊的敦促帮助下汇集成《给青年的十二封信》,由开明书店出版,夏丏尊还为之写序(1929年元旦书于白马湖平屋);夏丏尊在白马湖以及湖南时期的讲义,经过刘薰宇的整理修改后以《文章作法》为题发表(1926年8月开明书店出版);朱自清为《子恺画集》写跋(1926年11月),为《燕知草》作序(1928年12月)等等。白马湖作家群同仁之间的这种互为序跋,相互批评相互推荐的文学交流活动,显然对于迅速扩大白马湖作家群在文学界的影响也起到了极其重要的推进作用。

再次,集中体现这个群体创作业绩的"白马湖文学"的涌现。判定一个作家群体文学活动的重要标志是文学创作。在白马湖时期,围绕在这个作家群体周围的文学刊物的出现,和一大批带着鲜明"白马湖"印记的文学创作的推出,标志着"白马湖文学"已初步成形。白马湖作家群创办的刊物,最有影响的是1922年10月31日由春晖同人创办的半月刊《春晖》,另有《四中之半月》和宁波"雪花社"社刊《大风》,后来在白马湖畔创办文艺刊物《山雨》,刊物存在的时间都不长,但都留下了这个作家群体的创作。这里特别值得提及的是半月刊《春晖》,此刊由夏丏尊任校出版社主任,赵友山主管发行,丰子恺负责插图,而白马湖作家群则是主要撰稿人。此刊的抱负也着实不小,正如当初经亨颐在《春晖中学校计划书》里所希冀的那样,《春晖》不仅仅是一份普通的校园刊物,"非如近来各校之校友会志,徒事表彰成绩已也,当以灌输思想学术为主旨,如近来《北京大学月刊》。促进社会文化之职责,当然与大学并驾齐驱。"它确定的目标是:"将来春晖中学月刊,为全国人民所必读,庶名副其实。春日之晖,普及遐迩,岂独一乡一邑哉!"②可见这个刊物的意义不可小觑。刊物于1923年初创办,辟有七个专栏,分别是"由仰山楼"、"曲院文艺"、"五夜讲话"、"白马湖读书录"、"课余"和"半月来的本校"。发行范围以省内外中等以上学校及省内各县高等小学为主,也有个人订户,每期发行量为一千一百份,刊物出至1924年底,总计48期,现存37期。夏丏尊、朱自清、丰子恺等的许多散文名作最初都是从《春晖》上发出的。据现有资料,夏丏尊发表在《春晖》上的文章10余篇,较著者有:《读书与冥想》(第3期)(第12期)、《春晖的使命》(第20期)、《无奈》(第

① 谷斯范:《湖光山色入梦来》,夏弘宁主编《白马湖散文随笔精选》,中国文联出版社2001年版第40页。
② 经亨颐:《春晖中学校计划书》,张彬编《经亨颐教育论著选》,人民教育出版社,1993年版。

36 期)、《彻底》(第 36 期)、《学说思想与阶级》(第 28 期)等;朱自清的文章数量更多,有《春晖的一月》(第 27 期)、《白马湖读书录》、《刹那》(第 30 期)、《水上》(第 33 期)、《教育的信仰》(第 34 期)、《课余》(第 35 期)、《团体生活》、《文学的美——读 Puffer 的〈美之心理学〉》(第 36 期);丰子恺的文章有:《艺术底慰安》(第 1 期)、《青年与自然》(第 13 期)、《山水间的生活》(第 11 期),另有漫画《经子渊先生的演讲》、《女来宾——宁波女子师范》(发表于《春晖》第 4 期,这是迄今发现的丰子恺最早创作的两幅漫画);还有朱光潜的《无言之美》(1924 年冬脱稿于白马湖畔,发表于《春晖》第 35 期)。《春晖》半月刊作为白马湖作家群聚集地出现的刊物,且持续时间甚长,当最能反映出这个时期文学创作活动的活跃状况。

白马湖作家群也有较纯粹的文学刊物面世。1924 年 7 月,在白马湖的朱自清、丰子恺与在上海的叶圣陶、刘大白、白采,北京的俞平伯、顾颉刚,宁波的刘延陵,以及以前的"浙一师"学生潘漠华等联手,由朱自清与俞平伯负责,编辑出版了诗文合集《我们的七月》;1925 年 6 月,又编辑出版了类似的诗文合集《我们的六月》。这两个集子的整个编辑活动主要在春晖和宁波四中进行,这可视为这个群体文学活动开展的具体成果之一。

当然可以称之为"白马湖文学"的,不只是上述刊物、上述作家的作品,还应当包括这个作家群体的成员在白马湖时期的创作。这个数量就相当大了。如文学史上颇有影响的同题散文《桨声灯影里的秦淮河》,朱自清于 1923 年 10 月 11 日完成于白马湖,俞平伯于 1923 年 8 月 22 日完成于北京,两篇文章同时刊于 1924 年 1 月 25 日《东方杂志》第 21 卷第 2 号上。即使就群体的核心人物朱自清等名家而言,除揭载于《春晖》以外,还有许多散文名篇都是在白马湖期间写成的,如《温州的踪迹》之三《白水漈》(1924年 3 月 16 日)、之四《生命的价格——七毛钱》(1924 年 4 月 9 日)、《航船中的文明》(1924 年 5 月 3 日)、《"海阔天空"与"古今中外"》(1925 年 2 月 15 日)、为"五卅惨案"作《血歌》一首(1925 年 6 月 10 日)、《白种人——上帝的骄子》(1925 年 6 月 19 日)、《飘零》(1925 年 7 月 20 日)等等。夏丏尊在白马湖时期写作的《并存和折中》(1922 年 5月)、《中国的实用主义》(1923 年 1 月 8 日)、《〈爱的教育〉译者序言》(1924 年 10 月 1日)、《〈子恺漫画〉序》(1925 年 11 月)等,也都是颇有影响之作。

综观白马湖文学创作,作家们或流连于山水清风明月之间,或阐述着艺术化的生活,他们努力把艺术、宗教和生活三者完美结合,力求达到真善美的高度统一,从而达到人格精神的感化和新文化启蒙的目的。这些作品语言平实,口语化明显,有明显的"谈话风",文章读来亲切自然,真挚朴实,又不失清新淡雅,已经奠定了这个作家群体的创作风格。朱自清在他的《白马湖读书录》里曾写道:"味是什么? 粗一点说,便是生活,便是个性,便是自我。"①这既可视为他个人的文学观,也可以看作这个作家群整体创作风格的某种注脚。这些作品里,作家们所追求的美的境界是"纯净,平和,普遍,像汪汪千

---

① 朱自清:《白马湖读书录》。

顷,一碧如镜的湖水。湖水的恬静,虽然没有涛澜的汹涌……但那种中和与平静的光景,给我们以安息,给我们以滋养,使我们'焕然一新'"①。这也许就是周作人所期望写出的"白马湖的水色"②了。台湾作家杨牧提出"白马湖风格"之说,看来并不是没有道理的。而这恰恰印证了"白马湖文学"的存在并非空穴来风。

三

现在需要进一步论证的是:由于"白马湖"作家群体在其发展过程中,集聚地发生了近乎群体性的变迁,部分作家经历了由"白马湖"而"立达"而"开明"的转移,于是这个作家群体的称谓就发生了问题:是称其为"白马湖"群体为好,还是就称其为"立达"派或"开明"派? 对此,我认为问题应作多方面考虑,但有一点必须强调:鉴于"白马湖文学"在五四文坛的重要影响及"白马湖"时期作家的创作特质和文学精神,不论如何称谓,"白马湖"作家群的独立存在意义应得到充分反映,这个作家群体的概念是不能缺失的。

"白马湖"作家群后来的变化,诚如许多研究者已经指出的,这个群体中的许多骨干后来又进入了立达时期和开明时期。由于立达和开明期时间相对较长,作家队伍也更为整齐,于是"立达"派或"开明"派的称谓就顺理成章地纳入了研究者的视野。但这样一来问题就产生了:如此称谓,不但与这个作家群的最初集聚地和发生地"白马湖"时期毫不相干,对"白马湖"作家群的称说留下了很大缺憾,而且"立达"派或"开明"派之说事实上也难以完全包容"白马湖"作家群。这至少有两层因素,其一,这个群体由"白马湖"而立达而开明的转移,有成员上的变迁,但并非"整体搬迁","白马湖"时期的作家群有自己的独特构成,有自己的创作范围和创作特色,两者不能简单取代。其二,更重要的是,"白马湖文学"和"开明"派创作分属两个不同时代,前者如谷斯范所说接受的是"五四"文学传统,体现出更多的五四文学精神,而"开明"派创作则显然包含了更多"30 年代文学"的内涵,时代环境不同,作家的思想、艺术关注点也会有所不同。即如姜建先生论述"开明"派由开明书店概括出一种"开明精神"③,就很难完全落实到"白马湖"作家身上。

上面是就大略而言,倘若加以细微辨析,就不难发现,"白马湖"作家的思想倾向与艺术追求既同"立达"、"开明"有相通之处,也有"立达"、"开明"无可替代的地方,而且后一点表现得非常突出。

"白马湖"文学精神中有一种刚柔相济的文化品格和积极的人生参与态度,这是为一些"开明"派研究者只强调其"平和宽容"、"稳健扎实"一面所忽略的。夏丏尊在《读书与冥想》一文中曾如此表述他对地理环境的体认:"如果说山是宗教的,那么湖可以说是

---

① 朱自清:《文艺之力》,《朱自清全集》第 4 卷,第 106 页。
② 周作人:《雨天的书·自序二》、《地方与文艺》、《旧梦》,文载《周作人早期散文选》许志英编,上海文艺出版社,1984 年版。
③ 姜建:《一个独特的文学、文化流派——"开明派"论略》,江苏行政学院学报 2002 年第 2 期。

艺术的、神秘的，海可以说是革命的了。"这也许就是他和他的同仁们选择白马湖作为理想栖居地的缘由。白马湖地处浙东，背山而存，"湖在山的趾边，山在湖的唇边"①，又临近杭州湾，面向大海。这一方山水，孕育的"白马湖"精神，便是既有水的柔情，又有山的风骨和海的胸襟。这种精神大体上可以在白马湖作家身上找到。他们是文人，崇尚艺术化的生活，固然对山间明月江上清风的自然美景和文人雅集的人文之趣，表现出浓厚的兴致；但他们又是一群有抱负的文人，尤其是当他们身处"五四"新文化运动的时代风潮之中，刚性的一面也许会得到更充分的凸现。他们在"浙一师"期间对封建思想、封建势力的勇敢的反叛，已初露锋芒；在白马湖期间，此种精神依然得到张扬，由黄源的乌毡帽事件再次诱发为与当局的对抗，终至集体辞职以示抗议，白马湖作家群由此星散，又一次证明了这些作家宁折不弯的品格。与这种品格相对应，白马湖作家的创作也多少反映出刚性与柔性相融合的特点。综观这一时期的创作，作家门固然对"山水间的生活"颇感兴趣，但大量的作品与人生有关，有的还表达了对社会的义愤和抗争。试看朱自清的散文名篇中，那些经常被人们提起的积极参与社会人生之作，如《生命的价格——七毛钱》、《航船中的文明》、《白种人——上帝的骄子》、为"五卅惨案"所作《血歌》等，几乎都是在"白马湖"时期写作的。可以说，就这个作家群体的整体倾向而言，人生派色彩是特别浓厚的。这可能同"五四文学"的整体艺术氛围有关。30年代以后，随着阶级斗争形势的进一步激化，从白马湖走出的作家，在阶级纷争的夹缝中生存，现实参与意识有所淡化，"稳健扎实"的一面加重了，于是就有了"开明"期很不相同的创作，然而这也恰恰区分了两个时期不同的创作趋向。

另一个值得注意的是，"白马湖"作家群作为一个文人群体，有一个颇具特色的标记，这就是许多作家同宗教有密切联系，宗教成为作家解释人生、表现人生的重要手段。这个标记在30、40年代的"开明派"中是逐渐淡化的。这个群体的实际领袖夏丏尊虽未皈依宗教，却是一个虔诚的佛教信徒，曾表示要"以宗教的精神来献身教育"②，其创作中常常透出宗教的色彩。更重要的是，群体中还有一个"当时一般朋友中""不常现身而人人感到他影响的"③人，他便是这个群体的精神领袖、"白马湖"作家共同的"畏友"李叔同（弘一大师）—— 一个"首重人格修养，次重文艺学习"④的高僧。20年代初、中期，李叔同已是"化外之人"，但却常常"现身"于白马湖，夏丏尊等还集资为其在白马湖构筑"晚晴山庄"，以便随时可与大师促膝倾谈艺术与宗教。作家们"真诚地敬服他那种纯任自然的风度"⑤和对大师品行的敬重，延伸为对他所皈依的佛教产生兴趣，继而与佛学发生更深的精神联系，并将其渗透在文学创作中。其中丰子恺是受弘一大师影响最深的。他在《致广洽法师·一八二》中说："弟自幼受弘一大师指示，对佛法信仰极深，至老

---

① 朱自清：《春晖的一月》，夏弘宁主编《白马湖散文随笔精选》，中国文联出版社2001年版第12页。
② 朱自清：《教育家的夏丏尊先生》，夏弘宁主编《白马湖散文随笔精选》，中国文联出版社2001年版第348页。
③ 朱光潜：《丰子恺先生的人品与画品》，《中学生》第66期。
④ 丰子恺：《先识器而后文艺》，盛兴军主编《丰子恺年谱》，青岛出版社2005年版。
⑤ 叶绍钧：《两法师》，《中国新文学大系·散文二集》第430页。

不能变心"①,于是就有其大量浸透深切宗教体验的"居士"型散文的问世。在中国现代文学史上,谈宗教与文学的关系而不谈白马湖,不谈白马湖时期的李叔同、夏丏尊、丰子恺,文学史的叙述肯定是不完整的,即此而言,"白马湖文学"和"白马湖"作家群实在有加以看重的必要。

"白马湖文学"作为产生在一个特定地域、特定时期的产物,固然有其特指性,但白马湖在作家们的心目中不只是一个具体的地域概念,更是一个抽象的意象符号,是现代文人的一种精神指归,因此即便离开白马湖,也总是有一种驱之不去的"白马湖情节",于是就有更多的"白马湖文学"的出现。上虞籍新月诗人陈梦家曾在《白马湖》一诗中写道:"——我悄悄的走了;沿着湖边的路,留下一个心愿:再来,白马湖!"②这恐怕是当时多数作家的心愿。而柳亚子在《题白马湖图》中所写的:"红树青山白马湖,雨丝烟缕两模糊。欲行未忍留难得,惆怅前溪闻鹧鸪",虽不是写这个群体星散以后的感慨,但用来诉说白马湖作家惆怅心绪也是合适的。正是怀着一种对白马湖生活的迷恋和眷念,使得作家们在离开白马湖后依然用笔续写着白马湖。许多作家不仅曾数次回到白马湖畔进行文友之间的交流活动,一些状写白马湖风情的作品也是在再次回到白马湖时完成的。20年代后期,朱自清、俞平伯虽然远在北京,却依然惦着江南,写下了《白马湖》、《忆白马湖宁波旧游——朱佩弦兄遗念》等深情怀念白马湖之作,字里行间透出对以往生活的眷恋。在"骚扰的寂寞"的上海,"立达"同人的生活是艰辛的,理想并不容易实现,没有了红树绿山的相伴,他们忙碌之余便会留恋那山中"清静的热闹",白马湖生活就会不自觉涌上笔端。夏丏尊的被称为"白马湖散文正宗之作"的《白马湖之冬》便是30年代的作品,作品写白马湖如"虎吼"般的风,但勾起的却是对它的眷念:"偶然于夜深人静时听到风声,大家就要提起白马湖来,说'白马湖不知今夜又刮得怎样厉害哩!'"③可见"白马湖情节"已深深烙印在作家们的心灵深处了。只要稍作检视,便可发现作家们离开白马湖后,续写白马湖生活的作品数量很大,其中有许多文章甚至是直接以白马湖为题的诗文创作,这些都应当视为"白马湖文学"的一部分。而且确如朱自清所说:这样的忆念之作,虽"仍免不了取给于记忆中所留着的过去生活的影像。但这种影像在创作者的眼中,并不是过去的生活之模糊的副本,而是现在的生活之一部——记忆也是现在的生活,所以是十分真实的。"④因此,基于"白马湖情节"的作用,这个创作群体又有超越于地域与时段的作品,其独特的存在意义是更不应忽视的。

(原载《中国现代文学研究丛刊》2008年第6期)

---

① 丰子恺:《致广洽法师·一八二》,《丰子恺年谱》,盛兴军主编,青岛出版社2005年9月第1版。
② 陈梦家:《白马湖》,《夏丏尊文集·平屋之辑》,浙江人民出版社1983年版。
③ 夏丏尊:《白马湖之冬》,《夏丏尊文集·平屋之辑》,浙江人民出版社1983年版,第162页。
④ 朱自清《文艺的真实性》,《朱自清全集》第4卷,第95—96页。

鲁迅与郁达夫的"颓废"比较论

首作帝[*]

一、颓废：中国新文学的"现代性"特征之一

关于中国新文学融合"现代性"的诸多元素，我们可以列举一大串并给予高度评价，然而一提到"颓废"概念，往往鄙夷地认为颓废与文学的现代性是毫不搭帮的两回事。的确，在中华民族的集体无意识中，颓废的名声从来不曾好过，因此，众多的中国作家显然不愿意给套上"颓废"的帽子。似乎惟一的例外是郁达夫，不但不计其数的批评家直呼他是"忧郁者"、"颓废者"，就连作家自己也不住地哀鸣怨怼："人生终究是悲苦的结晶，我不信世界上有快乐的两字。人家都骂我是颓废派，是享乐主义者，然而他们哪里知道我何以要去追求酒色的原因？唉唉，清夜酒醒，看看我胸前睡着的被金钱买来的肉体，我的哀愁，我的悲叹，比自称道德家的人，还要沉痛数倍。我岂是甘心堕落者？我岂是无灵魂的人？不过看定了人生的运命，不得不如此自遣耳。""可怜的读者诸君——请你们想我这样的说——你们若能看破人生终究是悲哀苦痛，那么就请你们预备，让我们携着手一同到空虚的路上去吧！"[①]这么一长串极富立体感的"忏余独白"，在中国现代文学史上委实少见；况且，郁达夫还要加剧将这种凄惨怨恨感染给读者，达到"为人生"的目的，其用心良苦可想而知。当然，郁达夫颓废意识的诞生固然有其主客观因素，即家世的沧桑落魄、个人的自卑哀伤和祖国的遭受欺凌蹂躏，这恰恰与"五四"追求民主、科学、自由、富强的主流趋势不尽相符。事实上，现代文学在当时整个大的时代范畴内并不占有完好的安身立命之所，社会、政治、经济、文化的各种压力常常轻而易举就吞噬了它的"光明"、"理想"、"追求"、"解放"等主题，许多作家纵使直面乌托邦式憧憬之际，仍油然孳生深厚颓废感。

海外汉学家李欧梵曾下结论说由于中国的特殊国情，只有上海才能孳养具有颓废色彩的作家作品："30 年代上海的现代文明显然已达到国际水准（较同时代的东京尤甚），与广大的乡土中国俨然形成两个不同的世界，所以也只有在这个较现代化的大城市中才能产生某些具颓废色彩的作品。"[②]然而，实际情况却是：许多非沪作家也在无形

---

[*]　首作帝，男，1974 年 2 月生，湖南永州人。研究生学历，博士学位。一直从事 20 世纪中国小说研究。在《文学评论》、《中国现代文学研究丛刊》、《南京社会科学》、《江淮论坛》等学术刊物发表论文 16 篇，参编教材 3 部。曾获得各类奖项数项。

[①]　郁达夫：《〈茑萝集〉自序》，《茑萝集》，上海泰东书局 1923 年版。

[②]　李欧梵：《漫谈中国现代文学中的"颓废"》，《中国现代文学与现代性十讲》，复旦大学出版社 2002 年版，第 58 页。

蔓延颓废风气,像庐隐、老舍、路翎的小说,田汉、曹禺的戏剧,李金发的诗歌,朱自清的散文等等都在为颓废意识的滋长添力;连"吹芦笛的诗人"艾青也在苍凉大地上撒播一种满蘸忧郁感和颓废感的调子:"中国的苦痛与灾难,像这雪夜一样广阔而又漫长啊!"(《雪落在中国的土地上》)"薄雾在迷蒙着旷野啊……","你悲哀而旷达,辛苦而又贪图的旷野啊!"(《旷野》)诗人说:"叫一个生活在这年代的忠实的灵魂不忧郁,这有如叫一个辗转在泥色的梦里的农民不忧郁,是一样的属于天真的一种奢望。"①换言之,颓废是时代急性病的共同"症状",它已经连同现代文学前进的步伐融入历史的滚滚尘烟。

问题在于:我们要真正认识颓废的存在和意义又谈何容易!以鲁迅和郁达夫为例:"这两位作家的颓废面,大陆上一般学者都不敢正视,或故意曲解,其原因除了道德因素外,主要是在中国的现代文学理论中并没有把颓废看成'现代性'的另一面。"②在西方国家,颓废的概念具有悠久的历史,与人类思想的萌芽同步,尤其在早期的颓废神话中更是达到了极致,至19世纪颓废的所有重要标志已广泛运用于文学作品中:"过度描写,突出细节,以及一般地抬高想像力而损毁理性。"③20世纪对于颓废风格的反复颠覆和定义已逐渐归化为一种拒斥传统专制暴力、演绎主体个性解放的阐述:"颓废风格只是一种有利于美学个人主义无拘无束地表现的风格,只是一种摒除了统一、等级、客观性等传统专制要求的风格。"④恰恰是在扭转叙事危机的具体语境中,颓废的合法存在因子最终得以激活,并步入现代性行列。在中国,现代性是"五四"新文化运动"后发外生"之产物,故而对于它的见解和剖析,也就往往避免不了伴随主观好恶的选择和理解,在这过程当中,排斥、省略、误读自然成为家常便饭。这也是颓废迟迟没有成为文学现代性的一面而浮出历史地表的重要原因。

本文提及了展现颓废的两种风格:鲁迅的远奥繁缛,"馥采典文,博喻酿采";郁达夫的显附轻靡,"辞直义畅,浮文弱植"。其实在于结合作家透析文本内涵,展开对颓废的探讨和阐释,本身并不界定表现方式的孰优孰劣,但从中我们仍然可以窥测中国现代文学发展的丰富与复杂。

二、颓废与文体的丰瘠

郁达夫是创造社浪漫抒情派的中坚和骨干。依照雨果的说法:"浪漫主义其真正的意义不过是文学上的自由主义而已。"⑤大约是受此影响,郁达夫坚持认为文学创作不应有任何的约束:"艺术是天才的创造物,不可以规矩来衡量。"⑥加之作家本人天生的

---

① 艾青:《诗论》,《中国现代文学百家·艾青》,华夏出版社1997年版,第340页。
② 李欧梵:《漫谈中国现代文学中的"颓废"》,《中国现代文学与现代性十讲》,复旦大学出版社2002年版,第57页。
③ [美]马泰·卡林内斯库:《现代性的五副面孔》,顾爱彬、李瑞华译,商务印书馆2003年版,第172页。
④ 同上,第183页。
⑤ [法]雨果:《〈欧那尼〉序》,《论文学》,上海译文出版社1980年版,第92页。
⑥ 郁达夫:《艺文私见》,载《创造季刊》1922年第1卷第1期。

内省、敏感、自卑的气质,他在"自叙传"式的表意过程中融入了诸多的艺术创新元素,尤其是在纠偏现代白话小说过于注重情节发展、渲染矛盾冲突、强调客观说理的既定框架功不可没,而愿意花更多笔墨捕捉人物的心理变化和情绪起伏。杨义对此概括极为周到准确:"他在小说结构上力求简单,描写上讲究率真,语言上注重情感,从而创造了一种直抒胸臆的不讲形式的小说形式。"①与此相应,郁达夫的那种与生俱来的颓废感恰好在这种"不讲形式的小说形式"上找到了最佳的"栖身之所";或者可以这样说:作家的颓废意识与人物的心理独白相互呼应并启动了一场真正的、广泛的、深远的、以自我为中心的文体革命:小说的散文化和小说的诗化是其不断发展的明显特征,这与传统小说法则大异其趣,打破了小说、诗歌、散文各立门户的界线,从而不禁让人产生疑窦:"这一种东西,将来是不是可以印行的? 中国哪里有这一种体裁?"②对中国现代文学而言,该文体革命既有量的积累,又有质的提高,因此其价值和意义具有不可辩驳性。

"颓废"是研究郁达夫的关键词:无论是作家本人,还是小说的主人公;无论是作家的思想,还是小说主人公的情感;无论是作家的现实世界,还是作家构造的小说世界——颓废毫无疑问成为久久盘旋在郁达夫及其经营的艺术情境里的幽灵。实际上,郁达夫长期以来一直在不断地混淆——或者扰乱——现实和艺术的界面,这可能是作家有意缓和因追求现代性而导致压力和紧张的既定产物,因此就有了"文学作品,都是作家自叙传"这样极富争议的结论。"浪漫主义的感伤颓废是达夫作品中的一个主调,这主调一直到他后几年的小说中还是浓厚地存在着。"③颓废成为郁达夫小说的主调,这一批判性的观点本身就寄寓了一个取巧的事实:作家在表述灰色颓废情感的时候,常常连篇累牍大肆渲染满蘸凄怆苍凉格调的情欲与死亡。早期小说集《沉沦》是举世公认的典型例子,郁达夫也坦陈:"我的三篇小说都不是强有力的表现。《沉沦》是描写一个病的青年的心理,也可以说是青年忧郁病(Hypochondria)的解剖,里边也带叙着现代人的苦闷——便是性的要求与灵肉的冲突。"④《茫茫夜》、《秋柳》、《采石矶》、《茑萝行》、《血泪》仍然流露人生的空惘颓废。尽管《薄奠》境界开阔,思想高洁,关注了底层人力车夫的悲惨生活及其高尚正直的行为,但"最明显的,此篇完全表示作者那极端的颓废了"⑤。《春风沉醉的晚上》可视作《薄奠》的姊妹篇,两者在主题上有异曲同工之妙。应该肯定,郁达夫所实践的独特小说模式提供了一个较为妥当地融合作者与作品真情实感的可行方案;总体上,作家没有抑制自己的感情,而完全是冰原式的裸露,并在作品中得到了极为自由的转意和表述,这与"五四"时代氛围保持了相当的契合。"颓废",作为个人、时代、国家和民族受极端压抑的至深记忆,以一种全新的、更为痛苦的罪恶形式以小说当作寓意丰富的载体,终于演绎成另类"呐喊"——相对鲁迅那样"铁屋"式的窒闷,它获得了砸

① 杨义:《中国现代小说史》第一卷,人民文学出版社 1986 年版,第 561 页。
② 郁达夫:《五六年来创作生活的回顾》,《郁达夫文集》第七卷,花城出版社 1983 年版,第 180 页。
③ 丁易:《〈郁达夫选集〉序》,《郁达夫选集》,北京开明书店 1951 年版。
④ 郁达夫:《〈沉沦〉自序》,《沉沦》,上海泰东书局 1921 年版。
⑤ 锦明:《达夫的三时期》,载《一般》1921 年第 3 卷第 1 期。

碎榁梧后的那般自由性和随意性。郁达夫小说本质上展示的"颓废"风格极力探求赋予激励作用的解放欲、权力欲、独立欲,恰恰在类似于此的显附精神上扬途中,"五四"文学对于现代性的合理的、绝对的追求终于成为举足轻重的筹码,并获得新的经验。

"五四"作家中,另一个对颓废意识反复"敷衍"的是鲁迅。遗憾的是,在通往表意"颓废"的途中,鲁迅变成了一个被遗忘和被误解的对象。"一般鲁迅学者都把鲁迅小说中表现的颓废情绪故作乐观解释,看作'大革命'前的彷徨,而没有正视这些作品中的内在意蕴。"①所谓"内在意蕴",就是鲁迅在作品中反复渲染的阴暗虚无的颓废意识——无论我们欣赏抑或诋毁,鲁迅作品总是呈现不容置疑的有别于其他中国作家的色调:"安特莱夫式的阴冷"。②

其实,鲁迅和郁达夫的颓废最终共同指向一个意象:"中国性"——梦想崩溃与信仰失威后的焦虑产物——对中国灰色现实刻骨铭心的绝望记忆,以及因摆脱不了阴暗心理而作困兽犹斗的绝望的决心——"荷戟独彷徨"便为最佳诠释和写照。我们完全可以判断和假设:这种"中国性"的诞生是在与日本不断亵渎和污辱中国所致的"弱国子民"的自卑中以及自身的反省中生发的。"幻灯片事件"直接导致了鲁迅退避高昂的学医计划,转走"文艺救国"的路径。郁达夫在"私仇"和"国恨"的交接中,国家利益始终占据上风,以下这段作家的心迹读来令人心酸:"许君究竟是我的朋友,他奸淫了我的妻子,自然比敌寇来奸淫要强得多。并且大难当前,这些个人小事,亦只能暂时搁起,要紧的,还是在为我们的民族复仇!"③然而,对于这"中国性"颓废的文体表述,鲁迅显然和郁达夫所走的途径不同,他遵循的是合乎逻辑却难以置信的隐喻策略,在具体的文本中,超乎常人想像力的反常事物和人物在各类充满蕴藉性的话语中相互渗透和彼此应和,共同编织一张疏密有间的弥天大网。鲁迅承担颓废运行的两大文体——小说和散文诗无疑借用了颓废的特殊意象和博喻的骏厉形态而实现了两者的互缠互渗,共同构成鲁迅的瑰丽艺术世界。正如评论家所言:"隐喻不仅是写作者在特殊语境中遭遇言语困境时的一种书写策略,也是他们进行终极意义探寻的一条必由之路。"④如果说文体犹如黑色的陶罐,那么鲁迅似乎刻意把罐口"掩盖着",而不是郁达夫的无遮拦,故而要理解当中的深层内涵恐怕并非易事。

"我的作品,太黑暗了,因为我常觉得惟'黑暗与虚无'乃是'实有',却偏要向这些作绝望的抗战,所以很多着偏激的声音。其实这或者是年龄和经历的关系,也许未必一定的确的,因为我终于不能证实:惟黑暗与虚无乃是实有。"⑤很显然,造成鲁迅绝望和颓

---

① 李欧梵:《漫谈中国现代文学中的"颓废"》,《中国现代文学与现代性十讲》,复旦大学出版社2002年版,第54页。
② 鲁迅:《〈中国新文学大系·小说二集〉序言》,《中国新文学大系》,上海良友图书公司1935年版。
③ 郁达夫:《毁家诗纪》,载香港《大风》第30期,1939年3月5日,包括19首诗,1阙词。作家自叙"八·一三"及"七·七"事件中,一家辗转颠沛游离,途中浙江省教育厅长许绍棣将郁达夫妻子王映霞接走并公开同居之事,个人凄苦与国家危难浑然交织,不堪卒读。
④ 李凤亮:《诗·思·史:冲突与融合》,商务印书馆2006年版,第128页。
⑤ 鲁迅:《两地书》,《鲁迅全集》第11卷,人民文学出版社1981年版,第20页。

废的真正缘由是社会的黑暗,但纵使身陷困境,鲁迅仍实践着"真的猛士,将更奋然而前行"的诺言。这样,在他的思想和行为中,对于"消极意识"的有意抑制、保持与前驱者的某种"和声"从而具有真实性的反映。在此基础上,鲁迅对于颓废的曲笔表意在《在酒楼上》、《孤独者》、《故乡》等小说中和散文诗《野草》中得以"敷衍"建立。李欧梵认为鲁迅的作品中充满了时间的矛盾性,后顾无望前瞻不能,从而无形消解了意义的生成和生存。作家在表现这一切的时候,对历史和现实的双重同化往往使得抗争具有浓郁的宿命和悲剧色彩,所有的"依赖"和"可能"均因主体反应的不确定性而模糊不堪暧昧不明。

这种倾向,在《野草》中达到巅峰。从本质上说,《野草》是对语义清晰明确性的宣战,鲁迅本来就不希望青年读得懂它,因为这是作家的"自言自语"。"'自言自语'('独语')是不需要听众(读者)的,甚至是以作者与读者之间的紧张与排拒为其存在的前提:唯有排除了他人的干扰,才能径直逼视自己灵魂的最深处,捕捉自我微妙的难以言传的感觉(包括直觉)、情绪、心理、意识(包括潜意识),进行更高、更深层次的哲理的思考。"①《野草》因而成为了鲁迅的一次强制性的尝试:与社会的格格不入、不合时宜、从"有价值"中刺探"无价值"、暴露人生征程面临的"歧路"和"穷途"等等,等等。不可否认,《野草》亦在表现美好、温暖、高尚、理想,而这恰恰成为黑暗、虚无、消沉、绝望大氅下对照不可救药的世界价值与真理立场的沦丧、废除和消亡。鲁迅在 1934 年 10 月 9 日致萧军信中曾说:"我的那一本《野草》,技术并不坏,但心情太颓唐了,因为那是我碰了许多钉子之后写出来的。"②鲁迅的确在《野草》中加强了对颓废意识的诉求,隐喻取代了写实,片断性、感受性替换了整体性、精确性——这种意识是作家无法找到有效途径的危机的真实而深刻的结果,或许它不能改变现实,却可以解释现实,并具备合理的敏锐的"力"之破坏作用。

三、颓废与人物的动静

如果说运载颓废的是文体,那么表现颓废的就是人物了。毫无疑问,鲁迅和郁达夫都塑造了一系列人物形象,并通过他们去诊断和批判社会病根。在他们与时代合流所刻划出来的人物身上,充分体现了一种可悲的徒劳否定,在一种可怕的分裂状态中游移。我们可以借用一个词语来概括他们:孤独者③。"人需要力量去承受孤独。"④可是这些"孤独者"没有相当的力量,当他们从无根基性的命运之网悬置自身,狼奔豕突寻求新的扎根之所或救济之途,最终却落入大抵一厢情愿的乌托邦栖息地,颓废便连同精神

① 钱理群、温儒敏、吴福辉:《中国现代文学三十年(修订本)》,北京大学出版社 1998 年版,第 40—41 页。

② 鲁迅:《致萧军》,《鲁迅全集》第 12 卷,人民文学出版社 1981 年版,第 532 页。

③ 鲁迅在名篇《孤独者》中塑造了"好像是抵抗,实际是投降"的魏连殳——在百无聊赖中颓废死去的"孤独者"形象。无独有偶,郁达夫也有题为《孤独者》的自传(发表于《人间世》第 23 期,1935 年 3 月 5 日),其中书写了"老去的颓唐之感,也许实可以催落我几滴自伤的眼泪"。

④ [英]齐格蒙特·鲍曼:《现代性与矛盾性》,邵迎生译,商务印书馆 2003 年版,第 286 页。

的分裂、生命的破碎、义勇的丧失和理想的灭绝而"游哉"——可以肯定,他们可视为一类"病态社会"还原荒谬的典型人物,既是社会的反叛者,也是否定者。

尽管鲁迅和郁达夫对于颓废的诊断性表意被理解为一种消极的社会功能的补充和嵌入,但本质上它也是人类能量的互现和投射,关于这点可谓殊途同归。与此同时,他们笔下的"孤独者"作为"表意符号",又在传达不同的建构性症候。鲁迅笔下的颓废人物可谓为"彷徨的孤独者",在拒斥及其抵抗社会的过程中,他们以动态化的方式维系着反虚伪社会的信仰,企盼强行取得"有益的"正当之事,改变"有害的"不当之事。当然,他们的所作所为抑或作为"无用之功"而处于湮没状态,就像《在酒楼上》中吕纬甫那个自嘲的绝妙譬喻:"看见蜂子或蝇子停在一个地方,给什么来一吓,即刻飞去了,但是飞了一个小圈子,便又回来停在原地点。"这是一个意蕴深刻、精锐、高度的概括,一方面指向人物自身无法避免的终极悲剧,另一方面昭示了人物较为明晰的"动态"图景——具备相当的启发意义。本质上,这是鲁迅对"五四"时代追求解放、自由和理性记忆过程的情感相悖的反映,"人生最苦痛的是梦醒了无路可以走"①。也可以说是鲁迅从早期欣慰"历观国内无一佳象,而仆则思想颇变迁,毫不悲观"②,终于对这欢愉乐观的想像展开沉痛的鞭辟:"看来看去,就看得怀疑起来,于是失望,颓唐得很了。"③鲁迅作为中国现代倡导"开启民智"的著名启蒙主义者,其实与"将令"并非保持完全的同步和一致,这大抵是作家以他痛苦的亲身经历体验到了"中国性"矛盾的反复移位和外化,并且在不同的人物和情景当中延续,作家最终明白在当时的中国,"先前的那些梦想"已经逐渐陌生且疏离,遥不可及了。"事实是,启蒙思想家之所以为'光明的世纪'而感到那么激动,是因为他们有希望把他们的思想传播到越来越广泛的民众中去。"④在 20 世纪的法国,在启蒙思想家的身后的确涌现着日益增多的追随者,苦难的生活迫使他们去沉思和求索,并抛弃原初的幼稚信仰。然而在中国,在传统性和现代性之间呐喊和彷徨的鲁迅越来越深刻地意识到自己"引起疗救的注意"的无足轻重:"我虽然自有无端的悲哀,却也并不愤懑,因为这经验使我反省,看见自己了:就是我决不是一个振臂一呼应者云集的英雄。"⑤由于"启蒙即参与"的真理被排拒在历史叙事的框架之处外,尽管鲁迅在典型人物身上嵌入了自己的某些印痕,但还是故意将文本构设与世界实存区别开来,并为人物的发展提供了一种特殊的生存困境,同时以投射和隐喻的方式保证了人物自由流动的现实因素——颓废意识不经意中悄悄渗透到人物的肺腑,当然在其中包含了人物承载"功能"转换的过程。这一动态过程可以概括为:希望→绝望→颓废;颓废可以算是人物的结局,但还存在更大的外延,即在颓废中"死亡"——肉体或精神的"死亡",抑或

① 鲁迅:《娜拉走后怎样》,《鲁迅全集》第 1 卷,人民文学出版社 1981 年版,第 159 页。
② 鲁迅:《给许寿裳信》,《鲁迅全集》第 9 卷,人民文学出版社 1981 年版,第 286 页。
③ 鲁迅:《南腔北调集·〈自选集〉自序》,《鲁迅全集》第 4 卷,人民文学出版社 1981 年版,第 347 页。
④ [法]阿瑟·M·威尔逊:《从今天的现代化理论看启蒙思想家》,《比较现代化》,[美]西里尔·E·布莱克编,上海译文出版社 1996 年版,第 175 页。
⑤ 鲁迅:《〈呐喊〉自序》,《呐喊》,北京新潮社 1923 年版。

两者兼而有之。

说不尽的苍凉的故事！人物的颓废在《明天》、《伤逝》、《在酒楼上》、《孤独者》等文本中都有相当的体现，但《祝福》一直没有得到太多的注意和认可。我恰恰以为，祥林嫂是最能强化表现人物颓废的动态嬗变过程。在祥林嫂的世界里，"希望"是唯一充满企盼的最生动、最透彻的生存意念，而且"希望"的存在和表现方式可以不拘一格；况且，在祥林嫂追求生活的境地中，她对"希望"的实存拥有和渴求实在是微乎其微，即是那么一丁点儿的社会"惠顾"：做稳寡妇地位，养大儿子阿毛，祭祀时可以亲自沾手，死后求个全尸，等等。正是这些常人看来天经地义的"希望"之星些微照亮她暗无天日的悲惨世界，使得她偶尔也可以"口角边渐渐的有了笑影，脸上也白胖了"，"母亲也胖，儿子也胖"，"神气很舒畅，眼光也分外有神"。祥林嫂可以自由地做梦，前提是不受残酷事实的纷扰，那她尚可自以为是"幸福的度日，合理的做人"。然而，实际情况却是：祥林嫂含辛茹苦的努力与随时准备"吃人"的那个社会迎头相撞便灰飞烟灭。"在政、族、神、夫这封建四权的残酷蹂躏下，祥林嫂的苦难高过山岳，深如苍海！""是不幸的人中的最不幸者。""活着，她没有出路；死去，她也没有出路！"①在祥林嫂异端般的孤独奋斗中，她根本找不到适当的方式表明自己的社会存在，所谓的"奋力前行"便失去了确切涵义；当她最后以死抗争成为"谬种"之际，优点变成了弱点，美德变成了罪恶，义勇变成了颓废。祥林嫂以充满张力的生死轮回反复演绎希望与绝望的疯狂冲突，以常人无法想像和忍受的凄惨诠释着时代和人性的千疮百孔，满目疮痍，悲观颓废——这就是新文学的"现代的悲剧感，其核心是'悲凉'……这样一种悲凉之感，是二十世纪中国文学所特具的有着丰富社会历史蕴含的美感特征"②。鲁迅对此的表现鞭辟入里，深及骨髓。

再来看郁达夫塑造的颓废者。对于小说的人物，郁达夫有一个绝好的概括："小说中人物的性格，有单纯的复杂的或静止的开展的(Stationary and developing characters)两种。前者在一篇小说之中，自始至终，毫无变化开展，而后者则因四周的境遇和自他的意志的影响，不断的在那里进变消长的。"③就塑造人物颓废性格而言，郁达夫和鲁迅无疑成为两者的典型代表。郁达夫笔下的人物委实富有自己的独特风格，可谓为"沉沦的孤独者"，他们带着浓郁的颓废气息出场，又满蘸颓废感收场，以自卑抑郁为始终，以静态化的方式去探索和谋求损毁自我的职责和途径，在任何时候都一览无余地表露他们被遗忘和被抛弃的征兆。鲁迅的创作意旨终究为了除旧开新，传达"揭出病苦"、"唤起疗救"的救世信念；郁达夫似乎更注重暴露人物的畸形心理，是一种个人经验的苦心经营，在人生的歌歌哭哭、死死生生中浸淫悲哀和感伤："我是一个真正的零余者！""袋里无钱，心头多恨。这样无聊的日子，教我捱到何时始尽。"④事实上，郁达夫和他笔下的主人公

---

① 丁尔纲：《鲁迅小说讲话》，四川文艺出版社 1985 年版，第 60 页。

② 黄子平、陈平原、钱理群：《论"二十世纪中国文学"》，载《文学评论》1985 年第 5 期。

③ 郁达夫：《小说论》，《郁达夫文论集》，浙江文艺出版社 1985 年版，第 236 页。

④ 郁达夫：《零余者的自觉》，载《太平洋》1924 年第 4 卷第 7 期。

体现出某种相通的人格裂变和趋同的生存哲理,"一个人的经验,除了自己的之外,实在另外也并没有比此再真切的事情"①。因此,郁达夫勾画人物的颓废意念往往表现为自我实施的统一和纯粹,在五四"场"(champ)的背景域之中,来探讨和呈现情感和思想的颓废。这类倾向,按照他的《给一个文学青年的公开状》②,显然是谴责的复仇与颓废的冲击双重汇演所致,由眼前残酷事实所催生的社会厌恶激发的极端知觉。在郁达夫小说中,"我"、"他"、Y、于质夫、伊文、文朴,甚至古人名字黄仲则真正构成了统一的"意向相关项"③,整合与凝聚他们的关键因素是人物根深蒂固的颓废感,这实在是很明确的。一般而论,郁达夫为他的人物释放颓废配置了两条通道,一条是忧郁情感的渲染,另一条是死亡宿命的铺陈。这与小说中的性欲描写同时遭到人们的质疑和诟病。有意思的是,它们是郁达夫小说最为强大的资源,并据此彰显了自身的稳定性和独特性;假设它们被削弱或删除,也许作家和作品便从文学史上消失了。郁达夫暴露人物循环往复的颓废观念类似于中国旧戏的表演,后台锣鼓喧天催促着鞭策着,人物便和着唱腔裸露前台,使开浑身解数任人观赏,一览无余展现他的酸甜苦辣。鲁迅则不然,他擅长将人事深藏幕后,且罩上钢盔铁甲,从而给人造成一种模糊的"间离效果"。郁达夫的《沉沦》、《银灰色的死》、《茫茫夜》等早期小说有一个共同的"聚点":人物的自卑自虐,即人物的主动颓废,从一开始就在"无穷伤感"的氛围中形成。所以,郁达夫的小说很少出现类似鲁迅的少年闰土和老年闰土、"豆腐西施"和"杨二嫂"、子君、吕纬甫等人物自身的前后对比和变化造成的辛酸和吹嘘;相反,于质夫们都是单线条前行的人物,"永无休止地在自身内部找寻固定的一点,因为他在身外不再能找到它——因为和他人的所有联系最终都只是本我(ego)前往其自身路途中的一个驿站"④。这样,在同样充满悖论的世界里,出现了与人物粘贴的两种颓废意识:一种是鲁迅式的广阔的、隐藏的、间接的、非个人的、无法渗透的;一种是郁达夫式的稳定的、裸露的、直接的、个人化的、弥漫的——它们活生生地共同通往人性解放的终极路途中,这是它们赖以存在的、实现价值的唯一方式。

四、颓废与环境的虚实

环境是文学作品的内在倾向和生成因素之一,被当作维系现实与艺术的形态特征而得到推崇和强化。郁达夫说:"我们人类的生活,无论如何,总逃不了环境的熏染,文学作品的内容,也是一样的免不了环境的支配的。"⑤环境既影响了创作,作家势必在其中阐发

---

① 郁达夫:《序李桂著的〈半生杂忆〉》,载新加坡《星洲日报·晨星》,1940 年 1 月 31 日。
② 最初发表于《晨报副镌》,1924 年 11 月 16 日。
③ 胡塞尔现象学核心概念之一,指观念或对象被有意统一构造和规划,从而表达同一的意义或含义。参见埃德蒙德·胡塞尔《纯粹现象学通论——纯粹现象学和现象学哲学的观念》第一卷,商务印书馆 1992 年版。
④ [英]齐格蒙特·鲍曼:《现代性与矛盾性》,邵迎生译,商务印书馆 2003 年版,第 305 页。
⑤ 郁达夫:《文学概说》,《郁达夫文论集》,浙江文艺出版社 1985 年版,第 127 页。

反过来受限制的意识场景，为自身情感的展开和抒发找到平衡支点。中国文学向来讲究情景的结合交融，不可分割，就有了"情景名为二，而实不可离"①的常理。本文揭示的"情"是颓废，"景"即环境（包括自然环境和社会环境）。可以说，颓废与环境的纠缠互渗在鲁迅和郁达夫表现对现实的批判和理解发挥了至关重要的作用——一定程度上是作品意旨和意义的担保和确信。作家设定的阈限背景犹如一口沸腾的铁锅，将承载的精神烘烤滚烫，四处飘溢。然而，鲁迅和郁达夫在把握和处理两者的融合方式上并不相同。一般而言，鲁迅总是想法控制并且在叙述中试图遮蔽颓废感，仅仅在很少的时候才在表面上做适当点缀和表露；郁达夫恰恰相反，在他笔下，颓废大肆亲合环境并反射耀眼的光芒，体现为毫无遮拦的自由表述。因此，在鲁迅那里，被压制的内容往往成为某种失言、遗忘和沉默，并在缺失、空白和疏离中构成隐形的话语，在没有布景、缺乏色彩的概念世界中暗示人物存在的荒诞感和虚无感，我称其为"化实为虚"；郁达夫则借用"化虚为实"的技巧构筑了一个有情有色的真实世界，他似乎强行命令人物一头扎进惊涛骇浪的漩涡之中，还误让人将其当做清热驱暑的游泳池，以此谋求一种具有真实效应的反映。

郁达夫对环境的重视更多得益于外国作家的影响（如卢梭、哈代、康拉德、小泉八云等），并为此得出结论："自从文艺复兴以后的科学精神，浸入于近代人的心脑以后，小说作家注意于背景的真实现实之点，很明显的在诸作品中可以看出。"②"背景的真实现实"也因此历经作家的诠释变成了文本的延展，取得合法地位。在郁达夫小说中，绵密的背景（环境）反复作用并推动和决定人物的颓废性格，这是毫无疑问的。《沉沦》、《银灰色的死》等初期作品普遍强调主人公一再受辱的自卑根源："原来日本人轻视中国人，同我们轻视猪狗一样。"这个因弱国子民滋生的内省意识作为主人公基础性的存在而促使了颓废的永恒在场。随着情节继续发展，根本没有切实的事物和充实的情感去填补人物的虚无空间，所以作家不得不油然而生以主人公的主观视界为媒介表现所见所闻、所思所感。事实上，郁达夫对该策略的沿袭在很长时间内都维持着它不可或缺的表现功能。"当主人公描绘他身临其境的环境时，他是把环境引起他的感觉、观念和他固有的感情融合在真实的客观景物之中。"③颓废感的抒发与环境的渲染因此常常水乳交融共同展现连贯性和一致性的题旨，从而拥有一个被领悟被阐述的最佳时机。尽管郁达夫自以为"《春风沉醉的晚上》、《薄奠》、《微雪的早晨》，多少也带一点社会主义的色彩"④，然而"最佳时机"始终在寻找合适的突破口并敞亮自身。《春风沉醉的晚上》一开始就将主人公的穷愁潦倒与简陋破落的环境做了极力的修缮整合，却仍然没法遮蔽人物相互劝慰而碰撞的火花和温暖，也就有了"我觉得我的周围，忽而比前几秒钟更光明了"的欣喜。但在篇末，作家笔峰陡然直下，似乎又沾上鬼气，"红绿的电灯"、"哀调的歌

---

① 王夫之：《姜斋诗话》卷下。
② 郁达夫：《小说论》，《郁达夫文论集》，浙江文艺出版社 1985 年版，第 242 页。
③ ［捷克］安娜·多勒扎诺娃：《郁达夫创作方法的特点》，黄川译，《郁达夫研究资料》（下），花城出版社 1985 年版，第 602 页。
④ 郁达夫：《〈达夫自选集〉序》，《达夫自选集》，上海北新书局 1933 年版。

音"、"灰白的尸体似的薄云"终究抹杀了主人公的光明幻觉,颓废重新赫然出场主宰局面并粉碎了希望所依赖的基石,时势似乎再也没有更进一步的可能。郁达夫的强烈颓废与阴沉环境就这样辩证地"调和"起来,富有悚然的警醒力量。对于颓废与环境的呈现,郁达夫还有一个处理的秘诀:"反衬",即美好的东西更有效力嘲弄、刺激和彰显人物的坏心情。限于篇幅,不再赘述。总之,郁达夫的作品缺少中国传统文学的"大团圆"模式,颓废的悲观论调尤其往往笼罩篇尾,《红楼梦》的"补天"思想、冰心的"爱的哲学"在他这里找不到安身立命之所。主人公的悲观绝望在接二连三的苦难历程中一唱三叹负载着沉甸甸的历史使命,休戚与共走向灾难的深渊。

　　鲁迅将颓废与环境融合又是别一番风致,他的"化实为虚"带着更多象征蕴味:"呈现的是一种超现实的梦境,与外界的社会和政治现实关系不大。"[①]鲁迅原本以充溢的喜悦渴望新事物的诞生,伴同犹如历史车轮滚滚转动的变化过程,但在他的经验世界里,并不包含内在超越的因素,所有因陌生性构造的对象和对象关系都与他的经验范畴相龃龉相排斥。这样的情势便导致了两个可能的结局:一是将经验世界封闭隔绝,呈现出与"他者"合流的同一世界;二是塑造别一个自我所具有的原真世界,还原与"他者"对话和对立的内容。然而,这两个结局说到底都殊途同归:导致象征性行为的价值和属性的削弱和修改;差别在于:前者是主动妥协,后者是被动牺牲。无论如何,这与鲁迅的"前驱者"愿望表现出不可调和的态势。对于富有强烈国家民族爱憎情结的鲁迅而言,预示了压抑与本能之间的残酷挣扎和不朽斗争。这样,在关于环境负载颓废意识的过程中,作家的欲望表达犹如可望而不可即的寓言,以另外的形式表现与某种禁锢的现实"博弈"。从此层面分析,梦境便理所当然成为这样冲突与对抗中的一个可行性情景或场景。"我梦见……"是作家一贯熟稔的开头格调,尤其在充满痛苦和颓废气息的《野草》中,浓郁的抒情与假托的梦境交缠互渗共同反衬人间的生活气息。"在鲁迅的笔下,不论自己梦见的事物和情景是如何离奇,如何怪诞,都无不打着现实生活的深刻烙痕。"[②]换言之,"幻"带来了从"实"之物中解放出来的一种可能,以唤醒创作主体和读者的功能意识体现了自身的独立存在。《颓败线的颤动》恰是此类艺术创作模式的典型。"我梦见自己在做梦。自身不知所在,眼前却有一间在深夜中紧闭的小屋的内部,但也看见屋上瓦松的茂密的森林。""做梦"的境界首先消解了"自身(主体)"视域的划定和话语的确证,而是在一个一切均转瞬即逝、瞬息万变的"幻境"中运作蕴藏丰富社会历史内涵的寓言叙事。或者正是在这样的"幻境"中,两种相反甚至相对的哲学命题才能在一刹那间合并并衍生亲缘关系:"眷念与决绝,爱抚与复仇,养育与歼除,祝福与咒诅。""空中的波涛"在此无疑扮演了幻象构成的中心角色,正是它"将一切并我尽行淹没",而且"立刻回旋,如遭飓风,汹涌奔腾于无边的荒野";在此背景当中,"无词的言语"作为个人意识的经验最终强制生成,并强行转化为"幻境"的颤动表述,在烈火与沸水中被标示出

① 李欧梵:《鲁迅与现代艺术意识》,尹慧珉译,《铁屋中的呐喊》,岳麓书社1999年版,第250页。
② 孙玉石:《〈野草〉研究》,中国社会科学出版社1982年版,第149页。

来。在《秋夜》中,鲁迅精心构造的梦境般的"花草仙境"实则是颓废的意象深化;《失掉的好地狱》几乎通篇是魔鬼的自由倾诉,仅仅开头描写了一点儿"我梦见……"的恐怖的幻象背景域。这样的笔法却又并非中国传统戏曲艺术以虚代实的假定真实;鲁迅梦魇一般的凄怆幻象,往往配以深刻的反现实反原则的讽刺内涵——这正是中国现代文学臻达高峰的标志之一。

对于以写实著称的《呐喊》、《彷徨》小说集,鲁迅最终并没有为寓意丰富的背景牢筑某种规范,原先那些奠基性的应然方式的呼吁便因此而分崩离析,转变为充满颓废感的无根据性的开启。这其中又分为两种类型,一种注重人物生存的社会环境,另外一种则彰显作为主观附加物的自然环境,当然作家会在它们上面叠加一些从具体的中国历史、文化和习俗中提取出来的概要。故而,鲁镇、未庄、咸亨酒店这类详实的地名并不与作家以及他笔下的人物真正构成交互性确认结构,相对郁达夫自叙传式的真切确凿,鲁迅刻画的世界呈现更多虚构成分,尽管它也可以为人物的活动提供一个封闭式的空间,但实际上其往往与人物的先验姿态貌合神离,从而导致最终的虚无幻灭感。《祝福》开头交代了祥林嫂"不是鲁镇人",《孔乙己》的结尾揭示了孔乙己从鲁镇的永远消失,在这里社会环境对人物精神和生存的化解是间接地被创造出来的,他们之间并没有实存关系,也不确指。"事物的所有呈现方式,都简化为间距性主体的一种均质性的再现线索来实现的。"[1]鲁迅对于自然环境的处理遵从了同样的应对策略,尽管景物可以表现优美(如《社戏》)、凄凉(如《药》结尾),或者兼而有之(如《故乡》"苍黄的天底下,远近横着几个萧索的荒村,没有一些活气"和"深蓝的天空中挂着一轮金黄的圆月,下面是海边的沙地,都种着一望无际的碧的西瓜"的对比反差),但是归根结底,它们大抵仅产生"致幻"力量,作家最后都会以虚无的幻境去"述谓"人物和未来的无限不确定性,并上升为对时间、权力、意志、有序化等等的阐释和否定。因此很多时候,鲁迅的乐观主义根本不会成为持续渐进的发展过程,他对"路"的铺设"本无所谓有,无所谓无的";《药》的篇末,乌鸦图景的出现"显然排除了加在结尾的那个花环所带来的世俗的乐观"[2]。

综上,可以这样结论:郁达夫以一般的方式思考并表现颓废观念,"作者维特式的自怜,夸张了主角对大自然的爱好和内心的痛苦"[3]。但正是这样的自觉和自白,郁达夫确立了一股新的支配新文学发展的独特力量,将浪漫抒情与描绘外部世界炉火纯青地融合起来,扩大了现代小说的叙述功能。鲁迅则在更"抽象"的层次上探索颓废的现代意义,他原本力图以合理的取舍建立综合与完善的新文学范式,所以分外注重作品的千锤百炼,体现风格的多样与意旨的多义,思考和表现颓废意识不免"隐晦"一些。但殊途同归,他们的颓废意识共同指向"现代性困境中的极端体验","就是在现代日常生活

---

① [美]大卫·库尔珀:《纯粹现代性批判》,臧佩洪译,商务印书馆 2004 年版,第 223 页。

② 李欧梵:《铁屋中的呐喊》,尹慧珉译,岳麓书社 1999 年版,第 76 页。

③ 夏志清:《中国现代小说史》,刘绍铭等编译,复旦大学出版社 2005 年版,第 75 页。

变为窒息生命自由和灵性的严酷条件下，一种主要存在于现代文化艺术中着力于追求生命情绪极端性发散的倾向"①；这种倾向恰恰反衬出时代的衰朽迹象，晨钟暮鼓敲响了新文学"明忧患，知生死"的现代性猝醒。

（本文与张卫中合作，原载《中国现代文学研究丛刊》2008 年第 6 期）

---

① 肖伟胜：《现代性困境中的极端体验》，中央编译出版社 2004 年版，第 8 页。

论《野草》的时间意识

吴翔宇*

　　鲁迅《野草》的时间意识之所以深邃复杂,主要在于其时间内部并存着互相消长的时间要素,这些要素的彼此交互使主体陷入了一系列难以解决的矛盾和分裂境域。这是一个由焦虑、绝望、挣扎、解脱、欢欣等组成的悲辛交集的情思世界,又是一个由矛盾、终极悖论、怀疑、自剖、追问、辩难、顿悟等组成的沉潜的心灵空间。意义是研究时间意识的重要命题,它是基于成己与成物(认识自己、认识客观对象;改造自己、改造客观对象)的过程,以人对存在本身的理解、规定、把握为内涵,以人的知、行活动为前提。这种时间的意向性深嵌在鲁迅关于自我及其归宿的认识中,沉淀在鲁迅关于个人在历史运动中的地位和作用的寻找中。在主体对客体的意向性立义和意义建构过程中,主体"执着现在",建构起了"中间物"的时间意识,重新思考主体的本真命运和终极意义,这正是《野草》时间命题的基本要义。

一、时间"经验性"的意义模式

　　人除了是一个生活于具体时空体中的有机体外,更是一个自由的、经验性的意义主体,将时间的知觉体验与人的生存状况相联,将联结着宇宙意识的时间境域渗透于人的生命意识中,时间美学注定彰显。《野草》是一个自成体系的精神世界,时间维度浸渍于迷离恍惚的意识流动中,它需要读者真正沉潜到鲁迅的灵魂深处去倾听生命的声音,需要读者调动其所有的人生经验去与之对话。

　　鲁迅的《野草》中并置了两种时间经验,即"空无的时间"与"充实的时间"。这两种时间经验的区别在于规范秩序和价值取向所衍生的意义生成模式的不同。所谓的"空无的时间"是作为时间形态的当下处境被完全抽空或现时境遇被迫终结(如死亡)而导致个人的意义体验全方位"退场",由此生成了诸如孤独、迷茫、困惑、焦虑等时间情绪。这种时间经验颇似法国学者伊夫·瓦岱所说的"空洞的现时"①,它是一种过渡性的时间类型,由于意义危机导致了过去和未来凌驾于空洞的现时之上。"空无的时间"本源

＊　吴翔宇,男,1980年1月生,湖南平江人。研究生学历,博士学位,讲师。一直从事中国现代名家研究及20世纪文学思潮研究。在《人民日报》、《鲁迅研究月刊》、《浙江社会科学》、《贵州社会科学》、《新疆大学学报》、《海南大学学报》、《长江学术》、《中国文学研究》等刊物上发表论文40余篇。专著1本,参撰著作3部,获得各类奖项数项。

① 伊夫·瓦岱:《文学与现代性》,田庆生译,北京大学出版社2001年版,第51页。

于目的性意义(存在之"有")拒绝为意向性行为提供依据。就《野草》而论,这种"空无的时间"的焦虑经验主要来源于以下两个方面:

第一,主体行为意义悖谬的现时焦虑。在胡塞尔的现象学中,"背谬性"是一个与"明见性"相对立的概念。"背谬性"(absurity)是一种对意向和拟充实之间完全争执的体验。是指一个意向在直观中完全得不到充实①。《野草》的现时焦虑感本源于鲁迅对"黑暗与虚无"的体验,他说过:"我的作品,太黑暗了,因为我常觉得惟'黑暗与虚无'乃是'实有'。"②现时被黑暗与虚无置换成一个空洞的外壳,于是产生了一种找不到立足点而漂浮的极境困惑:《秋夜》中小粉红花"秋后要有春"的梦与落叶"春后还是秋"的梦构成了意义上的悖谬和虚妄;《希望》中"用希望的盾,抗拒那空虚中暗夜的袭来"但同时"盾后面也依然是空虚中的暗夜",于是在希望、绝望的怀疑过程中"耗尽了我的青春";《这样的战士》里的"战士"像走进了一个至大无形且历史运动模糊的"无物之阵","无物之阵"体现了主体本身无法整饬历史运动与现时境域的内在规律,而导致其行为意义的现时虚空与迷离;《影的告别》中的"影子"在没有时间背景("我不知道是黄昏还是黎明"),没有方向与目标("我将在不知道时候的时候独自远行")的孤独体验中,只能"彷徨于无地","无地"是"影子"不愿去天堂,不愿去地狱,不愿留在此间,也不愿到未来的黄金世界,而只能最终沉于非实有、非客观存在的黑暗中。在这里,这种选择并没有支撑行为的意义依据;《颓败线的颤动》中的"老妇"的痛苦和焦虑来源于自己对子女含辛茹苦的养育却被忘恩负义地遗弃,这种违背道德规约的悖谬行为撕裂了她的心,于是产生了道德焦虑的极致震撼;《过客》中的"过客"生活在一个无所依托的时空范畴中,冥冥中注定的"走"的状态成了他唯一的行为态势,但这种选择的行为的依据何在?目标是什么?探询的可能性意义有哪些?他的回答(如"我不知道"、"我不能"、"那不行"等)比较含混,缺乏有力的理论底气和理由,这是过客被演绎成为与社会疏离类似于西西弗斯式的孤独个体的重要原因。

第二,死亡无法超越的现时焦虑。死亡与出生一样都是时间范畴中一个无法回避的命题,时间经验离不开对死亡的思考与体验,正如英国学者爱德华·摩根·福斯特所说:"出生和死亡,它们令人陌生的原因是:它们同时既是经验又不是经验,我们只能从别人口中了解。……所以我们可以认为,人的生命是伴随着一种遗忘的经验开始,又伴随着一种虽然参与但又无法了解的经验告终。"③《立论》通过"说谎的得好报,说必然的遭打"的故事否定了那些避讳和畏惧死亡,不敢把死亡当成必然存在的陈腐观念。鲁迅体悟到了时间的不可超越性,死亡导致时间之"无"始终给存在主体带来精神上的焦虑,也让意义出现了空前的危机。这与海德格尔所说的源于时间危机感而衍生的"烦"和"畏"④经验相通。"畏"没有确定对象,当其袭来,此在只感觉茫然失措。在"畏"中,周

① 倪梁康:《胡塞尔现象学概念通释》北京三联书店1999年版,第7页。
② 鲁迅:《两地书·四》,《鲁迅全集》第11卷,人民文学出版社2005年版,第21页。
③ 爱德华·摩根·福斯特:《小说面面观》,苏炳文译,花城出版社1984年版,第41—42页。
④ 海德格尔:《存在与时间》,陈嘉映、王庆节译,北京三联书店2006年版,第372页。

围的一切存在都变得漠不相干,此在于心底突然升腾起一种无家可归的孤独与无望,虚无与死亡才是此在的家。《影的告别》中,"影"不愿再追随人而想独自远行,不管它怎样的左奔右突,寻找自我命运的突破口,然而最终却发现自己仍然注定难逃被死亡之"无"沉没的命运。《过客》中的过客不顾别人的劝告,顽强地走着自己的路,向着有声音"催促""叫唤"他的前方奔去。而前方等待他的却是一切努力无法改变的死亡之地——"坟"。《死后》以"我梦见自己死在道路上"开篇,"我"始终逃脱不了死后被人宰割、被人利用的命运,这种象征性的梦境是鲁迅对死后无法把握的悲剧状态的追寻预测。《墓碣文》中的"我"怀着对死后世界的期待,"抉心自食",以寻求本真的自我,然而,"游魂"对死亡之"无"的超越不仅没有成功,而且他那"胸腹俱破,中无心肝"的死后荒凉凄惨的景象,给观看者"我"带来了一种无以复加的恐惧。在死亡的"潜隐的存在领域"中,意向行为同样失去意义构成,用现象学来解释就是,被展示的意向行为都无法被意指,因此,被意指的行为意向也就得不到展示和认同。

个体存在的"空无的时间"焦虑是道德观念和实用精神生成的存在之"有"。在这种存在之"有"思维的影响下,人们往往容易为寻找终极的意义获致所累,结果却为证实的"无"所吞噬。在《野草》中,存在着另一种与"空无的时间"相对应的时间经验:"充实的时间"。它是一种激活了生命空间的时间体悟,向着无限和永恒的时间维度展示现时的极境反抗,这种时间经验类似于伊夫·瓦岱所说的"英雄的现时","它视现时为一个常常处于危机状的时代,这个时代要求人们进行斗争,这种斗争无疑比不上昔日显赫一时的战士所进行的战斗那么享有盛名,但它并不比后者缺乏英雄气概。"[1]与"空无的时间"的焦虑情绪不同的是,"充实的时间"中洋溢着一种即时行为选择后的欢欣感。如《题辞》中有对于"过去的生命已经死亡"的"大欢喜"、"大笑"、"歌唱",其现时的意义("存活"、"非虚空")从时间的终点(死亡)中反顾和生成;《复仇》中有"生命的飞扬的极致的大欢喜",他们俩干枯地立在广漠的旷野,至于永久,快意地鉴赏着路人的干枯;《复仇(其二)》中有"沉酣于大欢喜",这是"神之子"玩味着可诅咒和可悲悯的人们对自己的钉杀;《死火》中有"得意的笑",这是死火在面临要么冻灭要么烧完的现时两难时,所作出"那我就不如烧完"的极境选择后的生命狂欢;《死后》中有"在快意中哭出来","我"在对死后的挣扎中获致了一种生命的激情:"只看见眼前仿佛有火花一闪"。"充实的时间"经验存在的心理动因是"因为我终于不能证实:惟黑暗与虚无乃是实有"[2],当行为目的、手段都失去了意义,只有行动本身才有意义时,这种行为在线性时间历程中就是没有意向性的行为,然而在一个瞬时的境域中这种行为意义向多维空间"散播",这时的时间不再是等待由主体将某物填充或丧失了某物的空虚结构,它本身成为主体体验、经验的对象,它不再是工具性的,而是属己的,自身实现着的。

在有与无、实有与虚无、绝望与希望、明与暗、死亡与生命等二元对立的张力场中,

---

① 伊夫·瓦岱:《文学与现代性》,田庆生译,北京大学出版社 2001 年版,第 57 页。

② 鲁迅:《两地书·四》,《鲁迅全集》第 11 卷,人民文学出版社 2005 年版,第 21 页。

"空无的时间"与"充实的时间"的并存使《野草》的时间系统呈现出意义危机与意义扩充"相交的运动"的状态,两种时间经验的对立、抵牾、反刍、抗拒、摇摆、映衬扩展了现时存在的意义构成空间,同时,它们又作为一个整体朝着一个中心运动着,即统摄于现时的选择和反抗。鲁迅运用良好的调节机制平衡了两者的矛盾冲突,既看到了彼此的对立性又洞悉到了相互的统一性。"空无的时间"与"充实的时间"的并存与生成恰是鲁迅时间意识建构的内在心理机制和辩证思维构成。

二、时间"断裂性"的瞬时状态

"过去"、"现在"和"未来"一起构成了时间线性整体,历史发展是按这三维矢性延伸的。就时间意向性而言,过去、将来都是绝对延伸的,过去是向更远的过去的延伸,将来是向更远的将来的延伸,而现在则是一种相对断裂的延伸场态,它是一个从过去的以及将来的生成转变。时间意向性在非历时的时间整体中同样可以获致其命题建构和意义赋予。诚如法国现象学家莫里斯·梅洛-庞蒂认为:"只有当时间不是完整地展开,只有过去、现在和将来不是在同一个方向,才可能有时间。对时间来说,重要的是生成和消失,不完整地被构成。"[①]与鲁迅在小说中通过动态描写来追求叙述时间与空间融合不同的是,《野草》时间的延续不明显,"过去"和"未来"是隐而不明的,意向活动完全被置于当下的空间状态中,现在在世的瞬时状态是文本唯一的时间线索。具体而言,"抛入的此在时间"和"断裂的梦幻时间"是这种瞬时状态的两种类型。

所谓的"抛入的此在时间"是既不需要依附某个或近或远的过去,也不需要投射到某个想象的未来之中,是一种"我在且不得不在"乃至"我在且不得不能在"的此在状态。主体似乎被抛入在现时的荒原空间中,此在的记忆成为主体唯一的记忆。《过客》的时空背景是模糊的:"时:或一日的黄昏。""地:或一处。""或"表征了时间的多歧性,时间的背景就具有了抽象性和模糊性,具体的历史背景被剥离,对于过客来说,"来处"和"去处"都是不清楚的。老翁与过客的三问三答,实质上就是"你是谁?"、"你从哪里来?"、"你要到哪里去?"的存在哲学中基本精神命题。过客的一问三不知让时间主宰的情节变得突然,逻辑联系也被割裂,过客被抛入了一个既没有"来处"又不知"去处"的现在时间形态中,"在路上"成为他的唯一记忆和思想。《这样的战士》中的战士被抛置于"无物之阵"中,"举起投枪"成为他现在瞬时的唯一动作。《求乞者》的中心意象既不是灰色的社会生活及作者的灰色心情,也不是"我"与孩子的两次遭遇,而是"我顺着剥落的(或倒败的)高墙(或泥墙)走路"。作品题曰"求乞者",主要是写"我"的求乞,或者说,"我"的求乞之路。由孩子的求乞,"我"想到自己原来也是一个求乞者。不过,"我"的走路(即求乞)与孩子的求乞是相向而行,暗示着二者完全不同的性质。如果说,孩子的求乞是物质乞讨,处于形而下的层面的话,则"我"的求乞就具有精神寻觅的性质,而处于形而

---

① 莫里斯·梅洛-庞蒂:《知觉现象学》,姜志辉译,商务印书馆 2001 年版,第 519 页。

上的层面。"我"走在尘土飞扬的路上的意象,正象征着精神在受到伤害之后的漂泊流浪,象征着痛苦的灵魂为寻找心灵的避难所所作的漫游。《影的告别》借影子与实体的对话,将自我分裂为二,两个"我"的对话的时间刻度是模糊的,也隐去了过去意识的影响和牵绊:"人睡到不知道时候的时候",同时,对将来廉价的许诺予以否定和怀疑:"有我所不乐意的在你们将来的黄金世界里,我不愿去"。在现在的瞬时中,选择了周旋于"黑暗和虚空",直至被黑暗吞没。《复仇》以广漠的旷野为瞬时空间,那一男一女裸着全身,吸引了众多看客,却毫无动作,从被鉴赏者到复仇者,从看到被看,场景延搁和隐略了时间的流动,营造了瞬时"无血的大戮"的气氛。

除了"抛入的此在时间"形态以外,《野草》还有一种"断裂的梦幻时间"形态。鲁迅利用心理学上的知觉体验,如梦、潜意识、无意识等形成时间的审美幻象,是以直觉方式经验着生命现时存在,于是,时间回到人的精神内部,回到主体的真实内心。《野草》二十四篇作品中,明标写梦的就有七篇,鲁迅曾表示过自己神往于"人间的疆界也不能限制他的梦幻"的"大旷野精神"[1],借助梦境实现了时空的自由组合。因此,在其梦境中,时间记忆呈现出模糊、遗忘、断裂、非连续性等特点,同时,这种梦境都与现在的语境息息相关。

《好的故事》中的梦境美得让人陶醉,确如绽放于地狱边的花朵,但当我要将记忆定格(凝视)时,"骤然一惊,云锦也已皱蹙,凌乱";当试图"追回他,完成他,留下他"时,"何尝有一丝碎影,只见昏暗的灯光"。时间记忆的中断,追忆变成了支离破碎的经验碎片,把人带回了现在的"昏沉的夜"中。《墓碣文》中的碣文是残阙不全的:"剥落很多,又有苔藓丛生,仅存有限的文句",而且叙述性的文字为众多的省略号所打断,记录死者的历史性本文支离破碎,因此,历史的记忆是模糊不明的,历史话语也遭到怀疑,相反,瞬时得到充盈。《失掉的好地狱》通过梦境中的神、魔、人在地狱中的依次更替,隐喻了历史的循环本质,这种境域与鲁迅洞悉到的两种时代的循环"一,想做奴隶而不得的时代;二,暂时做稳了奴隶的时代"是互证自明的,于是,在"油一样沸;刀一样铦;火一样热;鬼众一样呻吟,一样宛转"的轮回中,历史记忆被遗忘:"至于都不暇记起失掉的好地狱"。《颓败线的颤动》写的是前后两个相续的梦,梦中的两组意象所反映的是一个过程的两个断片,用荣格的话说,不过是表现了"人类同一类型的无数经验的心理残迹"[2]。面对着子女的忘恩负义,老妇赤身露体地站在荒野中央,"于一刹那间照见过往的一切"、"又于一刹那间将一切并合"。"一刹那"聚集了所有的时间经验和记忆,同时,无言的沉默和颓败身躯的颤动改变了主体的时间体验和记忆秩序,在失去时间统摄的情形下,呈"空间化"的聚集和撒播形状。《死后》对于未来时间的终结(死亡)的到来也是模糊不清的:"这是那里,我怎么到这里来,怎么死的,这些事我全不明白。总之,待到我自己知道已经死掉的时候,就已经死在那里了。"这是对未来的不可把握性的一种象征,这种非因

---

① 鲁迅:《〈狭的笼〉译者附记》,《鲁迅全集》第 10 卷,人民文学出版社 2005 年版,第 217 页。
② 荣格:《心理学与文学》冯川、苏克译,北京三联书店 1987 年版,第 120 页。

果性的抛置表明时间延续的某些规律(包括时间的终结)也受到了质疑。

　　不管是"抛入的此在时间"形态还是"断裂的梦幻时间"都将关注点指向现在的存在境域。如果说本真的"存在"因受遮蔽而处于一片黑暗、一团神秘中,如果说人类在经验"存在"这伟大神秘时他们的力量变得非常微弱,那么,主体该如何对与自己的本质休戚相关的神秘表达自己的存在态度和生存方式呢?《野草》给予的答案是"执着现在"。鲁迅意识到:"一切理想家,不是怀念'过去',就是希望'将来',对于'现在'这个题目,都缴了白卷,因为谁也开不出药方。"①正是借助这种瞬时沉思和行动的意向性活动,在遭遇界限和冲破界限的既压抑又激动的游离中,存在的主体看到了自我选择的独特性和意义生成。同时,存在的神秘之魅被分解为多种具体成型的可能方式,人们对自身的本质也有了合理的定位。"抛入的此在时间"和"断裂的梦幻时间"既不是线性时间也不是循环时间,而是一个非现成性的、未成定型的、永远处于开放性的瞬时。在停滞而延搁瞬时状态中,展示出了已表达和未表达的无限可能的时间场域。

三、时间"辩证性"的思维与"中间物"意识

　　《野草》时间意识的显在表现是鲁迅的"自我"及其心灵世界在当下的生存状态,而其基本结构却是个人与历史、个人作用与历史运动等问题,主体是在这一结构中形成的,也只有借助这一结构才能得以说明。鲁迅对于主体的当下审视是完全个人化的,然而却包含着深刻沉厚的历史性和现实性内容,他对主体的任何洞悉和调整,都源于对历史文化和社会现实更全面更深刻的感受与认识。所以,在这一孤独痛苦的关于主体的究诘过程中,由历史运动和文化传统所构成的现实关系始终是鲁迅关注的核心命题,而且由于是重新审视"自我"的过程,因此这一历史传统和现实关系在鲁迅当下的意识中又有了一种崭新的形态,它始终是鲁迅"自我"的存在条件或基础,始终是与鲁迅的"自我"处在一个互为制约、互相冲突的矛盾关系中。

　　在鲁迅的意识中,整个中国历史和文化是一个超稳固的恒定系统,"独异"的个人处于这样的历史语境中力量很弱小,过去的历史无可寄寓,"真的人"理想、"黄金世界"也变得虚幻。《野草》创作的现实语境恰逢"五四"的退潮,鲁迅也因此"成了游勇"。在这种历史与现实的语境下,他的"中间物"意识就有了生存的土壤。他说:"一切事物,在转变中,是总有多少中间物的。……或者简直可以说,在进化的链子上,一切都是中间物。"②落实到《野草》中,这种"中间物"意识的内涵包孕以下三重辩证关系:

　　第一,绝对与相对的对立统一。绝对主义导向了时间的理想主义,它用对未来的企盼替代了、模糊了对现实的认识和对现实的反抗,反过来又用模糊了的对现实的认识和对现实的反抗模糊了对未来的认识和对未来的追求。《秋夜》中,"瘦的诗人"的梦就有

①　鲁迅:《两地书·二》,《鲁迅全集》第 11 卷,人民文学出版社 2005 年版,第 15 页。
②　鲁迅:《写在〈坟〉后面》,《鲁迅全集》第 1 卷,人民文学出版社 2005 年版,第 302 页。

这种绝对主义的倾向:"秋虽然来,冬虽然来,而此后接着还是春,胡蝶乱飞,蜜蜂都唱起春词来了。"显然,鲁迅对此是持否定态度的,他关心相对阶段中自我的人生选择:正视现在、正视现在的空间环境;正视自我、正视现在自我的生存和发展。"中间物"意识表明历史演进的是一个运动的矛盾过程,因此,"相对中看取绝对"是其题中应有之义。任何主体意向活动和行为选择,都是在一个特定的时空段中进行的,都是在一个特定时空段中发挥作用、获得其意义和价值的。但在这有限和特定的时空段中,一种意向行为和思想选择的意义和价值就具有了绝对的性质,就有了真假是非美丑的绝对性的标准,相对时间运动的倾向也就不断敞开自明。以《影的告别》为例,"天堂"是完善完美的,"地狱"是全恶全丑的,而"黄金世界"是虚幻未来的隐喻,这些绝对极致的想象与相对过渡的现实语境不相契合,与"仍应该和光阴偕逝,逐渐消亡"的"中间物"意识也不符实。鲁迅不承认历史发展、人生、艺术和社会形态的至善至美的"极境",不承认现在的"完美"与"圆满"。他说:"倘使世上真有什么'止于至善',这人间世便同时变了凝固的东西了。"[1]于是,"不愿彷徨于明暗之间"、"在黑暗里沉没"的行为意向就成了绝对的选择,是相对历史运动的必然要求。这是鲁迅从相对出发,注重相对过程,向绝对追求的时间辩证法。

第二,虚无与实有的转化生成。"生成"(issue)是指一事物源于某些事物而出现但又不能通过还原方式化为该物的情况,"生"是开端,"成"是结果。胡塞尔认为:"意义的生成与意识的意向性紧密相联。所谓意向性,就是意识对某物的一种指向性。意向行为和意向对象则构成它的基本结构。意义的实现则有赖于具体的意向行为和有意识的意向对象。"[2]鲁迅在《希望》中说过:"绝望之为虚妄,正与希望相同",这句援引自裴多菲的名句非常适合理解这种生成关系。鲁迅与海德格尔一样,都将"虚无"看成是理解本真存在的前提和条件。"虚无"似乎是可怕的虚空,是行为意义悖谬的主要原因,难能可贵的是,鲁迅从"虚无"出发,看到了生成"实有"的肯定性的力量。而这种"有"正是自己走出心灵矛盾旋涡的最大心理动力。在他看来,"虚无"不过只是生命的另一种特殊的存在形式。从这个意义上看,个体生命的"虚无"并不是某种真正绝望的虚无,而是绝对客观规律中的相对构成。《题辞》中,置于虚无境地(地火和熔岩之上)的"野草"获致了一种存活和非虚空的"实有";《影的告别》中在无地中彷徨的被黑暗沉没的"影"的行为意义扩充于"那世界全属于我自己"的自由精神;《死火》中的"死火"用"那我就不如烧完"的姿态,得到了生命飞扬的极致快感;《墓碣文》中的"我"既从墓碣文中看到了"于一切眼中看见无所有"的"虚无",同时又看到了"虚无"背后的希望:"于无所希望中得救"。由此,鲁迅不仅在现实语境中看见了"无"的存在,也在其中发现了老庄式的"无中生有",而后者正是"中间物"主体存在和意义扩充的主导因素。

第三,批判社会与解剖自我的内外因兼及。意向性活动不仅指向认识的客体,还反

---

① 鲁迅:《黄花节的杂感》,《鲁迅全集》第 3 卷,人民文学出版社 2005 年版,第 428 页。

② 倪梁康:《胡塞尔现象学概念通释》北京三联书店 1999 年版,第 19 页。

思于认识的主体,即这种意向性本身就是一种反思过程。"并非什么前途的目标,范本"的"中间物"需要理性批判社会、决绝解剖自我来消弭厨川白村所谓的"外部而至"的压抑之苦和"自己这本身"的压抑之苦。"外部而至"的压抑之苦是指经历了辛亥革命、袁世凯称帝、张勋复辟、新文化运动的分化等历史事件,对此,作为启蒙先驱的鲁迅倍感彷徨和失望。他与其他先觉者一道以西方话语承载文化启蒙或政治启蒙的社会使命,中国现代文学也就在其所谓"现代性"光环的遮蔽下,张扬了中国传统文化的"入世精神"。这种实用功利主义思维在《野草》中也多有表现。在《聪明人和傻子和奴才》中,傻子作为奴才的拯救者发出的反抗的呐喊不仅没有得到奴才的回应,反而被奴才看做敌人加以驱赶。在这一系列拯救与被拯救者的话语意义的巨大反差中,启蒙者与庸众对话的努力全部被转化成为了一些痛苦、羞辱、恐惧的历史记忆。《复仇(其二)》中,作为启蒙者耶稣的声音不仅未能唤醒民众,而且被民众的声音所淹没和扼杀。《复仇》中两个裸身立者心中奔突的"熔岩"和"地火"却在众人那无聊的眼光赏玩下默默地干枯。《风筝》中,旧时记忆的阴影在"我"的心中积压成"很重很重地堕着,堕着"的铅块,"我"想在主动的悔过中释放这种精神上的重压,与弟弟重建和睦的亲情关系。然而,弟弟不仅不听"我"的忏悔之辞,而且既不追问,也不对过去的事加以提问,由此,弟弟的拒绝将"我"变成了独白者,而不是对话者,"我"的对话努力转化成为了一厢情愿的笑话。

"自己这本身"的压抑之苦是过渡阶段必然衍生的分裂心理,是一种对外在世界和存在空间的否定态度投射和指向自身的忏悔意识。鲁迅感到"从旧营垒中来,情形看得较为分明,反戈一击,易制强敌的死命";然而另一方面,正因为从旧营垒中来,又背负着古老传统的"鬼魂",摆脱不开,深陷于历史与现实中。《野草》中的内在压抑之苦之所以比外在压抑之苦更加繁复、深广,就在于它更为强烈地浸透着鲁迅那奔突迸裂、躁动飞扬、忧愤深广的独特的人生感受和生命体验。正像鲁迅所说:"我的确时时解剖别人,然而更多的是更无情面地解剖我自己。"这种解剖在其作品《墓碣文》中表现得最为深刻。作品通过"我"梦中观墓碣文的意象演进,表现了曲折反复、矛盾不已的自我反观,自我否定的心灵搏斗过程。首先看到的是虚无的"深渊"、"无所有",接着表明了对这种虚无的否定:"于无所希望中得救",同时,这种反省式的"抉心自食"是不容易的,因其"创痛酷烈",于是有了死尸"成尘"的微笑,用彻底的方式表现了虚无,最后"我"的疾走,再一次进行了否定。鲁迅认为,生存于这样的过渡时代和历史文化中,就只能以这种历史条件为前提,只能扮演一个不新不旧、亦新亦旧的过渡性角色。

按海德格尔"时间性的绽出"的观点,时间性是源始的、自在自为的"出离自身"本身。阐述的就是"向自身"、"回到"、"让照面"的现象性质[1]。鲁迅将自己的时间意识建构于历史与现实世界的本体之上,他的思考不是要引导人们步入彼岸世界,而是现实世界。在他的思想中,实践始终居于重要的地位。通过"执着现在"的沉思,鲁迅洞悉到隐喻于时空范畴背后的存在意义的构成:主体不被现实时空认同,意味着主体不受现实

---

① 海德格尔:《存在与时间》,陈嘉映、王庆节译,北京三联书店 1999 年版,第 375 页。

时空的约束,既然现实为主体准备的是一个时空意义失范的此在时间,那么鲁迅何尝不可以自我赋予自我以意义而使一切现实规则秩序失效?这是一种颇具浪漫精神质素的历史观念,与其早期著述(如《文化偏至论》、《摩罗诗力说》、《破恶声论》)所彰明的"由主观为客观立法,主体精神处于高度自在和自由的状态"精神一脉相承①。综上所述,《野草》的历史意识是建构在鲁迅主体时间意识流动与社会历史运动互文应证的基础之上的,通过主体及其思维意识的变动来透视和看待历史过程,于是,主体在突入历史运动的沉静和恒态中,历史被吹进了生命的气息,有了可把握的内容,同时,鲁迅独特的个人时间意识也就在这种历史的境域中绽出和确证。

(本文与陈国恩教授合作,原载《贵州社会科学》2008 年第 10 期)

---

① 陈国恩:《世纪初的启蒙与中国现代浪漫主义文艺观的萌芽》,《鲁迅研究月刊》1999 年第 12 期。

社团流派研究

新文学的诸种现代性

——"五四"社团文学主流形态之差异

潘正文

从"社团文学"角度出发把握中国现代文学史,是中国现代文学史研究中最为成熟的做法之一。《中国新文学大系》作为第一部对中国新文学进行全面梳理与总概的文学史,其编撰体系正是以社团文学为经纬而展开的。"五四"社团文学是中国新文学史的基石,因此是研究成果最为集中的领域之一。目前,"五四"社团文学研究的普遍做法是"影响论"的做法。一种研究方法是从个性主义、人道主义等文化思潮的影响来进行论述,如目前已成定论的说法:人道主义思潮构成了《新青年》群体与文学研究会现实主义(写实主义)文学的基础,而个性主义思潮则成为了创造社的浪漫主义文学之底色。这诚然有相当的道理,但是,为什么《新青年》人道主义/现实主义的主流文学形态是"批判国民性"的文学;而作为继承者的文学研究会的人道主义/现实主义,其主流文学形态却是大相径庭的"爱"与"美"的文学? 同时,《新青年》群体与文学研究会不也同样尊重个性吗? 为什么他们没有像创造社那样走向"浪漫主义"去"喊叫本身苦闷"呢?[1] 另一种研究方法,是从国外文学思潮影响的角度来进行研究,如现在已成定论的说法:《新青年》与文学研究会的现实主义文学是俄国与北欧现实主义文学思潮影响的结果,创造社的浪漫主义则是日本和欧美浪漫主义、"新浪漫主义"文学思潮影响之下的产物。但是,在"五四"时期国外各种文学思潮纷纷涌入的开放语境下,写实主义(自然主义)、浪漫主义、"新浪漫主义"(包括各种现代主义文学思潮)构成了《新青年》、文学研究会、创造社的共同影响环境,当年文学研究会的理论代表沈雁冰提出,中国文学如要走向世界,就必须"将西洋文学进化途中所已演过的主义"在中国也来"演一过"[2]。那么,又是什么决定了这三个群体对外来文学思潮的不同选择的呢?

本文认为,《新青年》派、文学研究会、创造社在文学上的不同选择和走向,还涉及到文学"发生学"的问题,而在这一"发生过程"中真正起决定性作用的,是这三大文学群体各自相异的现代性构想和认同。《新青年》派的现代性构想主要是"启蒙现代性",文学研究会偏向于"乌托邦现代性",而创造社则以"审美现代性"为宗。由于这三个群体在

---

① 沈从文在《论郭沫若》一文中,用简括的语言将创造社文学的主要表现形态归纳为"喊叫本身苦闷的新派"。见《沈从文全集》,北岳文艺出版社,2002年版,第16卷156页。

② 沈雁冰:《文学作品有主义与无主义的讨论——复周赞襄》,《小说月报》,1922年2月15日,第13卷2号。

接受外来文化与文学思潮之影响的现代性基石这一前提不一,其结果是三者所持的个性主义、人道主义之"名"虽然为"一",而其各自背后的现代性内涵之"实"则异。明白一句,《新青年》派的人道主义与文学研究会的人道主义,并不完全同质;而创造社的个性主义与其余两家的个性主义,其底色也并不完全相同。这种差异,决定了这三大文学群体文学内涵的互异。同时,正是因为这三大文学群体的现代性方案不同和现代性体验互异,导致了它们在接受写实主义、浪漫主义等外来文学思潮时做出了不同选择,并最终形成了各自相异的主流文学形态。

一、启蒙现代性:现代民族国家构想与《新青年》现实主义取向的国民性批判文学

众所周知,陈独秀在谈到"五四"新文化运动与"文学革命"的出发点时,这样概括道:"要拥护那德先生,便不得不反对孔教,礼法,贞节,旧伦理,旧政治。要拥护那赛先生,便不得不反对旧艺术,旧宗教。要拥护德先生,又要拥护赛先生,便不得不反对国粹和旧文学。"①这无疑表明,《新青年》派文学的现代诉求,并不在于文学审美的自身问题,而在于文学是否能服务于"民主"和"科学"的现代民族国家建构问题。

但这只是问题的表面,留学英国多年,后来被称为"老新党"的严复,是当年"民主"与"科学"的先知先觉,他为什么不赞成《新青年》派的"伦理革命"与"白话文学革命"呢?这里的关键,并不在于要不要"民主"与"科学"本身,而在于"民主"与"科学"除了作为"立国"的标准之外,是否应该成为"文学"标准的通约性问题。按照胡适的说法,这是"态度"的问题。他指出:"五四""新思潮的根本意义只是一种态度。这种新态度可叫做'评判的态度'……'重新估定一切价值'八个字,便是评判的态度的最好解释。"②也就是说,在《新青年》派看来,传统的一切都必须放在"理性"的天平上重新加以衡量和评价,而不因为它是传统和习惯就加以袒护。按照现代性知识类型的划分,奉"理性"为通约性法则的现代性,被称为"启蒙现代性"。恩斯特·卡西尔指出,启蒙哲学的基本方法论特征是实证分析和理智重建③。康德宣称,"要有勇气运用你自己的理智,这就是启蒙运动的口号"④。《新青年》派的现代民族国家构想,以"启蒙现代性"为宗,奉"理性"为"同一性"法则,这是其文学现代性诉求的基础,也是它与要求无条件地保留中国的伦理传统和文学传统的"老新党"区别之所在。

"启蒙现代性",是现代民族国家构造的理据之所在,它包括"科学"的实证方法论法则,个性主义与人道主义的人文原则,进步主义的历史观,以法理来保障"自由竞争"的

---

① 陈独秀:《本志罪案之答辩书》,《新青年》,1919年1月15日,第6卷1号。
② 胡适:《新思潮的意义》,《新青年》,1919年12月1日,第7卷1号。
③ 参见卡西尔:《启蒙哲学》,顾伟铭等译,山东人民出版社,1988年版,第13—15页。
④ 康德:《答复这个问题:"什么是启蒙运动?"》,载于《历史理性批判文集》,何兆武译,商务印书馆,1990年版,第22页。

"民主"制度等等,而"理性"是在这些领域具有通约性效力的"元叙事",是总前提。"启蒙现代性"的这些特点,对《新青年》派的主流文学形态造成了决定性的影响。

首先,"理性"原则普世地位的确立,实际上已经决定了《新青年》派对于文学思潮的选择只能是"现实主义"。从创作精神上看,陈独秀在《青年杂志》发刊词《敬告青年》中,将"科学"一词与理性、实证相联,视为进步的标志,而把对立面的虚文、想象等等视为保守,这实则上已经暗含"现实主义"精神优势地位的确立。不久,陈独秀直接提出,科学精神是"现实主义"的精神,"此精神磅礴无所不至,……见之美术者,曰写实主义,曰自然主义"①。其次,从创作方法论的角度看,胡适在《建设的文学革命论》中提出的几条所谓"好的创作方法"的出发点,也是以"理性"为准则的:1、"集收材料的方法——注重实地的观察和个人的经验",2、结构的方法——剪裁、布局,3、描写的方法。以"观察"(客观性)、"结构"(严密性)等为重的方法,显然是写实主义的创作方法,而其背后的标准则是"理性"的逻辑标准。胡适认为中国文学方法不完备的理由,同样也是以"理性"的逻辑作为前提的:散文只有短篇,没有布置周密,论理精严,首尾不懈的长篇②。所以,《新青年》派对于写实主义文学的追求,实际上就是对于"理性"精神与方法论的追求,其背后起决定作用的是服务于现代民族国家建构的"启蒙现代性"。

其次,在《新青年》上所谓奠定了"新文学内容"的"人的文学"——人道主义、个性主义的文学,同样也建立在以"理性"为通约性法则的"启蒙现代性"基础之上。当然,在这个人文性极强的领域,"理性"并不是仅指"科学"的逻辑方法,而是要求把"人"放在理性的天平上加以重新衡量与评价,得出"人"与"非人"、"个人"与"奴隶"、"庸众"的结论,从而加以赞成和反对。《新青年》派个性主义与人道主义的追求,主要体现为个人的"理性自律"与周作人所谓的"人间理性"。对于鲁迅而言,个性主义所意味的并不是"利己之义"③,而是以个人的理性自律培养出一种雄强的人格来对国家、社会的责任作出承担。《新青年》第4卷6号的"易卜生号",是"五四"新文学对于个性主义的集中探讨。胡适在《易卜生主义》一文中说:"有益于社会的最好法子莫如把自己这块材料做好了"。这是以"己"为先的个性主义宣言,但这种"己"并不是非理性意义上的"欲望"之个人,而是对民族、国家负"责任"的理性意义上的个人。胡适心目中的个性主义原则,是"使个人担干系,负责任"④。同样,周作人《人的文学》中所谓的"人道主义",也是以"理性"为准则的。周作人指出,"凡兽性的余留与古代礼法可以阻碍人性向上的发展者,也都应排斥改正⑤。在这里,为周作人所排斥的是非理性的欲望和野蛮(兽道主义)和非理性的礼教"天理"(神道主义),而他所追求的则是"个人主义的人间本位主义"——也就是所谓的"人间理性"。所谓"人的文学",就是以追求"人间理性"为内容的文学。

---

① 陈独秀:《今日之教育方针》,《新青年》,1915 年 10 月 15 日,第 1 卷 2 号。

② 胡适:《建设的文学革命论》,《新青年》,1918 年 4 月 15 日,第 4 卷 4 号。

③ 参见鲁迅:《文化偏至论》,《鲁迅全集》,人民文学出版社,1981 年版,第 1 卷 50 页。

④ 参见胡适:《易卜生主义》,《新青年》,1918 年 6 月 15 日,第 4 卷 6 号。

⑤ 周作人:《人的文学》,《新青年》,1918 年 12 月 15 日,第 5 卷 6 号。

最后，我们来讨论《新青年》的主流文学形态为什么是"国民性批判"的问题。这里的因素当然是非常复杂的，如峻急的民族救亡心态，日本国民性批判思潮的影响，等等。但其内在理据，则是以"理性"为法则的进步主义历史观在起着关键作用。传统中国的历史观，是以"天道"为元起点的一种"循环观"，其特点是以四季互变及阴阳互化比附历史：盛极而衰、一治一乱、历史循环。在这种循环论的历史观念之下，传统中国的所谓"维新"，实为"复古"，就是回到"三代之治"、"唐虞之治"去。因此，自然无所谓以西方的"新"来批判中国的"旧"这一国民性批判的问题。这种循环观，在近代中国被所谓符合科学"公理"的"进步"观念所取代。其理论基础来自于严复的《天演论》。按照进化的观念，历史是以符合科学的"理性"法则朝前发展的——"且演且进，来者方将"①。而决定"进化"的要素，则是：物竞天择，适者生存②。于是，历史被放在了一条时间线上，按照"竞争力"的强弱进行重新排序。陈独秀的《青年杂志》发刊词云："世界进化，骎骎未有已焉。"③按照"抵抗力"④（按，竞争力）的强弱，陈独秀对中外文化进行了新与旧的排序，指出：中国文明"其质量举未能脱古代文明之窠臼"，"近世文明者，……即西洋文明也"⑤。汪叔潜指出："所谓新者，无他，即外来之西洋文化也"；"所谓旧者，无他，即中国固有之文化也"，故而无法调和⑥；鲁迅"总觉得洋鬼子比中国人文明"⑦，等等，其立论的基础都来自于所谓符合"公理"的进化主义历史观。这种竞争、进步的理性历史法则，颠覆了视中、外为不同文明类型而各有优劣的所谓"保守"、"调和"历史观，因"竞争力"较弱而排序靠后的中国传统文明及其所培养出来的国民遂受到了全面的批判。

陈独秀从"生存竞争，势所不免"的角度出发，指出处在历史进化末端的中国文明，其"固有之伦理，法律，学术，礼俗，无一非封建制度之遗，持较晳种之所为，以并世之人，而思想差迟几及千载"，进而批判中国传统伦理："忠孝节义，奴隶之道德也"⑧。被誉为中国现代文学正式开山作品的鲁迅的《狂人日记》，以"理性"的"新"标准，重点批判了中国"旧"文化"吃人"的非理性本质，以及"围观者"和"被吃者"的麻木国民性——缺乏理性与自律精神的"庸众"。作为现代杂文之祖的"随感录"，为《新青年》文学创作之大宗，是国民性批判的集中产品。其文体和内容取向，集中体现了"启蒙现代性"的要求和特点。首先，"随感录"是一种"理性化"的文体，它带有文化论文与政论的色彩，以说理和批判现实为主，符合"实证"、"科学"、"写实"的理性法则。其次，从具体内容上看，"随感

---

① 严复：《天演论（上）·导言一·案语》，《严复集》，中华书局，1986 版，第 5 册 1325 页。
② 参见严复：《天演论（上）·导言一·察变》，《严复集》，中华书局，1986 版，第 5 册 1324 页。
③ 陈独秀：《敬告青年》，《青年杂志》，1915 年 9 月 15 日，第 1 卷 1 号。
④ 陈独秀：《论抵抗力》，《青年杂志》，1915 年 10 月 15 日，第 1 卷 2 号。
⑤ 陈独秀：《法兰西人与近世文明》，《青年杂志》，1915 年 9 月 15 日，第 1 卷 1 号。
⑥ 汪叔潜：《新旧问题》，《青年杂志》，1915 年 9 月 15 日，第 1 卷 1 号。
⑦ 鲁迅：《两地书·二九》，《鲁迅全集》，人民文学出版社，1981 年版，第 11 卷 89 页。
⑧ 陈独秀：《敬告青年》，《青年杂志》，1915 年 9 月 15 日，第 1 卷 1 号。

录"的矛头所指,是反"科学"的迷信、道教、阴阳家、灵学,非理性盲从的"合群的自大",缺乏个人自尊与理性承担的"奴隶性",以非理性的"天理"扼杀人性的缠脚、贞节、吃人(不合于"人间理性")。"理性"是其批判的准绳。

因此,真正在《新青年》的现实主义、国民性批判文学形态中起决定性作用的,主要是服务于现代民族国家建构的"启蒙现代性"。或者可以说,《新青年》派的文学现代性诉求,是以"启蒙现代性"为内在理据的现代民族国家构想的产物。

二、乌托邦现代性:"大同"构想与文学研究会理想主义取向的"爱"与"美"文学

与《新青年》派有师承关系的文学研究会,当然对于前者的现代性构想多有继承。但是,长期为研究界所忽视的是,文学研究会所继承的主要是《新青年》后半程的现代性构想——"乌托邦现代性"。"乌托邦现代性",汪晖又将其称之为"超越现代性",它是对现代性一种特殊类型的概括,主要"表现为大同的理想和世界管理"①的现代性构想。与"启蒙现代性"的"现代民族国家"构想不同,"乌托邦现代性"所构想的国度是人类一家、"世界大同"的人类主义理想国;同时,在实现手段上,它反对"民主"社会的"竞争"法则,而以"互助"为"世界管理"法则。"乌托邦现代性"构想,导致了文学研究会与《新青年》的"人道主义"底色大异其趣,从而引发了充满理想色彩的"爱"与"美"文学思潮的兴盛。

"世界大同"的"乌托邦现代性"构想在近代中国最早起步于康有为,后来众多的无政府主义人士也将人类的远景目标定为"世界大同"。但是,在近代中国处于剧烈国际竞争的大环境中,"乌托邦现代性"构想只能是国内文化界的一种潜流。这原因,可以从梁启超的话中得到解释:"宗教家之论,动言天国,言大同,……此等主义,其脱离理想界而入于现实界也,果可期乎?"②因此,陈独秀办《新青年》时明确提出以"民主"的现代民族国家为目标。国内文化界现代性构想的转型,是从"第一次世界大战"的局势日渐明显开始的。1918年间,被认为代表着"竞争"、"国家主义"的德国的败数已定。这一局势,促发了《新青年》同仁对于"互助"的"世界管理"体系的构想。高一涵指出,"一战"之后必然出现的局面是:"于是信赖民族竞争之小国家主义者又一变而神想乎人道和平之世界国家主义。欧战告终,国际间必发生一种类似世界国家之组织,以冲破民族国家主义之范围"③。蔡元培认为,"现在世界大战争的结果,协约国占了胜利",将来一定是民族主义、种族主义消灭,"大同主义"发展④。陈独秀在战后指出,所谓"国家","不过是

① 汪晖:《现代中国思想的兴起》,北京三联书店,2004年版,上卷,第2部747页。
② 梁启超:《新民说》,《梁启超全集》,北京出版社,1999年版,第3卷663—664页。
③ 高一涵:《近世三大政治思想之变迁》,《新青年》,1918年1月15日,第4卷第1号。
④ 蔡元培:《黑暗与光明的消长——在庆祝协约国胜利大会上的演说词》,《北京大学日刊》,1918年11月27日。

一种骗人的偶像"。"现在欧洲的战争,杀人如麻,就是这种偶像在那里作怪","各国的人民若是渐渐都明白世界大同的真理,……这种偶像就自然毫无用处了"①。李大钊也指出,人类进化是沿着"世界大同的通衢"向前行进的②。周作人则适时地引进了日本武者小路实笃以"互助""造成大同社会"的"新村""Utopia"(按,乌托邦)③。1919 年至1920 年间,以实现"世界大同"为理想的新村运动、青年工读互助运动在新文化界和青年当中广泛开展。1920 年 8 月 16 日,觉悟社、少年中国学会、人道社、曙光社、青年互助团五个团体联合组成了名为"改造联合"的团体,宗旨是:"本分工互助的精神","组织一个打破一切界限的联合"的"大同世界"④。至此,新文化界的思想主流,从现代民族国家构想转向了世界主义的"大同"构想,"乌托邦现代性"一时之间取代"启蒙现代性"占据了主导地位。

文学研究会的成立,其社团基础正是来自于以"大同"为宗旨的"改造联合"团体⑤。"互助"实现"大同"的"乌托邦现代性"构想,很自然地成为了文学研究会的思想主流。因宣扬新村的"大同"理想而"在青年中声名大振"的周作人⑥,成为了文学研究会成立初期的精神盟主。周作人指出,他"对于新村有极大的憧憬,在文学上也就有些相当的主张"⑦。这"相当"的主张,就是他在《新文学的要求》中所指出的:"现在知道了人类原是利害相共的,并不限定一族一国","这样的大人类主义,……也就是我们所要求的人道主义的文学的基调";"这人道主义的文学,我们前面称他为为人生的文学,又有人称为理想主义的文学"⑧。周作人以"大人类主义"的"大同"为目标的"理想主义"文学取向,直接体现到了文学研究会的文学主张当中。《文学研究会丛书缘起》宣称:"我们觉得文学是不容轻视的,他的伟大与影响,是没有什么东西能够与之相并的。他是人生的镜子,能够以慈祥和蔼的光明,把人们的一切阶级、一切国界、一切人我界,都融合在里面"⑨。文学研究会的理论主将沈雁冰宣称:文学作品是"沟通人类感情代全人类呼喊的唯一工具,从此,世界上不同色的人种可以融化可以调和"⑩。消除阶级、国界、人我界以实现人类"大同"的理想,一时之间主导了文学研究会的集体文学想象。

文学研究会代表作家冰心的小说《国旗》,是发挥"大同"想象的代表性作品。小说描写的是不同国籍的儿童之间的朋友之爱对国家之爱的突破,那阻隔了"天真的,伟大

① 陈独秀:《偶像破坏论》,《新青年》,1918 年 8 月 15 日,第 5 卷 2 号。
② 李大钊:《联治主义与世界组织》,《新潮》,1919 年 2 月 1 日,第 1 卷 2 期。
③ 周作人:《日本的新村》,《新青年》,1919 年 3 月 15 日,第 6 卷 3 号。
④ 见《少年中国》,1920 年 11 月 15 日,第 2 卷 5 号,"附录"栏中。
⑤ 文学研究会的发起骨干和主要成员,均来自于曾参与组织"改造联合"团体的觉悟社、少年中国学会、人道社、曙光社、青年互助团,其中以郑振铎等人为首的人道社是文学研究会的发起主体。
⑥ 倪墨炎:《苦雨斋主人周作人》,上海人民出版社,2003 年版,第 107 页。
⑦ 周作人:《周作人自编文集·艺术与生活·序》,河北教育出版社,2002 年版。
⑧ 周作人:《新文学的要求》,《晨报》,1920 年 1 月 8 日。
⑨ 《文学研究会丛书缘起》,阿英编选《中国新文学大系·史料、索引》,上海良友图书印刷公司,1936 年版,第 73 页。
⑩ 沈雁冰:《文学和人的关系及中国古来对于文学者身份的误认》,《小说月报》,1921 年 1 月 10 日,第 12 卷 1 号。

的爱"的国旗,最后"幻成了一种新的标帜"——人类"大同"。小说的寓意旨在说明,国家是妨害人与人之间相爱与互助的最大障碍,只有消除国界所造成的隔阂而向人类"大同"凝眸,人类才能真正步入充满了"爱"与"美"的理想国。叶圣陶的童话《小白船》,同样是"大同"理想的一种想象和隐喻:孩子的"迷路",象征着人类从理想家园迷失;而重回理想国的答案则是:"爱"、"善"、"纯洁"。与叶圣陶一起跟着周作人做过"新村"的"大同"梦的郑振铎①,一语中的:作者"梦想一个美丽的童话的人生"②。正像郭沫若所指出,又还有什么比"新村"的"大同"理想国更富有童话色彩呢?③ 像冰心、叶圣陶这种基于"大同"理想想象的"爱"与"美"文学,得到了文学研究会内部的强烈呼应。《小说月报》上署名"赤子"的文章赞道:"《国旗》是一篇极好的作品……在此发现了她对于国家的观念。她觉得国界是不应当分的,人类是应当合一的,因此她对那隔开人类的友爱的'国旗'下以最猛烈的攻击……这篇里表现的作者,最为伟大,现在的世界正急切的需求这等的作品呵!"④"互助"(爱)实现"大同"的"乌托邦现代性"构想,导致了文学研究会"爱"与"美"的文学走向滥觞。

　　"乌托邦现代性"的理想主义想象,改变了《新青年》文学以"国民性批判"为主流的阴沉色调,使得文学研究会文学多了一层人性乐观主义的色彩。这不仅体现在文学研究会放弃了《新青年》那种以批判国民的阴暗面为取向的"随感录"(杂文)这一文体,而且体现为文学研究会对中国的国民性赋予了美好的想象。沈雁冰指出:"我相信一个民族既有了几千年的历史,他的民族性里一定藏着善点;把他发挥光大起来,是该民族不容辞的神圣的职任。中华这么一个民族,其国民性岂遂无一些美点?"⑤这番话肯定不会让同样是人道主义、"为人生"的鲁迅完全同意。但从实现"大同"的角度看,沈雁冰倒是对的。要是没有人与人之间相爱与互助的美好人性,"大同"理想国又如何可能建立?因此,即使是对于文学研究会中最为写实的叶绍钧而言,茅盾指出他写的最多的也是"在'灰色'上点缀一两点'光明'的理想的作品"⑥。文学研究会的主要代表作家群集于"爱"与"美"的理想人性的描写,就毫不足怪了。王统照《微笑》中一个女犯人的带着善意的"慈祥的微笑",居然使小偷阿根得到感化和超度,从此变成了一个"有知识的工人"。冰心《超人》中那个冷冰冰的毫无感情的超人何彬,因为被可怜的禄儿唤起了爱的

---

①　叶圣陶是继周作人之后加入日本新村的会员,参见童炳月:《周作人与〈新村〉杂志》,《中国现代文学研究丛刊》1998年第2期。郑振铎与周作人的认识,也是因为新村的关系。详细情形可参见钱理群:《周作人论》,上海人民出版社,1991年版,第351—353页。

②　郑振铎:《〈稻草人〉序》,见叶绍钧《稻草人》,商务印书馆,1923年版。

③　郭沫若在谈到满屋子都是童话书籍的穆木天时有这样一段话:"那时听说他参加了周作人的'新村'运动,我也觉得像他这种童话式的人也恰好和'新村'相配"。见郭沫若:《创造十年》,《郭沫若全集》(文学编),人民文学出版社,1992年版,第12卷110页。

④　赤子:《读冰心女士作品底感想》,载《小说月报》,1922年11月10日,第13卷11号。

⑤　郎损(沈雁冰):《新文学研究者的责任与努力》,《小说月报》,1921年2月10日,第12卷2号。

⑥　茅盾:《中国新文学大系·小说一集·导言》,见《中国新文学大系·小说一集》,上海良友图书印刷公司,1935年版,第23页。

激动，一场梦后就变成了热心肠的爱人的人。文学研究会文学中"爱"与"美"的理想人性，无疑昭示了"大同"人道主义的乐观色彩。

只要对比一下同是"为人生"、"人道主义"，但坚守《新青年》的国民性批判文学传统的鲁迅，我们就可以进一步发现"乌托邦现代性"构想在文学研究会"爱"与"美"文学中所扮演的关键角色。鲁迅虽然在 1919—1920 年间翻译了日本"新村"领袖武者小路实笃的《一个青年的梦》，但他对"互助"、"大同"的"黄金世界"充满了怀疑。1920 年 10 月，鲁迅在《头发的故事》里通过小说主人翁提出了这样的问题："改革么，武器在那里？工读么，工厂在那里？"，"我要借了阿尔志跋绥夫的话问你们：你们将黄金时代的出现豫约给这些人们的子孙了，但有什么给这些人们自己呢？"[1]鲁迅早年认为："夫人历进化之道途，其度则大有差等，或留蛆虫性，或猿狙性，纵越万祀，不能大同"[2]。后来他仍然认为："公道和武力合为一体的文明，世界上本未出现"[3]。鲁迅眼中的世界，仍然是以现代民族国家为影像的"竞争"的世界，而不是发挥"大同"理想的"互助"的世界。鲁迅的《野草》《复仇·其二》中爱的使者耶稣的命运，是被兵丁们穿上紫袍，戴上荆冠钉了十字架，并被人灌以没药，"四面都是敌意，可悲悯的，可咒诅的"；"路人都辱骂他，祭司长和文士也戏弄他，和他同钉的两个强盗也讥诮他"。而信仰"互助"、"大同"的叶圣陶，其《恐怖的夜》中逃难的路人给予作为爱的使者的兄弟俩的回报，是他们相信了"人生确有可爱"：人与人之间互助互爱，世界就有了温暖。冰心《世界上有的是快乐……光明》、《爱的实现》和王统照的《微笑》中，无论是孩子小岚的爱还是诗人静伯的爱抑或女犯人的爱，都同样得到了丰厚的回报。从人物关系模式上看，鲁迅笔下人与人之间的关系是"竞争"关系——"四面都是敌意"；文学研究会代表作家笔下的人物关系是"互助"关系——"爱"与"美"。现代民族国家之间的"竞争"焦虑，化成了鲁迅批判国民性的冷峻，笔下不饶恕任何一个人；而对于"互助"实现"大同"的向往，则化成了文学研究会代表作家笔下的人性理想光辉——"爱"与"美"。

文学研究会"爱"与"美"的文学中当然也有批判现实的人道主义写作，但是，它仍然与鲁迅批判国民性的人道主义写作大异其趣。其一，鲁迅的人道主义准绳，是"启蒙现代性"，是"理性"，其批判的矛头指向，是麻木国民性背后的封建礼教——非理性的"吃人"文化；其人性理想，是非奴隶性的可以对现代民族国家负责的理性个人，故其笔下人物很难用"爱"与"不爱"的问题来进行评判。但文学研究会的人道主义准绳，是"乌托邦现代性"，其背后是互助主义的"大同"，其批判的矛头指向是人与人之间缺乏理解、同情、爱所造成的不幸结果；其人性理想，是超越于常人的人——可以促进"大同"的爱心使者，故其作品中的人物可以直接用"爱"与"不爱"来进行评判。我们且看叶圣陶的《晓行》，作品叙述了两个农民即使是用同一架水车干活，彼此也老死不相往来——隔膜（不

---

① 鲁迅：《头发的故事》，《鲁迅全集》，人民文学出版社，1981 年版，第 1 卷第 465 页。

② 鲁迅：《破恶声论》，《鲁迅全集》，人民文学出版社，1981 年版，第 8 卷第 32 页。

③ 鲁迅：《忽然想到（十）》，《鲁迅全集》，人民文学出版社，1981 年版，第 3 卷第 88—89 页。

爱）。两个农民承认，如果当初他们齐心协力抵抗两年前的虫灾，现在的日子会过得好得多。其批判的重点所在，是不肯互助与合作实为比天灾更大的灾难：隔膜，必然妨害"大同"。叶圣陶出版的第一部小说集取名《隔膜》，正是基于这一原因。其二，鲁迅的批判对象是古国文明所造成的人性弱点，其叙事视点是聚焦型的，封建文化烙印所造成的人物的一言一行、举手投足、心理活动是其叙事核心，祥林嫂、孔乙己、七斤、陈士成的人物形象塑造本身，即已完成批判所指。文学研究会"爱"与"美"文学的批判对象，是"隔膜"——人与人之间的关系及其结果，故其着眼点，并不在于某一个具体的人物，而在于"爱"与"不爱"的人物"关系"，因而造成了其叙事视点在人物之间来回移动，笔力很难集中于人物形象的塑造，从而使人物形象显得单薄。如叶圣陶的代表作品《孤独》，叙述了一个孤身的迟暮老人，他非常渴望得到别人的同情与关爱。但他无论是以橘子引诱屋主家的孩子叫他一声"老先生"，还是劝年轻夫妻要一个孩子，都遭到了失败。茶馆的人，绥之等一连串的人都不理解他寻求爱的慰藉的心思。最后他心头涌起人间一幕幕的冷遇。作为主人公的老人，不停地串场，新插入的人物一个接一个地遭遇老人后又匆匆下场，而作者的叙事视点也一直跟随着在老人与新插入的人物之间变换，使作者很难停笔下来集中刻画任何一方人物。其原因在于，作者表面上是在写老人，实质上是在写人与人之间的"关系"及其结果——"隔膜"妨害"大同"。因为文学研究会的所向往的文学是："用深沉的人道的心灵，轻轻的把一切隔阂扫除掉。惟有他，能够立在混乱屠杀的现实世界中，呼唤出人类一体的福音"[1]。

当然，文学研究会后来经历了一个逐渐的转型，由世界主义的"大同"回到了"民族主义"，由提倡"互助主义"的"爱"与"美"的文学转向了提倡"阶级斗争"的"革命文学"[2]；但"乌托邦现代性"对其文学所造成的影响仍然延续了很长的时间，如转型较晚的冰心、许地山的作品，乃至叶圣陶在 20 年代后期创作的《倪焕之》的前半部分，仍然有较重的痕迹。

三、审美现代性：现代"感性"体验与创造社浪漫主义取向的"苦闷"文学

与《新青年》派和文学研究会从现代国家和世界体制的理性规划与设计出发，进而对文学作出种种现代性要求不同；创造社的现代性源泉，主要来自于其现代的"感受"和

① 《文学研究会丛书缘起》，阿英编选《中国新文学大系·史料、索引》，上海良友图书印刷公司，1936 年版，第 73 页。
② 在文学研究会的主要成员中，沈雁冰因直接参加了中共的政治活动，最早实现了这种转型。周作人于 1925 年 1 月 12 日在《语丝》第 9 期发表《元旦试笔》，谈到了自己的思想转变："五四时代我正梦想着世界主义，讲过许多迂远的话，去年春间收小范围，修改为亚洲主义。及清室废号迁宫以后，遗老遗少以及日英帝国的浪人兴风作浪，诡计阴谋至今未已，我于是又悟出自己之迂腐，觉得民国根基还未稳固，现在须得实事求是，从民族主义做起才好。"郑振铎、叶圣陶等人在经历"五卅"运动之后，也基本放弃了"互助"实现"大同"的"乌托邦现代性"想象，转向了阶级斗争的"革命文学"。

"体验"。创造社的著名口号,是"忠实于内心的冲动",立足于情绪的"自我表现"。他们反对把理性设计加入到文学创作当中,主张"严防理智的叛逆",而以"感性"为宗:"诗的职务只在使我们兴感 to feel 而不在使我们理解 to understand"①。他们反对把文学与现实世界视为一体,而主张把文学看成自足、自律的世界:"一篇作品有它自己的世界;它有它的自己的标准,有它自己的尺度。"②他们对社会、国家取一种离心的倾向,是"反逆时代而生者",宁愿做自我放逐的"飘流人"③。感性、审美自律、反叛、自我流放,无一不显示出创造社的现代性,是一种"审美主义"的现代性,也就是马泰·卡林内斯库(Matei Calinnescu)所谓的"审美现代性"④。借用斯蒂芬·斯彭德的观点来看,创造社的文学,更多地是一种"自身感受的艺术";而不是《新青年》派和文学研究会那种"理性主义的、社会学的、政治的和负责的"艺术⑤。

"审美现代性"产生于现代性内部的分裂,它从极端个人化的"感受"出发,对马克思·韦伯所谓的"理性牢笼"式的现代体制与社会生活表现出强烈的不满,是在文学、艺术领域所发生的对于社会领域的现代性的批判。被称为"移民"团体的创造社,其"审美现代性"渊源来自于他们留学的日本。正像郁达夫所说:"时代精神是最难摸捉的一种东西,亦是最易感染的一种风气。我们住在什么地地方,就不得不受什么地方的感化。"⑥陈独秀、鲁迅、周作人在日本留学时期,日本还处在殖民化的危机当中,建立现代性民族国家体制是其时的迫切愿望,正是在这样的背景之下,他们是日本学者所谓的"明治青年"或者"政治青年"类型:"明治青年的自我觉醒,同时是和国家的独立意识紧紧地结合在一起的……在这里,'我'的自觉,是作为国家一员的'我'的自觉⑦。"到了创造社留学日本的大正时期,情形正好相反,日俄战争胜利后的日本逐步从被殖民化的民族危机中解脱了出来,日本已经基本完成了带有一定的专制色彩的资本主义制度的建立,"理性牢笼"式的社会已经相对成型并对个人构成了极大的压制,故创造社是日本学者所谓的"大正青年"、"文学青年"类型。与"明治青年"主动地参与国家政治不同,对于"大正青年"来说,"国家已经成了自我之外的现实存在",所以他们急于从国家意志中解放出来,在政治世界之外发现"自我"。这种情形,延续到了国内。鲁迅"尊个性而张精神"的目的,是"沙聚之邦,由是转为人国"⑧。从"立国"的理性要求出发来"立人",是

---

① 成仿吾:《诗之防御战》,《创造周报》,1923 年 5 月 13 日,第 1 号。
② 成仿吾:《〈沉沦〉的评论》,《创造》(季刊),1923 年 2 月,第 1 卷 4 期。
③ 郁达夫:《海上通信》,《创造周报》,1923 年 10 月 20 日,第 24 号。
④ 参见马泰·卡林内斯库:《现代性的五副面孔》,顾爱彬、李瑞华译,商务印书馆,2002 年版,第 48 页。
⑤ Spender, Stephen: The Struggle of the Modern, London: Hamilton, 1963, pp71—72。
⑥ 郁达夫:《夕阳楼日记》,《创造》(季刊),1922 年 8 月 25 日,第 1 卷 2 期。
⑦ 内田义彦:《知識青年の諸類型》,转译自伊藤虎丸:《問題としての創造社——日本文学の関係から》载《創造社资料别卷》日本:アジア出版,1979 年。在本文中,内田义彦根据日本知识分子的思想变迁划分了"政治青年"和"文学青年"等类型。"政治青年":从明治初年的动乱,经过自由民权运动,明治 20 年代的国家主义时期形成的具有"立国"的道德脊梁的人,也称为"明治青年"。"文学青年":在中日甲午战争前后,分离物质与精神,在日俄战争前后的军国主义氛围中自我觉醒的人,也称为"大正青年"。
⑧ 鲁迅:《文化偏至论》,《鲁迅全集》,人民文学出版社,1981 年版,第 1 卷 56 页。

《新青年》派的现代性思路。《新青年》派的个人，是反"前现代"奴隶性的个人，是对现代民族国家作向心运动的"理性"个人。而创造社的"个人"，是反对现代国家体制压迫的个人。鲁迅作《斯巴达之魂》，非常推崇其反抗意志、尚武精神；而郁达夫则痛斥"斯巴达的尊崇蛮武，是国家主义侵食艺术的最初记录"①。创造社已经由关注"个人"的外部转向"内面"、"心理"。所以，创造社的"个人"，是文学式的"感性主体"、"情绪主体"。

由于一切皆从"感性"出发，所以缺乏理性制约的创造社式的"个人"，一直无法在自大与自卑、自尊与自贱之间找到平衡，从而形成了独特的文学形态。郭沫若的《女神》，充满了泛神论式的"自我扩张"："自我"可以泛化成跨越时空、涅槃更生的凤凰，可以泛化成吞食月球的"天狗"，这无疑是一种"感性"的自我扩张；但在《飘流三步曲》中，"自我"却是那么的脆弱而自轻自贱，社会的压迫非但没有激起作者借以自况的主人公"爱牟"的斗志，相反，生活的困境导致了他的放纵和极端恶劣的脾气，迁怒和打骂老婆孩子成了他发泄的手段，毫无理性节制的力量。《沉沦》中郁达夫借以自况的于质夫，一方面在内心里极度自尊，但另一方面却有着强烈的感性欲望，内心交战的结果是"感性"欲望占了上风而终于沉沦，但内心的自尊又导致他深深地自责，进一步增强了主人公的"苦闷"和绝望。《秋柳》里的于质夫，是一个自尊、自大的人，他不愿吹牛拍马，视污秽的社会如粪土。但自尊、自大却导致了他在现实生活中处处碰壁。无处发泄的他，只好放浪形骸。他找妓女海棠本是出于同情和怜悯，无意于"性"，但是理性的薄弱和感性欲望的强烈，使得他终于以高尚的目的始而以沉沦终。但强烈的自尊又使他充满了负罪感，于是，在面对纯洁的学生时，于质夫自卑得真想跪下去，对他们忏悔一番："我是违反道德的叛逆者，我是戴假面的知识阶级，我是着衣冠的禽兽。"这种在自大与自卑、自尊与自贱的交战和循环中无法找到理性平衡的自我，构成了创造社文学极具现代色彩的审美张力——灵魂无所皈归的"焦灼"感。他们"袋里无钱，心头多恨"；他们"微弱的精神在时代的荒浪里好象浮荡着的一株海草"，他们"陷于无为"、"烦闷"、"倦怠"、"飘流"，"甚至常常想自杀"②。用洪为法《静舟》中的诗句来形容，那就是："为天有服兮/何不见我独漂流！/为神有灵兮/何事处我天南海北有头？"于是，无法找到理性平衡的"苦闷"，就构成了创造社文学"自我表现"的本质内容。

"审美现代性"，代表着"感性"与"理性"分化的自律要求。正是从文学审美的"感性"自律要求出发，创造社对《新青年》派的"理性"霸权提出了种种异议和质疑。对于胡适向新文学所提出的"有甚么话说甚么话"、"不用典"这些清楚、明白的"理性"要求，郭沫若认为，"这根本是不懂文学的人的一种外行话。文学的性质是在暗示，用新式的话来说便是要有含蓄"，"用典是修辞的一种妙技③。与《新青年》派景仰"科学"可以促进

① 郁达夫：《艺术与国家》，《创造周报》，1923 年 6 月 23 日，第 7 号。
② 郭沫若：《孤鸿—致成仿吾的一封信》，《创造月刊》，1926 年 4 月，第 1 卷 2 期。
③ 郭沫若：《文学革命之回顾》，《郭沫若全集》（文学编），人民文学出版社，1992 年版，第 16 卷 93 页。

现代民族国家的建构不同,创造社则对科学所带来的"工具理性牢笼"具有极端的敏感,他们指出:"自产业革命以来,人类的生活,几乎变得同机械一样。"[1]对于启蒙理性所带来的人类的觉醒,创造社并不完全看好:"人类的精神尚在睡眠状态中,对于宇宙人生的究竟问题不曾开眼时,是最幸福的时代";清醒的理性认识,让人类觉得"大家只是牢不可破的监狱内一名待决的死刑囚"[2]。他们认为,"科学"的负面因素就是夷平人的个性,"科学的研究法,大体是以归纳法为主,做个体的特色,往往被我们所忽略。"因此,他们反对写实主义、自然主义等以"科学"、"理性"为根柢的创作精神和方法。他们主张转向文学的主观与"感性",提出"文学是直诉于我们的感情,而不是刺激我们的理智的创造",进而主张情感、情绪在文学中的本体性地位,"不仅诗的全体要以它所传达的情绪之深浅决定它的优劣,而且一句一字亦必以情感的贫富为选择的标准。"[3]这成了创造社评判文学的重要标准。有人批评邓均吾的《簷溜》:"扰人睡眠的,/单调的声音!——/长夜漫漫,/我只渴望着鸡鸣",认为诗中的"鸡鸣"应该改为"天明",意义才比较"清晰"。成仿吾指出,全诗的好处是"全凭着听觉在做骨子的",这种改动远没有原诗好。在成仿吾看来,这种"理性"思考的加入,会破坏全诗皆写一种"感觉"的美感。当然,创造社所反对的只是科学与理性对于文学审美的通约性,他们并不反对科学本身的合法性及其意义。

但是,创造社的"审美现代性"要求与他们所处的中国现实环境充满了矛盾。在西方,由于社会机器超强的工具理性原则对于自由和个性的扼杀,人们只好转向感性的文学领域企图重造一个自外于现实的自足诗意世界。而创造社所处身的中国社会,却无法提供这样一个合法的基础。中国的贫弱与危亡,使得反对现代国家体制压迫的创造社悖反地迫切需要一个强大的国家来确保个人的自由。所以,"感性"的自足审美虽然具有极大的诱惑力,但中国破败的社会现实却使得创造社无法放弃以文学改造社会的现实使命。他们一开始就反对"为艺术"与"为人生"的二分,而主张"人生与艺术"是一个晶球的两面[4]。认为新文学除了具有文学自身的使命外,还负有重大的社会使命、时代使命[5]。这就正像郭沫若所说,他们"一方面是想证明文艺的实利性,另一方面又舍不得艺术家的自我表现"[6]。这就造成了创造社文学的独特审美形态:一方面在创作时以"感性"为先,"对于人生社会影响如何?","全不顾着"[7];但另一方面,这种"感性"后面却潜藏着巨大的危机,那就是"国家"、"社会"仍然左右着其创作。郁达夫的《沉沦》,深受佐藤春夫的《田园的忧郁》的影响[8]。表面上看写的都是现代人的苦闷与孤独,但

---

① 郁达夫:《小说论》,《郁达夫全集》,浙江文艺出版社,1992 年版,第 5 卷 144 页。
② 郭沫若:《波斯诗人莪默伽亚谟》,《创造》(季刊),1922 年 11 月,第 1 卷 3 期。
③ 成仿吾:《诗之防御战》,《创造周报》,1923 年 5 月 13 日,第 1 号。
④ 郭沫若:《论国内的评坛及我对于创作上的态度》,《时事新报·学灯》,1922 年 8 月 4 日。
⑤ 成仿吾:《新文学之使命》,《创造周报》,1923 年 5 月 20 日,第 2 号。
⑥ 郭沫若:《创造十年续篇》,《郭沫若全集》(文学编),人民文学出版社,1992 年版,第 12 卷 200 页。
⑦ 郁达夫:《〈茫茫夜〉发表以后》,《时事新报·学灯》,1922 年 6 月 22 日。
⑧ 郁达夫:《海上通信》,《创造周报》,1923 年 10 月 20 日,第 24 号。

与佐藤春夫笔下大正日本青年无所事事的"青年忧郁病"完全不同,《沉沦》主人公的孤独与受歧视是紧紧地与祖国的贫弱联系在一起的。日本小田岳夫就深刻地指出过,《田园的忧郁》的"'忧郁'产生在安泰的环境里,根源是人生固有的'寂寞',与国与民是完全无缘的",而《沉沦》的"'忧郁'却是植根于'祖国的劣弱'。在溯源到国家这点上,两者有本质的区别"①。所以,创造社文学虽然以"审美现代性"为其发端,但却无法像西方的同类文学那样超拔地以追求非理性"自尚",走向真正的"颓废"文学;也无法撇开社会而抽象地探讨人生存在,走向西方文学那种"孤独"与"忧郁"的形而上学,而只能在找不到精神出路的"苦闷"中徘徊。这实际上已经暗示出,创造社转向现实社会改造的"革命文学"具有某种必然。

由于对现代国家体制压抑个人的失望,创造社也与文学研究会一样曾经对"大同"国度充满了向往。但是,由于两者的现代性发生机制不同,其文学表现形态也就大相径庭。文学研究会是从"乌托邦现代性"的理性构想出发,进而把"大同"想象渗透到文学当中。其过程是一个从理性到感性、从社会到艺术的过程。但创造社不同,他们对"大同"的向往是从"感性"的艺术要求出发的:由感受到现代体制压迫之下个人的极端"苦闷",进而发现其根源是,"我们生来个个都是自由的,国家偏要造出监狱来幽囚我们";由艺术的真、善、美要求出发,进而排斥国家的假、丑、恶,最后主张,"地球上的国家倒毁得干干净净,大同世界成立的时候,便是艺术的理想实现的日子"。② 这一过程,是从感性、艺术到理性、社会的过程,其发生机制与"审美现代性"相关。这两种现代性之间的差距,导致了创造社与文学研究会的主流文学倾向大异其趣。这首先体现在作家的身份认同之上。文学研究会文学所认同的作家身份,是"大同"的"理性"设计者身份,他高高在上地居于启蒙地位,是"同情"与"人道"的施予者。他们所喜爱的作家,也是高居于"同情"与"人道"施动者地位的托尔斯泰、泰戈尔、武者小路实笃等人。但创造社不同,他们从个人的"感受"出发,首先感到的是社会压榨之下自我的强烈"苦闷","大同"只是他们解脱苦闷的一种情绪性"向往"。于是,在身份认同上,他们把自己视为受压迫的"无产阶级",是现代制度的受害者。他们把高居于"同情"与"人道"施动者地位的托尔斯泰、泰戈尔、武者小路实笃诸人一概视为"贵族"③,视为浅薄的"怜悯者",并把文学研究会"爱"与"美"的文学看成是理性化的"说教"④。由于"苦闷"体验的纠缠,创造社总是自觉不自觉地以自身作为作品的主人公来进行描写,以求达到吐出心中闷气,实现"自我疗救"的解脱目的。主张文学作品都是作家的"自叙传"的郁达夫,其笔下借以自况的主人公,总是在社会的压迫之下人格变形而想逃离现实社会。在郭沫若的《飘流三部曲》中,作者借以自况的主人公爱牟,处处感受到社会的压迫,他无处为生,只能四处

① 小田岳夫:《郁达夫传——他的诗与爱与日本》,《郁达夫传记两种》,浙江文艺出版社,1984 年版,第 34 页。
② 郁达夫:《艺术与国家》,《创造周报》,1923 年 6 月 23 日,第 7 号。
③ 郭沫若:《太戈尔来华的我见》,《创造周报》,1923 年 10 月 14 日,第 23 号。
④ 成仿吾:《评冰心女士的〈超人〉》,《创造》(季刊),1923 年 2 月,第 1 卷 4 期。

飘泊，怨气冲天，出走异地。按照郭沫若的说法，由于作家神经敏锐，这使得他比别人要感受到更多的痛苦，而"把自己的不愉快的记忆，尽可能地吐泻出来。那是使自己健全的一种方术"①。因此，创造社的"大同"向往只能是解脱苦闷的一种想念，无法化入创作实际从而像文学研究会那样走向"爱"与"美"的文学。

由受压迫的强烈个人感受，进而认同"无产阶级"的身份；由寻求社会压迫的解脱，进而向往"大同"之世，这实际上已经铺垫好了创造社走向"革命文学"的道路。这一步是由郭沫若接受理性的洗礼之后率先完成的。主张纯艺术的他原来极端反感别人谈政治，待到逐渐认识到自己的苦闷主要来自于中国的贫弱，而国家的贫弱又源于政治的腐败之后，他对于别人谈政治终于"如听仙乐"了。认识的加深，促使郭沫若翻译了河上肇的《社会组织与社会革命》，并大量阅读了马克思主义的相关理论著作，从而在理性上清醒地认识到，个人的自由和纯艺术的追求均需要全世界无产阶级大联合的全新制度来保障：只有"在社会主义实现后的那时，文艺上的伟大的天才们得遂其自由全面的发展，那时的社会一切阶级都没有，一切生活的烦闷除去自然的生理的之外都没有了，那时人才能还其本来，文艺才能以纯真的人性为其对象，这才有真正的纯文艺出现。"②从最初的"感性"逐渐过渡到"理性"，使得创造社一改以"感受"为先的写作姿态，而主张以阶级斗争的理性要求来指导文学创作。郭沫若的《一只手》，已经不像以前的作品那样"感觉"化地叫喊个人苦闷了，而是极力在体现他对于阶级斗争的"理性"认识。

通过以上的分析，我们可以发现，在"五四"社团文学的主流形态之差异中起决定性作用的，不仅仅是我们现有研究所着眼的个性主义、人道主义和写实主义、浪漫主义等因素，更为根本的还在于"五四"三大作家群各自不同的现代性构想和体验。

(原载《文学评论》2007 年第 4 期)

---

① 郭沫若：《创造十年》，《郭沫若全集》（文学编），人民文学出版社，1992 年版，第 12 卷 192 页。
② 郭沫若：《创造十年续篇》，《郭沫若全集》（文学编），人民文学出版社，1992 年版，第 12 卷 207 页。

"改造联合"与文学研究会的文学倾向

潘正文

众所周知,文学研究会是继承《新青年》的思想谱系和文学传统而起的一个社团,有研究者指出,文学研究会在"办刊物组织模式"、"'运动化'思想启蒙模式"等社团运作方式的诸多方面,继承的都是《新青年》的模式。① 确实,《新青年》是影响文学研究会的文学思想与文学倾向的大本营。但是,文学研究会作为一个以"五四"后的年青一代为主体而成立的纯文学社团,它的思想渊源和文学倾向还有着更为复杂的一面:从社团的组织形式上看,文学研究会并没有完全采取《新青年》仅止于建立一个同人团体的组织形式,而是把社团目标定为建立一个"著作工会"②;从创作取向上看,同样受来自俄国的"为人生"、"现实主义"、"人道主义"文学思潮的影响,《新青年》文学侧重的是国民性批判,而占据着文学研究会创作主流地位的却是"爱"与"美"的文学;从对于外国文学的译介和引进方面看,来自《新青年》的鲁迅偏爱的是"被压迫民族"的文学,胡适则对其时的"新浪漫主义"持一种拒斥态度;但以文学研究会"同人"名义发表的《小说月报·改革宣言》却宣称:译西洋名家著作,不限于一国,不限于一派,"即不论如何相反之主义咸有研究之必要。故对于为艺术的艺术与为人生的艺术两无所袒"③。也就是说,文学研究会除了继承《新青年》以文学为思想启蒙武器,进而以文学运动的方式干预现实、改造现实的整体方案之外,其文学倾向上的诸多具体而微的问题都还存在着有待挖掘的地方。因此,具体而微地探讨介于《新青年》与文学研究会之间那个悬置已久的中间地带,对于我们考察文学研究会的思想渊源,进而解决这些悬而未决的问题,应该有较大的帮助。

一

为研究界所熟知,文学研究会的社团基础,来自于挂在北京基督教青年协会下属机构北京社会实进会名下,编辑出版《新社会》、《人道》的郑振铎、瞿秋白、耿济之、许地山、

---

① 杨洪承:《〈新青年〉模式与文学研究会的生成》,《学术研究》,2005 年第 11 期。
② 据《文学研究会宣言》第三条,文学研究会的社团目标是"建立著作工会的基础"。见《小说月报》,第 12 卷 1 号,1921 年 1 月 10 日。
③ 《改革宣言》,《小说月报》,第 12 卷 1 号,1921 年 1 月 10 日。

瞿世英等人,其中郑振铎是发起文学研究会的联络人和第一任负责人,而除瞿秋白因受北京《晨报》社的派遣赴俄考察外,其余诸人都成为了文学研究会的发起人。石曙萍认为,在组织结构上,文学研究会在很大程度上沿用了北京社会实进会的组织形式①。而钱理群先生则从思想谱系上指出,北京社会实进会/人道社与周作人因"新村"关系的结缘,是文学研究会得于发起的基础,"可以说,是新村运动的空想社会主义思潮将周作人与郑振铎及其友人首先联系在一起的"②。笔者沿着钱理群先生的这一提示进一步考察后发现,文学研究会较为直接的社团基础,应该是一个名为"改造联合"的团体。

"改造联合"是由觉悟社、少年中国学会、人道社、曙光社、青年互助团等五个团体联合组成的。1920 年 8 月 16 日,这五个团体在北京陶然亭开茶话会,筹商大联合之意,并于 8 月 18 日召开了各社团联络筹备会,把这一组织定名为"改造联合",宗旨是:"本联合结合各地革新团体,本分工互助的精神,以实行社会改造"。数次会议之后,形成了改造联合的宣言和约章。"改造联合宣言"提出,我们"认今日的人类必须基于相爱互助的精神,组织一个打破一切界限的联合。在这个联合里,各分子的生活,必须是自由的、平等的、勤劳而愉快的。要想实现这种大同世界——人类大联合的生活,不可不先有自由人民按他们的职业结合的小组织作基础"③。"改造联合"在组织结构上实行的是"小组织""大联合"的形式,在精神旨趣上提倡以"互助主义"来实现"世界大同"。虽然"改造联合"团体并未开展过真正的活动,但文学研究会无论是从骨干成员的来源,组织形式,还是思想取向上,都与这个团体有着更为直接的联系。

首先,我们从文学研究会骨干成员的来源来看。在文学研究会的发起人中,除了一直只挂个名而与社团联系并不紧密的蒋百里、朱希祖外,其余的发起人与骨干成员都和组成"改造联合"团体的这五个社团有着直接或间接的关联。郑振铎、耿济之、许地山、瞿世英来自"人道社",王统照来自"曙光社",周作人则是"青年互助团"的指导者之一。叶圣陶、沈雁冰则是"互助主义"、"世界大同"的道义上的支持者④。在文学研究会的骨干成员中,黄英(庐隐)曾参与"青年互助团",沈泽民、张闻天则来自"少年中国学会"。据笔者统计,文学研究会从成立到 1923 年初发展到 70 余名会员,有近七成会员都来自"改造联合"这一大团体。

其次,我们从社团的组织形式上来看。《文学研究会宣言》称,文学研究会的发起包含着三个方面的意思:"一,是联络感情",希望从事文学的人能够消除派别之见,"互相理解,结成一个文学中心的团体";"二,是增进知识",研究文学,"非相互补助,不容易发

---

① 参见石曙萍:《知识分子的岗位与追求:文学研究会研究》,中国出版集团东方出版中心,2006 年版,第 1—9 页。
② 钱理群:《周作人论》,上海人民出版社,1991 年版,第 353 页。
③ 见《少年中国》,第 2 卷 5 号,1920 年 11 月 15 日,"附录"栏中。
④ 沈雁冰在《对于黄蔼女士讨论小组织问题一文的意见》一文中表示,他对于"小组织"的"根据大同思想"的"互助"的新生活深表赞同。见《时事新报·学灯》,1919 年 7 月 25 日,署名冰。叶圣陶在《小学教育的改造》一文中认为,"互助"是实现"大同"的好方法:"彼此永永互助,社会永永进步,方始可以得到人类圆满的,普遍的,永久的快乐。"见《新潮》,第 2 卷 2 号,1919 年 12 月 1 日。

达";"三,是建立著作工会的基础","我们发起本会,希望不但成为普通的一个文学会,还是著作同业的联合的基本"。文学研究会"宣言"中的这三条,其实都指向同一个核心意思,那就是将社团建设成为"著作工会"。叶圣陶后来在谈到《文学研究会宣言》时说:"用'著作工会'这个名词,非常特别,所说的意思很新鲜。……要不是受到马克思主义思潮的影响,宣言里决不会用'著作工会'这个名词。"①叶圣陶说这番话时是 1959 年,在这一特殊的年代将"著作工会"一词往政治上的意思"曲解",是可以理解的。实际上,文学研究会应该更像是茅盾所说的不带多少政治色彩的"著作同业公会"②。而且,影响到文学研究会立意建设"著作同业公会"的,与其说是马克思主义思潮,毋宁说是以"互助主义"来实现"世界大同"的空想社会主义思潮。因为文学研究会"宣言"中所谓的"消除派别之见"、"相互补助"、"著作同业的联合"等表述,在口气上与"改造联合"强调以"互助"的精神"组织一个打破一切界限的联合"的说法完全类似,而与强调"阶级斗争"精神(按,当时通译"阶级竞争")的马克思主义有相当的距离。并且,所谓"著作工会"或"著作同业公会",其形式上应该是各个团体之间的联合,而不仅仅是一个单一的社团,这正是"改造联合"团体的"小组织""大联合"的组织形式。如果不了解作为文学研究会前期基础的"改造联合"团体,我们很难想象,在没有别的纯文学社团的情形之下,为何现代文学史上第一个出现的纯文学社团会奇怪地提出将自身建设成为"著作工会"——"著作同业的联合",而不是《新青年》、《新社会》/《人道》那样的一般性同人团体。

"著作同业公会"的社团组织形式,对于文学研究会的影响是相当大的,茅盾在谈到这一点时,有过相当精彩的论述。他指出,"因为只是'著作同业公会'性质,所以文学研究会这个团体从来不曾有过对于某种文学理论的团体行动",并对"文学研究会被目为提倡着'为人生的艺术'"进行了反驳,指出文学研究会除了反对"游戏消遣的文学"这一基本态度外,"并没有什么集团的主张",更不曾以集团的名义提倡过"为人生的艺术"、"自然主义"(写实主义),这种倡导其实只是文学研究会中个别人的行为,而"文学研究会对于它的会员也从来不加以团体的约束;会员个人发表过许多不同的对于文学的意见"③。确实,文学研究会的核心会员庐隐就曾公开表示,对于"为人生的艺术"与"为艺术的艺术"——"我个人的意见,对于两者亦正无偏向"④;文学研究会的重要会员潘垂统也明确表态:文学而有主义,还说什么创作。主义限定为写实浪漫……更是莫名其妙。"⑤也就是说,文学研究会作为著作同业的大联合(而不是一个一般性的社团),是不会去以集团名义标榜和提倡什么"主义"的,而只能实行一种海纳百川式的"兼容包并"

---

① 叶圣陶:《略叙文学研究会》,《文学评论》,1959 年第 2 期。

② 茅盾:《中国新文学大系·小说一集·导言》,《中国新文学大系·小说一集》,上海良友图书印刷公司,1935 年 5 月版,第 3 页。

③ 同上,1935 年版,第 3—4 页。

④ 庐隐:《创作的我见》,《小说月报》,第 12 卷 7 号,1921 年 7 月 10 日。

⑤ 潘垂统:《对于〈超人〉〈命命鸟〉〈低能儿〉的批评》,《小说月报》,第 12 卷 11 号,1921 年 11 月 10 日。

主义,否则,持不同文学主张的人或其他文学团体谁愿加入这一"著作同业公会",建立"著作工会"的目标岂不成为空中楼阁？所以茅盾说"文学研究会是一个非常散漫的集团","对于文艺的意见,大家也不必一致——并且未尝求其一致"①。

文学研究会这种"著作工会"的组织形式之影响还不止这些,茅盾进一步指出:"因为只是'著作同业公会'的性质,所以文学研究会的简章第九条虽有'本会会址设于北京,其京外各地有会员五人以上者,得设一分会'之规定,而且事实上后来也有几个分会,而且分会也发刊了机关报,然而这决不是'包办'或'垄断'文坛,像当时有些人所想像。"②这话当然是针对郁达夫所撰的《纯文学季刊〈创造〉出版预告》影射文学研究会"垄断"文坛而言的。茅盾的这番话有力地暗示出,文学研究会与创造社之间的论争,其中一个重要的起因就是后者认为前者的"著作同业公会"式社团运作是"垄断文坛",因为文学研究会既然自称是"著作同业的联合",并且广设分会,显然是要把自身建设成为中国新文坛的总机关,而将全国的文学组织纳入自己的麾下。而且在实际操作中,文学研究会确实是一副中国新文坛总机关的作派,作为文学研究会"代用刊"的《小说月报》,不仅设立了"国内文坛消息"栏、国内文学杂志介绍栏,广泛介绍国内各个文学团体的成立与出版情况,而且还设立了"海外文坛消息"栏,以通报全世界的文学情况。文学研究会这种包举宇内、领袖文坛的"著作同业公会"架势,自然在客观效果上对于后来者创造社的崛起带来了一定的困难,郁达夫撰发的"创造预告"并非是无感而发,更何况文学研究会还为了建成影响广泛的"著作工会"而拉拢过田汉、郭沫若入会。

由于一开始就受到了创造社的阻遏,所以文学研究会要建成"著作工会"的想法并未实现,周作人说:"这个工会的主张在当时发起人虽然都赞成,却是终不能实行,所以文学研究会前后活动了十年,也只是像一个文学团体那么活动,未能另有什么成就。这大约是无怪的,一个团体成立,差不多就是安上一根门槛,有主义的固然分出了派别,不然也总有彼我之别,再求联合不大容易。"③但如前所述,如果说它"只是像一个文学团体那么活动",那也并不尽然。

二

从精神谱系上看,文学研究会的文学观念和创作取向除了受到了《新青年》的巨大影响之外,也与"改造联合"团体的主张以"互助主义"来实现"世界大同"的空想社会主义思想倾向有着很大的关联。"五四"时期,"互助"实现"大同"的思想自1918年从新文化运动的中心《新青年》兴起,并迅速扩散,至1920年"改造联合"时期到达顶峰。文学研究会的

---

① 茅盾:《关于"文学研究会"》,《现代》,第3卷1号,1933年5月1日。
② 茅盾:《中国新文学大系·小说一集·导言》,《中国新文学大系·小说一集》,上海良友图书印刷公司,1935年5月版,第3页。
③ 周作人:《文坛内外》,见《立春以前》,河北教育出版社,2002年1月版,第157页。

"人道主义"思想，其支持性背景不仅与来自俄国的"为人生"的"人道主义"文学有关，同时更与"互助主义"的"世界大同"想象有关。在文学研究会中占据着主流地位的"爱"与"美"的文学，与这种想象关系甚大。但要理清这一层关系，事情还得从头说起。

众所周知，《新青年》的文学传统是从事社会批评与文明批评的"国民性批判"文学，它以鲁迅的小说和占据着《新青年》主流地位的"随感录"为代表。近代以来的"国民性批判"思潮，兴起于严复、梁启超，其支持性的背景是作为民族救亡理论的"竞争进化"学说，严复从当今之世"种与种争，群与群争，弱者常为强肉"[1]的民族危亡观念出发，认为民智、民德、民力是构成一国"竞争力"的根本，以此反观儒家以"柔"设教的中国文化传统，严复认为此种文化所培养出来的中国国民是一种充满了"奴隶"根性的国民。梁启超的《新民说》正是以"冒险"、"尚武"的"竞争"精神来批判中国国民性的保守与劣陋的产物。以"竞争力"来考量国民性之优劣的国民性批判思潮，为《新青年》所秉承。陈独秀的《青年杂志》发刊词，从"生存竞争，势所不免"的角度出发，认为缺乏"竞争力"的中国文明是处于历史进化之末端的文明，从而对中国传统文化及其所培养出来的国民展开了全面的批判，认为中国"固有之伦理，法律，学术，礼俗，无一非封建制度之遗，持较皙种之所为，以并世之人，而思想差迟几及千载"，进而批判中国传统伦理："忠孝节义，奴隶之道德也"[2]。直到在 1917 年的对德宣战主张中，陈独秀仍然偏爱"战斗主义"的"竞争"理论，认为："久无战争之国，其社会每呈凝滞之状况……吾人进步之濡滞，战争范围过小，时间过短，亦一重大之原因。"[3]"竞争进化"的"民族主义"理论之盛行，对于中国近代以来的人道主义文学思想的成长具有极大的牵制作用。据陈建华考察，自晚清以来俄国文学在中国一直都有译介，但直到 1909 年周氏兄弟的《域外小说集》出版，人道主义文学在中国却总是成不了气候[4]。因为在"弱肉强食"的"民族竞争"时代，宣扬"爱"的人道主义学说显得如此地不切于当世的实际。梁启超说得好："宗教家之论，动言天国，言大同，言一切众生。所谓博爱主义（按，人道主义），世界主义。抑岂不至德而深仁也哉。虽然，此等主义，其脱离理想界而入于现实界也，果可期乎？此其事或待至万数千年后，吾不敢知，若今日将安取之？夫竞争者，文明之母也。竞争一日停，则文明之进步立止。"[5]从梁启超的话中可以看出，在时人看来，"大同"、"博爱主义"（人道主义）、"世界主义"是呈三位一体关系的，这种思想被认为是并不合于当今的民族竞争之世的。而陈独秀也正是从增强国民"竞争力"的角度考虑，因而拒绝了人道主义的托尔斯泰与泰戈尔："吾愿青年之为托尔斯泰与达噶尔（R. Tagore，印度隐逸诗人）（按，指泰戈尔），不若其为哥伦布与安重根！"[6]认为这两人宣扬"博爱"的人道主义思想，是一种

① 严复：《原强》（修订稿），《严复集》，中华书局，1986 年版，第 1 册第 16 页。
② 陈独秀：《敬告青年》，《青年杂志》，第 1 卷 1 号，1915 年 9 月 15 日。
③ 陈独秀：《对德外交》，《新青年》，第 3 卷 1 号，1917 年 3 月 15 日。
④ 陈建华：《二十世纪中俄文学关系》，高等教育出版社，2002 年版，第 64—65 页。
⑤ 梁启超：《新民说》，《梁启超全集》，北京出版社，1999 年版，第 3 卷第 663—664 页。
⑥ 陈独秀：《敬告青年》，《青年杂志》，第 1 卷 1 号，1915 年 9 月 15 日。

"隐逸"思想。

1918 年间，由于被认为代表着以"竞争"、"民族国家主义"为本位的德国在"一战"中战败，"竞争进化"的"民族主义"理论遂受到了广泛的批判而开始式微，而与之相反的"互助进化"以实现世界"大同"的思想开始盛行，从而给中国新文化界人道主义文学思想的兴盛释放出了空间。其实，早在 1907、1908 年间，克鲁泡特金的"互助进化"、"世界大同"学说，就已经在无政府主义派别——发起于日本的刘师培等人的"天义派"和发起于法国巴黎的吴稚晖、李石曾、蔡元培等人的"新世纪派"之间流行。但这种思想，直到 1918 年伴随着"一战"的结局得于彰显才成为新文化界的思想主流，并成为推动人道主义文学思潮兴起的重要动力。高一涵指出，"一战"之后必然出现的局面是："于是信赖民族竞争之小国家主义者又一变而神想乎人道和平之世界国家主义。"[1]蔡元培指出，"一战"之后，一定是民族主义、种族主义消灭，"大同主义"发展[2]。陈独秀在此时也幡然悔悟，认为"一战"是"民族竞争"主义的恶果，因而指出，所谓"国家"，"不过是一种骗人的偶像"，"各国的人民若是渐渐都明白世界大同的真理，……这种偶像就自然毫无用处了"[3]。李大钊也指出，人类进化是沿着"世界大同的通衢"向前行进的[4]。周作人则适时地引进了日本武者小路实笃以"互助""造成大同社会"的"新村""Utopia"（按，乌托邦）[5]，并"在文学上也就有些相当的主张"[6]。据周作人日记，他在写作《人的文学》之时，正是他大读克鲁泡特金的《互助论》的时候[7]。"互助论"与他的"人道主义"文学主张之间的内在精神关联，是不言而喻的。周作人在《新文学的要求》中指出："现在知道了人类原是利害相共的，并不限定一族一国"，"这样的大人类主义，……也就是我们所要求的人道主义的文学的基调"[8]，这里所谓"不限定一族一国"的"大人类主义"，毫无疑问就是"大同"主义。而李大钊的表述则更为明确："互助主义"就是"人道主义"[9]。

至 1920 年觉悟社、少年中国学会、人道社、曙光社、青年互助团联合组成"改造联合"时期，"互助"实现"大同"的思潮在中国新文化界中达到顶峰，如前引的"改造联合宣言"所述，这个巨大无比的团体本身就是这一思潮鼎盛的产物。"改造联合"的"互助"实现"大同"思想，相当直接地体现在了其后续社团文学研究会之中。《文学研究会丛书缘起》宣称："我们觉得文学是不容轻视的，他的伟大与影响，是没有什么东西能够与之相并的。他是人生的镜子，能够以慈祥和蔼的光明，把人们的一切阶级、一切国界、一切人

① 高一涵：《近世三大政治思想之变迁》，《新青年》，第 4 卷 1 号，1918 年 1 月 15 日。
② 蔡元培：《黑暗与光明的消长——在庆祝协约国胜利大会上的演说词》，《北京大学日刊》，1918 年 11 月 27 日。
③ 陈独秀：《偶像破坏论》，《新青年》，第 5 卷 2 号，1918 年 8 月 15 日。
④ 李大钊：《联治主义与世界组织》，《新潮》，第 1 卷 2 期，1919 年 2 月 1 日。
⑤ 周作人：《日本的新村》，《新青年》，第 6 卷 3 号，1919 年 3 月 15 日。
⑥ 周作人：《艺术与生活·序》，《艺术与生活》，河北教育出版社，2002 年版。
⑦ 周作人于 1918 年 11 月 21 日收到日本东京堂寄来的"相互扶助论"等五册，并在这十几天中一直阅读，随后，周作人发表了《人的文学》。参见《周作人日记》(上册)，大象出版社，1996 年版，第 780—788 页。
⑧ 周作人：《新文学的要求》，《晨报》，1920 年 1 月 8 日。
⑨ 李大钊《我的马克思主义观》，《新青年》第 6 卷 5、6 号，1919 年 5 月（实为 9 月）、11 月。

我界,都融合在里面。"①这无疑是一种"大同"论调。文学研究会的理论代表和第一任负责人郑振铎认为,文学的真使命就是"扩大或深邃人们的同情与慰藉,并提高人们的精神"。为什么把文学的功能指定为"扩大同情"呢? 郑振铎这样解释道:"现在的世界是如何残酷卑鄙呀! 同情心压伏在残忍冷酷的国旗与阶级制度底下,竟至不能转侧。"②这显然是要借"人道主义"来实现消除国界与阶级界限的人类"大同"。同样,因为沈泽民加入了"少年中国学会"而对这一团体进行过支持的沈雁冰,也曾宣称:"我是希望有一天我们大家以地球为一家,以人类为一家族,我是相信迟早要做到这一步,吴稚晖先生说的'世界早晚欲大同',我是很相信的。"③并在加入文学研究会后做出了相应的文学表达:文学是"沟通人类感情代全人类呼喊的唯一工具,从此,世界上不同色的人种可以融化可以调和"④。这显然也是一种"大同"论调。

以"互助主义"来消除"阶级"、"国界"、"人我界"以实现人类"大同"的想象,在文学研究会的文学创作中得到了相应的表达,并导致了文学研究会"爱"与"美"文学的滥觞。文学研究会代表作家冰心的小说《国旗》正是这方面的代表性作品,小说描写的是不同国籍的儿童之间的朋友之爱对国家之爱的突破与超越,那阻隔了"天真的,伟大的爱"的国旗,最后"幻成了一种新的标帜"——人类"大同"。小说旨在阐明,国家是妨害人与人之间相爱与互助的障碍,只有消除国界所造成的隔阂而向人类"大同"凝眸,人类才能真正步入充满了"爱"与"美"的理想国。叶圣陶的童话《小白船》,同样是"大同"理想的一种想象和隐喻:孩子的"迷路",象征着人类从理想家园迷失;而重回"黄金世界"的答案则是:"爱"、"善"、"纯洁"。作品旨在说明,人与人之间的互爱互助,是实现世界大同的唯一手段。与叶圣陶一起跟着周作人做过"新村"的"互助"、"大同"之梦的郑振铎⑤,一语中的:作者"梦想一个美丽的童话的人生"⑥。正像郭沫若所指出,又还有什么比"新村"的"互助"、"大同"理想国更富有童话色彩呢?⑦ 像冰心、叶圣陶这种基于"大同"想象的"爱"与"美"文学,得到了文学研究会内部的强烈呼应。《小说月报》上署名"赤子"的文章赞道:"《国旗》是一篇极好的作品……在此发现了她对于国家的观念。她觉得国界是不应当分的,人类是应当合一的,因此她对那隔开人类的友爱的'国旗'下以最猛烈

① 《文学研究会丛书缘起》,阿英编选《中国新文学大系·史料、索引》,上海良友图书印刷公司,1936 年版,第73 页。

② 西谛(郑振铎):《文学的使命》,《时事新报·文学旬刊》,第 5 号,1921 年 6 月 20 日。

③ 冰(沈雁冰):《读〈少年中国〉妇女号》,见《妇女杂志》,第 6 卷 1 号,1920 年 1 月 5 日。

④ 沈雁冰:《文学和人的关系及中国古来对于文学者身份的误认》,《小说月报》,第 12 卷 1 号,1921 年 1 月 10 日。

⑤ 叶圣陶是继周作人之后加入日本新村的会员,参见董炳月:《周作人与〈新村〉杂志》,《中国现代文学研究丛刊》,1998 年第 2 期。郑振铎与周作人的认识,也是因为新村的关系。详细情形可参见钱理群:《周作人论》,上海人民出版社,1991 年版,第 351—353 页。

⑥ 郑振铎:《〈稻草人〉序》,见叶绍钧《稻草人》,商务印书馆,1923 年版。

⑦ 郭沫若在谈到满屋子都是童话书籍的穆木天时有这样一段话:"那时听说他也参加了周作人的'新村'运动,我也觉得像他这种童话式的人也恰好和'新村'相配。"见郭沫若:《创造十年》,《郭沫若全集》(文学编),人民文学出版社,1992 年版,第 12 卷第 110 页。

的攻击……这篇里表现的作者,最为伟大,现在的世界正急切的需求这等的作品呵!"①

"互助"实现"大同"的理想主义想象,导致文学研究会改变了《新青年》对于中国国民性之阴暗的普遍看法,而赋予了其作品人物一种人性的理想光辉。沈雁冰指出:"我相信一个民族既有了几千年的历史,他的民族性里一定藏着善点;把他发挥光大起来,是该民族不容辞的神圣的职任。中华这么一个民族,其国民性岂遂无一些美点?"②这种观点显然与占据《新青年》主流地位的批判国民性叙事相当异调,从而给中国的国民性赋予了一种乐观主义色彩。因此,即使是在文学研究会中被誉为最为写实的代表作家叶圣陶,茅盾也指出:他"对于人生是抱着一个'理想'的,——他不是那么'客观'的。他在那时期,虽然也写了'灰色的人生',例如《一个朋友》(短篇集《隔膜》页三九),可是最多的却是在'灰色'上点缀一两点'光明'的理想的作品"③。在短篇小说集《隔膜》和童话集《稻草人》中,叶圣陶笔下的农人和女佣,低能儿童,命运悲惨的童养媳,寂寞生活着的贫家寡妇,以及普通平凡的小知识分子和小市民,虽然社会地位低下,但他们的胸腔里几乎都跳动着一颗善良的心,对人和世界表现出深挚的情感和温厚的慈爱,显现出一种理想的人性光辉。王统照《微笑》中一个女犯人的带着善意的"慈祥的微笑",居然使小偷阿根得到感化和超度,从此变成了一个"有知识的工人";冰心《超人》中那个冷冰冰的毫无感情的"超人"何彬,因为被可怜的禄儿唤起了爱的激动,一场梦后就变成了热心肠的爱人的人,这些都是将中国的国民性加以了理想化的表现,而在这种人性的理想光辉中,我们无疑可以看到文学研究会对于实现"大同"黄金世界的理想人性的诉求——互助互爱。

当然,文学研究会的"爱"与"美"的主流叙事模式,在更多的时候是以"象征"的方式来体现的,"大同"只是其原型影像。或者说,"大同"世界并不总是直接出现在文学研究会作家笔下,它往往只是呈现为一种"理想化的生活"。周作人对于田园诗一般的"大同"("新村")理想,正是这样解释的:"大同"所代表的是"理想的"、"模范的人的生活"④。如叶圣陶的《苦菜》(《隔膜》集),写的是做教师的"我"所做的一场理想生活的"田园梦":"我"屋后有一块空地,围起来之后请了农人福堂来种菜。福堂开始时夸下海口,但菜种下之后却消极怠工。经过"我"的询问,才知道他怠工是因为家庭凄惨的缘故。他生了几个女儿,只留了一个大女儿,其他的都送人了,好不容易盼来了一个儿子,却因为妻子给人做乳母而儿子被他和大女儿养死了,妻子埋怨他,因此不愿意回家。后来大女儿也出嫁了,只剩下他一个人。福堂怠工的结果是种菜失败了,"我"的理想生活的田园梦破灭。这篇小说的象征寓意是很明显的,即人与人之间的"隔膜"(福堂与妻子的相互不同情和不理解,我与福堂的相互不理解),是人类的"理想生活"无法实现的根

① 赤子:《读冰心女士作品底感想》,载《小说月报》,第13卷11号,1922年11月10日。
② 郎损(沈雁冰):《新文学研究者的责任与努力》,《小说月报》,第12卷2号,1921年2月10日。
③ 茅盾:《中国新文学大系·小说一集·导言》,《中国新文学大系·小说一集》上海良友图书印刷公司,1935年版,第23页。
④ 周作人:《日本的新村》,《新青年》,第6卷3号,1919年3月15日。

源。再如叶圣陶的《晓行》中,农民因不肯也不会合作互助,从而无力逃脱旱灾的厄运;许地山的《命命鸟》中,年轻人的爱情因得不到父母的理解和同情从而造成了悲剧,《商人妇》中惜官与丈夫和其他男性之间因心灵隔膜而导致了灾难性的结果。叶圣陶出版的第一部小说集取名《隔膜》,大致上就是基于这一原因。

文学研究会"爱"与"美"的文学创作,至 1925 年"阶级斗争"(阶级竞争)理论取代其社团文化中的"互助论"后而式弱。但直到 1929 年叶圣陶的《倪焕之》的前半部分,"互助论"的痕迹仍然相当明显。

三

以"互助主义"来消除"阶级"、"国界"、"人我界",从而实现人类"大同"的"世界主义"想象,还对文学研究会的文学译介取向带来了重大影响。按照《文学研究会简章》,文学研究会"以研究介绍世界文学整理中国旧文学创造新文学为宗旨"[①]。"研究介绍世界文学"既然被放在首要的位置,可见这一问题对于文学研究会的重要性。我们对于文学研究会译介取向的印象,主要来自鲁迅的评价:"注意于绍介被压迫民族文学"[②]。事实上,文学研究会的文学译介虽然在周氏兄弟特别是鲁迅的影响之下,对于"为人生"、"现实主义"的"被压迫民族文学"有所偏重,但与此同时它却有着更为宏大的抱负,如本文开头所述,以文学研究会"同人"名义发布的《小说月报·改革宣言》宣称:"译西洋名家著作,不限于一国,不限于一派","即不论如何相反之主义咸有研究之必要。故对于为艺术的艺术与为人生的艺术两无所祖"。文学研究会这种只以"名家著作"为标准而撇开"为人生"、"为艺术"的开放式译介取向,当然与这个以"研究"为标榜的团体的"研究"者姿态有关,从事某种文学倡导,当然就会有所偏向,但出于"研究"的目的,则可以保持价值中立,而其研究对象就可以扩展到"不论如何相反之主义"而无所不包。但同时我们也注意到,文学研究会"译西洋名家著作,不限于一国,不限于一派"的说法,与周作人前述在《新文学的要求》中所谓的"不限定一族一国"的"大人类主义"(大同),显然属于同一口吻,其思想谱系上的同源关系是非常明显的。也就是说,文学研究会"兼容包并"的开放式译介姿态,与其梦想"大同"的"世界主义"立场有着密切的关联。

众所周知,近代以来中国对于外国文学的引进,其动力主要来自"民族救亡"的需要。因此,近代中国翻译界对于外国文学一直采取一种"选择性"态度,而非来者不拒的"兼容包并"姿态,其选择的标准是服务于中国的"民族救亡"。以在晚清影响较著的《新小说》杂志为例,在众多的外国文学作品类型中,梁启超等人却把译介重点放在当时在日本已经过时的"政治小说"上,其目的无非是"专借小说家之言,以发起国民政治思想,

---

① 《文学研究会简章》,《小说月报》,第 12 卷 1 号,1921 年 1 月 10 日,"附录"栏。
② 鲁迅:《上海文艺界一瞥》,《鲁迅全集》,人民文学出版社,2005 年版,第 4 卷第 302 页。

激励其爱国精神"①。所以周作人说,梁启超等人的文学译介"都不是正路的文学"②。其后,虽然有王国维对于梁启超等人以文学为"政论之手段"的批判和拨正,提出文学译介不应该以"实用性"而应该以是否为"名著"来定取舍③,但却曲高而和寡。周树人、周作人兄弟 1909 年翻译的《域外小说集》,虽然以关注"人"的内在心灵为译介取向,确定了选译名作,"迻译亦期弗失文情"④的译介标准,但是,他们并没有做到只要是世界名著就来者不拒的兼容大度,他们认为"近世文潮,北欧最盛"⑤,而主要选译"被压迫民族"文学,明显带有中国国情与北欧(包括俄国)相近的考虑,其背后的着眼点仍然在于借被压迫民族的反抗意识较强来激起中国的自强与反抗。在以《新青年》为中心的"五四"新文化运动中,虽然在胡适、鲁迅、周作人等人的倡导之下,翻译名家、名作已经不再成为问题,但"民族救亡"的实用主义文学思维仍然对中国的文学译介取向具有相当的制约作用。写实主义、自然主义之所以受到《新青年》的推崇,是因为"现实主义"符合"科学"的精神⑥,而"科学"又被认为是救国的良药。胡适之所以对于不符合"科学"精神的"新浪漫主义"持排斥态度⑦,无疑与民族救亡意识有关。在"民族"实用主义的视野局限下,《新青年》所确立的文学译介传统,并没有达到对于"为人生的艺术"和"为艺术的艺术""两无所祖"的大度。

而文学研究会由于秉承的是"互助"实现"大同"的"世界主义"思想,因此在文学译介取向上自然多了一层超越于"民族"实用主义思维的"世界主义"视野,与之相伴而来的是,文学研究会的理论主持沈雁冰提出,中国新文学的任务是双重的:"就他本国而言,便是发展本国的国民文学,民族的文学;就世界而言,便是要促进世界的文学。"⑧在这种思想的主导下,文学研究会的文学功能观与《新青年》相比多出了一层,那就是新文学不仅要服务于"民族"建设,而且要服务于"世界主义"的人类"大同"这一目标。《文学研究会丛书缘起》宣称,他们的文学目标,就是"一方面想介绍世界的文学,创造中国的新文学,以谋我们与人们全体的最高精神与情绪的流通"⑨,文学研究会会刊《时事新报·文学旬刊》的创刊《宣言》则表述得更为明白:"世界文学的联锁,就是人们最高精神

① 《中国唯一之文学报〈新小说〉》,《新民丛报》,第 14 号,1902 年。
② 周作人:《中国新文学的源流》,河北教育出版社,2001 年版,第 49—50 页。
③ 王国维:《人间嗜好之研究》,姚淦铭、王燕编《王国维文集》,中国文史出版社,1997 年版,第 3 卷第 30 页。
④ 鲁迅:《〈域外小说集〉序言》,《鲁迅全集》,人民文学出版社,2005 年版,第 10 卷第 168 页。
⑤ 鲁迅:《〈域外小说集〉略例》,《鲁迅全集》,人民文学出版社,2005 年版,第 10 卷第 170 页。
⑥ 陈独秀:《今日之教育方针》,《新青年》,第 1 卷 2 号,1915 年 10 月 15 日。
⑦ 沈雁冰和郑振铎在编排《小说月报》时,曾在 1921 年间倡导"新浪漫主义"文学的译介,胡适对二人耳提面命地指出:"不可滥唱什么'新浪漫主义'。"(胡适 1921 年 7 月 22 日日记,见《胡适的日记》,中华书局 1985 年版,上册,第 156—157 页)从表面看,胡适的理由是"现代西洋的新浪漫主义的文学所以能立脚,全靠经过一番写实主义的洗礼",更合于"科学"。但其背后的逻辑却是"科学"能更好地服务于民族"救亡"大任。胡适这种由于民族"救亡"之需而导致的排斥"新浪漫主义"的做法,显然并不是完全出于文学本身的考虑。
⑧ 沈雁冰:《文学和人的关系及中国古来对于文学者身分的误认》,《小说月报》,第 12 卷 1 号,1921 年 1 月 10 日。
⑨ 《文学研究会丛书缘起》,《中国新文学大系·史料·索引》,上海良友图书印刷公司,1936 年版,第 73 页。

的联锁了。"①在文学研究会中,文学扮演起了沟通人类全体,实现世界"大同"的角色。因此,文学研究会虽然出于民族救亡的需要,而在"国民文学"的建设中提倡"为人生"、"现实主义"、"血和泪"的文学;但出于"世界文学的联锁"的需要,在译介外国文学时又并不拘泥于"为人生"的现实主义文学,而主张要同时兼顾到与世界"人们全体"的文学交流,因而不能有"派别"、"国别"之见。郑振铎说得好:"文学是没有国界的;……文学是没有古今界的……我们应该只问这是不是最好的,这是不是我们所最被感动的,是不是我们所最喜悦的,却不应该去问这是不是古代的,是不是现代的,这是不是本国的,或是不是外国的,而因此生了一种歧视。……文学是属于人类全体的,文学的园圃是一座绝大的园圃,园隅一朵花落了,一朵花开了,都是与全个园圃的风光有关系的。"②

从超越于民族、国家的"世界主义"视野出发,文学研究会在文学译介实践中超越了以"民族"实用性为选择的文学翻译取向,而采取了一种"兼容包并"的翻译姿态。《小说月报》自1921年1月10日改革以后第1号起(即12卷1号),设立了"海外文坛消息"栏目,沈雁冰不拘于流派局限,对自然主义、浪漫主义、新浪漫主义、唯美主义、颓废派都一一进行了介绍,真正实践了"即不论如何相反之主义咸有研究之必要"的主张。从1923年12月10日14卷12号起,《小说月报》连载了沈雁冰与郑振铎合作的《现代世界文学者略传》,一共分为六次连载完,共涉及9个国家,有39位著名作家的略传。所涉作家也是各国、各流的都有,不问"主义",只问其文学实绩。1921年10月10日《小说月报》出了"被损害民族号",1921年9月《小说月报》出12卷"号外",为"俄国文学研究号",1924年8月10日《小说月报》出"非战文学号"(刊头未标明,但实际内容如此),这当然可以代表文学研究会文学译介中的现实主义倾向和"为人生"倾向。但是,《小说月报》也刊出了一系列并不代表现实主义的世界文学专号。1923年9月10日、10月10日《小说月报》14卷9号、10号均为"泰戈尔号"。我们知道,泰氏是并不那么现实主义的作家。1924年4月10日,《小说月报》为伟大的浪漫主义作家拜伦百年祭出了专号。在1924年4月《小说月报》15卷"号外"的"法国文学"专号上,自然主义、写实主义的作家莫泊桑、巴尔扎克、福楼拜与唯美、颓废的波特莱尔同期而论。自然主义专论一篇,浪漫主义专论也是一篇,还有一篇是当时被视为"新浪漫主义"的罗曼·罗兰的译介文章。1925年8月10日、9月10日《小说月报》15卷8号、9号是"安徒生号"(上)、(下)。安徒生也不是现实主义作家。同样,大型的"文学研究会丛书"的文学译介,也是不问国别、派别、"主义"的,其译介目标是"为所有在世界文学水平线上占有甚高之位置,有永久普遍的性质之文学作品"③。在其文学译介计划中,国别遍及俄、英、德、美、法、印度、日本、匈牙利、意大利、波兰、北欧、西班牙、爱尔兰、瑞典、挪威、犹太、斯堪的纳维亚等国,所涉流派虽以写实主义为主,但新浪漫主义、唯美主义、颓废派的作家作品亦来者不

---

① 《时事新报·文学旬刊·宣言》,《时事新报》副刊《文学旬刊》,第1号,1921年5月10日。
② 郑振铎:《文学大纲·叙言》,《郑振铎全集》,花山文艺出版社,1998年版,第10卷。
③ 《文学研究会丛书编例》,《小说月报》,第12卷8号,1921年8月10日。

拒——王尔德、梅特林克、苏德曼、霍普特曼、波德莱尔，均在其译介之列。

正是从"世界主义"的眼光——"我们看文学应该以人类为观察点"①出发，文学研究会的理论代表郑振铎编撰了被人们誉为世界范围内第一部真正意义上的世界文学史——《文学大纲》。它以二十世纪 20 年代英国著名戏剧家约翰·特林瓦特撰写的《文学大纲》（共二十四册）为底本进行改写，并在此基础上超越了原作强烈的欧美中心主义观念，把东方各国的文学（包括曾经受到《新青年》强烈批判的中国旧文学）也写了进去，涉及二三十个国家从古至今的文学，遍及各大洲，包罗了从古至今世界文学史上的所有的重要流派和作家作品。文学研究会这种不以文学国别、派别为选择标准，而着眼于世界文学"经典"的"兼容并包"姿态，真正实践了它对于"为人生的艺术"与"为艺术的艺术""两无所祖"的文学译介主张，从而在某种程度上超越了《新青年》的文学翻译传统。

综上所述，文学研究会的前期社团基础主要来自"改造联合"团体，这一团体不仅为文学研究会提供了主要的成员，同时也奠定了文学研究会"著作同业公会"式的社团组织形式；并且兴起于《新青年》而鼎盛于"改造联合"的"互助"实现"大同"的"世界主义"理想，不仅影响了文学研究会"爱"与"美"的文学创作，而且也对文学研究会对于"为人生的艺术"与"为艺术的艺术""两无所祖"的文学译介取向产生了巨大的影响。如果忽略了作为文学研究会社团基础的这一前期团体及其所秉承的思想，文学研究会的许多方面都将无法得到有效解释。

（原载《中国现代文学研究》丛刊 2007 年第 3 期）

---

① 西谛（郑振铎）：《新旧文学的调和》，《时事新报》副刊《文学旬刊》，第 4 号，1921 年 6 月 10 日。

30年代北平小报与革命文艺青年

马俊江*

作为城市的精神居民,革命文学在北平的生存空间是狭仄的。谢冰莹回忆自己在故都的经历时这样写道:

> 为了言论过激,一些大报纸的副刊都不敢登我的作品,有位在《华北日报》当编辑的友人曾经好几次对我说:"你写一点软性的与革命毫无关系的文章不可以吗?""笑话! 我离开革命还能生存吗?"这是我给他的答复。那时只有一家小报欢迎我投稿。[①]

讨论现代文学运动及其文学生产,离不开报刊与出版。如果说"五四"新文学运动依托的是杂志与报纸副刊的共同参与;那么,导源并兴盛于上海的革命文学运动主要依靠的则是这个城市的期刊杂志和单行本的出版,报纸副刊始终只是"客串"而已。而在1930年代的故都北平,副刊则是文学生产的"主角"。在谢冰莹的叙述中,革命文学在北平大报副刊颇遭冷遇,只得走进小报。这是否仅属个人遭遇,纯属历史的偶然? 我们再看一则田涛回忆录中的记述:

> 在北平"看不见的世界"里,也有的青年作者在北平报纸副刊发表了不少文章。他们有一颗火热的心,要求进步,为文学创作刻苦努力。如白堃……他写了许多散文、诗、短篇小说,发表在《北平新报》副刊、《××日报》副刊《星海》上(记不起报纸的名字了),以及其他报纸的副刊上。[②]

"看不见的世界"系胡风1933年为北方左联作家澎岛小说集《蜈蚣船》所作书评的标题,胡风以此指称北平文坛中与京派对立的革命文学。《星海》是1932年创刊于北平的《北辰报》的文学副刊。那么,田涛记述中的革命文艺青年与谢冰莹的遭遇颇为相似:寄身于报纸副刊,而且是小报副刊——《北平新报》、《北辰报》都是三十年代的北平小报。

后世文学史叙述中,"'小报文学'是一种通俗的市民大众文学","是与大报、期刊和新文学迥异的"。[③]而我们却在谢冰莹与田涛的回忆里看到,小报不但接纳了新文学,而

---

* 马俊江,男,1970年3月生,河北唐山人。研究生学历,博士学位,副教授。主要从事现当代文学作品的文本解读与文学的历史学考察。在《中国现代文学研究丛刊》、《鲁迅研究月刊》等学术刊物发表论文近20篇。

① 谢冰莹:《大学生活的一断片》,收入陶亢德编《自传之一章》,宇宙风社,1938年,125—126页。
② 田涛:《记北平公寓生活》,载1990年《新文学史料》第1期。
③ 李楠:《晚清、民国时期上海小报》,人民文学出版社,2006年,第10页、9页。

且与三十年代革命文学产生了联系。历史研究犹如盲人摸象，每个研究者都只能站在自己选定的平台上观察对象，走近历史。站在故都革命文学的平台上，谢冰莹与田涛的回忆让小报走进了我们的视野，为我们提供了另一种历史真实的蛛丝马迹，那么，小报与故都革命文学的关系值得考察。走近小报，也许我们会发现另一种历史图景。

一、小报·大众化·北报南仿

自戈公振《中国报学史》问世，新闻学者"述近代之报业，不得不连类及于小报"，[①]戈著所引的南宋周麟之关于小报的论述也屡被转引。一方面，小报被看作民间报纸之始，"论其性质，颇有几分像现在的民有的新闻纸"；[②]而另一方面，"小人诪张之说，眩惑众听"，周麟之对小报的上述指认，可见小报问世即蒙恶名。虽然，现代小报产生的场域及其表现形态迥异于古代小报，但如欲寻找对其嘲讽乃至攻讦之辞，更是俯首即拾。沈从文对现代小报的评价和周麟之对古代小报的指认颇为相似："制造旁人谣言，传述撮取不实不信的消息"；[③]梁实秋对小报"常很露出一种不很恭敬的态度"，厌恶其专门"从事于'性'的运动"；[④]袁殊站在左翼立场上，在追溯其源流中批判之："经营小报的人，大都是《自由谈》《快活林》这一流的'文豪'，所以小报之发生的过程，也可说是由大报之报屁股所锐变出来的……除平凡的'有闲'和无谓的'自由谈'外，完全保留了过去的宗法、封建、陈朽的学说"。[⑤] 以上三人的言论包含了当时以至后世厌恶小报的三种主要因由：谣言、色情与陈腐。

小报之为社会各界关注，第一是存在数量多；第二是民间影响大。"全国新闻纸，小报占百分之八十，大报之只百分之二十"，[⑥]所以，"这类新闻纸的好坏，和社会发生很密切的关系，决不是闹着玩的"。[⑦] 因此，不但民间与文化界关注小报，政府对其也颇为重视。1929 年国民党首都警备司令部查禁上海小报多达二十八种，以至被时人称为"上海小报之厄运"；1933 年国民党又通过了《取缔不良小报暂行办法》。固然，国民党政府解释此等行为的理由是小报"叙述秽亵、记载失当及无确实之基金或经常费足以维持其事业"，这和民间厌恶小报的理由无甚差异。但显然，国民党取缔小报更为重要的原因、即小报所以"不良"的首要因由其实是"言论荒谬"："首都卫戍司令部，前以上海各种小报，时载反动文字，措辞荒谬诋毁中央，曾经令饬查禁。"[⑧]在政府眼里，"不良小报"更是

---

① 赵君豪：《中国近代之报业》，商务印书馆，1940 年，第 101 页。

② 张静庐：《中国的新闻纸》，光华书局，1928 年，第 2 页。

③ 沈从文：《论"海派"》，载 1934 年 1 月 10 日《大公报·文艺》。

④ 秋郎：《小报》，收入《骂人的艺术》，新月书店，1927 年，第 65 页。

⑤ 袁殊：《上海报纸之批评》，参见李锦华、李仲诚编《新闻言论集》，新启明印务公司，1932 年，第 351 页、345 页。

⑥ 管翼贤：《祝〈东方快报〉一千号》，载 1935 年 9 月 25 日《东方快报·一千号特刊》。

⑦ 陈顾远：《北京城里的小新闻纸》，参见黄天鹏编《新闻学论文集》，光华书局，1930 年，第 250 页。

⑧ 黄粱梦：《新闻纪年》之四《查禁反动小报与海外华案》，载 1929 年 6 月《报学月刊》第 1 卷第 4 期。

"反动小报",新闻史家名之为党派小报。

芝加哥学派的城市研究者用马赛克来描述不同社会群体在城市空间的分布,也就是说,真实的城市类似一张马赛克似的拼图。如果说每一个碎片代表一个社区,在这些不同的社区里聚集着不同信仰的居民,那么,小报也折射着城市社区间的精神分界线。城市里聚集着诗酒风流放浪形骸的旧文人,也聚集着代表不同政治团体利益的党人,因而才会有旧文人小报和党派小报。但在一个风云激荡的革命时代,城市里的革命知识分子也会在小报中构筑精神空间。就以左翼文化界而言,各地左联就都曾创办小报张扬革命,如上海左联的《十字街头》和《文艺新闻》、东京左联的《留东新闻》、北方左联的《科学新闻》和《我们周报》等等。就连国民党文人对抗左联的《前锋》也是一张 16 开小报。

因此,我们无法将小报本质化理解,视为文化末流。戈公振早就曾客观地将小报定义为:

> 以其篇幅小顾名,其上焉者,自有其精彩,未可以小而忽视之也。①

吴秋尘有云:"小大之别在形式上,而不在内容上,精神上",②因此"种类即多,流品亦杂"③才是对小报最恰当的描述。大报中也不乏自堕报格者,小报中也自有"上焉者"。即以 1930 年代而言,大报招致的批评比小报也少不了许多。袁殊指斥《申报》等大报本末倒置,"广告为主体而新闻附之……被商品化了的程度到了这地步";④樊仲云更是痛骂大报"病态"、"堕落"成"知识的鸦片",以致于呼吁欲使"革命走向成功之路",必须将这些"含有麻醉力"的大报"先行铲除净尽"。⑤ 革命时代的学者,即便述学,也难以四平八稳宁静致远,往往压抑不住社会批判的热情。激进的青年更是将大报与小报对立起来,指责大报是"大而无当"、"无所不包的垃圾桶……仅流行于绝对少数的有闲阶级",相反却赞美小报深入"劳苦大众……对于启迪人民及复兴民族的效力"。⑥

相对于大报屡遭批评,小报却在三十年代"一天天发达起来"。"小报热"也成为当时文化界值得注意的事件。听惯了嘲讽的小报此时也赢得了不少赞许之辞,成舍我1932 年在燕京大学的讲演颇有代表性:

> 我觉得北平所谓"小报",我们真有提倡的必要。在将来的中国新闻事业,"小报"一定要占很重要的地位……在形式上说,这简直可算做理想中,中国未来的标准报。⑦

对于戈公振、成舍我、袁殊这一代新闻界中的知识分子而言,"报人"是对他们最好的称

① 戈公振:《中国报学史》,商务印书馆,1935 年,第 262 页。
② 参见上海复旦大学三十周年纪念世界报纸展览会筹备会编《报展纪念刊》,上海复旦大学新闻学会出版,1936 年,第 56 页。
③ 黄天鹏:《中国新闻事业》,联合书店,1930 年,第 102 页。
④ 袁殊:《上海报纸之批评》,参见李锦华、李仲诚编《新闻言论集》,新启明印务公司,1932 年,第 325 页。
⑤ 樊仲云:《中国报纸的批评》,参见黄天鹏编《新闻学演讲集》,(上海)现代书局,1931 年 10 月,第 56、62 页。
⑥ 参见上海复旦大学三十周年纪念世界报纸展览会筹备会编《报展纪念刊》,上海复旦大学新闻学会出版,1936 年,第 127 页。
⑦ 成舍我:《中国报纸之将来》,参见《新闻学研究》,燕京大学新闻系编辑并出版,1932 年,第 19—20 页。

谓。他们出入于报馆和学院,是报馆老板、记者、编辑,又是著书立说的学人,堪称新闻全才。知道"大家在那里鄙弃'小报'",他们却以为如果"把它的短处,加以改革",小报可成为中国"理想"的"标准报"。非是一时的冲动,乃是这一代报人对整个报业市场的熟谙,以及时代思潮对他们思想观念影响的结果。三十年代,"大众"或"民众"成为新时代精神的关键词,改变并主导着那一时段的文化空气,"大众化"充溢于整个文化界,弥漫成一种社会运动。这一代知识者,不管政治倾向是左、是中、还是右,其思维方式与视野朝向少有不被"大众化"影响者。文学界有文学大众化、教育界有教育大众化、新闻界亦有报纸大众化。左翼报界的新集纳主义与文学界的新写实主义并称,"在资本主义的母胎,它俩是一对逆子和叛女……是我们被压迫大众的两种有力的工具,也就是两种有力的武器";①陶希圣指责报纸的"最大毛病"是看不见"农民工人民众的事实";②近于纯粹报人的戈公振等也同样在"大众化"的背景下思考"报业革命"问题:"新闻纸非复为特殊阶级所专有矣",不能"无视大众利益"。③

"报纸大众化"的问题也受到文学青年的关注。在北平,不少作者在小报《觉今日报》副刊《文艺地带》上载文讨论这一问题。也正是在"报纸大众化"讨论的带动下,小报才开始真正摆脱恶俗的名声,在文化界赢得佳誉:

> "小型新闻"是新闻大众化的最适当手段。因为它能适合大众的"购买力"与"时间经济",小报深入大众的力量远远超过大报。④

在"大众化"的时代氛围中,报纸与"大众"之间的距离成为文化界普遍关注的问题,小报被视为解决这一问题的突破口也成为某种共识。谈及报界改革,黄天鹏的思路与上述故都文学青年差异不大,只是其表述没有时代青年那样飞扬蹈厉的热情,反而有些沉重:"我们所说所记的新闻,离开大多数人的智识水准是太远了,我们所用的工具——文字,亦太艰深了,我们所定的报价,也不是大众的经济能力所能负担的。所以我很想联合几个同志,办一种小型的报。我不想实现报学的许多高论,我只想为现代大众办一种他们所需要的报。"⑤

每一种历史存在于后世都难免有是是非非。有方家"悲哀地发现"大众化运动原是"一次大面积持续迷失",提倡者只是一些"时代泡沫的追逐者和文坛风波的弄潮儿……他们的全部努力只不过是卖出了一些稿子",其结果是历史付出了"难以预料的代价"——知识分子"主体性的丧失和精神合法存在性的丧失"。⑥ 面对历史,研究者不但有自己选定的平台,文字背后也呈现着各自的立场,立场决定着对历史的不同评判。但凝眸三十年代

---

① 焦尾:《新集纳主义与新写实主义》,参见管照微编《新闻学论集》,上海汉文正楷印书局,1933年,第77—78页。

② 陶希圣:《社会的黑暗与世界的决斗场》,参见管照微编《新闻学论集》,第41页。

③ 戈公振:《新闻学》,商务印书馆,1947年(本书为戈氏遗著,完成于1932年),第1页。

④ 林之野:《由新闻文学大众化谈到文地》,载1935年10月3日《觉今日报·文艺地带》。

⑤ 参见上海复旦大学三十周年纪念世界报纸展览会筹备会编《报展纪念刊》,上海复旦大学新闻学会出版,1936年,第127页。

⑥ 李辛宇:《迷失的代价——20世纪中国文艺大众化运动再思考》,载2001年《文艺争鸣》第1期。

的历史现场,我还是为那个时代知识分子"无穷的远方,无数的人们,都和我有关"的精神"生活"①所感动。"报纸大众化"自包含着复杂的历史内涵,但我们的视野中,首先看到的是知识者精神生活的变迁。"大众化"首先改变的就是知识者自身——走出只有"个人"的主体性,将视野面朝"大众",其精神生活呈现着博大的社会情怀与关怀。

成舍我是一位精明的报馆老板,他无法不关注报纸的销数。1935年成氏创办的小报《立报》"特举两个口号:'报纸大众化','以日销百万为目的'",但与经济追求相联系的这一代知识者的精神期待更值得关注。创办《立报》的四年前,北平小报《新北平》的创办者在答读者信中说:"本报发轫之初,就蒙成舍我先生赐予两个律条:第一,要本报努力去民众化、社会化。"②可知成氏思考大众化的办报思路非是一朝一夕。1932年成舍我在燕京大学演讲时公开批评"中国的报,大部分,一向只是给军阀、官僚、资产阶级,做起居注,做玩具。因为它的销路,只限于这种极少数人"。正是基于这样的思路,成舍我才会追问"报是给什么人看的?"如果"大多数的平民,和一部分贫乏的知识阶级",都"没有看报的福气",那么"我们办报,还有什么意义?"也正是在这样的追问中,成氏才激情洋溢地提出"我们要改革中国的新闻事业,要站在民众的立场……来主张整个的革命"。③对于成氏来讲,用"小报"走近"大众"无疑是其报业革命的方案之一。时隔三年,在复旦大学新闻学会、上海记者座谈会与沪江大学新闻学会举办的新闻学讲座上演讲时延续这一思路,成舍我再次强调现时代"迫切需要""大众化"的小报。

不管后世史家从何种角度定位成舍我,都不会把他划入左翼文化圈内,但我们看上述成氏言论,其话语方式以及背后显现的立场——对广大劳苦大众的认同、对资产阶级的否定,都和左翼明显地趋同。并非以此彰显成氏政治上的进步性,我想说的是,这至少是他能于自己的报业中容纳左翼知识者及左翼文学的内在原由。《立报》的创刊行世在报学史中自有多重的意义,对我们的论题而言,其意义至少有二:一、《立报》是上海小报史上不多见的综合性小报。新闻史家讨论三十年代小报革新时,指出其表现之一就是"朝着综合性小报发展。1935年《立报》的创刊,是这一趋向的标志"④;二、综合性小报皆有副刊,正是《立报》的副刊不仅接受了新文学,而且接纳了郭沫若、茅盾等左翼作家的创作。

《立报》是成舍我联合上海南京两地不同背景的报人创立起来的,但决定了该报的办报思路以及存在形态的无疑是成氏本人。所谓联合不过是其策略而已,正如创办人之一的张友鸾所云:"论经济力量,他原能独资经营,只为了要利用政治、社会力量,所以多约些朋友参加。"⑤成舍我在北平不但建构起了包括《世界日报》、《世界晚报》和《世界画报》的"世界"报系,而且也以报纸为中心凝聚了一个新旧兼容、政治背景左中右各异的文人群体,成为其报业托拉斯的人才库。《立报》的经理、编辑乃至营业人员,基本上

---

① 鲁迅:《"这也是生活"……》,参见《且介亭杂文末编》,人民文学出版社,2006年,第142页。

② 编者:《敬谢郎云馨先生(上)》,载1931年11月3日《新北平》。

③ 成舍我:《中国报纸之将来》,参见《新闻学研究》,燕京大学新闻系编辑并出版,1932年,第19、10页。

④ 方汉奇主编:《中国新闻事业通史》第二卷,中国人民大学出版社,1996年,第507页。

⑤ 张友鸾:《报人成舍我》,参见《世界日报兴衰史》,重庆出版社,1982年,第5页。

都是成氏北平"世界"报系的圈子中人。陈平原论述早年成舍我,看重其在北大养成的"眼光与抱负,奠定了其日后奋斗的方向",①而讨论小报,我们亦不能忽视的是成氏"北平报人"的身份。成氏本人对此也有明显的体认,初到沪上,在复旦大学新闻学会等三团体举办的新闻学讲座上演讲时,成氏开篇即说:"我在北方的时间较长,北方人提到'上海',尤其提到'上海记者',他们总不免要发生一种神秘的推测。"②

成舍我的"北方"与沈从文行文中的"北方"一样,指故都北平。至于"神秘的推测",透露出平沪两地文人集团的隔膜,更含蓄的意思则正如鲁迅先生所说"北人的卑视南人,已经是一种传统"。③ 成舍我创办《立报》,可看作三十年代一次少有的北平文化界进军沪上。三十年代后期上海报界有"北报南仿"之说,成舍我及其"世界"报系文人圈子的"北报南移"无疑直接为其提供了样本,所谓"南仿",当指北平小报综合性报纸的版面划分对沪上报界的吸引。1933 年,得知《北平晚报》为当局查封,上海的黄天鹏回想起在故都之时,"每天晚上我们可以听到清脆的卖报声:'北京晚报'、'世界晚报'",并"和这种声音发生了感情",于是深情下笔:

> 说起《北京晚报》,在故都中是很有历史的。每天出一张四开报,和上海小报样式一样大小。第一版是广告,第二版是重要新闻,第三版是次要和本城新闻,第四版是副刊和小广告,编辑精巧,一目了然。在上海看四开报可两样了。我总希望上海有《北京晚报》式的报纸出现。④

其实不仅《北平晚报》,三十年代北平小报的内容与格局大多如此,身居故都的尤炳圻也曾谈到这一点:

> 北平的许多小报,都有着一种固定的形式,每份都是四开大小,分做四版。第一版载国内外要闻和社论;第二版载社会琐闻;第三版是附刊或是什么周刊;第四版载四五种长篇小说。⑤

综合性小报在沪上颇为少见,但于故都北平却为常态。至于办报宗旨,《实报》以"报导消息、贡献学术、介绍文艺"为"三大使命",⑥诸多北平小报也差不多都曾如此宣称自己的追求:

> 用及浅显的文字,介绍世界大势、国内的情形,使老百姓们知道自身与世界和国家的关系,因此应负起他应负的责任。⑦

---

① 陈平原:《舆论家的态度与修养——作为北大学生的成舍我》,参见中国人民大学港澳台新闻研究所编《报海生涯——成舍我百年诞辰纪念文集》,新华出版社,1998 年,第 96 页。
② 参见上海复旦大学三十周年纪念世界报纸展览会筹备会编《报展纪念刊》,上海复旦大学新闻学会出版,1936年,第 45 页。
③ 鲁迅:《北人与南人》,参见《花边文学》,人民文学出版社,2006 年,第 20 页。
④ 黄天庐:《逍遥夜谈》,载 1933 年 5 月 25 日《时事新报·青光》。张静庐曾比较平沪两地晚报,指出其差异之一即是上海的晚报均为大报,而北平的晚报皆为小报。参见《中国的新闻纸》(光华书局,1928 年)第 78—82 页。
⑤ 炳圻:《北平的小报》,载 1933 年 12 月 20 日《华北日报·副页》第 521 期。
⑥ 管翼贤:《心所欲言》,载 1935 年 10 月《实报半月刊》创刊号。
⑦ 本报同人:《开场白》,载 1932 年 9 月 1 日《北平老百姓报》创刊号。

当兹国事蜩螗，内忧外患交迫之今日，忧从中来……人不觉惕然于其责任之重也……新闻事业之任务，一则在民众之喉舌，一则在启迪诱导民众。[①]

北平小报在当时虽也难免受人指摘，但总体来说名声不错："内容不比大报弱，价钱又便宜"；[②]"华北报纸，除小报尚能经济独立之外，鲜有不靠津贴过活者"。[③] 谈的是经济问题，但背后无疑是指自由言论与受党派控制之别及其与之相联系的"报格"。

二、北平小报·小报副刊·知识阶级

地域空间影响着所有与之关联的文化现象：同是小报，在沪上还是在故都，也呈现着不同的"神情"。"帝都多官"，使北平这一城市显现出官本位的文化倾向：以正统、雅正、庄重、严肃为审美特征和文化取向。如此文化空气中产生的北平小报具有浓厚的精英意识，多谈责任与使命也就不足为怪了。尤其"九·一八"之后，身处"危城"，北平小报多有"国事蜩螗"中的"忧从中来"：

> 第值此时期中，国内暨国际，均有剧烈变动。激耳荡心，吾人在枪声弹影之下，执笔从事撰述，与战士临敌，情景无殊。在此同业中人，类能体验之。试思三年前之今日为何时？而三年后之今日，又为何时？抚今追昔，吾人诚有不胜所欲言者。

也是小报文字，但毫无轻松愉悦的"休闲"之气，反让人感觉异常沉痛。视小报如战士临敌，以笔报国，而又常觉文字无力，"未足以补时艰于万一"，因此才会有那么多"不胜欲言"的"辛酸"。[④] 印张虽小，但于北平，我们却常见小报及报人的情怀之大。"以小型报纸形态出现，而以大型报纸之内容为依归"[⑤]的"大报化的小报"在北平不惟少见，甚至大报馆也直接走入创办小报的行列，"人谁不知《京报》是中国有名的大报，可是大哥哥于今带着一个小弟弟来了。虽然看去形骸似乎小些，但是面目精神无一不和他哥哥一样"。[⑥] 也因此北平小报常被时人誉为"简直是大报的缩影，而又蕴着小报的灵魂"。[⑦]

北平小报的"方正面孔"让上海小报的研究者与之"初次晤面"时，会惊异"充斥于上海小报中的游戏气氛、浓得化不开的酒色财气，在这里消失得无影无踪"，以致于对"约定俗成的小报定义发生质疑"了。如同执着于小报研究，李楠也执着于市民文化的研究平台，寻觅着北平小报中的"'休闲'精神"。[⑧] 但过于执着，难免有所遮蔽，"约定俗成"常与先验性的本质化结伴，将原本复杂的历史现象单一化。其实，趣味休闲是小报，正

---

① 《发刊词》，载 1932 年 11 月 11 日《现代日报》创刊号。
② 《北平报馆参观归来记》，载 1933 年 11 月 25 日《平西报》。
③ 张一苇：《华北新闻界》，载 1929 年 4 月《报学月刊》第 1 卷第 2 期。
④ 《一千号纪念辞》，载 1935 年 9 月 25 日《东方快报·一千号特刊》。
⑤ 《本报告白》，载 1936 年 1 月 1 日《大路报》创刊号。
⑥ 《发刊词》，载 1935 年 10 月 1 日《京报快刊》创刊号。
⑦ 管翼贤：《祝〈东方快报〉一千号》，载 1935 年 9 月 25 日《东方快报·一千号特刊》。
⑧ 李楠：《迥然相异的面目：京海格局中的北京（平）小报》，载 2005 年《中国现代文学研究丛刊》第 6 期。

经严肃是小报,沉痛辛酸是小报,革命时代的小报也未尝不可以慷慨激昂倡言革命。

小报中直接面向下层市民供其"休闲"的莫过于"社会琐闻"和"小说连载",遭批评最多的也是这两版,被时人称之为"聊斋似的小说和无稽的奇谈"。① "社会新闻"历来在文化界声名不佳,非唯小报如此,《北平晨报》社的林仲易指责"京沪平三地数家号称注重社会新闻的报纸……所大书特书的大半是罪恶新闻,如奸杀盗抢之类,这些社会病态";②至于"小说连载",大报小报亦无太大差异。在平津大小报刊载通俗小说的李薰风也一视同仁,告诫其嗜读此类文字的恋人"这类小说的不重要和无聊"。③ 小报不像大报篇幅众多,上述两版难以遮掩,才会显得异常醒目。但对于通俗小说连载,却有小报表现出少见的决绝,公开宣布:"对于各报章惯刊之充满封建气息与低级趣味的章回小说,决心拒登"。④《觉今日报》也因此而倍受读者称赞,甚至被誉为"异军突起的小报之王"。其办报方针也赢得了热情激进的革命文艺青年的盛赞:"不好卖的理由,这正是《觉今日报》的成功"。⑤也只有故都北平这样的城市才会有如此热烈地崇拜精英文化的读者群落,如此的读者群落和城市才会珠联璧合地滋生孕育出这样有洁癖的小报。但始终固守单纯又单一的目标市场,只"打算供给一般青年,尤其是知识青年阅读"的《觉今日报》,即便在北平小报界,也实属凤毛麟角。大多数小报虽然未尝不知所刊通俗小说实是"俗而不通",但"为扩张销路、增加收入起见,我们不能不顾及另一部分读者"。⑥ "知识青年"代表文化界发言,决定着小报的声誉;"另一部分读者"是沉默的大多数,决定着小报的销数,而销数即报纸的命运。所以,"知识阶级"与"普通民众"需求的差异与对立也因此构成了北平小报生存的两难境遇:

> 办小报尤其困难……如果就知识阶级的眼光来编辑,便不能迎合普通民众的心理;如果就普通民众的眼光来编辑,便不能迎合知识阶级的胃口。⑦

"知识阶级"主要指北平各大中学校里的学生和青年教职员,以及流落在故都的知识青年。中国的城市史中,还少有城市能像北平这样如此依赖这一群体。诚如一家小报的记者所言:

> 国都迁往南京以后……六年前官僚政客的世界,现在是掌握到青年学生手里来了……二十多个大学,百个以上的中学,几百个小学,十多万学生,这是一个多么大的数目,北平繁华或没落的命运,是被抓在他们手里。⑧

这一群落不仅是小报所依靠的文化力量,也是故都每一行业都不能小觑的一股经济力

---

① 辛人:《华北新闻纸鸟瞰》,载 1932 年 2 月 15 日《突进》半月刊第 4 期。
② 林仲易:《谈谈几个改良报业的实际问题》,参见燕大新闻系编辑《新闻学研究》,第 3 页。
③ 李薰风:《一个小说作家的供状》,载 1941 年 8 月《全家福》第 3 卷第 8 期。
④ 《本报选登世界名著〈日轮〉广告》,载 1934 年 10 月 21 日《觉今日报·文艺地带》。
⑤ 绿叶:《北平小型报纸觉今》,载 1935 年 10 月 1 日《觉今日报·周年纪念特刊》。
⑥ 编者:《我们的自白》,载 1933 年 4 月 1 日《北平新报·本报两周年纪念批评专号》。
⑦ 红杏:《敬谢郎云馨先生》,载 1931 年 11 月 4 日《新北平》。
⑧ 江汉生:《教育调查》,载 1934 年 7 月 25 日《每日评论》。

量。因此,小报不能不顾及"普通民众",亦不能放弃"知识青年",只能在二者之间寻求平衡,其结果也构成了北平小报文化空间的格局与存在形态:以"社会琐闻"和"小说连载"迎合"普通民众"的阅读趣味;开辟"文艺副刊",呈现给故都的"知识青年","决意贡献给年青人耕种"。

北平小报副刊为编者所重视,也为读者看作"小报灵魂"。即便以《杂耍场》、《小玩艺》、《绒线软语》这些酷似娱乐消遣的名目冠名,也只是貌似而已,骨子里却是要"软中带硬",追求着粗野所带给人的另一种"刺激":

> 这块园地,只是一片荒芜的原野……所生长的,除了枯木之外,便是一丛丛荆棘……不打算在这里建筑什么"艺术之宫",修盖什么"象牙之塔"……这里绝对没有"美",也没有"爱",实在不足以供老爷太太们茶余酒后的消遣和少爷小姐们谈情说爱的资料——这是预备给需要刺激的朋友看的。[1]

在上海,"学生读者更不满或厌恶小报",[2]而在北平,因副刊的存在,小报则赢得了知识青年的厚爱,"一天天地与它接近起来",因为"当着中国文坛受着空前毁阻的时候,新闻纸渐趋于侍奉恶势力的时候",小报副刊"还肯给不平叫怨"[3]。学校、公寓和会馆,让知识青年在这个城市找到了栖身之所;小报副刊则安顿了他们躁动不安的心灵,成了他们在这个古城里一个重要的精神栖居之所,也为他们的文学生产安排了一块"自留地"。

《平西报》由北平西郊的燕京大学新闻系主办,其作者也主要是燕大的学生;流落故都的东北青年作家白晓光曾编辑《东方快报》的文艺副刊《艺园》,其作者也以东北大学学生及东北籍文艺青年为中心。满怀国破家亡之隐痛的《东方快报》面朝失去的乡土,聚集起流亡到北平的本乡文艺青年,其副刊几乎成了东大学生的专刊。《平西报》和《东方快报》副刊的如此面目在北平小报中也算不上特例,在故都,小报副刊的无论编还是写,其主体本来就是"知识青年"。走进历史中的这座城市,翻阅那些几十年前的小报副刊,可以说,随处都可以遇见校园或是公寓里的青年人。

大学校园及其周围的"拉丁区"以及聚集于此的师生、波西米亚式的文艺青年,在当时和后世都是故都北平受关注的社区与社群,而包括中学和师范等在内的中等学校校园及其师生,则有些处于历史的无名状态的意味。就学生数量来讲,其实这两个群体相差实在悬殊。以1933年为例,全国专科以上学校在校生人数为49 236人,包括北平在内的整个河北省不过才有4 365人;而同一年,全国中等学校在校生559 320人,包括北平在内的河北省则有34 029人。[4] 对这一数量更为庞大的知识群体,文学史家关注不

---

① 岫石:《开场》,载1932年2月15日《曦光报·荒原》。
② 袁殊:《上海报纸之批评》,参见李锦华、李仲诚编《新闻言论集》,新启明印务公司,1932年,第352页。
③ 路一:《致〈新页〉》,载1935年3月12日《北平新报·新页》。
④ 参见教育部统计室编《二十二年度全国高等教育统计》(1936年2月)和《二十二年度全国中等教育统计》(1936年6月)。

多。但北平小报副刊的"作者多为中学生或小学生"，①在这个文化空间内，他们是一个不容小觑的群体。《北辰报》副刊《破晓》对于他们的编者和作者群体说得更明白："年龄呢，15到22；程度呢，是初中一年级到高中刚毕业——这样的一群孩子。"北平小报不仅刊登各中等学校消息，关注这个群体，并且接纳了他们的作品。《东方快报》、《大路报》等不少小报更是直接开辟了《中学生》副刊。《小小日报·哈哈镜》、《诚报·诚报副刊》、《大路报·陶然亭》、《汇报·艺海》等小报的诸多副刊起始之时多游戏笔墨与软性记事等娱乐文字，中学生群体的介入，也使其面目为之一变，充满青春的反叛热情与激进的革命之声。

以同一概念命名的群体在不同的时代呈现着迥异的精神面目。30年代的中学生和我们当下随处可见的同一名称的群体年龄相似，但其精神生活与面目似乎有着太远的距离。处身一个崇拜革命的激进时代，他们骚动不安，有太多冲出校园参与时代和社会的热情。他们反叛"只是整天守着些枯味的课本……忘了时代，忘了所处的环境，忘了国家的危险，忘了民族将忘"②的校园生活；其文学活动的结果也非是充满青春伤情、太多顾影自怜的校园文学，举凡文坛上的热点，诸如普罗文学、文学大众化、幽默文学、两个口号论争、鲁迅逝世、高尔基之死等等，他们都会发出自己的声音。他们也这样宣称自己的身份与欲望：

> 我们这二十世纪的青年便应起来向社会进攻，我们要用我们的血液洗掉了不合理的现实——这才是革命青年。③

在上海，"小报没有新诗和纯文学的位置，只剩下通俗文学""迎合市民"，"二十年代后期开始，小报接受新文学，接受新文学里面的海派"。④ 而在1930年代，北平小报不但接纳了新文学，而且成了"革命文艺青年"在故都最为活跃的精神园地。也只有将故都文艺青年追求"革命"的历史图景纳入视野，我们才会找到北平的"小报灵魂"。

当革命成为一种时尚，它也首先占据了故都文艺青年的灵魂。不管是大学生还是中学生，他们都是崇拜革命的群体，于他们的视野中，"现代生活的文学，就是革命文学"。⑤ 革命文艺青年群体的存在，也让我们看到故都被遮蔽的另一种历史存在和形象。毕竟，北平并非只是历史记忆与阴影中的废都，只生产"包含历史的精炼的或颓废的点心"，故都也并非被遗弃的革命时代的"飞地"。

三、革命文艺青年·副刊精神面目·故都革命文学

"革命文艺青年"是三十年代故都激进青年最为认同的社会身份，"革命"成了他们

---

① 信：《编副刊的一点感想》，载1932年10月10日《新北平·周年纪念特刊》。
② 云从：《我的感言》，载1937年1月12日《大路报·中学生》第23期，云从为本版编者。
③ 昔厂：《理论与事实》，载1936年8月4日《大路报·中学生》第1期。
④ 吴福辉：《海派文学与现代媒体：先锋杂志、通俗画刊及小报》，载2005年《东方论坛》第3期。
⑤ 森香：《现代文学》，载1933年1月22日《河北民报·贡献周刊》第7期。

的最高伦理与准则,他们也以此月旦人物、品评小报,将"革命"的冠冕赠给他们的所爱。他们"爱戴与拥赞"的是"虽没有绝特天才",但"有坚决的革命毅力"的蒋光慈;[①]鲁迅逝世后,他们誉之为"革命文坛上的巨匠",[②]以表达对先生的哀悼与敬慕。对于小报,他们是其副刊耕耘者,也是忠实的守望者:

> 它是新青年的园地……《星海》以后不要再有什么《灵肉的角力》一类的文章,多刊登些有力的、鼓动的、有革命意识、不背叛时代的文字。[③]

北平小报既然将"副刊"留给了故都文艺青年,对他们呼吁革命的声音,当然会做出回应。《北平新报》的编者王克非在答读者的信中直接声明副刊《新页》所要文字为"革命文学"。《北辰报》的副刊编者为洁寸,如同众多北平小报的其他作者与编者,我们只能从其文字中了解他们身世遭逢的点滴。洁寸做过军人,参加过北伐,1927年亡命上海。他曾沉痛而愤激地讲述自己在大革命前后的遭际:"革命是中道打住了,还给了我们一个支离破碎的中国,隐藏着无限杀机。"在上海,洁寸与后期创造社诸人关系颇厚。初到沪上,他即去了创造社,见到了郁达夫。被关押于龙华狱中时,"患难的同志中,有几位特出的人物,大部分是与创造社有关系的",洁寸称他们是"革命的渴慕者"。无疑,洁寸本人也属于这一渴慕革命的热血青年群落。离开上海流落故都,洁寸跻身报界,但"革命"依然是其生命中最深的记忆与关键词。有这般革命经历、人事交游与激进的思想情感,执笔为文与编辑副刊之时,对革命的左翼文学及左翼青年作家颇为亲近也就是情理中事了。所以他赞扬从日本"特地回国参加革命的"的许幸之等友朋"左翼艺术理论的文章,也是写得挺不错的";[④]在回应读者批评时,洁寸也才会如此热烈地表白大时代里副刊应有的追求:

> 是怎样一个年头呢?哪能够容许我们把《星海》做成一个供有闲阶级闹着玩的园地……应该向着严肃的、清醒的、兴奋的……避免谈情说爱的作品……肩起我们的社会责任。

不仅《星海》,《北辰游艺》、《烽火周刊》、《诗刊》、《破晓》和《荒草》等《北辰报》的其他副刊也同样激进。《荒草》是北方左联城南支部的文艺青年以荒草社的名义所创办。路一晚年在回忆中把聚集在《荒草》周围的青年称之为"革命文艺青年":"以北平城南区'左联'支部和《荒草》周刊为纽带,与师范大学、中国大学、民国大学、师大附中……等学校进步的文艺爱好者和作者,以及宣武门、和平门内外的革命文艺青年联系在一起。"[⑤]《北平新报》,同样先后辟有多种副刊:《北新副刊》、《小茶馆》、《新村》、《薰风》、《文艺草》、《牛角》、《文艺周刊》、《新页》、《绒线软语》、《北新戏剧》、《新球剧刊》、《每周文艺》、《年青人》

---

① 春野:《三诗人的死》,载1932年2月21日《世界晚报·夜光》。
② 突浪:《悼鲁迅先生》,载1936年10月22日《大路报·知识树》(《悼鲁迅专页》);云从:《哀悼鲁迅先生》,载1936年10月27日《大路报·中学生》(《悼鲁迅专页》)。
③ 雪光:《献给〈星海〉》,载1933年3月2日《北辰报·星海》。
④ 洁寸:《龙华狱中杂记》,连载于1933年2月13日和16日《北辰报·星海》。
⑤ 路一:《记"北方左联"书记张秀中同志》,参见《左联纪念集》,百家出版社,1990年,第231页。

等,其中后四种为北方左联与剧联的下属社团及魏照风、俞竹舟、魏东明、杨戊生、赵德尊等左联作家所主持,其他副刊除金克木、木女等人参与的牛角社有追求纯文学的倾向外,都堪称故都左翼文学青年培植革命文学的园地。在小报的文化空间内,"用文化宣传的工具充分阐扬革命的情势"的"革命文艺青年"是最具实力和势力的群体,他们主导着北平小报副刊的精神面目。

1929年创刊的《北平晚报》副刊为《余霞》,编者萨空了。不惟1935年到沪上主持《立报》时与左翼文化界多有交往,其实故都时期的萨氏也颇为激进。但政治上激进的萨氏所主持之副刊在文学上却与激进的左翼文坛有着不小的距离,或者说萨氏本人对文学兴趣不大。1933年3月起《余霞》改由亦吾主编。副刊改版后作者由张恨水们一变为江萍、余琦、曼倩、雪光等清一色的左翼文学青年,蒋光慈的爱人吴似鸿也曾于此发表小说《我们的模特》。故事的主人公是一位做模特的老工人,作者努力突出老工人身心健壮的刚毅形象,赞其为"肌肉很健全精神很少壮的老战士"。吴似鸿的这曲工人赞歌在亦吾主持的《余霞》中颇有代表性,因为介绍苏联文坛与社会、赞颂工人阶级并关注其生活与命运,连同张扬抗日成为改版后《余霞》的主要内容。萨空了对文学关注不多,而亦吾本人却是一位颇为勤奋的左翼作家,《余霞》上几乎每期都可见他的小说或杂感。也因此,他才会在《余霞》的天地内聚集起众多的故都革命文艺青年。固然,副刊的更换编者只是历史的偶然事件,但了解了三十年代北平小报副刊的风气所向,故都文艺青年与革命文学走入小报却有着历史必然的味道。

大报与小报本是报纸的不同形态,但在北平,它们却为不同的文学群体所占据,简直可看作故都文坛格局的历史分布图,呈现着这座城市里不同的文学世界。北方左联及左翼青年也曾于大报刊载作品,创办副刊,如1932年6月北方左翼剧联下属的新球剧社在北平《益世报》创办的《戏剧旬刊》。但在刊行十四期后,《戏剧旬刊》更名《新球剧刊》并移至《北平新报》继续刊出。这一小之又小的历史事件却颇有点象征的意味:大报是学院文人的天下,而为他们不屑一顾的小报副刊才是故都左翼青年及革命文学的精神空间。

《世界日报》和《世界晚报》就是个很好的例子。两报一大一小,同属成舍我的世界报馆,也由同一文人群体编辑,《明珠》与《夜光》分别是两报的招牌副刊,创刊之始皆由张恨水主编,张曾说:"兄弟是个编辑旧文艺栏的",[1]可见这两个副刊的性质。1931年11月萨空了接办《明珠》时如此谈及该副刊:"《明珠》这类副刊……原本是发表旧诗文的场所,但是为了时代巨浪的推移,早已变更了它本来的面目。"[2]《明珠》在新的时代氛围中,其面目确有变化,但总体来说变化不大。萨空了接办一个月后,左笑鸿自南京回平主持《明珠》,开场白即是:"读者们,你们等着'耳目一旧'吧,哪里'新'得起来。"所以

---

① 张恨水:《新闻文艺编辑法》,参见燕京大学新闻学系编辑出版《新闻学研究》,第3页。

② 了:《几句开场的话》,载1931年11月1日《世界日报·明珠》。

虽有左翼的张友渔从旁规劝"应该抛弃了趣味中心的报尾巴文字之传统方针"，①但《明珠》旧观难改。1932 年 9 月，成舍我因《明珠》所刊旧文学过多，将其改为《世界文艺》，约潘兔公主编，而潘氏依然是通俗文坛中人。1936 年《世界日报》又高薪聘请周作人主持《明珠》，于是《明珠》又了周氏与众弟子谈学论道的苦雨斋。相对于《明珠》多次易主却难以洗心革面，《世界晚报》的副刊《夜光》却于三十年代旧貌新颜，走进时代风云。左笑鸿去南京参与成舍我创办的《民生报》后，1931 年 1 月万枚子接编《夜光》，《夜光》也由此大变。万枚子笔名梅子，1925 年万氏在北京大学读书时考进世界报馆，对服务世界报馆的前后经历，万氏回忆说：

> 做了党人，宣传革命，于是教育系应习的科目，几乎毫无所得……自十六年至二十年，在革命阵营中打了一个圈圈，回到故都，二次服务《世界日报》，主持日晚报副刊——《明珠》与《夜光》。②

与前任主编张、左两人的固守旧式文人立场相比，"在革命阵营中打了一个圈圈"的万枚子和他们的区别有二：一为强烈的政治意识、二是为新文学界中人。巴金曾为其作品作序，称之为梅弟。在序文中巴金不仅引梅子为新文学同调，而且更看重万氏参与大时代的"社会运动"，"不仅是争个人的自由，而且也是要争众人的自由"。③ 在那个张扬革命的大时代里，梅子和洁寸们都热情地宣称"我是青年人，有热血的!"编者的态度与倾向自然会引来同调的作者：万枚子难忘革命，《夜光》中自然也就多了"革命文艺青年"。万氏执掌《夜光》副刊不久，白浪就接连发表《旧痕拾零》和《再从协和的看护妇谈到革命问题》两篇长文。白浪在前文中讲述 1927 年从故都北平跑去南方参加大革命的经历，后文写 1930 年"少年漂泊的我"在上海、长沙和杭州的人生遭际与思想变迁："虽说我在一个重大的刺激以后，对于中国的革命不特是起了怀疑，并是表示暂时的疲倦"，但"我们一天所谈的都是一些革命问题"。两文叙述的文艺青年与革命的故事，如果不是注明寄自师大校园，直让人怀疑白浪是否就是万枚子本人。北平小报中的白浪、万枚子、洁寸，还有我们在本文开始即提到的谢冰莹，他们让我们看到北平城中存在着的一个曾经身历革命的文艺青年群落。他们曾满腔热忱投身大革命，而那场失败的革命赐予了他们太多的精神创伤："我是万分地难受，想起我们的事业——革命。"④当他们"带了一腔哀怨"流落北平，革命却挥之不去。在这座大城里，他们无法如学院文人沉浸于故都的悠闲空气，革命的记忆让他们的心灵无法安宁。因此当由革命的行动者变为书写者，他们或时时回首革命岁月里的逝水年华，或以文字"从事社会运动"，生命中依然激荡着改造社会的革命热情。当然，认同革命也并不天然地意味着接近和认同左翼文学。万枚子上任的第一天在《夜光》刊载的文字中写道："所谓普罗作家张资平……一般

---

① 有疑：《真个别来有恙》，载 1931 年 12 月 3 日《世界日报·明珠》。
② 万枚子：《时代女儿·卷头语》，人从众文化公司，1948 年，第 2 页。
③ 巴金：《序》，参见梅子《争自由的女儿》，上海启智书局，1934 年，第 3 页。
④ 梅子：《无名的死者》，上海亚细亚书局，1929 年，第 2 页。

人读他,或是震于普罗作家之名吧。"以张资平为普罗作家,可知万氏对左翼文学颇有隔膜,而且语气之中也能见其对左翼文学的抵触。但万氏却并未因此拒绝左翼作家,北方左联作家段英(笔名超人)、秦川(笔名晴川)等就是在万氏主编《夜光》时期走进这块园地的。而且,聚集到这块园地的还有更多的"从象牙之宫和快乐之园里,走到民间去、走到无产阶级的队伍里去"[①]的左翼革命文艺青年。左翼文学在三十年代的北平文坛虽未能成为"文化霸权",却占据了大多数文艺青年的心灵,北平小报不能拒绝文艺青年,当然也就无法拒斥左翼文学。由抵触左翼文学的主编刊发左翼文学作品,可见左翼文学在北平小报副刊的兴起与繁盛。连北平颇有声名的通俗小说作家王柱宇也以扶平的笔名在《夜光》刊载左翼文学类型的创作,如《车夫小品》等,关注"下层阶级",表达对社会不公的愤怒。另一方面,万氏虽抵触左翼文学,但其激进的抗日立场却又与左翼文学界颇为一致,这应该也是革命文艺青年走进《夜光》的另一原因。"九·一八事变"后仅一周,万氏即以双呆的笔名在《夜光》刊载《只有对日宣战是中国人的生路》。发表此文后的第二天即9月26日,时值中秋,万枚子感慨"东省同胞,正辗转哀号于日人铁蹄之下",不由情动于衷,愤然写道:"衮衮诸公,其亦能稍有动于衷乎!"主编的开场给《夜光》引来一片抗日之声,继万氏之后,左联或左翼的青年作家聚集于此,他们批判国民党政府的内战、外交及其不抵抗主义,高扬起抗日的旗帜。万枚子主持世界日、晚两报副刊不过十个月,他难以彻底改变《世界日报》副刊《明珠》的旧观,但《世界晚报》的《夜光》却因他而改变,实现了他办刊的初衷:"我要竭其力之所能——使它不被暮气所沉没。"自万枚子始,《夜光》少了"暮气",多了革命之光;由充斥旧文人趣味的消闲副刊一变为热烈的故都革命文艺青年的精神园地。万氏离平后,除1931年11月曾由萨空了和金秉英夫妇临时代编一个月外,《夜光》主要由左笑鸿主持。

左笑鸿从南京一回到北平,就大骂新都"衣、食、住、行都使我感到四万万分的不舒服,心里总想着回到第二故乡的北平",并登载了两首小词《调笑令》与《相见欢》,来表达重回故都的喜悦。对于左氏而言,厌弃新都,渴慕故都,更是一种文化态度,重回故都即意味着回到一种古旧的文化氛围和旧文人圈子。确实,左氏重掌《夜光》,也拉回了张恨水等旧人。但如果说《明珠》确如左氏所言难以"'新'得起来",那么,即使在万枚子时期已绝迹的旧体诗文和张恨水等旧人随同左笑鸿在《夜光》中重出江湖,《夜光》却也难以彻底"耳目一旧"。因为不管是萨氏夫妇还是左笑鸿,都无法再将已走进《夜光》的革命文艺青年拒之门外。万枚子离去后,绮、幻云生、萧绍禹、春野、盘石、魏照风、梁斌等众多故都左翼和左联青年依然聚集《夜光》,使《夜光》充满热烈的青春朝气,难为"暮气"所掩。

在三十年代的北平,不惟诸多民间小报开门接纳了革命文艺青年,而且有国民党背景的小报诸如《河北民报》、《觉今日报》等也并不例外,其文学副刊也同样堪称革命文学的自留地。此种现象,直让人想起鲁迅所说:"现在,在中国,无产阶级的革命的文艺运动,其实就是惟一的文艺运动。"不管当时和后世的人们怎样看待故都文坛,至少北平小

---

① 雨:《读〈中国文艺论战〉后》,载1931年10月21日《世界晚报·夜光》。

报的空间与视野中所呈现的三十年代文学史图景,印证着鲁迅的论断在故都北平这座城市同样是历史真实。

与国民党北平市党部有着千丝万缕联系的《河北民报》自 1932 年创刊,先后辟有《疾呼》《开展》《心轮》《洪流》《铁锥》《曙光》《心草周刊》《妇女周刊》《贡献周刊》《星星周刊》等副刊。这些副刊张扬抗日、崇拜革命、追慕英雄,充满浩烈之气,在北平小报中也别具特色。在北京的各大报妇女副刊还在讨论家庭婚姻、妇女解放这些"五四"命题时,《河北民报》的《妇女周刊》却在大声疾呼革命:"我们所需要的是动、是力、是热情,我们要重振起北伐时南方数省妇女参加革命工作参加军队的那种英雄精神"。"九·一八事变"之后,革命的英雄主义精神因而也联系着抵御外辱的民族情绪,《河北民报》的诸副刊于"三省的血迹还斑斑在地"之时,以"摇旗呐喊,注入爱国思想,鼓励民族英雄"为鹄的,[1]热烈地宣称"我们自信不是一群羔羊……赤诚的勇猛,去共赴我们的巨难"。[2] 不但在承受民族"巨难"、宣扬抗日的风潮中,《河北民报》诸副刊的作者集体显现出"赤诚的勇猛",对国民党政权的专制统治,他们也同样充满激情的反叛与批判。《铁锥》的编者在发刊词中解释该副刊的命名就是"为了寻求并纪念使用大铁锥的英雄,为了寻求并纪念降服专制魔君的大铁锥"。左联五烈士殉难一周年时,刚创刊的《洪流》即刊载纪念文章,赞誉五烈士是为大众"呼喊不平的战士",称颂他们是"为着替中国文坛上造成一种'力的文学'而死去",其批判的矛头直指当权者:"我们应当用俄国青年拥护高尔基的力量,本着正义,去责问统治者。"

历史叙述可以逻辑顺畅、条理分明,在这样的叙述中历史图景也眉目清晰,但省略掉太多细节的图像,再清晰也是一张简笔画,缺乏历史的生动性。无疑,三十年代的中国文学史同政治史一样,国共两党在文化领域也充满斗争,左翼文学与民族文学分属两个阵营,显现着两党在意识形态和文学上的敌对。但《河北民报》等北平小报却呈现出某种历史的复杂性:在国民党背景的报纸上,不但有左翼青年为左联烈士招魂,指认统治者为屠杀者;而且公开指斥国民党文艺政策的产物"民族主义文学"为"应时小卖"。[3]《河北民报》不惟刊载孟陶、辛人、袁殊、许杰等京沪两地左联和左翼的作家的创作与翻译,而且其大多数副刊都为明显具有左翼倾向的个人或社团所编辑,也又一次显示了左翼文学在北平小报副刊中的势力。如《曙光》副刊的编者萧林,虽然我们已难以确切了解其生平,但其文字中透露的文学观念无疑证明着他在故都北平所归属的群体。1932年 5 月《曙光》连载的小说《铁窗下》因反映当权者捕杀和监禁爱国革命青年而遭腰斩,萧林为此愤然写道:"社会造成功极端黑暗的现象,而社会却不愿有人做留声机、摄影器……《铁窗下》之停刊,编者当然也有不得已之苦衷。"

《觉今日报》的特殊性在于本是针锋相对的民族主义与左翼文学同时在此筑巢,分属

---

① 红叶:《写在前面》,载 1933 年 1 月 8 日《河北民报·星星周刊》第 5 期。
② 兰如:《前幕(发刊词)》,载 1932 年 3 月 1 日《河北民报·洪流》第 1 期。
③ 欧麦:《一年来的文艺》,载 1933 年 1 月 1 日《河北民报·贡献周刊》。

两个不同阵营的作者群体在同一份小报中经营起思想倾向完全不同的副刊。该报社长许孝炎,总编辑邓友德。邓友德,1930 年毕业于复旦大学新闻系,曾供职国民党中宣部;许孝炎,1923 年在北京大学英文系读书时即加入国民党,曾任国民党中宣部副部长,三十年代任职于北平市党部,国民党 CC 系在华北的重要人物,主编过平津地区重要的民族主义刊物《平明杂志》。有如此的主持人,《觉今日报》的政治倾向可想而知,宣传民族主义也是情理中事,该报发刊词也并不隐瞒自己的立场,明确宣称"我们的态度是民族主义的"。

该报的立场与态度也赢得了其他民族主义刊物的嘉许,《汗血月刊》即称赞"《觉今日报》是一个很近乎理想的小报",尤其是该报宣扬民族主义的时事副刊《时事谈座》,更被赞为"极为完善"。[1] 但其文艺副刊《文艺地带》依然是故都革命文艺青年的园地。不但后期北方左联的作家碧野、王西彦、薛汕等人由此走上文坛,而且旅居日本东京的张香山、欧阳凡海等左翼作家也以此园地与故都左翼文学界保持着联系,甚至可以说,它直接催生了在一二·九运动和后期北方左联史上都有着重要地位的文学社团——泡沫社。因此北平的左翼团体对这一副刊也表示了相当的关注,当盛传该副刊改组时,北方左联清华小组在主办的副刊上报道这一消息时评价该副刊道:"北平《觉今日报·文艺地带》编制得新颖活泼,颇得读者好评"。[2]

了解了北平小报及其副刊在三十年代的样貌,谢冰莹与田涛在小报与革命文学之间建立的联系也就不足为怪了。实际上,三十年代的田涛本人也同样是小报作者。1934 年 9 月田涛在《北平新报·新页》上连载了小说《债》,以逼债凸显地主与被压迫农民之间紧张的阶级关系与冲突是左翼文学常见的取材,但当田涛写到被逼得走投无路的农民赵四用菜刀砍下自己四岁孩子的头,吼叫着站在地主面前,以孩子血淋淋的头颅还债的画面时,其惨烈、乃至血腥的笔触把压迫与反抗的主题依然表现得触目惊心。血腥画面展现着农民的愤怒与反抗,也显现着革命文艺青年灵魂中叛逆社会不公的暴戾之气。显然,北平小报副刊对这样充满"暴力美学"的革命文学也甚是"欢迎"。《债》刚一连载完毕,《新页》的编者即在副刊上登出《代邮》:"田涛、孙波、田梦初诸君,请于星期日上午十时来社一谈,为盼。"

考察三十年代故都北平的文学史,如果只对学院文人凝眸,我们只会看到《大公报》文艺副刊的聚餐会以及"太太的客厅"、慈慧殿三号的"读诗会"这些艺术沙龙。其实,即使同在慈慧殿胡同,就还有一个"慈慧寺,可以说是一个革命阵地",那里聚集着这个大城里另外一个社群:"北平剧联成立之前,我们用'呵莽'剧社的名义吸收了一些进步的学生,其中有中法大学的、京兆高中的、清华大学的、法商学院的、贝满女中的和今是中学的,大约有三四十人。"[3]这个以大中学生和流落故都的文艺青年构成的城市群落,也许比那些沙龙文人群的规模还要大,只是被我们的偏狭遮蔽了,我们不去注意他们在这

① 金慕农:《平津新闻纸副刊巡礼》,载 1935 年 7 月《汗血月刊》第 5 卷第 4 期。
② 《文艺情报》,载 1935 年 10 月 15 日《北平新报·每周文艺》第 7 期。
③ 林成:《拿起文艺的武器》,载 1984 年 11 月《北京党史资料通讯》第 23 期。

个城市的存在,更不用说小报编辑部的故事了。

当然,今天我们已无法知道田涛等人是否应约去了报社,七十年前的那个编辑部里发生了怎样的故事,甚至,孙波、田梦初等人对我们而言也成了一个个符号,他们的故事早已散落在这座城市的历史烟尘里。谢冰莹在她的回忆中说她在小报副刊上"曾用过许多笔名,如子英、老乡妇、英子和丽娜,但从来没用过冰莹的本名";①田涛说起的白堃同样是"不断的化名,往各报纸副刊投稿"。不断变换的笔名,使他们个体生命的面目在历史中渐渐模糊起来,他们是以群体的方式在这个城市的历史中存在;更何况,他们大多数只是这个城市的流动人口。在他们走出小报、离开这个大城后,我们已无从追踪他们与革命的故事在这个城市之内或之外会如何延续。但我们知道这一群落不会因一批人离去而解体,就像学校里有一届学生毕业也就会有新生入学,革命文艺青年群落因同样的自我补充而保证了它在故都的存在,我们也才会看到他们以群体的力量建立起的"革命文坛"的赓续。在某种程度上讲,北平小报也隐喻着故都革命文学在当时和后世都有些萧条的命运与模糊的历史记忆。毕竟,北平小报的销量再大,也难以走出故都太远,那么北平小报里革命文学的声音能被故都以外的多少人听到也就可想而知。《平西报》"以燕京、清华两大学校新闻为主体",所以其发行范围也主要在北平西郊两所校园。上海的袁殊虽"尚未读过燕大学校新闻,关于它的内容如何,不能妄加评断",但他还是抨击《平西报》"背后有美人作后盾,办报也有美人担任撰述",是"国人媚外,崇外的心理……这是很毒辣的帝国主义新闻的文化侵略"。如此激烈地批判与否定并非基于阅读该报以后的理性分析,而完全是用想象建立起来的因果逻辑:燕京大学既然"是纯粹的美国式的教育",那么"新闻教育部分,不待说也是 Americanism 的"。② 一个"不待说"也就省略掉了所有的事实。实际上,《平西报》除报道北平各校文体新闻外,关注"普罗文学大众化的方向"、盛赞"一生为无产阶级利益斗争"的"革命领袖"马克思、张扬抗日、批判国民党政权,甚至诅咒蒋介石为"党皇帝"和"帝国主义者的走狗",激情的文字、热烈的情感与激进的思想倾向都证明着北平城外西郊的校园也并非革命时代的飞地。

考察北平小报,我们不仅可以看到完全不同于上海小报的另一种小报的历史形态,丰富我们关于小报的历史记忆;而且,北平小报让我们瞩目这座城市另一类居民的历史存在——革命文艺青年与革命文学。毕竟,革命时代的故都亦不能遗世独立,北平并非只有"周作人先生及他的 Cycle"与"那样的文艺",这座城市的历史图景也并非完全是"景象萧条的白都",③也不仅仅是学院文人的乌托邦、自由知识分子的"避风港"和"难以追怀的梦想"。④

(原载 2010 年《中国现代文学研究丛刊》第 1 期)

---

① 谢冰莹:《女叛徒》,上海国际书局,1946 年,第 74 页。
② 袁殊:《学校新闻讲话》,湖风书局,1932 年,第 214—216 页。
③ 仿吾:《完成我们的文学革命》,载 1927 年 1 月《洪水》半月刊第 3 卷第 25 期。
④ 旷新年:《1928:革命文学》,山东教育出版社,1998 年,第 243 页。

重评胡适与"学衡派"关于语言的论争

朱利民*

由于对待白话文和文言文的态度不同,以胡适为代表的新文学派与"学衡派"在文学主张上呈现出不一致的地方,而这种不一致和论争在很多时候是围绕着语言问题展开的。过去,学术界对于胡适的语言观多持肯定的态度,而对"学衡派"的语言观却一直存在着争议。新文学阵营与"学衡派"展开论战的过程中,双方都或多或少地有些意气用事,如罗家伦针对胡先骕的观点进行批驳时用了"此段泛无可驳"[①]、"一班脑筋不清楚的人听了颇为点首"[②]这样的词句,甚至指责胡先骕"乃以修词学和作文学来骄人"[③]。"学衡派"对新文学阵营的批判同样也显示出态度的偏激,如梅光迪在《评提倡新文化者》中就攻击新文学运动者如"娼妓以贞操也"[④],这显然已经超出了学术论争的范围。但撇开这些言词上的主观态度,拨开历史的迷雾,站在今天的立场上反观当年的那场论争,我们发现,胡适与"学衡派"对于语言的观点都有合理的地方,也都存在着认识上的误区。本文将围绕白话与文言,重新审视胡适与"学衡派"的语言主张,从而试图探讨胡适与"学衡派"文学观差异的深层语言学基础。

一

语言是中国文学从古代向现代转型过程中不可回避的重要问题,就中国新文学的发生来说,新文学向旧文学宣战的突破口也正是语言问题。胡适在一系列文章中旗帜鲜明地亮出了白话文学的旗帜,而其建构新文学的重要支撑就是语言。如《文学改良刍议》将矛头对准了旧文学的语言,论述中所列问题也大多指向了文学的语言。胡适认为

---

* 朱利民,男,1978 年 4 月生,湖北荆门人。研究生学历,博士学位,副研究员。主要从事中国现当代文学和比较文学研究,在《学术月刊》、《浙江社会科学》、《外国文学研究》、《文学评论》、《东北师大学报》、《当代文坛》等刊物发表论文 8 篇,专著 1 部。曾主持教育部哲学社会科学规划项目 1 项,浙江省哲学社会科学规划课题 1 项,金华市社会科学联合会课题 1 项,参与多项国家课题。

① 罗家伦《驳胡先骕君的中国文学改良论》,郑振铎编选《中国新文学大系·文学论争集》,上海良友图书印刷公司 1935 年版,第 108 页。
② 同上,第 124 页。
③ 同上,第 108 页。
④ 胡先骕《评提倡新文化者》,郑振铎编选《中国新文学大系·文学论争集》,上海良友图书印刷公司 1935 年版,第 130 页。

白话文学是中国文学的正宗,这为新文学运动奠定了基调。后来胡适又发表了《建设的文学革命论》等一系列文章进一步探讨中国文学的语言问题。作为新文学的倡导者和开路先锋,胡适择取语言问题为切入点和核心来为新文学建设鸣锣开道,不可不谓是相当高明的意图和策略。但是,仔细审读这一系列文章,可以发现,在鲜明的语言主张和立场之下,胡适关于白话文的具体论述却存在诸多值得商榷和质疑之处。以今天的眼光来看,"学衡派"关于白话文的许多主张恰好对胡适的论述构成必要的补充,形成"五四"学人对于白话文相对完整的认识。

胡适在《文学改良刍议》中提出的改良文学之"八事"主张:"须言之有物"、"不摹仿古人"、"须讲求文法"、"不作无病之呻吟"、"务去滥调套语"、"不用典"、"不讲对仗"、"不避俗字俗语"。从整体上看,"八事"中的前七条都是针对文法的,只有最后一条"不避俗字俗语"与白话文的倡导紧密相关。而就白话文的倡导,胡适的主要理由有:一、白话"浅近达意"。胡适认为在佛教书籍输入之后,正是由于文言不足以达意,译者才以浅近之文进行翻译,而当时其体已近白话。此后白话进入韵文,唐宋白话之诗词都是例证。而到了元代,通俗行远之文学流传,当是时,白话几乎成为文学的语言①。二、从历史发展趋势来看,语言是进化的,白话文取代文言文,是语言进化的必然。"今日欧洲诸国之文学,在当日皆为俚语。迨诸文豪兴,始以'活文学'代拉丁之死文学;有活文学而后有言文合一之国语也。"②胡适将欧洲的拉丁文视为文言,而将拉丁文之后的各国语言视为白话,他认为拉丁文被取代是语言进化的结果。正是基于这一参照,胡适指出:"以今世历史进化的眼光观之,则白话文学为中国文学之正宗,又为将来文学必用之利器。"③胡适以遍览古今、融通中西的方式,对白话文为文学的正宗提供了有力的支撑。但是问题在于,首先,浅近达意并非为白话文之专利,文言同样有此传达效果。其次,语言未必是进化的,进化论在语言学上缺乏充分的根据,因为语言具有历史性,从根本上是一种约定俗成。

同时,关于白话理论问题本身,胡适的观点也有矛盾之处。第一,他一面认为中国的白话已经有了一千多年的历史,一面却又主张以白话文学促成国语,问题在于,既然白话文学存在了一千多年何以还要促成? 实际上,胡适主张的白话是"新"白话与佛教文学、元曲等不是一回事,因为古代白话是地方方言,不具备全民性;而他主张的白话则是一种欧化的白话,是一种具有全民性的白话,就这一点来说,胡适"并没有意识到他当时所提倡的白话实际上是一种新的语言系统"④。第二,他认为文学改良,当注重"历史的文学观念",一言以蔽之,就是一时代有一时代之文学。古人已造古人之文学,今人当造今人之文学。而就白话文学来说,自宋以来,虽见屏于古文家,而终一线相承,至今不

① 胡适《文学改良刍议》,胡适编选《中国新文学大系·建设理论集》,上海良友图书印刷公司1935年版,第42页。
② 同上。
③ 同上,第43页。
④ 高玉《现代汉语与中国现代文学》,中国社会科学出版社2003年版,第215页。

绝①。仔细思量胡适的论述,有两点值得商榷。其一,文言文学绝非固定而单一的存在,而是在时代变迁中不断延续与变异,从这一意义上说,文言文学也应是"时代之文学",就不能简单归入被推翻之列。其二,"时代之文学"的特质与文学改良的根本绝非单纯语言之改良,正如《文学改良刍议》中论及的"八事",文言文学的弊病并非简单的语言问题,而且涉及文法等诸多问题。第三,如果说将西方拉丁文与中国古代的文言文相对应还勉强成立的话,那么以欧洲各国现行之语言对应中国的白话则显然有点牵强,欧洲现行语言代替拉丁文是文字上的变革,而白话代替文言则是言语上的变革,文字并没有改变。并且,新文学的发展并不是空中楼阁,得有一定的渊源,文言文学正是推进新文学发展不可或缺的资源之一。而这也正是"学衡派"的观点之一。胡先骕认为,"欲创造新文学,必浸淫于古籍,尽得其精华,而遗其糟粕,乃能应时势之所趋,而创造一时之新文学,如斯始可望其成功。"②要创造新文学,"必以古文古文学为根基而发扬光大之,则前途当未可限量,否则徒自苦尔。"③胡先骕由此从白话的适应性、白话能否作诗、白话能否作韵文、言文一致等角度对新文学提倡的废文言、倡白话的主张提出了质疑。可以说,文学的继承性与白话的浅近达意构成了"学衡派"批驳胡适的白话文理论的重要两翼。

胡先骕认为"文学自文学,文字自文字,文字仅取其达意,文学则必达意之外"④。在他看来,新文学是误解了文学与文字之间的关系,文学与文字之间的实质是分开的。由此而论,胡适判定文言文为"死文字"的论断就出现了问题,因为文学的本质在于"必达意之外",无论以白话文还是文言文进行创作,其传达的意思都在"言外"而不是文字本身。从这一意义上说,白话文取代文言文,仅仅意味着文学创作工具的改变,而非文学性质的改变,由此,语言更替的意义就显得不太重要了。胡先骕进一步分析道:"向使以白话为文,随时变迁,宋元之文已不可读,况秦汉魏晋乎,此正中国言文分离之优点,乃论者以之为劣,岂不谬哉?且《盘庚》《大诰》之所以难于《尧典》《舜典》者,即以前者为殷人之白话,而后者乃史官文言之记述也……故宋元语录与元人戏曲,其为白话大异于今,多不可解。"⑤作为文学事实,《盘庚》、《大诰》、宋元语录与元人戏曲都是当时的白话文学作品,但如果判定"《盘庚》《大诰》之所以难于《尧典》《舜典》"是源于白话比文言难懂,并以此来否定白话替代文言的合理性就不一定合适了。

"学衡派"的易峻也对白话文运动发表自己的看法。易峻并不从根本上反对白话文运动。"盖白话文因其词句组织之平易解放,活动自由,故其表现作用,有较文言文之须受法度声律等拘束,为易于骋其奥衍曲折之致,以达其透切深密之旨,而能明白晓畅者,

---

① 胡适《历史的文学观念论》,《胡适文集》第2卷,北京大学出版社1998年版,第27页。
② 胡先骕《中国文学改良论(上)》,郑振铎编选《中国新文学大系·文学论争集》,上海良友图书印刷公司1935年版,第106页。
③ 同上,第107页。
④ 同上,第103页。
⑤ 同上,第106页。

此殆可公认。则以学术思想之随时代进步,愈趋繁复精密,其文字上书写所使用之方式,亦必使之趋于繁复精密,以全其功用。白话文适应此种要求而起,亦不能否认者也。"①易峻承认了白话适合时代发展的特性,并进一步承认了白话文学在艺术和功用上的意义,"吾人以为白话文学的艺术方面之注射活泼自然的生气,及在文学的功用方面之开辟平易解放的滩涂,其功有不能抹杀者。"②相对于其他"学衡派"成员,易峻的这一认识可谓是一大进步。但易峻在承认白话文学的同时却有着另一番见解,他认为,胡适的"有什么话说什么话"的主张是"只知有真实之情感,而不知须有艺术之方式也"③,是"辱没文学的艺术",是"文学艺术破产"④"白话文在文学的艺术与功用两方面,俱无健全的理论与基础,而文言文方面,却有坚实的壁垒与深厚的根源。"⑤这一番鞭辟入里的总结性言论,代表了"学衡派"对于新文学的总体态度。而以新文学初期的文学创作实践来检验,的确存在着易峻所说的问题,如胡适的白话诗创作就有着太过直白的缺憾。胡先骕在批评《尝试集》时,曾对胡适的白话文主张一一进行批驳,他批评胡适"认定以白话为诗,不知拣择之重要"⑥,其实就是对胡适白话文理论"有什么话说什么话"的批评。而胡适文学创作的局限,固然受限于其白话文理论,但客观上说也与当时新文学创作整体上的不成熟有关。

"学衡派"的吴芳吉《再论吾人眼中之新旧文学观》、《三论吾人眼中之新旧文学观》等文章也对新文化运动的白话文进行了批驳。针对胡适将文言文斥之为"死文字",吴芳吉认为"夫文字本身且无白话文言之分别"⑦,但吴芳吉由此认为"更安有俗话俗字之避不避也?"⑧则显得过于牵强,俗话俗字是文言文力避的,这也是文言文难懂的一个原因所在,故此,胡适才提出了不避俗字俗语的主张。针对胡适将拉丁文比作文言文的说法,吴芳吉批驳道,"新派乃附会其词,以文言比作欧洲古代之拉丁文。以白话比于各邦现代之文字,不知自欧洲各邦以视本属外国文字。各邦之人各自用其文字著书,实为义之至当。若我国之文字,则吾先民之所创造,非自他邦侵入者也,有四千余年之生命,将自今而益发展,非所语于陈死者也。"⑨吴芳吉指出了胡适论据的一个问题,那就是,白话与文言实为一种文字。他看到了中国文字的发展与西方拉丁文字发展的不同,这是其比新文学派看得更为透彻的地方。但他没有意识到新文学派要改变的并非是文字,也就是说,文言文和白话使用的都是中国文字,但在表情达意和使用面上却存在着不小的差异。吴芳吉看到了以胡适为代表的新文学阵营的偏激之处,只可惜,此种声音在时

---

① 易峻《评文学革命与文学专制》,《学衡》1933 年 7 月第 79 期。

② 同上。

③ 同上。

④ 同上。

⑤ 同上。

⑥ 胡先骕《评〈尝试集〉》,《学衡》1922 年 1 月第 1 期。

⑦ 吴芳吉《再论吾人眼中之新旧文学观》,《学衡》1923 年 9 月第 21 期。

⑧ 同上。

⑨ 同上。

代的浪潮之下被淹没,未能在达到纠偏的作用。

因此,在对待白话的问题上,尽管胡适占据了上风,而"学衡派"屈于下风,但客观地说,这是时代大潮所致而无关乎论点的高下。

二

在文言文的问题上,胡适和"学衡派"的主张也形成截然的对照。胡适废文言的主张为历来的研究者所赞许,但胡适对文言文的态度却有稍显武断的一面;"学衡派"主张用文言,也正是这一主张使"学衡派"被贴上了守旧的标签。事实上,"学衡派"对文言文也有批评,他们并非一成不变地照搬古代文言,这是为我们过去所忽略的一面。

胡适主张废除文言,甚至在《文学改良刍议》中将文言定性为"死文字","学衡派"就此与之展开论争。而检视胡适与"学衡派"的论争,仍有一些具体问题值得细究与探讨。胡适在《文学改良刍议》中提出的"八事",实际上前七点都是针对文法的,如胡适主张"不用典",在分析"虽不解阳关、渭城为何物,亦皆言'阳关三叠'、'渭城离歌'"[①]的现象时,指出这是不当的用典,但是从接受的角度来说,这一主张显然值得商榷,因为这些有着历史积淀的典故有着旺盛的生命力,尽管典故存在的语境已经发生巨大变化,但很多典故依然沿用至今,甚至在有些语境下,离开了这些典故,语意表达的准确性和美感都会受到影响。

文言文的生涩繁缛和白话文的易懂简洁曾是胡适主张白话文的一个重要依据。胡适 1934 年在北京大学讲到白话文的优点时,遭到醉心于文言文的学生反驳。为了说明白话文比文言简洁的优势,胡适就如何回绝行政院秘书职位一事,以文言文和白话撰述电报内容予以比较。有学生拟出"才学疏浅,恐难胜任,不堪从命",胡适则用"干不了,谢谢"仅五字解决了问题[②]。由此,胡适认为,"凡文言之所长,白话皆有之。而白话之所长,则文言未必能及。"[③]表面看来,这是胡适对白话文浅近达意的理解,其实,也显露其对文言文的误解。当然,这或许是胡适攻击文言文而有意为之的策略。语言文字学家黄侃在一次讲课中对白话文的简洁性进行了"调侃"。他说:"如胡适的太太死了。他的家人电报必云:'你的太太死了! 赶快回来呀!'长达 11 个字。而用文言文则仅需'妻丧速归'4 个字即可,仅电报费就省三分之二。"[④]黄侃的举例有些许讽刺之嫌,但其见解却一语中的。从总体上看,胡适废除文言的思路顺应了中国文学现代转型的需要,有着存在的必然合理性,但胡适忽视了文言表达意思的丰富性,"干不了,谢谢"远没有"才学疏浅,恐难胜任,不堪从命"这句话传达的意思丰富,传统文人的谦恭被胡适的白

---

① 胡适《文学改良刍议》,胡适编选《中国新文学大系·建设理论集》,上海良友图书印刷公司 1935 年版,第 41 页。
② 史冷金《民国那些事儿》,陕西师范大学 2007 年版,第 213 页。
③ 胡适《逼上梁山》,《胡适文集》第 1 卷,北京大学出版社 1998 年版,第 150 页。
④ 赵扬、宋爱利编《散珠碎玉:大师巨匠逸言趣行录》,中国城市出版社 2002 年版,第 399 页。

话电报遗弃了。因此,出于文学改良的功用目的,胡适的文言主张显露出了急功近利和些许的偏激,并为新文学的发展埋下了一定的隐忧。

相对于胡适文言观的境遇,长期以来,"学衡派"的语言观一直为学界所诟病,尤其是其对文言文的支持成为"学衡派"背负骂名的根源。事实上,"学衡派"在反对以白话文学代替文言文学的同时,也看到了语言和文学的渐进,并主张在新的历史条件下对文言进行现代改造。

胡先骕在《中国文学改良论(上)》中提出"文学自文学,文字自文字,文字仅取其达意,文学则必达意之外,有结构,有照应,有点缀。而字句之间,有修饰,有锻炼。"①显然,胡先骕谈的是文与言是否可以分开的问题,但这个理由并不能为文言文的存废问题提供立论依据。即便是以文言为正宗,将文学与文字截然分开的观点也是值得商榷的。加之当时特定的历史语境,胡先骕的文言分开观点有悖于历史发展的现实需求,即在一个呼唤启蒙、意欲进行国家民族变革的时代,无论是启蒙还是变革都亟待发动普通民众的参与,而白话文学的浅近达意正是达成普通民众启蒙的关键所在。如果文言分开,何以通过文学的力量实现对普通大众的启蒙呢?

相对于胡先骕温和的商讨,梅光迪的态度则显然更为凶猛强势。在《评提倡新文化者》一文中,梅光迪以严厉的眼光审视新文学运动者的偏颇,并从文学体裁的角度对文言进行了辩护。"夫古文与八股何涉。而必并为一谈。……彼等乃谓文学随时代而变迁。以为今人当兴文学革命。废文言而用白话。夫革命者。以新代旧。以此易彼之谓。若古文白话递兴。乃文学体裁之增加。实非完全变迁。尤非革命也。"②他认为新文学运动者之所以反对文言,基于八股文的流弊,而八股文并非文言文学的全部。在这一意义上说,新文学运动者通过批判八股文进而否定了整个文言文。而八股文的弊病,错不在文言,而是使用文言的方式,因为文言文并非一定要写成八股文,白话使用失当也可能出现八股文。值得指出的是,梅光迪并没有完全反对白话文,他反对白话文的独尊地位,反对以白话代文言,倡导文学的多元性:"盖文学体裁不同。而各有所长。不可更代混淆。而有独立并存之价值。岂可尽弃他种体裁。而独尊白话乎。文学进化至难言者。"③的确,一种语言的兴废,有其历史的发展过程,不可能在一朝一夕完成,胡适主张的代替论显然忽视了这样一个复杂的历史过程,也就自然否定了文学的多样形态。这从胡适的论述中可窥见一斑。胡适认为,"白话的文学为中国千年来仅有之文学"④,忽视几千年以来占据正统地位的文言文学,这一论断的偏激之处就显而易见了。

其实,"学衡派"并没有简单地拥护文言文,而是带着批判的眼光审视其弊端。易峻认为,"盖在文言文,为古籍中文蕴深微者,往往煞费训古考据,而犹未能尽通,此殆即由

---

① 胡先骕《中国文学改良论(上)》,郑振铎编选《中国新文学大系·文学论争集》,上海良友图书印刷公司1935年版,第103页。
② 梅光迪《评提倡新文化者》,《学衡》1922年1月第1期。
③ 同上。
④ 胡适《逼上梁山》,《胡适文集》第1卷,北京大学出版社1998年版,第150页。

于古文说理之困难。虽然,特此就科学思想学理方面言之耳,况为文言文固不必即为古文,亦正可自辟平易解放之途径也。"①很明显,易峻看到了文言文不适应社会潮流的方面。同时,他认为文言的出路在于自身的变革,这显然离新文学阵营的主张相去甚远。古文对于现代社会的不适应性是显而易见的,易峻主张改良文言的主张也与其文化改良派的身份相吻合,只是语言本身的变革并非如易峻想像般简单。

从易峻的改良论来看,文言文并非如胡适所说的是"死"的语言,而是可以进行"现代"改造的。既然文言文没有死亡,那么,文言文如何表现现代人的思想情感? 文言文与现代的关系又如何? 吴芳吉认为,"何现代之足重耶? 然如旧派为文,有故意与现代违反者,则又非也。迎合现代者谓之佞,故反现代者谓之奸,不佞不奸,王道无偏。"②换句话说,文言文仍然可以表达现代的意思,文学是不是现代的,不在于语言的新旧,而在于思想的新旧。因为,"文患乎不能为优美之文,不患乎不为现代之文也。"③"现代"与文言文并非是完全对立的,文言文也能表达现代的内容。

白话文学的顺利发展与时代大潮有关,也与白话文学浅近易懂和便于普及有关。胡适以启蒙者的身份提倡白话文,偏重追求文学的直白、易懂,从而造成其创作上的文学性不足,而这也是发生期新文学创作的普遍问题之一。在对待文言的态度上,新文学阵营主张废除文言,但胡适等新文学同人的理论运思与创作却从未摆脱文言的影响。可以说,以"学衡派"为代表的旧文学阵营在纠正新文学阵营的偏激态度上起到了重要的作用。总体上来说,以胡适为代表的新文学阵营对白话文的认识整体上是正确的,但也存在一些偏差,对待文言文的态度也稍显偏激和粗暴。而以"学衡派"为代表的守旧文学阵营尽管长期为人诟病,但他们对白话和白话文学的认识却有其合理性的一面。正是"学衡派"对新文学阵营的反驳,使得新文学在发生期对白话文和文言文的认识趋于事实上的合理化,并对新文学的实践发展起到了纠偏的作用。

(原载《浙江社会科学》2010 年第 4 期)

---

① 易峻《评文学革命与文学专制》,《学衡》1933 年 7 月第 79 期。
② 吴芳吉《三论吾人眼中之新旧文学观》,《学衡》1924 年 7 月第 31 期。
③ 同上。

"身体"视界

苦难与愉悦的双重叙事话语

——论中国现代文学中两种妓女形象的建构

李　蓉*

娼妓问题作为一种悠久而广泛的社会现象,既与社会的道德、伦理和政治等根本问题紧密相连,又与个体的生理、心理等人性的问题不可分割,因而具有非常复杂的特性。从晚清到五四,"废娼"都是社会改革和妇女解放的一个重要内容。与此相对应,历史和文学对于娼妓的叙事,在这样一种时代语境下也都展开了各自的想象和建构。本文即以晚清至五四时期历史层面的主流娼妓话语的建构为背景,探讨中国现代文学中出现的两种完全不同的妓女形象的建构及意义,分析它们如何在认同和疏离主流历史话语关于娼妓的叙事中建构自身的文学想象的,并由此进一步探寻性别叙事之于女性经验和历史真实的关系。

按照新历史主义的观点,不仅文学是一种叙事,历史也是一种叙事。"历史叙事"不同于"历史","历史叙事"永远都只能是"历史"的影像和摹本,尽管这样,我们又只能通过"历史叙事"来了解"历史",正如詹姆逊所说:"历史本身在任何意义上不是一个本文,也不是主导本文或主导叙事,但我们只能了解以本文形式或叙事模式体现出来的历史,换句话说,我们只能通过预先的本文或叙事建构才能接触历史。"① 历史叙事在这里并不只是为文学叙事的解读提供社会背景的参照,它同样具有文学叙事的建构和想象的功能,从某种程度上说,文学叙事和历史叙事是同构和互文的。在这一意义上,晚清至五四的主流历史话语关于娼妓问题的叙事对于我们研究中国现代文学对于妓女问题的叙事是非常重要的参照。

妇女解放始于身体的解放,废缠足、不束胸、禁娼都显示了一种身体解放的思路,但是,身体解放的意义却不仅仅限于妇女解放,它延及到深层的文化和政治,通过拯救妇女的身体从而拯救国家和民族,这是普遍的逻辑理路。这样,女性身体就成为一个丰富的可资利用的权利话语场,正如有研究者所说:"在革命的图像里,社会、民族、阶级的痛苦是因女人身体的伤痕和屈辱来表达的。而革命的成功也是在女人的身体上得到表

---

* 李蓉,女,1969 年 2 月生,湖北江陵人。研究生学历,博士学位,副教授。从事中国现当代文学史和文学身体学研究。在《文学评论》、《中国现代文学研究丛刊》等学术刊物发表论文 30 余篇,专著 1 部,参撰著作 3 部。主持教育部人文社科规划课题 1 项,浙江省社科规划课题后期资助项目 1 项,获 2007 年中国博士后科学基金资助,各类重要奖项数项。

① 〔美〕詹姆逊《马克思主义与历史主义》,张京媛主编《新历史主义与文学批评》,北京大学出版社,1993 年版,第19 页。

彰。同时革命偷窥到女人的身体上的一种被可鼓动、可训导的力量。"①女人的身体不再是单纯生理性的身体，而成为了政治、文化的隐喻和意识形态话语表达的窗口。

娼妓问题在自晚清到五四的社会变革中并没有像缠足问题那样受到广泛的社会关注。缠足作为一种封建文化加在女性身体上的风俗习惯，可以通过物理性的强制手段来废除，因而也能在妇女解放的社会运动中收到立竿见影的效果。缠足作为物理禁锢，其危害性相对直观，采取强制性的"废缠足"措施也相对比较单纯，但娼妓问题显然是一个更为复杂的社会问题，牵涉到道德、经济、性别、婚姻制度等多方面的问题，因而"废娼"并不能通过简单的方式予以解决，也非马上能在实践中奏效。五四时期，思想家们对禁娼问题具有比较一致的看法，即一方面认为娼妓问题是一个涉及妇女解放的人道问题，另一方面又是一个有关"私德"的问题。在一些社会改革家看来，娼妓业的繁盛往往是世风败坏的标志，因而就有了"进德会"这种民间自发组织、并在其道德戒律中将"不嫖"列为首要一条的现象。更重要的是，中国在走向现代化的过程中，"现代化"既是一种尺度和标准，也是一种思维方式，很多问题都被纳入了现代化的进程以及现代性的言说之中。娼妓问题也变成现代化的问题之一，卷入了关于国家富强、民族独立的现代化的论说之中。回顾晚清以来有关妇女地位的讨论，我们可以清晰地看到，包括娼妓问题在内的许多问题都是与国家富强的紧迫要求联系在一起的。和缠足问题被赋予"强国保种"的政治含义一样，卖淫嫖娼问题也被政治性地刻画为中国孱弱的症候，和民族的落后和危机问题联系在一起，从而消除娼妓业被认为是国家从落后走向先进的保证之一。正如太平天国为了保存军队实力而废娼禁淫间接地解放了妇女一样，从晚清到五四时期的禁娼其实也是"强国保种"的民族主义话语的一种延伸。这样，妇女解放与政治动机之间的缠绕就似乎成了20世纪中国妇女寻求自由、独立之路的难以摆脱的宿命。

李大钊在《废娼问题》中提出废娼的五大理由是："为尊重人道不可不废娼；为尊重恋爱生活不可不废娼；为尊重公共卫生不可不废娼；为保障法律上的人生自由不可不废娼；为保持社会上妇女的地位不可不废娼。"②这五大理由其实都可归入到五四启蒙和科学理性的思想范畴，从而也反映了五四精英阶层对娼妓问题的认识角度。周作人是五四时期妇女解放的积极提倡者，他关于废娼及资本主义与卖淫关系问题的文章有数篇，如《资本主义的禁娼》、《宿娼之害》、《娼女礼赞》等，阐述了娼妓与资本主义文明的关系等问题，他明确地把妓女看成是为经济所迫而卖身的被侮辱、被损害的对象。而在其他的多篇关于贞操问题的文章中，周作人还把中国封建社会无爱的婚姻等同于长期的卖淫，这从一个侧面反映了他对卖淫的否定性言说，也是五四时期主流的关于娼妓问题的表述方式。当时上海著名的《妇女杂志》就是讨论娼妓问题的一个论坛，据贺萧的考察，"许多文章都沿用了这样一种文体程式。它们首先来一番对娼妓制度的谴责，称'娼

① 朱晓东《通过婚姻的治理》，汪民安主编《身体的文化政治学》，河南大学出版社，2004年版，第63页。
② 李大钊《废娼问题》，《李大钊文集》第2卷，人民出版社，1999年版，第315页。

妓制度,完全是女子被征服的纪念碑';是对'妇女人格的最重的打击,是妇女被侮辱的表示',是'世界人类的耻辱',这是一种对伦理、社会和民族都很坏的习俗。娼妓制度本身是社会弊病之产物,反过来,它又进一步孳生出种种社会罪恶——性病使民族衰弱,使国家染疾;国民性和国民道德滑坡;男女关系混乱;妇女人格受辱;以及纳妾等。为了社会的进化和人类的尊严,这种制度必须取缔。这些文章的作者在明确了娼妓制度的危害之后,又进一步列数其'根源'……"这样一种文体程式实际上也反映了当时人们普遍所持有的一种话语方式。

如果说这些宏大的批判话语体现了社会精英群体对妓女形象的一种绘制的话,那么,在现代娼妓话语的构建和历史真实之间,存在着多少合一?又存在多少分野?我们是否还能透过一些文学文本的缝隙或者发掘一些边缘性的文学文本,使这样一个特殊的女性群体的生活原貌得到更多的呈现呢?尽管对于娼妓生活史的话语重构主要是历史学家和社会学家的任务,但文学对娼妓话语同样具有建构性,文学与历史在虚构、想象、建构上具有某种程度的一致性,正如海登·怀特所揭示的那样,历史叙事也是一种文学性虚构,而不像传统历史学所认为的那样,是对真实的历史事件的展示。① 因此可以说,在文学叙事所展现的对历史和现实的再现和想象中,同样也浮现出历史的印记,并构成了对历史叙事的回应和修正。

考察近代以来文学文本关于娼妓的叙事,我们看到,历史叙事的主流模式一方面对文学中的妓女形象叙事产生了直接的影响,另一方面文学叙事又常常溢出了主流话语模式,具有自己的特点,从而形成了独特的文学想象和文学叙事。

从晚清的狭邪小说到民初的娼妓小说和社会言情小说,妓女形象都占据着通俗小说中的重要位置。但晚清到民初小说关于妓女的叙事,与当时的历史叙事有很大的差距,它遵循着市民化的叙事逻辑。晚清的狭邪小说,名为"狭邪",其实并无黄色和下流的内容,高等和中等妓女往往是近代通俗小说的女主角,她们往往色艺兼备、才貌双全,在恋爱、婚姻没有自由的封建社会成为男性的"红颜知己",这些小说对精神性因素的强调一般远远大于对肉体性因素的关注,即"情"大于"欲"。而到清末民初,随着现代都市传媒业的发展,妓女形象则在社会生活中担当着重要的角色,"明清的青楼女子面向的是士大夫群体,而清末民初上海的妓女,完全传媒化了,是全体民众的性对象,公共化程度大大增强"。② 相应地,通俗文学中的妓女题材小说基于市民试图寻求一种"艳情"、"秘史"的阅读期待,这类小说往往具有满足社会上一般民众的窥视欲的功能,同时在婚姻缺乏自主的情况下,这类小说也承载着一般民众寻找情感宣泄的渠道的功能。因而,妓女在当时的商业社会中既为男性提供精神和肉体的服务,同时她的文学形象又被大

---

① 海登·怀特关于"历史叙事"的观点,参见其《元史学:十九世纪欧洲的历史想像》(译林出版社,2004 年版)、《形式的内容:叙事话语与历史再现》(北京出版社,2005 年版)、《后现代历史叙事学》(中国社会科学出版社,2003 年版)等著作。

② 刘慧英编著《遭遇解放:1890—1930 年代的中国女性》,中央编译出版社,2005 年版,第 76 页。

众所消费。

正是由于通俗小说市场化、市民化的原因,晚清至民初的小说对于妓女的叙事,与当时的新思潮的主流意识之间保持着一定的距离。五四之后,随着文学社会工具性的增强,文学被纳入总体的社会改革思潮之中,文学叙事在整体上表现出明显的与历史叙事合流的趋势。对于妓女形象的建构,五四以后的精英作家们往往更注重在人道主义层面从"被迫害者"的角度展示妓女的生活境遇,并由此把主题引向社会批判的层面,由此被凌辱被迫害的下层妓女往往是五四作家的描写对象。

但是,文学叙事作为一种个人化的创造活动,它具有其自身感受、想象和虚构的规律,对于妓女形象的叙事,它一方面会受到主流话语模式的制约,另一方面也会表现出艺术的自主,因而对于妓女形象建构的另类写作也是文学的一种必然。这也是由生活自身的逻辑决定的,生活本身的复杂多元决定了文学对妓女生活的呈现也应该是丰富多层面的。在娼妓形象的建构上,中国现代文学一方面受到了晚清至民初的文学叙事传统的影响,另一方面新的想象和建构又丰富和发展了文学史中的这一形象。尽管主流历史话语的叙事模式规划了这一题材的写作,认同于这一主流话语模式的写作占据着娼妓文学的主要空间,但是不可忽视的是,溢出主流话语模式以外的写作同样是一种对历史真实的展示,它不仅能让我们感受到单一的主流叙事模式与丰富多元的生活之间的裂痕,而且这样一种文本的存在本身就是对主流话语模式的解构。

本文选取了老舍的《月牙儿》和丁玲的《庆云里中的一间小房里》这两篇小说,作为呈现上述文学史现象的对象,前者是一篇典型的社会批判型的暗娼题材的小说,我把它概括为"妓女形象的苦难叙事";后者则是一篇反映个人化的妓女生活体验的小说,我把它概括为"妓女形象的愉悦叙事"。它们在现代文学不多的以妓女生活为题材的作品中恰恰构成了两套妓女形象叙事话语的对立,这不能不说是具有特殊的意味的。本文并无以这样两篇小说来概括所有的妓女形象类别之意,主要是通过这两篇小说的对读来分析文学叙事对妓女生活的不同想象,并在它们与主流话语认同和疏离中寻找性别叙事之于女性经验和历史真实的关系。

《月牙儿》发表于1935年,它以日记体的形式描写了下层青年女子如何走向堕落的生活以及心灵历程。整篇小说散发着对黑暗社会的愤恨之情,同时也因女主人公的诗性独白而使小说充满着一种凄婉的抒情格调,现实的龌龊与心灵的诗性在小说中恰成一种强烈的反差。小说的女主人公原本是一名纯洁、对生活和爱情充满着美好幻想的女学生,但生活的变故、经济的困顿,使她慢慢不得不放弃那些所谓关于女性独立、自强、自尊的妇女启蒙神话而向社会投降,并认同了她曾经鄙视的做暗娼的母亲的生活选择。"我不再为谁负着什么道德责任;我饿。浪漫足以治饿,正如同吃饱了才浪漫,这是个圆圈,从哪儿走都可以。""肚子饿是最大的真理。"这显然是对五四以来现代青年所追求的爱情自由、婚姻自主的个性解放话语的质疑和解构。但老舍在质疑和解构启蒙话语的价值目标的同时,却又认同了启蒙话语的话语策略,即揭示下层妇女的苦难,并通过这种苦难的揭示对社会进行救亡性的言说。

　　在老舍的这篇小说中,下层妓女的生活充满了被迫、牺牲、苦难的意味,这也是自晚清以来在社会改革与娼妓问题的关系中逐渐形成的一个"事实",尽管"事实只是在思想上的概念化构建和(或)在想象中的比喻化构建,并且只存在于思想、语言或话语之中",①但一旦这一"事实"被建构起来,人们就会逐渐趋向于把它当作一种历史真实。"受侮辱、受损害"正是中国自晚清以来在提高妇女地位的声势浩大的社会运动中建构起来的对妓女这一特殊群体的"形象",相应地,"牺牲"、"苦难"、"受压迫"、"受侮辱"、"受损害"便成了对妓女言说的普遍方式。而文学想象也往往容易受制于这样一种大众认可的话语规范。老舍在这篇小说中显然也无例外地遵从了这样一种关于城市下层妓女生活的话语言说方式,无论是从沦为妓女的原因——生活所迫来说,还是从她们的生活环境——肮脏、阴暗来说,或是她们的内心世界——矛盾、痛苦来说,抑或是从职业后果——性病来说,甚至从小说中所涉及的她们的管理者和惩治者——警察和监狱来说,这篇小说都是一篇认同下层妓女生活的主流话语模式的典型文本。同时,这些特征也都表明这篇小说具有明显的阶级分析的性质。由此,主流话语对个人体验的干预和控制使得我们对妓女真实体验的多层次性的接近变得遥不可及,而文学作为一种虚构,也不得不附和这种分类清晰、定义准确的语词系统。至于妇女是否拥有自主意识,是否拥有自己的话语表述权利则变成了一个被遗忘的问题。

　　并且,作为一个男性写作者,老舍在描写女主人公的暗娼生活过程中,也融入了作为一个男性书写者对妓女这一特殊职业的性别想象和恐惧。在老舍的表述中,女性身体的沉沦会导致道德的全面沉沦,精神防线完全松懈之后,行为的放纵和不端就在所难免,她们不仅会榨取男性的钱财,而且还会把"性病"传染给别人,这些都使这一职业充满了危险、邪恶的意味,"门外有敲门了,找我的,好吧,我伺候他,我把病尽力地传给他。我不觉得这对不起人,这根本不是我的过错。"有过错的当然是黑暗的社会,它才是"逼良为娼"的罪魁祸首。尽管作者站在妓女作为"受害人"的角色的立场上给予女主人公的报复行为以合理的心理动机,但不可否认的是,这一行为本身却充满着"恶"的色彩。正因为这样,一种危险的性想象和性恐惧便藏于其中,它间接地与晚清以来具有"嫖界指南"性质的"狭邪小说"所起的作用不谋而合,即对一般民众起到告诫的作用,大众对妓女生活既好奇又恐惧的性想象在这里也得到了某种印证。

　　实际上,这种对女性的性恐惧在老舍的作品中并不少见,并且不只是表现在妓女这一特殊对象上。著名的《骆驼祥子》所塑造的"恶女"虎妞的形象,就是一个男性性恐惧的化身。祥子对虎妞心理上的不认同,是因为虎妞的"老"、"丑"、"蛮横凶悍"甚至"性的主动"等特征都不符合传统观念对女性的审美规范,祥子自陷入虎妞所设的"性陷阱"后,觉得自己从乡间带来的"那点清凉劲儿"便被毁尽了,他把虎妞看成"红袄虎牙,吸人精血"的妖精,"他没了自己,只在她的牙中挣扎着,像被猫叼住的一个小鼠。"这样一类

---

① [美]海登·怀特《旧事重提:历史编撰是艺术还是科学?》,陈恒译,《书写历史》第一辑,上海三联书店,2003年版,第24页。

性恐惧的描写从身体的角度来看,和中国传统文化中的房中术对女性身体的性恐惧有着很大的相似性。中国古代房中术对女性的身体具有严格的审美要求,并认为只有符合这种审美规范的女性才能于男性的身体有益,达到阴阳互补。由此可以看到,尽管老舍的这种性想象具有某种程度的经验性,但它显然包含着传统男权文化的道德训诫。

老舍的这种男性文化认同还体现在他对女性身体体验的否定上。在传统性观念中,女性身体的欲望是不被认可的,它必须在依从于其他的目的的前提下如传宗接代等才能够被接受,单纯的女性身体的愉悦总是同淫荡、不洁等相联系的。在《月牙儿》中,女主人公的卖肉生涯被描写成毫无乐趣而只有痛苦和悲愤,这反映了作者的一种道德倾向,主人公的人格之所以在老舍的笔下没有因出卖肉体而变得低下,是因为女主人公是完全迫于生存的压力才从事这个职业的,而不存在着从中获取肉体享乐的倾向,主人公尽管出卖了肉体,但却没有出卖精神,那一轮凄美的月亮足以证明女主人公心中不息的人性之光。在作者的表述中,肉体尽管做着同样的事情,但起关键作用的、决定着道德评判的是与否的仍然是女主人公是否把自己投入这样一种享乐之中。在这里,老舍仍然是用超越性的精神标准来衡量女主人公的身体行为,身体只是一个受人指使的被动的机器,精神是可以凌架于其上并决定其被施予的道德判断的,因而对其身体的善恶判定全在于女主人公的主体意识本身。

不可否认的是,"妓女形象的苦难叙事"作为妓女生活的一种话语类型,也反映了妓女生活、特别是下层妓女生活的一种真实存在,并显露出社会批判的锋芒,但由于娼妓问题中纠葛着非常复杂的因素,并且在不同的时代和国家表现出不同的特征,特别是站在妓女个人的角度,其生活经历和个体体验充满着各种含混不一、难以以"一"概之的特征,主流话语所言说的妓女其实只是诸种妓女生活中的一种或者说妓女丰富复杂的个人体验的一个方面,妓女形象最后被归纳为某些类别往往有其意识形态的原因和目的,正如贺萧所说:"所谓受害人形象的妓女及其反面——危险的妓女,是一种非常强大、然而说到底却又非常贫乏无力的文字表述形式。法律话语和改革派话语就在力求管理和援救她们的时候,构造出了这样两种形象。但实际情况是,妓女总是越出某一种或多种试图再现他的话语或话语群。"①老舍对下层妓女形象的感人书写正是再现和回应了社会主流群体对妓女生活的一种归纳和认定,而文学叙事自身的特质却没有体现出来,所谓"文学叙事自身的特质"在我看来首先就是个体经验的真实性和丰富性。文学对于历史的记忆不应只是呼应和重复主流话语,而更应是"游走虚实之间,将我们原该忘记的,不应和不愿想起的,幽幽召唤回来。"②这也就是文学叙事之于历史真实、以至之于人性还原的魅力之一。但我们看到的却是,男性作为妓女形象的书写者和制造者,同时也作为她们的拯救者,总是把娼妓问题纳入社会现代化进程之中予以考察,而很少关注女性

---

① 〔美〕贺萧《危险的愉悦:20世纪上海的娼妓问题与现代性》,韩敏中、盛宁译,江苏人民出版社,2003年版,第237页。

② 王德威《序:历史迷魅与文学记忆》,《现代中国小说十讲》,复旦大学出版社,2003年版,第1页。

自身体验的丰富性和差异性。老舍在《月牙儿》中的妓女叙事也同样重复了这种思维模式，在众多的反映下层妓女生活的作品中，它虽然以其心理刻画的细腻和丰富、意境的凄美感人等因素而成为这类小说写作的经典，然而，在对妓女形象的建构上，由于它受到了主流话语模式的限制，因而它提供给读者的仍然是俗套的妓女话语模式，并未发出多少个人化的独特声音。

不同的妓女生活想象反映了不同的叙事立场，并以此构筑不同的话语类型。与老舍的这篇小说相对照，丁玲的《庆云里中的一间小房里》这篇小说则构筑了一个完全相反的妓女生活的叙事话语类型。

《庆云里中的一间小房里》发表于1928年，这一年，丁玲还发表了短篇小说《莎菲女士的日记》、《暑假中》、《阿毛姑娘》、《一个男人与一个女人》、《自杀日记》等，加上前一年发表的《梦珂》，并形成了丁玲早期小说创作的高潮。丁玲的这一类"女性主体体验型小说"无论是在丁玲个人的创作生涯，还是在整个现代文学史的女性文学创作中都具有较高的地位和价值。相对于丁玲的其他备受瞩目的小说而言，《庆云里中的一间小房里》这篇小说一直被研究家们遗弃在她整个创作的边缘。在袁良骏1982年编的《丁玲研究资料》以及丁瑞珍、王中忱1985年编的《丁玲研究在国外》这两本厚厚的集子中，认真谈到这篇小说的地方很少，丁玲写了很多的创作谈，但也未提及这篇小说。美国的女权主义批评家白露在《〈三八节有感〉和丁玲的女权主义在她文学作品中的表现》这篇文章中认可了这篇小说的价值，[1]但并没有从娼妓这一特殊的女性群体的个体体验的角度进行细致的分析和解读。

小说展现了一个名叫阿英的下层妓女的内心世界，与老舍的"苦难模式"相反，丁玲在这篇小说中构筑了一个妓女生活的"愉悦模式"。这里没有被迫，也没有屈辱，甚至也没有性病，阿英只是主动、自觉地选择了"妓女生活"作为诸多可能生活中的一种比较适合于她自己的生活方式，"说缺少一个丈夫，然而她夜夜并不虚过呀！而且这只有更能觉得有趣的……她什么事都可以不做，除了去陪男人睡，但这事并不难，她很惯于这个了。她不会害羞，当她陪着笑脸去拉每位不认识的人时。她现在是颠倒怕过她从前曾有过，又曾渴想过的一个安分的妇人的生活。"甚至阿姆也并不是人们印象中的那种凶狠残酷的"老鸨"形象，阿姆不打她，也不骂她，还像母亲一样"耐心耐烦地"给她梳头，没有客的时候，就让她歇一晚。倒是她自己一晚也不愿歇，这"不愿歇"里面有"精灵的阿姆还未能了解的另外一节"，即她不愿虚度每一个夜晚。身体的愉悦对阿英来说仍然是最重要的接客动机，而不只是出于经济的考虑。即使能够获得自由身，但"想想看，那是什么生活，一个种田的人，能养得起一个老婆吗？纵是，他愿意拼了夜晚当白天，而那寂寞的耿耿的长天和白夜，她一人如何过？"传统的道德标准在阿英这里消失了，她是把卖淫和嫁人放在一个无关道德的视角进行比较的。阿英的想法虽然从文化的角度来看，非常具有颠覆性，但对于阿英自己来说，她显然不是为了反叛什么，她只是从个体身体

---

[1]　丁瑞珍、王中忱编《丁玲研究在国外》，湖南人民出版社，1985年版，第275页。

的需要包括物质的和肉体的需要出发,做出了这样一种自然的选择,阿英的内心是坦然而平静的,没有人们想象中的挣扎、矛盾和痛苦。对于阿英来说,正是在这样一种欲望的体验和感受中她认识了自我。

阿英的这样一种心态,无论是以传统道德的眼光来看,还是从现代性的角度来看,都是堕落的。"在许多观察者的眼中,衡量堕落的最终标准是看女人对卖身变得麻木不仁了,还是看上去甚至当作乐事。然此种种说法所揭示的,其实是推进现代化的改革人士及怀旧文人的心声,而远非妓女的真实生活。"①的确,同一个对象,当描述者使用意思相近但道德倾向不同的词语进行描述时,会得到完全不同的评价效果,阿英的心态用传统的道德标准进行评价,就是"麻木不仁"或者"当作乐事",但这篇小说叙事的重心显然只是阿英非常个人化的内心体验,而无涉道德评价标准。这样一种写作立场,更多的是一种个人化、民间化的立场,而不是现代性或阶级性的立场。丁玲的这篇小说既不同于晚清到民初的妓女题材的通俗小说,因为它缺少"言情"的情节主线,也不同于主流文学中的妓女题材的小说,因为1928年的丁玲还只是一个"自由"写作者,革命意识形态对她创作的影响还没有形成。尽管丁玲也深受五四思想的影响,但这篇小说却逃离了五四启蒙话语的言说方式,从而表现出自主的写作状态。

小说中,丁玲采取了白描的手法来展示阿英的内心世界,而没有像她的另外一些小说如《阿毛姑娘》、《我在霞村的时候》那样通过大段的议论而介入小说的叙事。但作者以这样一种冷静、客观的表述方式,来描写一个与通常的认定相冲撞的事情,其实是以不评价为评价,其倾向性是不言自明的。这篇小说提供的对妓女内心体验的想象方式,是与主流话语相反的,显然只能是一种边缘性的文学话语。作为边缘性话语,它并不是要用一种话语叙事类型来揽括所有妓女的真实生活,它所提供的这样一种与主流话语相冲突的想象方式,实际上可以看作是对主流的妓女话语模式的拆解,同时作者似乎想借此表明,在这样一种关于妓女生活的想象之外仍然存在着多种叙事的可能,因而,《庆云里中的一间小房里》这一文本不仅构成了对他者的拆解,同时也构成了一种自我拆解。当然,这样一种"拆解"的意义必须放在特定的历史和文学史的语境当中进行一种互文的解读才能成立。

丁玲所提供的这样一个文本与她作为女性写作者的性别身份对我们的判断有着至关重要的影响,我们不禁要问:一个男性写作者能写出这样的文本吗?如果一个男性写作者写出这样的文本,从女性主义的角度来解读又会有怎样的阐释效果和结论呢?其解读方向和结论肯定会有很大的不同。文本与文本的写作者、文本的诠释者之间是一种复杂的关系,文本的意义并不完全是由文本本身决定的,文本写作者的身份和文本解释者的身份对文本的意义也深有影响。作为一个具有自觉的女性意识的写作者,丁玲对妓女生活的阐释并没有赋予它意识形态的悲壮色彩,也没有为自己的同类伸冤抱

---

① [美]贺萧《危险的愉悦:20世纪上海的娼妓问题与现代性》,韩敏中、盛宁译,江苏人民出版社,2003年版,第37页。

屈,而是试图还原妓女生活的一种本色,当然也只是一种而已。"在历史上,女性除去作为男性创造、男性命名、男性愿望与恐惧外化出来的空洞能指外,女性自身一直是历史与男性的无意识,也是自身的无意识。在谬称与异化中醒觉过来的女性还待重新确立、重新阐释的那部分真实,乃是一片无名的无意识之海。"①《庆云里中的一间小房里》就是让妓女的"无意识之海"得以浮现的一种努力,不过,与以往不同的是,丁玲这一次对个人欲望的肯定不是通过莎菲这样的知识女性来实现的,而是试图通过一个妓女——这一身份本身就被否定的对象——来获得的,这不能不说是一个大胆之举。丁玲似乎在表明,欲望本身是没有贵贱之分的,通过妓女的愉悦体验来肯定个人欲望似乎更能体现出一种对欲望自身的认可。

在《沉重的肉身》中,刘小枫通过法国大革命时期的对卖淫制度的两种不同态度的比较,阐释了个体道德与人民道德之间的冲撞:"人民们认为,卖淫是贵族老爷们有钱有势逼出来的,只有消灭贵族的肉体,消灭不平等的财产分配制度,才能重建国家的道德秩序。"而在妓女玛丽昂和她的母亲看来,卖淫与不平等的财富分配制度之间并没有关系,纯粹是一种生理行为,一种自然的生存方式。玛丽昂说:"人们爱从哪寻求快乐就从哪寻找,这又有什么高低雅俗的分别呢? 肉体也好,圣像也好,玩具也好,感觉都是一样的。"②老舍和丁玲的这两篇小说在对待妓女身体欲望的态度上与上述两种态度可以说有惊人的相似,也反映出两种完全不同的价值标准。尽管老舍的叙事也表现出对主流话语的质疑,但其批判的基点仍是居于主流的启蒙话语之中的,而丁玲则完全挣脱了主流话语的制约,反映了一种自主的个人意识,也反映了作者对妓女个人体验的想象过程。

老舍和丁玲的这两篇小说都采取了心理小说的形式,老舍用的是日记体,丁玲的小说则是第三人称的叙事方式,但采用了大量的独白来表现人物的内心世界,这两种方式都表现了作家探究妓女真实内心体验的企图。这种"探究"当然不具有一般民众的"偷窥"心理,在这种"探究"里,妓女是有主体人格的人,妓女作为人的主体性是通过她们的真实的内心世界和个人体验来展现的,同时,这样一种探究和展现正如上文所说,只能以一种想象的方式完成。在《月牙儿》中,小说的女主人公没有任何身体的愉悦,仇恨和绝望淹没了一切,女主人公的精神和肉体是完全分离的,肉体付出得越多,精神的亏欠也就越多。小说由此形成了对下层妓女欲望存在的否定,因此,立足于社会批判的立场,老舍完成了对一种类型的下层妓女生活的文学叙事,甚至也可以说是完成了大多数下层妓女生活的文学叙事。就文学文本本身来说,它是成功的,无论是从思想的深刻性来说,如对五四个性解放的启蒙话语的质疑,还是从形式的艺术性来说,如小说中"月亮"这一意象贯穿全篇,"月亮"作为女主人公的情感载体,使整个小说具有了一种诗化的格调。但是,如若把文本放置到对于妓女生活史的话语构筑之中来看,它并没有在一

---

① 孟悦、戴锦华《浮出历史地表——现代妇女文学研究》,中国人民大学出版社,2004 年版,第 111 页。
② 刘小枫《沉重的肉身——现代性伦理的叙事纬语》,上海人民出版社,1999 年版,第 12、13 页。

种文学想象中对妓女的个体体验作出新的审美判断,包括新的叙事建构。

与《月牙儿》相比,丁玲的《庆云里中的一间小房里》在艺术上要相对逊色,但是这篇作品的独特性也是显而易见的。正是一种自觉地把文学创作作为寻找女性真实体验的方式这样一种创作动机,使她的创作相对于主流话语总是表现出一种桀骜不驯的特征来。丁玲在1942年于延安写的《"三八"节有感》中说:"我自己是女人,我会比别人更懂得女人的缺点,但我却更懂得女人的痛苦。她们不会是超时代的,不会是理想的,她们不是铁打的。她们抵抗不了社会一切的诱惑,和无声的压迫,她们每人都有一部血泪史,都有过崇高的感情(不管是升起的或沉落的,不管有幸与不幸,不管仍在孤苦奋斗或卷入庸俗)。"①丁玲关注的是女性生存经验的丰富性和差异性,在这样一个基本前提下,丁玲既承认妓女的身体有其个人性的一面,也同样承认其被政治、伦理利用和伤害的一面,与《庆云里中的小房里》这种描写妓女个人化体验构成补充的是《我在霞村的时候》这篇小说,它就展示了女性身体与政治、伦理的纠葛。

《我在霞村的时候》描写的是一个叫贞贞的乡村女孩充当日本军妓的故事。从身体的角度来看,贞贞的身体的故事不同于一般妓女的身体的故事,贞贞充当军妓不是为了贪图享乐,也不是为生活所逼。最开始她是被日本人抓去的,但逃回来后自己又主动去了,这一次她返回日本人的军营是出于一种高尚的动机——利用自己的身体为党获取情报。她的身体被敌我双方同时利用,身体与民族、国家利益的合谋使贞贞的身体在那一个特殊的时段已远远超出了伦理道德的范畴,而成为一个抽象的符号和工具。然而随着这一政治行动的结束,贞贞的身体又恢复为伦理道德掌控下的具体的身体,而她的身体所做出的一切行动也因为政治使命的完成而仅剩下与伦理相关的那一部分。贞贞身体的屈辱在这里并不因为人格的高尚而被洗涤干净,身体的不贞本身就意味着永远涤荡不尽的罪恶。因而,《我在霞村的时候》这篇小说可以说从另一角度书写了女性在战争中的特殊身份,从中可以看到打在女性身体上的种种权力的印迹。丁玲所提供的这样的溢出主流话语的文本,总是凝聚在女性的个人体验上,而身体与欲望往往是个人体验的核心部分,它们是缠绕女性生命的一个"结",政治的、文化的、伦理的、商业的等各种外在因素都会在这个"结"上对女性的生命施以各种各样的影响。丁玲的独特之处在于,一方面她揭示了女性是没有自由的存在这一事实,另一方面,她笔下的女性人物如梦珂、莎菲、阿毛姑娘、贞贞等,都不是完全屈服的和被压抑的客体,他们无论对自己的欲望,还是对自己的生命,在自身的限度内都表现出强烈的自主精神。

女性的真实体验是复杂的,甚至是难以言说的,它不可能在某种既定的框架中获得完全的表达,妓女这一受到社会歧视、道德否定的女性群体其真实体验尤其如此,她们没有发言的机会,即使发言也是带有一种被引导和被启发的性质。尽管文学叙事最多也只是对她们真实生活的一种想象,但是,正是由于想象的存在,才构成了历史记忆的

---

① 丁玲《"三八"节有感》,《丁玲全集》第7卷,河北人民出版社,2001年版,第62页。

难以整体划一的特质,因而与其说文学叙事是对宏观历史记忆的一种补充,毋宁说文学叙事是对宏观历史记忆的一种拆解和重构。透过这两篇小说对于妓女形象的建构,我们也许能获得一点对于文学叙事和历史真实的新的理解。

(原载《文学评论》2006 年第 2 期)

论"身体"在沈从文四十年代创作中的审美意义

——以《看虹录》为例

李 蓉

"身体"在沈从文四十年代的文学创作中具有重要的意义,对此,必须从沈从文四十年代对个体的生命感性与艺术关系的认识,以及沈从文在此基础之上形成的审美理想——"抽象的抒情"出发才能作出合理的解释。本文将对沈从文四十年代的文学思想和实践中的一些有关问题进行考察,在此前提下,以他的《看虹录》及其身体描写为例,来研究沈从文如何通过文学实践实现他的"抽象的抒情"的文学理想,以及"身体"在其审美表达中具有怎样的意义等问题,并进而研究沈从文作品中的身体感性在审美现代性的理论框架中所具有的独特价值和意义。

一

三十年代中后期至四十年代,在个人与时代、艺术与现实等问题上沈从文面临着巨大的精神危机。沈从文深信文学具有改造人心、实现民族品德重造的作用,但与当时急功近利的文学观念不同,他认为只有审美对人性的改造和滋养才是深远而长久的[①],所以,沈从文希望通过个人经验的艺术升华而创造出具有生命深度的文学作品。然而,在这一过程中,他又深感各种力量对个体生命的桎梏,深感理性对他不能获得生命和艺术的超越和完满的限制。

理性与感性的矛盾是与生命共存的,这主要表现为生命的自然性与社会伦理规范性之间存在着根深蒂固的矛盾,在艺术中,这种矛盾尤为突出,主要表现为道德对艺术的干预。由于作家的审美体验往往在逸出世俗道德规范控制的前提下才能获得充分表达,所以对理性的反叛就成为艺术家的本能。对生命和美的信仰使沈从文无视世俗道德规范:"提起道德和罪恶,使我感到一点迷惑。我不注意我这只手是否能够拒绝罪恶,倒是对于罪恶或道德两个名词想仔细把它弄清楚些。……我们想认识它;如制造糕饼人认识糕饼,到具体认识它的无固定性时,这两个名词在我们个人生活上,实已等于消灭无多意义了。"[②]因此,当沈从文得到了世俗层面的成功:"名誉或认可,友谊和爱情,

---

① 关于沈从文的文学观念,参见笔者《论沈从文文学观中的善美观念及其悲剧性》一文,《华中师范大学学报》2005 年第 2 期。

② 沈从文《沉默》,《沈从文全集》第 14 卷,北岳文艺出版社,2002 年版,第 105—106 页。(以下《沈从文全集》版本同,不再一一注明)

全部到了我身边。我从社会和别人证实了存在的意义"时,他仍感到失落和不满,他还需要世俗道德以外的冲动和幻想,因而"准备创造一点纯粹的诗,与生活不相粘附的诗",来处置"情感上积压下来的一点东西"。沈从文希望通过艺术来弥补日常伦理规范的限制和制约所造成的生命缺失,也即在脱离世俗道德轨道的情况下,获得对生命的理解和艺术上的超越:"要用一种温柔的笔调来写各式各样爱情,写那种和我目前生活完全相反,然而与我过去情感又十分相近的牧歌,方可望使生命得到平衡。"①

然而,对于生活在现实世界中的作家而言,要做到这种超越谈何容易。在散文《水云》中,沈从文就展示了他自我意识中理性和感性的一场较量,文章中作者自我意识中的理性是一个"对生命有计划对理性有信心的我",而作者自我意识中的感性则是一个"宿命论不可知的我",②它们之间的对话是沈从文内心冲突的戏剧化表现,沈从文所感受到的感性与理性的矛盾包含了道德与审美、生活和生存、现实与幻想的矛盾。最后"宿命论不可知的我"的逼问占了上风,这显示出感性、偶然在沈从文意识中的胜利。在沈从文看来,无论我们怎样依赖理性的力量,非理性的情感对我们生命的支配都是难以割舍也难以预料的。只有当"理性的我"失败后,作者才能获得新生,并在个人审美感性的世界里自由翱翔。正是因为这样,沈从文四十年代的作品就比较多地探究了感性、偶然性对于个体生命的意义。

但是,在沈从文这里,感性的胜利只意味着对理性的暂时悬置,而不是意味着对理性的抛弃,因为只有经过这样一个过程,他所理解的以人性关怀为前提的理性才能获得,文学才能"把生命引导向一个更崇高的理想上去发展"③。对此,沈从文的表述是:"如何在冲突中松弛其束缚,逐渐失去平衡,必在完全失去平衡之后,方可望重新获得平衡。"④正是因为如此,所以他在经历了感性的冒险后才会说:"那个失去了十年的理性,完全回到我身边来了。"⑤可以说,在沈从文的人生和文学旅程中,他始终坚守着现代性的合理成分,即对理性、科学、自由、民主等现代精神的信仰,这也是五四最重要的精神传统。

沈从文四十年代的创作把现实的纷扰推到了后台,他力图把个人经验"上升到一个超越利害,是非,哀怨境界中,惟与某种造形所附'意象'同在并存"⑥,但这并不意味着沈从文的文学追求就完全与现实无涉,如果能够理解沈从文对"现实"的理解以及对审美如何建立与"现实"联系的看法的独特之处,就会发现,沈从文通过文学创作所表达的仍然是其所追求的"现实"的题中之义。沈从文说:"我虽明白人应在人群中生存,吸收一切人的气息,必贴近人生,方能扩大他的心灵同人格。我很明白!至于临到执笔写作

---

① 沈从文《水云》,《沈从文全集》第 12 卷,第 110 页。
② 同上,第 102—103 页。
③ 沈从文《小说作者和读者》,《沈从文全集》第 12 卷,第 66 页。
④ 沈从文《〈看虹摘星录〉后记》,《沈从文全集》第 16 卷,第 343—344 页。
⑤ 沈从文《水云》,《沈从文全集》第 12 卷,第 127 页。
⑥ 沈从文《潜渊》,《沈从文全集》第 12 卷,第 88 页。

那一刻,可不同了。我除了用文字捕捉感觉与事象以外,俨然与外界绝缘,不相粘附。我以为应当如此,必须如此。一切作品都需要个性,都必须浸透作者人格和感情,想达到这个目的,写作时要独断,要彻底地独断!"①从这里可以看到,沈从文一方面深刻地认识到现实对于作家创作的重要性,另一方面,他认为作家仍然必须从审美的立场来关注现实。所以,在沈从文这里,在进入审美的世界之后,现实就成为潜在的背景,而作家个人的审美创造力则走向前台,或者说,沈从文理解的"现实"是融入了作家的个人经验和审美创造的"现实"。

沈从文这种对待审美与现实关系的态度表明,艺术一方面有其独立于现实的自律性的一面,但另一方面又总是现实存在的一部分,当作家对现实的潜在反抗和批判以审美的形式完成时,现实就被转化为了一种审美形式。这也正和西方审美现代性的立场不谋而合:一方面以贵族的姿态保持着与日常生活及意识形态的分离,另一方面却通过审美的方式,在一种特异的艺术形式的表达中间接地实现着对社会的批判、反思功能。沈从文说:"我是个对一切无信仰的人,却只信仰'生命'","在'神'之解体的时代,重新给神作一种光明赞颂。在充满古典庄雅的诗歌失去价值和意义时,来谨谨慎慎写最后一首抒情诗。"②在传统价值分崩离析的时代,沈从文试图重塑新的时代信仰,而其方式是审美,在沈从文看来,只有通过非功利的审美创造才能获得生命和艺术的超越,也只有这样才能获得灵魂的拯救。然而,这首"抒情诗"的创造过程却充满了各种因素的缠绕与桎梏,除了政治的、时代的、道德的因素以外,来自审美层面的因素如语言、形式等对他的审美追求同样有着深刻的影响,而"抽象的抒情"就是沈从文试图挑战这些精神和审美焦虑的一种努力。

"抽象的抒情"是沈从文四十年代文学思想和实践的核心命题。对于"抽象"一词,沈从文在这一时期的作品和文论中曾反复使用,但都没有作具体的阐明,所以,只能根据具体的语境并通过互文的方式来理解它。比如《看虹录》中沈从文这样描述"抽象":

> 我面对着这个记载,热爱那个"抽象",向虚空凝眸来耗费这个时间。一种极端困惑的固执,以及这种固执的延长,算是我体会到"生存"唯一事情,此外一切"知识"与"事实",都无助于当前,我完全活在一种观念中,并非活在实际世界中。我似乎在用抽象虐待自己肉体和灵魂,虽痛苦同时也是享受。时间便从生命中流过去了,什么都不留下而过去了。③

仅从沈从文的表述如"我完全活在一种观念中"来看,很容易得出"抽象"即是"观念"的结论,但事实并非如此。在《看虹录》中,"我"在读完小房子里的奇书之后,感觉这本书如同一片蓝色火焰,只能保存在生命中,假若把它保留到另外的地方,就只能是一撮灰或一朵枯干的梅花,只能是"在想象的时间下失去了色和香的生命残余"。正是在

---

① 沈从文《习作选集代序》,《沈从文全集》第 9 卷,第 1 页。
② 沈从文《水云》,《沈从文全集》第 12 卷,第 128 页
③ 沈从文《看虹录》,《沈从文全集》第 10 卷,第 341 页。

这种语境下,出现了上面这段议论。由于在沈从文看来,具体的生命体验是难以转述的,任何试图保存这种原生态的生命感觉的努力从本质上来说都是徒劳的,特别是经过语言转述的生命体验与生命体验本身之间的区别就如干花和鲜花的区别一样。在这样一种情况下,艺术家所做的工作就是尽量用一种与流动的生命感相吻合的艺术形式来表现这种生命体验。"抽象的抒情"实际上是指通过"抽象的"审美形式来表现超验的生命体验,这种"抽象的"审美形式是诉诸感官的具有流动性的艺术形式,如绘画、音乐等。

因此,我认为,沈从文所说的"抽象"并不具有我们平常所使用的与"具体"相对的"抽象"的含义,他所说的"抽象"是艺术的"抽象"、审美形式的"抽象",而不是观念的"抽象"。沈从文所说的"抽象"虽包含着对生命的超验思考,是一种人生智慧的体现,但它却形诸于具体的人生体验之中,对这种"抽象"的表现也不是通过哲学的逻辑方式,而是通过感性的审美方式。尽管这种"抽象"所表现的生命体验是在对个体经验进行超越和升华的基础上形成的,即它包含着一种形而上的玄思,但是,它又并未失去鲜活的生命色泽。所以,这里的"抽象"不仅不与感性经验相悖,相反,"抽象的抒情"是通过审美的方式对感性的生命现场的重返。

沈从文在探寻"抽象的抒情"方式的过程中,面对的最大困扰来自于语言。沈从文意识到,文字并不是纯粹的符号,在人类历史的长河中它携带了太多的意义,运用这种语言来表达那些具有强烈感性特征的审美经验,就会使这一表达变得异常困难。对于语言在言说审美体验上存在的问题,沈从文有着清醒的认识,他说:"目前我手中所有,不过一支破笔,一堆附有各种历史上的霉斑与俗气意义文字而已。用这种文字写出来时,自然好像不免十分陈腐,相当颓废,有些不可解。"[1]生命的感性体验所具有的不可转述的性质和语言作为媒介的理性化特征构成了一对悖论,并成为沈从文实现其文学理想的阻力。

如何面对这种阻力?沈从文触类旁通,他从一些其他艺术形式中获得了灵感。在沈从文看来,音乐、绘画所使用的表达媒介相对于文学更具一种抽象性的特征:"表现一抽象美丽印象,文字不如绘画,绘画不如数学,数学似乎不如音乐。因为大部分所谓'印象动人',多近于从具体事实感官经验而得到。这印象用文字保存,虽困难尚不十分困难。但由幻想而来的形式流动不居的美,就只有音乐,或宏壮,或柔静,同样在抽象形式中流动,方可望将它好好保存并加以重现。"[2]音乐、绘画具有与感性生命形态相通的抽象形式,能摆脱历史、文化意义的"先见"的约束,并还原出生命本身的情状,而这一点却是文字难以企及的。正是音乐、绘画的表达特点启发了沈从文的文学创作,在《烛虚》中,沈从文说:"我不懂音乐,倒常常想用音乐表现这种境界。正因为这种境界,似乎用文字颜色以及一切坚硬的物质材器通通不易保存(本身极不具体,当然不能用具体之物保存)。"[3]沈从文这种对音乐的偏好实际上来自他对"抽象"的审美形式的寻找。叔本

---

① 沈从文《烛虚》,《沈从文全集》第 12 卷,第 26 页。
② 同上,第 25 页。
③ 同上,第 24 页。

华认为：“在所有的艺术当中，音乐是意志最直接的表现。的确，它是听得见的意志，精致而空灵地描绘了欲望的内心生活，以非概念性的话语揭示出纯粹的世界本质。”①所以，远离工具理性意义上的概念文字，而赋予文字一种新的活力，并由此表现音乐般的流动不居的感性之美，就成为沈从文“抽象的抒情”的核心内容。

在这样一种前提下，沈从文对于文字之于创作的要求显然不同寻常。在沈从文这里，文字不仅是传达生命体验的工具，而且也是生命体验本身，就如同音符之于音乐、线条之于绘画。当沈从文为了尽量多地保存感性生命形态的原汁原味，在语言中寻求与感性体验接近的表达时，沈从文的创作就会远离通常的文学规范，如果拿通行的文学标准来解读沈从文的文学作品，就会产生各种各样的误解。《边城》问世后，“一个说‘这是过去的世界，不是我们的世界，我们不要’，一个却说‘这作品没有思想，我们不要’”，沈从文则说：“我本来就只求效果，不问名义；效果得到，我的事就完了。”②沈从文自己认为，《边城》既不是如韩侍桁说的要表现所谓社会意识，也不是如苏雪林说的要体现所谓人生哲学，而是如刘西渭（李健吾）所说：“从生命复合物中仿照文学提炼出的一种不成形东西”，“看出诗的抒情与年青生活心受伤后的痛楚，交织在文字与形式里，如何见出画面并音乐效果。”③同样，在《〈看虹摘星录〉后记》中，沈从文写道：“我这本小书最好的读者，应当是批评家刘西渭先生和音乐家马思聪先生，他们或者能超越世俗所要求的伦理道德价值，从篇章中看到一种‘用人心人事作曲’的大胆尝试。”④由于沈从文根本就没有按照小说的规范去写作，所以，到他的小说中去寻找某些文体规范内的东西如主题等就自然是徒劳的。

通过“抽象的抒情”，沈从文希望表达的是抽象的生命体验，而不是具体的现实经验，因此，他把“事实”与“抽象”对立起来：“我看到生命一种最完整的形式，这一切都在抽象中好好存在，在事实前反而消灭。”⑤还说：“我不惧怕事实，却需要逃避抽象，因为事实只是一团纠纷，而抽象却为排列得极有秩序的无可奈何苦闷。”⑥这句话其实是正话反说，其真正所表达的意思是：“事实”尽管是杂乱无章的，但我们却可以人为地把它变得非常有秩序；“抽象”看起来似乎极有秩序，但却有“人力难为”的苦闷，这种“苦闷”显然是指如何赋予表现对象以审美的形式的困惑，“形式就是否定，它就是对无序、狂乱、苦难的把握，即使形式表现着无序、狂乱、苦难，它也是对这些东西的一种把握。艺术的这个胜利，是由于它把内容交付于审美秩序。”⑦艺术形式的无序与有序的辩证法

① ［英］特里·伊格尔顿著，马海良译《历史中的政治、哲学、爱欲》，中国社会科学出版社，1999年版，第281页。
② 沈从文《习作选集代序》，《沈从文全集》第9卷，第5页。
③ 沈从文《关于西南漆器及其他》，《沈从文全集》第27卷，第25页。
④ 沈从文《〈看虹摘星录〉后记》，《沈从文全集》第16卷，第343页。
⑤ 沈从文《生命》，《沈从文全集》第12卷，第43页。
⑥ 沈从文《水云》，《沈从文全集》第12卷，第121页。
⑦ ［美］马尔库塞著，李小兵译《审美之维——马尔库塞美学论著集》，生活·读书·新知三联书店，1989年版，第123页。

在沈从文"抽象的抒情"中得到了深入的体现。

对于沈从文的表达困境,有研究者认为:"当他采取二元对立的方式,将他所体验的生命神性参照与世俗社会生存状态时,它能够非常清晰而强烈地感觉到他印象中的'想象'世界之美。但是,当它直接面对这种'美'时,他感到自己丧失了一切表达的语言。"①也就是说,离开了现实世界的参照,沈从文的审美世界也就失去了依托。在这一意义上,沈从文的审美世界并不是自足的。然而,在我看来,沈从文在表达审美世界时对现实世界的依赖,正说明作家对现实的反抗必须置于现实与理想的张力中进行。同时,表达的困境并不仅仅是思维方式的问题,还有来自审美自身的问题。事实上,沈从文希望将"抽象的生命形式"呈现于感性的审美表达之中,他非但没有如他自己所说的"逃避抽象",反而试图用一种类似于音乐、绘画的文字来接近"抽象",《看虹录》等实验性的作品就是这一"接近"的产物。

二

对"抽象的抒情"的执著使沈从文向一种创作的极限挑战,他说:"我似乎用抽象虐待自己肉体和灵魂,虽痛苦同时也是享受。"②他要用文字来承载那流动不居的抽象的美,《看虹录》即是体现他探索和实现他的文学理想的一个典型文本,是这一挑战的巅峰之作。

随着九十年代以来沈从文的研究热潮,《看虹录》也引起了研究界的关注,目前主要是从语言、结构、意象等方面对它进行解读和分析,这些研究使这一被历史冷落的文本重新浮现出来,并获得了较为丰富的阐释,但我认为,这些单纯文本性质的研究尚不能深刻揭示这篇小说所具有的真正意义所在,对于这篇小说,必须把它放置于沈从文人生和艺术思想的逻辑轴线上才能完整地理解它。同时,这篇小说中长期以来被人所诟病的身体描写在当下研究中并没有脱去单纯"性"的色彩,而在我看来,小说中的"身体"并不仅仅就是"性",它具有重要的审美意义,"身体"可以说是开启这篇小说隐秘的一把钥匙,也是透视沈从文四十年代文学思想的一扇窗口。

《看虹录》分为三节:第一节写"我"于空阔寂静的深夜受梅花清香的吸引,走进一间素朴的小屋,并看到一本奇书,书的题词是:"神在我们生命里";第二节是奇书的内容,写女主人和客人度过的一个两情相悦的夜晚,并通过客人给女主人讲故事的方式复合进一个猎人和鹿的故事,这是小说的主体;第三节是读完书后"我"的所思所感。这篇小说包含从大到小的三层结构:我与书的故事、女主人和客人的故事、猎人和鹿的故事,并且客人与女主人、猎人与鹿的故事互文同构,"看书","讲故事"、"捕鹿"是连接整篇小说的关键性动作。

---

① 贺桂梅《转折的时代——40—50年代作家研究》,山东教育出版社,2003年版,第126页。
② 沈从文《看虹录》,《沈从文全集》第10卷,第341页。

《看虹录》拥有一个动人的感官世界。小屋外飘降轻雪,小屋内温暖如春,且有着与世隔绝的颜色和空气:炽热的炉火、橘红色的灯光、朱红漆的条桌、银红缎子的坐垫、白鼻白爪的小黑猫,浅棕色的窗帘上绘有粉彩花马,空气中黄色柠檬的辛香、梅花的芳馥。女主人白脸长眉,手指长而柔,发鬈边蓬蓬松松,几朵小蓝花聚成一小簇,贴在有式样的白耳后,身着质地厚重的绿罗夹衫,微笑中带来了些春天的嘘息,眼中有春天的风和夏天的云。整篇小说就笼罩在这样一片感官的光影、色调与香芬之中。小屋内四处流淌的灯光、清香四溢的空气、炉火散发出的热力,甚至还包括男女主人公之间眼波的流转,它们所构成的是一个如此气韵生动的世界,恰与音乐流动的境界相通。而在这样一种流动的氛围之中,人的纤细微妙的感官世界全部被打开了,包括欲望也在视觉、听觉和味觉的调配中逐渐展开。沈从文始终强调"生命最完整的形式"是在感性的生命体验中获得的,他认为,在写作时,"得习惯于应用一切官觉,就因为写文章原不单靠一只手"。[①] 为了保留生命最本真、最纯粹的体验,沈从文强调感觉的重要性,《看虹录》中如此丰富的感官世界的呈现正是沈从文追求的"抽象的抒情"的体现。在沈从文这里,具象的生命体验和抽象的生命形式是统一的,他是"从具体的形式看抽象的含义,以抽象化的意象来表现抽象的印象"[②],因此,"抽象的抒情"是具象的抽象、抽象的具象。

小说用了大量篇幅来描写女人身体形态,并且,对鹿的身体以及雕塑、百合花的形态的描写实际上也是对女主人身体描写的一种补充和映衬。身体在《看虹录》中既是欲望的对象,同时也是审美的对象。沈从文在小说中对情欲的描写是通过较为含蓄的方式完成的,除了男女主人公富有潜台词的对话以外,屋内燃烧的炉火和窗帘上驰骋的小花马图案等也是具有象征意味的:炉火由"始炽"、"渐炽"到"完全燃烧",暗示着情欲之火的燃烧和释放;小花马由开始的跳跃驰骋到最后的完全安静,象征着情欲由冲动到平息的过程。沈从文借助意象的象征作用,不仅使性爱经验获得了一种审美的表达,而且小说由此也超越了世俗的性爱经验,获得了诗性的升华。小说中身体的描绘因作者诗性的语言而脱离了世俗欲望,具有一种唯美的色彩。沈从文真正想表达的是身体在与生命的合一中呈现出来的与音乐、绘画相通的美感,这形式虽然抽象,但因有光色香芬融汇其间并因生命欲望的贯注而生动异常。作者通过身体所表达的不是情欲的俗艳和疯狂,而是"一片白,单纯而素净,象征道德的极致"[③],身体最后超越了情欲,而上升为抽象的生命形式和审美形式:"最奇异的是这里并没有情欲。竟可说毫无情欲,只有艺术。我所处的地位,完全是一个艺术鉴赏家的地位。我理会的只是一种生命的形式,以及一种自然道德的形式,没有冲突,超越得失,我从一个人的肉体上认识了神。"[④]在《看虹录》中,身体已经成为了"意象",具有融具象与抽象为一体的功能,经过抽象了的身

---

① 沈从文《情绪的体操》,《沈从文全集》第 17 卷,第 218 页。
② 范智红《世变缘常——四十年代小说论》,人民文学出版社,2002 年版,第 184 页。
③ 沈从文《看虹录》,《沈从文全集》第 10 卷,第 335 页。
④ 沈从文《水云》,《沈从文全集》第 12 卷,第 117 页。

体,既保留着灵动生命的体温和色泽,又呈现出形而上的生命意义。

"意象"是沈从文表达"抽象的抒情"的一个非常重要的方式,除了"身体"以外,还有一些其他的具有互文性的意象,比如在《看虹录》及《生命》等散文中反复出现的"百合花",也是具象和抽象的复合体,在感性形态上,它具有女性的形态和情态之美,同时,生命的神性之美又在这种具象的呈现中体现出来。沈从文之所以喜欢选择一些具体的意象来表达生命体验,是因为"象"能够摆脱理性语言的限制,真正贴近作者的"意",同时,在意象的表现中,艺术形式和审美体验达到了一种融合。

与这种对抽象的生命形式的呈现相一致,《看虹录》在小说形式上也非同寻常。象征的使用、意境的营造使得这篇小说充满朦胧迷离之美,这里有现实与故事的交织、理性和梦呓的交织。更为突出的是,由于这篇小说只保留了一些最简单的叙事元素,缺乏完整的小说情节安排及对人物的个性及历史的描述,因此,虽说它是"小说",但实际上它所包含的叙事性已经降到了最小,小说中的人物、事件和背景偏离了一般小说的具体化特征,而只具有一种抽象的诗性之美,相比较而言,对女人和鹿的身体的细致描绘,对富于感官气息的氛围的营造占据着小说的主要空间。同时,由于作者努力把音乐的流动感、绘画的色彩感和雕塑的线条感整合到小说的"叙述"之中,这篇小说更具一种"诗"的品质。

沈从文刻意创造这种小说形式和表现方式,实际上是他摆脱语言焦虑的一种尝试。阅读沈从文的这些文字,我们会感到作者的执著甚至于重复和罗嗦,但由于这些文字都是对抽象的生命本体的接近,因而读者从这类作品中获得的阅读感受往往是一种难以言说的模糊"印象",这或许正是沈从文的初衷。

《看虹录》这篇小说之所以引起争议,除了其艺术形式的奇特之外,具有明显"性"意味的身体描写显然也是一个重要原因,郭沫若指责沈从文是"作文字上的裸体画,甚至写文字上的春宫"的"桃红色作家"①,《看虹录》就是其证据之一。但实际上,这种指责是缺乏艺术分析眼光的,它显然只看到了作品中身体表面的"性"意味,而没有看到身体描写中所包含的审美和生命追求。在这篇小说中,对身体感官的重视使沈从文追求的流动的音乐美得到了淋漓尽致的表现,小说中多处出现的女性和鹿的身体描写即是"抽象的抒情"的"审美形式"的具体呈现。"身体"在沈从文四十年代小说中的出现是有双重意味的,它既是沈从文对生命意义的一种审美化的呈现,同时也是沈从文所力图展现的"抽象的形式"本身。

无论是对艺术自律性的强调,还是对审美形式的重视,抑或是对身体感性的张扬,沈从文都与西方审美现代性有着很多相似之处。但是,沈从文在中国语境下所追求的"审美现代性"并不是西方审美现代性的翻版。

在《看虹录》中,沈从文最终强调的是对肉欲的身体的超越,他说:"展露在我面前的,不是一个单纯的肉体,竟是一片光辉,一把花,一朵云。一切文字在此都失去了他的

---

① 郭沫若《斥反动文艺》,《郭沫若全集》第 16 卷,人民文学出版社,1989 年版,第 288 页。

性能,因为诗歌本来只能作为次一等生命青春的装饰。"①可以看出,沈从文对身体的态度是双向的:一方面是对身体的自然欲望的赞扬,这是作者一贯的人性立场,早在湘西小说中他就对此有充分的表现。另一方面是对生命意义的追求,在沈从文的小说中,身体本身并不是归宿和目的,作者最终是要在形而下的感性身体中抽象和升华出生命的意义,这也是与沈从文自始至终追求的文学理想相一致的。

在《小说的作者与读者》一文中,沈从文说他的文学理想就是获得"永生":"生命个体虽不免死亡,保留下来的东西却可望百年长青。"②沈从文深受五四文学改造国民性精神的影响,非常重视文学对人的精神情感的滋养和改造作用。在沈从文看来,大多数人对生活都没有崇高的理想,这是一种"动物人生观",他认为,"人虽是个动物,希望活得幸福,但是人究竟和别的动物不同,还需要活得尊贵!"③对于普通人来说,只有完成了现实人生向审美人生的转换,才可能离弃此岸世俗的人生,走向彼岸崇高的人生,因此他的文学理想是"使一个人消极的从肉体爱憎取予,理解人的神性和魔性,如何相互为缘","或积极的提示人,一个人不仅仅能平安生存即已足。"④沈从文的这种"永生"的文学理想是通过对普遍的生命体验和永恒的人性主题的表现来实现的,而对这样一些抽象的生命和人性主题的表现,又正是和沈从文所长期坚持的通过审美对国民性的弱点予以纠正的文学立场相一致的。可以看出,沈从文改造国民性的文学理想具有启蒙理性的特点,以此为前提,沈从文对待身体的立场就具有超越肉欲的生命形而上的指向。

因此,尽管都是高扬生命感性,沈从文的这种身体观与西方以尼采为代表的身体观却有着本质的区别。以尼采为代表的西方思想传统对身体感性的重视源于他们对理性的反抗,他们对身体感性的唯一性地位的确立就是要放弃形而上的终极意义,即"这种此岸冲动的旨趣就是要脱离与彼岸的对抗性结构,取消彼岸对此岸的生存规定"⑤。在这样的思想背景下,尼采认为,身体即是本体,它不需要形而上的彼岸的世界来提升,"生命在尼采那是抽去了灵魂和意识这类东西而成为活生生的感官身体"⑥。但在沈从文的文学世界中,对自然欲望和身体感性的重视尽管也非常强烈,却是以生命的神性为旨归的,所以沈从文文学中的身体并不具有西方式的身体感性的一元论特征。

正是因为沈从文追求形而上的生命意义,所以沈从文强调肉体最终必须获得精神的升华和超越:"情感可轻骞高飞,翱翔天外,肉体实呆滞沉重,不离泥土。"⑦"一个人生命之火虽有时必熄灭,然而情感所注在有生命处却可以永不熄灭。"⑧不过,追求精神超

---

① 沈从文《看虹录》,《沈从文全集》第 10 卷,第 338 页。
② 沈从文《小说作者和读者》,《沈从文全集》第 12 卷,第 71 页。
③ 沈从文《黑魇》,《沈从文全集》第 12 卷,第 170 页。
④ 沈从文《短篇小说》,《沈从文全集》第 16 卷,第 493、494 页。
⑤ 刘小枫《现代性社会理论绪论》,上海三联书店,1998 年版,第 301 页。
⑥ 汪民安《尼采与身体》,汪民安主编《身体的文化政治学》,河南大学出版社,2004 年版,第 124 页。
⑦ 沈从文《潜渊》,《沈从文全集》第 12 卷,第 34 页。
⑧ 沈从文《〈看虹摘星录〉后记》,《沈从文全集》第 16 卷,第 347 页。

越并不意味着对肉体的轻视,沈从文作为一个文学家的审美意识阻止了这种倾向,他仍然强调身体感性对于生命和写作的意义。所以,一方面,沈从文认为肉体性的生命本能必须经过升华才能获得永恒:"其实生命何尝无用处,一切纯诗即由此产生,反映生命光影神奇与美丽。任何肉体生来虽不可免受自然限制,有新陈代谢,到某一时必完全失去意义,诗中生命却将百年长青!"①但另一方面,他又不得不承认,身体感性对于生命来说具有首要的意义:"生命虽能产生诗,如果肉体已到毫无意义,不能引起疯狂时,诗歌纵百年长青,对于生命又有何等意义?"②肉体是短暂的,但却充溢着生命的激情;诗歌是永恒的,但如果抽空了生命的感觉,那只是对生命无意义的玄思,这也正是审美现代性的悖论:"审美的自我既是审美现代性的必要条件之一,同时又是审美现代性可能失去必要依托的重要原因所在。它以高蹈的精神否定物质世界的有限性和观念世界的限制性,又悖论性地回到肉体和感性层面,将一切的一切建立在感性当下,使世界和个体的意义永远飘浮不定。"③只不过,沈从文并没有将视线停留在意义飘浮不定的此岸,他实际上是在肉体和精神的悖论之中开辟出了一条通向超验的审美之路。

把沈从文审美追求中的身体感性与西方审美现代性中的身体感性相比较,就可以发现:西方审美现代性是对启蒙理性的反叛,它确立了身体感性的唯一性。而沈从文却不同,他所追求的永恒仍然是启蒙理性赋予的,这种永恒尽管也是从身体感性出发,身体给了他生命实感和原初的审美经验,但他最终寻求的仍然是终极的生命意义。

更重要的是,与西方审美现代性通过对身体感性的确立而取消了传统的理性与感性的二元对立不同,沈从文并没有取消感性与理性、精神与身体的二元结构,对他来说,理性与感性的矛盾是与生命本身同在的,尽管在文学创作的世界里他可以暂时抛开理性的约束,但这种"抛开"最终还是如他自己所说,是为了在生命的失衡后重新找到生命的平衡,即感性与理性的平衡。④ 对此,马尔库塞所说的"新感性"能给我们一些启发,他说:"艺术作品从其内在的逻辑结论中,产生出另一种理性、另一种感性,这些理性和感性公开对抗那些滋生在统治的社会制度中的理性和感性。"⑤可以说,沈从文也是希望通过个人的审美世界来寻找一种新的理性与感性。

当然,在沈从文的文学世界中,理性和感性、精神和肉体也存在着矛盾和分裂的痕迹,不过,这种分裂的特征似乎更能说明沈从文作为中国 20 世纪审美主义代表作家身上所体现出来的特殊性。

(原载《文学评论》2008 年第 5 期)

---

① 沈从文《摘星录》,《沈从文全集》第 10 卷,第 359 页。

② 同上。

③ 张辉《审美现代性批判》,北京大学出版社,1999 年版,第 190 页。

④ 沈从文《〈看虹摘星录〉后记》,《沈从文全集》第 16 卷,第 343—344 页。

⑤ [美]马尔库塞著,李小兵译《审美之维——马尔库塞美学论著集》,生活·读书·新知三联书店,1989 年版,210 页。

"无词的言语"

——论《野草》的身体言说

李　蓉

　　在鲁迅的文学天地中,"身体"占有重要的位置。[①] 仅从他作品的目录来看,就有很多直接以"身体"为题的,如《头发的故事》、《父亲的病》、《闲话难民妇女的脚》、《说胡须》、《从胡须说到牙齿》、《略论中国人的脸》、《魏晋风度及文章与药及酒之关系》、《忧天乳》、《文学和出汗》、《以脚报国》、《由中国女人的脚,推定中国人之非中庸,又由此推定孔夫子有胃病》,等等。而在内容上与身体有关的作品就更多了,尤其是他的杂文,如《忽然想到(一)》、《而已集 小杂感》以及《随感录》中的一些文章,"身体"常常不仅是言说的起点,同时还蕴含着丰富的文化、政治的内容。在鲁迅的小说中,他除了特别善于通过人物外形的描绘勾画人物的灵魂外,时代的风云变换往往通过"剪辫子"、"杀头"这样一些身体行为而得到形象有力的展示。在他的散文《故事新编》中,《铸剑》、《补天》等作品,也都与身体的视角有关。[②] 鲁迅这样一种自觉而敏锐的"身体意识",在整个 20 世纪都是不多见的。从鲁迅的大多数作品来看,他作品中的身体主要是哲学和文化政治意义上的,表现出一种强烈的与精神一体的特征,而不是人们通常所说的欲望的、形而下的身体。

　　正是这种倚重于身体的表达和思维方式,形成了鲁迅的独特性:他的社会批判和文化批判总是立足于活生生的现实生活,表现为一种清醒的现实主义的立场,而不是抽象的人性论立场,也不是理想主义立场。深刻的思想通过最朴素的、最日常的方式予以表达,这不仅仅是一个言说方式的问题,更是不悬空、不高蹈的人生立场的体现,他曾说:"仰慕往古的,回往古去罢! 想出世的,快出世罢! 想上天的,快上天罢! 灵魂要离开肉体的,赶快离开罢! 现在的地上,应该是执着现在,执着地上的人们居住的。"[③]鲁迅的这样一种现实主义精神,在其作品中最明显的体现特征之一就是用身体来言说,身体的现世性可以使它永远拉住抽象的精神,使精神不要飞得太高、太远,"精神活动需要

---

①　郜元宝著有《从舍身到身受——略谈鲁迅著作的身体语言》一文,对此有较全面的论述,见《鲁迅研究月刊》2004 年第 4 期。

②　对《铸剑》的身体分析,见残雪《艺术复仇——〈铸剑〉分析》,《艺术复仇——残雪文学笔记》,广西师范大学出版社,2003 年版,第 228 页。

③　鲁迅《华盖集·杂感》,《鲁迅全集》,人民文学出版社,1981 年版,第 3 卷,第 49 页。以下所引鲁迅言论,均出自1981 年版《鲁迅全集》,不再一一注明。

身体同时站出来,如果没有身体的出场,抽象的精神将无所寄托,将会变成真正的空喊、宣传和做戏。"①鲁迅对身体言说的认同,使其所进行的文化批判和现实批判具有抽象的议论难以达到的力度和深度。

实际上,身体言说是人类最古老最基本的一种言说方式,也是远古的人们构想宇宙、社会的最可靠的凭借,对此,约翰·奥尼尔在《身体形态》(中译本,春风文艺出版社,1999 年版)一书中有非常充分的论述。可以说,身体是人类思维的起点,又是人类实践的终点,因为最后所有的想象在付诸实践的过程中都必须回到身体这一原点上进行验证。对于鲁迅来说,来自身体的实感才是最重要的:"虽然不过是蚊子的一叮,总是本身上的事来得切实。能不写自然更快活,倘非写不可,我想,也只能写一些这类小事情,而还万不能写得正如那一天所身受的显明深切。而况千叮万叮,而况一刀一枪,那是写不出来的。"②无论是文学表达,还是社会、文化批判,鲁迅都继承了人类这一最为朴素的思维方式,把人首先看作是一个身体的存在,"一要生存,二要温饱,三要发展"③就是典型的身体言说,这其中暗含着一种自觉的以身体为本的生命意识,因而这种言说方式所包含的意义,并不仅仅是一个表达方式的问题,更是一个写作立场的问题,"一个人总是身体—主体的存在,而永远不能是天上的、自由飘渺的、先验的自我。"④这样自觉的以生命为本的身体意识,实际上是以对身体的哲学思考为前提的。本文主要考察《野草》中身体言说的哲学意蕴以及这种意蕴对于理解鲁迅的重要意义。

一、沉默中身体的出场

《野草》作为鲁迅最为个人化的作品,作为鲁迅个人精神世界的投影,显示了他对存在意义的拷问,这当然也离不开对人存在之本的身体的拷问。如果说在鲁迅的其他作品中,身体主要是透视历史、文化、政治和民族心理以及个人心理等深层世界的一个外在基点,表现为一种身体的文化政治学意义上的身体意识的话,那么在《野草》中,鲁迅对身体的文学书写则表现为一种本体性的追求,"身体"的意义由一种外在的日常生活现象或文化现象而转化成内在的生命现象。如果说《野草》表现了鲁迅的个体哲学,那么,在这一哲学的表达过程中,"身体"就是一个核心的意象,对人的存在的追问就是对身体以及身体与精神的关系及意义的追问,《野草》中不仅有大量的"身体"出场,而且还体现了不同于其他作品的"身体"的意义,"身体"不再是述说思想、透视现象的工具和起点,而是自始至终与人的精神世界复杂地缠绕在一起的存在本身。

《题辞》写道:"当我沉默着的时候,我觉得充实;我将开口,同时感到空虚。"这是引

---

① 郜元宝《从舍身到身受——略谈鲁迅著作的身体语言》,《鲁迅研究月刊》2004 年第 4 期。
② 鲁迅《三闲集·怎么写——夜记之一》,第 4 卷,第 19 页。
③ 鲁迅《华盖集·北京通信》,第 3 卷,第 51 页。
④ [美]普里莫兹克《梅洛-庞蒂》,关群德译,中华书局,2003 年版,第 27 页。

领整个《野草》的一句开场白,也是贯穿整个《野草》的一个重要思想。对于鲁迅这里所表达的言说的困难及其对沉默的选择,很多研究者都已经注意到了,但对"沉默"的原因,存在着不同的看法。钱理群在《心灵的探寻》中,谈到鲁迅的沉默时说:"沉默可以说是一种最强烈,最有力,最能表现情感之极致的感情世界的应对方式。悲极,苦极,到了麻木的境地,出现了心灵的空白的时候,就无言。"①钱理群这里主要是从情感本身的复杂性出发来解释鲁迅的沉默的,在他看来,由于鲁迅的情感世界过于丰富和复杂,无法用言语来表达,因而只能以沉默的方式应对。张闳在《〈野草〉:沉默的声音》一文中从"声音"诗学的角度对鲁迅的"沉默与言说的窘迫"进行了分析,并认为:"这里的言说的窘迫,并非维特根斯坦式的关于言说之逻辑上的可能性及其意义的逻辑选择项方面的困难,更不是一般修辞学意义上的所谓'辞不达意'的困难。而是来自个人无意识深处的'沉默'本质的显露。"②但作者对这一结论并没有展开充分的论述。另外,薛毅则从个人与"他者的话语"的冲突上分析鲁迅"沉默"的原因。③ 总的来说,对于鲁迅的"沉默"一般都是从与语言相关的哲学的、历史的、文化的角度来阐释的。我认为,这些解释并没有显示出鲁迅"沉默"的特殊性来。实际上,鲁迅自己也曾在文章中"解释"过自己的"沉默",在《怎么写》中,他记述了"沉默"的心理体验,那是在厦门大学图书馆的楼上:

> 夜九时后,一切星散,一所很大的洋楼里,除我以外,没有别人。我沉静下去了。寂静浓到如酒,令人微醺。望后窗外骨立的乱山中许多白点,是丛冢;一粒深黄色火,是南普陀寺的琉璃灯。前面则海天微茫,黑絮一般的夜色简直似乎要扑到心坎里。我靠了石栏远眺,听得自己的声音,四远还仿佛有无量悲哀,苦恼,零落,死灭,都杂入这寂静中使它变成药酒,加色,加味,加香。这时,我曾经想要写,但是不能写,无从写。这也就是我所谓"当我沉默着的时候,我觉得充实,我将开口,同时感到空虚"。④

说是"解释",然而鲁迅并没有真正道出那难以言说的原委,因为"我想接近它,但我愈想,它却愈渺茫了"。⑤ 既然是无法言说之物,那么其无法言说的原因显然也只能是难以言传的,任何一种解释可能是,但又不完全是,因为无论是言说主体内心的复杂性和丰富性的因素,还是世界本身的流动性、模糊性和悖论性的因素,抑或是作为表达媒介的语言的双面性(融表达意义和背叛意义为一体)的因素,都可以构成这种言说的焦虑。在《野草》中,鲁迅爱用"大欢喜"、"大悲悯"之类的佛家用语,这也正说明他想表达的是一种极致状态的生命体验,具有难以言说的特征。对于与语言相关的可说与不可说、言说的焦虑、言意之辩等问题,古今中外的哲学、文学、语言学等都从不同的方向予以了揭示,从语言哲学的角度考察鲁迅的"沉默",虽然是必不可少的,但也不尽然能把

---

① 钱理群《心灵的探寻》,北京大学出版社,1999年版,第227—228页。
② 张闳《声音的诗学》,中国人民大学出版社,2003年版,第39—40页。
③ 薛毅的《无词的言语》,《文艺理论批评》1995年第1期。
④ 鲁迅《三闲集·怎么写——夜记之一》,《鲁迅全集》第4卷,人民文学出版社,1981年版,第18—19页。
⑤ 同上,第19页。

握住鲁迅"沉默"的根由。

我认为,寻找鲁迅"沉默"的原因固然是重要的,但在沉默的时候,鲁迅以怎样的方式言说他的沉默同样重要,而这往往是被人们所忽视的。所以,在沉默的时候,有什么发生和出场了? 这可能是理解鲁迅言说的焦虑的另一条途径。维特根斯坦说:"凡是能够说的事情,都能够说清楚,而凡是不能说的事情,就应该沉默。"①但即使是"不能说的事情",彻底的沉默对文学来说也是不可能的,对沉默的言说就成为一个既悖论又充满着诱惑的主题,文学恰恰是在对无法言说的体验和感受的言说中,完成了其对生存本身的有限性的超越。同时,正是在对沉默的言说中我们才能真正领受沉默的含义。海德格尔说:"什么是沉默? 它绝非是无声。……作为沉默的沉默化,安宁,严格地说来,总是比所有活动更在活动中,并比任何活动更激动不安。"②沉默意味着更为强烈的表达欲望,如果我们把语言看作是一种广义上的交流符号,那么在言语沉默的时候,身体就作为这样一种交流符号出场了,身体语言弥补了人类言说的尴尬。

"言语道断,身体出场;或者说,言语彻底转化为身体姿态,由身体来说出精神本身无法说出的言语——身体诉说是被某种语言的失败逼出来的,它是语言的替代,也是语言的转化和升华。"③身体之所以能够替代语言出场,是因为:首先,与笛卡尔身体和灵魂相分离的二元论相对立,现代身体哲学如梅洛-庞蒂的知觉现象学认为:"心灵和身体之间并不存在清楚的区分。身体的生命承载有心灵的存在,心灵存在于身体之中。"④既然身体和精神如此紧密地相互依存,那么语言在表达精神的幽秘之处的时候,那种无法言说的苦恼就可以通过身体的言说得到缓解。其次,身体作为人感知世界的处所,在确定意义时,它扮演了一个原初的角色,身体语言的感性性质中就包含着意义的模糊性和不确定性,而这恰恰是日常语言所缺少的。在《野草》中,身体正是在这样的意义中出场的。因而对于《野草》"沉默"中的身体的出场,我们就可以把它看作是在语言的无奈之处,延伸出的一种新的言说方式。

这里更重要的是看身体如何出场。首先看《复仇》中的"身体":

> 人的皮肤之厚,大概不到半分,鲜红的热血,就循在那后面,在比密密层层地爬在墙壁上的槐蚕更其密的血管里奔流,散出温热。于是各以这温热互相蛊惑,煽动,牵引,拼命地希求偎依,接吻,拥抱,以得生命的沉酣的大欢喜。

> 但倘若用一柄尖锐的利刃,只一击,穿透着桃红色的,菲薄的皮肤,将见那鲜红的热血激箭似的以所有温热之间灌溉杀戮者;其次,则给以冰冷的呼吸,示以淡白的嘴唇,使之人性茫然,得到生命的飞扬的极致的大欢喜;而其自身,则永远沉浸于生命飞扬的极致的大欢喜中。

---

① 维特根斯坦著,郭英译《逻辑哲学论》,商务印书馆,1962年版,第20页。
② 海德格尔著,彭富春译《诗·语言·思》,文化艺术出版社,1991年版,第180页。
③ 郜元宝《从舍身到身受——略谈鲁迅著作的身体语言》,《鲁迅研究月刊》2004年第4期。
④ [美]普里莫兹克著,关群德译《梅洛-庞蒂》,中华书局,2003年版,第8页。

两个赤裸着身体的人拿着利刃,对立于广漠的旷野之上,这是把身体置于暴力和死亡的边界所展示出来的生命场景。这里有最丰富的身体图画:桃红色的皮肤、比槐蚕更密的血管、鲜红的热血、淡白的嘴唇,而身体之间的蛊惑、煽动和牵引,以及对偎依、接吻和拥抱的渴望又使这幅图画充满着动感。尽管身体处于静态,但身体对峙所产生的时空紧张却使这样一个场景充满着一种蓄以待发的张力,同时张力中又蕴含着对生命力酣畅淋漓的释放的期待,无论是对于爱者还是对于被爱者,对于杀戮者还是被杀者,在这样的"拥抱"和"杀戮"中都能获得"生命的飞扬的极致的大欢喜",这是对尼采似的生命意志和满溢着生命激情的身体的赞扬和期盼,因而这幅图画又是一种生命理想的象征。

但是,这样一种个人生命力的张扬,在庸庸大众的眼里,却只是一场给平庸、无聊的生活增加一点刺激的身体表演,看完也就作罢,不会给他们麻木的精神以一丝一毫的触动,尼采式的特立独行也只会招来看客的围观,而不会惊醒他们的灵魂。因此,在中国文化的语境中,鲁迅对他所赞扬的尼采保留了他自己的一种选择,鲁迅说:"群众,——尤其是中国的,——永远是戏剧的看客。""对于这样的群众没有法,只好使他们无戏可看倒是疗救,正无须乎震骇一时的牺牲,不如深沉的韧性的战斗。"①如果说尼采的选择是"震骇一时的牺牲",鲁迅的选择则是"深沉的韧性的战斗"。在《怎么写》中鲁迅就提到:"尼采爱看血写的书。但我想,血写的文章,怕未必有罢。文章总是墨写的,血写的倒不过是血迹。它比文章自然更惊心动魄,更直接分明,然而容易变色,容易消磨。"②这种"深沉的韧性的战斗"在《复仇》中,是以身体的"不行动"作为一种行动的方式:两个人一直对立着,以至圆活的身体,即将干枯,然而毫不见有拥抱和杀戮之意。这让做惯了旁观者的人们感到无聊,甚而觉得干枯到失了生趣。这是"不行动"的身体对围观者麻木、冷漠的感情状态的复仇,即鲁迅所说的"无血的大戮"。

《复仇》中的身体言说的意义还不止于此,对于两个持刀的裸者来说,尽管他们没有"拥抱"或"杀戮"的行动,但双方仍能感受到行动后的那种"生命的飞扬的极致的大欢喜"。对峙的身体在这里的意义不仅在于对旁观者的复仇,在我看来,身体的这种行为方式也传达出对身体本身的肯定。身体的行动一般都会指向某种后果,身体停止了动作也就意味着对动作所带来的后果的关注的减少,而使注意力集中于身体本身,相对静态的身体是对身体自身的凸现,《颓败线的颤动》中老妇人石像式的身体也具有这种特征。除此之外,动作的重复也能获得身体凝定的意义和效果。《这样的战士》中,"但他举起了投枪"在文中重复了五次;《过客》中一直向前走的过客:"从我还能记得的时候起,我就在这么走,要走到一个地方去,这地方就在前面。""有声音常在前面催促我,叫唤我,使我息不下。"动作机械式的重复同样起到了与静止相类似的凸现身体的功能。

鲁迅之所以采用类似绘画或雕刻式的手法,强化一种视觉上的身体状态,这不仅是

---

① 鲁迅《娜拉走后怎样》,《鲁迅全集》第 1 卷,人民文学出版社,1981 年版,第 163、164 页。
② 鲁迅《三闲集·怎么写——夜记之一》,《鲁迅全集》第 4 卷,人民文学出版社,1981 年版,第 19 页。

238

由作品所要表现的内容决定的,也是出于鲁迅自觉的身体意识。这种自觉的身体意识当然不会只是体现为对身体形象的简单呈现,而是应体现为身体与精神的完全交融,因为身体的出场只有在精神的光芒的烛照下才会变得眩目异常。《颓败线的颤动》就充分展示了精神与身体的这种关系。这篇散文诗由两个连续性的梦构成,第一个梦是一个年轻的女人为了养育年幼的女儿,出卖自己的肉体,鲁迅这样描写年轻女人的身体:"在光明中,在破榻上,在初不相识的披毛的强悍的肉块底下,有瘦弱渺小的身躯,为饥饿,苦痛,惊异,羞辱,欢欣而颤动。驰缓,然而尚且丰腴的皮肤也光润了;青白的两颊泛出轻红,如铅上涂了胭脂水。"年轻身体的颤动混合着复杂的情绪,既有舍弃灵魂的屈辱和苦痛,也有敞开身体的惊异和欢欣。然而,无论这是一种怎样难以言说的体验,自然身体的光芒都无可阻挡地奔涌而出。第二个梦是多年以后,当把女儿养育成人后,垂老的女人却遭到了女儿、女婿、孙子们的责骂和遗弃。当这个不再有利用价值的老妇人,置身于荒郊野外,那衰老的身体却因种种对立感情的撕扯而呈现出奇异的光芒:"赤身露体地,石像似的站在荒野的中央,与一刹那间照见过往的一切:饥饿,苦痛,惊异,羞辱,欢欣,于是发抖;害苦,委屈,带累,于是痉挛;杀,于是平静。……又于一刹那间将一切并合:眷恋与决绝,爱抚与复仇,养育与歼除,祝福与诅咒……。她于是举两手尽量向天,口唇间漏出人与兽的,非人间所有,所以无词的言语。"鲁迅这里运用的是具象的身体描写和抽象的精神描写相交织的语言,并且二者互为阐释,老妇人的情感尽管无法言说,但一组表达情感的反义词不但描述了情感的复杂状态,同时也为身体姿态的解读提供了指向,老妇人的身体姿态正是这种无以言说的情感的表征。身体的精神性和精神的身体性融为一体,进入"生命"层次的身体言说应该抵达这样一种合一的境界,从而展示一种本体性的身体意识。尽管老妇人被抛弃、被放逐的情感体验可以说是鲁迅现实体验的投影:"我先前何尝不出于自愿,在生活的路上,将血一滴一滴地滴过去,以饲别人,虽自觉渐渐瘦弱,也以为快活。而现在呢,人们笑我瘦弱了,连饮过我的血的人,也来嘲笑我的瘦弱了。"①但这种现实体验在这篇散文诗中已经抽象为一种具有普遍概括性的生命体验。

越是进入生命体验的高的层次,语言(确切地说,是日常语言)越难和精神世界达到合一,这是语言难以摆脱的宿命,因而沉默不失为一种必然的选择。不过,尽管按照许多语言哲学家的看法,沉默显示出一种对语言的抗拒和超越,但在我看来,这里面也不无被动和无奈,因为表达是人们理解世界的一种基本方式,只有在表达的过程中人们才能逐渐接近那无法言说之物,而身体的出场正可以把这种被动的选择转化为主动。身体的出场之所以能弥补语言的上述尴尬,一个很重要的原因就是因为身体所包含的情感体验是个人化的,具有不确定性和模糊性,这恰恰和难以言说的生命体验具有一致性。舍勒把人的情感分为"精神性情感"和"身体性情感",并认为前者是一种可以和别人分享的情感,如悲哀和快乐,这种情感离人的身体较远,而后者则是为个人所有不可

---

① 鲁迅《两地书》(1926 年 12 月 16 日),《鲁迅全集》第 11 卷,人民文学出版社,1981 年版,第 249 页。

能被别人感知的，"他者身体的机体感和与机体相随的感性情感，是不可传达的，同样，我的身体感及其感性情感是不可分享的"。① 这里我所说的也正是这种"身体性情感"。

当然，身体对沉默的言说在文学中仍然必须借助语言的描述来呈现。梅洛-庞蒂在《知觉现象学》中认为，原初的经验在和语言相遇之前是"沉默的我思"，"沉默的我思"要成为"说出的"、"真正的"我思，就必须超越语言中已形成的意义，"如果我们不追溯这个起源，如果我们在言语的声音下不能重新发现最初的沉默，如果我们不描述打破该沉默的动作，我们对人的看法将依然是表面的"。② 因而身体体验能够唤醒沉睡的语言、赋予语言以鲜活的意义，它是对语词意义的重构。"最终不是纯粹的意识，而是身体通过说出这一重估了的语词，发现了我思的新的、完全的、真正的意义"。③ 身体的意义通过语言而获得，因此，在身体出场的时候，语言并没有消失，它被转化和升华为了诗性的语言。

《颓败线的颤动》就体现了这种身体、语言和意义合一的境界。在这篇散文诗的结尾即高潮部分，作者写道："当她说出无词的言语时，她那伟大如石像，然而已经荒芜的、颓败的身躯的全面都颤动了。这颤动点点如鱼鳞，每一鳞都起伏如沸水在烈火上；空中也即刻一同震颤，仿佛暴风雨中的荒海的波涛。"所谓"无词的言语"仍然表现为欲说而无法说的语言的困扰，但这时身体言说的力量已远远超出了这样一种语言言说的冲动，因而最后连"无词的言语也沉默尽绝"，就只剩下了身体的颤动，"辐射若太阳光，使空中的波涛立刻回旋，如遭飓风，汹涌奔腾于无边的荒野"。这样一种描写很具有"生命力"的特征，如柏格森在《创造进化论》中描述生命力："在我们看来，生命在整体上似乎是从中心开始扩散的巨大波涛，这波涛在它的圆周的所有点上停留，并转化为振动，并以不可阻挡的气势摧毁障碍，使动力自由传递。"④垂老的女人身上所迸发出来的生命力不同于这篇散文诗中所写到的年轻时自然原欲性质的生命力，它来自于精神的博大与厚重，是一种融合着大爱与大恨的情感，作者通过语言说出了身体的这一撼天动地的精神性力量。

二、身体的诗性之思

在《野草》中，鲁迅不仅通过身体的出场而敞开了意义，使难以言说的内心体验在身体的呈现中获得了表达，而且在身体的出场中鲁迅也探寻着身体的本体意义。以审美的形式为中介，这种对身体的本体性的追问呈现为一种身体的诗性之思。

《野草》的世界是一个充满着肉体和灵魂的双重痛感的世界，灵魂的铸造和升华是在

---

① 刘小枫《现代性社会理论绪论》，上海三联书店，1998年版，第348页。
② [法]梅洛-庞蒂著，姜志辉译《知觉现象学》，商务印书馆，2001年版，第240页。
③ [美]普里莫兹克著，关群德译《梅洛-庞蒂》，中华书局，2003年版，第33页。
④ [法]柏格森著，王珍丽、余习广译《创造进化论》，湖南人民出版社，1989年版，第210页。

身体的受难包括死亡中获得的,只有在这样一种生命燃烧和毁灭的极限情境中人才能认识自我,正如梅洛-庞蒂所说:"沉默的我思,自己对自己的呈现,是存在本身,先于任何哲学,但是,它只能在受到威胁的极限情境中认识自己。"[①]在《野草》中,鲁迅表达了他通过死亡接近存在本身的人生哲学。《题辞》说:"过去的生命已经死亡。我对于这死亡有大欢喜,因为我借此知道它曾经存活。死亡的生命已经朽腐。我对于这朽腐有大欢喜,因为我借此知道它还非空虚。"在《一觉》中鲁迅也写道:"我爱这些流血和隐痛的魂灵,因为他使我觉得是在人间,是在人间活着。"汪晖认为:"鲁迅正是在人生的挣扎、奋斗、困扰、死亡的威胁、悲剧性状态中体会到了生命的存在和意义,深沉地把握了'此在'。"[②]对人来说,惟有死亡是可以确认的,而生则充满着模糊和流动的性质,因而通过死来确认生,或者说"将生的体验在死的绝境中实现"[③],也就成了存在哲学的一道命题。

在《复仇(其二)》中鲁迅借用《圣经》中耶稣被钉十字架的故事,展现了身体的痛苦和精神的升华的同一。耶稣在被钉上十字架时,没有对死的命运作任何抵抗,也不喝用镇痛的没药调合的酒,而是主动领受身体的大痛楚,鲁迅对耶稣受难时身体的痛苦作了非常细致的描述:"丁丁地响,钉尖从掌心穿透","丁丁地响,钉尖从脚背穿透,钉碎了一块骨,痛楚也透到心髓中",最后"碎骨的大痛楚透到心髓了,他即沉酣于大欢喜和大悲悯中。"耶稣通过身体的受难而接近上帝,在身体感受痛苦、成就死的过程中,他获得了精神的涅槃。抛开这个故事的宗教色彩,从普遍的意义上来看,这个故事也说明,对生命本体的追问是基于身体的,精神是驻扎在肉体之中的,而不存在某种超验的精神领受。同样,《过客》也继续了这一主题,受到来自灵魂深处的召唤而一直向前走的"过客",也是在承受身体的磨砺和苦痛的过程中接近灵魂的召唤的。

在《影的告别》中,鲁迅就对与身体相分离的"精神之影"进行了既肯定又否定的双向诘问:

> 有我所不乐意的在天堂,我不愿去;有我所不乐意的在地狱里,我不愿去;有我所不乐意的在你们将来的黄金世界里,我不愿去。
>
> 然而你就是我所不乐意的。
>
> 朋友,我不想跟随你了,我不愿住。

无论是天堂、地狱还是黄金世界,都必须是身体携精神同往的,天堂的快乐、地狱的磨难、黄金世界的美好和光明,都必须以身体的方式去感知和呈现,但是,影的非实在性与精神相似,影的告别是向身体的告别,它是试图与身体分离的精神之影。精神离开了身体实在,失去了肉身的依托就只能"彷徨于无地",也正因为如此,黑暗与空虚才是影的宿命。影的沉重是精神的沉重,鲁迅曾说:"我常常觉得惟'黑暗与虚无'乃是'实

① [法]梅洛-庞蒂著,姜志辉译《知觉现象学》,商务印书馆,2001 年版,第 506 页。
② 汪晖《反抗绝望》,河北教育出版社,2000 年版,第 104 页。
③ 残雪《艺术复仇》,广西师范大学出版社,2003 年版,第 235 页。

有'。"①也就是说,鲁迅心中的"实有"即生命的本质与影的宿命是相同的,即都属于黑暗和虚无的世界。人是通过身体的感知而获得对自我的确认的,但对于失去身体实在的影来说,这种确认只能近于虚空,存在的时间性和空间性对于影来说都失去了意义,影既不知道黄昏和黎明,也无法真正属于光明和黑暗的任何一方,所谓"属于黑暗"只是在被吞没后将自己化为乌有,它的存在只能是"不知道时候"地游荡于明暗之间,因而没有身体的影只能是一个虚空的存在。影的独自远行是一次孤独的旅行,它不但不要你——身体的陪伴,也不要别的影的跟随。纯粹的光明令人怀疑,而影又不愿徘徊于明暗之间,影的选择是向黑暗沉没,并将所有的黑暗归属一己。它不是为了逃离"精神之重",相反恰恰是愿意独自承受一切的黑暗与虚空,把那些"精神之重"全部扛过来。这是一场悲壮的精神殉道,但精神的锻造和升华应是在肉体中完成的,没有身体参与的殉道能算作是一场真正的殉道吗?鲁迅的表述尽管是站在影的一方的,对精神的肯定是他作为一个视改造国民性为己任的"五四"人一直坚持的立场,但由此,我们仍然能体验到影的孤独和虚无的心态,鲁迅对舍弃身体的行为的怀疑由行文的缝隙渐渐显露出来。

《墓碣文》被看作是《野草》中最奇异怪诞的一篇,我认为,它探究的是身体之于人的本体意义。"我"在梦中见到一墓碑,②墓碑上的刻辞告诉了墓中人的经历,"有一游魂,化为长蛇,口有毒牙。不以啮人,自啮其身,终以殒颠。"以痛苦和死亡的方式对存在本身进行探究,这是在《野草》常常写到的主题。但是,在这篇作品中鲁迅却对这一壮烈的行为产生了质疑:

> ……诀心自食,欲知本味。创痛酷烈,本味何能知?……
>
> ……痛定之后,徐徐食之。然其心已陈旧,本味又何由知?……

在"自啮其身"——即追问"我"的本质的过程中,无论是在自食的痛苦中,还是在痛定后的沉静中,本味都难以企及。这不仅显示了鲁迅对获得人的形而上本质的答案的否定,而且从鲁迅的这一表述中,我们看到其中包含着一个经典性的身体哲学的悖论:"我是身体"和"我有身体"的悖论。通常当人们以一种对待客体的方式对待身体,也就是把身体看作是一个客观对象,以一种对待"物"的方式观察它探究它时,就包含着"我有一个身体"的判断,"我"是和身体分离的,并且凌驾于身体之上,能够对身体发号施令的主体。但是人永远不会像观察对象那样观察身体,因为"我"就是那个身体本身,所以人的生命的基本形式首先表现为"我是一个身体"。在《墓碣文》中,"诀心自食,欲知本味"的,就是这样一个高高在上的主体,但是,"我"同时又是身体本身,当我"自啮其身"时,随着身体的消失,"我"也消失了。因而在这一过程中,无论是痛苦还是麻木,都难以获得"我"的"本味"。"自食"的行为意味着主体和身体的分离,在梅洛-庞蒂看来,"只有当主体实际上是身体,并通过这个身体进入世界,才能实现其自我性。之所以我反省主体性的本质,发现主体性的本质联系于身体的本质及世界的本质,是因为作为主体性的

---

① 鲁迅《两地书》(1925年3月18日),《鲁迅全集》第11卷,人民文学出版社,1981年版,第20页。

② 同上。

我的存在就是作为身体的我的存在和世界的存在,是因为被具体看待的作为我之所是的主体最终与这个身体和这个世界不可分离。"①然而主体和身体分离的思维对于人来说又是难以避免的,人们往往会认为凭借"我"的意志就能主宰"我"的身体和外在世界。因而鲁迅在这里对身体悖论的展示,实际上是对人的生命本身的悖论的揭示,人对存在本质接近的虚无性也由这样一个身体悖论的叙述得到了形象的揭示。

除此之外,坟中"死尸"表情的变化似乎也预示着死亡的蜕变,开始时:"胸腹俱破,中无心肝。而脸上却绝不显哀乐之状,但蒙蒙如烟然。"当"我"就要离开,见死尸已在坟中坐起,口唇不动,然而说:"待我成尘时,你将见我的微笑!"由肉体化为尘土,由无哀乐到微笑,这也许是生命的又一次蜕变。据木山英雄的解释:"所谓'成尘'者,我们可以理解为作者欲将与现世的生之苦恼深深纠缠在一起以至无法再解开的死,在此转换成连形迹也不存在的彻底的死——姑且称之为死之死——这样一种期待。"②也许只有这样,一个全新的身体与灵魂合一的新人,才有诞生的可能。

鲁迅还想象了死后的身体。死是对生的否定,人生所有的意义都会因为死而划上句号,这就决定了人的虚无本质。然而,活着的人总可以在意识上规避死亡,在其有限的范围内对自身作出筹划,并由身体展开符合自己意愿的行动,这也就是身体的意向性,"意向性并不是源于一个独立于机械式的身体的精神实体,而是源于我们的身体本身。因此,我们对他人的发现也不是通过意识的意向性活动,而是通过我们的身体来完成的。"③因而现象学中的意向性并不是精神性的,而是身体性的。人一旦失去了身体的意向性,失去了身体与世界的相互作用,也就意味着死亡或虽生犹死的状态的到来。鲁迅设想了一种特殊的死亡状态:"假使一个人的死亡,只是运动神经的废灭,而知觉还在,那就比全死了更可怕。"《死后》用梦的形式实现了这种"死",这是比虚无的生更可怕的身体的死亡,因为人的身体尽管死了,不能动弹,但知觉还在、还有思维。人对一切心知肚明,却无能为力,无论是对朋友,还是对敌人,抑或是对小小的蚂蚁和青蝇。在《死后》中鲁迅还写道:"几个朋友祝我安乐,几个仇敌祝我灭亡。我却总是既不安乐,也不灭亡地不上不下地生活下来,都不能副任何一面的期望。现在又影一般死掉了,连仇敌也不使知道,不肯赠给他们一点惠而不费的欢欣。"在同时期写的《华盖集·杂感》中鲁迅也表达了类似的思想:"杀了无泪的人,一定连血也不见。爱人不觉他被杀之惨,仇人也终于得不到杀他之乐:这是他的报恩和复仇。"④对于死者来说,这种既无泪又无血的死的意义是从他人那里获得的,因而木山英雄把这种行为评价为"以'友'的祝愿与'敌'的念头作基准来衡量自己"⑤。自我行为的意义是在同朋友、亲人,特别是同敌人的关系中确立的,反过来这也意味着身体一旦产生意向性,必定是向着所爱和所恨的人投

---

① [法]梅洛-庞蒂著,姜志辉译《知觉现象学》,商务印书馆,2001年版,第511—512页。

② [日]木山英雄著,赵京华编译《文学复古与文学革命》,北京大学出版社,2004年版,第46页。

③ 苏宏斌《作为存在哲学的现象学》,《浙江社会科学》2001年第5期。

④ 鲁迅《华盖集·杂感》,《鲁迅全集》第3卷,人民文学出版社,1981年版,第48页。

⑤ [日]木山英雄著,赵京华编译《文学复古与文学革命》,北京大学出版社,2004年版,第62页。

射的。

我们看到,尽管默默的死能报恩和复仇,但随着身体最后一次行动的能力的结束,身体也就失去了对世界的意向性,连想打喷嚏、流眼泪都不可能,就毋庸说对所爱和所恨的人做些什么了,不仅如此,就连死本身也还要被人所利用。鲁迅曾愤慨地说:"文人的遭殃,不在生前的被攻击和被冷落,一瞑之后,言行两亡,于是无聊之徒,谬托知己,是非蜂起,既以自衒,又以卖钱,连死尸也成了他们的沽名获利之具,这倒是值得悲哀的。"①《死后》通过梦的形式展开的对死后身体的想象,其实也可以看作是对没有身体意向的人的存在的一种批判,那是没有爱和恨的行尸走肉一样的人。心灵迟钝和麻木了,身体就会失去行动的动力和指向,如果说《死后》中"我"的灵魂仍在,仍会愤怒,只是无奈于身体的意向期待不能转换为行动,那么中国却到处都是这般有行动的能力却失却了行动的勇气和欲望的人,他们有的只是躯壳一样的身体,除了像动物般的生存以外,他们的身体和这个世界之间没有任何关系,而永远只是社会和历史的旁观者。"绝望之为虚妄,正与希望相同",有身体意向性存在的生即是一种希望,能够成就其在虚无中反抗绝望的行为。

综上所述,在《野草》中,无论是对身体的精神性的描写,还是哲学化地对身体和精神关系的本质拷问,抑或是对身体死亡的理解和想象,都显示出鲁迅的身体立场已经具有明显的本体意味。然而,它显然又不是逻辑理念的哲学思考,而是在艺术的创造更确切地说是语言的创造中完成的,只有审美的语言才能说出作家在生活世界中的原初感受,并把这种感受传达给读者。因此,鲁迅对身体的形而上呈现是与其用诗性的语言所构建的奇特的艺术想象世界不可分的。在《野草》中,鲁迅运用浪漫主义的艺术想象力、富有节奏感、色彩感的语言以及瑰丽奇崛的意境来构筑他的审美世界,特别是鲁迅还常常通过梦境的形式,将这种创造置于超越现实的象征境界之中,从而获得对生命的体认。在这样一种艺术创造中,身体、语言、意义是三位一体的,是身体中的语言、语言中的意义、意义中的身体,"离开了身体的独特经验,语言的创造性是无从谈起的;照样,离开了语言的创造性,身体的经验也就不会获得有价值的出场空间。二者在写作中应该是同构在一起的。"②

因此,从审美本体的角度来看,身体和语言只有创作性地相遇,才能产生真正的艺术作品,才能使世界的意义得以敞开,从鲁迅《野草》中的身体言说,我们可以感受到身体的出场对于作家表达形而上的生命体验的意义。

在以上对《野草》的身体言说的解读和已有的研究成果的基础上,可以进一步对鲁迅作品的身体言说作一个总体概括。鲁迅对身体的重视,源于他的身体立场,无论这种身体立场是自觉的还是非自觉的,这种身体立场在鲁迅的作品中呈现出两种不同的

---

① 　鲁迅《且界亭杂文·忆韦素园》,《鲁迅全集》第 6 卷,人民文学出版社,1981 年版,第 68 页。
② 　余坚、谢有顺《余坚、谢有顺对话录》,苏州大学出版社,2003 年版,第 173 页。

情形：

第一种情形，因为特定的历史和时代语境的原因，鲁迅表现出了重视精神、轻视肉体的倾向，如"凡是愚弱的国民，即使体格如何健全，如何茁壮，也只能做毫无意义的示众的材料和看客，病死多少是不必以为不幸的"，①鲁迅作为"现代中国最苦痛的灵魂"（王晓明语），对精神世界的看重是远远超过对身体的感性世界的看重的。因而在鲁迅的文学世界中，精神相对于身体具有绝对的优势也是顺理成章的。但是，由于多方面的原因，鲁迅又常常不得不借助于具体可感的身体来表达思想，这一点在他的杂文中表现得最为明显。身体在这里出现的频率虽然很高，但都是一个工具和桥梁。正如郜元宝说，"身体在鲁迅著作中是和单独的身体本身无关的，鲁迅著作中的身体，主要是捐献者、受苦者、忍耐者、承担者、探索者的精神隐喻，因此身体主要是被描写的对象，而非言说的主体，所谓身体语言也并不是身体言说自己的语言，而是意识和精神主体借助于身体的言说。"②

第二种情形，是《野草》这样的作品所表现出来的身体本体意识。由于身体和语言一样，也存在着工具和本体的不同层次，因而对于鲁迅的身体立场，不能因为作为表达方式意义上的身体言说的存在，就无视其作品中存在的身体本体的意义；也不能因为鲁迅在社会层面上的身体言论，就否认鲁迅作品中所表现出来的个体性的生命本体意识对身体的看重；更不能以作家显意识层面的身体言说来覆盖其潜意识层面的身体言说，潜意识层面的身体意识往往会在文学化的、个人化的文学文本中显露出来。怎样的"身体"才是作为言说主体的身体虽然没有任何先验的规定，但一般来说它必须是世界中的具体的、可感的主体，没有纯粹的观念性的主体存在。身体的出场尽管暗含着各种复杂的情形，不意味着它和精神之间能够获得高度的融合，即使在《野草》这样注重身体言说的作品中，精神也常常显示出和身体不平衡的状态，但是，也正是这种不平衡中，《野草》让我们看到了身体与精神既相互离弃又相互追逐的关系，这是一个永远无法完结的过程，而不存在任何精神的真正超越。"肉身包含了观念和身体、内在和外在、存在和虚无、主体和客体、本质和事实"，③因此，装载着精神的身体一旦出场，是难以辨认出哪是身体的部分、哪是精神的部分的，也难以区分"身体作为工具的言说"和"真正肉身出场的言说"之间的界限。

总之，对于鲁迅来说，身体的工具意识和本体意识是交织在一起的，他的身体意识也是融自觉与非自觉为一体的。可以说，不同的文学创作语境决定了鲁迅的身体言说的特征和意义。

（原载《中国现代文学研究丛刊》2007 年第 3 期）

---

① 鲁迅《〈呐喊〉自序》，《鲁迅全集》第 1 卷，人民文学出版社，1981 年版，第 417 页。
② 郜元宝《从舍身到身受——略谈鲁迅著作的身体语言》，《鲁迅研究月刊》2004 年第 4 期。
③ ［美］普里莫兹克《梅洛-庞蒂》，关群德译，中华书局，2003 年版，第 79 页。

肉欲迷狂中的身体转向

——以"灵肉观"为中心看《幻洲》

李 蓉

　　1927 前后,正是中国政治形势动荡不安,各种政治、文化力量的较量紧锣密鼓之时。在当时的上海,五四文化的风潮正逐渐退去,而商业文化、革命运动对人们的影响日渐明显。本文所要考察的《幻洲》半月刊即出现在此时此地。由于《幻洲》杂志脱身于和五四文化保持距离而宣扬革命文学的后期创造社,这使它在面对五四文化的影响时,势必会采取某种应对姿态;同时,"左翼文化"和"海派文化"对其的影响是共时性的,在这份刊物中更是有着突出的表现。因此,这份刊物所展现出来的各种文化信息恰恰可以看作创造社后期朝着不同方向分化的体现。尽管这样一份小小的刊物并不具有所谓时代风向标的意义,但由这份在当时标新立异、读者反响热烈的杂志来透视这一特殊历史时期一部分人的心态和政治、文化立场,并由此折射出纷繁复杂的时代光影,却是可以的。目前学界对这份刊物尚未展开较为全面的研究,这不能不说是海派文化、文学研究中的一个缺憾,鉴于此,本文试图做抛砖引玉的工作:我将主要通过对《幻洲》所表达的性爱、灵肉观念以及其采取的特殊的话语方式的分析来考察其所具有的精神立场、文化内涵,并由此探究其所包含的各种价值立场在这之中的分化与较量。

　　《幻洲》杂志由叶灵凤、潘汉年主编,从 1926 年 10 月出刊至 1928 年 1 月停刊共出二十期,分为两卷,第一卷出 12 期,第二卷出 8 期,它开始由创造社出版社发售,从第 9 期改为委托光华书局发售。说到《幻洲》,还必须从它的前身《A11》说起,《A11》是附属于后期创造社的一个小刊物,它的主要功能是发布创造社出版部的新书消息,属非卖品。据《幻洲》主编之一叶灵凤回忆,主持《A11》的是出版部的"小伙计"潘汉年,当时他负责刊物订户的工作,同读者联络得很好。《A11》的内容,除了刊载新书信息之外,还刊载一些短小精悍的杂文以及读者的来信。由于那些杂文锋芒太露,《A11》后来被上海宪兵司令部查封,才继之以《幻洲》。《幻洲》在继承《A11》的泼辣风格的同时,也有了比《A11》更为独立的身份,成为一个发表文学作品以及抨击时事、进行文化批判的综合性刊物。

　　"幻洲"之名来自世界语"oazo"的译音兼译意,有"沙漠中的绿州"的意思。杂志分为上部"象牙之塔"和下部"十字街头"两个部分,明显模仿日本作家厨川白村的文论集《出了象牙之塔》和《走向十字街头》的体式,上部"象牙之塔"主要刊载一些具有唯美主义倾向的文学作品，由叶灵凤负责编辑；下部"十字街头"则主要刊载一些对各种社会现象、人生问题进行评说、议论的文章，由潘汉年负责编辑，而《幻洲》在当时之所以能名噪一时主要是因为"十字街头"中那些惊世骇俗的文章。据当事者叶灵凤回忆："短小精悍的《幻洲》半月刊，上部象牙之塔里的浪漫的文字，下部十字街头的泼辣的骂人文章，不仅风行一时，而且引起了当时青年极大的同情。汉年和我，年轻的我们两个编者，接着从四川云南边境的读者们热烈的来信时，年轻的血是怎样在我们的心中腾沸着哟！"①本文主要讨论的即是"十字街头"部分的《幻洲》。

"十字街头"部分的作者常常使用化名，因而一些作者的真实姓名无从知道，不过由于一些主要作者都是《幻洲》的编者，因此还能够通过推断获知一些作者的真实身份，如亚灵是叶灵凤、骆驼是周全平、泼皮是潘汉年。由于他们是刊物的编者和固定作者，他们的观点自然代表着刊物的观点。同时，这样上、下两部的内容安排一方面是为了迎合市场不同读者群体的要求，另一方面也正与编者们各自不尽相同的政治和文化身份一致：潘汉年当时已是革命党人，后来成为重要的"左联"成员，并一直从事无产阶级革命事业，而周全平、叶灵凤此时是海派文学的主力，他们的作品具有非常浓厚的唯美颓废的海派风格。虽然他俩后来也参加了"左联"，但最终却被"左联"开除。除了这几位主力之外，给刊物写稿的知名作者还有高长虹、滕刚、陶晶孙、孟超等人，基本上也和《幻洲》杂志的编委人员的构成一致：左翼革命的和海派的作家。

这样两类人当然也正是当时上海文化的两大主要力量，这两种力量同时在《幻洲》上现身并不仅仅因为它们在当时的共时性出现，而是因为这两种力量在一定条件下本来就具有达到某种沟通和合作的可能，即革命性与都市流氓性具有某些精神特质上的共通性。对此，可以通过对《幻洲》最引人注目的关于"灵肉"问题的讨论来审视其革命性和流氓性的结合。

在中国现代文化和文学史上，"身体"有两次最重要的出场，一次是五四时期，另一次则是海派文化时期。这里有必要先回溯一下五四的身体观念。在五四时期，身体主要是在伦理道德的范围内被谈论的。在具体的身体观念上，五四时期最有代表性的是周作人的"灵肉一致"观，其经典表述是："灵肉本是一物的两面，并非对抗的二元。兽性与神性，合起来便只是人性。"周作人同时也非常赞同英国十八世纪诗人勃莱克的观点："人并无与灵魂分离的身体。因这所谓身体者，原止是五官所能见的一部分灵魂。"②这是具有代表性的西方"身心一元"的观念，比较厨川白村的说法："我们有兽性和恶魔性，但一起也有着神性；有利己主义的欲求，但一起也有着爱他主义的欲求。如果称那一种为生命力，则这一种也确乎是生命力的发现。这样子，精神和物质，灵和肉，理想和现实之间，有着不绝的不调和，不断的冲突和纠葛。"③可以看出，厨川白村持的是一种"二元

① 叶灵凤《回忆〈幻洲〉及其他》，《叶灵凤文集》（第四卷）：《天才与悲剧》，花城出版社，1999 年版，第 14 页。
② 周作人《人的文学》，钟叔河编《周作人文类编·本色》（第 3 卷），湖南文艺出版社，1998 年版，第 33 页。
③ ［日］厨川白村著，鲁迅译《苦闷的象征》，《鲁迅全集》第 13 卷，人民文学出版社，1973 年版，第 30 页。

论"的灵肉观念,只不过不是传统的灵魂压制身体的"二元",而是身体与灵魂并立的"二元"。相比较而言,周作人尽管肯定了西方"身心一元"的观念,但他又觉得勃莱克的"一元论"有些"神秘",这实际上源于"身心一元"的观念很难用二元论式的清晰的逻辑语言加以表述。因为对于通过语言来思维和表达的人类来说,二分法是一种很普遍的思维,对于两个相互依存的事物的言说往往在有意和无意之中会使用这种二元论的方式,所以,即使如周作人有一种自觉的"身心一元"意识,"二元论"的影子也会在语言表述中呈现出来,并影响读者。这种"身心二元论"也正是后来《幻洲》同人所坚决排斥和力图校正的观念。

如果对五四时期的身体话语进行全面的观照和分析,就会发现,在五四启蒙思想中,身体话语是和反封建伦理道德的话语重合的,这使得五四对身体的关注并不具有西方启蒙话语从人的存在层面对身体的本体意义进行拷问的特征。无论是谈论性解放、婚姻自由还是贞操问题,五四新文化运动都是立足于对封建文化进行批判的立场,所以,五四的身体问题也就是伦理、道德的问题。

海派文化时期的身体意识与五四时期的身体意识相比发生了显著的变化。在新兴都市享乐主义的氛围下,对感官的沉迷和对肉欲的陶醉成为了20年代末都市文学的主要特征。这一时期被誉为"城市之子"的新海派作家邵洵美、叶灵凤、滕固、章克标、林微音、章衣萍、曾虚白等,共同掀起了二十年代末上海都市文学肉感化的写作风尚。同时,在社会文化领域,对性爱问题的关注也是海派文化不能缺少的内容,在当时对性爱问题的讨论热潮中,各种刊物自始至终是人们探讨性爱问题、传播新的性道德观念的主要场所。

在此背景下,集中关注和讨论"灵肉"问题就成为《幻洲》的重要办刊思路,也成为其最引人注目的重要原因。在它的第一卷第四期上专门开设了"灵肉专号",第一卷第七期又继之以"灵肉续号",除此之外,在其他各期也频繁出现了讨论性爱问题的文章。"灵肉专号"的征文启事是这样介绍发起"灵肉观念"讨论的背景的:"在中国大家还是马马虎虎,掮着'自由恋爱'、'灵肉一致'、'精神的'、'肉体的'几句幌子,骗人骗己,对于性爱问题没有彻底了解,没有勇气实行",所以,对"灵肉"观念讨论的目的就在于"把每个人对于'性爱'的见解及灵肉冲突而致爱情失败的实际情形宣布出来,使得老少男女朋友得着一个公开研究的机会"①。

《幻洲》同人所表达的身体立场最主要的反叛对象是五四的身体观念,这也是展示他们的革命性的重要方式之一。他们非常直接地表达了对五四身体观念的不能认同,也正是由于对身体的五四式出场的不满,《幻洲》同人才立志要重塑身体的意义。在"灵肉专号"和"灵肉续号"上,潘汉年的《性爱漫谈》、骆驼的《我的灵肉观》、任厂的《如是我解的灵肉问题》等文章比较系统地阐发了他们较为一致的性爱观和灵肉观。

可以看到,《幻洲》同人极力强调"肉"的独立意义,并抵制身心二元论,反对"灵"对

---

① 《灵与肉号征文启事》,《幻洲》半月刊,第1卷第3期(1926年11月1日)。

"肉"的遮蔽和覆盖,这显然是反五四"灵肉一致观"的。潘汉年在《性爱漫谈》中说:"近来常听见一般朋友谈到'灵肉冲突','灵肉一致'的问题,我常常惊奇:什么叫灵?什么叫肉?从来想不出一个真确的解释。我不知道灵与肉从何而分别?请问人无肉从何而生灵?""真正的性爱,灵与肉是分不开的;冲突,不一致的现象,本来不是真正性爱状况,不过是一种变态,畸形的现象吧了。"①可以看出,潘汉年认为身体和精神是相交相融、不分彼此的,即认为灵肉是"一元"的。与《幻洲》编者中的其他人相比,潘汉年起码还承认"灵"的存在,而骆驼(周全平)、任厂等人根本就否认"灵"的存在及其价值。骆驼的"性本体论"认为:"恋爱只是性的表现,无所谓灵,也无所谓肉;但一定要在恋爱身上加一个或灵或肉的头衔时,我宁肯说恋爱是肉的。……我这里所谓肉,是指两性间同时感着性的要求而结合。在性行为中能同时感着兴趣的一种恋爱方式。"骆驼认为,所谓建立在相互了解基础上的纯洁的恋爱完全是谬论,是为了贞操观念和社会的压迫而生的变态和怯懦,真正的恋爱是以"肉"为本体的,"性行为实在是恋爱的基础,恋爱的要素,甚至可以说是恋爱的本体"。在他看来,不是"肉"依附于"灵"而是"灵"依附于"肉"而存在的,"恋爱而脱离了肉的接触,便不是恋爱了。……因为我们所谓灵乃是一种虚空的东西,他是因了肉的存在而存在的"②。任厂也就"灵"对"肉"的压抑进行了批判。他认为,"爱情是神圣的,纯洁的"这个流行语中表明有一种"贱视或丑视肉的生活观念","实在来讲,肉的生活并非不纯洁,并不比灵的生活不高贵些,不神圣些","肉的生活,在人的整个生活中自有它的独立价值,自可以单独提高到艺术化的地位,它就很不必托庇在精神爱情之下求偷安"③。总体上,他们提倡性爱的开放、自由和多元,认为只要是建立在两情相悦的爱欲基础上的性就是合理的、无可指责的,因此就有了"泛爱论"、"杂交论"等激烈的反传统一夫一妻婚姻制的论调,泛爱在他们看来并不是淫乱,而是追求性爱完全自由的表达。显然,这些观念大胆而前卫,具有明显的海派文化特征,与五四知识分子式的"灵肉观"具有根本性的不同。

周作人在《答蓝志先书》中曾就对把自由恋爱当作性放纵的误解进行了批判,认为"一面是性的牵引,一面是人格的牵引。倘若没却了他人的人格,只求自己的情欲的满足,那便不能算是恋爱,更不是自由恋爱了"④。追求灵与肉的统一,是人性本然的要求,厨川白村认为灵与肉的冲突就来自这种本然要求的缺失。周作人与厨川白村都是灵肉二元论者,尽管周作人受西方现代身体观念的影响,也强调了肉体和灵魂的不可分性,但是这种不可分按他自己的话说是"一体两面",实际上仍包含着二元论的因素,而"灵肉的冲突"正是"灵肉二元论"这一思维方式的产物。

而在《幻洲》作者的上述表述中,"灵"与"肉"根本就不存在这种二元对立的可能性,

---

① 潘汉年《性爱漫谈》,《幻洲》半月刊,第1卷第4期(1926年11月16日)。
② 骆驼《我的灵肉观》,《幻洲》半月刊,第1卷第6期(1926年12月16日)。
③ 任厂《如是我解的灵肉问题》,《幻洲》半月刊,第1卷第6期(1926年12月16日)。
④ 周作人《答蓝志先书》,钟叔河编《周作人文类编·上下身》(第5卷),湖南文艺出版社,1998年版,第432页。

也就当然不存在所谓灵肉"一致"或者"冲突"的问题。在此情况下,《幻洲》同人已经把五四时期的"灵肉一体观"置换成了"肉体本体观"。不过,尽管他们蔑视"灵",但是为了显示他们的所谓"肉"与纯粹动物性本能的区别,他们又不能完全否认两性关系中精神、情感因素的存在,只不过他们所承认的"灵"的存在仍然是由"肉"派生出来的。尽管某些作者如潘汉年强调肉体与灵魂的无法分割性,并且这种"不可分"还不是周作人所说的"一体两面",而是以身体为本位的"灵肉"混融交织的"不可分",这和西方现代思想文化中的身体观念已经非常接近,但是,由于对肉体本能的刻意强调,使得《幻洲》同人及一些作者所阐述的仍然主要是"有肉无灵"的身体观念。翻阅《幻洲》可以看到,很多文章都表现出对自然主义的原始情欲进行颂扬的倾向,这使得他们这种初具现代意义的身体本体论最后仍然沦为了肉体本体论。也正是在这一意义上,《幻洲》和现代身体观念擦肩而过,失去了铸造现代身体观念的可能。

尽管《幻洲》是以自由、解放、独立这样一些具有"五四"色彩的新性道德观念为旗帜来建构他们的身体观念的,然而,由于封建文化传统背景以及享乐主义的都市文化语境等原因,他们的这种具有革命性的性观念在客观效果上只会对人们形成种种误导,同时也会使"性"的游戏化和享乐化观念借着解放之名乘虚而入,如剑波的《谈性爱》[1]一文所表达的观念,就是借性爱自由、个性解放的名义,追求性的放纵。更有甚者,针对五四的"灵肉一致观",任厂在《如是我解的灵肉问题》中提倡一种"灵肉分离观",他的理由是因为"灵"与"肉"的理想很难在同一个对象身上得到满足,因此不如把"灵"与"肉"的需求分别施予不同的对象。显然,这种"灵肉分离观"实际上是把人性变成了兽性,如果说潘汉年还认为真正的恋爱包含着生理和心理的双重因素,那么,任厂则彻底剪断了生理与心理即"肉"和"灵"的联系,把人变成了性的机器。

如果说五四时期"身体"是依附于反封建伦理话语存在,身体自身的存在却因历史使命而被遮蔽的话,那么,海派作家就是要让身体自身的意义凸现出来。"海派作家对'五四'情爱涵义所作的改造,除了商业动机外,未曾没有建构自己的话语的意图:它对'生活方式'的喻说必须排除'思想'模式的干扰,它要在纯'生活'的范围内讨论两性的问题,它要用身体的唯美,性的至上,来取代两性关系中非生活化的其他说法。"[2]因此,只有在五四的身体观念的参照下,海派作家肉欲化写作的动机才会呈现出来。总的来说,与五四相比,《幻洲》对身体的强调不再是为了反抗封建文化中的身体"不净观",而是为了说明"肉"对于人比"灵"具有更重要的本体意义。如果说五四灵肉观的反抗对象是封建伦理,那么,《幻洲》所反抗的不仅是五四的身体观念,而且也是普遍的人类两性文明。

然而,《幻洲》在抛弃五四身体观念的人性内涵的同时,最终把对身体有意识的凸现极端化为一种陈腐的性放纵观念。对于人性解放中存在的这一类现象,陈独秀早就指

---

[1] 剑波《谈性爱》,《幻洲》半月刊,第 1 卷第 7 期(1927 年 1 月 1 日)。
[2] 姚玳玫《想象女性》,中国社会科学出版社,2004 年版,第 297—298 页。

出："你说婚姻要自由,她就专门把写情书寻异性朋友做日常重要的功课。……你说要脱离家庭压制,他就抛弃年老无依的母亲。你说要提倡社会主义共产主义,他就悍然以为大家朋友应该养活他。你说青年要有自尊底精神,他就目空一切,妄自尊大,不受善言了。"①从这一意义上来说,并不是对肉体的强调就意味着解放,也并不是所有的肉体一元论都具有颠覆性和批判性的价值指向。尼采说："性欲对于流氓无赖是文火,他们将被这文火烧成灰烬。"②尼采作为身体一元论者,他的"身体"观念中由于熔铸了强韧的生命意志而使他远离了肉欲本能的"身体一元论"。因此,"身体"并不必然具有反叛性的价值和意义,很多身体一元论者只是盗用了身体的这种可能的价值和意义。

实质上,《幻洲》同人并不像他们自我表述的那样"现代",从他们对妇女问题的讨论中就可以发现他们的灵肉观念中所存在的性别歧视的封建遗毒。由于在新兴大都市的物欲横流的环境中,女性问题是都市人性沦丧、道德滑坡的集中体现,如有资料统计指出："在最多的 20 世纪 30 年代,包括私娼在内,据说上升到大约十万人。当时上海人口约三百六十万,其中女性约一百五十万,因此,娼妓占女性人口的十五分之一左右,这在当时的大城市中是最高的比率。"③而女性问题很大程度上与身体相关,因此,在对"灵肉"问题的讨论中,《幻洲》同时也表达了他们对女性问题的立场自是题中之意。

对于都市化环境中的女性社会问题,《幻洲》同人持的是"经济决定论"。潘汉年在《性爱漫谈》中认为,传统贞操观对女性的压制、妇女地位的低下、传统婚姻制的继续存在等问题都是由于女性经济的不自主、不独立带来的,"现在夫妻的意义,还是用钱去嫖一个'从一而终'的妓女","女子在社会上得不着经济独立的地位,性的解放与经济冲突永远是没有解决的!"潘汉年认为只有在经济独立的前提下女性才能获得真正的性爱自由,因此,女子的解放首先必须消除商品交换意义上的两性关系,建立一种新型的自由独立的两性关系。以经济独立为前提,潘汉年进一步认为,只要是两情相悦的性爱就是合理的,都不应受到文化、道德的约束,他说："凡各谋独立生活,而以自由恋爱成熟而结合者为有贞操的男女"。④《幻洲》同人在讨论女性解放问题时,之所以强调"经济决定论",与他们置身的都市商业文化氛围相关,并且也有一定的道理和意义,然而,这种观念显然忽视了影响性别问题的历史、文化等多方面的因素。

在对上海女性"肉欲化"问题讨论的一系列文章中,《幻洲》对都市商业氛围中女性为了经济的原因而沦为"肉"的现象大加鄙薄和讽刺,并把城市色情文化泛滥的原因全部归结到女性自身,这显然是男性立场的偏见,这种偏见与"女人是祸水"的谬论如出一辙。在骆驼的《把广州比上海》、兵予的《我眼孔中的上海女人》等讨论上海女性商品化的文章中,他们批评那些妖娆、艳丽的都市女子如何"迷乱和诱惑男子的心灵"⑤。这实

① 陈独秀《随感录·青年的误会》,《独秀文存》,安徽人民出版社,1987 年版,第 615 页。
② 尼采著,黄明嘉译《查拉图斯特拉如是说》,漓江出版社,2000 年版,第 206 页。
③ 刘建辉著,甘慧杰译《魔都上海——日本知识人的"近代"体验》,上海古籍出版社,2003 年版,78 页。
④ 潘汉年《性爱漫谈》,《幻洲》半月刊,第 1 卷第 4 期(1926 年 11 月 16 日)。
⑤ 兵予《我眼孔中的上海女人》,《幻洲》半月刊,第 1 卷第 6 期(1926 年 12 月 16 日)。

际上表现出他们对商业社会中男性文化膨胀的无知以及对女性被驯服并被男性所消费的事实的漠视，是对原因和结果的倒置。尽管女性寻求经济独立的生活确实是女性人格独立的必要条件，但是在文化传统和社会生活的各个方面都没有为女性的独立提供条件的情况下来批判女性"商品化"的问题，这显然是一种男性化的立场。同时，这些文章描绘女性的措词极具封建男权文化色彩，充满了对女性的窥视和意淫，缺少对女性人格的基本尊重。

因此，尽管《幻洲》表现出对女子解放问题的关心，但在对待女性身体的价值立场上采取的却是与前面所述的男性灵肉观不一样的标准，也就是说，在身体立场上他们采取了双重标准，对待女性身体，他们就完全没有了对待他们自己的那种开放、自由的姿态。周作人早就指出女性作为人同样也是神性和兽性的混合，并指出："现代的大谬误是在一切以男子为标准，即妇女运动也逃不出这个圈子。"①而《幻洲》的一些作者却根本无视这一点，这说明《幻洲》貌似激进的性观念中仍然是包含着封建文化的成分，他们的"身体本体"的灵肉观，本质上是以男性自我为中心的。

这样一种"身体专制"不仅体现在《幻洲》所表达的身体观念中，而且也体现在它的话语方式上。《幻洲》所倡导的"新流氓主义"就是表达这一身体观念的基本话语方式。《幻洲》第1卷1至6期连载了亚灵（叶灵凤）的《新流氓主义》一文，其中"第一章"是"新流氓主义"的"宣言"："生在这种世界，尤其不幸生在大好江山的中国，只有实行新流氓ism（主义），方能挽狂澜于既倒，因为中国多的是正人，君子，绅士，学者，所以弄得现在一团糟的状态，假使有几个不愿为正人，君子，绅士，学者而甘心为新流氓ism的门徒，狂喊打倒绅士，学者，提倡新流氓主义，或者有一线机会的希望。"②激进的反叛姿态让人感受到一股浓重的火药味。他们眼中的革命对象不再只是某个人或某个阶级，而是一切正统的权威，一切居于话语权力中心的绅士、学者。他们认为，只有以一种流氓、泼皮的方式才能对口是心非、言行不一的正人君子及其言论进行彻底的颠覆和解构。

"新流氓主义者"具有对自己言行一致的绝对自信，因为他们不会设置自身无法企及的人性标准：凡是反对人家的一切，自己绝对不准干犯，否则就不是新流氓主义的信徒。"③他们认为没有绝对终极的真理，因而他们也"没有口号，没有信条，最重要的就是自己认为不满意的就奋力反抗"④。在"新流氓主义"者这里，任何人都可以进行批判也必须接受批判，可以嘲讽一切鄙视一切，这无疑体现了一种后现代式的解构真理和权威的思想方式。对于为什么要采取这样一种激进的批判方式，叶灵凤在《新流氓主义》的"好管闲事章"（第2期）和"骂人章"（第3期）中作了说明。他们以"泼皮"、"下流人"、"无聊人"自居，口出"我入他妈的"等粗俗狂浪之语，其目的是"激发对方，使得降服或反

---

① 周作人《北沟沿通信》，钟叔河编《周作人文类编·上下身》（第5卷），湖南文艺出版社，1998年版，第103页。
② 亚灵《新流氓主义》，《幻洲》半月刊，第1卷第1期（1926年10月1日）。
③ 同上。
④ 同上。

抗,希望由冲突而争斗而统一"①。因此,《幻洲》同人呈现给读者的是一副典型的都市文化流氓的形象。对于他们来说,在五四"灵肉一致"的身体观念被普遍接受的现实状况下来凸显身体独立的意义,就必须采取新的话语方式,即以离经叛道的姿态宣告传统也包括五四的灵肉观念的欺骗性,并用"身体一元"的观念征服大众。

鲁迅、沈从文曾在 30 年代初对创造社"才子气"、"流氓气"进行批评。鲁迅著有《上海文艺之一瞥》、《流氓的变迁》等文,他把"流氓"解释为"十分安全的侠客"②,"无论古今,凡是没有一定的理论,或主张的变化并无线索可寻,而随时拿了各种各派的理论来做武器的人,都可以称之为流氓"③。这些人似乎什么事都要管,但实际上却是乱世中的投机分子。

这样一种激进极端的话语姿态暴露出一些明显的问题。在灵肉观上,对"灵"的刻意排斥和回避使他们的观念中常常包含着难以自圆其说的矛盾。并且,他们以解放、自由的名义把一切与己观念不符的都斥之为传统性道德,把"灵"的需求、严肃的恋爱态度全部看成是传统观念作祟,这显然是偏激而毫无深刻可言。如对"灵肉一致"的五四恋爱观,他们批判道:"坚持着恋爱的发生并不只是性的要求而另有她的神秘性。于是有所谓灵肉一致的恋爱论发生了。而同时什么精神上的结合,超肉的恋爱还依然夹在这种恋爱论里。这种议论,表面上看来固然像很完美,但赤裸裸一看,还不是传统观念在里面作梗吗。"④"什么从一而终,矢志不渝等等的旧话头常常是把好好的恋爱生活弄得一团糟,这就是所谓灵的感受。"⑤以对"灵"的排斥和对人类精神、情感需求的无视来凸现身体,这样一种话语方式尽管是出于争夺话语权的需要,但却未能对五四已形成的身体观念进行理性的批判和正面的拓进,鲁迅对海派的这种风格的批判是:"激烈得快的,也平和得快,甚至于也颓废得快。"⑥

《幻洲》杂志之所以能办得这样热闹,除了这些话题本身的吸引力和表达这些话题所采取的激进的话语方式之外,也与《幻洲》编者能迅速地对各种意见和观点作出反应有关。在《幻洲》上,可以看到编者与作者、作者与作者之间在杂志上都有直接的碰撞和交流。对于有兴趣的话题,编者往往是在作者的文章后面就直接附上自己的意见,或赞同或反对,毫不客套。同时,一般作者之间唇枪舌剑的争论也较常见,对此,编者也会进一步发表个人的看法。如第 1 卷第 10 期瀛仙的《驳"如是我解的灵肉问题"》,是对任厂在第 6 期发表的《如是我解的灵肉问题》一文的反驳,而在该文的后面,任厂就附上直接反驳的文章。各种不同的观点的交汇真实地反映了那一时期人们各种各样的身体意识。因此,传统的、现代的、启蒙的、商业的等各种身体观念从四面八方涌入《幻洲》这样

---

① 亚灵《新流氓主义》,《幻洲》半月刊,第 1 卷第 3 期(1926 年 11 月 1 日)。

② 鲁迅《流氓的变迁》,《鲁迅全集》第 4 卷,人民文学出版社,1981 年版,第 156 页。

③ 鲁迅《上海文艺之一瞥》,《鲁迅全集》第 4 卷,人民文学出版社,1981 年版,第 297 页。

④ 骆驼《我的灵肉观》,《幻洲》半月刊,第 1 卷第 6 期(1926 年 12 月 16 日)。

⑤ 同上。

⑥ 鲁迅《上海文艺之一瞥》,《鲁迅全集》第 4 卷,人民文学出版社,1981 年版,第 297 页。

一个平台，而《幻洲》杂志可以说是左右开弓，既反对五四的灵肉观，又对都市享乐主义的兴起持批判态度，而在它身上，也同时融合了现代思想和封建男权文化的双重因素。

有研究者指出："1928 年杂志和报纸与大众的结合带来了政治化和商业化这种文学生产的新的变化。在这里，文学似乎不可避免地与'五四'文学断裂，转变成为大规模的意识形态与商品生产，并且成为一种独立运作的力量。"①政治化、商业化以及与"五四"的断裂这些特点，对于《幻洲》杂志都存在，但这之中包含的并不都是负面的价值。在《幻洲》泼皮式的后现代批评风格里，有其对五四以来困扰人们的两性问题进行重新思考的严肃性，它力图纠正人们思想观念中"灵"优于"肉"的观念。泼皮式的风格、开放的性观念并不意味着他们的理论态度就是游戏人生的，尽管《幻洲》中也有一些玩世不恭的作者和一些低俗不堪的性观念，但《幻洲》编者们的立场应该说还是严肃的，他们对那些庸俗的性观念和个别作者(如张竞生)痴迷于性经验的刻意渲染的做法是不屑的，对单纯的肉欲发泄和女性身体的商品化现象是持严肃批判立场。因此，总的来说，《幻洲》的身体观念和都市语境中盛行的享乐主义的身体观念是有区别的。一个明显的事实是，《幻洲》第 4 期"灵肉号"的出版，不但没有给杂志带来盈利，相反，销路却减少，而与此同时张竞生的那些渲染性过程和性技巧的书和刊物却在热销，在此情况下，《幻洲》并没有因此而刻意去加强性文字的可读性，这同样也说明《幻洲》是追求思想严肃性的，他们感兴趣的仍然是"问题"本身。

二十年代末海派文化和文学利用五四建立起来的个人解放的话语空间，在对性话题的谈论和书写中，藉新的话语方式表达他们在革命和都市双重文化影响下的新的文化观念和立场姿态，进而构成对五四身体话语的颠覆，由《幻洲》杂志，可略见一斑。

(原载《中国现代文学研究丛刊》2009 年第 6 期)

---

① 旷新年《1928：革命文学》，山东教育出版社，1998 年版，第 19 页。

学 海 纵 衡

我们需要怎样的学术论争？

——评《袁良骏学术论争集》

高　玉

大约是在大学二年级，我在一份小报上读到一则掌故，是关于熊十力教育徐复观如何读书的。今天写这篇文章时，我又查了这则故事的来源，不妨转述如下：已经是陆军少将的徐复观去拜访熊十力，请教应该读什么书，老先生推荐了王船山的《读通鉴论》。过了几天，徐复观再去拜访，熊十力问他读书的心得，他接二连三说出了一大堆不同意见，但还没有等他把话说完，熊十力就开口大骂：“你这个东西，怎么会读得进书！任何书的内容，都是有好的地方，也有坏的地方。你为什么不先看出它的好的地方，却专门去挑坏的：这样读书，就是读了百部千部，你会受到书的什么益处？读书是要先看出它的好处，再批评它的坏处，这才像吃东西一样，经过消化而摄取了营养。”①这个故事对我影响很大，这么多年来我一直抱着学习“好的地方”的态度去读书。道理很简单，蜜蜂的目的是采蜜，它应该盯着花而不是干枝和叶，否则就会耽搁正事；读书也是这样，读书的目的是学习，就是要吸收别人的精华，如果过分地追究问题，就是舍本逐末。

对于袁良骏先生的著作，我也是抱着这样一种态度去读的。到我自己的书架上一找，竟然有七本袁先生的个人著述，分别是《香港小说流派史》、《香港小说史》（第一卷）、《武侠小说指掌图》、《八方风雨——袁良骏学术随笔自选集》、《冷板凳集》、《准“五讲三嘘集”》以及《袁良骏学术论争集》②。所以，首先应该感谢袁先生，读他的书我感觉也是很有收获的。我认为，他的丁玲研究、港台文学研究，给我们提供了很多资料，有时还是第一手资料，很珍贵；他的鲁迅研究有理有据，功底深厚，在学术上无可挑剔，特别是对“极左思潮”的批判对于鲁迅研究的“拨乱反正”、“回归学术”有很大的作用，功不可没。

但是，对于袁先生的《袁良骏学术论争集》这本书，有些方面特别是武侠小说研究方面我实在不敢苟同，也不能理解，它不仅涉及学术观念、学术方式的问题，还涉及到学术争论的诸多问题，我觉得这些问题对于我们当今的学术批评建设具有普遍意义，所以就把我的疑惑和一些不成熟的看法表达出来，以求教于大方。

---

① 徐复观：《我的读书生活》，李维武编《徐复观文集》第 1 卷，湖北人民出版社，2002 年版，第 293 页。

② 袁良骏：《袁良骏学术论争集》，中国文史出版社，2005 年版。本文凡引该书，均在引文后注明页码，不再一一标注。

一

首先是如何对该书进行定位和定性的问题。书的封底有这样一段文字："《袁良骏学术论争集》秉承了《中国新文学大系·学术论争集》的优良传统,发扬了'当仁不让于师'、'吾爱吾师,吾更爱真理'的学术风范,论点尖锐深刻,语言锋利泼辣,是《中国新文学大系·学术论争集》之后唯一的一本学者个人的学术争论集。"老实说,读了这段文字我感到很惊讶,做学问的人都知道,说"有"容易,说"无"难。学术争论自古就有,现代以来尤盛,可以说是非常普遍的现象。中国从 1935 年(《中国新文学大系》这一年出版)到 2004 年,涉及的人文科学和社会科学各学术领域的学术争论非常多,出版的著作也非常多,要证明这中间没有一本个人学术论争集,虽然不是一个很大的学术命题,但考证的工作量却是非常大的。而要否定这一命题却相对容易,事实上,笔者的书架上就有好几本学者个人学术论争集,比如伍铁平的《语言和文化评论集》(1997 年版)、郑伯农的《在文艺争论中》(1982 年版),蔡仪的《唯心主义美学批判集》(1958 年版)、张国光的《古典文学论争集》(1987 年版),也许前两本书还不是非常严格的"论争集",其中包含一些"泛批评"文章,但后两本书却是非常严格的论争文章结集,《唯心主义美学批判集》是 50 年代"美学大讨论"时蔡仪先生所写争鸣文章的结集,共 9 篇,书名咄咄逼人,是当时比较时髦的做法,中性一点其实就是"美学论争集"。张国光先生是我的大学老师,在古典文学界以"好辩"和"唱反调"著名,《古典文学论争集》就是这些文章的汇编。

当然这段文字可能并非袁先生的手笔,可能出自编辑,具有"广告意味",但袁先生是"著作人",他应该把好关。

袁先生的《袁良骏学术论争集》共收文章 51 篇(封底介绍误为 52 篇),按照发表的时间,其中 1959 年 1 篇,其他均为 1978 年以后,最晚为 2004 年。其中真正具有争论性的文章不足五分之一,还有大约五分之一的文章是典型的"立论"文章,比如《关于香港小说的都市性与乡土性》一文,作者认为香港小说具有"都市性"和"乡土性",并没有对立性的观念,写作的方式也不是批驳。而大约五分之三的文章则属于"泛批评",其观念有时针对现象而发,有时针对比较普遍的观念而发。所以,我认为,《袁良骏学术论争集》不过是一本普通的论文集,都与学术有关,但有些文章不是严格的学术论文,具有"随笔性"。在现代文学界,袁先生曾参与甚至发起了一些学术论争,影响很大,但这本书明显不是一本"学术论争集"。

在上面的文字中,在"自序"以及书中,袁先生多次并提到"当仁不让于师"、"吾爱吾师,吾更爱真理"两句名言,对于该书的定性,似乎有暗示性。但我觉得,袁先生对这两句名言的应用似乎不恰当。"当仁不让于师"语出《论语·卫灵公》,一般解释为,面对做仁德的事情,即使面对老师也不谦让。朱熹的注释是:"当仁,以仁为己任。虽师亦无所逊,言当勇往而必为也。盖仁者,人所自有而自为之,非有争也,何逊之有?"[①]意思是

---

① 朱熹:《四书章句集注》,《朱子全书》第 6 卷,上海古籍出版社,安徽教育出版社,2002 年版,第 210 页。

说,担当实现仁道的重任,即使和老师相比,也不逊色。和一般人的理解稍有差异,但不管怎么差异,老师都是对象。

"吾爱吾师,吾更爱真理"语出亚里士多德,笔者不懂古希腊文,但知道英语译文是:Plato is dear to me,but dearer still is truth。亚里士多德长期师从柏拉图,达 20 年之久,但是在探索真理上,他坚持自己的观念,毫不留情地批评自己的恩师,有人指责他忘恩负义,背叛老师,他说了这句名言。这句话后来几乎成了学生反叛老师、和老师分道扬镳的代名词。比如蒋百里是梁启超的学生,后来两人在"革命与改良"问题上意见分歧,蒋百里公开写文章和梁启超论战,有同好问蒋百里:"梁任公是你的恩师,你怎么同他公开论战?不怕损害师生情谊吗?"蒋百里直言相告:"吾爱吾师,但我更爱真理!"所以,"吾爱吾师,吾更爱真理"作为"成语",它具有特殊的含义,主要是指不同意老师的观念,和老师据理力争。这里的"师"是"师生"的师,而不是"三人行必有吾师"的"师"。袁先生在《五四文学革命与"两个翅膀论"》中引用了这两句名言,在范伯群先生是"不折不扣的学长"的意义上,这个引用是对的,但在《一个天真的学术幻想——王彬彬文读后感》一文引用亚氏名言,我觉得就有点不恰当,或者说有点太"谦虚"了。

袁先生曾说:应该"先花点笨功夫,把古文读懂,把史实、典故闹清楚"(第 245 页),我非常敬重这种治学态度,但说起来容易,做起来就不那么容易,比如袁先生在《与彦火史论金庸书》一文中说彦火的《扳不倒的金庸》一文"开良好风气之先,功似不在禹下"(第 369 页)。我觉得这个评价实在太高了。"功不在禹下"语出韩愈的《与孟尚书书》,禹在中国历史上的地位我想一般人都知道,传说中,正是他的治水才把我们的祖先从水中拯救出来。韩愈认为孟子的治人其伟大并不在大禹治水之下,所以如是说。彦火何其人也,本人孤陋寡闻,他发表在《收获》上的一篇普通文章,而且还是遭到袁先生批评的文章,怎么能和孟子的贡献相提并论呢?笔者初读以为是校对问题,去查《八方风雨》和《准"五讲三嘘集"》两书,发现都是如此。讽刺和反语又都不像,所以只能猜测是袁先生用典随意了。

袁先生的随意和马虎还表现在选文上,有些文章我认为就不应该收进来,倒不是观念上的问题,而是重复了。同一篇文章,由于作者自己喜爱,重复收在不同的集子中,虽然学术界很多人都反对这样做,认为是对读者的不敬,也是出版方面的浪费,但作者执意要这样做,我认为也无可厚非,学术界很多人都是这样做的,且学者名气越大,重复的次数越多。《袁良骏学术论争集》中很多文章都是《八方风雨》和《准"五讲三嘘集"》收录过的,有些不过是题目不同而已,比如《通俗,岂与高雅无缘》,在《八方风雨》中有一个副标题"我的雅俗文学观",文字完全一样,文末注明原载《粤海风》1997 年第 6 期。而在《准"五讲三嘘集"》中则题为《雅俗共赏 和而不同》,文字略有差异,但基本观点一样,文末注明原载香港《写作》1996 年 2 月。

但同一篇文章甚至连改头换面都不做重复收进同一本书,我觉得如果是有意,那就有点过分,如果是无意,那就是太马虎了。比如《"现实主义"问题商兑》一文(第 204—210 页)就是前一篇文章《关于两个理论问题》(第 192—203 页)的第一部分即"第一个问题"的改写,观点基本一致,材料大致相同,只是文章结构有所变化。而《周作人为什么会当汉奸》(第 412—419 页)和《"周作人热"与"汉奸有理论"》(第 420—427 页)两文则完全一样,差别仅在于发表的出处不一样,前文注明发表在《光明日报》1996 年 3 月 28 日,并注明了写作的时间,后文注明发表在《粤海风》1998 年第 3、4 期合刊。同一篇文章换一个标题再发一次,虽然易遭物议,考虑到"坐冷板凳"太辛苦,还可以理解,本人从前也犯过一次一稿两发的错误,现在深为后悔。但同一篇文章在同一部论文集中收录两次,笔者还是第一次见到。不知道这是不是"开先"? 如果是,我觉得这个"先"开得不好。

二

其次是理论体系的问题。读完袁先生的这本论文集,我感到自己得到的是一团乱麻,满脑子糊涂,有些问题我不知道袁先生究竟是什么观点。人的思想是变化的,但如何变化以及变化到什么程度才是合理? 在不同的语境中,同一事实和材料有不同的意义,但怎样才能做到不自相矛盾? 学术文章应该具有严密的逻辑性,但理性与感性应该如何把握? 我感到很疑惑。

夏志清的《中国现代小说史》一个很重要的特点就是给沈从文、张爱玲(当然还有钱钟书、张天翼、吴组缃和师陀)以"专章"的地位,和鲁迅、茅盾、老舍、巴金一样的"规格"。在《评夏志清〈中国现代小说史〉》一文中,袁先生批评夏志清给予张爱玲"极高的评价"(第 169 页),一个重要的理由就是她赤裸裸的反共。也批评夏志清给沈从文以"杰出"的定位,认为他的代表作《边城》"在艺术上有一定成就,这要给以充分的肯定;但是也要看到……"笔锋一转,中心点在哪里,读者一看句式就知道。"仁者见仁,智者见智",这也未尝不可,但在《通俗,岂与高雅无缘》这篇文章中,袁先生恰恰又把沈从文和张爱玲与鲁迅、茅盾、巴金、老舍并列,通称他们为"小说大家、小说天才"(第 226 页),又称"郁达夫、叶绍钧、冰心、茅盾、巴金、老舍、沈从文、吴组缃、张天翼、张爱玲等"为"数十位卓有建树的小说家"(第 225 页),我觉得这实际上就是"高度评价"。

关于如何评价通俗文学及其与高雅文学之间的关系,该论文集收录了好几篇专题文章,加上其他文章中兼及谈到,其内容构成了本书的一大特色。袁先生多次肯定通俗文学作为文类,认为通俗文学与高雅文学并没有高下之分,"通俗文学不等于低俗文学,它同样可以是高雅的,健康的,优美的。"(第 224 页)"'俗文学'绝不等于低俗文学,俗文学中有很多好东西。时至今日,情况更不同了。所谓'俗文学'与'雅文学'的原有界限,根本就不存在了。"(第 225 页)"所谓'通俗文学'和所谓'严肃文学'并没有一条天然的不可逾越的鸿沟。所谓雅俗共赏,老少咸宜,绝非一句空话,而是事实上存在这样的作品。"(第 226 页)其正面例子就是张恨水和赵树理。在这篇文章的另外"版本"中,作者甚至说:"假如你承认它们是以普及为主的通俗文学,那么,你就不能不承认通俗文学不仅不可以一笔抹煞,甚至还可以进入纯文学的殿堂,成为比严肃文学还要严肃、还要可爱的严肃文学。"①"通俗文学"与"严肃文学"作为相对立的概念,是历史形成的,"严肃文学"其实就是"高雅文学",袁先生不过是沿袭过去的用法,具有约定俗成性。具体对于通俗文学中最重要的武侠小说,袁先生也多次肯定其文体,比如他说:"武侠小说既为之小说之一种,自应在文学大家族中占有其一席之地"(第383页),并且高度肯定中国古代的武侠小说(但作者多用"侠义小说"这个概念)。从这些话中,我们似乎可以得出结论,袁先生是反对"文体偏见"的,就是说,在文类上,通俗文学无可非议,它可以高雅、健康和优美,甚至比高雅文学更高雅。

但袁先生也同样多次否定作为文类的通俗文学,否定通俗文学与高雅文学可以相互渗透、相互转化,否定武侠小说的文体合理性。袁先生否认当今大陆和港台文学存在"精致文学通俗化"而"通俗文学精致化",或者"严肃文学通俗化"而"通俗化文学严肃化"(第199页),认为这种"公式""根本不存在"(第200页),袁先生用"公式"这个概念,似乎暗示这不仅仅是现象问题,同时也是理论问题。在《说雅俗》一文中,袁先生明确反对"事物本来无雅俗之分,雅就是俗,俗即是雅"的观点(第393页),似乎又恪守雅与俗的严格界线。具体对于武侠小说,袁先生又认为是"低档次、低品位"(第401页),是"相当陈旧的艺术形式"(第391页),认为"武侠小说的写作模式也早已走入了穷途末路,没有任何新的生命力可言了"(第391页),"武侠小说这种陈腐、落后的文艺形式,是早该退出新的文学历史舞台了"(第401页)。袁先生甚至说:"真正的、严肃的历史小说,其价值要高出现在这样的'四不像'(笔者按:指金庸的武侠小说)不知多少万倍。"(第400页)范伯群先生提出"两个翅膀"论,认为通俗文学与高雅文学构成了中国现代文学的两翼,袁先生明确反对,并讽刺说"搞什么二一添作五,平分秋色。"(第289页)。从这些话中,我们又似乎可以得出结论,袁先生是主张"文体等级"的,即认为通俗小说特别是武侠小说天生低贱,无法和高雅文学相提并论。

附带要说的是,袁先生在"通俗文学"与"高雅文学"的称谓上也是非常犹豫的。在很多文章中,袁先生都是使用"通俗文学"和"严肃文学"这一对概念,并且是在"通俗"与"高雅"或者"雅"与"俗"二元对立的意义上使用的。当然,这种使用并不是很好,容易引起误解,所以很多人都不用这两个概念,而是用"通俗文学"与"高雅文学"或者"俗文学"与"纯文学"等。语言的意义取决于使用,只要约定俗成,袁先生使用这两个概念未尝不可,后来袁先生觉得不妥换另外的概念也未尝不可。但袁先生指责范伯群先生使用这一对概念"不科学",因为"严肃"与"通俗""绝非一对相反的概念","'严肃'文学可以是'雅'的,也可以是'通俗'的;反过来,'通俗'的文学可以是不'严肃'的,但也可以是很'严肃'的。"(第309页)这就有点抠字眼、"望文生义"了。面对范伯群先生的质疑,袁先生表现得很可爱:"既然我沿用过'严肃文学'、'通俗文学'的概念,范先生对我的批评就是正确的,我以后绝不再使用这一对不科学的概念。"(第346页)我觉得,"不再使用"不是问题的实质。

---

① 袁良骏:《雅俗共赏 和而不同》,《准"五讲三嘘集"》,福建人民出版社,2001年版,第230—231页。这段话在《通俗,岂与高雅无缘》中被删除了。

　　具体在金庸评价上，说起来，袁先生是国内比较早地给予金庸武侠小说以较高评价的学者之一，在《香港小说史》的"绪论"中袁先生认为金庸、梁羽生的武侠小说"开了香港小说的新生面"，"在武侠小说的领域内，他们确实发动了一场'静悄悄的革命'"，"金、梁等人的武侠之作，刷新了武侠小说的面貌，提高了武侠小说的档次，为武侠小说注入了浓郁的文化历史内涵，也努力学习了'纯文艺'创作中某些艺术经验。"①这是非常高的评价，虽然在这一段话后面也有批评，但充分肯定是大前提。而在《与彦火兄论金庸书》等文章中袁先生则对金庸的武侠小说给予了整体性的否认，认为"金庸武侠小说正是品位不高的畅销书"（第373页）并且讽刺严家炎先生的"静悄悄的文学革命"说。袁先生批评金庸的武侠小说："包括金庸在内，低俗的、黄色的、下流的、不堪入目的东西多得很。""不着边际的望风捕影，胡编乱造。""这是么玩艺？随心所欲到了什么程度？"（第374页）还有"瞎编乱造"、"低俗肉欲"等。前后形成鲜明的对比。

　　袁先生曾批评苏雪林对于鲁迅的"自相矛盾，出尔反尔"，事实确凿，非常有说服力。袁先生把它上升到学术规范的高度，我觉得也非常有道理。"一个人并非不可以改变自己以前的观念，'新我'随时可以否定'旧我'。但如果否定，就应直白宣布'旧我'的错误，让人感到光明磊落。"（第189页）。这个"道理"袁先生在批评余英时之时也曾表达，"让人费解的是，十年前这样首肯鲁迅的余先生，为什么十年后却来了一百八十度的大转弯，对鲁迅大骂特骂起来？""当然，一个学者有权改变自己的学术观点，然而，改变的根据最好能够说清楚。"（第85页）这个要求可能有点苛刻，不是每一个学者都能勇敢地做到，但对于一个严肃的学者来说，基本的观念一致却是应该的。

　　袁先生对金庸武侠小说的态度为什么会发生这么大的转变，从他的论文集中我们似乎找不到答案。关于金庸小说的评价，袁先生和严家炎先生曾有一次很有影响的论争。有意思的是，据说严家炎先生参加编写的"金庸小说评点本"受到了金庸先生的批评，对此，袁先生语含讥讽地议论道："即使在蒙受了此等奇耻大辱之后，严先生依然不改初衷，……仍然对金庸武侠小说大唱赞歌。"（第98页）我觉得这在文风上有失厚道。老实说，笔者也不同意严先生关于金庸武侠小说的某些观念，但这并不影响对严先生学术上的尊重。严先生高度评价金庸，并不因为受到金庸先生的批评就改变学术观念，这恰恰说明了他学术上的严肃态度；另一方面，金庸先生并不因为严家炎先生曾经高度评价他的小说就违心地说话，该坦率批评就坦率批评，其真诚同样让人敬佩。

　　袁先生曾嘲笑冯其庸先生读了《书剑恩仇录》之后亲自"三下新疆，去实地考证《书剑恩仇录》细节描写的真实性。这就更犯了小学生都明白的常识性错误。"（第364页）在历史与小说具有根本区别这一意义上，我认为这一批评是正确的。但有意思的是，袁先生正是以历史和现实的眼光批评武侠小说不真实，"比如郭靖、黄蓉、杨过等为主角的抗元'襄阳保卫战'，便都是地地道道的无中生有。这样吹嘘武侠小说在现实征战中的作用，难道不是对历史的歪曲吗"（第400页）这不也是把武侠小说当作了历史了吗？

---

① 袁良骏：《香港小说史》第一卷，海天出版社，1999年版，第12页。

对于民国时期的武侠小说，袁先生总体上是否定的，他说："民国武侠小说不过是一座巨大的、臭气熏天的文字垃圾山。"（第303页）虽然他事实上给予了平江不肖生、王度庐很高的评论。究竟如何评价民国武侠小说，这是一个很大的学术课题，可以讨论，袁先生的观点不失为一家之言，其结论值得所有研究武侠小说的学者参考和思考。但是，袁先生的论证材料和论证过程却让人觉得其道理很勉强。袁先生把"五四"新文学运动描述是对"旧文学的扫荡"，其结果是"取而代之"（第289页），又说，"鸳蝴派"和武侠小说"被打败"了，但并未死亡，它们照样存在和发展，并产生了张恨水这样的"小说大家、小说天才"，（第225—226页）袁先生多次引用袁进先生统计的"民国武侠小说约有3亿言"的材料也似乎说明了"发展"的观点。这似乎前后不一。所以范伯群先生说袁先生虽然反对"两个翅膀论"，但实际上又是主张"两个翅膀"的①。袁先生说："范先生大力倡导的'两个翅膀论'，实际上是一个否定'五四'文学革命，为'鸳蝴派'翻案的，似是而非的错误理论。"（第339页）"翻案"还可以说，"否定"从何说起？"两个翅膀"简单地概括就是新文学"一支翅膀"，承继旧文学较多的通俗文学"一支翅膀"，明明是承认"五四"新文学的，怎么成了"否定"？难道仅承认"五四"新文学那才叫肯定"五四"新文学吗？

袁先生认为"侠义小说"发展到清末泛滥成灾，"正因为它们的泛滥成灾扼杀了中国文学的勃勃生机，阻碍了中国文学的健康发展。"（第101页）在另外一个地方，袁先生又加上了"鸳蝴派"，"它们和鸳蝴派一起，窒息了中国文学的生机，阻碍了中国文学的发展"（第397页），并进而认为，民国时期武侠小说泛滥，中国文学生态被严重破坏，"造成了中国文学的空前的灾难"。80年代之后武侠小说再次泛滥，因此，文学生态被"破坏得一塌糊涂"。（第383页）这和我们一般人对文学史的印象和评价有很大的差距。一般认为，中国现代时期文学生态是好的，所以产生了"鲁郭茅巴老曹"等一批杰出的作家和经典性的文学作品；80年代以后文学生态也是好的，所以文学开始复兴，并出现了延续现代文学的繁荣局面。相反，50至70年代特别是"文革"时期，中国的文学生态很差，成绩也不如人意。中国有武侠小说的时候，文学生态就好，武侠小说遭禁止的时候，文学生态就不好，这可能仅仅是一种巧合，并不能从根本上说明问题。如果说现代时期和80年代之后的中国文学生态"一塌糊涂"，我想我们大多数人都宁愿要这种"一塌糊涂"；如果说现代文学时期和90年代是中国文学的"空前灾难"时期，我们倒希望中国文学永远处于这样一种"空前的灾难"之中。袁先生曾说，"在学术事业上标新立异并非坏事，自创新论尤为可贵。但有一个前提，即必须符合实际。"（第40页）对此，笔者表示绝对的赞同。

三

三是如何评价武侠小说特别是金庸武侠小说的问题。本人不是武侠迷，但也读了

---

① 范伯群：《还原一讨：面对面的学术论争——范伯群致汕头大学学报编辑部的一封信》，《汕头大学学报》2005年第3期。

很多武侠小说,古代、现代的都读过。本人读武侠小说远远早于本人读武侠小说理论与批评,就是现在也很少看武侠小说评论。在阅读上,我的感觉和袁先生的感觉有太大的差距,从一个普通读者的角度来说,我对袁先生的批评非常不理解,也难以接受。所以,我也把它真诚地表达出来,不知能否算一家之言?

袁先生否定武侠小说和否定金庸武侠小说其理由基本上是一样的,《再说金庸——以金庸为例》列举了旧武侠小说的五大问题和金庸武侠小说的六大问题,在这十一个问题中,我认为最重要的问题就是武侠小说"脱离现实生活,不食人间烟火"(第397页)这一问题,这个观点袁先生在其他文章中曾多次表达,比如:"武侠小说是一种不食人间烟火的消遣品,一种去山雾罩、天马行空、主观随意的通俗读物。"(第262—263页)笔者感到疑惑的是,就算武侠小说所表现的是一个不食人间烟火的世界,这难道是一种错误吗? 童话、寓言、神话以及科幻小说、侦探小说的世界不也都可以说是不食人间烟火的世界吗? 难道它们在文体上都应该否定?《西游记》、《聊斋志异》、希腊神话、安徒生童话、凡尔纳的作品都应该否定吗? 什么是"不食人间烟火"? 男女爱情、大吃大喝是不是人间烟火? "拉帮结派,抱成一团,排斥异己,顺我者昌,逆我者亡"(第294页)以及"愚忠"、"奴性"等这是不是"人间烟火"? 如果是,武侠小说以及金庸武侠小说也是食人间烟火的。难道一定要写吃喝拉撒、耕田种地、织布纺绵以及做生意赚钱才叫"食人间烟火"吗?

有意思的是,袁先生有时也笼统地说"武侠作品的世界,完全是一个不食人间烟火的世界。"(第250页),但他又把古代武侠小说以"侠义小说"的名目分离出来,"在古代的侠义小说中,行侠仗义,除暴安良的侠客们虽然武艺高强,膂力过人,但总是吸食人间烟火,立足现实人生的常人。"(第291页)列举的作品包括《搜神记》,唐传奇中的作品,还有《水浒传》、《三侠五义》等,可是,这些作品写的都是"现实人生"吗? 其中的人物都是"常人"吗?《搜神记》且不说,单说《水浒传》和《三侠五义》,一百单八将是"常人"吗? 展昭是"常人"吗? 白玉堂是"常人"吗? "七侠""五义"的生活是"现实人生"吗? 其实他们都是作家想象出来的,在想象的意义上,他们和金庸小说中的人物别无二致,差别仅在个性内涵不同。武侠小说的世界是经过历代文人和读者共同建构起来的世界,是一个具有想象性、虚拟性和游戏性的世界,它当然与现实生活有关系,但绝不等于现实生活。武侠小说中也有现实,但不只有现实,且这种现实不是直接的,不是复制的,具有隐喻性,可以概括为"现实性",是情理上、情感上和生活逻辑上的,金庸小说中的人物和故事经常被用来说明生活中的道理就充分说明了它的现实性。

武侠小说不是历史,不是历史小说(虽然武侠小说经常以古代某一时期为背景),不是纪实小说,不是现实主义小说,甚至也很难说它是浪漫主义小说,它是一种特殊的文体,它的世界是虚拟的,其中的"规则"具有沿袭性、"层累"(借用顾颉刚的概念)性和"积淀"(借用李泽厚的概念)性,具有约定俗成性。江湖争斗,打打杀杀,刀光剑影等正是它的基本内容。所以我们不能用历史的标准、社会的标准来衡量它,不能用现实生活来比照它,不能用现实主义的原则来要求它并进而否定它。如果你不能接受武侠小说约定俗成的"规则"前提,那你就不要看武侠小说好了,正如你不接受象棋规则你就不要下象棋一样。我们不能用象棋的规则否定围棋，也不能用围棋的规则否定象棋，同理，我们不能用现实主义的小说标准否定武侠小说，正如不能用武侠小说的标准否认现实主义小说一样。袁先生曾说："万不可拿镰刀去否定锤子，也不要拿锤子去否定镰刀。"(第198页)我觉得这个表述太精妙了。但实际上，袁先生并没有很好地做到这一点。袁先生说："武打片中常有的杀人行为，无论杀好人还是杀坏人，皆属于一种'无政府'行为，与当今的法制社会、依法治国背道而驰。"(第249页)我觉得这是混淆了小说与现实生活。又说："不错，小说不是历史，作家可以杜撰；但你何必挂出康熙的头衔？何必故意以假乱真，愚弄读者？"(第381页)，既然是"杜撰"，何来"以假乱真"？何"愚弄"之有？

袁先生旗帜鲜明地表明他的现实主义态度："弟批评金庸的武侠小说脱离现实生活，不食人间烟火，根据的的确是这种现实主义精神。"(第372页)不是说金庸不能批评，但我觉得用现实主义精神来批评在标准上是错位的，建立在与现实生活关系上的"真实性"标准是绝大多数文学的标准，但不是武侠小说的标准。在《武侠小说指掌图》中，袁先生在分析了《射雕英雄传》中郭靖种种"不可能"之后议论说："这真无异于天方夜谭。"①这实在让人费解，《天方夜谭》本身就是"天方夜谭"，"天方夜谭"对于《天方夜谭》来说是"合理"的，也是最有艺术价值的地方，全世界从没有人因为《天方夜谭》是"天方夜谭"而否定它。武侠小说在文类上和《天方夜谭》非常接近，本来就是"天方夜谭"。岂只是郭靖的故事是"天方夜谭"，整个《射雕英雄传》都是"天方夜谭"，整个金庸武侠小说都是天方夜谭②，整个武侠小说都是天方夜谭。要求金庸的武侠小说不是"天方夜谭"这才是真正的天方夜谭。

袁先生说："仁者见仁，智者见智，同一个作家、作品，不同的读者和批评者会有不同的认识和评价，这是符合事物发展规律的正常现象。"(第131—132页)我非常认同这一观点。趣味无争辩，任何人都不能阻止袁先生用现实主义的方式去阅读金庸的小说，这已经不是真理的问题，而是爱好的问题了。在这一意义上，我们充分尊重和理解袁先生的阅读，而同时也充分尊重其他人的阅读。但阅读经验不能代替文学批评。袁先生曾批评范伯群先生主编的《中国近现代通俗文学史》："《武侠党会编》的编者们可以不喜欢现实主义，但没有理由歪曲和攻击现实主义，更不应该为了维护民国武侠小说这一座垃圾山而把现实主义否定得一干二净。"(第304页)我也套用袁先生这段话：袁先生可以不喜欢金庸和武侠小说，但没有理由歪曲和攻击金庸与武侠小说，更不应该为了维护现实主义的一枝独秀把金庸和武侠小说否定得一干二净。可能微有不敬，但心同理同。

我们究竟需要什么样的学术和争论，《袁良骏学术论争集》给了我们许多建设性的启示，但也给了我们很多经验和教训。

（原载《文艺研究》2008年第10期）

---

① 袁良骏：《武侠小说指掌图》，新华出版社，2003年版，第249页。

② 金庸的第一部小说《书剑恩仇录》1955年2月8日开始在《新晚报》上连载，其报纸的栏目就叫"天方夜谭"。

重审中国现代翻译文学的性质和地位

高　玉

反思文学史,寻找现代文学研究新的"生长点",一直是近 20 年来中国现代文学研究的热门话题。从理论上来说,现代文学研究的突破主要在两方面:一是观念上的突破、思维方式和方法上的突破、学术范式的突破,这种突破往往导致对中国现代文学现象进行重新研究和定位,对作品进行重新解读和认识。二是材料上的突破,比如发现新的文学史料,发掘出新的文学现象从而拓展研究领域。当然,这两个方面常常是紧密地联系在一起的,扩大研究范围、开掘新的研究领域往往是以新的理论和观念作为基础的。

回顾近 20 年中国现代文学研究,我们看到,"现代性",中西文学关系,钱理群等人提出的"20 世纪中国文学",陈思和、王晓明发起的"重写文学史",陈思和提出的"新文学整体观"等研究,都可以说是反思文学史重要的成果。而近年来,现代文学的研究范围则取得了重要的突破,比如关于旧体文学、通俗文学、文学期刊的研究,成绩突出,突破了中国现代文学研究的旧有思路和格局,大大拓展了中国现代文学的研究范围。正是这些观念和范围的突破,深刻地改变了中国现代文学史的面貌,推动着中国现代文学研究向前发展。

就中国现代文学史的对象和范围来说,我认为还有一个领域被忽略了,这就是翻译文学。这同样深刻地涉及文学观念和文学史观念的问题。翻译文学究竟应不应该入中国现代文学史? 这是一个值得深入探讨的问题。我认为,翻译文学虽然有别于创作,但从文学活动构成的"四因素"[①]来看,它具有中国文学性,我们可以称之为"外国文学",但它与原语和原语境的外国文学有根本的区别。就中国现代文学活动来说,它与创作深深地交融在一起,具有一体性,它是中国现代文学的一种特殊形态,一种不同于创作和批评的形态,所以它应该入中国现代文学史。

一

在当代,文学翻译已经变成了一种专业,一个"学科",一个具有相对独立性的学科,

[①]　即"作品"、"艺术家"、"世界"和"欣赏者"四因素。参见艾布拉姆斯:《镜与灯:浪漫主义文论及批评传统》,北京大学出版社,1989 年版,第 5 页。

不再是纯粹的文学事业,同时也是学术事业。文学翻译或翻译文学已经越来越脱离于中国当代文学创作,人们已经习惯于翻译外国文学,而忘记了最初翻译外国文学的意义和目的。翻译文学对当前的文学现实有多大作用? 对当今的文学创作有什么意义? 对当代中国社会现实有什么实际价值? 怎样翻译才能让中国的读者接受? 这些已经不是当代文学翻译重点考虑的问题。当代文学翻译重点考虑的是如何翻译,怎样翻译才更忠实于原著,更多的是考虑被翻译的对象在外国文学史上及至整个世界文学史上的地位,也就是说,更多的是从外国文学学科这一角度来考虑问题的。"纯粹性"、"经典性"可以说成了当代文学翻译选择的最高标准。但中国现代的文学翻译不是这样。

中国现代翻译文学总体上依附于中国现代文学,不具有独立性。在现代时期,文学翻译与文学创作之间的关系要比现在紧密得多,很深地纠缠在一起,互相渗透。外国文学始终是推动文学创作的重要动力,而外国文学对中国文学的影响就是通过翻译文学的中介来完成的,并且如何影响、影响的程度以及影响的方式等都与翻译有着直接的关系。在那时,学习外国文学是普遍的风气,学习是革命的象征,是进步、光荣的事情。正是在向西方文学学习的过程中,中国文学发生了现代转型,才有了既与西方文学有着深刻的联系又不乏自己特色的中国现代文学。也正是学习和借鉴这一根本目的决定了中国现代翻译文学不具有主体性,因为翻译外国文学,输入外国文学从根本上是为了现代文学的发展,而不是为外国文学本身。郑振铎曾引日本文艺批评家小泉八云的话:"外国文学的研究的惟一价值乃在于他们的对于你用本国文字发表文学的能力的影响。"[①]这其实也很好地概括了中国现代翻译文学的特点。

一般认为,新文学最早是从新诗开始的,而最早的新诗是胡适的《尝试集》,在《尝试集》中,按照胡适自己所说的,《关不住了》是他"新诗成立的纪元"[②],但实际上,这首诗本质上是译自"美国 Sara Teasdale 的 Over the Roofs"[③]。作为中国现代诗歌的"纪元"性作品,竟然是翻译作品,作为"事件"这具有象征意义,它深刻地说明了中国现代文学创作与文学翻译之间的渊源关系。实际上,现代文学史上的"译"、"作"不分,胡适并不是个别现象,直到 30 年代的冯至仍然存在这种现象,比如《北游及其他》(1929 年出版)是冯至的一本诗集,不论是冯至本人编的"选集"还是后人编的"全集",它都是归类于冯至的创作,但其中却收录了五首译诗。[④] 现代翻译文学虽然不像近代翻译文学一样普遍地"译"、"作"不分,但在总体上,创作与翻译深层地纠缠在一起,具有一体性,二者是

---

① 郑振铎:《翻译与创作》,《郑振铎全集》第 15 卷,花山文艺出版社,1998 年版,第 192 页。
② 胡适:《〈尝试集〉再版自序》,《胡适文集》第 9 卷,北京大学出版社,1998 年版,第 84 页。
③ 胡适:《关不住了》,《胡适文集》第 9 卷,北京大学出版社,1998 年版,第 135 页。关于胡适诗歌翻译及与创作之间的关系,廖七一先生有详尽的研究,参见《胡适诗歌翻译研究》,清华大学出版社,2006 年版。
④ 关于现代文学中作家"创作集"中收入译文的现象,秦弓《论翻译文学在现代文学史上的地位——以五四时期为例》一文的"结论"中有所论述,他引周作人的解释很能说明问题,不妨转引如下:"我相信翻译是半创作,也能表示译者的个性,因为真的翻译之制作动机应当完全由于译者与作者之共鸣,所以我就把译文也收入集中。"《文学评论》2007 年第 2 期。

互动的关系,其影响与渗透难解难分。脱离了创作,我们不能很好地理解翻译文学;反过来也是这样,脱离了翻译文学,我们不能很好地理解和研究现代文学创作。

在中国现代时期,文学创作与外国文学"近"而与中国文学"远",或者说,在性质和关系上,文学创作更亲近于外国文学而更疏离于中国文学,原因很简单:当时的文学创作主要是学习西方文学,不论是从精神上还是艺术形式上,都与西方文学的中国表述——翻译文学——更接近。而当时的"中国文学"主要是指中国古典文学,它恰恰是中国现代文学所反抗和叛逆的,所以,文学创作与它更疏远。有一则逸事:1925 年,李健吾考上清华大学国文系,第一天上课,朱自清点名点到李健吾,问他是不是那位经常在报纸上发表作品的李健吾,李健吾回答是,然后朱自清对他说:"看来你是有志于文学创作喽,那你最好去读西语系,你转系吧。"①这个故事同样具有象征性,它深刻地说明了中国现代文学创作与外国文学(主要表现为翻译文学)之间的紧密关系:文学创作与文学翻译具有一体性。

中国现代文学创作与文学翻译的一体性突出性地表现在作家和翻译家的一体上。我们看到,中国现代文学史上重要作家,他们大多同时也是翻译家,鲁迅、郭沫若、茅盾、巴金、冰心、冯至、周作人、梁实秋、戴望舒、穆旦、瞿秋白、卞之琳、萧乾、徐志摩、朱光潜、梁宗岱、夏衍、周扬、周立波等,都可以称得上是翻译大家。很多作家的翻译都可以和创作相提并论甚至在成就和数量上都超过创作,比如鲁迅、卞之琳、萧乾、梁实秋等人的翻译和创作在字数上大致相当,成就上也可以说不相上下。而戴望舒、穆旦等人的翻译在字数上要远远超过创作,在成就上也很高。比如戴望舒的诗歌翻译是他诗歌创作的四倍,小说翻译约有 150 万字,而他自己的小说创作,《戴望舒全集·小说卷》收录的仅三篇,不足五千字。而傅雷、曹靖华、汝龙、罗念生等人在文学史上的地位则主要是因为他们的文学翻译。

而更重要的是,文学翻译对这些作家的文学创作造成了最直接也是最深刻的影响。鲁迅受果戈理的影响、郭沫若受歌德和惠特曼的影响、冰心受泰戈尔的影响、冯至受里尔克的影响,等等,这都是公认的事实。而在这种影响中,翻译具有中介性。翻译可以说是最直接、最实在的影响,也是最深层的影响。作家翻译的过程也可以说是全方位学习和训练的过程,正如卞之琳评论戴望舒的翻译所说:"他翻译外国诗,不只是为了开拓艺术欣赏和借鉴的领域,也是为了磨炼自己的诗传导利器。"②蹇先艾说:"翻译倒正是一个休养与培养创作力的好机会,不惟可以不至于使自己的写作的技术变得很生疏,而且还能多少学到一些名家的巧妙手法。"③文学翻译,不仅要对原著从内容到形式进行反复的体味、琢磨,体验其文学性,还要仔细斟酌如何用中文进行有效的表达,对于中国

① 这则材料来自于韩石山:《纵横谁是李健吾》,《韩石山文学批评选》,书海出版社,2004 年版,第 109 页。又见《在外国文学里乞食》一文(第 269 页)。本人没有找到原出处,如有出入或不准,敬请批评指正。
② 卞之琳:《翻译对于中国现代诗的功过》,《卞之琳文集》中卷,安徽教育出版社,2002 年版,第 551 页。
③ 蹇先艾:《翻译的尝试》,《蹇先艾文集》第 3 卷,贵州人民出版社,2004 年版,第 286 页。

现代文学中的许多作家来说,这种文学体验和表达实际上就是创作的模仿和准备,它会对作家的创作从思想观念到思维方式到艺术表现等各方面都发生潜移默化的影响。

纵观中国现代文学史,我们可以看到,很多作家的文学翻译和文学创作是互动的,同步调的。比如戴望舒,对他有相当了解和理解的施蛰存说:"戴望舒的译外国诗,和他的创作新诗,几乎是同时开始。""望舒译诗的过程,正是他创作诗的过程。"①其重要的依据就是:"初期的戴望舒,从翻译英国颓废派诗人道生和法国浪漫派诗人雨果开始,他的创作也有些道生和雨果的味道。中期的戴望舒,偏爱了法国的象征诗派,他的创作就有些保尔·福尔和耶麦的风格。后期的译诗,以西班牙的反法西斯诗人为主,尤其热爱洛尔迦的谣曲,我们也可以在《灾难的岁月》中,看到某些诗篇具有西班牙诗人的情绪和气质。"②卞之琳也表达过大致相同的意见,他更加具体,说法稍有不同:"就成果看,他在诗创作的正与内容相应的形式上的变化过程和他译诗的变化过程确是恰好一致。他用有韵半格律体写他的少作诗,截至《雨巷》为止,正是他用类似的体式译陶孙和魏尔伦的时期,他用圆熟的自由体表现更多的现代感性而写以《望舒草》一集为主的大部分诗,正是他译法国后期象征派果尔蒙、耶麦等人的时候;后来他用多半有韵的半自由体选择西班牙诗人、'抗战谣曲'、特别是洛尔迦的时候,他自己也就这样写了一些抗战诗。"③有意思的是,卞之琳本人也这样,他自己承认,他的文学创作和他的文学翻译是"同步"④的。

事实上,比较中国现代作家的作品和他们的文学翻译,我们可以找到大量相似性的文本,在很多作家的作品中,我们能够看到他们的翻译作品的影子和痕迹,当然这种影子和痕迹是多方面的,可能是思想观念上的,也可能是结构上的,也可能是意象上的,等等。我们可以找到大量翻译与创作相似的例子。比如冯至的《十四行集》第二首有这样的诗句:

> 我们安排我们在这时代
> 像秋日的树木,一棵棵
>
> 把树叶和些过迟的花朵
> 都交给秋风,好舒开树身
> 伸入严冬;……⑤

而他早些翻译的里尔克的《秋日》中,有这样的诗句:

> 把你的阴影落在日规上,
> 让秋风刮过田野。

① 施蛰存:《〈戴望舒诗全编〉引言》,梁仁编《戴望舒诗全编》,浙江文艺出版社,1989年版。
② 施蛰存:《〈戴望舒译诗集〉序》,《戴望舒译诗集》,湖南人民出版社,1983年版。
③ 卞之琳:《翻译对于中国现代诗的功过》,《卞之琳文集》中卷,安徽教育出版社,2002年版,第550—551页。
④ 卞之琳:《从〈西窗集〉到〈西窗小书〉》,《卞之琳文集》下卷,安徽教育出版社,2002年版,第604页。
⑤ 冯至:《十四行集》,《冯至全集》第1卷,河北教育出版社,1999年版,第217页。

让最后的果实长得丰满，
再给它们两天南方的气候，
迫使它们成熟，
把最后的甘甜酿入浓酒。①

把两首诗作一比较，我们看到，冯至的诗在语句、笔法上，在结构立意上，在意象上都与里尔克的诗有某种相似，我们甚至忍不住联想冯至的《什么能从我身上脱落》整首诗就是从里尔克《秋日》脱胎而来，当然，冯至的这首诗比里尔克的《秋日》主题更集中，更精粹，不论是在思想上还是在艺术上都有很大的提升。对于冯至来说，他也许并没有有意识地学习里尔克，但冯至非常推崇里尔克，里尔克的诗对他有很深的影响，从而在创作中潜意识地表现出来，这却是很自然的。

穆旦深受现代英语诗人的影响，这也是公认的事实。江弱水曾详细考察了穆旦诗歌与现代英语诗歌特别是与奥登诗歌的关系，他的结论是："在穆旦的诗集里，触目皆是奥登留下的痕迹，且经常不加掩饰。""穆旦的诗思经常并不享有独立自主的知识产权。好多在我们认为是原创的地方，他却是在移译，或者说，是在'用事'，也就是化用他人的成句。"②江弱水并具体对比了穆旦的《饥饿的中国》(三)和穆旦翻译的奥登的《西班牙》两首诗来说明他的观点。30 年代末期穆旦在西南联大外语系读书时，对英国现代诗歌发生了强烈的兴趣与爱好，反复研读和揣摩，自然，艾略特、叶芝、奥登等人的诗歌对他发生了潜移默化的影响，这种影响通过中文创作表达出来时就表现出一种翻译的形态，这大概就是江弱水所说的"移译"和"模仿"。事实上，把穆旦 40 年代写作的诗歌和他 70 年代翻译的《英国现代诗选》进行对读，我们感觉二者的确有太多的相似性。对于穆旦来说，翻译与创作是相互影响的关系，它们深深地纠缠在一起，具有一体性，很难决然地分别开来。当然，学习和借鉴在中国现代文学史上是非常普遍的，也是很正常的，中国现代文学就是在学习和借鉴西方文学的过程中发展并逐渐成熟起来的，发现了穆旦与现代英语诗歌之间的渊源关系，这丝毫构不成对穆旦的否定。

事实上，鲁迅也是这样。把鲁迅的作品和他翻译的作品进行对读，我们总是感到有很多似曾相识，语句上的、语势上的、意象上的、结构上的，思想和观念上的，等等。当然，这种相似性同样也是相互的，就是说，鲁迅的文学翻译影响了他的文学创作，反过来，他的文学创作又会影响他的文学翻译，二者交互在一起。对于鲁迅来说，他的文学活动从来都是两方面的，一方面是文学创作，一方面是文学翻译，我们今天把这二者区分得很开，鲁迅的翻译甚至连进《鲁迅全集》的资格后来都被"剥夺"了，但对于鲁迅本人来说，分别却并不像今天这样明显，它是有机地融合在一起的，外国文学对于鲁迅来说可能已经变成了潜意识和无意识，他自己恐怕也说不清楚哪些因素是学习和借鉴而来，哪些因素是独创。同样我们也应该为鲁迅的学习和借鉴进行辩护，我们说鲁迅受到了

---

① 里尔克：《秋日》，冯至译，《冯至全集》第 9 卷，河北教育出版社，1999 年版，第 431 页。

② 江弱水：《中西同步与位移——现代诗人丛论》，安徽教育出版社，2003 年版，第 132、129 页。

西方文学的影响，比如鲁迅的《狂人日记》借鉴了果戈理《狂人日记》，这丝毫不损鲁迅的伟大。世界上任何一个伟大的作家都要学习和借鉴前人与别人的创作，并且，学习和借鉴与他本人的成就通常是成正比例的。鲁迅的伟大就在于，他一方面大胆地向西方文学学习，这种学习使他站在一个很高的基础上；另一方面他又充分吸收民族文学遗产，在汇通中外文学的基础上创新，从而开一代新风，开辟了中国文学新的道路，即现代文学的道路。

二

翻译文学在现代时期实际上扮演着新文学的先锋作用，它深刻地影响创作。鲁迅、冯至等人在翻译中学习外国文学，这可以说是直接受外国文学的影响，而直接阅读翻译文学，间接地接受外国文学的影响就更普遍，正如冯至所说："中国新诗人能够直接读外国诗的只是一部分，有成就的诗人中通过译诗，或通过理论的介绍，间接受到外国诗影响的也不在少数。"①而且，翻译的方式以及翻译的好坏直接影响新诗的方式以及新诗的好坏，卞之琳也说："'五四'以来，我们用白话译西方诗，除了把原来的内容、意义，大致传达过来以外，极少能在中文里保持原来面貌。不能读西方诗原文的读者就往往认为西方诗都是自由诗，或者大都是长短不齐，随便押韵或一韵到底的半格律诗，或相反，也就是'方块诗'，有些写诗的也就依样画葫芦，辗转影响，流弊可知。"②翻译不仅导致新诗的产生，还制约着新诗的发展，卞之琳说："西方诗，通过模仿与翻译尝试，在'五四'时期促成了白话新诗的产生。在此以后，译诗，以其选题的倾向性和传导的成功率，在一定程度上，更多地介入了新诗创作发展中的几重转折。"③新诗的发生与译诗有关，新诗的发展与译诗有关，新诗的优长与译诗有关，新诗的弊端同样与译诗有关，由此可见翻译文学与中国现代文学之间的密切关系。西渡详细考察了现代中国诗歌翻译与创作之间的关系，他的判断是："创作与翻译的关系，翻译是先导性的，对创作起着引领的作用，而创作是被翻译所引导和推动的。"④我认为这是非常有道理的。

中国现代文学翻译与创作深深地纠缠在一起，不仅表现在作家与翻译家的一体性上，还表现在整个文学活动的一体性上。在中国现代时期，文学还不具有现代意义上的分科，文学创作、文学翻译、文学批评、文学研究包括文学史研究和文学理论研究，它们是一体的，其联系是自然性的，是有机的。其中文学创作是核心，其他都可以说是文学创作的衍生，甚至于是为创作服务的。正是因为如此，所以那时候很多文学翻译家、文学批评家以及一部分文学研究学者都是从作家中产生的，或者说具有创作的背景。比

---

① 冯至：《中国新诗和外国诗的影响》，《冯至全集》第 5 卷，河北教育出版社，1999 年版，第 182 页。
② 卞之琳：《新诗和西方诗》，《卞之琳文集》中卷，安徽教育出版社，2002 年版，第 503 页。
③ 卞之琳：《翻译对于中国现代诗的功过》，《卞之琳文集》中卷，安徽教育出版社，2002 年版，第 551 页。
④ 西渡：《翻译·创作·民族性》，《文学前沿》第 5 辑，首都师范大学出版社，2002 年版，第 117 页。

如鲁迅、郭沫若、茅盾都可以说是"四位一体"，并且在四个方面都卓有建树。而大多数作家都是身兼三职。不像今天，作家是自然产生的，而学者和翻译家是大学专业训练出来的，并且，文学创作、文学研究和文学翻译，"三权分立"，相互隔绝，互不联系。

中国现代文学活动的一体性尤其表现在期刊上。在中国现代文学史上，期刊是最重要的文学阵地，期刊最能集中地反映当时的文学整体状况，从期刊上可以我们看到当时文学活动的基本情形。与现在不同，当时文学各学科分工不明显，没有严格的"文学创作界"、文学研究"学术界"、"文学翻译界"、"文学评论界"，只有笼统的"文学界"。就笔者所见到的，没有专门的文学研究杂志①，没有专门的文学批评杂志，只有一家专门性的文学翻译杂志，即《译文》，是由鲁迅于1934年创办的。中国现代文学时期，文学期刊多是综合性，既发表文学创作作品，也发表文学翻译作品，还发文学评论文章和文学理论批评文章，还有各种文学史介绍，比如外国作家、作品和流派的介绍等。综合性期刊也有文学栏目，而文学栏目也多是综合性的。具体于翻译文学与创作，我们不妨通过几种杂志来作一些具体的分析。

笔者统计：《新青年》从第一卷第1号到第八卷第6号共48期，共发表文学作品148篇次，其中翻译文学80篇次，文学创作68篇次。② 另外，《新青年》从第二卷第2号开始断断续续连载刘半农的《灵霞馆笔记》，这本著作不论是在当时还是在现在都属于外国文学论著，但其中有大量的外国诗歌的翻译，比如其中就翻译了著名的《马赛曲》。《新青年》对于中国现代文学的影响这是毋庸置疑的，这个简单的统计说明，翻译文学在整个新文学产生的过程中具有重要的地位，在当时，它与创作具有"共生"性。它既是新文学的范本，催生着中国新文学的诞生，同时它也是新文学的依托，新文学家们通过以一种新的方式翻译外国文学来培养和建设新文学，也为新文学找到了西方的根据，并扩大了自己的影响，可以说，它们具有共通性，并且相互作用，"共生共荣"，共同推动中国新文学的产生和发展。

对于翻译的性质，《新青年》没有特别的说明，但非常明显，在《新青年》那里，翻译文学显然并不就等于"外国文学"，这既表现在文本的巨大差异上，也表现在作品的"版权"形式上。《新青年》第一卷共发表6篇翻译文学作品，其中4篇是双语文本，即"英汉对照"。但这种"英汉对照"显然不同于今天英语学习中的"英汉对照"，它属于两种文本，即英语文本与中文文本，《新青年》把两种文本并置，实际上表明了这是两种不同的文学作品，英语原文属于外国文学，而翻译文学则属于中国文学。这种把翻译文学区别于外国文学的做法还可以从目录"版权"上反映出来，从第一卷第1号直到第五卷第2号，目录上的翻译文学作品的署名，都只有作为作者的译者而没有标"译"字样。比如第一卷第1号，（小说）《春潮》，署名陈嘏；第一卷第2号，《赞歌》，署名陈独秀；第二卷第3号，

---

① 俞伯平曾计划创办一份《红楼梦》研究杂志，但未实现。详见俞平伯《与顾颉刚讨论〈红楼梦〉的通信》(第15)，《俞平伯全集》第5卷，花山文艺出版社，1997年版，第55页。

② 这里按照目录上的一级标题统计，所以用"篇次"计而不用"篇"计。

《欧洲花园》，署名刘半农。不看原文，仅从目录上来看，还以为这些作品都是创作呢。但实际上，它们都是翻译作品，这在正文处有明确的说明，比如《春潮》，正文处署俄国屠格涅甫原著，陈嘏译；《赞歌》，正文处署达噶尔作，陈独秀译；《欧洲花园》，正文处署葡萄牙当代文豪尔洼原著，刘半农译。

目录与正文在著作权上的不统一，在今天看来，这是不规范，但这种不规范隐隐透漏出《新青年》当时对翻译作品在性质上的矛盾心态。在目录上不署"译"字样，似乎表明翻译文学作为汉语文本，它应该属于翻译者所有，属于中国文学。所以，胡适的《尝试集》和《尝试后集》中收录了大量的译诗，比如《关不住了》、《哀希腊歌》、《清晨的分别》等。而一直到第五卷第 2 号，《新青年》始在目录上标"译"字样。比如，前一期《国民之敌》目录上署名是陶履恭，这一期则改为"易卜生著、陶履恭译"。再比如《tagore 诗二首》，署刘半农译。周作人译了二篇短篇小说，署名为："瑞典 August Strindberg 著、周作人译"。这似乎又表明《新青年》开始重视翻译文学的独特性，强调它的双作者性。但不管如何署名，这种翻译文学与创作的"共栖"性都说明，翻译文学在新文学的初期与新文学具有一体性，它实际上是新文学运动的一个组成部分，而不是一种脱离新文学的独立的文学活动。

《新青年》上的创作与翻译是并置的，中国现代文学史上大多数期刊都是这样的。综合性的杂志比如《新潮》、《现代评论》、《东方杂志》等是这样，文学期刊比如《新月》、《小说月报》、《现代》、《创造周报》、《幻洲》、《莽原》以及《礼拜六》等也是这样。《东方杂志》"光绪三十年正月"（即 1905 年）创刊，首期就设有小说栏，所刊小说就是翻译作品，"美国乐林司朗治原著"的侦探小说《毒美人》，连载十多期。这一传统后来一直被承袭，"小说栏"后来改为"文艺栏"，但仍以发表小说为主，包括创作的小说和翻译的小说。

在中国现代文学史上，文学期刊众多，生存的时间或短或长。翻检这些杂志，我们看到，其中大多数杂志都刊载翻译作品。在这些期刊中，除了《译文》专载翻译作品以外，还有不少杂志大量发表翻译文学作品。比如《大众文艺》，第一卷共 7 期（1928 年 9 月至 1929 年 11 月）中，共刊载作品 65 篇次（即按一级目录统计），其中翻译文学 38 篇次，约占总数的 58%。再比如改版后的《小说月报》，其翻译文学在整个杂志中也占有很大的比重，1921 年共 12 期，其中"译丛"栏发表翻译文学 86 篇次，而"创作栏"发表的作品只有 54 篇次。这充分说明，在中国现代文学史上，翻译文学不具有独立性，它完全纳入了中国现代文学的运行机制，文学翻译活动属于整个文学活动的一个有机组成部分，它不同于创作，但也不脱离创作。

中国现代翻译文学与创作始终联结在一起，这与当时学科不成熟有关，但也不完全如此，最根本的原因还在于它们本来就是统一的，本来就是相互联系相互影响的。对于《大众文艺》为什么要刊载大量的翻译文学作品，郁达夫在实际上是"发刊词"的《大众文艺释名》一文解释说："我国的文艺，还赶不上东西各先进国的文艺远甚，所以介绍翻译，当然也是我们这月刊里的一件重要工作。"[①]翻译外国文学，不仅是丰富我们的文学，给

---

① 郁达夫：《大众文艺释名》，《大众文艺》第 1 期（1928 年 9 月）。

读者提供精神食粮,同时更是为我们的创作提供借鉴,提高和发展我们自己的文艺。《小说月报》改版周年时,茅盾写了一篇总结性的文章,在这篇文章中,他用了很多篇幅谈文学翻译的问题,他说:"我觉得翻译文学作品和创作一般地重要,而在尚未有成熟的'人的文学'之邦像现在的我国,翻译尤为重要;否则,将以何者疗救灵魂的贫乏、修补人性的缺陷呢?"又说:"我又觉得当今之时,翻译的重要实不亚于创作。西洋人研究文学技术所得的成绩,我相信,我们很可以,或者一定要采用。采用别人的方法——技巧——和徒事仿效不同。我们用了别人的方法,加上自己的想象情绪……结果可得自己的好的创作。在这意义上看来,翻译就像是'手段',由这手段可以达到我们的目的——自己的新文学。"①在类别上,翻译文学具有独立性,但从意义、价值以及运作上,它不脱离中国现实和中国文学。在思想上,它帮助我们完成"人的文学"的目标,提高中国人的精神素养;在艺术上,它给我们提供技术上的支持,帮助中国文学完成现代转型。所以,翻译文学在存在和运作的深层上源于我们自己的创作。

正是因为这样,所以,翻译什么,如何翻译等都深刻地受制于我们的创作。正是在这一意义上,也即在一种宽泛的意义上,我们可以把翻译文学看作创作的一个组成部分。正如有人所说:"'翻译文学'甚至不仅仅是一个客观的参照系,也可以被看作是能融入中国本土的具有一种扩张与实践意义的生长性文本。"②我认为这是非常有道理的。对于中国现代文学中的很多作家来说,把翻译和创作分别开来是没有多大意义的,翻译文学与创作之间的差距并不大于小说与诗歌或散文之间的差距,创作并不一定比翻译更有价值或更有创造性,翻译也不比创作更容易,它们同等重要。正是因为翻译与创作之间具有深层的内在联系,所以,在中国现代文学史上,翻译与创作如影随形,在各种文学活动中都是"并置"性地"出场"。实际上,对于一般读者来说,特别是五四时期,新文学是一种完全陌生的文学,翻译文学也是一种完全陌生的文学,它们之间并没有什么实质性的不同,它们对读者的意义和价值并没有什么不同。它们之间的差距远小于新文学与旧文学之间的差距。对于作者来说,文学翻译和文学创作在语言、文体、写作技术、表现手法上都具有"同构性",具有内在的联系,翻译创作"相长"。所以,无论从哪一方面来说,翻译文学都是新文学的"同盟军"。在文学活动上,事实上也是这样,翻译文学不仅是新文学的学习榜样,同时也是新文学反抗传统文学的"武器",它们之间互相"佐证"。

翻译文学后来越来越具有独立性,并且演变到当今的与创作的隔膜状况,这与外国文学作为学科的发展有关,与翻译文学的发展有关,更与中国现代文学的发展有关,当中国现代文学越来越具有自己的特色,越来越走上独立之路,越来越远离西方文学时,翻译文学便真正地与中国文学分道扬镳,也开始走自己的路,从而成为一种独立于中国文学的学科和文学领域。但翻译文学在现代时期还不是这样,那时,翻译文学的运作始终是围绕着创作展开的,始终不具有独立性。

---

① 记者(即茅盾):《一年来的感想与明年的计划》,《小说月报》第十二卷第 12 号(1921 年 12 月)。
② 董丽敏:《想像现代性——革新时期的〈小说月报〉研究》,广西师范大学出版社,2006 年版,第 132 页。

三

中国现代翻译文学之所以应该纳入中国现代文学史，重要的原因还在于，中国现代翻译文学从"生产"到"消费"的全过程始终不脱离中国现实语境和中国文学语境，所以具有中国性、本土性。它是外国作家的作品，这是没有疑问的，但它更是中国翻译家的作品，是翻译家的"创作"。它的读者对象是中国现代读者，中国的社会现实和中国读者的文学欣赏习惯以及文学需求始终潜在地影响和制约它的选择和运作，从而深层地决定它的意义和价值。它是中国现代时期的文学作品，主要是现代汉语形态的作品，是在中国现代文学体制下运行的，所以本质上属于中国现代文学，应该纳入中国现代文学史的"书写"。

外国文学史作为已经发生的过去，有它的客观性，但面对浩瀚无边的外国文学，翻译什么，如何翻译，就具有很大的主观性。不同在于，不同的历史阶段其选择和翻译的主观性有很大的差异，而中国现代文学翻译其主观性就非常强烈，具有鲜明的时代性。外国文学本身的艺术价值以及它在文学上的地位等当然也是我们选择它予以翻译的一个重要因素，甚至也不能排除某些偶然的因素，但选择哪些外国作品进行翻译从根本上还是取决于中国的社会现实和文学现实，还是取决于中国现代文学的需要和发展。比如，为什么苏联文学在 20 年代中期之后被大量地翻译过来，特别是苏联卫国战争题材的作品在 40 年代的中国非常通行，这显然与中国的革命和战争有关系，李今说："他们介绍苏联文学的最根本的目的是为了中国革命，而不仅仅是文学。"[1]鲁迅则是一语中的："而对于中国，现在也还是战斗的作品更为紧要。"[2]中国的革命和战争与苏联的革命和战争有着惊人的相似，所以，他们的同类题材作品特别能引起我们的兴趣，也对我们具有现实意义和借鉴意义。

正是因为如此，在三四十年代，高尔基在中国受到特别的欢迎。在苏俄，优秀的作家很多，为什么唯独高尔基在我们的翻译中具有特殊性乃至高高在上，这与高尔基文学成就本身有关系，但政治的因素则是更重要的。高尔基本来是复杂而丰富的，但翻译过来的高尔基却是单纯的，这当然与苏联把高尔基解释和刻画得单一有关，但更深层的原因则是我们需求的单纯。我们并不是对高尔基及其作品感兴趣，我们真正感兴趣的是我们自己，是我们的社会现实与文学现实。与高尔基形成鲜明对比的是，深受俄罗斯人喜爱的普希金最初不受欢迎，这显然与他的浪漫主义艺术观念与我们的政治文化现实相距甚远有很大的关系。后来普希金被接受，与其说是他的艺术成就被我们认识了，还不如是我们对他成功地进行了阐释，从"语言"和"人民"这里我们找到了普希金与中国的契合点，普希金被解释成学习民间语言的典范，被解释成"为人民服务"的革命英雄。

---

① 李今：《三四十年代苏俄汉译文学论》，人民文学出版社，2006 年版，第 15 页。
② 鲁迅：《答国际文学社问》，《鲁迅全集》第 6 卷，人民文学出版社，1981 年版，第 18 页。

特别是普希金的文学可以用来解释和印证毛泽东文艺思想时,他便在中国获得了空前的地位。

所以,本土需要和本土经验对于文学翻译来说具有决定性。在中国现代文学史上,以某某作家有地位和影响、艺术成就很高作为翻译的理由,这是苍白的。我们必须从被翻译的对象中找到某种对我们的社会现实和文学现实非常有用的东西,否则就没有翻译的必要,勉强翻译过来也不会发生什么影响。鲁迅曾说他"敬服"但丁和陀斯妥耶夫斯基,但"不能爱"。为什么?根本原因就在于他们的思想对于鲁迅来说太隔,他们所表达的思想和问题,在中国缺乏语境,缺乏文化基础和现实基础,所以接受不了,实际是用不上。比如对于陀斯妥耶夫斯基的"忍从"思想,鲁迅说:"不过作为中国的读者的我,却还不能熟悉陀斯妥夫斯基式的忍从——对于横逆之来的真正的忍从。在中国,没有俄国的基督。在中国,君临的是'礼',不是神。百分之百的忍从,在未嫁就死了定婚的丈夫,坚苦的一直硬活到八十岁的所谓节妇身上,也许偶然可以发见罢,但在一般的人们,却没有。"①正是因为如此,陀斯妥耶夫斯基很难为中国读者所接受,其作品自然要受到翻译家的冷落,即使他"太伟大"(鲁迅语)了,也没有用。

中国现代翻译文学的本土性、中国性,不仅仅是因为它是中国需求和认同的产物,更表现在它的文本上。中国现代翻译文学是现代翻译家翻译的,现代的知识结构、文学制度、文学风尚等深深制约作者及作者的翻译,所以翻译出来的文本具有深刻的时代性、民族性,从而具有中国现代文学性。翻译就是背叛,翻译就是"不忠",翻译就是阐释,翻译就是"游移",翻译具有"政治性",对于中国现代文学翻译来说尤其这样,很多翻译家都承认这一点。比如以翻译托尔斯泰《战争与和平》著名的董秋斯就明确提出"翻译就是创作"的观点,赵景深则认为,"译得顺不顺"比"译得错不错"更重要。②按照现在的观点来看,中国现代文学翻译有很多错误,有很多漏译、误译以及增译等,错误当然是难免的,但很多我们认为的"错误"未必是错误,它可能是有意为之,属于翻译限度内的"创作"。

真错误也好,假错误也好,这都说明,翻译与原著之间存在着很大的差距。我们当然承认翻译文学与原著之间的联系,但翻译文学不等于原语文学。文学作品一经翻译之后,它就变成了译语的文学,就与原作脱离了关系,成为另外一种文学。外国文学一旦被翻译成汉语之后,它就不再是纯粹的外国文学,而同时也是汉语文学,被置于汉语语境之中,其性质和归属就要根据它特定的语言、体制和时代等综合因素来决定。我认为,中国近代翻译文学在语言上主要是古代汉语的,在体式上主要是古代文学方式的,是在近代社会体制和近代文学体制下运行,所以它总体上属于中国古代文学。而到了现代,翻译文学在语言上主要是现代汉语的,在体式上主要是现代文学方式的,它是在

---

① 鲁迅:《陀斯妥夫斯基的事——为日本三笠书房〈陀斯妥夫斯基全集〉普及本作》,《鲁迅全集》第6卷,人民文学出版社,1981年版,第412页。

② 转引自李今《三四十年代苏俄汉译文学论》,人民文学出版社,2006年版,第301、325页。

中国现代社会体制和现代文学体制下运行,所以它总体上属于中国现代文学。比如西方诗歌,近代无一例外地都翻译成格律体,或者古体、或者近体,少数还翻译成赋体、词等。而到了现代,绝大多数西方诗歌都被翻译成新诗体即自由体。所以,在文学形式上,中国现代翻译文学更接近中国现代文学文本,而不是外国文学文本。

中国现代翻译文学不仅在作者的层面上、在文本的层面上应该属于中国现代文学,在读者和阅读的层面上,它更应该属于中国现代文学。读者是构成整个文学活动的一个非常重要的环节,文学作品的意义与价值并不完全取决于文本,同时还取决于读者的阅读,在"消费"的意义上,读者潜在性地也是深层地影响作品的性质。伽达默尔说:"理解从来就不是一种对于某个被给定的'对象'的主观行为,而是属于效果历史,这就是说,理解是属于被理解东西的存在。"①这样,"理解"就不再是一种方法,而是文学的本体,也就是说,理解的意义就是文学本身的意义。翻译文学虽然来源于外国文学,但在读者的层面上,它与外国文学具有完全不同的归属,外国文学其原语就决定了他的读者对象主要是"外国人",而翻译文学其译语则决定了它的读者对象主要是"本国人"。就中国现代翻译文学来说,它是给中国现代读者看的,它的性质、它的意义和价值同时也取决于现代中国社会和中国文学的语境。事实上,中国现代翻译文学更多的是扮演着中国现代文学的角色而不是外国文学的角色,郭沫若在谈到屠格涅夫的《处女地》时说:"我们假如把这书里面的人名地名,改成中国的,把雪茄改成鸦片,把弗加酒(即伏特加)改成花雕,把扑克牌改成麻将(其实,这一项不改也不要紧),你看那俄国的官僚不就像我们中国的官僚,俄国的百姓不就像我们中国的百姓吗? 这书里面的青年,都是我们周围的朋友,诸君,你们不要以为屠格涅甫这部书是写的俄罗斯的事情,你们尽可以说他是把我们中国的事情去改头换面地做过一遍的呢!"②所谓俄罗斯的事情就是我们自己的事情,俄罗斯的青年就是我们周围的朋友,就是在阅读意义上而言的。也正是这种阅读的意义上,《处女地》被郭沫若翻译成中文以后,变得中国化了,具有了中国现代文学的功能。

文学作品在阅读中发生改变,这种改变不仅仅表现在内容上,更表现在形式和艺术性上。把读者及其阅读纳入翻译文学的研究视野,中国现代翻译文学就变成了中国文学,变成了汉语文学,变成了中国人所专属的文学,就与原作者没有了关系,就与原语言没有了关系,就脱离了原语境而进入中国语境,就脱离了原运作机制而进入了中国文学的运作机制,一句话,就变成了中国现代文学。

正是因为中国现代翻译文学在完整的文学活动构成上从作者到文本到读者到语境都具有中国性,所以,它与外国文学有根本的区别,更属于中国现代文学。也正是在"作者"、"文本"、"读者"和"现实语境"这四个维度上,中国现代翻译文学具有自己的体系,构成了一种独特的"外国文学史",一种不同于外国"本国"文学史的"外国"文学史。外

---

① 伽达默尔:《真理与方法》(上卷),上海译文出版社,1999 年版,"第二版序言"第 8 页。
② 郭沫若:《〈新时代〉序》,《新时代》上册,上海商务印书馆,1925 年版,第 4 页。

国文学经过汉译之后,是否有地位和影响,不仅仅取决于原作的艺术价值,更取决于中国,取决于它对中国社会和文学是否具有针对性,取决于翻译是否能为中国读者所接受。就中国现代翻译文学来说,翻译过来的作品在外国未必就是最优秀、最有影响和在文学史很有地位的作品,有很多外国经典作品都没有翻译过来,或者翻译过来也没有什么影响和地位。

比较翻译意义上的"外国文学史"和一般意义上的外国文学史(也即世界文学史)或者原语国的本国文学史,我们看到,二者之间存在着很大的差距。有些作家,在"本国"文学史上和在专业的外国文学史上,地位很高,但在中国现代翻译文学史上,却影响很小甚至于不见踪影,比如英国女作家艾略特,在英国文学史非常有地位,但在中国,不仅在中国现代文学时期,少有人知道,就是在当代文学界,知道她的人也很少。相反,有些作家,在一般意义的世界文学史上,地位并不高,影响也非常有限,但在中国,却非常有地位,作品不断地被翻译,影响一代又一代的中国人。比如果戈理、莫泊桑、法捷耶夫、庞德、奥斯特洛夫斯基、阿·托尔斯泰、屠格涅夫、高乃依、狄德罗、莱蒙托夫、席勒、萨特等人,他们的作品被大量翻译成中文,深受中国读者的喜爱,在中国人的印象中,他们都是可以位列前50位的世界文学大师。受中国史传传统的影响,中国人一直有一种"排座次"的情结,文学史也是这样,中国人编的"外国文学史"也很深地具有这种"排座次"的特点。但把中国的"排座次"和外国的"排名"进行比较,我们感到这中间存在着巨大的差距。比如在美国学者伯特所编的《世界100位文学大师排行榜》[①]中,"神圣"的高尔基竟然没有进入这个名单,中国人所推崇的巴尔扎克在这个"排行榜"中仅位列第41。为什么会这样?当然有政治的因素,但另一方面也说明,我们的翻译文学有自己的独立性,自成体系,它与外国文学史有共通的一面,也有其特殊性的一面。对于中国现代翻译文学来说,并不是翻译得越准确就越好,就越能得到读者的认同,就越能流行并发挥作用,就越经典。中国现代翻译文学从选择对象,到具体的翻译过程到消费和运作,都有自己的规则,即中国现代文学规则。所以,中国现代翻译文学属于中国现代文学的范畴,更应该纳入中国现代文学史的体系。

当然,如何在中国现代文学史中书写翻译文学这一"章",这是一个复杂的问题。一方面,我们应该承认中国现代翻译文学的中国性、现代性以及创造性等,承认它是中国现代文学的一个重要组成部分,另一方面,我们又应该把它和本土文学创作区别开来,承认它与外国文学之间的不可割裂的联系,因为它毕竟是从外国输入来的,不论是在作者上,还是内容上,都具有异域性。不能简单地把它等同于中国现代文学。早在80年代初,谢天振先生就提出了中国现代翻译文学是中国现代文学一个组成部分的观念,他认为:"既然翻译文学是文学作品的一种独立存在形式,既然它不是外国文学,那么它就应该是民族文学或国别文学的一部分,对我们来说,翻译文学就是中国文学的一个组成

---

① 伯特:《世界100位文学大师排行榜》,海南出版社、三环出版社,2005年版。

部分。"①又说:"我们一方面应该承认翻译文学在民族文学或国别文学中的地位,但另一方面,也不应该把它完全混同于民族文学或国别文学。比较妥当的做法是,把翻译文学看作民族文学或国别文学中相对独立的一个组成部分。"②不能否认翻译文学的外国文学性,但翻译文学的确又具有中国文学性。不能把文学翻译等同于文学创作,但文学翻译的确又具有创作性。所以,在"大现代文学"的意义上,中国现代阶段的翻译文学是中国现代文学的一个组成部分,它和文学创作、文学批评、文学流派和社团是并列的,又是一体的。就像我们"书写"中国现代文学不能不"书写"文学思潮、文学流派和社团、文学批评一样,我们也必须"书写"翻译文学。

反省当下的中国现代文学研究,我们看到,中国现代翻译文学在现有的学科分类中是相当尴尬的,它既不属于外国文学,也不属于中国文学,中国现代文学不研究它,外国文学也不研究它,虽然它在中国人的文学生活中占据着极重要的地位,其作用和意义丝毫不在创作之下。我们看到,在目前的中国现代文学史"书写"中,一些二流、三流甚至不入流的作家都会被提到,而对中国现代文学的产生和发展作出了巨大贡献的翻译家,比如傅雷、朱生豪、戈宝权、曹靖华、汝龙、赵景深、罗念生等却连被提到的资格也没有。鲁迅、郭沫若、茅盾、巴金、胡适、陈独秀、徐志摩、冯至、穆旦、卞之琳、戴望舒、萧乾这些作家虽然在文学史上有很高的地位,但他们的文学翻译成就及其文学翻译对中国现代文学的作用却没有得到应有的"书写"。我认为这是不客观的,也是不公平的,没有全面而准确地反映中国现代文学的历史事实。这种状况应该改变,而改变的前提就是我们必须对中国现代翻译文学进行重新认识和定位。当下,中国现代翻译文学已经得到学术界特别是翻译学术界的重视,已经有了一些综合和专题性的研究,但我认为,最重要的是,我们应该从中国现代文学这一角度来重新研究中国现代翻译文学。

（原载《中国现代文学研究丛刊》2008 年第 3 期）

---

① 谢天振:《为"弃儿"寻找归属——论翻译文学在中国现代文学史上的地位》,《上海文化》1989 年第 6 期。

② 谢天振:《译介学》,上海外语教育出版社,1999 年版,第 245 页。

重读改革小说——公化的现代性与私化的矛盾性

首作帝

一、公化的现代性

这是一张有着矿石般颜色和猎人般粗犷特征的脸：石岸般突出的眉弓，饿虎般深藏的双睛；颧骨略高的双颊，肌厚肉重的阔脸。这一切简直就是力量的化身。

这是蒋子龙《乔厂长上任记》中对机电局电器公司经理乔光朴浓墨重彩的肖像描写。"这一切简直就是力量的化身。"蒋子龙用画龙点睛之笔推崇出新时期文学的第一个"巨人"形象——"进攻的性格"、"开拓者家族"的先祖。蒋子龙首创了一个新颖有力的提喻（synecdoche）[1]，表明了他和他的同时代理想主义者对于当代文学与现代性的互现看法。对蒋子龙而言，乔光朴只是一个引子，他的身后紧跟着车篷宽、高盛五、牛宏、宫开宇、石敢、朱石、凌子中等一大批勇敢者，并躬行着只有勇敢者才能把玩的"游戏"；对改革小说而言，《乔厂长上任记》只是一个序幕，掀开了工业文学的改革先声，并导引出农村改革、政治体制改革小说创作的波澜。

改革小说对于现代性的阐显极具轰动效应，成为其最大的创作能量。尽管现代性诉求在此前的伤痕小说、反思小说早已有之，但改革小说重新编码并加以发展；改革小说依托宏大叙事的基础，大力阐扬个人的自主性，并将其置于启蒙思想进步性的框图之内，从而对时代意义的整体化、跨历史和普遍性的价值体系进行记录和铭写。应该说，改革小说扮演了新时期忠诚典范的文类角色，通过立异的方式努力寻求一类公化的现代性品格，它同时也是文学追求独创性的强烈欲望的膨胀和彰显，试图开拓一种重新建构超验意义的超验能指。从此角度考察，我们不妨可以这么理解改革小说：改革小说以文体先锋的意识，将现代性置于广阔的视阈中，探讨个人解放与国家民族发展的合而为一；这是一个夸父追日式的当代寓言，个体在宏大"他性"的影像中投射自己，寻找自己，体现自己。

事实上，改革小说的叙述模式仍可概括为一种常见的类型——"文明与愚昧的冲突"，作家基于启蒙理性的信仰，展示了文明与愚昧、科学与迷信、民主与专制的矛盾对立。但是相对笼罩在各种传统社会形式下的大环境，改革小说显然被悬置于一个新的

---

[1] 肯尼斯·伯克突破了比喻的"纯粹比喻用法"，而赞成比喻的存在是人类思想和言语的一种状态。Kenneth Burke："Four Master Tropes,"A Grammar of Movies，New York：George Braziller，1945。

语境中,现代化的概念以增殖的连锁反应加剧了传统与现代性之间的旧有冲突。这种趋势十分醒目。冀申与乔光朴(《乔厂长上任记》)、田守城与郑子云(《沉重的翅膀》)、丁晓与刘钊(《花园街五号》)、赵炳与隋抱朴(《古船》)、肖万昌与李芒(《秋天的愤怒》)、回回与禾禾(《鸡窝洼人家》)等两股势力的冲突作为中国文学的一种惯例技法,本身并不凸显新颖性、原创性和艺术自豪感。然而,改革小说以缜密的结构牵引出一个庞大的现代性实存,通过作家感同身受的强化、反复、互现或翻案,与错综复杂的当代性相互关联和相辅相成,以铁一般的事例暂时性地实现了文学阐述历史与重构现实的重大转移。

改革小说将人为的公化现代性的颂扬和呼吁推向巅峰,受到开河之初改革开放的吸引和助推,作家的想像力恣意探索一种超前的现实与社会生活同步的方式,以追求新异的审美和超常的叙述。因此毫不为奇,普遍性的理性启蒙与国家式的现代性诉求相互吸引合而为一。就此而言,蒋子龙代表了一个特定时代的典范。在他那里,他所设想的公化现代性以绝对的权威贯穿始终,尽管也许受到反面势力的疯狂胁迫,但反而更强盛地昭示出光明的前途,并受到公众的强烈崇拜。在《进攻的性格》中,他借朱石之口表达了这种坚贞不屈的信念:"对,一个党的干部应该经常到群众中去报到。"这不仅是指党的品格的净化问题,毋宁说蒋子龙站在时代的制高点倡导现代性在民众中的广泛宣传,党的统率作用在新时期文学中得以继续接替和发扬,代表了现代性概念中最有效和最有意义的部分。蒋子龙是现代性激进启蒙的代表,传达出民族国家渴求摆脱落后、走向强盛的光华璀璨之音。

在何士光、高晓声、贾平凹、张贤亮、路遥和矫健等作家的改革小说中,现代性同样以公化诉求的方式进行撒播,或被设想为对自我认同的协调,或被置换为解放符码的挪用,或被整合为一类补偿性的记忆。但作家的书写万变不离其宗,即以理性的启蒙辩证法规则来凝聚现代性的强力能量,尤其是关乎人的现代性的存在以立体的姿态形象演绎,从而消除了所有中介途经的救赎。冯幺爸和陈奂生等乡土农民已经被作家摒弃了解放区文学传统保留的根深蒂固的人身解放内容,人物主体作为中心理性启蒙者面对"他我"①勇于从各种有目的的行为的掌控中解脱出来,它所反映的快感和兴奋,是现代性精神的集中投射,从而能够引起欣欣鼓舞的共鸣感和震撼力。陈奂生上城→转业→包产→出国的漫长"游历记",表面上是"深刻地记录了社会前进的步伐和人物灵魂的演进"②,实际上是以公共化为领域场(champ),以人物创造非凡价值和意义为核心(core),打开了一条通往曾经被视为可望而不可即的充满幻觉意志的现代化之路。很大程度上说来,高加林、金狗、回回等可视为是勇敢行动者"冯幺爸",是实践现代性的最初的"行家"。

借此我们可以看到,改革小说以公化现代性为叙述武器,更新了文学表现的策略,

---

① "他我",other ego,胡塞尔交互主体性现象学中的核心概念之一,意指对于本我(ego)而言的他者,对于本己的个体单子而言的其他陌生单子。

② 李赣等主编:《中国当代文学史》,科学出版社 2004 年版,第 154 页。

这是新时期以来一个最为耀眼的连续的流动,它因为与国家民族的现代化建设相关联而保持了永恒在场(presence)。与此同时,改革小说可算是关于"世间的"文本,在素朴的经验和实践中以及在科学的理论化中展开人对世界的理解和人的自身理解。就此而言,我们不能不假思索以形而上学和意识形态要素简单讥评改革小说;在其时的社会氛围里,改革小说祛除了理论的负荷,将公化现代性的立场融入文学的框架,显示出对现实及其意义的阐述能力,相比过去阶段的文学图解,显然富含更进步的非"幼稚性"的思路。

二、私化的矛盾性

矛盾性之所以存在,是因为社会错综复杂因素所致,当某一客体或事件具有归类于一种以上范畴的可能时,矛盾性便出现了。换言之,矛盾性是分类功能丧失的结果,世界由不同实体组成,当我们不能恰当地解读特定情境并导致极度的不适,与秩序相悖的征兆便开始抬头。在此情境中,个体作为现代性实存的拥有者,必然努力在私己的自身建构中寻觅切合社会首肯的行径。这些个人性事务的存在不以任何意志为转移,纵使是国家权力也无法将其抹杀。恰恰基于此,充满张力的私化矛盾性在极度的焦虑中悄然滋生。

在改革小说中,渗透着一种个人性的私化的矛盾性,它通过隐性的话语解释着它所认识的一切,即也是一种自我阐述的过程。矛盾性的发生与现代性的过于清晰的态度与诺言不无关系,现代性以理性为载体许诺实现人类社会生活与精神的解放,但事实上,除了不可避免的偶然性,人类面临的选择、身份、生活的筹划和未来的规训衍生出无可挽救的矛盾性。由此,我们所设想的意志协调一致并不如想像中那么好。改革小说中的私化矛盾性以对不确定性的恐惧、对同化的担忧、对爱的追求等表现功能最为典型,在极其短暂的冒险叙述中与历史和现实发展的悖论结合起来。很显然,这些功能症状在先前的文学中早已有之,本身并非稀罕之物。问题的关键在于,在改革小说的大一统现代性面前,矛盾性可视为一种被转化的潜能,迂回曲折在现代性的框图之外构建了新的逻辑、现象、模式和种类,而且不是作为"补充和印证"的身份出场,而是作为分化的"重心和存在"而显现,因此奠定了压抑欲望的基础。

《人到中年》一般被视为反思小说,背后隐藏的意欲仍是"改革"。陆文婷作为新中国肩负重任的优秀知识分子,高度的事业心和责任感使她任劳任怨驻足于国家大计和由人的社会需要和痛苦所制约的社会关系之中。马克思曾预言,人是一切社会关系的总和。不错,陆文婷能够被读者所接纳并为之深深感动和缅怀,在于她忘我的精忠报国热忱,直至生命垂危之际仍在这个层面上循环,再循环,释放生命的最后能量。与此同时,我们不要忽略了一个事实,那就是:作为当代的"花木兰",陆文婷并没有找到真正救赎自己的方法,失心家庭的痛苦和内疚无法使她获得自身的自由。姜亚芬作为"烛照"陆文婷的参照物,正好有力地证明了该预设。谌容坦陈自己的创作在于"把人间的悲喜剧放在一定的历史范畴,探索决定人物命运的历史渊源,写出最深刻、最本质的反映历史面貌的作品"①。事实也正是,陆文婷生活在一个讲究安顿的世界里,成为被疏离、被边缘化的对象,但她又没有表现出一般人的激进和超脱,其忠诚的明确性与其社会定位的"逆差性"构成了中国当代文学史上令人触目惊心的一幕。正是在这一点上,"改革"作为一场"现代性运动",再次获得了新的关注和活力。

在农村题材改革小说中,这种表现更加明显,也更加复杂。由于现代性的积极作用以探索者的面目出现,因此发扬个人自主性、反对迷信和"神话"的批判思想与调动大众积极性的努力之间存在一条巨大的鸿沟。换言之,在此情况下,作家尊荣的现代性诉求以独特的态势扎眼现身,以相对传统的方式来清除横亘在面前的障碍;矛盾性趁机卸除人类状况特殊性的伪装,并最终得以原形毕露。确切地说,这只是短时间内暂时的移位和含混,旨在曾经空白的空间中涂抹一点色调,暴露潜在的同化压力下蠢蠢欲动的强力影响。《人生》里的高加林作为身处"城乡交叉地带"的尴尬人,恰恰喻示出改革小说所开启的新的诠释任务,它甚至于与蒋子龙式的改革小说形成强烈的对比反差。当然,对现代性的搜寻和界定是一个总的主题,但相对乔光朴富足饱满式的当代"巨人"和"英雄",高加林无形中代表了虚空的奇异性。从一开始,高加林就摆渡出与祖辈的经历不同的活法,以灼热的情感激励自己大干一场;为了阻止自己被长期的"传统"压力所同化,以及对新生活的追求所带来的幻灭倾向,高加林史无前例地筹划着紧张的令全社会产生"不安"的"革命"。读者往往接受了主人公卓越的智慧和奋斗的禀赋,却很少感受得到他身上未被世人接受的"理想"所产生的谴责心理和痛苦欲望。似乎从一开始,高加林的努力就注定不可完成,最终也不能得到回报。"癞蛤蟆想吃天鹅肉"的寓言在当代中国活生生地完完整整地上演了。经过搏斗和磨难的洗礼,高加林最后如醍醐灌顶:"为了远大的前程,必须做出牺牲!有时对自己也要残酷一些。"到此为止,"人生"的真正含义终于被误解,没有任何浪漫感和自豪感,所有的慷慨激昂粉碎了人物进程的记忆。高加林到底还是没能超越19世纪狄更斯笔下的皮普(《远大前程》),这样的左右为难恰恰揭示出因追求自身合法化的矛盾性对现代性的诉求。

对此,几乎同时出现的陈奂生可以更好地映衬高加林身上潜藏的销蚀力量。高晓声对于他钟爱的人物陈奂生一直不吝馈赠着刻意的编码:"上城出国十二年,小说一篇写白头。""写出了背负历史重荷的农民,在跨入新时期变革门槛时的精神状态。"②高晓声写到最后,人物的循环往复已经被无极限放大,成为一个超真实的事件,只能依照充满理性的现代性理论给予证实,"现实原则"似乎失去了仿真的功效。相对原本在同一层面运行的"农村人"高加林——顺便提及,高加林比陈奂生更年轻更有知识更具深度形象——及其人生选择时所面临的痛苦、矛盾和焦虑心理,后者显然更能提供较少天启色彩的例证。这样,社会转型时期的矛盾性显示出了不可小觑的颠覆力量,或许这种

---

① 谌容:《奔向未来》,《文艺报》1981 年第 5 期。

② 陈思和主编:《中国当代文学史教程》,复旦大学出版社 2005 年版,第 237 页。

"抵抗"的反弹进一步引起了现代性的"警醒",而不是"松懈"。鲁迅半个世纪以前的"改造国民性"呐喊进而借尸还魂并被赋予新的时代内涵和挑战。

改革小说中的潜在矛盾性不应该被视为好和坏、善和恶的标志,作家截取的视角本身并不消解或摧毁现代性的阐显;或者恰好相反,它衬托出了现代性在复杂社会关系中的实践。这个现象长期以来被忽略了,或者说被误读了,多半是"文革"结束后,改革小说沿袭了伤痕小说、反思小说的某些流风遗韵,从饱受压抑和绝望中解放出来,把思想解放之初的新时代作为一个崇高的信仰的时代来为之欢欣鼓舞,意识不到"生产建设"需要付出努力的过程中暗藏不可预测的未知数和不确定因素。

三、改革小说的两难

从现代性和矛盾性的视角重读改革小说,我们可以管窥到转型时期小说敏感地传达出社会历史体系蕴藏的深层逻辑。新时期文学思潮比改革小说更早的有伤痕小说和反思小说,就再现特定阶段的历史而言,后两者显然易于对再现可能性的框架和边际作出度的掌控和把持,因为于其当时的场景、语言结构和情感撒播的过程,任务在于把真与假、好与坏、善与恶、有价值和无意义剥离开来即可,希冀唤醒良知和正义。伤痕小说和反思小说说穿了仍然是"涕泪交零的现代中国文学"①的一个"遗腹子"。改革小说就严格意义上来说,应该可算是新时期最早继承鲁迅"呐喊彷徨"传统的文学潮流,它在埋葬一个现代文学传统的同时,又复活了另一个传统,可谓承前启后、功勋卓越。李欧梵认为鲁迅的作品中充满了时间的矛盾性,前瞻不能后顾无望,对历史和现实的双重同化往往使得抗争具有浓郁的宿命和悲剧色彩,从而无形消解了意义的生成。从深层看,在现代性和矛盾性的相互砥砺间,改革小说悄然以无形的力量、机巧的策略和法则的普适性复活了该种叙述话语。当改革小说从一开始以"大一统"的意志和"宏大叙事(grand narrative)"②尝试建构一项改变他者,规划同一的工程,其实已经慢慢将自己抛入欲罢不能的两难处境。

首当其冲,改革小说以释放巨大的现代性能量与读者的期待视野保持了某种契合,现代性对他们来说意味着理性、民主、尊重个体价值和相信开放社会。毫无疑问,这是"五四"文学追求的核心。然而,"五四"时代的个人主义诉求往往易于将现代性价值导向"陌生感知",并催生憎恨颓废精神。改革小说发生的语境则大异其趣,它在国家、集体、历史、社会、文化、伦理的拥趸下努力占有最丰盈的刺激,以此来填满不足和空白,达

---

① 刘绍铭认为,"五四"至70年代的中国文学的"典范"是"涕泪交零",即忧国忧民喟叹飘零的感伤情调成为主导文学的维度。参见刘绍铭:《涕泪交零的现代中国文学》,台北远景出版社 1979 年版。

② 在利奥塔看来,宏大叙事构成了现代性最主要的意识形态机制,每一个宏大叙事都具备自己的一套要素,如一个清晰的主体或一个伟大的目标。Jean-Fran Lyotard：The Postmodern Condition：A Report on Knowledge, Geoff Bennington and Brian Massumi，Minneapolis，MN：University of Minnesota Press，1984。

到"认之为真"①的理想。乔光朴在发言记录中写道："其实,时间和数字是有生命、有感情的,只要你掏出心来追求它,它就属于你。"这是新时期文学中最早出现的将雄心壮志与"四化"目标明朗捆绑的书写,即是人物自我指涉的主体与自身处境之间良好秩序的恢复。所以,在蒋子龙的笔下,尽管或多或少会出现与正义感和荣誉感相抗衡的"反动力",但是最后难免通通败下阵来,让位给飞速发展的时代。有意思的是,这一切冲突又与阶级斗争主题无涉,现代性的构筑被急遽提上议事日程。

在改革小说倾注的纯粹性的激情中,作家适时提供了一种可以令人信服地揭示"宏大叙事"共同特征的模式。另一方面,现代性又不是简单的模仿,根本没有现成的格式可以借鉴,它的发展必然同创造性相关联。改革小说于此发动了一场较为宽泛的文学革命运动,它在"承"与"转"的无限完美的接榫处突出了对公化现代性的绝对信仰,而又趁机将私化矛盾性与民族、国家的权威发生冲突,不是关乎生死攸关的冲锋陷阵,而是行动的个体与代表现代性生发的工具性能相抗衡,以伸张自身的欲望。在此情况下,改革小说拥有了一次烙印痛苦和遗憾的经历;这样的外化条件使得它的发挥受维度的制约,既是公共的阐扬,更是个人的力行。读《乡场上》,很难说冯幺爸以严谨的法则主持公理和正义,他离客观、公正的"裁判官"距离尚远,他的挺身而出大抵借助了农村新经济政策的实施助推,像手中持有两把板斧的李逵一样斗胆"呐喊"几声。当然,我们不能否认诸如此类的事件动因中已经开始蕴含了现代性赋予的神圣使命,尽管其为摆脱机械世界的囚牢必须付出代价。韦昕的《人境》可谓是此两难处境的代表作品之一,两袖清风的宋扬之即将迈上人生和事业巅峰的当儿,莫名其妙被卷入形形色色的口舌和是非,只能在自控的沉默中喃喃呼喊:"共产党员啊! 共产党员啊!"表面上是党内的派系纷争、权力之争,实则是因现代性的许诺并没有带来理想的清晰规划,矛盾性的无法和解导致了人物的自我损毁,即是对现代性能否实践和实现的担忧。

改革小说是现代性和矛盾性双刃情境下中国当代文学发展的一次迁延和分裂,它企盼在"思想解放"的强大资源下扩张文学的表现欲和生命力,沿袭了二十世纪中国文学的现代性品格,但在寻找解决问题的方案上缺乏批判性强的技术性能,本身亟待更新和改进。"现代性体现在文学的精神内质上,应当是一种现代的人文精神。"②不可否认改革小说高举"关怀人,尊重人"的旗号,然而人物在为建立秩序奉献生命的过程中产生了无法控制的新矛盾领域,这势必导致更多的破坏和更不能把握的不确定性,甚至在陌生世界任由自己的丰硕成果被损毁或被抢占,人物的虚无心境往往因此滋生。如火如荼闯进沸腾年代的改革小说极有可能将此现象夸大或缩小,因为没有任何先例可供借鉴,作家的想象力又不能完全保持与时代的契合。张一弓《黑娃照相》中的两难叙述决非偶然,作品一开头就书写了一个极富象征性的熟悉场景:"右手插在袄兜里,捏紧了一叠八元四角纸币,十八岁的张黑娃两腿生风地上中岳庙赶会去了。"这不禁令我们想起

---

① "认之为真",胡塞尔指对对象存在的设定不可更改的"确然性"。
② 龙泉明:《二十世纪中国文学的现代性论析》,《学术月刊》1997 年第 9 期。

六十年前"先辈"阿Q的"阔绰"排场:"他走近柜台,从腰间伸出手来,满把是银的和铜的,在柜上一扔说,'现钱! 打酒来!'穿的是新夹袄,看去腰间还挂着一个大搭连,沉钿钿的将裤带坠成了很弯很弯的弧线。"不同的结局在于:黑娃被彻底肯定,人物形象完全升华,而阿Q却成为革命的替死鬼。

"美国造的照相机也得为俺中华人民共和国不大不小的社员张黑娃'咔嚓'一下。"这是小说中最关键的一笔,外来的"器物"改变了小人物的狭隘思想,塑造了一块和谐、美好的现代性模板,人物一下子从矛盾中被剥离出来,点石成金被"客体化了"。很显然,这是作家为了读取现代性属性而奉呈的一个文本。或者,《黑娃照相》是张一弓的"例外",写《犯人李铜钟的故事》的才是本真的张一弓。在贾平凹、周克芹、张炜、路遥等农村改革小说作家中,矛盾性的存在是造成人物灵魂巨痛的根源,"改革"的过程说到底是现代性"浸淫"的过程,这意味着打破旧有的惯例去适应一种"新颖性"。

正是由于矛盾性的冲击,"现代性已经失去了仅仅基于一种超验目标之伟大而无限求索的英雄式乐观主义"①。改革小说慷慨激昂"书记"着超越历史的伟大理想之际,同时旁敲出一种悲天悯人的人道主义情怀,神圣感与悲凉感在此基础上实现了微妙结合。

(本文与张卫中合作,原载《文学评论》2008年第6期)

---

① [美]马泰·卡林内斯库:《现代性的五副面孔》,顾爱彬、李瑞华译,商务印书馆2002年版,第76页。

中国现代纯文学观的发生

付建舟[*]

自从 20 世纪初中国现代纯文学观确立以来，学界不乏对它的研究之作，但缺乏从发生学的角度对它进行系统的考察。中国现代纯文学观的产生，一方面是对传统文学观的继承与改造；另一方面，是对外来文学观的借鉴与融合，二者相比，后者的作用更大。

一、西方"文学"观念的初步译介

西方近现代的文学观念也是纯杂缤纷，各不相同。中国许多学者纷纷发表自己对西方现代文学观的见解，最可贵的是他们逐渐根据现代知识分类体系来探讨文学，提出文学的主情与审美本质。中国学界在借鉴西方文学观念的过程中，初始对各种文学观念辨识不清，不知取舍，凡是有关文学的论述大都译介进来。最快捷的方式是以单篇文章发表在期刊上，其次是出版著作，一些文学史著作、文学理论与文学批评著作都用不同的篇幅介绍中西文学观。这些著作几乎形成了一种模式，开篇时著者根据自己的知识视野把中西一些学者关于文学的界说罗列出来，或加以简要评论。

周作人清末留学日本，开阔了眼界，他意识到中国传统文学观比较驳杂，试图借鉴西方文学观念。1908 年，他发表《论文章之意义暨其使命因及中国近时论文之失》（以下简称《论文章》）一文，列举了一些西方学者关于文学的定义，并作了简要评论。如倭什斯多（Worcestor）、哈阑（Hallam）、维纳（Vinet）、戈克勒（Cauckler）、爱诺尔德（Arnold）等学者的见解与章太炎"著于竹帛谓之文"的观点大同小异。页伯（Jebb）、布路克（Brooke）、赫胥黎、商德勒士（Saunders）、波士纳德（Posnett）、巴斯庚（Bascom）等人，有的强调文学的娱乐性，有的强调文学的思想性。不过，在周作人看来，以上诸家之说存在很多缺点，主要在于：描述多，诠释少，没有对文学作出界说，没有直究文学的性

* 付建舟，男，1969 年 10 月生，湖北孝感人。研究生学历，博士学位，研究员。主要从事中国文学的近现代转型研究、晚清民初小说研究、比较文学与世界文学研究、文学理论与文学思潮研究、当代小说研究。在《文学评论》、《外国文学评论》、《天津社会科学》等学术刊物发表论文 40 余篇，撰写著作 3 部。完成国家社科基金项目 2 项，主持中国博士后科学研究基金项目、教育部人文社科基金青年项目及浙江省哲学社会科学重点项目各 1 项，获得各类奖项数项。

质和精神；纵然有的从理论上进行了探讨，也只谈及一部分，未及全部；而问题严重的是，持论偏颇，多持极端，不是泛指学业，就是尽归唯美，不切情实，亦非所取。① 对于诸多外国学者的文学界定，他大致赞同美国学者宏德（Hunt）的看法，并据此提出自己的纯文学概念（见后文）。

1917 年 5 月，刘半农发表《我之文学改良观》，这是新文学运动发起后率先讨论杂文学与纯文学的重要论文。他区分了"文字"与"文学"，即区分了杂文学与纯文学，使文学逐渐纯化。1918 年，谢无量在《中国大文学史》中重点讨论了西方的文学观念。他指出，"文学"一词出于拉丁语之 Litera 或 Literarura，有文法、文字、学问三种含义。"用作文字之义者，塔西兑 Tacitus 是也；用作文法者，昆体庐 Quintianus 是也；用作文学者，西塞罗 Cicero 是也。"② 谢无量还列举了亚罗德（Thomas Arnold）、戴昆西（De Quincy）、庞科士（Pancoast）等人的广义文学观。这些人的观点与章太炎"以有文字著于竹帛，故谓之文"的观点基本一致。戴昆西把主情者和主知者都当作文，"文学之别有二：一属于知，一属于情。属于知者，其职在教；属于情者，其职在感。"这种文学概念虽然也属于广义文学，但其外延明显缩小，内涵明显丰富。西方狭义的文学以主情为特色，谢无量列举了白鲁克（Stopfors Brooke）和庞科士的狭义文学观。白鲁克和庞科士试图把狭义文学与广义文学区别开，但其狭义文学仍然包含一些非文学的内容。谢无量最后综合诸家之说，区分广义文学与狭义文学，其观点与章太炎的看法基本相似，谢氏本人也正是持杂文学观撰写其文学史的。总体来看，谢无量的介绍具有很强的选择性，集中于相对纯粹的杂文学观与纯文学观。它介绍的戴昆西（De Quincy）和庞科士（Pancoas）的文学观念是周作人所不具备的，而这两种观点具有很重要的意义，因为主情与否，后来成为文学与非文学的一个分水岭。

1919 年，罗家伦在《新潮》杂志上发表题为《什么是文学》的文章，详细列举了西方十五位学者关于文学的界说。该文与周作人在《论文章》中所介绍的西方学者及其文学观大部分相同。具体表述略有不同，而实质无异。罗氏对韩德（Hunt）文学观念的翻译比周作人的简洁，如"文学是写下来的思想的表现，有想像，有感情，有风格，能使普遍人类的心理觉得明了，感着有趣，却非专门学艺的形式。"③他新增的周作人所不具备的则有黑德森（Hudson）的观点、安麦生（Emerson）的观点和冯克标准字典关于文学的定义三说。罗家伦对以上诸家之说均略加评说，指出各自的优劣，并提出自己的观点（见后文）。

1924 年，戴渭清与吕云彪在其合著的《新文学研究法》对中外论者关于文学的界说作了介绍。其中阮元、章太炎、雅白（Jebb）、高考尔（Gauckler）、赫胥黎（Huxley）、商德尔（Saunders）、安麦生（Emerson）等人的观点比较宽泛，而卜鲁克（Brooke）、巴斯康

---

① 独应《论文章之意义暨其使命因及中国近时论文之失》，《河南》杂志第四期，1908 年。
② 谢无量《中国大文学史》，郑州：中州古籍出版社，1992 年 9 月据 1918 年中华书局本影印，第 3 页。
③ 罗家伦《什么是文学——文学界说》，《新潮》第一卷第二号（1919 年 2 月）。

(Bascom)、韩德(Hunt)、陈独秀等人的观点则反映了文学的一些本质。[①] 后几位学者的文学观比纯粹主情的文学观更有价值，他们从情感到思想再到艺术，比较全面地界定了文学。戴渭清、吕云彪倾向于这种综合性的文学观。

1932 年 12 月，钱基博在《现代中国文学史》中把"文学"分为"狭义的文学"和"广义的文学"两种。"狭义的文学"专指"美的文学"，"所谓美的文学者，论内容则情感丰富而不必合义理，论形式则音韵铿锵或出于整比，可以被弦诵，可以动欣赏。""广义的文学"是指述作的总称，"用以会通众心，互纳群想，而表诸文章，兼发智情，其中有偏于发智者，如论辩、序跋、传记等是也，有偏于抒情者，其中有曲、小说等是也。大抵知在启悟，情主感兴。"[②]钱基博偏重于狭义的文学，他的文学观念比黄人、林传甲、王梦曾、曾毅、张之纯、谢无量等人前进了一大步，与现代纯文学观比较接近。不过钱基博在具体撰述中国文学史时，由于传统文体观念的影响而产生文体偏见，偏重于诗文，忽略戏曲和小说。

当然，译介西方文学观的文章和著作远远不止这些，不过，我们从中可以看到：在介绍诸家观念的过程中，不同的观念或显或隐地得到分辨，分辨的立足点已经发生改变，不再完全出自中国的传统视点，不再完全依附于中国传统的知识体系。中国学者从现代的视点，参考现代的知识体系，来探讨文学观念，实质性的变革已经悄然发生。

二、新的杂文学标准的初步尝试

以知、情、意为标准来讨论文学，是西方现代文学观的一个重要特点，这种观念很快影响到清末民初中国学界。许多学者根据知、情、意把文学分成不同的类型，表现出现代杂文学观的鲜明倾向。这可以从梁启勋、谢无量、陈启文、胡怀琛、卢冀野、童行白等学者的论述中清楚地看到。

梁启勋没有明确的知、情、意知识体系意识，只是以是否实用的原则来探讨文学。他认为，讲究实用的属于杂文学，而讲究精神超越的属于纯文学。他说："文章原是一种工具，其作用大略可分为记载事故，发表意志，传达思想，抒发情感等。"他用"文章"一词取代"杂文学"一词。"纯文学则有时专为作文而作文，其所作之文并不打算与他人读，乃至于不希望有人读。"杂文学与纯文学的分野，在梁启勋看来，就是实用与超越的分别。"因为文章工具之说，乃知识作用，但人类于知识作用之外尚有所谓精神，为作文而作文之文章，即精神作用也。由此言之，则此类文章，其重要性殊不减于工具之文，或更有过之。"[③]这表现了梁启勋偏重纯文学观的倾向。1918 年，谢无量在其著作《中国大文学史》中介绍了戴昆西 De Quincy 的文学观，戴昆西根据不同的知识系统，把文学分为两类，一属于知，一属于情。"属于知者，其职在教；属于情者，其职在感。譬则舟焉，知

---

① 戴渭清、吕云彪《新文学研究法》，上海大东书局，1924 年 1 月 4 版，第 2—3 页。
② 钱基博《现代中国文学史》，上海书店出版社，2004 年，第 1—3 页。
③ 梁启勋《曼殊室随笔》，民国丛书第三编(89)，上海书店根据正中书局 1948 年版影印，第 426—427 页。

其为舵，情为帆棹，知标其理悟，情通于和乐，斯其义也。"①不过，戴昆西的这一看法并未引起谢无量的足够重视，谢无量尚没有完全接受现代知识分类体系，他的文学观还是传统的杂文学观、大文学观。1920 年，陈启文在《中国的国文问题》一文中也是以知、情、意为标准来讨论文学的。他认为，文字是文学的形式，形式所含蓄或显露出来的精神就是文学的内容。人类的精神有知、情、意三个方面，因此文学可以分为三种：

第一发表思想的——如论说、记叙、传状等类，以阐明是非，陈述事实为主。

第二抒写感情的——如赞颂、哀祭、诗歌等类，以描写性情，表示哀乐为主。

第三表示意志的——如公牍、书札等类，以传达意志，处决事物为主。②

细察之下，可以看出，陈氏只不过以知、情、意为标准对中国传统文类进行重新划分，没有从传统的知识体系中蜕变而出，并产生现代纯文学观，而仍然滞留在杂文学观中。他的文学观不仅驳杂，而且十分宽泛。1921 年，胡怀琛在其著作《新文学浅说》中，对文学作了这样的分类："智的文，历史是代表；情的文，诗歌是代表；意的文，哲学是代表。"③显然，此处所说的"文"这一概念大体指由语言文字写成的各种文本，并不是现代意义上的"文学"。他机械地照搬西方的文学观念，其文学观并没有发生实质的变化。

大致上看，二十世纪二十年代初，新的文学分类标准逐渐引进，象梁启勋、谢无量、陈启文、胡怀琛等人的观点就很有代表性。不过，标准更新不等于文学观的立即更新，新观念的引进也不等于新观念的产生，因为新观念为中国学者所接受需要一个过程，不同的学者吸收新观念的时间长短不一。到三十年代初，新标准旧观念的状况还在许多学者身上延续。如 1932 年卢冀野在其著作《何谓文学》中介绍了一些西方学者的观点，值得注意的是，他也介绍了戴昆西 De Quincy 的观点。戴氏把文学分为两类："知识之文学"与"魔力之文学"，"前者用在教人，后者用在感人。前者犹船舵，后者若桨帆。前者仅及知识之表面，后者或具主理，而以乐感或同情达之。"④卢冀野不像谢无量那样对这种以主知与主情分类的观点无动于衷，而是给予高度重视，并以知、情、意为标准把一些中西学者对文学的界说分为三类：偏重思想者、偏重知识者（即卢氏所云偏重文字）、偏重感情者。关于偏重思想者，他引用了六种不同的说法，如孟子、韩昌黎、马莱（Morley）、牛曼（Newman）、安诺德（Arnold）、爱默生（Emerson）等人的观点。注重知识者，卢氏引用了西方的五种说法，如高考尔（Carker）、赫胥黎（Hurxey）、雅伯（Gabbox）、文乃德（Willett）、安乐（Annoxy）等人的观点。这五种观念突出了两个方面：一是文学的内容，文学在于知识的传播与介绍，即使是科学知识也不排除；二是文学的形式，不同的文学种类有不同的形式要求。当然，卢氏并没有忽视情感在文学中的重要性。他特意引用了卜卢克（S. Brooke）的观点，卜卢克说："文学乃世间男女写其情

---

① 谢无量《中国大文学史》，郑州：中州古籍出版社，1992 年 9 月据 1918 年中华书局本影印，第 4 页。

② 陈启文《中国的国文问题》，《少年中国》第一卷第十二期（1920 年 6 月）。

③ 胡怀琛《新文学浅说》，上海泰东书局，1921 年 3 月初版，第 3 页。

④ 卢冀野《何谓文学》，上海大东书局，1932 年 3 版，第 21—22 页。

思,措置美满词句,以博诵读人之娱快者。"①不过,卢氏认为感情在文学中只占一部分。

卢冀野引用的这些具体观点并不是最重要的,最重要的是确立新的区分标准。偏重思想者,属于主智;偏重感情者,属于主情;偏重文字者,属于主知。但卢氏的分类列举显得十分粗糙,没有细致分析,缺乏针对性。相比之下,童行白的目标就明确得多。1933年,童氏在其著作《中国文学史纲》中以知、情为标准区分纯文学与杂文学,他说:"文学有纯杂之别,纯文学者即美术文学,杂文学者即实用文学也。纯文学以情为主,杂文学以知为主;纯文学重辞彩,杂文学重说理;纯文学之内容为诗歌,小说,戏剧;杂文学之内容为一切科学,哲学,历史等之论著;二者不独异其形,且异其质,故昭昭也;而其有一相同之点者,即皆必赖文字以傅载之耳。然中国文学,以科学之见地,而作纯杂之区分者,乃晚近之事,前此则皆为浑混暧昧,虽事实上已有纯杂文学之表现,而理论上终无明确之区分也。"②童行白的区分十分细致,对纯文学与杂文学特点的分析也很具体,可惜他把一切科学、哲学、历史等著作归于杂文学;如果他向前跨一步,将这些著作归于非文学,其文学观念可能大不一样。

中国学者借鉴西方的文学观念,尽管初始也存在杂文学观念,但此时的杂文学观已与中国传统的杂文学观完全不同,传统杂文学观出自中国传统知识体系,经、史、子集无所不涉,而现代杂文学观出自现代知识体系,以知、情、意为划分标准。这无疑是一个巨大进步。

三、新的纯文学标准的基本认同

在近现代文学观念转型之交,新标准旧观念与新标准新观念的变化在一些学者身上同时发生。

现代知识体系及其分类标准进入中国学界,引起中国文学观念根本变化的是,以是否主情作为划分文学与非文学的标准。成之(吕思勉)持文学主情论,并从知识体系上以是否主情把文学与非文学区别开。1914年,他在《小说小话》中引用了孔子的言论来加以阐述,孔子说:"法语之言,能无人乎!巽语之言,能无说乎!"这是我国早期知识分类的重要尝试,可是被长期埋没,成之认为很有价值,将它进行了如下发掘:"法语之言,智的方面之事也,非文学的也;巽语之言,情的方面之事也,文学的也。"③但他又觉得主情与主理不能绝然分开,智的方面常常有情的成分,寓教于乐是传授知识的良好方法;情的方面往往有智的成分,于感人之中使人有所知,不过,他对情感更加强调。他还根据"诉诸情"与"诉诸知"把小说分为两类:纯文学的小说与不纯文学的小说。成之深刻认识到文学的复杂性,不能简单地以主情与主理来把文学与非文学绝然分开。尽管文

① 卢冀野《何谓文学》,上海大东书局,1932年3版,第23页。
② 童行白《中国文学史纲》,上海大东书局,1933年4月初版,第1—2页。
③ 成(吕思勉)《小说小话》,《中华小说界》第一年第四期(1914年)。

学主情,却不能排除文学有时还同时主理,"寓教于乐"是文学既主情又主理的最好表现。这种认识十分辩证,比较科学,比较合理。

陈独秀也是文学主情论的支持者,他认为桐城派古文、骈体文、西江派诗等悉承前代之弊的所谓"文学之文"都不足观,而碑、铭、墓、志等极力颂扬的"应用之文"更加怪诞。① 在他看来,从语言上说,不管是应用之文,还是文学之文,用国语比用古文有利。应用之文,"国语体自较古文易解";文学之文,"用今人语法,自较古人语法表情亲切也。"②从内容上说,应用之文与文学之文各有所司,"应用之文,以理为主;文学之文,以情为主。"③也就是说,在陈独秀眼中,文学美文,其美不在骈体与用典,而在结构之佳、择词之丽、文气之清新、表情之真切动人等方面。钱玄同曾就此问题与陈独秀探讨,并致函陈独秀发表自己的意见。钱氏认为早期的文学朴实真挚,后来"文学之文用典,已为下乘。若普通应用之文,尤须老老实实讲话,务期老妪能解;如有妄用典故,以表象语代事实者,尤为恶劣。"钱氏在此指出了文学的情感性逐渐减弱乃至丧失的基本原因。

刘半农也深入阐述了文学之文与应用之文。他对陈独秀的二分法并不完全赞同,在刘氏看来,"文学之文"与"应用之文"有本质的区别,前者是艺术性的,后者是解释性的,各有自己的领域与范围,"凡科学上应用之文字无论其为实质与否,皆当归入文字范围。即胡陈钱三君及不佞今兹所草论文之文,亦系文字而非文学。以文学本身亦为各种科学之一。吾侪处于客观之地位以讨论之,不宜误宾为主。此外,他种科学,更不宜破此定例以侵害文学之范围。"④刘氏还认为,很多时候,二者之间不是绝然分开的,而是互相渗透的,如新闻纸之通信、政教实业之评论、官署之文牍告令和私人之日记信札。刘半农认识到了"文学之文"与"应用之文"的联系。因为,如果不借鉴文学的手法,"应用之文"就会枯燥无味,了无生气。这与吕思勉对"主情之文"与"主理之文"复杂性的论述有异曲同工之妙。

文学与非文学的区别也为郑振铎、卢冀野等人着力阐述。郑振铎以知、情、意为标准把文学与非文学(尤其是科学)区分开来。在郑氏看来,文学诉诸情绪,科学诉诸知识。1921年,郑振铎在《文学旬刊》上发表了《文学的定义》一文,该文指出:"知慧虽亦有永久不变的,但却没有永久不进步,不增损的。且其大部分都是变动得很厉害的。"各个历史时代的科学至今也陈之又陈了,而诉诸情绪的文学则不然,"人们的知慧随时演进,而情绪则不然。我们虽不能说其绝无演进之迹,然而其演进之程度较之知慧相差不可以道理计。……文齐斯德(Winchester)说:'个人的情绪,虽然是暂时的,而人们全体的情绪的性质,则是相通的。各个情绪的连续波动,虽生灭于瞬间,而情绪之大海,则历千古还是不盈不亏的。'"⑤科学是人们直接反映物质世界,文学是通过人的情绪间接

① 陈独秀《文学革命论》,《文学运动史料选》第一册,上海教育出版社,1979年,第24页。
② 胡适、陈独秀《答易宗夔》,《新青年》第五卷第四号(1918年10月)。
③ 陈独秀《答常乃惪》,《新青年》第二卷第四号(1916年12月)。
④ 刘半农《我之文学改良观》,《新青年》第3卷第3号(1917年5月)。
⑤ 郑振铎《文学的定义》,《文学旬刊》第一号(1921年5月)。

反映物质世界而直接反映人的内心世界。此外,二者的另一个重要区别是,文学的价值与兴趣含在本身,科学的价值在于书中所蕴涵的真理。作为一种艺术,文学的价值和兴趣不仅在于其思想之高超与情感之深微,而且也在于其表现思想与情绪的文字之美丽与精切。对科学而言,文字只是表达真理的工具。也就是说,科学真理不一定通过阅读原著而获得,可以通过阅读其他科学著作的综合概括而获得;文学作品的情绪与兴趣则一定要阅读原著才能感知,否则大打折扣。[①] 卢冀野在其著作《何谓文学》中也谈到,欲了解文学的特性,就要知道文学与科学的区别。在他看来,文学有六种特性以区别于科学。"文学非实用的,科学是实用的。""文学是主观的,科学是客观的。""文学是具体的,哲学是抽象的。""文学有分别性的,哲学科学具共同性的。""文学是不朽的,科学是假设的。""文学是感情性的,哲学科学是理知的。"[②]英国学者哈德森(W. H. Hudson)认为文学作品与非文学作品的区别在于,前者是控制一切男女,而不是只控制特殊阶级的人;后者只不过传授知识,前者则不论是否传授知识,都必须描述某种状态,使读者获得美感的满足。"文学是人们在生活里所目见的,所经验的,以及对于那些令我们大家都发生最直接最持久的趣味的景象所思想,所感觉的一种活的记录。"还说"文学根本上就是一种以文字为媒介的人生的表现;这种表现再分成各类文学的艺术的格式,这些格式在它相当的地位与时间里,是引起研究文学者注意的。"[③]郑振铎、卢冀野和哈德森等人不仅都以主情论文学,而且还把审美、表现人生的思想内容等因素也纳入纯文学范围。

由上可见,现代纯文学观与传统纯文学观迥然不同,传统纯文学观是一种十分狭隘的纯文学观,过分注重有韵、文采、比偶、藻饰等因素;现代纯文学观则突破这一传统,以主情者为文,以有美感者为文,以表现人生诸内容者为文。这种以主情与主智划分文学与非文学的标准,逐渐深入人心。根据这一标准,"文学之文"与"应用之文"得到分辨,确认"文学之文"为现代纯文学。同时,一些学者还注意到"文学之文"与"应用之文"相互渗透之文。这类"文"倾向于"应用之文",但仍然包括比较浓厚的"文学之文"中的主情与审美等色彩。

四、现代纯文学观的确立

在西方文学观念东渐的过程中,中国文学观念发生了深刻变化。从 1908 年周作人的《论文章》到 1925 年朱自清的《文学的一个界说》,从 1904 年黄人的《中国文学史》、1910 年林传甲的《中国文学史》,到 1931 年胡怀琛的《中国文学史概要》,1932 年胡云翼的《中国文学史》和钱基博的《现代中国文学史》,都明显透露出中国现代纯文学观已经确立的信息。

---

① 郑振铎《文学的定义》,《文学旬刊》第一号(1921 年 5 月)。
② 卢冀野《何谓文学》,上海大东书局,1932 年第 3 版,第 7—9 页。
③ W. H. Hudson《研究文学的方法》(一),邓演存译,《小说月报》第十四卷第一号,1923 年。

1904 年,黄人写作《中国文学史》时,先讨论中国古代的文学观,认为古人对待文学,"尊之者则曰载道之器,薄之者则等诸博弈之用心,皆无当于文学之真际也"。他不认同载道文学观和游戏文学观。为了探索文学"真际",他借鉴了国外的文学理论,如日本大田善男的《文学概论》和英国烹苦斯德的《英吉利文学史》。他引述《文学概论》关于文学的解释,以及《英吉利文学史》对广义文学与狭义文学的划分,最后界定了自己的纯文学概念:"一、文学者虽亦因乎垂教而以娱人为目的;二、文学者当使读者能解;三、文学者当为表现之技巧;四、文学者摹写感情;五、文学者有关于历史科学之事实;六、文学者以发挥不朽之美为职分。"黄人的纯文学概念比较全面,它包括文学的审美特征、主情特征、主知特征(限历史科学知识)、可读性与表现技巧等五个方面。周作人摈弃西方诸多文学观念,只推崇宏德(Hunt)的文学观。1908 年,他发表《论文章》一文,介绍并讨论了一些西方学者的文学概念,认为大都不可取,只认为美国学者宏德(Hunt)之说比较稳妥。周作人介绍道,宏德在其《文章论》中说:"文章者,人生思想之形现,出自意象、感情、内味(taste),笔为文书,脱离学术,遍及都凡,皆得领解(intelligible),又生兴趣(interesting)者也。"宏德认为,文章的使命是:"一曰在裁铸高义鸿思,汇合阐发之也;二曰在阐释时代精神,的然无误也;三曰在阐释人情以示世也;四曰在发扬神思,趣人心以进于高尚也。"[①]周作人参考这个观点把文学的含义确定为:(一)"必形之楮墨者",(二)"必非学术者",(三)"人生思想之形现",(四)"具神思、能感兴、有美致"。[②]这个界定已经接触到现代文学观念的核心,因为,文学是语言艺术,"必形之楮墨者"是对文学语言特征的强调;文学诉诸情感而尽量回避理性,"必非学术者"是把文学与理论著作区别开;文学并不排除理性思考,"人生思想之形现"是对文学内容的提升;"具神思、能感兴、有美致"则突出文学的思想性和美感特征。可以说,对文学特质的这种理解已深入到周作人内心,他二十世纪三十年代初撰写《中国新文学的源流》,就以这种纯文学观为基础。在《中国新文学的源流》第一讲《关于文学之诸问题》中,他指出:"文学是用美妙的形式,将作者独特的思想和感情传达出来,使看的人能因而得到愉快的一种东西。"[③]1919 年,罗家伦详细考察了一些西方学者关于文学的界说后,取其优点,进行综合。最后他对文学作出这样的界定:"文学是人生的表现和批评,从最好的思想里写下来的,有想像,有感情,有体裁,有合于艺术的组织;集此众长,能使人类普遍心理都觉得他是极明了,极有趣的东西。"[④]奚行在《几本文学史的介绍》一文中也有类似的表述,他说:"文学是基本于感情的:有思想无论好和坏,有体裁,有想像,有趣味,有艺术的组织,有美的欣赏,有普遍性与永久性的特长,是人生的表现和批评。"[⑤]这种概括比罗家伦略为精炼,不过基本上是罗家伦的观点的承续。1921 年,郑振铎在《文学旬刊》上发

① 独应《论文章之意义暨其使命因及中国近时论文之失》,《河南》杂志第四期,1908 年。
② 同上。
③ 周作人《中国新文学的源流》,上海:华东师范大学出版社,1995 年,第 2 页。
④ 罗家伦《什么是文学——文学界说》,《新潮》第一卷第二号(1919 年 2 月)。
⑤ 奚行《几本文学史的介绍》,《现代文学评论》一卷四期(1931 年 8 月)。

表了《文学的定义》一文,郑氏这样界定文学:"文学是人们的情绪与最高思想联合的'想象'的'表现',而他的本身又是具有永久的艺术的价值与兴趣的。"①同年,世农在《文学的特质》一文中也说:"文学是(以文字作工具)人生的表现,具有艺术的美,暗示的印象,永久性与普遍性,和体裁的作品。"②大致上看,郑振铎和世农两人基本上延续周作人和罗家伦的观点。1924年,李振镛编写了《中国文学沿革概论》,该著突破了狭隘的纯文学观主情论的束缚,将文学界定为:"个人思想之表征、时代潮流之结晶。"③这种界定突出了文学的个人色彩和时代因素,但不是一个完整的文学定义。1924年8月,刘毓盘把自己的《中国文学史》分为文略、诗略、词略、曲略四部分,虽然文略比较驳杂,但仍然能够反映出作者比较纯粹的文学观。次年,朱自清作《文学的一个界说》一文,他认为,胡适之先生"达意达得好,表情表得妙,便是文学"的观点最切实用,但又觉得这种界说还不够,不及 Long 先生在《英国文学》里对文学界说的仔细而切实。Long 先生认为:文学是用真实和美妙的话表现人生的;是记载人们的精神、思想、情绪、热望,是人的灵魂的唯一的历史;其特色为它是艺术的、暗示的、永久的;其目的除了给人以愉悦外,更要使人知道他的行动和他的灵魂;其要素包括普遍的兴味与个人的风格。另外,在文学里,保存着种族的理想,便是为我们文明基础的种种理想;所以它是人心中最重要最有趣的题目之一。④

应当说,Long 先生的这种界说很全面很具体,把文学涉及的诸多方面都概括进来,而排除了许多本不属于文学的东西,使文学概念更加纯粹。对 Long 先生关于文学界说的支持充分说明朱自清先生的文学观已经极为现代。1932年,卢冀野在其著作《何谓文学》中分类列举了一些中西学者对文学的界说。卢氏没有仔细分析各种界说的优劣,只是作了一个总评,即"各得文学一体,尚不足语文学也。"⑤值得注意的是,他认为文学是由本质(内容)和形式(外形)所构成。前者包括思想、情绪、理想和美。后者包括体裁(智之性体、情之性质、幻想之性质、审美之性)、音律和结构。于是,他把文学定义为:"动于中情参以思想,邃其想像,此三种隶属文学内部。施以文辞,修饰以辞藻,化以声乐,此三种隶属文学外部。是个性之表张,是人生之反映,此二种隶属文学之性德。"⑥这种从内容与形式两个方面进行细密界定的文学概念,可以说,也已极富现代气息。

现代纯文学观的逐步确立还表现在另一方面,即许多学者对从传统的角度或者广义的概念撰述的一些文学史著作表现出强烈不满,他们指责许多文学史著作所述对象远远超出文学的范围,有的甚至经、史、子无所不包,简直成为学术史,这种现象表明他

---

① 郑振铎《文学的定义》,《文学旬刊》第一号(1921年5月)。
② 世农《文学的特质》,《文学旬刊》第3号(1921年5月)。
③ 李振镛《中国文学沿革概论》,上海大东书局,1924年2月版,1925年11月4版,第1页。
④ 朱自清《朱自清全集》第四卷,江苏教育出版社,1990年,第169—176页。
⑤ 卢冀野《何谓文学》,上海大东书局,1932年第3版,第23页。
⑥ 同上,第24页。

们已经在相当程度上接受了现代纯文学观或狭义文学观。如郑宾于在《中国文学流变史》"题语"中说:"'文学史'本应以'文学的范围'为范围,不应窜入其他一切的非文学;本书之作,实也注意到这一点。现今流通于书肆间的许多文学史,我想,若称之为'国故史',恐怕比较还要恰当些罢?"①胡怀琛也认为,中国旧书里固然不曾正式地把文学定一个界说,就是偶然说到文字或文学二字,他们的注解也彼此不同,其界定要么太狭,要么太宽。他还直接指出:"中国最早的几部文学史,如林传甲的文学史,谢无量的文学史都没有把界限划清楚。"其他的,如曾毅、张之纯、王梦曾等人的文学史著作,也都存在同样的毛病,即文学的界限太不清楚,把经史子集一起放在文学史里。他认为,"人们蕴蓄在心内的情感,用艺术化的方法,或自然化的方法表现出来,是谓文学。"②可以说,正是基于这种比较纯粹的现代文学观,胡怀琛对上述诸人的文学史著述进行了批评。胡云翼在其《中国文学史·自序》中亦列举了此前出版的二十家文学史著,并对其中大多数著作的文学观进行了批评:"在最初的几个文学史家,他们不幸都缺乏明确的文学观念,都误认文学的范畴可以概括一切学术,故人们竟把经学、文字学、诸子哲学、史学、理学等都罗致在文学史里面,如谢无量、曾毅、顾实、王梦曾、张之纯、汪剑如(余)、蒋鉴璋、欧阳溥存诸人所编著的都是学术史,而不是纯文学史。并且,他们都缺乏现代文学批评的态度,只知摭拾古人的陈言以为定论,不仅无自获的见解,而且因袭人云亦云的谬误殊多。"③他明确指出:"我们不但说经学、诸子哲学、理学等,压根儿不是文学;即左传、史记、资治通鉴中的文章,都不能说是文学;甚至韩、柳、欧、苏、方姚一派的所谓'载道'的古文,也不是纯粹的文学。我们认定只有诗歌、辞赋、词曲、小说及一部美的散文和游记等,才是纯粹的文学。"④这样的批评在刘经庵那里也能看到,刘氏在其《中国纯文学史》"编者例言"中也说,近日的中国文学史内容失之驳杂,"将文学的范畴扩大,侵入了哲学、经学和史学等的领域"。⑤ 总的来说,这一时期,这些文学史家们都十分强调文学的情感性、想象性、审美特征以及反映人生的功能,与"五四"新文学运动中文学家们对文学的认识颇为一致。这两股力量从不同角度为中国文学观念的现代转型注入了理论活力。

学界通常认为,五四新文学运动时期,中国现代纯文学观已经确立。其实不然,通过以上考察,我们发现,中国现代纯文学观的确立是一个复杂的过程。在此过程中,纯文学观与杂文学观、现代纯文学观与传统纯文学观相互交织,这种现象一直延续到二十世纪三十年代。五四时期的胡适在发动新文学运动时采用现代纯文学观,而在文学史教学时则仍然沿用传统的杂文学观。在文学观上,胡适尚且如此,其他人就更不用说

① 郑宾于《中国文学流变史》,上海北新书局,1930年12月,第3—4页。
② 胡怀琛《中国文学史概要·序》,上海:商务印书馆,1931年初版,第3页。
③ 胡云翼《新著中国文学史》,上海:北新书局,1947年5月新1版,第3页。
④ 同上,第5页。
⑤ 刘经庵《中国纯文学史》,北平著者书店,1935年,第5页。

了。在西方现代文学观念的强烈冲击下，许多学者纷纷发表自己的文学见解，他们以知、情、意为标准来讨论文学，以此来区分文学与非文学。由于这种新的杂文学标准存在严重局限，被学者们逐渐淘汰。以是否主情作为划分文学与非文学的标准，比较科学，比较合理，这种新的纯文学标准逐渐获得认同，中国现代纯文学观才得以确立。

【本文为国家社会科学基金项目"中国文论的近现代转型"（05BZW039）的部分成果。】

（原载《文学评论》2009 年第 4 期）

文学家在革命中的位置

——蒋光慈与托洛茨基文学思想

吴述桥

    蒋光慈作为革命文学初期最重要的作家之一,是革命文学研究极为重要的研究对象。目前对蒋光慈的研究大致可以分为三个方向,蒋光慈与"革命+恋爱"小说,蒋光慈小说与新书业,另一个是寻求蒋光慈小说文本与理想普罗文本的差距。虽然这三个方面各有不同的问题意识,但最终都很难摆脱"小资产阶级意识"或者所谓"个性"的缠绕。实际上蒋光慈晚年因退党就已经受到"不能克服那小资产阶级的浪漫性"的指责,将其创作倾向与退党事件联系起来,[①] 在蒋光慈逝世不久的纪念文章中,昔日好友钱杏邨也认为蒋光慈的创作"始终一贯的表现了革命的小资产阶级的倾向",认为其"强固的个性"使他最终切断了自己的政治生命。[②] 因而可以说其晚年被开除出党的政治事件一直被内化为一个基本问题结构左右着研究者的基本取向。不过,个性或小资产阶级的浪漫性虽然能够解释蒋光慈研究中的许多问题,但是这种解释将蒋光慈研究停留在其私人性或者某个阶级类别属性的复数性事件的影响范围之内,并不能给蒋光慈和革命文学研究带来新的生长空间,而将其重新理论化为贯穿二十年代末期革命文学理论图景的一种阐释方式,或许更能够成为打开蒋光慈和"革命文学"再阐释领域的新思路。本文对蒋光慈革命文学理论与托洛茨基文学思想所进行的比较研究正是这样一种尝试。

一

    建国初期分别由开明书店和人民文学出版社编辑出版的"新文学选集"与"现代作家选集"曾是衡量现代作家的重要场所和基本尺度,至今也仍然对现代文学研究对象起着一定的规范作用,可以认为是反思现代文学研究的一个重要起点。具体到蒋光慈研究来说,黄药眠在为1951年开明书店版《蒋光慈选集》所作序言中对蒋光慈的评价仍然

*   吴述桥,男,1981年生,湖北江夏人。研究生学历,博士学位,主要从事20世纪中国左翼文学思潮研究。在《中国现代文学研究丛刊》《中国文学研究》等学术刊物发表论文数篇。

① 《没落的小资产阶级蒋光赤被共产党开除党籍》,《红旗日报》1930年10月20日。
② 方英(钱杏邨):《在发展的浪潮中生长,在发展的浪潮中死亡》,《文艺新闻》第27号,1931年9月15日"追悼蒋光慈专号"。

不失为一个公允的判断,他认为"理论与实践不能统一,作品的具体思想性,赶不上他的理论"是蒋光慈"最基本的缺点"。① 虽然黄药眠并没有超出蒋光慈被开除党籍时的判断,但其观点在今天仍然可以作为学术界对蒋光慈的基本共识,不过他还提醒我们更应该注意的是,蒋光慈不仅是一个重要的早期革命文学作家,而且,尽管其理论与李初梨等创造社理论家的相比都还显得更为粗糙,但是他所关怀的却是革命文学理论中一个不容忽视的问题。

要深入研究蒋光慈的革命文学理论不得不提及托洛茨基文学思想。托洛茨基曾经是苏俄时期(1917—1924)最富有争议的文学思想家之一,其文学思想也曾作为十分重要的理论资源而参与了中国革命文学—左翼文学的历史建构,只是在现代文学研究领域中曾经在一段很长的时间内都是一个讳莫如深的话题。目前有关托洛茨基文学思想对中国革命文学的影响已经出现了一些重要的研究成果,如对鲁迅、瞿秋白与托洛茨基文学思想之间关联的研究等,但总的看来,由于过去的有意回避,史料的散佚,以及中国革命文学接受苏俄及日本等多家文学理论的混杂状态,要从中剥离出托洛茨基的影响也并非一件十分容易的事情,研究的深度和广度都还有待于进一步加强。近两年也有学者注意到蒋光慈曾经输入过托洛茨基的"同路人"文学观点,然而就蒋光慈与托洛茨基文学思想研究的总体状况来说,两者之间相关史实与基本关联等尚未得到充分揭示。

蒋光慈曾于1921年夏初与刘少奇、任弼时、肖劲光、韦素园等一起留学莫斯科东方共产主义劳动大学中国班,其中蒋光慈直到1924年夏才回到上海。在此期间正是托洛茨基介入苏俄文学批评最有力的时期。从1921年到1923年其间,托洛茨基发表了大量的文学论文,其1923年出版的《文学与革命》当中的《当代文学》部分正是这三年所发表文章的合集。托洛茨基的这本书,特别是《当代文学》部分,在当时引起过巨大反响,据说曾经作为大学文艺理论教本使用。② 据稍后也在东方共产主义劳动大学留学的郑超麟回忆,这所大学的中国留学生当时分为两派,控制中共"旅莫支部"的"干部派"鄙视文学青年,而蒋光慈则属于主要是文学青年的"反对派"之一。③ 所以蒋光慈有非常容易接触并受到托洛茨基文学观影响的历史语境和个人因素。当然,最为直接的证据是蒋光慈回国后分章节发表于《创造月刊》后来收集出版的《俄罗斯文学》一书。④ 在这本书中他直接提到过"脱洛斯基"的"批评文学的论文",⑤并且,正如有位论者所说,这本

---

① 黄药眠:《蒋光慈选集·序》,北京:开明书店,1951年。
② 李霁野回忆说:"那时候,北京大学有一个苏联诗人铁捷克教俄文,他曾作过长诗《怒吼吧,中国!》,素园从他得到《文学与革命》的俄文原文本,并听他说,这本书在苏联是作为大学文艺理论教本讲授的。"见《李霁野文集》第一卷,天津:百花文艺出版社,2004年,第70—71页。
③ 郑超麟回忆说瞿秋白认为蒋光慈"这个人太没有天才!",见郑超麟:《郑超麟回忆录》(上),北京:东方出版社,2004年,第339页。
④ 本书主要部分即"同路人"部分最开始以《十月革命与俄罗斯文学》为题以章节形式分别发表在《创造月刊》第2、3、4、7、8期,本书出版时增加三节无产阶级作家,本文为注释方便采用《蒋光慈文集》第四卷收录版本,上海:上海文艺出版社,1988年。
⑤ 蒋光慈:《俄罗斯文学》,《蒋光慈文集》第四卷,上海文艺出版社,1988年,第77页。

书论述具体作家的章节大部分吸收了托洛茨基《文学与革命》中对文学家的论述，甚至有些部分直接引用了原文。①

不过，从历史事实和话语表达层面来考察蒋光慈与托洛茨基文学思想虽然是可以用来说明两者之间显在的联系，但并不一定能够证明蒋光慈在自己理论个性的形成中曾经接受过托洛茨基文学思想的影响，而对外来理论的接受也只有被认为是参与过接受者的理论建构才能够算作一个完整的接受实例。革命文学论争时期一些重要理论批评家在接受国外马克思主义文学思想资源时都呈现出斑驳陆离的混杂面貌，并且除了一些极为直接因而容易察觉的转述和翻译之外，他们很少言及也很少留下受到某种理论话语影响的只言片语，同时也难说他们在何种程度上很自觉地辨识到同为马克思主义话语的各种理论之间的差别。因此需要通过辨析不同的理论话语成分在具体语境中对其所带来的实质性影响来估计哪种理论参与了其自身的理论建构。要估计蒋光慈是否受到托洛茨基文学思想的影响，同样离不开对语境及其自身理论建构的考察，也即是他在什么基础上接受、偏离或者反对托洛茨基文学思想，而这种接受、偏离或反对对于其自身所面临和要表达的理论问题而言又具有什么样的重要意义。

民国时期大量转述外国学者观点的各种著作并不少见，蒋光慈在《俄罗斯文学》中大量吸收了托洛茨基《文学与革命》有关论述并不奇怪，也不能够看成是蒋光慈受到过托洛茨基影响的关键证据，值得注意的倒是他在这本书中对托洛茨基文学思想观点多有取舍。通过对两本著作的比较可以看出，蒋光慈著作对勃洛克、别德内依、爱伦堡、叶赛宁、谢拉皮翁兄弟团体、无产阶级作家、未来派及马雅可夫斯基与革命之间关系的论述，即其著作的主体部分基本上可以看成是对托洛茨基的《文学与革命》的转述。但与托洛茨基相比，蒋光慈对于艺术性的分析和思考则显得过于缺乏，最为显著的是蒋光慈舍去了托洛茨基对作家文本艺术性的精湛分析，以及在论述过程中复杂的理论思辨。这一方面固然可以认为是蒋光慈缺乏良好的艺术感悟能力，②但更主要的应该说是由于他关注的重点在于文学家和革命之间的关系，至于艺术和理论分析则是其次的问题。也即是说，尽管蒋光慈在很大程度上转述了托洛茨基观点，但由于两人具有不同的"问题意识"，他并非毫无保留地接纳托洛茨基观点，而是带有自身强烈的理论倾向，他显然是在《文学与革命》中找到了为自己所最感兴趣的文学家与革命的关系问题。所以，如果托洛茨基的书定名为《文学与革命》，表示其作者作为苏联文学政策制定者之一，他所关注的是整个文学领域和革命之间的关系，那么蒋光慈的这本书实际上可以简单概括为《文学家与革命》。

蒋光慈对文学家与革命之间关系问题的强烈关注应该说主要与其自我定位有着内在的关联，也有其对革命时期作家应该如何定位的理论思考。蒋光慈一直以来都以文

---

① 齐晓红：《蒋光慈与"同路人"问题在中国的输入》，《中国现代文学研究丛刊》2006年第6期。

② 郑超麟回忆说瞿秋白认为蒋光慈"这个人太没有天才!"，见郑超麟：《郑超麟回忆录》(上)，北京：东方出版社，2004年，第229页。

学家自命,在其第一部诗集《新梦》的《自序》中就宣称"我愿勉励为东亚革命的歌者",此后在不同的场合他也不断地申述"我不怕丑自命为革命诗人",①最后不惜为自己的作家身份递上退党书。但与此同时,作为一个共产党员,在"红色的三十年代"语境之中,他当然也会相信第三国际有关即将要爆发的世界革命将是一个不可逆转的历史进程的基本判断。因此,对将自我定位为作家的共产党员蒋光慈来说,在不可避免的革命时代之中如何处理文学家与革命之间的关系就成了他必须面对的问题,正如他在《俄罗斯文学》中开宗明义所说的,"诗人总脱不了环境的影响,而革命这件东西能给文学,或宽泛的艺术,以发展的生命;倘若你是诗人,你欢迎它,你的力量就要富足些,你的诗人的源泉就要活动而波流些,你的创作就要有生气些。否则,无论你是如何夸张自己呵,你终要被革命的浪潮淹没,要失去一切创作的活力"。②

　　就是在这个问题上才开始真正显露出托洛茨基文学思想对蒋光慈的影响。托洛茨基按照作家与革命关系的类别将作家分为"同路人"和"革命人"。他认为"同路人"作家"他们都接受革命,每个人各以自己的方式接受";③而无产阶级作家,即"革命所造就的艺术家,不可能不想谈论革命。另一方面,非常想谈论革命的艺术,必然会抛弃亚斯纳亚·波利亚纳的观点,既抛弃伯爵的、又抛弃穿树皮鞋的农民的观点",④也即是鲁迅所说的"革命人"。⑤ 蒋光慈在《俄罗斯文学》中介绍勃洛克、叶赛宁、马雅可夫斯基、爱伦堡、别德内依和"谢拉皮翁兄弟"等时均采用托洛茨基"革命人"与"同路人"作家的概念来区分无产阶级作家和非无产阶级的作家,而他将革命文学论争时期的作家分为两类,一类是新兴的革命作家,一类是旧作家,即在无产阶级革命开始之前已经成名的,也就是不革命的作家。⑥ 他自己理所当然属于新兴革命作家的行列,革命作家是"被革命的潮流所涌出,他们自身就是革命";相反,"一个不革命的作家变为一个革命的作家,这尤其是不容易的事情","就使他们在理性上已经领受了革命,而在情绪上,他们无论如何脱离不了旧的关系"。⑦ 他所指的"革命作家"在当时实际上就是指的是无产阶级作家。对比他与托洛茨基的说法,可以说他对中国"旧作家"的描述虽然并没有使用"革命人"与"同路人"的概念,但其对作家与革命关系的理解基本上采纳了托洛茨基对"革命人"与"同路人"作家的判断。

---

① 蒋光慈:《一封公开的信》,《民国日报·觉悟》1924 年 8 月 28 日。

② 蒋光慈:《俄罗斯文学》,《蒋光慈文集》第四卷,上海文艺出版社,1988 年,第 58 页。

③ 同上,第 42 页。

④ 同上,第 214 页。

⑤ 鲁迅认为革命文学的根本问题是在"作者可是一个'革命人',倘是的,则无论写的是什么事件,用的是什么材料,即都是'革命文学'"。见《革命文学》,《鲁迅全集》第三卷,北京:人民文学出版社,2005 年,第 568 页;鲁迅的"革命人"直接来源于托洛茨基,见长堀佑造《鲁迅"革命人"的提出——鲁迅接受托洛茨基文艺理论之一》,《鲁迅研究月刊》,2002 年第 10 期。

⑥ 华希理(蒋光慈):《论新旧作家与革命文学》,《太阳月刊》4 月号,1928 年 4 月 1 日。

⑦ 蒋光慈:《现代中国文学与生活》,《太阳月刊》1 月号,1928 年 1 月 1 日。

二

蒋光慈受到托洛茨基"革命人"观点影响的自我定位还只是其所关注的文学家与革命关系的一个方面,更为重要的是在立志做一个无产阶级作家之后应该如何处理文学家身份和革命的关系,也即是革命文学家在革命中的具体位置问题。杨之华所编的《文坛史料》中的一段话大致可以代表对蒋光慈退党而被开除的基本意见:"近来在文坛上所流行的两句:(I am not a fighter,But I am a Writer)(我不是一个战士,而是一个作家),大可为光慈所吟"。① 这种说法也是言之成理的,只是将党纪、文学、个性等抽象地看成几乎不能相容的事物,就不能更深入地去理解互相对立观念之间的内在关联,因而并不能对蒋光慈的选择展开实质性阐释。实际上如果将"革命人"放置到整个革命结构当中去认识,"革命人"也是政治和宣传等具体革命分工中的一个部门,那么,是"作家"还是"战士"的问题,既是蒋光慈对两种不同"职业"的倾向选择,也是隐藏在其选择背后的对"革命人"在革命中存在的具体位置的理解问题,"作家"与"战士"的选择也就转换成为了一个更为细节但却并不是相互孤立的革命文学理论问题。

蒋光慈很明确地认为具有相同革命目的的革命者因为具体任务的不同存在不同的职能分工。他根据职能分工的不同将"时代的创造者"分为两种,革命文学家和革命党人。虽然革命文学家与革命党人同样是"时代的创造者",但"这并不是说文艺的创造者应该拿起枪来,去到前方打仗,或是直接参加革命运动,去领导革命的群众"。② 他认为革命文学家有着自己的独特使命,"文艺的创造者应认清自己的使命,应确定自己的目的,应把自己的文艺的工作,当作创造时代的工作的一部分。他应当知道自己的一支笔为着谁个书写,书写的结果与时代,与社会有什么关系"。但不同分工并不表明革命文学家和革命党人之间存在实质性的区别,"倘若一个从事实际运动的革命党人,当他拿手枪或写宣言的当儿,目的是在于为人类争自由,为被压迫群众求解放,那吗我们的文艺者当拿起自己的笔来的时候,就应当认清自己的使命是同这位革命党人的一样。若如此,所谓实际的革命党人与文艺者,不过名稍有点不同罢了,其实他们的作用有什么差异呢"? 因此,他认为"所谓文艺的创造者与时代的创造者,这两个名词""没有对立着的必要了"。③

虽然托洛茨基与蒋光慈一样都明确认为革命党人和文学家存在具体分工,但他对革命文学家在整个革命中的位置的看法与蒋光慈的观点并不完全一致。托洛茨基并没有像蒋光慈那样在总体目标的意义上抽象地谈论文学家与革命家的任务的不同,他认为"枪炮轰鸣日,缪斯沉默时",④而不是简单地将革命文学家看成是与革命党人具有同

① 杨剑花:《关于蒋光慈》,《文坛史料》,杨之华编,上海:中华日报社总发行所,1944年。
② 华希理(蒋光慈):《论新旧作家与革命文学——读了〈文学周报〉的〈欢迎太阳〉以后》,《太阳月刊》4月号,1928年4月1日。
③ 同上。
④ 〔苏〕托洛茨基:《文学与革命》,刘文飞、王景生、季耶译,张捷校,北京:外国文学出版社,1992年,第554页。

样总体目标而只是任务不同的群体。与此同时,托洛茨基还认为在文学家和革命家之间存在等级差异或者说秩序先后的问题,而不是如同蒋光慈所认为的只是"技术工种"的不同。他曾以1918—1919年战争前线为例,认为艺术和军队在革命阶段具有不同职责和不同地位,"时常可以遇见这样的部队,它由骑兵侦察队开道,而殿后的则是载着男女演员、布景和各种道具的大车","在我们的前线,由于情况的急剧变化,装载演员和舞台布景的大车常常陷入艰难的境地,不知往何处去。有时也会落到白军手里"。所以,他断定艺术的位置只是在历史运动的末尾,与之相同的是,"在历史战线上遇到急剧变化的整个艺术的处境,同样是艰难的"。[①]

革命事业中存在分工的不同并不是一件难以想象的事情,不难想象在苏俄和中国当时也会有其他人提出过类似的看法,尤其是蒋光慈和托洛茨基对具体分工的看法并不完全一致,因而也很容易推测蒋光慈的革命分工观点只是在中国语境中自己生成的,不一定与托洛茨基观点存在直接联系。不过从革命文学论争时期太阳社创造社批判鲁迅的"革命人"论述,以及"左联"成立初期要求"左联"成为一个战斗组织而非同业组合的历史语境来看,多少有些不符合历史事实。其次也有将蒋光慈和托洛茨基对于文学家在革命中位置观点直接联系起来的纽带,即苏俄早期无产阶级诗人别德内依。

蒋光慈好友钱杏邨曾在一篇论蒋光慈的文章中将其比作中国的杰米扬·别德内依。托洛茨基在《文学与革命》中特别论述过别德内依,认为别德内依"不是一位靠近革命、附就革命、接受革命的诗人;这是一位以诗歌为武器的布尔什维克"。[②]托洛茨基的论述基于其一贯的"革命人"观点,需要注意的是,他所说的"革命人"别德内依是以诗歌为武器的说法与蒋光慈对新兴作家的看法是一致的,并不是像"左联"初期那样要求搞创作的上街发传单,参加飞行集会。托洛茨基更为明确地说到革命分工的是给别德内依颁发红旗徽章时的评语。蒋光慈特别赞赏军事人民委员脱洛斯基(托洛茨基)颁发红旗徽章时对别德内依的评价,据他抄录的褒奖令是这样的:"节木央·白德内宜为射击劳动群众的敌人的好枪手,为语言中之最勇敢的骑兵,现为全俄中央执行委员会所褒奖,予以红旗徽章。"[③]对比托洛茨基在《文学与革命》中对别德内依的评价,以及蒋光慈对"时代创造者"的革命分工的看法,应该说他是比较准确地把握了托洛茨基的意见的。

但蒋光慈在接受托洛茨基革命存在分工的观点的确同时又与托洛茨基的重要等级不同的观点存在差异。从现实角度来说,如果承认了文学家与革命家不属于同一个层次,那么蒋光慈就与同样使用托洛茨基"革命人"概念的鲁迅没有什么本质区别,在当时围剿鲁迅的语境中他是不可能处于这样一个现实之中的。从理论上说,这种差异首先是源于蒋光慈否定托洛茨基关于无产阶级文化不存在的观点。[④]托洛茨基的革命分工

① [苏]托洛茨基:《文学与革命》,刘文飞、王景生、季耶译,张捷校,北京:外国文学出版社,1992年,第221页。
② 同上,第198页。
③ 蒋光慈:《俄罗斯文学》,《蒋光慈文集》第四卷,上海文艺出版社,1988年,第214页,第77页。
④ 蒋侠生(蒋光慈):《无产阶级革命与文化》,《新青年》季刊第三期,1924年8月1日。

观点和无产阶级文化观点是互为一体的,都来自于他的有机知识分子论。托洛茨基认为"文化的基本结构是通过一个阶级的知识分子与这一阶级之间的相互关系和相互作用而形成的",①资本主义造成了包括艺术在内的体力劳动与脑力劳动的脱离,革命的最终任务之一就是要彻底克服这两种活动方式的脱离。② 由于革命是体力劳动者的事业,无产阶级在革命阶段的主要任务是政权问题,还没有足够的时间来创造自身的文化,③无产阶级知识分子的主要任务则还是群众教育运动。④ 也即是说,无产阶级知识分子在革命阶段由于革命分工的不同还不能完成与自己的阶级的有机结合,也就不能创造出无产阶级文化。众所周知,1924 年联共中央以决议的形式承认了无产阶级文化的存在,因此,无论是诗人的浪漫天性还是作为共产党员的党性,蒋光慈毫无疑问都会站在中央决议的一边。所以说蒋光慈要反对托洛茨基否认无产阶级文化存在的立场,就不得不对托洛茨基革命分工的观点有所改造。

另一个更为重要的原因是未来派的"社会订货"理论参与了蒋光慈对托洛茨基关于革命分工的意见的改造。虽然蒋光慈与托洛茨基一样都从具体功能上将别德内依理解为一个文化战线上的战士,认为"他提笔做诗,也就如同农夫拿起锹来挖地,铁匠拿起锤来打铁一样,是有一个实际的目的的,绝不是如一般诗人为无病的呻吟",⑤但他又将别德内依在革命中的具体位置安排在了与农夫铁匠同样的生产序列当中,拉平了不同职能分工之间的等级差异。他的这种看法主要来自于未来派与马雅可夫斯基"社会订货"的理论。马雅可夫斯基提倡"生产艺术",把艺术等同于生产,认为艺术就是生产,将整个艺术创作过程同办工厂或手工作坊相提并论,认为艺术生产应该按照社会需要进行生产,即所谓的"社会订货"。⑥ 蒋光慈正是从社会需求的角度来理解别德内依的,他认为在"社会群众有什么需要的时候",别德内依"就提起笔来写什么东西。他从未想过将自己的诗作为人们孝贤的安慰品,作为茶余的资料"。⑦ 由此来理解蒋光慈认为别德内依的诗都是"定做"的观点就不再显得有些突兀,⑧也因此才能理解蒋光慈将革命文学家和革命党人在革命中的位置放在了同一个层次,而不是托洛茨基的等级划分。

(原载《中国现代文学研究丛刊》2010 年第 1 期)

① ［苏］托洛茨基:《文学与革命》,刘文飞、王景生、季耶译,张捷校,北京:外国文学出版社,1992 年,第 179 页。
② ［苏］托洛茨基:《文学与革命·序》,《文学与革命》,刘文飞、王景生、季耶译,张捷校,北京:外国文学出版社,1992 年,第3 页。
③ ［苏］托洛茨基:《文学与革命》,刘文飞、王景生、季耶译,张捷校,北京:外国文学出版社,1992 年,第 172 页。
④ 同上,第 180 页。
⑤ 蒋光慈:《俄罗斯文学》,《蒋光慈文集》第四卷,上海文艺出版社,1988 年,第 77 页。
⑥ ［苏联］马雅可夫斯基:《马雅可夫斯基选集》第 5 卷,北京:人民文学出版社,1961 年,第 102 页。
⑦ 蒋光慈:《俄罗斯文学》,《蒋光慈文集》第四卷,上海文艺出版社,1988 年,第 77 页。
⑧ 同上。

艺术"形式"及"形式研究"内涵新探

俞敏华 *

法国的米歇尔-布托尔曾指出:"研究小说的形式具有头等重要的意义。""对小说形式进行的探索,使我们看到在我们习以为常的形式里有偶然的东西,使我们看清这种形式,摆脱这种形式,在这种呆板的叙述之外,重新找到被这种叙述所掩盖和隐藏的一切,重新找到那包围着我们全部生活的一切叙述。"①实际上,不仅小说艺术形式有如此重要的意义,任何艺术形式都是理解艺术品性所无法回避的问题。在中国文坛上,20 世纪 80 年代许多理论家、批评家及作家,探讨了形式的重要性,并作为对长期以来视内容或主题思想为核心的艺术观的反拨,将其上升到了本体论的高度。随着 90 年代市场经济影响力的增强、作家创作风格的转向及文化批评的引入,关于形式问题的探讨逐渐走向了边缘。然而,艺术的存在无法回避艺术形式的问题,这个"秘密"②始终引发人们对其进行探讨的兴趣,而且,形式的问题已越来越成为不仅仅是局限于形式的问题。

一、"形式"的内涵

形式是一个简单而又复杂的概念,万物皆有形,或可视,或可触,或可感,形是物之所在。面对一个人,或胖或瘦,或高或矮,或美丽或丑陋,给人的第一印象是形;面对一幅画面,呈现在面前的色彩、光影、线条、明暗、形状、体量等要素,皆可称为形式;面对文学作品,呈现出的那些语言文字,便可称为形式。

在中国古典文化语境中,"形式"未被进行系统的理论概括,其地位也很微妙。一方面,中国传统文论讲究"文以载道",不管作者、读者还是评论者,看重文章的经世致用,相对来讲,文辞、格律或技巧等形式要素受关注的程度就要小一些。另一方面,"形式"却很

---

* 俞敏华,女,1978 年 12 月生,浙江金华人。研究生学历,博士学位,讲师。主要从事 20 世纪中国文学研究。曾在《文艺理论研究》《文艺争鸣》《文学自由谈》等刊物上发表论文 10 篇。参撰著作 1 部,获得各类奖项数项。

① [法]米歇尔-布托尔:《作为探索的小说》,柳鸣九编选:《新小说派研究》,北京:中国社会科学出版社,1986 年,第 90 页。

② 此概念主要参照了宗白华的观点。在《艺术形式美二题》(《宗白华全集·3》)中,他以《浮士德》、《红楼梦》、陶渊明的诗、王羲之的字等为例,认为这些艺术品所传达的"秘密"都是依靠形式美来实现的,并认为形式加内容完美结合所创造的形象造成了无穷的艺术魅力,给人无穷体会,探索不尽,又不是神秘莫测不可理解的。在《常人欣赏文艺的形式》(《宗白华全集·2》)中,认为"在艺术欣赏过程中,常人在形式方面是'不反省地''无批评地',这就是说他在欣赏时,不了解不注意一件艺术品之为艺术的特殊性。"并借歌德的话,说"形式对于大多数人是一秘密"。参见《宗白华全集》,合肥:安徽教育出版社,1994 年。

"本真"地存在着。中国的文学批评家,虽然没有什么系统的语言学、修辞学,或形式批评的方式,但评论中却能一点即着形式之要义。在西方文论中,"形式"有较系统的概括,其地位的突显主要在 20 世纪。此时的"语言论转向"①,突出了语言的中心地位,并成为贯穿俄国形式主义、布拉格学派、语义学、英美新批评、结构主义、符号学乃至解构主义的重要观点。这标示了"从关注世界的本质是什么"转向了"我们如何表述我们所知晓的世界的本质"的思维方式的转变。而进入"如何表述"的问题,离不开对形式的思考。一定意义上说,20 世纪以来,人类思维变化与文学研究的重大突破之一,就是对形式的重新认识。新时期以来,我国的文学理论建设,很大程度上受西方文论的影响,形式本体论于 20 世纪 80年代以后发展起来,并迅速取得了很大进展,产生了一系列关于文学文体学、文学语言学、叙事学等方面的理论著作及研究论著,对文学研究产生了指导意义。

那么,在新世纪的今天,面对众多的研究成果,我们应该如何从新的角度去界定或发展我们的形式概念呢?

以下几个知识源值得疏理:

第一,我国文艺理论界长期认同的与内容相对的"形式观"。这种观点中,将内容与形式视为两个相对的概念,认为艺术是由内容和形式共同构成的,但往往视内容为主体,形式为内容的附属,内容决定形式,很少将形式放在本体意味的层面进行思考。一定意义上说,这种思维方式源于人类追求的对事物的明辨感,代表了人类认知事物的一个重要阶段。根据亚里士多德的论述,"形式"概念本身就因"内容"这一概念而生。这种观点在我国存在时间相当久,影响也相当广泛,20 世纪 80 年代中期之前,对形式问题的思考基本都是放在与内容相对的层面进行的。比如,高长印主编的《新中国 40 年(1949—1989)文艺理论研究资料目录大全》,收集了百余篇关于内容与形式的论文目录,在这些论文中,除了 1985 年以后的少数几篇论文将艺术形式上升到了艺术本体论的维度,其余绝大多数的论文持内容与形式对立的观点。其中,像这样的观点很普遍:"内容是构成事物的各种内在要素的总和,形式则是内容的存在方式。内容与形式不是各自孤立的,而是有机的统一在一起的。内容与形式的区分又是相对的,它依一定条件的变化而变化。"②同时,在我国文艺界,自三十年代以来,二元对立思维方式逐渐占据主导地位。在内容与形式的关系上,长期强调内容对形式的主导性,而且过分强调内容中的思想主导因素,结果过分地抬高了内容的决定作用,并抹杀了作家的创作个性以及对形式变化的追求。王元骧在《文艺内容与形式之我见》一文中对这种强调内容的决定作用的观点有过反思,他说:"我们必须澄清自三十年代引进俄苏的文艺理论以来在理论界所流传的这样一种似是而非的、不确切的表达形式:文艺就其内容来说与哲学、科学是一致的,所不同的只是他们的形式,即文艺是以形象,而哲学、科学是以概念来反映

---

① 此概念主要参照了王一川的《语言乌托邦》(昆明:云南人民出版社,1994 年)与朱立元的《当代西方文艺理论》(上海:华东师范大学出版社,1997 年)。

② 朱兰芝:《艺术作品的内容与形式》,《理论学刊》1987 年 02 期,第 68 页。

生活的。这样一来,作家艺术家在创作时好像首先获得了一种抽象的、孤立的内容(如抽象的生活本质、规律和思想观念之类),然后为了表达这些抽象内容的需要,才去考虑和寻求一定的艺术形式。这也就把这两种本来有着内在联系的成分机械的分割开了。而事实上,从作家艺术家开始创作的那一刻起,内容与形式就是不可分割而有机的联系在一起的。"①王元骧虽然澄清了内容与形式的非孤立性,却依然认为:"对文艺作品来说,在一般情况下,内容总是居于主导的方面,而形式归根到底是由内容派生出来,并为一定内容服务的。"②这也是那一代理论家所持的普遍看法。可见,在内容和形式的关系这一问题上,强调内容处于主导地位是这一观点的核心。以此,在文学批评方面,20世纪80年代中期以前,对作品内容的批评要远远多于对作品形式的批评。因而,内容与形式相对的观点,既阐释了某种追求明辨事物的思维方式,但将两者对立及过分强调内容的决定作用的缺陷也很鲜明。

第二,20世纪20、30年代俄国形式主义界定的"形式观"。他们否认了内容与形式的二元对立,强调形式对内容的涵盖性,认为通过形式才能发现文学作品的"文学性"。其代表人物日尔蒙斯基如此写道:"艺术中任何一种新内容都不可避免的表现为形式,因为,在艺术中不存在没有得到形式体现即没有给自己找到表达方式的内容。同理,任何表达方式的变化都是新内容的发掘,因为,既然根据定义来理解,形式是一定内容的表达程序,那么,空洞的内容就是不可思议的。所以,这种划分的约定性使之变得苍白无力,而无法弄清纯形式因素在艺术作品的艺术结构中的特性。"③这种观点自80年代引入我国以来,在文学理论界引起了很大反响,既有效地冲击了内容决定形式的思维方式,也有效地推动了本体论的研究方法。随着英美"新批评"派、结构主义等分析方法的引入,对形式的分析则更有力地冲击了以往的艺术分析模式,走向了对语言、结构的关照。但是,俄国形式主义开创的形式批评方法,由于过分注重作品系统内部形式和结构的抽象概括,作品的丰富性往往在形式包涵一切的解构中变成了一些抽象的符号或程式,对文学的理解,也变成了一种非审美感的解释。所以,分析虽不乏细致与精确,却也一定程度上偏离了艺术的美感本性。可以说,因对作品作抽象形式分析,在一些批评家那里"形式"反而变成了一个阻碍阐释"文学性"的概念。

第三,克莱夫·贝尔关于艺术是"有意味的形式"的"形式观"。贝尔认为:"在每件作品中,以某种独特的方式组合起来的线条和色彩,特定的形式和形式关系激发了我们的审美情感。我把线条和颜色的这些组合关系,以及这些在审美上打动人的形式称作'有意味的形式',它就是所有视觉艺术作品所具有的那种共性。"④贝尔的形式概念主要是针对绘画、音乐等艺术形态展开论述的,论及诗歌时,他曾提出:"在伟大的诗歌中,

① 王元骧:《文艺内容与形式之我见》,《高校理论战线》1992年05期,第44页。
② 同上,第47页。
③ [俄]日尔蒙斯基:《诗学的任务》,参见方珊《俄国形式主义文论选》,北京:三联书店,1989年,第211—212页。
④ [英]克莱夫·贝尔:《艺术》,薛华译,南京:江苏教育出版社,2005年,第4页。

是形式的音乐造就了奇迹。诗人们在语言形式中表达了某种情感,这种情感与所写下的文字之间有着疏远关系。但是,它们之间存在着联系,这种情感不是纯粹的艺术情感。在诗歌当中,形式及其意味并非一切,因为形式和内容并不是一种东西。""形式负担着某种智性的内容,这种内容乃是一种情绪,它与生活中的情感相交织,并建立在情感之上。诗歌尽管也能给我们带来快感,但却不能将我们带入到那种审美至境,使我们超脱人世的一切,陶醉于音乐的、纯粹的视觉形式,其中原因就在于此。"①可见,贝尔认为,语言形式并非是涵盖诗歌的一切要素,诗歌的形式与他所认定的那种纯粹的艺术形式也是有距离的,而且,他并没有对文学作品中的"形式"及"意味"作出过明确的阐释。然而,贝尔这一 20 世纪初期就提出的,从接受者的审美情感出发追问"艺术究竟以什么打动了我们"、并作出了"形式"的解答的观点,今天依然意义重大。因为他从审美情感这一角度,明晰了我们接受艺术品时所面对的对象——形式,它是呈示在我们面前的首要物体,那么,寻找形式的意味也是我们解读一切艺术品的必要途径。这恰如《艺术》的翻译者薛华在《后记》中写道的:"贝尔认为艺术作品的本质属性就是'有意味的形式',从而将艺术从历史故事、社会背景、道德劝诱、生活情感、技巧迷宫或浪漫联想中解放出来,给艺术界定了自身的价值和评判标准,可谓独树一帜。"②贝尔的形式观有效地提示我们:如果跨越形式的存在而去获取所谓的内容,导致的结果只会是将更多的主观经验带入作品的阐释,只有将艺术视为形式才是最真实、也是最可靠的接近艺术本质的途径。

第四,我国古典文论中的"形式观"。由于从文言到白话这一话语系统的改变,对古代文论中的"形式观"作出明确的表达终究是一件难事,但或许正是这种不可避免的"隔",使我们看到了古典文论对文学艺术形式的"本质性"表达。比如:孔子说:"言之不文,行之不远";曹丕说:"文本同而末异,盖奏议宜雅,书论宜理,铭诔尚实,诗赋欲丽";陆机说:"诗缘情而绮靡,赋体物而浏亮";刘勰说:"四言正体,则雅润为本,五言流调,则清丽居宗;华实异用,惟才所安"。这些加上了着重号的词汇,在现在的批评系统中,都可视为是对文学形式的描述。像刘勰的《文心雕龙·体性》中将风格分为八类,即典雅、远奥、精约、显附、繁缛、壮丽、新奇、轻靡。如果用内容与形式的元素分析,这八种分类既指内容又指形式。在小说艺术形式方面,有研究者曾从庄子《外物篇》记载的"饰小说以干县令,其于大达亦远矣"来论述小说具有的形式本质,他说:"'小说'而能饰,明明就标志着这里是'小说'而不是'说',是一种样式的概念,并且把表达重点从'小说'的内容意义方面移到了'饰'的形式方面。'饰小说'之不同于'小说',正在于它标志着小说是一种以'饰'作为根本形式特征的文体。"③尽管,这一论点的准确性有待进一步考证,但若从修辞逻辑上看,它对理解小说表达的方式具有一定的启发意义。在古典文学

---

① [英]克莱夫·贝尔:《艺术》,薛华译,南京:江苏教育出版社,2005 年,第 88 页。
② [英]克莱夫·贝尔:《艺术·后记》,薛华译,南京:江苏教育出版社,2005 年。
③ 王定天:《中国小说形式系统》,上海:学林出版社,1988 年,第 17 页。

的批评实践中,很少有将形式与内容分得一清二楚的论述,现在看来,这种论述倒更接近于形式本体论。比如,现代作家鲁迅的《中国小说史略》一书,并没有明确区别内容与形式,但已有诸多关于形式本体的论述。因而,中国古典文论中这种没有明确划分内容、形式的思维,恰保证了艺术形式存在的本体性,以及小说艺术形式研究的合理性。

明晰了以上的"形式",接下来阐释新的"形式"内涵,这在表述上要方便得多。在形式与内容的关系上,本论文采用的观点更接近俄国形式主义者采取的"形式观",认为形式就是有内容的形式,内容也是有形式的内容,内容对形式并不具主导性,形式不是根据内容的存在而存在的,形式不受内容的主导,相反,往往是不同的形式决定了不同的内容。但是,我并不赞同用形式的概念来包涵一切关于内容的东西,或者像俄形式主义者那样极力用材料、手法等定义来取代内容与形式的分类。因为尽管形式是艺术的存在本质,从一个艺术品中,我们可以看到形式对内容的包容性。但是,在具体的批评实践中,不能用形式的术语来取代一切内容的术语或者对两者不加分割,而且,研究诸如主题、人物、题材等这些被纳入内容范畴的要素依然是有必要的。最佳例证当属俄国学者瓦列京·哈利泽夫著的《文学学引论》(周启超[等]译,北京:北京大学出版社,2006年)一书,此书于1999年问世后,2000年再版,2002年、2004年又进行了修订,是目前俄国高校中较有影响力的教科书。书中论述文学作品的构成时,依然保留了内容与形式的概念,认定了形式的意味的同时,延用了传统文论中有关内容方面的主题、人物、肖像等术语,显示了理论的开放性和完整性。当然,保留内容这一术语时,我不采纳以往那种避开形式,直接诉诸主题、人物之类的研究方法,更反对直接通过主题思想或人物意识来判断作品的艺术价值。而倾向从作品的表述方式进入对作品意味的解读,主张从"形式分析进入意义"。因为这种从形式进入到内容的分析,能够保证对文学本体的关照,防止纯粹的外在的研究对文学性的规避或过度阐释,能最大限度地关注语言表述的方式与内涵,从而保证对"艺术性"的发掘。同时,形式批评过程中,也不采取西方有些形式主义批评者那种对文本形式作抽象化的、程式化的分析方法,依然将生动具体的人物、主题、故事等纳入形式概念,不回避对文本作感悟式的阅读和阐释,这既是中国汉字语言系统不同于西方以表音为主的语言系统决定的,也有效地帮助了我们发现作家的新经验进入作品以后,对形式变革的促进意义,并有助于从整体上考察艺术形式之美。

二、"形式研究"的内涵

"形式"内涵的界定常常能为具体的批评实践提供一个较完整的认识概念,其概念本身也代表了不同的批评方式。与对形式概念的探讨一样,在中国文坛上,形式研究是在20世纪80年代才引起充分重视,并一度成为热点的。这一热点的形成与"文革"结束以后西方文艺理论的影响分不开,也代表了中国文学批评"向内转"的趋势。过去很长一段时间,中国文学批评看重作家、作品与社会或政治意识形态间的关系,看重作品的思想内容是否体现了积极的政治意义等,这样的批评显然将批评的关注点引向了作品外部的社会意识形态。而形式批评,有意识地疏离了文学的外部研究,将关注点引向作品本身,注重文本内部构成因素的研究。所以,一定意义上说,形式研究是形式本体论的研究,是一种以文本阐释为基本主旨的研究。

目前,中国文坛的形式研究正在发展中,就现有的形式批评或形式本体研究的成果来看,按照时间脉络,大致分为三个阶段。当然,这种阶段化分期并不是绝对的,从一个阶段过渡到另一阶段,影响的焦虑始终存在,而且,也并不代表后一阶段就一定比前一阶段的研究成果显著,像 80 年代中期创造的理论高度,在今天依然被延续着。按阶段区别主要是为了论述的方便。

第一,新时期开始到 80 年代中期以前,伴随着有意回避内容而进入形式的艺术探讨及研究,当时文坛出现了王蒙的"意识流小说"、宗璞的"荒诞派小说"等具形式新意的作品,文论界也开始了对形式的关注。此时的形式探讨主要集中于技巧、作品结构等与内容相对的概念。主要代表论文有:雷达的《文学的突破与形式的创新》(《北京文学》1980 年 01 期)、吴士余的《初探当代小说结构的发展趋向》(《求索》1983 年 04 期)、张灿全的《艺术形式具有相对的独立性吗?》(《吉林师范大学学报》1985 年 03 期)、苏宁的《论形式》(《文艺研究》1985 年 03 期)、宋丹的《"意识流"手法与短篇小说的艺术创新》(《当代作家评论》1985 年 05 期)、吴士余的《新时期小说形式美的变化》(《当代文艺探索》1986 年 01 期)、张德祥的《论近年来小说视野的拓展和结构的变化》(《当代文艺思潮》1986 年 01 期)等等。这些论文有效地突破了只考虑内容不考虑形式的问题局限,将形式的问题作为一个重要的话题。这体现了文学探讨从文学主题、题材、思想内容、人物形象等内容局限中的松动和解脱。不过,这里对形式的探讨,很大程度上,并没有脱离内容与形式相对的思维方式和话语系统,对形式的重视或探讨,是为了反拨内容对形式的压抑,因而此时的形式概念并没有自己真正的独立性,结果导致讨论存在很多片面之处,许多文章简单地认为形式就是技巧或结构。

1987 年殷国明的《论艺术形式不仅仅是"形式"》一文,对形式有了进一步的理解和阐释,可作为对此时期"形式观"和"形式研究"的总结及突破。文中写道:"所谓的内容和形式,永远不是艺术的实体,而是我们认识艺术所借助的思维桥梁。而这种超越是在充分理解艺术活动整体的美学面貌基础上实现的。因此,我们的全部目的并不使人们在内容和形式的复杂关系中辗转反侧,而是唤起一种博大的美学精神。"①批评者在此已深刻地感受到了内容与形式概念本身之局限。而这种将文学形式视为通向艺术精神世界的桥梁的方式,在今天看来,依然很有启发意义。

第二,20 世纪 80 年代中期以来,不再一味地强调形式之于文本或之于内容的重要性,不再简单地重复内容与形式相统一的观点,而形成了视形式为艺术本体的研究视点,进入了对艺术形式的较深入的研究,且在语言符号学、叙事学、文体学等方面都取得

---

① 殷国明:《艺术形式不仅仅是"形式"》,《上海文学》1986 年 07 期,第 96 页。

了很大进展。

较早、较有代表性的提出形式本体意味并作出理论界定的文章,是 1987 年李劼的《试论文学艺术形式的本体意味》。文章首先表达了重视形式的意旨,将新时期以来对艺术形式的探讨引向形式本体论的关注。提出了:

$$语言\begin{cases}语感能力——文学语言\\编配能力——作品结构\end{cases}语义\begin{cases}文学语符意味\\作品结构意味\end{cases}文学形式本体意味①$$

这里明确提示了小说艺术形式本体意味就是语言,并且将语感与作品结构作为分析要素,既代表了从语言学或语言符号学视角对艺术形式进行的思考,也代表了以语言本体论作为形式本体论的研究思路。其他,如李劼的论文《论中国当代新潮小说的语言结构》(《文学评论》1988 年 05 期)与徐剑艺的专著《小说符号诗学》(杭州:浙江大学出版社,1991 年版)等是对此形式本体论的批评实践。正如李劼所说:"小说语言作为第一性的文学语言,登上了当代中国的小说舞台。而人物形象以及小说中的各种景象和物象,则都是小说语言这一基本形象的衍化和发展。"②语言的本体被视为形式的本体,如黄子平在《意思和意义》中表达的观点极具代表性,他说:"文学语言不是用来捞鱼的网,逮兔子的夹,它自身便是鱼和兔子。文学语言不是'意义'的衣服,它是'意义'的皮肤连着血肉和骨骼。文学语言不是'意义'歇息打尖的客栈而是'意义'安居乐业生儿育女的家园。文学语言不是把你摆渡到'意义'的对岸去的桥和船,它自身就既是河又是岸。"③这种将语言视为至高存在形态的表达方式,一定意义上,代表了那个时代以语言为本质的艺术形式观念的冲击力。

在这种以语言为形式本体的观念中,对语言进行符号化的分析方法颇为流行。总体上说,这种语言符号学的分析方法,从语言及抽象的语符层面,将艺术作品进行了脱离传统内容与形式之分的阐释,将其视为一个语言的自足体,是一种进入作品内部的阐释,明显受索绪尔的语言学、结构主义、符号学等理论的影响。而其透彻性、自足性、封闭性及抽象性并存的研究特征,为小说研究开拓了新的批评空间的同时,也存在着许多不足之处。

第三,20 世纪 90 年代以来,文学形式研究受到了文化研究的冲击,语言的问题也已不仅限于形式技巧或对语言作抽象化的符号分析等方面,而考虑到了方言写作、中文写作等问题。但形式批评的生命力依然强盛,80 年代中期以来所发展的叙事学和文体学、语言学等理论及分析方法,继续成为小说批评的主要方式。比如,2004 年以来,山东文艺出版社出版的《e 批评丛书》,收入了郜元宝、施战军、吴义勤、谢有顺、杨扬、阎晶明等十位活跃于九十年代的批评家的评论文章,其中就有大量文章采用了形式批评的方式。而且,这批年轻的批评家,对形式的关注有了更宽阔的视野,除了语言符号范围

---

① 李劼:《试论文学形式的本体意味》,《上海文学》1987 年 03 期,第 87 页。

② 同上,第 118 页。

③ 黄子平:《深思的老树的精灵》,杭州:浙江文艺出版社,1984 年,第 45 页。

的解读之外，将社会学、历史学的分析角度纳入进来，使形式批评具有了"文化"的意味。另外，像吴义勤的《长篇小说与艺术问题》（北京：人民文学出版社，2005 年版），王素霞《新颖的"NOVEL"——20 世纪长篇小说文体论》（北京：光明日报出版社，2006 年版），郭宝亮的《王蒙小说文体研究》（北京：北京大学出版社，2006 年版）等，都是近几年体现形式批评的新成果。

值得注意的是，此时期一些学者在形式批评理论建构上继续作积极探讨，其代表有赵宪章。他提出了"形式美学"的研究概念，从美学的角度进行形式研究，认为"形式美学"不仅不回避操作性和技术性的"形而下"问题，将"形而下"作为最直接的对象，而且，研究要不拘泥和局限于"形而下"层面，而是要将古典美学的思辨传统与现代美学的实证方法融为一体，重在从哲学的层面全方位地考察形式的美学意蕴。他说："这是使已经陷入困境的 20 世纪的形式研究摆脱偏颇和琐碎，从而获得新生，以崭新的姿态进入21 世纪的有效途径。"[①]赵宪章的观点，表现出了对以往纠缠于简单的叙事学或语言符号学的形式主义批评方法的不满，表现出了一种从美学角度考察的思维视角。他的《文体与形式》（北京：人民文学出版社，2004 年）、《形式的诱惑》（济南：山东友谊出版社，2007 年）、《西方形式美学》（南京：南京大学出版社，2008 年）等著作，对形式问题进行了认真的梳理，总结和提出了力图突破单纯的形式主义批评方法的理论建构。在具体的批评实践中，赵宪章的形式理论往往是把握着某一个维度的分析。比如，他分析了小说《美食家》的词频，通过文中出现的"食"和"吃"等为中心的词汇的统计和解释，得出文本表达了美食者的自慰和自恋的意义[②]。一定意义上说，这种分析继承了形式主义批评的方法，与 80、90 年代建立的文体学、叙事学、语言学的形式批评有很大的相随性。他的另外一些分析日记体、词典体小说的论文，也都说明了这一点。赵宪章在形式理论及实践上对形式主义批评方式的延承，表明了他在形式美学探讨上的努力。这不仅说明了形式批评与文本、语言密切相关，也说明了理论建构的难度。不过，其理论研究体现出的对形式本体意味的重视，对形式美学的提倡，有效地推动了新世纪以来的形式研究。

此外，就国外汉学界对中国文学进行形式批评的研究来看，许多批评家注重文本细读，并看重对文本中所隐含的社会、政治、文化主题的发掘。其中，王德威的研究较有开创性和影响力。他注重理论穿透与文本解读相结合的方式，在作品阅读上，提供了许多细读分析的范本。

总之，就目前形式研究取得的成果来看，形式研究为文本研究找到了一种有效的方法，但也存在诸多不足，明显的有：第一，着重 80 年代形式实验感强的作品的分析，而对 90 年代以来的许多文本，往往又采用了主题学、题材学等非形式批评的方式。然而，形式无所不在，即便一个形式相当传统的文本，也有形式的意味，一定意义上说，任何一

---

① 赵宪章：《形式主义的困境与形式美学再生》，《江海学刊》1995 年 02 期，第 164 页。
② 赵宪章：《形式美学之文本调查——以〈美食家〉为例》，《广西师范大学学报》（哲学社会科学版）2003 年 02 期。

个文本的形式都是不容忽视的。第二,因受西方语言符号学或结构学的影响,许多作品对语言进行抽象的、符号化的分析,但这种分析对大多数阅读者而言是否有效呢? 从作品中抽离出诸多的符号或公式,是不是一种常态的阅读方法呢? 比如,对大多数读者而言,阅读小说关心的是作家用什么方法,讲述了什么故事,而不是进行抽象的语符统计。而且,就目前文学语言研究所关注的问题而言,许多研究者不仅注意到了叙述者、叙述方式的问题,也注意到了语言来源或语感的问题,那么,形式研究如何能推进对这些问题的解读呢? 要突破这些困境,就得突破形式研究的格局。

三、小　结

综上所述,形式是艺术的本体。实质上,对艺术形式作一种"是"字结构的界定,也是一件十分困难的事情,因为话语体系的差异,既无法套用西方形式批评的概念,也无法复原中国古代文论的表述方式。从哲学层面上说,万物皆有形,没有形式,艺术也不成其为艺术,而且,艺术的形式跟人类的情感相关,既代表了作家情感和思维方式,又直接对欣赏者或读者的内心情感发生作用。从文学层面上说,艺术的形式无非就是呈示在读者面前的那一堆文字。对小说来说,这一堆文字又有其独特性,这些或是讲述故事或是表述情绪的诸多要素,既会随着不同时代新出现的诸要素的变化而变化,也会随着不同参照对象的变化而变化。

形式的表象下暗含着诸多的深意,每一种形式的出现、流变常常代表着一种重要的社会文化征兆。比如,王德威在《鲁迅之后——五四小说传统的继起者》一文中,曾说过:"本文以极短的篇幅,探讨三位作家(指鲁迅、茅盾、老舍)的局部特色,不只希望调整我们阅读中国现代小说史的比重,也愿唤起我们对文学形式流变的注意。形式不是白纸黑字、或是妙句花腔而已。它也征验了作家读者在历史时空内,碰触问题、引生对话的重要象征活动。"[①]又如,中国当代作家王安忆也说:"事实上小说的形式是不能单独谈的,可以说小说本身就是形式。对我来讲小说就是人和人、人和自己、人和世界之间关系的形式。""好的故事本身就具有很好的形式。"[②]因此,与其给"形式"概念一个明确的框定,不如从各种文本出发,在具体的研究过程中"化解"和"实践"艺术形式的研究,使其成为根植于研究对象,借助外化的条件(已有的定义)而生发出的概念。

总之,艺术的形式是内容与形式相结合的形式,其存在是精妙而又丰富的,它既是具象的、实在的叙述技巧、结构、事件等因素,又是抽象的美感。而从根本上讲,研究艺术形式是研究艺术之美,感受艺术之美。在这一点上,可以追溯至宗白华和高尔泰关于艺术形式的观念。宗白华的艺术形式观因为多从创作者的角度考虑问题,对艺术美的

---

①　王德威:《众声喧哗——三〇与八〇年代的中国小说》,台北:台湾远流出版公司1998年版,第27页。

②　林舟:《王安忆——更行更远更深》,《生命的摆渡——中国当代作家访谈录》,深圳:海天出版社1998年版,第28页,第29页。

追求,不乏有种乌托邦的色彩,但其在内容与形式内涵的探讨上,不仅是将内容与形式相结合的形式观,而且,是将形式放于美的艺术维度中进行思考的形式观。在论艺术形式美时,主张:"真正的艺术家是想通过完美的形式感动人,自然要有内容,要有饱满的情感,还要有思想。"①并且一再强调形式美的"秘密",这个秘密使形式之于艺术、之于文学研究拥有了无尽的诱惑力。高尔泰则将艺术的形式视作内容与形式相结合的形式,认为美这个东西很难说它是内容还是形式,并认为艺术的本质是追求自由精神,是一种人道主义的情怀,艺术形式之美的最高追求也是这种精神及情怀②。宗白华与高尔泰的形式观虽然因为时代的局限未能充分地展开论述并付诸实践,但他们提出的理念至今还是有借鉴价值的。因而,艺术形式的问题决不仅是形式的问题,也是艺术思维的问题,更是审美取向的问题。所以,探究形式即探究艺术之美,探究人文价值关怀。

因而,我们不妨将形式研究视作建构从"怎么写"进入"写了什么"的解读方式。这样有效地保证了我们对艺术形式的重视,并发掘其背后的深意。然而,从"怎么写"进入"写了什么"的过程,不是 20 世纪 80 年代盛行的那种简单的语言符号的抽象化分析的问题,它更是一个审美判断的过程。作一或许并不是很恰当的比喻的话,形式研究如同发现一朵鲜花的美丽,花瓣的色泽、形状乃至数量,固然可以成为辨别其美的一部分,但若专工于列数出这些项目,只会过于匠气,是绝对说明不了其美的。若要说出其美,还要有种美的感受力和直觉力。比如,在小说艺术形式这一问题上,关于"怎么写"的问题,并不仅仅将形式限定为小说的技巧,而将其视作一个开放的概念,涉及语言修辞、叙述方式、故事结构、叙事内涵等诸多方面。我们所进行的形式批评,将从对文本的细节式解读扩展为对作品形式美的整体式探寻。可以说,形式自身充满意味,它引发了人们认知世界的兴趣,它的存在也带来了意义探讨的无限可能性。

(原载《文艺理论研究》2010 年第 3 期)

---

① 宗白华:《艺术形式美二题》,见《宗白华全集·3》,合肥:安徽教育出版社,1994 年版,第 399 页。

② 参见高尔泰《人道主义与艺术形式》,文中强调:"美这个东西,我们很难说它是内容还是形式。""所以艺术形式不是盛装内容的容器,不是一种可以把任何外在的理性结构容纳进来的语法逻辑,也不是可以传导任何信息的导体。""那种把外在的、凝固的理性结构当作内容的'艺术'不是艺术,那种把自身的形式当作外来信息传导物的'艺术'不是艺术,那种不是由于内在的需要(表现的需要)而是由于外在的需要(实用的需要)而'创作'的艺术不是艺术。""艺术是自由的创造。换言之艺术创造是自由的肯定,这是艺术的一个本质规定性。"参见其论文集《美是自由的象征》,北京:人民文学出版社 1988 年版,第 229—265 页。

儿童文学研究

图文之间的权力博弈

——图画书中的禁忌与童年美学建构

方卫平[*]

　　相对于童年被发现和儿童文学走向自觉的历史而言,现代形态的图画书发展仅仅走过了一个世纪左右的历史。不过,图画书对于"童年"的关注和表现,已经为我们提供了一个相当独特的话题空间,而图画书创作对于童年成长中的"禁忌"问题所给予的美学关注,更为我们提供了一个探讨成人和儿童之间交互作用、影响,并思考其中之权力关系的图文世界。

一、童年禁忌与儿童文学

　　"禁忌"在不同文化体系及人类的日常生活中,常常表现为人们普遍遵从的一种文化心理和行为习俗。作为人类文化发展史上普遍存在的文化现象,"禁忌"在人类学、民族学、民俗学等领域的研究中常用一个专有名词:"塔布"(taboo)。"塔布"原为南太平洋波里尼西亚汤加岛人的土语,其基本含义是"神圣的"、"不可接触"的意思。此后,在相关学科的学术研究中,"禁忌"一词的含义被逐渐地界定为:人们对神圣的、庄严的,或神秘的、不洁的、危险的事物所持的或敬畏、或规避态度而形成的一种禁制系统;危险和具有惩罚性的警示作用,是"禁忌"的两个重要特征。

　　同样,在人类文化发展史上,禁忌也与童年的生活、命运息息相关。在本文所设定的童年语境中,我将"禁忌"一词的含义进一步做出与童年有关的界定:所谓"童年禁忌"是指,在特定的社会和历史环境中,成人基于特定的童年观及对儿童成长的文化期望、价值要求等所建立并存在、渗透、体现于儿童日常生活中的种种禁制的统称。

　　回顾历史我们可以看到,童年从被发现之初,就开始了它被禁忌、被限制的过程。弗洛伊德在他那本试图在人类学、民俗学与精神分析学之间架起一座连通桥梁的《图腾与禁忌》一书中,就试图阐述图腾与禁忌的起源、发展及其与童年心理和生活之间的深刻联系。他结合对原始初民、心理病人心理病因等分析,并且通过对今天儿童生活中的

*　方卫平,男,1961 年 8 月生,湖南湘潭人,研究生学历,硕士学位,教授,主要从事儿童文学研究。曾于《中国儿童文学》等刊物发表论文若干篇。独立承担、完成国家社科基金项目 1 项,浙江省哲学社会科学八五规划重点项目 1 项。出版个人学术专著、论文集 11 种。

图腾崇拜与禁忌文化遗迹的勾勒,来推导、分析图腾崇拜与禁忌文化的原始形态和意义①。事实上,作为人类生活的一个有机组成部分,童年从来就没有逃脱过成人社会和文化的统治和塑造,包括禁忌文化的规约和形塑过程。

借用法国哲学家、历史学家福柯的说法,我们也许可以说,童年史上成人与儿童之间"权力的纠结状态"也由此出现。福柯在其《规训与惩罚》一书中以谱系学的历史研究方法替代了他早期研究中所青睐的考古学方法,虽然两者都是对于主流线性历史观的解构,但是谱系学方法不仅关注历史的断裂,而且研究断裂的原因,即将历史上的"权力"斗争作为历史发展的动因引入到了历史研究之中。福柯认为,历史研究不是对于历史源头的线性回溯,历史由一系列断裂的事件构成,所以,谱系学方法关注、研究的重点是事件的"出现"。出现即"事件涌现出来的那一刻",这一刻"产生于权力的纠结状态",换句话说,研究"出现",就必须关注、研究权力的产生和活动,研究权力和力量之间相互角逐、斗争的方式,承认两种力量之间的对抗和挣扎——力量斗争的历史"舞台上演出的戏剧总是千篇一律的:统治者和被统治者反复上演的戏剧。"②而从童年史的角度来看,童年禁忌的设置与存在,就逐渐演化成了一条由成人与儿童之间的权力对抗与博弈交织而成的历史线索。

因此,童年的历史场域内始终交汇着童年与成年之间的权力关系,这一关系随着历史的推移而不断发生着种种变化,但它们从来不曾消失过。最终,这一过程也历史地投射、积淀、体现在了不同时期的儿童文学作品中——我们看到,在童年与禁忌、在儿童文学与童年的禁忌之间,历史地建立并存在着一种既彼此对立又相互依存的微妙关系。

首先,从童年与禁忌的关系上看,禁忌是成人对童年的一种限制,反映的是成人社会对于童年成长路径的一种格式化的文化要求,是历史上成人权力运用的结果。另一方面,从特定意义上,我们也可以说,童年起于禁忌;对于儿童和成长而言,童年禁忌的存在是必要的——正是禁忌的出现和存在,也正是因为成人为童年的成长设置了诸多不可触碰的"秘密"和"遮蔽",才为我们提示了童年的存在,划定了童年的边界。

其次,在儿童文学与童年禁忌的关系上,我们发现,历史上儿童文学创作的最初启动,总是隐藏、反映着成人社会对于儿童成长的文化期待和伦理诉求,因此,儿童文学与童年禁忌之间的历史纠缠很早就参与了儿童文学的历史书写,从这个意义上我们甚至可以说,儿童文学起源与童年禁忌的文化渗透和参与密不可分。

例如,欧洲儿童文学最初的诞生源于一批作家对民间童话的改编。在这一改编过程中,被认为不适合于儿童的那部分禁忌性的话语内容被小心地剔除;与此同时,童话的许多主人公都曾因为违反禁令而经受相应的惩罚。

普罗普在《民间故事形态学》(中译本作《故事形态学》)一书第三章"角色的功能"

---

① 西格蒙德·弗洛伊德. 图腾与禁忌[M]. 赵立玮译. 上海:上海人民出版社,2005。
② 福柯. 尼采·谱系学·历史[C]//福柯. 福柯集. 上海:上海远东出版社,1998。

中，提出了民间故事角色的三十一种功能，其中二、三两种为"对主人公下一道禁令"、"打破禁令"①。流传已久的"小红帽"的故事，就明确包含了这两种角色功能（母亲告诫小红帽"要走正路"；小红帽没有听从这个告诫，走入森林），而主人公也因为打破禁令获得了相应的惩罚（被大灰狼吃掉）。它最初的含意据说是给予年轻女性的性危险的告诫。凯瑟琳·奥兰丝坦在《百变小红帽———一则童话的性、道德和演变》中认为，格林兄弟努力想删除"源文本"中的性暗示，把《小红帽》"从性寓言转为家庭寓言"。这个故事在格林兄弟编写的《儿童与家庭故事集》中，有关性的那部分暗示内容被剔除了，只留下一个比较纯粹的儿童违反禁令、继而获得惩罚和教育的故事。

从这个西方儿童文学史上人们耳熟能详的例子中，我们可以看到，为儿童的成长设置"禁忌"不仅是成人惯用的一种权力，而且是传统童话故事表现的重要内容之一。而从小红帽故事的演变过程中，我们也会发现，儿童文学的诞生竟然在某种程度上也是各种禁忌合围的一种结果。从原始形态的民间童话到供儿童阅读的传统童话，小红帽故事的不断删改和演变，把成人之于童年和儿童文学的权力运用也演绎得淋漓尽致。

二、图画书中的童年禁忌与权力之争

图画书特殊的图文组合和表现能力使它成为了展示与禁忌有关的童年-成年权力关系以及对于这一关系的思考的一个十分独特的场域。

从18世纪后期到被称为英国儿童文学黄金时代的整个19世纪，我们从西方儿童文学作品中读到了大量表现童年生活中的禁忌文化的作品，从贝洛和格林兄弟改编的民间童话，到科洛迪的名著《木偶奇遇记》等等，但是，这些作品大多表现的是童年禁忌对于童年的无可置疑的权威性和统治力量，而几乎看不到对于童年禁忌的挑战或对于这种挑战的肯定性的价值评判。

从现代图画书的创作历史看，英国女作家比阿特丽克丝·波特（Beatrix Potter）出版于1902年的《彼得兔的故事》，或许是第一部有意识地展示了童年对于成年世界所设定的禁忌的冲撞及其后果的图画书作品。

有趣的是，这部作品也常常被认为是欧洲现代图画书创作的一部真正的发端之作。这是因为，波特在这部作品的创作中，第一次让文字和图画共同参与了对于故事的讲述，从而确立了现代图画书艺术的基本叙事形态。但是，我们在这里更感兴趣的是，这本关于一只穿着蓝色外套的小兔子的作品，以禁忌的"设置—冲破—惩罚"这样一个完整的情节构架，演绎了一种与禁忌有关的童年现实。小兔彼得违背妈妈的告诫，钻进农夫古里古先生的菜园里偷吃，差点被抓住，最后不但丢了新外套和小鞋子，也没能吃到"香喷喷的晚餐"。

---

① 弗拉基米尔·雅可夫列维奇·普罗普.故事形态学[M].贾放译.北京：中华书局，2006。

　　在这个故事里，我们很容易发现禁忌与惩罚的含义。从一开始，彼得兔就显示出了与另外三只被称为"听话的乖孩子"的小兔子完全不同的装束与个性。波特用图画书的叙事语言，让彼得兔穿上了与其他兔子的红外套迥然不同的蓝色外套，并勾勒了他"满不在乎"的神情与姿势。然而，兔妈妈的所有忠告被彼得兔置之脑后的结果，是他很快就发现自己陷入了一种极其尴尬和危险的境地之中。在历经惊恐、绝望之后，触犯禁忌的彼得兔受到了身体与精神的双重惩罚。而在另外三个"听话的乖孩子"的衬托下，这种违禁而受到处罚的意味就显得更加突出了。

　　很明显，在这个故事里，掌控着文本的叙述方向及其基本价值评判权力的成人叙述者声音，始终带着一种居高临下的姿态"看管"着彼得兔的言行。可以说，在彼得兔的违禁行为实施之前的种种"征兆"里，叙述者就已经暗示了它所必然会遭遇的挫折。事实上，彼得兔的行为远没有构成对于成人世界为童年所设置的禁忌的一种实质性的冲击，它更多的是以一种寓言式的方式，否定和取消了来自童年的对于禁忌挑战的尝试及其合法性。

　　因此，在现代图画书所展现的成人与儿童之间围绕着禁忌与惩罚所展开的最初的权力博弈过程中，《彼得兔的故事》向我们出示的是成人权力对于儿童来说所具有的毋庸置疑的文化上位优势和彼此对抗时的力量强势。

　　20世纪中期以后，随着现代童年观的变迁，图画书中所呈现的童年与禁忌的关系也慢慢发生着改变。它所反映的是文本内部童年与成年之间权力关系的一种转变。一些时候，禁忌不再被呈现为不可碰触或与惩罚相关的，而是通过儿童主角对于禁忌的冲破，来表现童年对于权力的反抗和争取。

　　作为一位深谙现代童年精神、也对童年怀着真诚的尊重的图画书作家，美国的莫里斯·桑达克的许多图画书作品都表现了对于童年自由力量的肯定。在他的出版于1963年的图画书《野兽国》中，小男孩马克斯因为调皮和恶作剧遭到妈妈的惩罚，由此开始了用自由、狂野的幻想来表达宣泄和对抗的心理过程。在这部作品中，童年相对于成年的自主权力在作品的幻想层面获得了肯定与强调——作品没有因为主角马克斯对于禁忌的挑战而对他施加现实的惩罚，相反地，马克斯的"野兽"行为在非现实的情境中所得到的肯定，也在一定程度上暗示着它在现实世界里的合理性。但另一方面，我们也可以说，作家对待童年与禁忌的态度仍然是模棱两可的，因为他把童年冲破禁忌后所争得的权力和能量处理成了一段幻想，也就是说，童年冲破禁忌的合法性是借助于一个幻想故事得到表现的，这样，作品就避开了它所可能引发的现实中的童年与成年之间的权力冲突。

　　尽管如此，这依然是一部具有历史转折意义的图画书作品。童年生命和情感的丰富性第一次在图画书创作中得到了正面的表现和肯定，童年权力的独立性、合法性也第一次在图画书创作中得到了正面的理解和诠释。无怪乎这本书被形容为"美国第一本承认孩子具有强烈情感的图画书"。朱迪思·希尔曼在《发现儿童文学》（2002）一书中认为，这部作品开拓了现代童年的意义。艾登·钱伯斯更是不无夸张地说道："因为这本书,图画书成年了"。① 我们或许也可以说,现代图画书的成年,是以发现和尊重童年的世界和权力为前提和基础的。

如果说《野兽国》是把儿童世界对于成人权力抗争的可能性交给了儿童的幻想世界的话,那么童年与成年之间的这种权力之争在约翰·伯宁翰的图画书《莎莉,离水远一点》(1977)中,被放到了一个更为对立、更接近现实,冲突也因此更为尖锐的层面上。在一个平常的夏日,莎莉跟随父母前往海滩度假。当父母方面不断发出"禁令",如"莎莉,水太冷了,不适合游泳","你可不可以小心一点,不要把新鞋子弄脏","不要打那只狗,它可能是一只野狗"等等时,莎莉却以自己的方式在一个完全属于童年的想象世界里,逐一颠覆了这些"禁令"。作品以左页面白底衬托下的浅色画面来呈现莎莉父母所代表的成人世界的慵懒、苍白与乏味,还有成人对于儿童世界的想当然的管制和支配;右页面则以重彩绘就的画幅来展示莎莉想象世界中惊险、紧张的海上冒险与寻宝故事。尽管莎莉对于父母提出的各种禁令的"违背"是以想象的方式展开的,但这种想象却被明确地表现为对于现实禁忌的背反。透过乏味的父母与充满活力的莎莉之间的对比,莎莉对于以父母为代表的成人权威的反抗和解构,被完全地合理化了。

约翰·伯宁翰的另一本同样带有幻想色彩的图画书《迟到大王》(1987),以童年与成年世界之间的相互错位和冲撞,尖锐地呈现了成年人对于儿童世界与儿童言说极度不信赖的现实,同时质疑了来自成人世界的对于儿童的种种禁制的正当性。约翰·帕特里克·诺曼·麦克亨尼西连续三天在上学的路上先后遇到了鳄鱼、狮子和大水的侵扰,因而耽误了到校的时间,成为一名无奈的"迟到大王"。虽然约翰诚实地向老师陈述了自己的见闻和遭遇,却未能得到老师的理解和认同,反而不断遭到惩处。在这里,约翰的见闻和遭遇是否具有真实性并不重要,作者试图表达的是,童年的世界,童年对世界的感受和理解,是与成人世界完全不同的。当成人以自己的权力和逻辑对儿童滥加惩处的时候,我们会发现,"不许迟到"、"不许说谎"等成人设置的种种禁令,在这个无视童年生活、童年逻辑的故事中,其本身的合法性也已经不能令人信服。换句话说,这部作品不仅质疑了成人世界对童年施加的禁令内容的合法性,而且也动摇了成人权力运用本身的现实合法性,尤其是当这种权力的实施是以漠视、否认童年世界的独特性为基础的时候。作品结尾处,约翰的无辜、无奈最后演变成了一场不无夸张的反制和令人发噱的"报复",作者约翰·伯宁翰为儿童代言的创作立场也在这本图画书中得到了最鲜明的表达。

在大卫·香农的图画书《大卫,不可以》(1997)中,我们看到,童年与成年之间的权力之争全部展开在现实的场景里,而且彼此之间构成了直接的对立。故事里的大卫对于每一个现实禁忌的快乐的冲破,突出地表现了童年相对于成年的权力的增加及其合理化。特别引起我们注意的是,在作品的结尾,妈妈的一句"大卫,是的",仿佛是一个触目的象征,把成人与儿童之间围绕着"童年禁忌"所产生的所有历史对抗和权力博弈,化

---

① 彭懿.图画书:阅读与经典[M].南昌:二十一世纪出版社,2008。

解在了温馨的图文之间。

从不无尖锐的对抗到和谐的相融,究竟意味着 20 世纪图画书中所展示的童年权力抗争最终被成人权力所收编,抑或暗示着童年的抗争走过了一个偏激的自我扩张阶段,最终走向了一个与成人世界在业已重建的文化权力格局中握手言欢,并达成新的文化契约的历史新阶段? 我以为,现代图画书艺术所呈现的图文之间的权力博弈,也许已经向历史和人们昭示了这样一个童年文化逻辑:童年世界借由与成人世界的对抗来争取文化权力的过程,其最后的目的并不仅仅在于改变某种权力对抗的关系,而更在于将对抗本身转变为一种良性的权力分配与互动格局。

以上四部图画书作品是从 20 世纪下半叶的不同年代中提取的。而 20 世纪的下半叶正是西方儿童文学中的童年观开始发生重要变化的时期。维多利亚时代延续下来的视儿童为天真、纯洁同时又亟需导引的卢梭主义童年观,在 20 世纪逐渐为更贴近当代社会发展现实的童年观所取代。尤其是 20 世纪 60 年代以来,更多的创作者和研究者开始关注儿童在日益被物欲和消费主义文化浸染的当代社会的现实生活境况及其命运,承认和关注来自成人世界的“恶”的内容及其对于童年世界的影响和压制。在这个过程中,儿童自身独立的尊严乃至权力,在现实和美学的意义上,都得到了前所未有的强调;相对说来,成人世界原本所占据的权力上位则明显向下位移动。其时在欧美儿童文学创作领域出现的“新现实主义”潮流,正是这一童年观转变的一种美学体现。《野兽国》、《莎莉,离水远一点》等图画书作品的先后出现,也从一个方面折射并参与了这样一次童年观的反思和美学重建过程。

作为一种成年人的创作,图画书对童年禁忌及其所呈现的权力之争的图文表现,其实是一种成年人自身的“代言式”写作和思考的产物。作品中所表现的童年对于成人作为统治者所拥有和展现的种种“暴力”的或公开或隐秘的反抗和解构努力,其实也是创作者基于理解和尊重童年的立场所表达的哲学和美学诉求。

在我看来,承认和接纳童年欲望、想象和要求的合法性,保持和维护童年与成人之间某种“生存-文化”权力关系的平衡,才是破解成人统治与儿童成长之间的权力迷思和文化焦虑的一剂良药。

三、童年禁忌与童年美学建构

从借助幻想冲破禁忌,到在包含了想象的现实中挑战禁忌,再到现实中的禁忌对抗和冲撞,而在冲破禁忌的过程中,儿童的情绪呈现也从困惑、无奈逐渐向着宣泄、狂欢的方向转变——20 世纪后期图画书中所呈现的童年与成年之间的权力关系似乎一直在朝着质疑禁忌、解放童年的方向位移。但是,从童年美学的范畴来看,是否可以说,禁忌的最终消除,我们就抵达了当代图画书童年美学建构的艺术巅峰?

对于这样一个提问的回答,其实并不简单。关注童年禁忌题材及其所提供的关于儿童与成人之间权力之争的议题,并非只是涉及童年境况和命运的一种现实关怀,事实上，对于图画书乃至整个儿童文学的童年美学建构来说，它同样具有一种重要的理论意义。

一直以来，童年与禁忌的关系、成年与童年权力关系的不同维度，为儿童文学表现提供了丰富的童年美学挖掘和表现的空间。这种表现一方面是对于现实生活中童年-成年权力关系的反映，另一方面，也影响着这一现实关系的面貌。但除了这种社会学方面的联系之外，就本文的思考而言，其间的美学联系是更值得我们关注和思考的。

首先，离开了"禁忌"这一童年成长过程中儿童与成人权力纠结的重要"事件"，儿童文学中的童年美学或许也将无从谈起；正如前文所说，对于童年及其成长过程来说，"禁忌"是对于童年存在及其物质和精神特质的一种重要的提醒和界定。事实上，没有"禁忌"的存在，也就没有童年的存在，童年美学也就失去了赖以建构的根据和依托。美国儿童文学学会的发起人之一、《儿童文学》杂志的创刊人弗兰西莉娅·巴特勒（Fancelia Butler）在1972年《儿童文学》创刊号的编者按中，曾提出儿童文学最初的产生源于成人恐吓（frighten）儿童、以使他们不敢从事某些行为的意图。巴特勒是以较为主观的方式提出这一观点的，但在我看来，这一说法也不无参考价值。

其次，围绕着"禁忌"而产生的儿童与成人之间权力关系平衡点的不断历史变迁和位移，图画书以及儿童文学获得了它无限丰富的童年美学表现可能。儿童与成人之间文化位阶的不断转换、禁忌设置的领域、范围、程度及其文化内涵的不同变化、禁忌故事本身所具有的不同的美学意味和潜能……都为童年美学建构提供了无比丰富的历史、文化、审美方面的素材、灵感和内容。

再次，图画书的发展历史已经表明，"禁忌"话语与童年美学建构之间业已构成了一种相反相成的张力结构：一方面，"禁忌"的存在成全了童年美学，另一方面，迄今为止，童年美学在图画书文本中的存在，又呈现为一个不断尝试消解禁忌、或者说不断拓开禁忌边界的过程。这种看似悖谬的双向关系使图画书中作为一种题材的"禁忌"和作为一个审美范畴的"童年"，获得了持续的历史和美学建构的活力。

今天，图画书的创作者们或许已经意识到，"禁忌"所引发的权力之争事实上并非一定会衍化成作品中激烈的权力对抗和充满硝烟气息的画面传达与故事讲述。在一个儿童与成人之间的权力关系结构不断趋向多元的文化背景中，关于"禁忌"题材的美学呈现，也拥有了多元面貌的表现可能。在许多作品中，儿童与成人间的上述权力抗衡往往并不是以显在、激烈的对抗形态出现的，而表现为一种较为隐蔽、或者较为轻捷、幽默的艺术表达。同时，批判的锋芒也已悄悄收起或不再那么刀光毕露，而是被转化为一种更加趋向并回归艺术和美学自身价值的文本策略和诉求形态。我想说，在这样的隐蔽、轻捷、幽默的艺术表达之中，童年的天性和创造力却往往可以得到更加自然和充分的发掘和表现。

以玛诺依拉·奥腾（Manuela Olten）的《我要尿尿》（2005）为例。在这个作品中，并不存在童年与成年之间紧张的权力角逐、抗争和由此引发的鲜明的对立关系，但成年施加于童年的禁忌仍然存在于故事的图文呈现之间，比如作品中涉及到的"男孩子在家里也不能站着尿尿"、"吃饭的时候是不许上厕所的"、"便后不能不洗手"等生活禁忌和规则。而"我"对于这些禁忌和要求的冲破、遗忘,并不被表现为一种童年对于成人权力的有意的消解和对抗,而成为作品天真、诙谐、富有戏剧性的童年美学建构的重要支撑和来源。

或许,因为禁忌而生的童年与成年之间的权力博弈,正是图画书乃至整个儿童文学童年美学一个永恒的源泉。

(原载《中国儿童文学》理论评论专刊 2010 年春季号)

当前原创抒情童话面临的困境及出路

周晓波 *

今年在世界各地人们都在纪念安徒生诞辰 200 周年,赞誉声一片,大有让安徒生再世的味道,安徒生童话也再次被捧上了圣坛的高位。但面对圣坛也有人在沉思,近来在"童话网"上看到这样一个转引的帖子《假如安徒生活在今天中国》就颇有意思,说:

包括中国在内的 135 个国家都在纪念安徒生诞生 200 周年的时候,却有中国人不断反思,假如安徒生活在今天的中国,他的童话一定不好卖。

现实确实没法令人乐观。可以想象,这个叫安徒生的人,站在今日中国任何一家大型书店的畅销书排行榜前就得打退堂鼓:他的书里没有"办公室政治",没有"血酬定律",没有"身体写作",没有"××黑幕大揭密"、"告诉你一个真实的××";他本人长相丑陋,没法包装成"美男作家",自然也没有绯闻艳遇隐私可炒作,年龄又偏大,没法归于"文学新生代";……要是跟来自欧洲的"近亲"《哈利·波特》相比,安徒生非得自叹弗如:他书中那丁点少得可怜、单薄的魔法,哪有拍成"全是高科技"电影的资本?!

一言以蔽之,安徒生在今天的中国,很可能是一个走投无路、抑郁终老、没有前途的作家。他太简单,不懂得"炫技",玩文字游戏,把读者弄得晕晕乎乎;他太单纯,以至于很有可能被人视为"矫情"、"装嫩";他太厚道,没有任何"卖点",没法刺激读者日益挑剔的视神经;他的作品太超脱,不写尔虞我诈,明争暗斗,没法成为"厚黑学"式的指导丛书,为国人火烧眉毛的生存困境、婚外恋情、人际斗争指点迷津……①

这段言论看来似乎是在调侃,但骨子里却是在反思,反思我们今天出版的现状。仔细想一下,难道这不是我们今天的现实吗?在今天不光安徒生这样的经典艺术童话、优美纯真的抒情童话少有市场,不好卖,更悲哀的是几乎大部分原创抒情童话都遭遇了不同程度的出版与市场冷落的尴尬。抒情童话曾经有过的辉煌已一去不复返了,擅长抒情童话写作的创作者也几乎处于一种全体大逃亡的趋势,少有的坚持者,也处于一种苦苦挣扎,或只能按编辑的要求去作一些相应的变动处理。可以说当前原创抒情童话正面临着前所未有的创作困境。

---

* 周晓波,女,1953 年 8 月生,浙江东阳人,本科学历,教授,主要从事儿童文学理论研究和批评,尤其在少年小说和童话研究方面取得较大的成绩,发表论文一百多万字。曾于《中国儿童文学》、《当代作家评论》、《中国图书评论》、《儿童文学研究》等刊物发表论文 100 余篇,撰写学术专著 4 部,曾主持国家社科基金课题 2 项,获全国及浙江省各类重要奖项 6 项。

① 郭珊《假如安徒生活在今天中国》,南方都市报,2005.4.4。

针对这一当前原创童话最突出的问题和困境,本文试图从以下几方面来剖析形成这一困境的主要原因并试图探询走出这一困境的出路:

一、抒情童话曾经有过的辉煌及形成的社会历史原因

应该说抒情童话曾经有过十分辉煌的历史! 从世界范围来说,文学童话本身就是从安徒生的抒情童话开始的。这个被称为是"牧歌时代的灵魂"的天才童话作家以他略带忧郁的浪漫气质开创了最具典范意义的抒情童话风格。正如汤锐在她的《北欧儿童文学述略》①中所评价的:"19世纪丹麦的童话大师安徒生,其作品的浪漫气息之浓厚,堪称世界儿童文学史上的典范,他在他的童话中营造了一个优雅、浪漫、微蕴着忧愁、充满古典美的诗的王国,这个王国有着北欧冰雪旷原一般晶莹、广袤、深邃的内在艺术空间,像《海的女儿》那样凄美的千古绝唱已成了北欧儿童文学走向浪漫主义巅峰的标志。"因此,把安徒生童话看成是"抒情派"童话的鼻祖应是毫不为过的。而他浪漫主义的抒情风格也曾经带动了北欧童话创作的一批后来者,如芬兰著名作家特贝柳斯的诗歌和童话,被认为是第一个将激情倾注在这片冰雪大陆上的诗人,其作品饱含着浓厚的浪漫主义情怀和芬兰特有的民间文学风韵;再如第一个以儿童文学的作品获得诺贝尔文学奖的瑞典女作家拉格勒夫,居然将瑞典教育部委托撰写的小学地理教辅读物写成了一部闻名世界的长篇童话,这又需要多么丰富的幻想力和浪漫主义的创造激情! 此外,另一个芬兰女作家扬松,曾以"木民山谷"的"矮子精"系列闻名于世。扬松继承了安徒生童话的风格传统,但她作品的抒情特点又不同于安徒生以语言的典雅、优美为其特色,而是以她热情丰富的想象力和幻想力,用近乎玩笑性的、轻快、幽默的语言来展示"木民山谷"这一带有寓言性的特定的社会缩影的独特世界。

在安徒生之后,西方抒情童话最具世界影响的当属英国著名作家王尔德。他的童话并不多,但这些童话却以其语言的精美绝伦、构思的精巧奇特、抒情诗意的浓郁纯厚而享誉世界。这些作品不仅成为王尔德最具特色的散文作品,而且被誉为"在英文中找不出来能够跟它们相比的童话。"正如韦苇在他的《外国童话史》②中所评价的那样:他的童话不是一般的叙事文字,而是美丽的奔腾着激跃感情的散文诗,是诗和童话的结晶,其罕见的优美动人,足以展示他作为一个诗人和剧作家的才华。因此在抒情童话的历史发展中,王尔德的童话自然有着突出的地位。

而在以美丽的东方情调著称的日本,其抒情童话的风格更有着传统的美誉。从大正时期现代童话的开创者小川未明的童话,到战前时期的滨田广介、坪田让治、新美南吉,以及战后的乾富子、松谷美代子和现代的宫泽贤治、安房直子的童话,都有着浓郁的东方抒情童话的风韵。其影响与小川未明所开创的东方浪漫主义幻想色彩的现代童话不无关系。

---

① 汤锐《北欧儿童文学述略》,湖南少年儿童出版社,1999.4版。
② 韦苇《外国童话史》,江苏少儿出版社,1991版。

正是受世界杰出的抒情童话的深刻影响,才诞生了中国现代抒情童话这一脉。当然,中国"抒情派"童话的先驱当属以《稻草人》闻名遐尔的现代著名童话作家——叶圣陶。而形成叶圣陶现实主义抒情童话特色的主要原因,一方面来自作家本身的诗人气质,另一方面也主要是受外国童话的深刻影响,尤其是受安徒生、王尔德等人优美深邃的现代童话深刻影响,加之对中国传统文化的民族风韵的推崇,这一切使他的童话创作一开始就表现出了浓厚的唯美主义的抒情艺术风格。而后对现实的深切关注,又使他的童话融入了现实主义的内核,纯洁天真的浪漫激情随之转化为对底层劳动人民深切同情的淡淡的忧郁哀怨的抒情色彩。

在叶圣陶之后,崇尚优美抒情诗童话风格的作家,当属四十年代在解放区土壤上成长起来的一代优秀童话作家严文井。四十年代,在以批判现实主义盛行的中国童话界,严文井的童话可为另类。几乎从他创作第一篇童话《南南和胡子伯伯》起,他的独特风格便已显露出来。稍后创作的《四季的风》更奠定了他童话的艺术基调:浓郁的诗意,丰富的哲理,轻松的幽默,以及孩子式的幻想。形成他的这一抒情童话风格的原因,应是与当时延安这一特定的生活环境有密切的关系。正是在那相对和平宁静的环境和人与人之间互相亲密的关系,才使他的心中洋溢着诗意一般的创作激情与美感。

新中国成立之后,照理相对和平安宁的环境十分有利于抒情童话的发展,然而根深蒂固的教化传统思想和接连不断的左倾政治运动的干扰,使得抒情童话的发展受到了一定的扼制,只是在富有民族风格色彩的童话中,还能看到优美的抒情色彩的影子,例如女作家葛翠琳的那些由民间童话素材创作的童话:《野葡萄》、《雪娘》等作品。

而在新时期,当以郑渊洁为代表的"热闹派"童话掀起一股"热闹"旋风并几乎风靡一时的时候,初涉童话创作的冰波却以他优美沉静、温婉恬淡、略带忧郁色彩的抒情童话显得格外地与众不同,因此,当人们提出"热闹派"童话理论的时候,与之相对应的"抒情派"童话也不能不引起了人们的注目。冰波的处女作《夏夜的梦》,以及稍后的《窗下的树皮小屋》、《秋千,秋千》、《桃树下的小白兔》、《白云》等充满了诗情画意的作品,让人们重新领略到了作为语言艺术的抒情童话特有的艺术魅力,不禁怀念起久违了的安徒生、王尔德、叶圣陶等语言大师们的优美抒情童话,冰波也因此成名。

从以上对抒情童话发展历史的简略回顾中,我们不难看出抒情童话的产生和发展有两方面的因素是不可忽视的:一是主观因素,即作家本身的诗人气质、生命感悟、悲悯情怀与深厚的语言文学功底,这可以说是创作抒情童话的基础和关键;二是客观因素,即要有一个适合抒情童话生长的社会背景和阅读接受的民族文化氛围的支持。可以说缺失了哪方面,都将对这一风格的创作产生很大的影响。

二、探索抒情童话在当今的衰落及其面临的困境

抒情童话由于对创作者的语言驾驭能力的要求相对来说比较高一些,在气质、情感、心理上也较特别一些,因此在任何时期几乎都无法涌现出大量的、优秀的创作者,而

占据童话创作的主导地位,这是不争的事实。但从历史的发展来看,我们还是不难从各个时期找出一些非常具有代表性的优秀抒情童话的写作者,单就中国童话的创作者来说,也不乏具有代表性的人物,如:叶圣陶、严文井、葛翠琳、冰波、班马、张秋生、汤素兰、王一梅等等。由于他们的出色表现,使得中国的抒情童话一直有着比较优良的传统而被人们所看重,具有较高的文学地位。然而,进入新世纪以来,我们却发现抒情童话的创作与出版持续低迷,原先的抒情童话写手几乎都一个个地转向了,如冰波去写卡通脚本或幽默搞笑的现实童话了;汤素兰的童话也越来越倾向于热闹、幽默和有趣;张秋生的富有灵气的精美的小巴掌童话也越来越少了……而新的童话作家能够写抒情童话的则越来越少,偶尔有些作家也能写出一两部比较不错的抒情童话,如青年作家张弘的《傩舞》《上古的埙》,王一梅的《鼹鼠的月亮河》等,然而却始终无稳定的发挥,更难以形成较有个性特色的抒情童话风格,因此也很难把她们完全纳入抒情童话风格的作家。创作者队伍的萎缩和不稳定性,使得抒情童话的影响越来越小,市场也越来越萎缩。进入新华书店的童话书架,满眼望去不是各种各样的名著翻印本,就是"热闹派"童话的令人眼花缭乱的封面吸引着你的眼球,而难以寻觅令人赏心悦目的抒情童话的影子,因此,不能不说抒情童话的创作已处于令人十分担忧的低谷状态。

之所以形成这样的局面,一方面固然由于抒情童话的创作本身对作家创作素质的要求较高而难以产生很多的创作者,另一方面也可以看出近些年来童话作者队伍整体素质的下降,以至在新的作者队伍中难觅优秀的抒情童话的写作者值得大力培养。当然,从客观因素来看,这个时代也的确不是一个能够让人安安静静地抒情写意的"牧歌时代",商品经济的影响渗透在一切领域,出版社、新华书店的体制改革,一切以经济利益为导向,的确给读者面相对较窄的抒情童话的出版和销售带来了极大的挑战。创作者正越来越被出版社牵着鼻子走,面临着主动地位的日益缺失。而生活的快节奏、高效益和来自各方面的诱惑也使得作家们的心态变得越来越浮躁而难以安安静静地沉下心来认认真真地写作,但抒情童话的写作又是多么需要这种安宁平和的创作心态!

而从读者接受这方面来看,今天的小读者是一代围着电视机、电脑长大的可称得上是读图时代的读者,他们阅读语言文本的能力要远逊于读图与看影像的能力。因此,对相对来说需要较强语言欣赏力的抒情童话遭遇小读者的冷落也在情理之中。

的确从各方面因素来看,抒情童话的滑落是不争的事实,但这样的滑落对我国童话创作的发展是否有利呢?答案显然是否定的。因为单一的童话创作风格不仅使童话的多元化发展受到极大的影响,而且对小读者多元化的审美情趣的培养也十分不利,更何况优秀的抒情童话本身就是一个国家一个民族童话创作水平的一种重要体现。所以,我们不得不在此为振兴我国抒情童话的创作而呼吁,希望各界都来认真关注这一风格的童话创作。

三、探寻走出困境的出路

从以上分析中我们不难看出抒情童话的滑落原因是多方面的,因此我们探寻其走出困境的出路也应是多方面的：

首先，创作者的主体意识应是第一位的，否则客观条件再好，没有作家的主动参与，那么一切都将是泡影。抒情童话的创作十分需要作家情感的投入，生命的投入，尽管它需要高超的语言表现能力，但它决不是一种单纯的文字游戏，它需要作家真情实感地投入。安徒生、王尔德、叶圣陶、严文井童话的成功，哪个不是融入了生命最真切的体验与情怀！而我们有些作家却总是把孩子看得很低，把童话创作单纯看成是玩幻想游戏、玩文字技巧的东西，因此作品缺乏令人感动，令人着迷的东西。所以要使我们的抒情童话创作走出低谷，走向高水平，一方面需要更多的作家主动的加入，而另一方面则也需要创作者更多的情感的投入和生命的融入。此外，抒情童话的创作也应跟上时代的发展，如果还用安徒生时代和叶圣陶时代的老眼光和老情调来进行创作，而没有创新点和时代特点，那么，即使你写得再好，也难以获得今天小读者的认可。

其次，创作要上去，评论也必须跟上。没有理论支持的创作是寂寞的，也是缺乏自信的。因此，儿童文学评论界的大力支持与倡导对抒情童话创作的引导将是十分重要的。此外，评论界对读者阅读审美的导向与帮助同样十分重要。因为小读者的阅读审美兴趣和能力是需要成人的引导和培养的，而评论界的介入将起到很重要的作用。

第三，市场同样需要培育与扶持，一方面宣传要跟上，广告效应还是十分有效的，真正为抒情童话营造一个良好的氛围。而另一方面则需要出版界的大力支持与扶持，相信真正优秀的抒情童话是决不会输于平庸的"热闹派"童话的。出版社是否也可以考虑下大力气组织一些优秀的抒情童话作者，认认真真来推出几套真正高水平的优秀的抒情童话。并且配合广泛的宣传，把声势造大，让读者真正来领略抒情童话特有的艺术魅力。

第四，读者也需要培育。要让孩子们喜欢抒情童话，首先作为引导者的老师、家长就要喜爱抒情童话，同时要把你对抒情童话的理解和真切感受传达给孩子，让他们读懂抒情童话，喜欢上抒情童话，这样抒情童话就不怕没市场了。相信真正优秀的、富有时代气息的抒情童话一定会让大人和孩子都喜欢的。

最后，儿童文学各类评奖也应一如既往地更为关注优秀的抒情童话，这将直接起到一种舆论的导向作用。事实上全国性的儿童文学奖项历来还是比较关注艺术表现出色的抒情童话的，如去年的中国作协第六届全国优秀儿童文学奖童话类获奖的三部作品，就有两部是属于抒情童话的(金波的《乌丢丢的奇遇》和王一梅的《鼹鼠的月亮河》)，这对抒情童话的写作者的确是一种鼓舞。而对其他写作者也是一种引导和导向。所以希望今后的评奖也能更多地支持和关注。

抒情童话既是我们永远的爱，也应是小读者永远的爱，但关键还要看抒情童话如何使小读者爱上它，在艺术上如何真正能够征服小读者！如能那样，到时候，你要想不爱它都难了！

(原载《中国儿童文学》2006年第1期)

三 色 童 年

——建国以来中国动画的童年话语与意识形态

常 立*

菲利普·阿里耶斯(Philippe Aries)于 1962 年出版的《几百年的童年》开辟了童年研究的新的领域,引发了研究童年历史的热潮。在阿里耶斯看来,中世纪之前是不存在儿童以及童年的,童年不过是近几百年才构造出来的文化产物,并不能被定义于单纯的生物学范畴,而是一个复杂的文化的概念①。基于此,我们可以认为,童年被我们的社会文化构建而成,不同的时代、不同的文化构建出不一样的童年。本文运用电影符号学的理论和方法,结合话语与意识形态理论,以中国建国以来部分动画作品为研究案例,解析中国动画影像中的童年话语与意识形态的关系,揭示我们在动画片中曾经塑造和正在塑造怎样的"童年"。

理论基础——话语理论与电影符号学

首先,我们先来简要阐明本文所依据的理论基础,主要包括以下两种理论:(一)话语理论;(二)电影符号学。

话语理论中"话语"(discourse)与语言有所区别,"在语言中一切关系都是内在的,是记号之间的各种区分;而只有话语才可能是某事物的主题"。因此,"语言本身并不存在","话语是实现了的语言"②。除描述和解释功能以外,话语还有一种重要的"以言行事"的实行功能,如同哈贝马斯指出的那样,"力量乃是这样一种东西,在特定含义上,它仅仅属于话语而不属于语句","衍生性的力量存在于这样的事实中:言说者在实施一个言语行为时,可以通过使听者与他发生某种人际联系的方式影响听者。"③福柯从权力/知识的角度切入话语理论并指出,由于"权力"的高度介入,话语往往变成"强加于事物的暴力",大体表现为三种控制形式:(1)言语禁忌。(2)理性原则。(3)真理意志。④拜肖则在《语言,语义学与意识形态》一书中指出了话语与意识形态的关联:话语就是

* 常立,男,1976 年 8 月生,河南焦作人。研究生学历,博士学位,副教授。一直从事中国现当代文学研究和创作。在《复旦学报》、《兰州大学学报》、《中国儿童文化》等学术刊物发表论文 16 篇,著作(编)7 部,发表文学作品 18 篇。主持浙江省社科规划课题 1 项,获得各类奖项数项。

① 尼尔·波兹曼. 童年的消逝[M]. 桂林:广西师范大学出版社,2004:98.
② 利科. 哲学的主导趋向[M]. 上海:商务印书馆,1988:168.
③ 哈贝马斯. 交往与社会进化[M]. 重庆:重庆出版社,1989:35.
④ 赵一凡. 欧美新学赏析[C]. 北京:中央编译出版社,1996:114.

一种语义政治学。语义是意识形态的一部分,话语则是意识形态的特殊形式。并进而明确:话语就是人们在特定的历史条件与社会环境下,决定自己该说什么、怎样说的潜在制约机制。不仅如此,它还是意识形态霸权争夺与冲突的场所①。

说到"意识形态",一般人会想当然地把它视为"政治宣传"、"错误思想"或"虚假意识"的近义词,无论在生活中还是在审美批评中一度被扭曲为一个贬义的术语,事实上,诚如阿尔都塞所说:"当我们谈意识形态时必须明白,意识形态渗入了人的一切活动,它与人类生存中的'现实体验'意思相同。"②尽管意识形态不断建构着文化的幻象,但我们应当将意识形态理解成真实存在的一种社会现实。毫无疑问,意识形态渗透到了人的语言活动中,语言作为构成各种文本的语词、规则系统和符码,与意识形态密不可分,而赖以建构意识形态幻象的话语惯习性代码常常成为意识形态批评的研究重心,也是本文将要重点探讨的内容之一。

根据电影符号学家克里斯丁·麦茨的理论:"电影肯定不是一种语言系统。然而,它可被看作一种语言",而"电影手法把可能只是一个现实的视觉代替物的东西变成了话语"③。电影作为话语,自然也是意识形态的特殊形式之一。动画片作为儿童电影的一种类型,也蕴涵了附着在"童年"概念之上的各种意识形态——人们经常赋予"童年"的认知的、教育的、思想的、政治的、人格成长的等各种现世意涵。在麦茨看来,电影具有直接意指和含蓄意指两个表现层,前者属于自然范畴,后者属于属于文化范畴,而电影永远是"自发地含蓄意指的","可以提高自然化的表现性"④,因而"文化的"含蓄意指表现层具有更多的研究价值。

另一位电影符号学家沃伦指出了带有概念图式的电影因素——人声语言(口头的或书写的),在影片中常以对白、字幕等形式出现,构成电影的"语言的叙事结构",但研究仅止于此是不够的,我们还需研究电影媒体本身所特有的因素——场面调度,它包括镜头、景框、颜色、灯光、摄影机角度和运动、角色位置、服装、布景等,构成电影的"视觉的形式结构","一部影片的主题内容是通过分析该片的场面调度来揭示的,正是场面调度首先把意义和结构赋予作品"⑤,对影片的场面调度即视觉的形式结构进行分析,正是本文接下来要进行的主要工作之一。

乌伯托·艾柯则借鉴信息论将电影作为通信现象来进行电影符号学的研究,"通信必定以这样的方式被建立和被制约:发信者组织着信息。他在组织信息时遵照着一个被社会惯习化了的规则系统(甚至是在一无意识的水平上),这些规则组成了代码","符号学向我们显示了安排在代码和子代码中、在记号世界中的意识形态世界"⑥。艾柯进

① 赵一凡. 欧美新学赏析[C]. 北京:中央编译出版社,1996:114。
② 彼得·沃伦. 电影和符号学:某些联系方面[A]// 电影与方法:符号学文选[C]. 北京:三联书店,2002。
③ 克里斯丁·麦茨. 电影符号学中的几个问题[A]// 电影与方法:符号学文选[C]. 北京:三联书店,2002:18。
④ 彼得·沃伦. 电影和符号学:某些联系方面[A]// 电影与方法:符号学文选[C]. 北京:三联书店,2002。
⑤ 罗纳德·阿勃拉姆森. 电影中的结构与意义[A]// 电影与方法:符号学文选[C]. 北京:三联书店,2002:52。
⑥ 乌伯托·艾柯. 电影代码的分节方式[A]// 电影与方法:符号学文选[C]. 北京:三联书店,2002:67。

一步把代码细分为十类代码——知觉代码,识别代码,传输代码,色调代码,肖似代码,肖似化代码,趣味和感觉代码,修辞性代码,风格代码,无意识代码,本文"三色童年"概念的提出,正是基于其对色调代码的概括与分析。艾柯所谓色调代码,并非单纯指颜色,而是指"已被风格化的、真正的含蓄意指系统"(例如,"优美的"或"表现主义的"),笔者认为中国动画片业已在不同历史时期形成了不同的色调代码,根据其不同特征,选用"金色童年"、"红色童年"和"绿色童年"来分别指代。

金色童年——五十年代中国动画的童年话语

五十年代中国动画片的题材主要有动物故事题材、民间传说题材和当代现实题材,其中动物故事题材与民间传说题材较多,当代现实题材较少。加在各类题材的故事之上的主题结构可以通过以下对立性框架被分解[①]。

人类——自然(《布谷鸟叫迟了》《森林之王》《老婆婆的枣树》)

集体——个人(《墙上的画》《一个新足球》)

生产——破坏(《谢谢小花猫》《布谷鸟叫迟了》)

合作——自私(《三个邻居》《谢谢小花猫》《拔萝卜》)

共享——独占(《一个新足球》《木头姑娘》《墙上的画》)

百姓——贵族(《木头姑娘》《三毛流浪记》)

谦虚——骄傲(《乌鸦为什么是黑的》《夸口的青蛙》《骄傲的将军》)

聪明——愚蠢(《木头姑娘》《机智的山羊》《砍柴姑娘》)

进步——落后(《大奖章》《双胞胎》)

成功——失败(《木头姑娘》《机智的山羊》《砍柴姑娘》)

奖励——惩罚(《大奖章》《墙上的画》《为了孩子们》)

正义——邪恶(《神笔马良》《一只鞋》《森林之王》)

由以上框架不难看出,五十年代动画片的主题往往是:人类战胜自然,集体先于个人,促进生产,防止破坏,提倡合作、共享、谦虚,反对自私、独占、骄傲,最终聪明、进步的百姓获得成功,愚蠢、落后的贵族遭到失败。这一时期的阶级斗争和道德冲突并不激烈,偶尔有之,也大多发生在动物故事和民间传说中,当代现实题材的作品往往并无激烈冲突,只是意在表彰先进、激励后进。而大量的动物故事和民间传说,也从侧面说明现实并没有峻急到统领一切、不容虚构的程度,创作者还有大量的创作空间,因而作品的样式也比较丰富。"童年"在这一时期被赋予了积极进步、信心百倍、前途光明的黄金色泽,像金黄的稻谷、丰收的庄稼。

《布谷鸟叫迟了》讲述了一个歌颂人类伟大的改造自然能力的故事:布谷鸟开始提醒人们"布谷"的时候遭到了其他动物们的耻笑,说它今年迟到了,人们早已经布谷了,

---

① 萨姆·罗迪. 图腾与电影[A]// 电影与方法:符号学文选[C]. 北京:三联书店,2002:120.

布谷鸟于是亲自去验证,当它看到苗壮的秧苗之后对人类由衷叹服,并把自己的叫声从"布谷布谷"变成了"早种早熟"。这个故事所透露出的对人类的能力和未来的信心是惊人的,不能不让我们想起那个"人有多大胆,地有多大产"的"大跃进"的时代。同样的信心在《谢谢小猫咪》嘹亮的歌声中再次重现:"我们的力量强又强,加紧来生产。"

电影制作有一个与绘画相同的原则,即透视法原则,舍弗尔在《绘画透视法》一书中指出:画家借助再现系统把意识形态转变为知觉图式,使绘画产生一种现实的印象。即通过透视法的运用,使观众身临其境,集中注视画中的物体而忽视绘画本身,观众透过绘画看到的是想像的物体,"意识形态就藏于我们的眼内"[1]。电影构图也充分运用了这一原则来传递意识形态。比如《布谷鸟叫迟了》一片,稻草人在跟布谷鸟的谈话中说"好样的,人真有办法"时朝外望着观众,而布谷鸟最后感慨"唉,人真有本领啊"时也是朝外望着观众,这样就使作为观众的儿童被纳入影片,眼中看到了自然臣服于人类的想像的景观。这一景观在其他动画片中也不断重现:《森林之王》中为人类伐木的大象才被拥戴为真正的森林之王;《谢谢小花猫》中母鸡为人类下蛋生产,小猫为人类防奸防盗;《老婆婆的枣树》中所有的小动物都为人类拾枣子。这些虽与自然现象、动物本能相忤逆的想像景观一再重复,就把"以人为本,人定胜天"的意识形态牢牢镌刻到观众的意识中。

电影制作对透视法的运用还有一个常见的效果,即观众常常可以把自己代入到角色——尤其是主人公身上。但《布谷鸟叫迟了》在此却出现了疑难,按照电影制作的规律,观众可以并且应该把自己代入到布谷鸟身上,但是迟到、无能的布谷鸟有足够的吸引力让观众认同吗?这样的情况在五十年代动画片中屡屡出现,产生了相当多的或自私或无能或个人主义的主人公,尽管他们最后都因改造而进步,但多是反面的样板,对儿童观众缺乏足够的亲和力和向心力。我们从中可以看出,电影制作者想像中的儿童观众正是具有这样那样缺点的主人公们,他们处于弱势的地位,需要成人的纠正和改造。——事实上,这种儿童处于弱势地位需要被成人改造的"儿童观"一直延续至今。

从场面调度来看,五十年代动画片中还有一些问题值得探讨。

第一,摄影机的水平视点:这一时期的动画片,摄影机始终处于一个统一的水平视点上,即一个普通成年人的水平视线高度,无论镜头中的画面如何,哪怕呈现的是儿童眼中的事物,通常也是以成年人的水平视点在看。在兼具成人与儿童的两人镜头中,这一点体现尤为明显,成人往往占满整个景框,而儿童只占据1/3至一半的空间。主创者可能并非有意如此,但成人水平视点的确立无疑也确立了权威、地位和标准,而儿童水平视点的缺失,让我们不禁质疑:影片的假想观众也许并不是儿童?抑或假想的儿童观众具备了成年人的视点?话语理论所关注的一系列问题——谁在说?说什么?怎样说?谁在看?谁说的能代表真理意志?在此可以寻求解答:成人在对所假想的儿童在说,用能够确立成人权威地位的电影手法在说,说儿童成长为合格成人的道理,而真实

---

① 丹尼尔·达扬. 古典电影的引导代码[A]// 电影与方法:符号学文选[C]. 北京:三联书店,2002:235。

的儿童在看,并且可能被塑造成假想的儿童,接受成人所灌输的真理意志。摄影机视点的单一,还进一步明确了真理意志的不容置疑的权威性。对比近年的美国幻想片《潘神的迷宫》与《涨潮海岸》,在这两部影片中都并存着成人与儿童两个视点,因而构成相互交叉并激烈冲突的两个世界——成人世界与儿童世界,两者之间相互否定,儿童世界否定了成人世界的残酷、功利和单调,而成人世界也否定了儿童世界的脆弱、无奈和虚妄,观众不易从影片中获得明确的道德皈依和价值判断,真理意志在两个视点的频繁交替中还处于犹疑不定的未成形期,与其说影片传递的是意识形态,倒不如说传递的是意识形态之间的冲突并进而质疑意识形态的真理性——而后者在五十年代的中国动画片中完全付之阙如。

第二,女性性别角色:这一时期动画片中女性角色数量较少,无论是当代现实题材中的女性角色,还是动物故事题材中拟人化的女性角色,全都属于"有缺陷的女性",她们不是成为被嘲笑、被纠正的对象,就是遭到灾难性的惩罚和报应。比如,粗心大意的大嫂(《胖嫂回娘家》),顽皮任性的小妹妹(《找小哥哥》),谄媚而狡猾的狐狸(《森林之王》),美丽而骄傲的乌鸦(《乌鸦为什么是黑的?》),被人当作物品争夺的木头姑娘(《木头姑娘》)。从中不难看出这一时期女性在人们观念中的地位以及她们在生活中所扮演的实际角色。

第三,颜色与灯光:这一时期动画片的色彩比较丰富,而灯光多采用明调打光,光线明亮柔和,明暗反差小,适于表现优美、温馨或朦胧的气氛。

第四,布景文字:和对白相近,如同"语言的叙事结构"层面的元素相仿,布景文字常常是真理意志的直接的反映,但在五十年代的动画片中,多是以对白来直接道出真理意志,比如:"一起消灭反动派,防奸又防盗"(《谢谢小猫咪》),"你拿我拿大家拿"(《萝卜回来了》),"到底是牧人的儿子聪明"(《木头姑娘》)。布景文字这一手法的运用并不常见,偶尔有之,也是出于情节的需要,比如在《布谷鸟叫迟了》中出现的招牌——"东风人民公社,第五大队"。

红色童年——六、七十年代中国动画的童年话语

六、七十年代中国动画片的题材除原有的动物故事题材、民间传说题材和当代现实题材之外,又增加了革命战争(主要是国共战争、抗日战争、反特等)题材。其中动物故事题材和民间传说题材明显减少,当代现实题材急剧增加,革命战争题材也为数众多。接下来我们仍通过对立性框架来分解这一时期各类题材动画片的主题结构。

   红色——黑色(《红领巾》《红军桥》《太阳的小客人》《歌声飞出五指山》)

   革命——反动(《红军桥》《太阳的小客人》《奇怪的病号》)

   救星——群众(《长发妹》《人参娃娃》《哪吒闹海》)

   勇敢——怯懦(《草原英雄小姐妹》《芦荡小英雄》《山伢仔》)

   解放军/红军——国军/日军(《小八路》《小号手》《红军桥》)

民兵——特务(《红领巾》《东海小哨兵》)

奉献——索取(《长发妹》《路边新事》《画像》)

反抗——压迫(《半夜鸡叫》《一条丝腰带》《大闹天宫》)

农民——知识分子(《画像》)

助人——利己(《路边新事》《小哥儿俩》《长在屋里的竹笋》)

胜利——灭亡(《鸽子》《红军桥》《西瓜炮》)

　　单看这一组组对立的主题词,很难相信它们是从动画片中提炼出来的,但六、七十年代的中国动画就是如此,红领巾(《红领巾》),红太阳(《太阳上的小客人》),红五星(《歌声飞出五指山》),红旗帜(《小八路》),红奖章(《画像》)……我们可以看到"政治的"、"革命的"、"红色的"逐渐成了"童年"的主色调。这一时期动画片的主题可以概括如下:勇敢的革命战士(一般是儿童)为了拯救水深火热之中的群众而与阶级敌人奋战到底,他们打倒反动派,消灭蒋匪兵,毫不利己,专门利人,反抗压迫,不怕牺牲,以解放全人类为远大目标,最终获得斗争的胜利,并成为"毛主席的好孩子"。动物故事和民间传说题材的大幅缩减,也从侧面突出了政治现实的严峻性和紧迫性,相比于五十年代,当代现实题材的作品中的敌我冲突也更加鲜明、激烈,往往是你死我活的斗争——当然,总是红色革命的一方获得最终的胜利,留给黑色反动一方的只有灭亡的命运。

　　胜利的天平并非仅仅靠语言的叙事来描述,而更多地依靠场面调度来彰显。在革命战争题材的动画片中,无论是《红军桥》《红领巾》,还是《小八路》《小号手》,革命小英雄与敌人冲突的场地都是在斜坡而非平地上,这一场景的布置显然并非随意而为,对于镜头画面而言,地势的高低在观众看来即象征着力量的大小、胜算的多少、地位的优劣。尽管革命小英雄们在身高上与成年敌人相比处于劣势,但他们总能被制作者安排到有利地形中,从而占据高处来打击敌人。在《画像》一片中,画家要去给一位农民(劳动模范)画像,画家无论在身高还是所处地势上,总是比农民矮上一头,"知识分子要向农民学习"的意识形态观念经过简单的场面调度呼之欲出。

　　五十年代动画片所倡导的"人定胜天"的主题在这一时期逐渐淡化,但对儿童主体地位的忽视仍然一以贯之。在《红领巾》、《东海小哨兵》、《小哥儿俩》、《长在屋里的竹笋》等片中,都以姐弟或者兄弟为主人公,其中占主导地位、起榜样作用的总是身材较高的姐姐或者哥哥,弟弟总是跟从的、较落后的一方,而姐姐或者哥哥又以身材更高的成人为自己的榜样。在这样的阶梯序列中,我们可以清楚地看到来自成人的真理意志,服从真理意志较好的一方(姐姐或哥哥)会获得表彰,服从真理意志较差的一方(弟弟)会遭到批评——当然,弟弟最终会通过对姐姐或哥哥的学习和模仿取得真理意志的认同。

　　我们曾经探讨过有关五十年代动画片的场面调度的几个问题,接下来继续考察一下在六、七十年代的动画片中它们有何发展变化。

　　第一,摄影机的水平视点:延续了五十年代动画片的特征,统一于成年人的单一视点,在革命战争题材的动画片中,这种单一的视点造成了观众(无论成人还是儿童)对战争本身的认同,表现在故事内容上,小主人公们都满腔热忱地投身于战争游戏,并在游戏中积极努力地消灭敌人,而战争本身的残酷性、破坏性却被游戏性完全地遮蔽了。

第二,女性性别角色:与五十年代动画片相比有较大变化,在《红领巾》《草原英雄小姐妹》《东海小哨兵》《长在屋里的竹笋》等片中均多次出现革命女英雄的形象,女性的地位显然获得大大提高。但是必须指出的是,女性地位的提高是以性别特征的模糊为代价的。在这些动画片中,女英雄的面貌均为浓眉大眼,线条硬朗,颇有几分男子气概。《画像》中的一个场景更有说服力:画家进村问路,看到一排头戴草帽弯腰在地里劳作的农民,脱口而出:"老大爷,请问——"下一个镜头,我们(像画家一样)惊奇地看到清一色的一排姑娘。"男女都一样"、"不爱红妆爱武装"的意识形态观念在这一刻进入到观众的意识当中。

第三,颜色与灯光:这一时期的动画片在色彩的运用上较为单一,红色运用范围最广,其次是作为反动的黑色。在灯光的运用上却更加丰富,增添了不少暗调打光,色差较大,线条坚硬,阴影增多,适于表现强烈的对比与冲突。

第四,布景文字:这一时期的动画片普遍运用了这一手法来直接传达真理意志,在影片中往往表现为海报、大字报、宣传标语等。比如:"一定要解放台湾"(《红领巾》);"向雷锋叔叔学习"(《小哥儿俩》);"全民皆兵"(《东海小哨兵》);"中国红军胜利万岁"(《小号兵》);"军民团结"(《两只小孔雀》);"护笋养竹,人人有责"和"农业学大寨"、"毛主席万岁"(《长在屋里的竹笋》)。

绿色童年——八十年代以来中国动画的童年话语

八十年代以来中国动画的题材前所未有地丰富起来,除已有的动物故事、民间传说、当代现实和革命战争题材之外,又增加了武侠神话、科幻冒险、少年励志、历史典故等题材。其中当代现实题材和革命战争题材的动画片数量急剧减少,而动物故事、民间传说以及武侠神话等题材的动画片数量不断增多,并还继续呈现出高度增长之势。根据对立性框架,可以把八十年代以来中国动画的主题结构分解如下:

和平——战争(《帽儿山的鬼子兵》《虹猫蓝兔七侠传》)

环保——污染(《小虎还乡》《虹猫蓝兔七侠传》)

友谊——孤独(《雪孩子》《我的朋友小海豚》《孤独的小猪》)

团结合作——个体竞争(《葫芦兄弟》《三个和尚》《象棋王》)

真诚——虚伪(《九色鹿》《海力布》《真假李逵》)

善良——邪恶(《虹猫蓝兔七侠传》《善良的夏吾冬》《东方神娃》)

美丽——丑陋(《选美记》《鹿铃》)

聪明——愚笨(《聪明的笨小猪》《曹冲称象》《抬驴》)

干净——肮脏(《邋遢大王》)

知识——无知(《大耳朵图图》《宠物宝贝环游记》)

成人——儿童(《大头儿子小头爸爸》《饮茶之功夫学园》)

这一时期动画的主题往往是：爱好和平，反对战争，赞美友情，提倡团结，推崇知识，弘扬真善美，贬斥假恶丑。故事越来越多地发生在森林、草原、海洋等美丽的大自然中，"童年"也越来越多地被赋予了"和平"、"和谐"、"真善美"的绿色基调。

相较于之前的动画作品，有一些值得我们注意的变化：首先，动画所展现的战争，大多发生于遥远的历史或者虚幻的神话当中，少数发生于当代现实的战争，也以诙谐、荒诞的手法来表现，虚构性、游戏性越来越强。其次，知识包括知识分子的地位获得前所未有的提高，动画中出现的"知识分子"再也不是"向工农兵学习"的学生，而是能够用知识和智慧对主人公提供帮助和教导的师长，其地位类似于五十年代动画中出现的"农民"和六、七十年代动画中出现的"军人"；再次，对于出于个人目的的个体竞争不再是一味贬抑，新近的动画片会对其采取尊重、赞许的态度，在《象棋王》中甚至不无嚣张地唱出："我就是狂！我就是象棋王！"这在之前的提倡集体主义和谦虚品德的动画片中是不可想象的；最后，对于儿童和成人的地位对比不再是一味贬抑儿童，在《大头儿子小头爸爸》中两者地位相对平等，在《饮茶之功夫学园》中成人则站在儿童的立场上说话做事，一种崭新的"儿童观"从中开始形成。

接下来我们继续考察有关场面调度的几个问题：

第一，摄影机的水平视点：大部分作品仍延续之前动画片的特征，统一于成年人的单一视点，但少数动画开始提供双重视点，比如《大头儿子小头爸爸》，儿童不再是单向接受成人教导的绝对弱势的一方，而是与成人形成一种均势的平衡，有着儿童自己的视点，就意味着有着儿童自己的相对独立的世界。尽管对这一"儿童世界"的展现仍不够充分和深入，但这无益是中国动画制作的一种有益的尝试。

第二，女性性别角色：女性角色的数量大幅度增加，六、七十年代性别特征模糊的女性形象不复出现，无论在外貌还是在身材、声音上都越来越强调女性的性别特征，女性角色的魅力与日俱增，然而众多的魅力女性在动画中频繁现身，并不意味着女性主体性地位的提高，相反，其地位又回复到五十年代动画的水平，甚至还略有下降。在当代现实题材动画中，女性角色形象大多是传统的"主内"的家庭妇女形象——贤良淑德，相夫教子，留守家庭，极少参与社会活动，比如《大头儿子小头爸爸》中经常穿着围裙的妈妈；在其他题材的动画中，女性形象又往往处于被拯救、被爱慕、被观赏的被动情境中，缺乏六、七十年代动画中女性角色的主动性和行动力。

第三，颜色与灯光：这一时期的动画片在色彩与灯光的运用上最为丰富，色彩众多，鲜艳美丽，用来表现和谐美好的明调打光居多，但也时常利用暗调打光来塑造"邪恶"的氛围，比如《秦时明月》《虹猫蓝兔七侠剑》。

第四，布景文字：这一时期的动画片几乎不再采用这种直接传达真理意志的表现手法，更强调用镜头画面来"含蓄"地传递意识形态，这表明制作者对电影本体予以更多的重视。

综上所述，建国以来中国动画的童年话语可以归结为"三色童年"——"金色童年"，"红色童年"与"绿色童年"，不同的历史时期，不同的童年话语，传递着不同的意识形态。

中国动画未来的道路还很漫长，必定会形成镌刻着更多种类意识形态的更加复杂的童年话语，诚如罗素所说——"参差多态乃幸福本源"，倘若未来的童年话语，能够突破更多的现有的话语禁忌，能够挑战更多的既定的真理意志（像日本动画片《海贼王》那样），能够增添神秘的紫、性感的粉、忧郁的蓝、冷酷的黑等更加多彩的色调，我们的"儿童"是否会拥有更加幸福的"童年"呢？

（原载《中国儿童文化》（第四辑），浙江少年儿童出版社，2008 年 2 月出版。全文收录于《2008 中国儿童文化研究年度报告》，浙江少年儿童出版社，2009 年 12 月出版）

理解魔幻：儿童文学语境中的描述

钱淑英[*]

随着《哈利·波特》、《魔戒》、《纳尼亚王国传奇》等魔幻小说的荧幕亮相，一股魔幻旋风席卷全球，影响范围从小说、影像一直延续到广告、游戏等文化产业，接受人群包括儿童和成人。可以说，现代人对魔幻故事的需求完全不亚于那些远古的祖先，尽管人们已经不再将它们作为真实的存在，多数时候仅仅是一种阅读和观看的娱乐消遣，但它们的魔力对于现代人的灵魂却有着生命活水般的解救意义。我们不能忽视这样一个事实，推动这股狂潮的魔幻文学作品大部分属于儿童文学。魔幻在儿童文学中的存在可谓源远流长，它既是一种归于传统的言说方式，也是一种面向现代的艺术精神。从传统民间童话如《格林童话》、《意大利童话》、《芬兰童话故事》，到现代儿童文学经典如《魔戒》、《纳尼亚王国传奇》、《地海传奇》、《黑质三部曲》等，我们都能够从中看到魔幻的精彩演绎。于是，结合当下的文化热潮，以魔幻与儿童文学内在关系的研究作为切入点，对"魔幻"概念展开理论阐释，就显得十分重要。本文运用分析哲学的方法，从语词概念着手，通过与魔幻现实主义、幻想文学的比照，以及世界观、超自然存在与关注焦点几个要素的描述，逐渐明确儿童文学语境中的"魔幻"内涵。

一、语词内涵

"魔幻"首先是一种思维方式，它主要根植于西方的文化传统，依赖于魔法信仰而发生。"魔幻"所对应的英文词汇是 magic，通常含有"魔法"、"巫术"、"魔力"、"魅力"等意思。

英语词汇"魔法"是从古代波斯（现代的伊朗）牧师的一种称谓"magi"而来的。公元前6世纪，人们认为这些牧师知识渊博，具有天才的预言能力。他们是拜火教创始人琐罗亚斯德的信徒，能够释梦、占星，还会对统治者就重要事件提出建议。后来，希腊和罗马人也知道了波斯的这些先知，他们认为这些波斯人掌握着各种神秘的知识，拥有超自然的力量。具体这些秘密都是什么，谁也不知道，但是长时间以来人们都认为只要是超

---

* 钱淑英，女，1977年12月生，浙江金华人。研究生学历，博士学位，副教授。主要从事儿童文学研究，研究方向为童话与幻想小说。在《江西社会科学》、《中国儿童文学》、《中国儿童文化》、《文艺报》、《中华读书报》等报刊发表儿童文学论文、评论30余篇。专著1部，参撰教材、选本4部。曾主持浙江省哲学社会科学规划课题1项，获得各类奖项数项。

自然的事就一定是这些波斯人创造的。实际上,琐罗亚斯德也被很多人称为魔法的发明人。当然,魔法并不是某个人或某种文化发明的。多年流传下来的魔法从很多文明中汲取了营养,包括古代波斯、巴比伦、埃及、希伯来、希腊和罗马。今天我们所知道的西方魔法传统其实是多种文化共同作用的结果。

《牛津英语大词典》中这样定义传统意义上的魔法:"魔法:一种所谓的魔幻法术。它通过咒语、仪式等与神灵进行沟通,进而控制人类生活及自然现象。一直以来它扮演着影响历史进程,制造非凡自然现象的角色。"现代魔法师用多种观念来阐释魔法。法国 19 世纪魔法研究者埃利法斯·莱维和英国现代著名魔法师艾利斯特·克劳利认为,魔法是一种释放魔法师所拥有的神奇力量的途径,不过他们从未使用"意志力"来阐述魔法:因为他们反复强调"意志力"中的"意志"意味着"使用自己的意志操控自己和他人"。[①] 然而,每个人对同一事物的理解各不相同,这样的解释并不能全部涵盖魔法的含义。即使在科学发达的 20 世纪,日常生活中的一些表象也曾被视为魔法现象,现在我们认为不可思议的超自然现象,今后或许都可以从科学的角度解释清楚。我们能够理解魔法带来的心灵快慰,这种快慰可以用生理学或心理学来解释,但是在魔法领域,它依然充满神秘,使人们心醉神迷。对于今天的多数人来说,有关魔法的概念已经开始淡化了,然而,在过去数千年中,魔法一直在人类生活中扮演着重要的角色,正如德里克·帕克和朱丽亚·帕克所说,它与科学和宗教一样,是早期人们探索和认知世界的三条道路之一。

在拥有魔法传统的西方人眼中,"魔法既不好,也不坏,全在于怎么看待它、怎么使用它而已。"[②]与此相反,中国人对于魔法的理解具有一种明显的好恶判断,常常用"魔"来形容很多邪恶的人和事。在汉语中,"魔"是一个形声字,从鬼,麻声,本义是"魔罗"的略称。佛教中把一切扰乱身心、破坏行善、妨碍修行的心理活动均称为"魔","魔道"(指天魔邪鬼活动的境域)、"魔事"(指成道的障碍)、"魔天"(魔道的天界)、"魔浆"(指酒,佛教认为饮酒不能修成正果)等相关词汇都是佛教用语。延伸之义就是"恶鬼"、"怪物",如"魔媪"(假托鬼神、使用妖术的妇人)、"魔境"(恶魔所居的境遇)、"魔头"(恶魔的首领,也指邪道的首脑人物)。《国际标准汉字大字典》解释"魔"有两种意思:一是宗教或神话传说中指害人性命、迷惑人的恶鬼,喻邪恶的势力,如"魔爪"、"魔鬼"、"魔掌"、"魔窟"、"病魔";二是不平常,奇异的,如"魔力"、"魔术"、"魔怔"、"魔法"。我们可以发现,祛魔除妖是中国古代神魔小说的一个基本主题,具体显示出与西方魔法观念的不同。

当然,"魔幻"作为一种艺术表现形态,其意旨是极富张力的。因此,"魔法"一词的表层意义,还不能涵盖本文所要阐述的"魔幻"概念,前者只是构成后者的语义基础。而

---

① (英)德里克·帕克、朱丽亚·帕克.魔法的故事·英文版序.孙雪晶、冯超、郝轶,译.西安:陕西师范大学出版社,2005 年版,第 6 页。

② 同上,第 9 页。

且，在文学范畴内，由于存在与此相关的多种概念的模糊混淆，所以，只有通过概念间的比较、参照，才能呈示儿童文学视阈中"魔幻"的内在含义。

二、与魔幻现实主义和幻想文学的比较

理解儿童文学中的"魔幻"，可以从"魔幻现实主义"这一概念中找到阐述的途径。

第一个提出"魔幻现实"这个术语的人，是古巴小说家卡彭铁尔。在他看来，奇幻荒诞本来就是现实的一部分，再加上神话、魔法、巫术也是日常生活的一部分，因此以超现实的奇幻来处理拉丁美洲经验，根本就是一种建基于现实的手法，而不是一种超脱于一般认知的写作手段。所以，卡彭铁尔提出"魔幻现实主义"与传统的现实主义略作区分，也借此标出拉丁美洲的特色。[①]

魔幻现实主义的代表作家马尔克斯认为，幻想只是粉饰现实的一种工具，创作的源泉永远是现实，而且拉丁美洲的日常生活中充满了奇特的事物。他曾多次声明过，文学作品自然有许多虚构，但虚构并不是幻想。幻想是脱离现实，而现实是最高明的作家，作家的目的和职责就是努力以谦虚的态度和尽可能完美的方法去反映现实。传统小说让人们看到现实的正面，即"我们周围的世界"，魔幻现实主义小说则把现实翻转过来，通过想象的方式展示现实的另一面。如果说现实主义作品是社会的一面镜子，"魔幻现实主义"作品就是一面哈哈镜。魔幻现实主义作家们借用典故、神话传说，混淆人鬼之间的界限，颠倒时间的顺序，都表现了他们既要反映现实又要一定程度上逃避现实的双重心理。因此，我们可以认为"魔幻现实主义"是现实主义与超现实主义成功的结合。

"魔幻现实主义"这个名称的西班牙文是 Realismo Mágico。英、法、德文和拉丁语系的其他文字的字根也大致相同。陈光孚认为，Realismo 译成汉语的"现实主义"准确无误，但是 Mágico 译成"魔幻"则值得商榷。在西方语言的诸辞典中，以 Magic 为字根的条目的几种解释，都不包括幻想和幻觉的含意。故此，译成"魔幻"便容易造成概念上的混乱，难怪常常有人将"魔幻现实主义"理解为荒诞不经的文学流派，而另一些人把它与"幻想文学"等同起来，将所有的带有离奇情节和虚幻内容的作品都归纳在"魔幻现实主义"的名下。[②] 而这也正是儿童文学的魔幻叙事与魔幻现实主义的区别所在。幻想对于儿童文学的意义是不言而喻的，它既是通向现实的一条思维路径，同时也是儿童生命世界的重要精神资源。

幻想是魔幻的一个核心词汇。幻想的英文词汇 fantasy 对应的希腊文是 phantasia，照字面解释就是"造出可视图景"，意思是将很多人们无法看见的东西显露出来使我们看见（making visible），它和大脑创造内在想象的能力相关。人并不是仅仅用眼睛来看世界，大脑也有其他的通往可视图象的道路，它们既通往眼睛所看见的，也通

---

① 郑树森.小说地图.南京：江苏教育出版社，2006 版，第 38 页。

② 陈光孚.魔幻现实主义.广州：花城出版社，1986 版，第 9 至第 10 页。

往眼睛看不见的。因此，文学中的幻想能够刺激我们的内视觉，它所导向的决不是一种脱离现实的腾飞，而是使我们对现实感觉得到加强和扩大。这种感觉被视为天生具有神奇力量，于是理性与想象之间的区别变得无足轻重了。"幻想代表了大脑寻求意义、秩序的努力，它要达到的是理解。幻想并不是理性的对立物，而是它的先决条件。对于孩子来说，在那种创造性想象之中尽情幻想，是深入事物内部的自然道路。"①

成人文学往往轻视幻想的作用，柯勒律治认为幻想与充满无限创造性的想象不同，"手中只有固定的、确定的筹码"，"只不过是从时空法则中解放出来的一种记忆的模式"，"同普通的记忆一样，幻想必须通过联想法则获得其所有的现成素材"。② 柯勒律治的这一观点差不多成为定论，为后来的诸多研究者参照和运用。然而，柯勒律治所说这样一种低等心理能力真是我们所说的幻想吗？幻想在创作中真的就那么无足轻重吗？

事实上，并非所有的作家、艺术家和理论家都把幻想和想象作为并列不同的两种心理能力来看待，黑格尔认为艺术家进行艺术创造时最杰出的本领就是想象，而他所说的想象，既是认识力、幻想力、感受力和实践力的有机结合，又是意识与无意识、理智与知觉、理性与感性的辩证统一的心理过程。柏克则说过这样的话："人的心灵本身拥有一种创造的能力；这种能力或者体现在按照感官接受事物的秩序和方式来随意再现事物的形象之中，或者以新的方式，依据不同的秩序把那些形象结合起来。这种能力被称作想象力；而且所谓机智、幻想力、创造力之类也都列于想象力之内。"③

因此，我们可以把幻想理解为是"有特定指向的想象"，与想象属于同一心理范畴，它们作为文艺创作中最基本、最重要的心理能力，在由生活经验形成的意象的基础上展开活动，目标是以最佳方式构建"第二世界"，以便最充分地表达作者的某种思想感情。因为所走的路线不同，所以我们看到的图景也就不同，可能与真实的世界极为相象，也可能与真实的世界迥然相异。同是想象，是作者对同一种心理能力的使用，而方向说不定恰恰相反：或者尽力逼近真实世界，或者尽力远离真实世界。前一种指向的作品把人们习以为常的普通生活现象加以处理，赋予它一种新的形式，从其中发现一种新的见解，给人以现实感；后一种指向的作品天马行空、奇思异想，虚造出一些不曾存在过或者根本不能存在的情景，给人以虚幻感。按照这样的思路，幻想和想象不能算一对概念，幻想只是想象的一个指向、一个结果，它与作为想象另一个指向、另一个结果的现实成了一对概念。也就是说，意识可以与两种对象发生对应关系，一种是存在的对象，一种是空幻出的对象。而空幻始终是创造艺术和创造其他精神的重要形式，没有空幻，第二世界就会变得了无生机。儿童文学的魔幻表述正是在张扬幻想的维度中获得对现实的

---

① （挪）让-罗尔·布约克沃尔德.本能的缪斯——激活潜在的艺术灵性.王毅、孙小鸿、李明生，译.上海：上海人民出版社，1997 版，第 37 页。

② （英）柯勒律治.文学传记.见（英）拉曼·塞尔登编.文学批评理论：从柏拉图到现在.刘象愚等，译.北京：北京大学出版社，2003 版，第 141 页。

③ 周进祥.幻想与想象——关于幻想的文艺心理学研究之一.河北学刊.1997 版，第 6 页。

指认，扩展读者的心灵视域。

　　周进祥在关于幻想的文艺心理学研究文章中谈到，幻想的根本在于一个"幻"字。幻想以充分表达作者思想感情为目标，常能超越现实时空，把人带到极为广阔的精神世界，但它既然是现实人的心理功能，就必然在一定程度上借幻象影射、折射现实。扩而言之，幻想是在更为宽广的领域、以特殊的手段，以不同凡响的感染力和影响力来反映现实。而从读者的角度看，带有幻想性的作品带给他们的最大益处是心灵空间的开拓，这甚至比给他们增加一点具体知识更重要。[①] 因此，与真实地反映现实社会人生的文学作品一样，魔幻文学的意义不可忽视。它以神奇丰富的幻想充分展示人的心灵自由和创造力，将已知与未知、真实与想象进行了充分融合，体现了极为丰盈的想象力和深刻的现实感知力。

　　然而，魔幻文学又不完全等同于幻想文学。

　　幻想文学的源头可以一直追溯到人类的早期文明，体现在充满魔幻与神秘色彩的民间童话故事、英雄传说和动物寓言等形式之中。David G. Hartwell 和 Kathryn Cramer 在《幻想文学名著及其魅力》中定义幻想文学时提到，魔幻是幻想文学最易辨识的一个特质，不论它是发生在幻想奇境还是当代大都市，故事中总会因超自然的力量或事物的存在使魔法发生作用。[②] 但是，幻想文学的包容性极强，几乎可以囊括一切以幻想形式出现的儿童文学作品，传统童话、图画故事、现代幻想小说等都被涵盖其中。魔幻文学则主要以一种现代幻想小说的形态出现，集中探险、英雄史诗和魔法等特质，在作家创建的特定世界里展开少年英雄的冒险历程，并且常常以开放性的长篇系列形式出现，呈示出当代儿童文学的"新神话"[③]面貌。可以说，魔幻文学是幻想文学大系统中的子目录，它大致与魔法幻想文学相对应。

　　魔法幻想文学这一说法既显示了这些作品的类型，同时包含了文本的某种特征，即魔法在幻想文学作品中占据着重要地位，并且是推动情节发展的关键所在。在魔法幻想文学世界里，有一种不为人知的力量冲击着个人和事件，通常无法在日常世界中得以证实，而且给主人公带来未曾想到的意外结果，如英国作家达尔的《詹姆斯与大仙桃》与特拉芙斯的《玛丽·波平斯阿姨》，还有玛格丽特·梅喜的作品也属于这一类型。还有很多作品描写魔法介入日常生活的严重后果，如美国作家纳塔莉·巴比特的《不老泉》。魔法幻想文学作品还总是和哥特派的恐怖小说联系在一起，常常表现幽灵和鬼魂，它们在魔幻的情境或是时间的转换中活着，因此引发儿童的阅读兴趣。在《汤姆的午夜花

---

① 周进祥.幻想与想象——关于幻想的文艺心理学研究之一.河北学刊.1997版，第6页。

② Diana Tixier Herald, *Fluent in Fantasy: A Guide to Reading Interests*, Colorado: Libraries Unlimited, Inc., 1999 版，第 3 页。

③ 现代魔幻文学与童话一样，成为神话传承的重要组成部分。幻想文学研究者彭懿在《西方现代幻想文学论》中，将托尔金、艾伦·加纳等这样的魔幻文学作家称为"新神话"的创造者，基于他们重写神话的创作理想。魔幻文学作品所体现的神话精神和特质，如主人公英雄般的冒险旅程、超自然的魔法神力、善与恶的交战等等，使我们看到一种来源于传统又有别于传统的新神话面貌。

园》中有一段汤姆和海蒂关于什么是鬼魂的直接争论,反映了作家菲莉帕·皮尔斯对于时间和生命的困惑和思考。因为考虑到孩子的接受需求,这一类作品通常将鬼故事和时间旅行两者结合在一起,以一种超自然事物例如鬼魂、巫术、魔法师等非现实因素的存在,作为让孩子理解和解决故事冲突的钥匙。也就是说,无论这些超自然存在以何种形式出现,它们都是故事发展以及问题解决不可缺少的部分。魔法幻想文学以其鬼故事、超自然的神奇事物以及时间旅行形式广为流行,在很多层面上增强了善对抗恶的普遍主题,不仅赢得青少年的喜爱,而且对他们的成长产生不可忽视的影响。[1]

只是,比较一般的魔法幻想文学,魔幻文学更加强化善与恶、黑暗与光明的对立,反映主人公在艰难旅程之中的心灵抗争与成长,而且突出展现魔法的有形世界,借助具体的角色(如魔法师)或中介(如戒指)创造另一个魔幻奇境,在传统的形态中演绎出新的内涵。所以,像上面提到的这些作品就不被纳入魔幻文学之列,尽管其中也有奇异的力量产生,指向现实生活以外的神秘领地,但是魔法的存在只是一种隐藏的因素,没有构成一个可视的魔幻世界。由此我们可以发现,以上两个因素,决定了魔幻文学面向的读者群主要是高年龄段的青少年。很多面向童年阶段的幻想文学经典,尽管讲述了充满魔力或善恶交织的故事,但它们并不被纳入魔幻文学的范畴。《爱丽丝漫游奇境记》中,兔子洞的中介以及神奇饮料的变形使得这个故事具有魔法的特质,但是整部作品洋溢着游戏的快乐和轻喜剧的风格,没有善恶的交战,没有心灵的磨难,自然不属于我们讨论的对象。《彼得·潘》作为童年的赞歌,在无忧无虑的欢快中透着无名的哀伤,表现了彼得·潘的复杂内心情感,他与邪恶势力胡克船长的交战可以说是惊心动魄,然而这部幻想文学经典却与魔法世界相距遥远,是纯真的翅膀让这些在无忧岛不愿长大的孩子学会了飞翔。不过,这些具有魔幻元素的幻想文学作品,可以作为研究魔幻与儿童文学这一论题的参照背景,借助它们可以更加清楚地把握魔幻文学的艺术特质。

三、几 个 要 素

1. 世界观

1790 年,康德的《判断力批判》首次使用了世界观概念,从此逐渐成为人们思想和语言中的重要词汇。世界观的概念史和哲学、神学、自然科学、社会科学保持着微妙的互动关系,它清楚地表达了人类理解宇宙本质的强烈愿望。用尼采的观点来说,"世界观是一些具体的文化构想,是一些各不相同的人生观,它尽管是人为的概念,却是人类生存不可缺少的,因为他们生活在一个全然无序的没有任何路标的世界上。"[2]那么,世界观与魔幻和儿童文学有什么样的关系? 我们可以从叙事的角度来理解。

---

[1] 参见 Pamela S. Gates, Susan B. Steffel, Francis J. Molson, *Fantasy Literature for Children and Young Adults*, Maryland: Scarecrow Press, 2003。

[2] (美)大卫·K·诺格尔. 世界观的历史. 胡自信,译. 北京:北京大学出版社,2006 版,第 118 页。

符号是人类的主要特征，为了解开宇宙之谜，人们首先诉诸一种特殊的活动——讲故事，这是一个符号的世界，人们会在这里生存，甚至死亡。事实上，远古以来，我们的先民已经意识到，故事能够为我们建立一个生命的世界。古代的苏格拉底和柏拉图非常清楚地认识到这个问题。他们深知，理想国未来的统治者一定会接触一些故事，特别是在其孩提时代，这些故事可能具有非常重要的知识意义，也可能包含着极其重要的道德意义和政治意义。因此，苏格拉底和柏拉图，甚至后来的亚里士多德都认为，故事对于少年具有重要作用。儿童心理学家布鲁诺·贝特尔海姆赞同这种观点，他指出，神话和童话故事是孩子们创造和再创造世界的基本方式，这些故事涉及了人生的基本问题：我是谁？我来自什么地方？世界是怎么形成的？谁创造了人类和所有动物？生活的目的是什么？当然，孩子们不是以哲学的方式思考这些问题，他们有自己的特殊方式。

世界观与叙事的另一个交汇点则是民间故事。琳达·德福认为，民间故事研究者所谓的世界观，是指一种主观的个体的实在论，这是人们感知和经验实在的方式。世界观是所有人类思想和行为的动力和特征，离开世界观，我们就无法理解人类的行为。在德福看来，研究民间故事是"人类的一种行为，不同的故事是不同的人进行创造的结果，这说明，这种文学体裁就是这样描述世界的：世界的体裁意象是什么？"而麦金泰尔主张恢复人类生存的叙事性基础，认为故事是我们理解自己的生命或他人的生命的基础，他说："故事是一个社会原始而独特的财富，只有通过听故事，我们才能理解一个社会，我们所在的这个社会也不例外。从根本上说，神话就是事物的本质。"换言之，人们经验世界中的那些故事，来自一些基本的最深层的神话，它们实际上是一种世界观。①

因此我们可以说，世界观包含着最基本的毋庸置疑的叙事性内容，是基本的人生观的源头。人类是能够使用符号的动物，天生会讲故事，通过树立世界观，他们能够理解自我以及宇宙中的生命的本质。魔幻作为一种古老的叙事样式，反映了原始人类对于世界的理解和想象，最初在童话的幻想模式中有所体现。"在我们的童话中某些被视作象征的东西，原始民族却认为具有真正的现实性。梦寐以求、欣喜若狂、萨满教的令人神往、魔法信条、魔法仪式都属于童话的根源。"②现代魔幻文学尽管拥有全新的叙事话语，但其中蕴含的传承自先民的思维方式依然不变，这种思维方式与宗教和科学紧密联结在一起，成为人类认识世界的重要路径。

如今，对绝大多数人来说，巫术和魔法不再是一种真实的存在，但它们的吸引力仍然以其他形式被保留下来，比如以讲故事的方式。"建立在新的科学基础之上的人生，是现代人成熟的标志，他们不再需要原始神话了，那是以往宗教时代或形而上学时代的产物。"③但是以魔法思维演绎的魔幻故事有如一个富有生命力的坐标系，它们与某种世界观联系在一起，蕴含着接近形而上学、认识论和伦理学核心的目的，形成对世界存

---

① 参见（美）大卫·K·诺格尔.世界观的历史.胡自信，译.北京：北京大学出版社，2006版。

② （瑞士）麦克斯·吕蒂.童话的魅力.张田英，译.北京：社会科学文献出版社，1995版，第56页。

③ （美）大卫·K·诺格尔.世界观的历史.胡自信，译.北京：北京大学出版社，2006版，第333页。

在的方方面面的阐释，人们会根据它们来衡量不同的故事和不同的真理观。

2. 超自然存在

进入魔幻世界的主人公，不会对奇迹和魔法感到吃惊，他们接受奇迹和魔法，好像它们是自然而然地出现的，那些具有魔力的超自然形象在他们看来不是对手就是帮手，而不是作为另一个陌生世界的见证人。各种超自然的存在，是构建魔幻文学特质的重要元素。

拥有魔杖的魔法师和骑着扫帚的女巫，似乎已经成为人们辨识魔幻世界的标志性形象。在相信魔法的年代，人们认为，魔法师既拥有控制自然的力量，他们也是使用黑魔法的高手。从历史上看，"魔法师"这个词一直就有双重含义，代表邪恶和善良两方面的含义。在魔幻世界里，我们常常可以发现魔法与魔法的对决，《魔戒》中的刚多尔夫从地狱之门死里逃生后由原来的灰袍巫师变成白袍巫师，象征进入了更高的魔法境界，成为带领善良人们与黑暗势力索隆对抗的精神领袖。女巫有好坏之分，英国作家艾伦·加纳的《宝石少女》中湖之妖妇安吉拉德通过梦境送给苏珊一只月亮手镯，让这个镌刻着古老字符拥有非凡魔力的手镯保护她，但同时，苏珊必须时刻防范女巫之王邪恶的摩利甘的侵袭。

除魔法师外，魔幻世界还有其他代表妖异和超自然的生命形式，例如精灵和小矮人。魔幻故事中的超自然神力，使人们对奇迹的期盼得到了心理上的满足。但并不是所有的时候，落难的英雄都需要借助魔法师才能渡过难关。奇迹有时来源于自然，尤其是通灵的动物。在人类设想的各种巫术或魔法体系里，毫无例外地都包含了动物。刘易斯笔下的纳尼亚王国，就是由一头闪耀着神性光辉的狮子阿斯兰创造的，而《能言马和王子》中的主人公沙斯塔和阿拉维斯，通过会说话的马才来到了纳尼亚。这些动物所具有的魔力，就在于它们在人们脑中激发的想象。《哈利·波特》中拯救过哈利并在烈火中涅槃重生的凤凰，在古时人们的眼中，是象征着太阳的吉祥鸟，它的寿命之长空前绝后。据说，独角兽只喜欢美丽纯洁的事物，狂暴时看到树下坐着美丽纯洁的少女，就会走过去温柔地依偎在她身旁，艾伦·加纳的《独角兽之歌》便在故事的最后呈现了这样的场景。想象的龙更是东西方魔幻世界的动物主角，"地海传奇"中的龙族就是代表着最远古的物种，它们懂得造物的真语，以生来就有的智慧掌握着世界的奥秘。

奇迹在魔幻故事里，像充满活力的空气流通于整个故事的前前后后，它是一种使我们超越寻常的现实进入幻想世界的富有诗意的存在。然而，"真正的奇迹有可能并且应该是我们日常生活中的平凡琐事。这才是奇迹中的奇迹"。① 现代魔幻故事，便以更加平实的姿态面向日常生活，将对超自然的外在力量的寄寓化为内心的自我期许。背负着英雄使命的弗拉多，在他终于到达毁戒的厄运山口的关键时刻，却升起了占有魔戒的强烈欲望。恰是古鲁姆的抢夺和失足，成就了本该由弗拉多完成的使命。这样的胜利结果，是弗拉多仁慈对待古鲁姆的回报，他对古鲁姆的怜悯救了自己以及整个中洲世

---

① （瑞士）麦克斯·吕蒂. 童话的魅力. 张田英，译. 北京：社会科学文献出版社，1995 版，第 129 页。

界。托尔金最后的神来之笔,再次强化了人性的欲望和弱点,带给人震撼。弗拉多最后时刻的动摇,并没有使他的整个英雄旅程前功尽弃,反而以真实而深刻的生命体验告知读者:"奇迹这朵魔力之花象征着黑暗能够与光明水乳交融"[1]。而这魔力之花,是由天意、道德和意志共同培植而成的。

3. 关注焦点

魔幻文学中主人公恢宏磅礴的远征探索与大多数神话的主题非常相似。神话主人公的远征一般是为了去寻求一些珍贵的东西或人,让英雄的个体或团队接受磨炼,虽然有神灵帮助他们克服困难完成艰巨任务,但主要还在于向人们展示力量、勇气、机智和坚韧等各种品质。鸿篇巨制的魔幻文学也是依凭漫长的旅程,容纳和支撑主人公的冒险经历,在变幻的情节中展现他们的内心世界。

善与恶的较量是魔幻文学主题中必不可少的一个核心,它与魔法的不同属性具有一定的对应性。魔法有些被看作是有益的,有些则被认为是有害的。因此,逐渐出现了一种对魔法的区分,即把它分为善意魔法(white magic)和邪恶魔法(black magic)。善意魔法是公开实施的,它所涉及的是大自然那些更有益的方式,邪恶魔法则是秘密实施的,它所涉及的是神秘的和有害的作用。人类心灵光明和黑暗并存的事实与魔法的属性与相对应。在魔幻世界的历险中,主人公不仅可能受到邪恶的引诱,更容易在艰难的抗争面前感到怯懦。战斗显得如此残酷可怕又无从回避,但正是在抗争过程中,主人公感受到了与恶对抗的壮美,感受成长的力量。赫拉克利特说:"不相似的事物联合在一起,不同的事物中产生出最美的和谐,一切事物产生于斗争。"或者,像我们在布莱克的诗中读到的那样:"狮子的吼声,狼的号叫,海上惊涛骇浪的狂暴和摧毁一切的利剑,都是巨大得人类肉眼无法看清的永恒的一部分。"而约鲁巴兰(西非)故事中恶作剧的神灵埃德舒则干脆宣称:"制造不和是我最大的快乐。"[2]这些对于青少年成长而言,都是非常珍贵的心灵财富。贝特尔海姆就认为:"没有经历一个相信魔力的阶段,青少年就经受不起成人生活的艰苦磨难。"[3]

身处理性统治的现代社会,人们的感性体验被抑制。"人类感到自己完全孤立于这个宇宙,因为他不再是自然的一部分,已经失去了情感中的'无意识特性'……雷霆不再是上帝暴怒的声音,闪电不再是上帝报复的飞弹。河流不再有魂灵,树木不再是人类生命本原的载体,山峦不再为魔鬼提供居所。岩石、植物和动物再也不会对人倾诉,人也无法再向它们倾诉,因为它们再也听不到了。"[4]在魔幻的世界里,植物向你诉说生命的故事,动物指引你到达陌生的山谷,自然的一切都在你面前显露其神奇的个性。还有很多存在于我们想象中的事物,无论美妙还是可怕,都以它们特有的面貌进入我们的视

① (瑞士)麦克斯·吕蒂. 童话的魅力. 张田英,译. 北京:社会科学文献出版社,1995 版,第 137 页。
② (美)约瑟夫·坎贝尔. 千面英雄. 张承谟,译. 上海:上海文艺出版社,2000 版,第 37 至第 38 页。
③ (美)布鲁诺·贝特尔海姆. 童话世界与童心世界. 舒伟等,译. 重庆:西南师范大学出版社,1991 版,第 39 页。
④ (美)保罗·纽曼. 恐怖:起源、发展和演变. 赵康、于洋等,译. 上海:上海人民出版社,2005 版,第 6 页。

野,让我们思考生命的多种存在方式。当我们忘却精灵、矮人等这些古老生命的时候,我们实际上可能已经失去了对于自然的敬畏和关怀。因此,魔幻除了为青少年开启自我认知的大门,也为很多无谓忙碌着的现代成人提出了人与自然的宏大命题。生态平衡于是成为魔幻文学包含的一个重要主题。安德鲁·莱特在讨论《魔戒》的环境主题时提到,绿色不仅是指时间观念上的差异,还指视角上的区别,它是"集体性"的,而非"个体性"的。在森林之王汤姆·邦巴迪尔看来,比起个人的幸福来说,万物发展、演进的持续过程更契合自然周期。就比如恩特数量的减少,说明他们与森林连接在一起的集体性身份。森林的节律和时间概念已经预先主宰了恩特,正如女恩特也被预设了环境的观念,所以两者才会渐行渐远,直至灭亡。不过这也恰恰说明了森林和恩特之间紧密的集体性身份认同,这种认同甚至比恩特自己种族的存亡还要重要。可是维特根斯坦说:"就算狮子会说话,我们也听不懂"。毫无疑问,就算是森林或者别的生态环境会说话,我们也不会懂得,因为他们的视角对我们来说太过陌生了。不过,当我们通过文学作品将某个自然体人格化时,我们不是简单地去想象如果它能说话,它会说些什么,而是应当对我们如何能采取不同的视角来看待世界有所启发。托尔金笔下的恩特和邦巴迪尔恰好说明了这点:它鼓励我们用一种长时段的眼光来看待我们的历史,以及我们和与我们共同享有这个星球的其他生命的关系。①

现代魔幻文学作家总是以非常严肃的姿态,丰富而深刻地描写关于世界的存在,除了表现善与恶的对抗、人与自然的和谐关系之外,时间和空间的相对性、宇宙内部的相互依存、个人的力量和勇气以及自我完善等等,都是他们关注的主题。

魔幻既是一种思维方式,也是一种艺术表现形态。无论对于魔法的存在有着什么样的争论,有一点是毋庸置疑的,那就是在儿童文学的表现范畴内,魔幻叙事魅力无穷。虽然魔幻并不对应我们现实生活所遵循的逻辑思维,但是它来自想象也为想象增添了原动力,能够帮助我们开发想象力与直觉,创建内心的"另外一种真实",以更加深刻的感受抵达精神的王国。魔幻之所以成为当下人们阅读和影像生活的重要组成部分,原因就在于此。

(原载《江西社会科学》2009 年第 3 期)

---

① 参见安德鲁·莱特. 托尔金的绿色时间:《指环王》里的环境主题. 见(美)格雷戈里·巴沙姆、埃里克·布朗森编. 指环王与哲学. 金旼旼,译. 上海:上海三联书店,2005 版。

现当代文学学科论文集作者近十年主要论文索引
（按作者姓氏笔画顺序）

马俊江

1. 《桥这边的风景——废名〈桥〉中物与风景的世界》，载《河北大学学报》2001 年第 3 期。
2. 《阿索林和几个京派作家》，载《文论报》2001 年 11 月 1 日。
3. 《风格研究的风格》，载《光明日报》2002 年 1 月 17 日。
4. 《京派文学的双重地域》，载《河北日报》2001 年 11 月 30 日。
5. 《归去来兮——现代文学研究者的转向倾向与问题》，载《中华读书报》2002 年 6 月 22 日。
6. 《师陀与京派文学及北方左翼文化》，载《河北学刊》2003 年第 1 期。
7. 《生命的挽歌与挽歌的批判——论师陀的果园城世界》，载《中国现代文学研究丛刊》2003 年第 1 期（被摘录选入乔以钢主编《现代中国文学作品选评》A 卷，南开大学出版社，2004 年 8 月）。
8. 《〈师陀著作年表〉勘误补遗及其他》，载《南京师范大学文学院学报》2004 年第 4 期（人大复印资料《中国现代、当代文学研究》2005 年第 4 期转载）。
9. 《师陀与鲁迅》，载《鲁迅研究月刊》，2004 年第 8 期。
10. 《阿索林和京派作家的文化情怀》，载《现代中国文化与文学》第 2 辑，巴蜀书社，2005 年 12 月。
11. 《鲁迅的〈关于新文字〉与〈青年文化〉杂志》，载《鲁迅研究月刊》，2006 年第 7 期。
12. 《和而不同的执着与偏至——从解志熙的现代文学研究引发的学科断想》，载《上海鲁迅研究》2006 年春季卷，上海文艺出版社，2006 年 8 月。
13. 《从政前后刘大白的交游、心态和身份寻求——从〈当代诗文〉说起》，载《新文学史料》，2007 年第 1 期。
14. 《30 年代北平小报与革命文艺青年》，载《中国现代文学研究丛刊》，2010 年第 1 期。
15. 《〈一个民国少女的日记〉之外：少女与文学史》，载《中国社会科学报》2010 年 11 月 16 号（第 139 期）第 8 版。

王嘉良

1. 《"浙江潮"与五四新文学运动》，载《浙江学刊》2000 年第 6 期，人大复印全转。
2. 《论"茅盾传统"及其对中国新文学的范式意义》，载《浙江学刊》2001 年第 5 期。
3. 《中国现代文学研究学术生长点研讨会综述》，载《文学评论》2002 年第 1 期。
4. 《论"浙江潮"对中国新文学的发生学意义》，载《文学评论》2002 年第 3 期。

5. 《茅盾创作：经济学视角及其意义》，载《文艺理论与批评》2002 年第 3 期。

6. 《"茅盾传统"对中国新文学的范式意义》，载《浙江学刊》2002 年第 1 期，新华文摘摘要。

7. 《两浙文化传统：鲁迅文化人格形成的内源性因素》，载《鲁迅研究月刊》2002 年第 7 期。

8. 《茅盾文本：从小说到影视文学》，载《浙江社会科学》2002 年第 1 期。

9. 《论战时东南文艺运动中的"浙江潮"》，载《浙江学刊》2002 年第 5 期。

10. 《启蒙语境中的乡土言说——"五四"乡土作家群论》，载《文学评论》2004 年第 3 期。

11. 《文学思潮视野中的启蒙话题——论"五四"文学中的启蒙现实主义》，载《天津社会科学》。

12. 《论两浙文化传统对中国新文学"浙军"的传承关系》，载《全球华语语境下的中国现当代文学国际学术研讨会》2004 年 10 月。

13. 《论浙江新文学作家群对两浙文化传统的承传》，载《浙江社会科学》2004 年 5 期。

14. 《从形态论切入：现实主义研究的可取视角》，载《浙江学刊》2004 年 4 期。

15. 《文学思潮视野中的启蒙话题——论五四文学的启蒙现实主义》，载《天津社会科学》2005 年第 5 期，新华文摘全转。

16. 《引领新潮：浙江作家群领衔新文学流派的意义》，载《浙江社会科学》2005 年第 6 期。

17. 《灵魂的写实：突进创作主体的深层心理体验》，载《浙江学刊》2005 年第 5 期。

18. 《"面海中国"的地域文化冲击波——"浙江潮"与中国新文学潮论纲》，载《浙江师范大学学报》2005 年第 3 期，人大复印全转。

19. 《地域文化视野中的左翼话语——论浙东左翼作家群》，载《文学评论》2006 年第 11 期。

20. 《现实主义：社会批判传统及其当代意义》，载《文艺研究》2006 年第 8 期。

21. 《先锋与常态：建构新的文学阐释模式的需要和可能》，载《中国现代文学研究丛刊》，2006 年第 12 期。

22. 《人道为本：文学认知与表现人的深层拓进——论中国新文学的人道现实主义》，载《天津社会科学》2006 年第 3 期。

23. 《战时东南文化运动成因探析》，载《福建论坛》2006 年第 2 期。

24. 《聚焦文学："浙江潮"凸现于〈新青年〉的意义》，载《暨南学报》2006 年第 5 期。

25. 《回眸历史：对茅盾创作模式的理性审视》，载《学术月刊》2007 年第 11 期。

26. 《文学的诗意栖居与坚硬的"土性"呈示——论现代中国文学"风俗画"的两种范型》，载《文艺争鸣》2007 年第 9 期。

27. 《民俗风情：透视"乡土中国"的生存本貌——"风俗文化"视阈中的现代中国文学》，载《天津社会科学》2007 年第 5 期。

28. 《晚明小品与语丝文体：古今散文的传承与流变》，载《浙江学刊》2007 年第 1 期。

29. 《文学批评作为"运动着的美学"——对茅盾文学批评理论的一种检视》，载《福建论坛》2007 年第 10 期。

30. 《两浙人文传统：中国新文学巨匠茅盾的内源性文化承传》，载《浙江师范大学学报》2007 年第 1 期，高校文摘摘要。

31. 《回眸历史：对茅盾创作模式的理性审视》，载《学术月刊》2008 年第 7 期，新华文摘。

32. 《试论"白马湖文学"的独特存在意义与价值》，载《中国现代文学研究丛刊》2008 年第 6 期。

33. 《"人生派"文学的历史沉浮与当代意义》，载《学术月刊》2008 年第 11 期。

34. 《从"窄门"走向"宽阔"——余华创作转型的"历史—美学"意义》,载《文艺争鸣》2008年第8期。

35. 《现代浪漫"传奇":与西方浪漫文学的趋近——中国现代浪漫文学一种独特形态的考察》,载《天津社会科学》2008年第6期。

36. 《论五四浪漫文学的生成机制与形态类型》,载《文艺争鸣》2008年第9期。

37. 《语丝作家群:地域色彩与文化定位》,载《浙江学刊》2008年第5期。

38. 《"丑陋"母亲:走出"母爱神圣"的神话——对中国现代文学一种"反母爱"主题的审视》,载《学术研究》2008年第10期。

39. 《地域背景与文化精神的聚合——湖南左翼作家群形成原因初探》,载《求索》2008年第5期。

40. 《"莎乐美"模式:田汉早期剧作的"唯美"主题》,载《社会科学辑刊》2008年第6期。

41. 《革命"乌托邦"书写:左翼浪漫文本的"先锋性"呈示》,载《西南民族大学学报》2008年第12期。

42. 《西潮影响与现代中国浪漫文学流变》,载《福建论坛》2008年第12期。

43. 《地域人文传统与浙江新文学作家群的建构》,载《中国社会科学》2009年第4期,新华文摘转载。

44. 《文学与政治联姻:现实主义的独特张力与限制》,载《文学评论》2009年第5期,社科文摘转载。

45. 《地域文化视域中的"现代"作家群》,载《天津社会科学》2009年第6期。

46. 《"白马湖"作家群:精神品性与审美追求》,载《文艺争鸣》2009年第9期。

47. 《诗性智慧与艺术想象》,载《文艺争鸣》2009年第1期。

48. 《革命"乌托邦"书写:左翼浪漫文本的"先锋性"启示》,载《西南民族大学学报》2009年第2期。

49. 《论地域文化视域中的"湖畔"诗人群》,载《浙江学刊》2009年第6期。

50. 《西潮影响与现代中国浪漫文学流变》,载《福建论坛》2009年第3期。

51. 《文学与政治联姻:现实主义的独特张力与限制》,载《中国社会科学文摘》2010年第2期。

52. 《地域文化视阈中的浪漫文学诉求——论"浙江潮"与中国新文学浪漫主义思潮》,载《浙江社会科学》2010年第10期。

53. 《地域人文传统与现实主义文学思潮》,载《高校文科学报文摘》2010年第5期。

54. 《地域文化视阈中的"〈现代〉作家群"》,载人大复印资料《中国现当代文学研究》2010年第3期。

方卫平

1. 《我们思想舞台上的优雅者》,载《中国儿童文学》2000年第1期。

2. 《保尔·阿扎尔和他的〈书·儿童成人〉》,载《中国儿童文学》2000年第2期。

3. 《经典 经典意识》,载《中国儿童文学》2000年第3期。

4. 《批评的挣扎》,载《中国儿童文学》2000年第3期。

5.《回眸九九》，载《九九浙江文学》2000 年。

6.《今天的大陆儿童文学》，载《儿童文学家》(台湾)2000 年夏季号。

7.《中国儿童文学十年》，载《日中儿童文化》(日本出版,日文)2000 年第 3 期。

8.《无边的魅力》，中国少儿出版 2000 年 3 月。

9.《简论儿童文学的美学特质》，载《中国儿童文学》2001 年第 3 期。

10.《描述与思考》(合作)，载《中国儿童文学》2001 年第 2 期。

11.《2000 年的浙江儿童文学》，载《浙江文坛 2000 卷》2001 年。

12.《当代少年历险小说丛书.总序》，湖北少儿出版社 2001 年。

13.《20 世纪 90 年代童话三人谈(合作)》，中国少儿出版 2001 年第 3 期。

14.《成长的波澜》，载《中学生》2001 年第 2 期。

15.《恐怖美学及其艺术策略》，载《中国儿童文学》2002 年第 4 期。

16.《大陆儿童戏剧之历史与现状》，载《儿童文学家》(台湾)2002 年冬季号。

17.《平静中的潜流》，载《浙江文坛》2002 年 5 月。

18.《略谈儿童文学的民族性与现代性问题》，载《益阳师专学报》2002 第 4 期，人大复印第 9 期
    转载。

19.《2001 年的儿童文学创作》，载《中国儿童文学年鉴(2001)》2002 年 8 月。

20.《简论儿童文学的美学特质》，载《中国儿童文学年鉴(2001)》2002 年 8 月。

21.《让童话走进千家万户》，载《家庭教育》2002 第 6 期。

22.《大陆儿童戏剧发展的历史与现状》，载台湾《儿童文学家》2002 年冬季号。

23.《青春的出场》，载《中国儿童文学》2003 年第 3 期。

24.《童年记忆与精神自传》，载《你是我的妹》2003 年 7 月。

25.《当代少年精神世界的守望者》，载《少年精神世界的守望者》2003 年 8 月。

26.《恐怖美学及其艺术策略》，载《中国儿童文学年鉴》2003 年 12 月。

27.《文学盛装年代的个人表情》，载《中国儿童文学》2004 年 2 期。

28.《年轻的方式》，载《中国儿童文学》2004 年 3 期。

29.《幼儿文学：可能的艺术空间》，载《浙江师范大学学报》2004 年第 6 期。

30.《当代外国的幼儿文学》，载《中华读书报》2004 年 6 月。

31.《我国儿童戏剧发展之历史回眸与现实描述》，载《中国儿童文化》2004 年第 1 期。

32.《幼儿文学：哲学与美学》，载《儿童文学新视野》2004 年 12 月。

33.《童年：儿童文学理论的逻辑起点》，载《儿童文学新视野》2004 年 12 月。

34.《文本与接受》，载《儿童文学新视野》2004 年 12 月。

35.《青春的书写》，载《中国儿童文学》2005 年第 2 期。

36.《幼儿文学：可能的艺术空间》，载《光荣与使命》2005 年 7 月。

37.《蓝水晶紫水晶》序言，载《蓝水晶紫水晶》2005 年 4 月。

38.《月亮生病了》序，载《月亮生病了》2005 年 1 月。

39.《陈伯吹：一个世纪的缅怀与祝福》，载《浙江师范大学学报》2006 年第 4 期。

40.《论儿童文学先锋作家的创作心理轨迹》，载《中国儿童文学的走向》2006 年 9 月。

41.《图画书在中国大陆的兴起》，载《出版人》2006 年第 11、12 期合刊。

42. 《儿童文学先锋作家的激情、困惑和反思》,载《上海师范大学学报》2007 年第 3 期。

43. 《为童年做一件艺术品》,载《中国儿童文学》2007 年第 1 期。

44. 《李利安和她的〈欢欣岁月〉》,载《中国儿童文学》,2007 年第 2 期。

45. 《一种年度儿童文学样貌的选择与思考》,载《中国儿童文学》2007 年第 4 期。

46. 《谈明天社引进版图画书》,载《中国少儿出版》2007 年第 2 期。

47. 《图画书在中国大陆的兴起》,载《中国儿童文化》,2007 年总第 3 辑。

48. 《当前大陆原创儿童文学的艺术反思》,载《台湾儿童文学学会会讯》2007 年第 3 期。

49. 《一个批评样本及其意义》,载《昆明高专学报》2007 年第 3 期。

50. 《媒介中的课艺:一个变革时代的文化现象及其历史解读》,载《浙江社会科学》2008 年第 6 期。

51. 《多学科、跨文化视野下的国际学校练习本研究及其启示》,载《课程·教材·教法》2008 年第 11 期。

52. 《论一个可能的儿童文学学派》,载《中国儿童文学》2008 年第 1 期。

53. 《西方人类学思想与现代中国儿童文学理论》,载《教育史与儿童文学》2008 年第 1 期。

54. 《在体制的边缘生长》,载《昆明学院学报》2008 年第 3 期。

55. 《论新媒介与当代儿童文学的发展》,载《文艺争鸣》2009 年第 6 期。

56. 《西方学术资源与当代中国儿童文学理论建设》,载《中国儿童文学》理论评论专刊 2009 年春季号。

57. 《寻回心灵的诗意》,载《中国儿童文学》理论评论专刊 2009 年秋季号。

58. 《儿童文学本科专业建设的实践与思考》,载《中国儿童文化》2009 年总第 5 辑。

59. 《图文之间的权力博弈——图画书中的禁忌与童年美学建构》,载《中国儿童文学》2010 年第 1 期。

60. 《论图画书中的画面视角升降技巧及其启示》,载《中国儿童文学》2010 年秋季号。

61. 《短篇的集结》,载《南方文坛》2010 年第 2 期。

62. 《美国〈儿童文学〉杂志与当代西方儿童文学研究走向》,载《南方文坛》2010 年第 6 期。

63. 《大众媒介中的学生课艺》,载《学校练习本研究:19、20 世纪学校教学与教育方法史研究资源》(意大利,英文)2010 年。

64. 《中国当代图画书创作的历史与现状》,载《中国的图画书》(日本;日文、中文、英文),财团法人大阪国际儿童文学馆 2010 年 3 月发行。

65. 《当代英美儿童文学研究的学术发展进程及趋势》,载《中国社会科学报》2010 年 7 月 8 日。

66. 《重要的局外者》,载《中国社会科学报》2010 年 8 月 10 日、8 月 17 日连载。

付建舟

1. 《"近现代转型时期中国文学——一个新的文学史概念》,载《中国文学研究》第十五辑,中国文联出版社 2010 年 6 月。

2. 《论中国现代纯文学观的发生》,载《文学评论》2009 年第 4 期。

3. 《清末民初日语文学的汉译与中国文学的现代转型》,载《外国文学评论》2009 年第 4 期。

（该文曾以《清末民初における日本語文学漢訳の題材特徴を论じる》为题，收入《中国人の日本研究・国際日本学研究叢書9》，日本法政大學國際日本學研究所編集，三和書籍印刷制本2009年3月，内容有变动。）

4. 《中国历史小说的近现代转型》，载《东南大学学报》(哲社版)2010年第1期。

5. 《中国散文文体的近现代嬗变》，载《湖南大学学报(社会科学版)》2009年第1期。

6. 《晚清作家从"士"向"知识分子"的现代转化》，载《江汉论坛》2007年第6期。

7. 《中国文学叙事视角的近现代转型》，载《中国文学研究》第九辑，中国文联出版社2007年4月。

8. 《论晚清小说类型的近现代转型》，载《山西大学学报(哲学社会科学版)》2006年5期。

9. 《中国传统文学观的现代余绪》，载《浙江师范大学学报(社会科学版)》2008年第2期。

10. 《中国近代文学观念之嬗变》，载《武汉理工大学学报(社会科学版)》2005年第5期。

11. 《晚清小说观念的现代转化》，载《晋阳学刊》2003年第5期。

12. 《论中国近代文学的前现代性》，载《河南大学学报(社会科学版)》2003年第3期。人大复印资料《中国古代、近代文学研究》2003年第9期全文复印。

13. 《文学传播史视野中的清末民初小说广告综论》，载《中国文学研究》第十三辑，中国文联出版社2009年5月。

14. 《谈谈〈说部丛书〉》，载《明清小说研究》2009年第3期。

15. 《"小说界革命"研究导论——以四大小说期刊为中心》，载《兰州学刊》2007年第6期。

16. 《论晚清的小说翻译与翻译小说》，载《湖北大学学报(哲学社会科学版)》2007年第1期。

17. 《论晚清小说的叙事特征》，载《中州学刊》2005年第6期。

18. 《简论晚清小说的文体特征》，载《湖北教育学院学报》2005年第6期。

19. 《略谈清末民初的"新聊斋"》(合撰)，载《蒲松龄研究》2005年第3期。

20. 《简论晚清社会小说的现实特征》，载《唐都学刊》2006年第3期。

21. 《泰纳文艺理论在现代中国的传播与接受》，载《天津社会科学》2010年第5期。

22. 《早期中国文学史的基本形态与撰写方法》，载《湖北大学学报(哲学社会科学版)》2008年6期。

23. 《陈独秀早期的思想演变与文学观念》，载《湖北大学成人教育学院学报》2008年第1期。

24. 《蔡元培与无政府主义思想》，载《兰州学刊》2006年第9期。

25. 《周氏兄弟早期思想演变与文学活动及观念》，载《新乡师范高等专科学校学报》2006年第6期。

26. 《论〈胡雪岩全传〉多重交错的主题模式》(二人合撰)，载《江汉论坛》2005年第5期。

27. 《个体的凸现和叙事的狂欢——评李洱的长篇新作〈花腔〉》，载《平顶山师专学报》2003年第1期。人大复印资料《中国现代、当代文学研究》2003年第7期全文复印。

28. 《对〈白鹿原〉的性爱解读》，载《孝感学院学报》2002年第4期。

29. 《残雪小说的梦魇世界》，载《淮北煤师院学报(哲学社会科学版)》2001年第3、4合期。

30. 《"历史"的嬗变与"人"的凸现》，载《周口师范学院学报》2003年第1期。

31. 《"新历史"小说诸种概念辨析》，载《新乡师范高等专科学校学报》2003年第3期。

李 蓉

1. 《在阅读中改变世界》，载《外国文学研究》2000 年第 1 期。

2. 《现代性视角的中西女性诗歌女性主体意识比较》，载《东方丛刊》2000 年第 1 期。

3. 《女性诗歌的文体流变及其文化意味》，载《文艺评论》2001 年第 6 期。

4. 《中国女性诗歌现代衍进的主题表征》，载《诗探索》2001 年 3—4 辑。

5. 《"人间烟火"与"高天云霓"——张新泉〈渔人〉赏析》，载《名作欣赏》2002 年第 5 期。

6. 《20 世纪中国女性诗歌主体意识发展概观》，载《浙江师范大学学报》2003 年第 2 期。

7. 《城市文学的日常性与批判性》，载《湖南城市学院学报》2004 年第 1 期。(《中国现代、当代文学研究》2004 年第 6 期转载。)

8. 《〈倾城之恋〉爱情程式的心理学解读》，载《名作欣赏》2004 年第 6 期。

9. 《林徽因诗歌哲学意蕴解读》，载《福建论坛》2004 年第 6 期。(《中国现代、当代文学研究》2005 年第 1 期转载。)

10. 《论沈从文文学观中的善美观念及其悲剧性》，载《华中师范大学学报》2005 年第 2 期。

11. 《苦难与愉悦的双重叙事话语》，载《文学评论》2006 年第 2 期。

12. 《"无词的言语"——论〈野草〉的身体言说》，载《中国现代文学研究丛刊》2007 年第 3 期。

13. 《在身体中寻找"真实"——解读〈蚀〉》，载《浙江学刊》2007 年第 4 期。

14. 《论历史话语下女性身体经验写作的价值和意义》，载《福建论坛》2007 年第 3 期。

15. 《身体阐释与新的文学史空间的建构》，载《天津社会科学》2007 年第 6 期。

16. 《现当代文学"身体"研究的问题及其反思》，载《文艺争鸣》2007 年第 11 期。

17. 《性别视角下的疾病隐喻》，载《南开学报》2007 年第 6 期。《新华文摘》2008 年第 5 期论点摘编。

18. 《现当代文学史的大叙事与小叙事》，载《江汉论坛》2008 年第 4 期。

19. 《论"身体"在"革命＋恋爱"小说模式中的审美功能》，载《浙江社会科学》2008 年第 7 期。

20. 《用身体想象革命——早期革命文学中的身体书写》，载《文艺争鸣》2008 年第 7 期。

21. 《论张爱玲日常性写作中的身体还原》，载《浙江师范大学学报》2008 年第 5 期。

22. 《论"身体"在沈从文四十年代创作中的审美意义—— 以〈看虹录〉为例》，载《文学评论》2008 年第 5 期。

23. 《论五四时期的身体话语及其历史处境》，载《云南社会科学》2008 年第 6 期。

24. 《从"张看"到"看张"：解读张爱玲的一个流程》，载《福建论坛》2009 年第 2 期。

25. 《论"吴虞现象"》，载《天府新论》2009 年第 4 期。

26. 《肉欲迷狂中的身体转向——以"灵肉观"为中心看〈幻洲〉》，载《中国现代文学研究丛刊》2009 年第 6 期。

27. 《新感觉派小说的身体想象》，载《小说评论》2009 年第 4 期。

28. 《中国现代诗歌的"身体学"漫议》，载《文艺争鸣》2009 年第 9 期。

29. 《论"五四"公共话语空间中的〈沉沦〉》，载《湖北大学学报》2010 年第 3 期。

30. 《论十七年文学中的跨性别写作现象》，载《南开学报》2010 年第 4 期。

朱利民

1. 《重评胡适与"学衡派"关于语言的论争》，载《浙江社会科学》，2010 年第 4 期。
2. 《全球化语境下中国儿童文学研究的生存境遇与反思——兼谈比较儿童文学》，载《东北师大学报》，2006 年第 1 期。
3. 《重新规范比较文学学科理论的研究范式》，载《外国文学研究》，2006 年第 3 期。
4. 《"输出东方"视野下的比较诗学研究》，载《当代文坛》，2006 年第 2 期。
5. 《文化的另一种发现与输出》，载《当代文坛》，2010 年第 3 期。
6. 《比较文学与学术创新》，载《学术月刊》，2007 年第 3 期。
7. 《"中日文化交流与中国现代文学"国际学术会议综述》，载《文学评论》，2009 年第 2 期。
8. 《"中国 20 世纪文学文化生态和作家心态"学术研讨会综述》，载《文学评论》，2008 年第 1 期。

吴翔宇

1. 《论鲁迅小说的时间意识》，载《鲁迅研究月刊》2010 年第 10 期。
2. 《〈野草〉的张力叙事与意义生成》载《浙江社会科学》2010 年第 8 期。
3. 《论〈野草〉的时间意识》，载《贵州社会科学》2008 年第 9 期。
4. 《论〈狂人日记〉的时间形式与现代性意义》，载《海南大学学报》（社会科学版）2008 年第 6 期。
5. 《论〈长明灯〉的空间形式与意义生成》，载《中国文学研究》2008 年第 3 期。
6. 《鲁迅小说的时间境域与现代性意义》，载《新疆大学学报》（哲学人文社会科学版）2008 年第 5 期。
7. 《论〈故事新编〉的时间意识》，载《吉林师范大学学报》（社会科学版）2008 年第 6 期。
8. 《"互文性"视阈下〈孤独者〉的想象空间》，载《重庆师范大学学报》（哲学社会科学版）2008 年第 1 期。
9. 《现象学视域下〈死火〉的时间意向性》，载《燕山大学学报》（哲学社会科学版）2008 年第 3 期。
10. 《论〈野草·题辞〉的张力结构与文化意义》，载《河北科技大学学报》（社会科学版）2009 年第 1 期。
11. 《论〈颓败线的颤动〉的时间境域与意义生成》，载《湖南文理学院学报》（社会科学版）2008 年第 4 期。
12. 《论〈过客〉存在命题的建构》，载《中国矿业大学学报》（社会科学版）2008 年第 1 期。
13. 《鲁迅小说的代际伦理观探析》，载《河北科技大学学报》（社会科学版）2010 年第 3 期。
14. 翻译汉学家马里安·高利克论文《中国现代文学对爱情的全新书写与〈雅歌〉——论希伯莱-中国文学的互动》，载《长江学术》2007 年第 2 期。
15. 《沈从文小说〈静〉的空间形式》，载《名作欣赏》2008 年第 1 期。

16. 《论沈从文湘西小说"神性"艺术精神》,载《阴山学刊》2007 年第 3 期。

17. 《生命之理:在"庄严"中神之再生——论沈从文小说的生命意识》,载《教育信息化》,2005 年第 4 期。

18. 《"生命的力":与人类原初经验的对话——论沈从文小说的生命本体》,载《湖南科技学院学报》,2005 年第 10 期。

19. 《论沈从文湘西小说自然生命情怀》,载《宜春学院学报》,2005 年第 5 期。

20. 《诗与思的对话——沈从文湘西小说生命刍论》,载《晋中学院学报》,2005 年第 5 期。

21. 《生命文化意识与沈从文小说创作思维》,载《新乡学院学报》,2006 年第 1 期。

22. 《希腊神庙的建构与沈从文创作的现代性想象》,载《湖南工业大学学报》(社会科学版)2006 年第 3 期。

23. 《沈从文小说生命世界初探》,载《湖南工业大学学报》(社会科学版)2005 年第 6 期。

24. 《〈保卫延安〉的宗教情怀与战争叙事》,载《理论月刊》2007 年第 3 期。

25. 《〈红岩〉革命意识的"身体"解读》,载《沈阳师范大学学报》(社会科学版)2007 年第 5 期。

26. 《〈红旗谱〉:红色革命历史记忆的历史革命化范本》,载《北京邮电大学学报》(社会科学版),2007 年第 6 期。

27. 《论〈青春之歌〉的成长叙事与红色青春想象》,载《太原理工大学学报》2007 年第 1 期。

28. 《〈红日〉的"红色狂欢"叙事与革命历史想象》,载《襄樊学院学报》2008 年第 1 期。

29. 《论〈亮剑〉的"红色狂欢化"革命战争图景》,载《重庆三峡大学学报》2008 年第 2 期。

30. 《论〈太阳照在桑干河上〉的时间境域与土改想象》,载《长江师范学院学报》2008 年第 3 期。

31. 《"十七年"革命历史叙事中的"伦理"命题》,载《云梦学刊》2007 年第 6 期。

32. 《"导师"和"朋友"的影响》,载《人民日报》2010 年 1 月 26 日。

33. 《在商品大潮中寻找文学的梦想》,载《海南师范大学学报》(社会科学版)2008 年第 6 期。

34. 《论新移民小说的空间诗学建构》,载《华文文学》2009 年第 1 期。

35. 《郭沫若诗歌的"神话转型题旨"与文学想象意义》,载《盐城师范学院学报》(人文社会科学版)2008 年第 1 期。

36. 《多元视阈·诗性追求·思史互见》,载《世界华文文学论坛》2008 年第 3 期。

37. 《民族血脉的时空文化洞悉与想象》,载《世界华文文学论坛》2009 年第 4 期。

38. 《〈八月之光〉的结构诗性和灵性》,载《阴山学刊》2006 年第 5 期。

39. 《试论王安忆小说中女性生命力来源》,载《晋中学院学报》2006 年第 1 期。

40. 《新移民小说存在命题的建构与意义生成》,载《在曲折中开拓广阔的道路》,张志忠主编,武汉出版社 2010 年 6 月版。

吴述桥

1. 《文学家在革命中的位置——蒋光慈与托洛茨基文学思想》,载《中国现代文学研究丛刊》,2010 年第 1 期。

2. 《"第三种人"论争与"左联"组织理论的转向》,载《中国文学研究》,2010 年第 2 期;人大复印资料 2010 年第 11 期《中国现代、当代文学研究》全文转载。

周晓波

1. 《我们是这样长大的——谢华校园小说论》,载《中国儿童文学》2000 年第 2 期。

2. 《90 年代中国大陆少年长篇小说创作热现象透视》,载《儿童文学学刊》(3)(台湾),2000 年 5 月。

3. 《郁的太阳》序,载《郁的太阳》,重庆出版社,2000 年 8 月。

4. 《少年长篇小说创作热现象思考》,载《中国图书评论》2000 年第 8 期。

5. 《莫让炒作捧杀了有才少年》,载《中国图书评论》2000 年第 8 期。

6. 《跨世纪高校儿童文学教学现状与思考》,载《浙师大学报》2000 年第 6 期。

7. 《童话家:一个特殊的审美感受者》,载《中国儿童文学》2002 年第 2 期。

8. 《20 世纪 90 年代中国大陆女性儿童文学新话题》,载《当代儿童文学的精神指南——第六届亚洲儿童文学大会文选》辽宁少年儿童出版社,2002 年 8 月。

9. 《才情肆溢的新生代青年女童话家们》,载《中国图书评论》2003 年第 5 期。

10. 《略论童话的审美接受》,载《浙江师范大学学报》2003 第 4 期。

11. 《20 世纪八九十年代女性作家儿童文学研究》,载《新时期儿童文学研究》河北少儿出版社,2004 年 1 月。

12. 《素质教育中的小学生文学接受现状的调查与分析》,载《中国儿童文学》2004 年第 1 期。

13. 《我国高师院校儿童文学教学现状与发展前景的思考》,载《昆明师范高等专科学校学报》2004 年第 1 期。

14. 《新世纪童话创作的大检阅》,载《光荣与使命——2004 全国儿童文学创作会议论文集》明天出版社,2005 年 7 月。

15. 《当前原创抒情童话面临的困境及出路》,载《中国儿童文学》2006 年第 1 期。

16. 《抒情童话的昨天、今天和明天》,载《中国儿童文学的走向》少年儿童出版社,2006 年 9 月。

17. 《2005 中国大陆原创童话印象》,载《2005 中国儿童文学年鉴》江苏少儿出版社,2007 年 7 月。

18. 《世界经典动画片推荐与欣赏》,载《幼儿教育》2009 年第 1—2 期。

19. 《圣野诗论》的编辑与评点,载《中国儿童文学》2010 年第 1 期。

20. 《温柔比惩罚更能感化顽童的心》,载《中国教育报》2010 年 9 月 7 日。

21. 《湘西文化·童年意象·忧郁诗情》,载《文学人生》2010 年第 7 月。

22. 《民族化与现代元素的完美融合——中国图画书创作的可发展方向》,载《在地球的这一边——第十届亚洲儿童文学大会论文集》外研社,2010 年 9 月。

首作帝

1. 《重读改革小说——公化的现代性与私化的矛盾性》,载《文学评论》2008 年第 6 期。

2. 《鲁迅与郁达夫的"颓废"比较论》,载《中国现代文学研究丛刊》2008 年第 6 期。

3. 《"十七年"农村小说话语的分层与配置》,载《南京社会科学》2008 年第 2 期。

4. 《新的败坏与旧的迷惘——试论上海女性叙述中的"大团圆"模式》,载《江淮论坛》2006 年第 6 期。

5. 《人格变裂四重奏——张爱玲〈金锁记〉新论》，载《名作欣赏》2005 年第 2 期。

6. 《张爱玲的民间意识探究》，载《天府新论》2004 年第 6 期。

7. 《拜"物"·恋"物"·迷"物"——上海女性作家的"物"叙述探析》，载《玉林师范学院学报》2008 年第 4 期。

8. 《"我想揭示你们不能揭示的"——张爱玲的文类意识与新市民小说》，载《阜阳师范学院学报（社会科学版）》2008 年第 6 期。

9. 《后殖民语境中的怀旧叙述——以上海女性叙述为例》，载《学术理论与探索》2008 年第 6 期。

10. 《中国现代文学启蒙范式之一——叶圣陶的文类创新与现代小说的多元发生》，载《高等教育与学术研究》2008 年第 10 期。

11. 《鸡毛上天，抑或灵魂坠地？——对当前中国文学一种发展趋势的审视》，载《喀什师范学院学报》2009 年第 2 期。

12. 《张爱玲小说中的"留洋者"探究》，载《宁夏师范学院学报》2008 年第 2 期。

13. 《新的现实主义的可能性——新时期实验小说再思考》，载《北京工业大学学报（社会科学版）》2004 年第 4 期。

14. 《根的意义——由〈文化的乡愁——美国华裔文学的文化认同〉说开去》，载《长春师范学院学报》2004 年第 4 期。

15. 《综论上海女性作家的叙述策略——兼谈其文学史地位》，载《安徽新华学院学报》2009 年第 1 期。

16. 《亚文学的俄底浦斯情结》，载《社会科学论坛》2004 年第 1 期。

俞敏华

1. 《从"虚幻"走向"澄明"——评〈玻璃虫〉的叙事》，载《当代文坛》2002 年第 3 期。

2. 《李博士：你认识大象与甲虫吗?》（原文名为《再论莫言的〈檀香刑〉》），载《文学自由谈》2002 年第 3 期。

3. 《2006 年上海中短篇小说综述》、《2006 年上海文学综述》，载《上海文化年鉴 2007 年》，后者同时收入《上海年鉴 2007 年》。

4. 《2007 年上海中短篇小说综述》，载《上海文化年鉴 2008 年》和《上海年鉴 2008 年》。

5. 《迷乱的在场与希望的缺失——解读余华〈兄弟〉的精神价值取向》，载《理论与创作》2007 年第 4 期。

6. 《岁月沧桑 人生长唱——评吴正的中篇小说〈姐妹〉、〈琴师〉》（与人合著），载《西湖》2007 年第 1 期。

7. 《从"寻找"的故事说起——关于晓航的小说》，载《钟山》2008 年第 2 期。

8. 《史传传统的突破与形式革命的突进——论"新历史小说"的叙事经验》，载《海南师范大学学报》2008 年第 3 期。

9. 《"新生代小说"创作新论》，载《新疆大学学报》2008 年第 5 期。

10. 《艺术"形式"及"形式研究"内涵新探——兼及新时期以来的研究综述》，载《文艺理论研究》，

2010 年第 3 期。

11. 《论"先锋小说"的出场》，载《文艺争鸣》，2010 年十月号（上半月）。

高 玉

1. 《沦陷区文学运动与文学理论批评初论》，载《海南师范学院学报》2000 年第 1 期。人大复印资料《文艺理论》2000 年第 6 期复印。

2. 《胡适白话文学理论检讨》，载《湖北大学学报》2000 年第 2 期。

3. 《语言变革与中国现代文学转型》，载《文艺研究》2000 年第 2 期。《新华文摘》"论点摘编"2000 年第 7 期。

4. 《鲁迅的语言观与创作及其与中国现代文学发生的关系》，载《鲁迅研究月刊》2000 年第 4 期。

5. 《民族学材料作为艺术起源研究实证材料的质疑》，载《中南民族学院学报》2000 年第 3 期。《高等学校文科学报文摘》"学术卡片"2000 年第 4 期。

6. 《论中国近代翻译文学的"古代性"》，载《华中师范大学学报》2000 年第 4 期。

7. 《起源终极论批判》，载《社会科学辑刊》2000 年第 4 期。

8. 《没有雕饰的小说——评〈组织部长和他的同事们〉》，载《小说评论》2000 年第 6 期。

9. 《"纪元"与"开篇"——中国文学现代转型的语言学分析》，载《浙江学刊》2000 年第 6 期。人大复印资料《中国现代、当代文学研究》2001 年第 5 期复印。

10. 《"字思维"语言学辨论》，载《诗探索》2000 年 3,4 合辑。选入《字思维与中国现代诗学》一书，天津社会科学院出版社，2002 年版。

11. 《艺术之根——艺术起源学引论》，载《文艺研究》2000 年第 6 期。

12. 《"异化"与"归化"——论翻译文学对中国现代文学发生的影响及其限度》，载《江汉论坛》2001 年第 1 期。《新华文摘》2001 年第 5 期转载。《高校文科学报文摘》2001 年第 5 期"高校学者论坛"。《中华翻译文摘》2001 年卷中英文摘要。

13. 《毛泽东思想与西方人文思想联系论》，载《毛泽东思想》，《毛泽东思想研究》2001 年第 3 期复印。收入《文史论文写作文鉴》，中国社会科学出版社 2001 年版。

14. 《艺术起源"游戏说"检讨》，载《青海师范大学学报》2001 年第 1 期。人大复印资料《文艺理论》2001 年第 7 期复印。

15. 《论学衡派作为理性保守主义的现代品格》，载《天津社会科学》2001 年第 2 期。

16. 《比较视角的五四白话文学运动语言学再认识》，载《中国现代文学研究丛刊》2001 年第 3 期。《现当代文学文摘卡》2001 年第 4 期转载。"文学评论 2001 年度学术论文提名"，《中国文学年鉴 2001 年》提要。

17. 《现代汉语与中国现代文学》，载《河北学刊》2001 年第 3 期。人大复印资料《中国现代、当代文学研究》2001 年第 10 期复印。《中国社会科学文摘》2001 年第 6 期转载。

18. 《比较视野中的毛泽东文艺思想品格论》，《理论与创作》2001 年第 3 期。人大复印资料《文艺理论》2001 年第 8 期复印。

19. 《论苏联社会主义现实主义与中国革命文艺》，载《孝感学院学报》2001 年第 4 期。《高校文科学报文摘》2001年第6期"文摘卡片"。

20. 《论两种外国文学》,载《外国文学研究》2001年第4期。

21. 《文艺理论与文艺理论背景——读庄锡华〈20世纪的中国文艺理论〉》,载《中国图书评论》2001年第9期。

22. 《神话作为文献材料作为艺术起源研究的实证材料的质疑》,载《云南师范大学学报》2001年第5期。《高校文科学报文摘》2001年第6期。

23. 《胡适白话文理论新评——从胡适与"学衡派"的分野入手》,载《学术研究》2001年第10期。

24. 《中国现代文论的历史过程和语言逻辑——论80年代新名词"大爆炸"与90年代新话语现象》,载《文艺评论》2002年第1期。人大复印资料《文艺理论》2002年第11期。

25. 《余华:一位哲学家》,载《小说评论》2002年第2期。

26. 《翻译本质"二层次"论》,载《外语学刊》2002年第2期。

27. 《毛泽东文艺思想与西方马克思主义文艺理论比较论》,载《孝感学院学报》2002年第2期。人大复印资料《毛泽东思想》2002年第5期复印。

28. 《论〈白鹿原〉对阶级模式的超越》,载《理论学刊》2002年第3期。人大复印资料《中国现代、当代文学研究》2002年第8期复印。选入《说不尽的〈白鹿原〉——〈白鹿原〉评论选》,陕西人民出版社,2006年版。

29. 《汉字·汉语·汉文化》,载《诗探索》2002年3、4合辑。

30. 《化景为情,情景交融——浅析马致远〈秋思〉的意境美》,载《名作欣赏》2002年第4期。

31. 《翻译文学:西方文学对中国现代文学影响关系中的中介性》,载《中国现代文学研究丛刊》2002年第4期。《中华翻译文摘》2002—2003卷中英文摘要。

32. 《怀念狼:一种终极关怀》,载《四川大学学报》2002年第5期。

33. 《语言运动与思想革命——五四新文学的理论与现实》,载《文学评论》2002年第5期。《社会科学报》2002年11月14日摘要。

34. 《对"自由"的误解与周作人的人生悲剧》,载《社会科学研究》2002年第5期。《新华文摘》2003年第1期"论点摘编"。

35. 《艺术起源"宗教说"检讨》,载《西南民族学院学报》2002年第11期。

36. 《反思中国文学史——读戴燕〈文学史的权力〉》,载《中国图书评论》2002年第11期。

37. 《时间、理论与问题意识——反思中国现代文学研究》,载《学习与探索》2003年第1期。人大复印资料《中国现代、当代文学研究》2003年第3期复印。

38. 《古代汉语体系与中国古代文化类型》,载《新疆大学学报》2003年第1期。

39. 《论"中与西"的现代学术意识性》,载《山西大学学报》2003年第1期。

40. 《过渡、衔接与转型——重新定位中国近代文学》,载《社会科学辑刊》2003年第2期。《新华文摘》2003年第7期转载。人大复印资料《中国古代、近代文学研究》2003年第9期复印。

41. 《中国现代文学史"作家作品中心论"批判》,载《人文杂志》2003年第2期。人大复印资料《中国现代、当代文学研究》2003年第5期复印。《观点——2003·文学》摘要,福建人民出版社,2004年版。《学术月刊》2004年第10期摘要。入选《21世纪年度文学评论选·2003文学评论》,人民文学出版社,2004年版。

42. 《评王本朝的〈中国现代文学制度研究〉》,载《中国现代文学研究丛刊》2003年第2期。

43.《80年代新名词与90年代新话语现象语言文化论》，载《青海社会科学》2003年第3期。

44.《学术大视野与文化建设》，《东南学术》2003年第4期。

45.《中国现代文学史"新文学"本位观批判》，载《文艺研究》2003年第5期。（人大复印资料《中国现代、当代文学研究》2003年第11期复印。《高等学校文科学术文摘》2003年第6期转载。"2003年度《文学评论》学术论文提名"。《社会科学报》摘要。入选《中国新时期文学研究资料汇编·甲编·新文学史卷》，山东文艺出版社2006年版。

46.《"心路"与"历程"——读彭诚散文集〈永远的神女〉》，载《理论与创作》2003年"文艺研究专刊"。

47.《论严复的自由主义思想及其近代意义》，载《福建论坛》2004年第1期。《新华文摘》2004年第10期"论点摘编"。《社会科学报》摘要。

48.《论胡适与"学衡派"在文化建设观念上的分野》，载《求是学刊》2004年第1期。

49.《论"忠实"作为文学翻译范畴的伦理性》，载《外国文学》2004年第2期。

50.《"自由至上主义"及其命运：周作人附敌事件之成因》，载《河北学刊》2004年第3期。

51.《艺术起源"动因论"质疑》，载《东南大学学报》2004年第3期。

52.《论中国现代文学的民族性》，载《广东社会科学》2004年第3期。

53.《选择、吸取与衍变——论中国现代"自由"话语的建构》，载《南京社会科学》2004年第8期。

54.《鲁迅"中国现代的圣人"解》，载《中南民族大学学报》2004年第4期。

55.《中国近现代个人主义话语及其比较》，载《新疆大学学报》2004年第4期。

56.《重建学术公共话语：关于当代中国学术话语规范问题》，载《江西社会科学》2004年第9期。《社会科学报》2004年11月18日第5版摘录。收入《学术规范与学风建设论坛》（教育部社会科学委员会秘书处编），高等教育出版社，2005年版。

57.《论当代比较诗学话语困境及其解决路径》，载《外国文学研究》2004年第5期。《文艺理论研究》2004年第6期摘要。

58.《论中国古代的"个人"话语及其本质》，载《思想战线》2004年第5期。

59.《文学流派的文学史意义》，载《西北大学学报》2004年第5期。

60.《论中国近代文学本位性》，载《学习与探索》2004年第6期。

61.《"个人"与"国家"的整合——论中国现代文学"自由"话语的理论建构》，载《厦门大学学报》2004年第6期。人大复印资料《中国现代、当代文学研究》2005年第1期复印。《中国文学理论批评文选》（2004卷）（中国作家协会理论批评委员会编，作家出版社，2005年版。）

62.《中国现代"自由"话语与文学的自由主题》，载《文学评论》2005年第1期。《新华文摘》2005年第6期"论点摘编"。

63.《文学翻译研究与外国文学学科建设——吴元迈先生访谈录》，载《外国文学研究》（A&HCI）2005年第1期。《外国文学研究》2005年第6期复印。

64.《重审五四白话文学理论》，载《学术月刊》2005年第1期。

65.《从个体自由到群体自由——梁启超自由主义思想的中国化》，载《学海》2005年第1期。

66.《为重新思考陈独秀打开一片思路》，载《中国图书评论》2005年第3期。

67.《全球化与民族文学生存境遇及其言说》，载《当代文坛》2005年第2期。

68.《比较视角的中国"现代派诗学"研究——读曹万生著〈现代派诗学与中西诗学〉》，载《四川师范大学学报》2005 年第 2 期。

69. 《残雪〈民工团〉文本细读》,载《云梦学刊》2005 年第 2 期。人大复印资料《中国现代、当代文学研究》2005 年第 6 期复印。

70. 《"学院批评"与"作家批评"——当代文学批评的两种路向及其问题》,载《思想战线》2005 年第 3 期。(约 1.2 万字)《高等学校文科学术文摘》2005 年第 3 期"学术卡片"摘要。人大复印资料《文艺理论》2005 年第 11 期复印。《观点·文学 2005》摘要,福建人民出版社,2006 年版。

71. 《中国现代文学史"审美中心主义"批判——以金庸武侠小说为例》,载《社会科学战线》2005 年第 3 期。《文艺报》2005 年 9 月 1 日"学术新见"摘要。

72. 《论中西比较诗学的"超越"意识》,载《浙江大学学报》2005 年第 4 期。

73. 《论"反懂"的文学欣赏》,载《文艺理论研究》2005 年第 4 期。

74. 《论文学的"非理性"与欣赏的"反懂"性》,载《浙江社会科学》2005 年第 5 期。

75. 《"精确"作为中西比较诗学批评话语的语义分析》,载《江汉论坛》2005 年第 10 期。

76. 《重审中国现代文学史上的"民族主义文学运动"》,载《人文杂志》2005 年第 6 期。《新华文摘》2006 年第 3 期"论点摘编",人大复印资料《中国现代、当代文学研究》2006 年第 5 期复印。入选李雨春、杨志编《中国现代文学资料与研究》(21 世纪高等学校研究生教材,北京师范大学出版社,2008 年版。)

77. 《论学院批评的问题表现及其原因》,载《学术界》(CSSCI)2006 年第 1 期。《高等学校文科学术文摘》2006 第 2 期转载。《资料通讯》2006 年第 3 期摘要。

78. 《现代语言本质观研究路径及其检讨》,载《宁夏大学学报》2006 年第 1 期。

79. 《提倡"唱反调"的文学批评》,载《内蒙古社会科学》2006 年第 2 期。人大复印资料《文艺理论》2006 年第 8 期复印。《中国文学理论批评文选》(2005—2006 年卷),中国作家协会理论批评委员会编,作家出版社,2007 年版。

80. 《论当代诗歌写作及欣赏中的"反懂"性》,载《文艺研究》2006 年第 3 期。人大复印资料《中国现代、当代文学研究》2006 年第 6 期复印。

81. 《语言的三个维度与文学语言学研究的三种路向》,载《江苏社会科学》2006 年第 3 期。《新华文摘》2006 年第 16 期"论点摘编"。

82. 《中国现代文学史上关于"反懂"的讨论及其理论反思》,载《学术月刊》2006 年第 7 期。《高等学校文科学术文摘》2006 第 5 期转载。《文艺理论》2007 年第 3 期复印。

83. 《论"话语"及其"话语研究"的学术范式意义》,载《学海》2006 年第 4 期。

84. 《论王瑶〈中国新文学史稿〉的学术品格》,《天津社会科学》2006 年第 6 期。人大复印资料《中国现代、当代文学研究》2007 年第 3 期复印。

85. 《论都市"病相"对沈从文"湘西世界"的建构意义》,载《文学评论》2007 年第 2 期。

86. 《鲁迅与文学翻译及其研究现状与前景》,载《广东社会科学》2007 年第 2 期。

87. 《论鲁迅的"二重性"及其文学表现》,载《文艺争鸣》2007 年第 5 期。

88. 《近 80 年鲁迅文学翻译研究检讨》,载《社会科学研究》2007 年第 3 期。《新华文摘》2007 年第 15 期"论点摘编"。

89. 《论王瑶〈中国新文学史稿〉的"超越"性》,载《中国文学研究》2007 年第 3 期。

90. 《论语言的工具性和思想本体性及其关系》，载《社会科学辑刊》2007年第4期。

91. 《本体与方法：后现代主义与中国现代文学研究》，载《西北师大学报》2007年第4期。

92. 《意义与局限：现代性与中国现代文学研究》，载《南京大学学报》2008年第1期。《中国社会科学文摘》2008年第7期"论点摘录"。

93. 《论中国古代文学欣赏的非"懂"性》，载《河北学刊》2008年第1期。

94. 《重建中国现代诗学话语体系》，载《西南大学学报》2008年第1期。

95. 《〈雷雨〉的伦理学解读》，载《中国现代文学论丛》2008年第1期。

96. 《放宽评价尺度，扩大研究范围》，载《文艺争鸣》2008年第3期。

97. 《"现代性"研究的语言学范式：话语论》，载《学术月刊》2008年第5期。《高等学校文科学术文摘》2008年第4期"摘要"。

98. 《重审中国现代翻译文学的性质和地位》，载《中国现代文学研究丛刊》2008年第3期。

99. 《"新现代性"："新世纪文学"的理论探究》，载《文艺争鸣》2008年第6期。

100. 《"可爱"：一种新的审美时尚》，载《天府新论》2008年第4期。

101. 《论余华小说的"现实性"与"先锋性"及"转型"问题》，载《文艺争鸣》2008年第8期。

102. 《本土经验与外国文学接受》，载《外国文学研究》(A&HCI)2008年第4期。

103. 《我们需要怎样的学术论争——评〈袁良骏学术论争集〉》，载《文艺研究》2008年第9期。

104. 《论"启蒙"作为"主义"与现代文学的缺失》，载《人文杂志》2008年第5期。《新华文摘》2009年第3期"论点摘编"。《中国现代、当代文学研究》2009年第2期复印。

105. 《古诗词"今译"作为"翻译"的质疑》，载《社会科学研究》2009年第1期。

106. 《放宽文学视野评价金庸小说》，载《西南大学学报》2009年第1期。《高等学校文科学术文摘》2009年第2期"学术卡片"。《今古传奇武侠杂志》2009年6月下半月版转载(有删节)。

107. 《本土经验与外国文学研究》，载《解放军外国语学院学报》2009年第2期。

108. 《当代文学及其"时间段"划分》，载《学术月刊》2009年第4期。《高等学校文科学术文摘》2009年第3期全文转载。

109. 《读古书与现代知识分子》，载《学术界》2009年第3期。

110. 《"启蒙"与"救亡"》，载《山东社会科学》2009年第6期。

111. 《中西文化交流与现代汉语体系的形成》，载《学术研究》2009年第9期。

112. 《论翻译文学的"二重性"》，载《天津社会科学》2009年第5期。

113. 《林语堂的文化品格研究——读王兆胜〈林语堂与中国文化〉》，载《社会科学辑刊》2009年第5期。

114. 《重审中国近现代"启蒙"话语》，载《云南社会科学》2009年第6期。

115. 《论"修改"对金庸武侠小说的经典化意义》，载《东岳论丛》2009年第11期。

116. 《〈城堡〉："反懂"的文本与"反懂"的欣赏》，载《外国文学研究》(A&HCI)2010年第1期。

117. 《论〈城堡〉时间的后现代性》，载《国外文学》2010年第1期。

118. 《中国离诺贝尔文学奖究竟有多远?》，载《文艺争鸣》2010年第6期。

119. 《中国现代文学史书写思想方式批判》，载《华中师范大学学报》2010年第4期。《中国社会科学文摘》2010年第11期转载。《高校文科学术文摘》2010年第6期转载。

120. 《"五四"新文学与古典传统及其评价》，载《文学评论》2010年第5期。

121. 《论中国文论"失语症"现状及"重建"的可能性》，载《华南师范大学学报》2010 年第 5 期。
122. 《中国古代学术话语的历史变迁及其品格》，载《湘潭大学学报》2010 年第 6 期。

钱淑英

1. 《理解魔幻：儿童文学语境中的描述》，载《江西社会科学》2009 年第 3 期。
2. 《中西"灰姑娘故事型"的叙事比较——以段成式与贝洛为例》，载《上海师范大学学报》(哲学社会科学版)2006 年第 5 期。
3. 《中国当代儿童小说的"死亡母题"》，载《中国儿童文学》2006 年第 2 期。
4. 《短篇的魅力》，载《中国儿童文学》2007 年第 2 期。
5. 《互文性透视下的儿童文学后现代景观——以改编自〈三只小猪〉的图画书为考察对象》，载《浙江师范大学学报》(社会科学版)2006 年第 4 期。
6. 《困境与出路：寻找中国儿童艺术的发展可能》，载《浙江师范大学学报》(社会科学版)2008 年第 6 期。
7. 《载着重负飞翔，为了轻盈的梦想——〈彼得·潘〉细读》，载《中国儿童文化》第二辑。
8. 《论魔幻叙事的源头及其在儿童文学中的变迁》，载《中国儿童文化》第四辑。
9. 《中日儿童文学的碰撞与发展可能》，载《中国儿童文化》第五辑。
10. 《童话成人形象的历史演变及其现代走向》，载《昆明师范高等专科学校学报》2007 年第 1 期。
11. 《有关童话与哲学的片断链接》，载《昆明学院学报》2009 年第 4 期。
12. 《儿童文学理论的激情言说》，载《出版人·图书馆与阅读》2008 年第 7 期。

常 立

1. 《三色童年——建国以来中国动画的童年话语与意识形态》，载《中国儿童文化》2008 年第 4 辑。
2. 《论〈白话文学史〉的文学性》，载《浙江师范大学学报》2008 年第 1 期；人大复印报刊资料《中国现代、当代文学研究》2008 年第 5 期全文转载。
3. 《从话语理论角度重新评价抗日战争时期的文学论争》，载《兰州大学学报》2007 年第 2 期。
4. 《百年来文学上的麦比乌斯圈现象》，载《复旦学报》2000 年第 4 期。
5. 《百度贴吧的传播模式解读》，载《新闻界》2007 年第 5 期。
6. 《论中国儿童文学写作客体的禁忌问题》，载《在地球的这一边——第十届亚洲儿童文学大会论文集》2010 年 8 月。

曹禧修

1. 《时间、修辞策略与鲁迅"铁屋子"难题破解》，载《文学评论》2008 年第 5 期。
2. 《"诊者"与"治者"的角色分离——论鲁迅现代知识分子角色的再定位》，载《文学评论》2006

年第 3 期。《新华文摘》2006 年第 14 期摘要。

3. 《人性·体制·文本性思想——"铁屋子"结构解析》，载《中国现代文学研究丛刊》，2006 年第 5 期。

4. 《话语与结构：言说的双主体——论〈狂人日记〉的内结构及其叙事策略》，载《中国现代文学研究丛刊》2004 年第 3 期。

5. 《论〈伤逝〉的结构层次及其叙事策略》，载《学术月刊》2005 年第 1 期。

6. 《论鲁迅传统文化批判基点》，载《天津社会科学》2010 年第 4 期。

7. 《鲁迅叙事传统的新世纪承传》，载《小说评论》2010 年第 2 期。

8. 《读者：鲁迅诗学关键词》，载《暨南学报》2006 年第 4 期。

9. 《论〈狂人日记〉修辞策略》，载《西南民族大学学报》2006 年第 4 期。《鲁迅研究月刊》2006 年第 6 期全文转载。

10. 《〈示众〉：独异的杰作》，载《北方论丛》2005 年第 6 期。人大复印资料《中国现当代文学研究》2006 年 2 期全文复印。

11. 《修辞学：鲁迅诗学研究新亮点》，载《文艺报》2004 年 12 月 7 日。

12. 《鲁迅名片、绍兴模式与浙江文化强省战略》，载《人民日报·海外版》2009 年 12 月 1 日。

13. 《中国现代文学形式批评的困境及其对策》，载《社会科学辑刊》2004 年第 4 期。

14. 《叙述学：从形式分析进入意义》，载《文艺评论》2000 年第 4 期。（第一作者）

15. 《小说修辞学框架中的隐含作者和隐含读者》，载《当代文坛》2003 年第 4 期。

16. 《修辞学：文学批评新思维》，载《东疆学刊》2002 年第 2 期。

17. 《体验式细读法及其他》，载《当代文坛》2001 年第 4 期（第一作者）。

18. 《如何综合?》，载《文艺评论》2000 年第 3 期。（合作）

19. 《意义："水晶鞋"与"灰姑娘"》，载《文艺评论》2000 年第 5 期（合作）。

20. 《综合与超越：女性文学研究方法论的探讨》（上），载《文艺评论》2001 年第 2 期（合作）。

21. 《综合与超越：女性文学研究方法论的探讨》（下），载《文艺评论》2001 年第 3 期（合作）。

22. 《性别视角与中国女性文化研究》，载《中国女性文化》2001 年第 2 期（合作）。

潘正文

1. 《新文学的诸种现代性——"五四"社团文学主流形态之差异》，载《文学评论》2007 年第 4 期。

2. 《沈雁冰提倡新浪漫主义新考》，载《文学评论》2009 年第 6 期。

3. 《中国近现代启蒙思潮与世界文学观念的发展》，载《文艺研究》2007 年第 9 期，(《新华文摘》2007 年第 22 期全文转载)。

4. 《"世界主义"思潮与中国现代文学的发生》，载《文艺报》2006 年 11 月 30 日。

5. 《"五四"启蒙文学的"人类主义"立场及其当代意义》，载《文艺争鸣》2006 年第 5 期。

6. 《20 世纪 90 年代文化生态与散文的艺术发展》，载《当代文坛》2005 年第 6 期。

7. 《人的抽象存在与虚无——20 世纪 80 年代中国先锋小说的人性观》，载《江苏社会科学》2005 年第 4 期。

8. 《"后现代"困境中的中国当代文学》,载《江淮论坛》2004 年第 5 期。

9. 《女性主义误读与 90 年代女性文学天平的倾斜》,载《晋阳学刊》2004 年第 5 期。

10. 《"后现代"误读与当代文学的困境》,载《福建论坛》(人文社会科学版) 2004 年第 4 期 。

11. 《"道德形而上主义"之争与文学的两难选择》,载《河北学刊》2004 年第 1 期。

12. 《"改造联合"与文学研究会的文学倾向》,载《现代文学研究丛刊》2007 年第 3 期。

13. 《现代社团文学格局的"张力场"与文风互动》,载《天津社会科学》2007 年第 6 期。

14. 《创造社先锋姿态的困境与转型》,载《学术月刊》2005 年第 12 期。

15. 《文学研究会的社团运作与整体文学倾向》,载《云南社会科学》2005 年第 5 期。

16. 《重释文学研究会与创造社之间的论争——长期遭受误解的一桩现代文学史公案》,载《江海学刊》2005 年第 4 期。

17. 《中国的"世界文学"观念之发生、发展、成熟》,载《文艺理论研究》2006 年第 5 期。

18. 《中国"世界文学"观念的"逆向"发展与"顺向"发展》,载《外国文学研究》2006 年第 6 期。

19. 《"东学西渐"与中国世界文学观念的发生——以陈季同为个案》,载《浙江师范大学学报》(人文社科版)2007 年第 1 期。《人大复印资料·外国文学研究》2007 年第 6 期全文转载。

图书在版编目(CIP)数据

中国现当代文学研究论集/浙江师范大学人文学院编;
高玉主编. —上海:上海古籍出版社,2011.6
(浙江师范大学中国语言文学论丛)
ISBN 978 – 7 – 5325 – 5879 – 7

Ⅰ.①中… Ⅱ.①浙…②高… Ⅲ.①中国文学:现
代文学—文学研究②中国文学:当代文学—文学研究
Ⅳ.①I206

中国版本图书馆 CIP 数据核字(2011)第 071226 号

浙江师范大学中国语言文学论丛

中国现当代文学研究论集

浙江师范大学人文学院　编
高　玉　主编
上海世纪出版股份有限公司
上 海 古 籍 出 版 社　出版
(上海瑞金二路 272 号　邮政编码 200020)

(1) 网址:www.guji.com.cn
(2) E – mail:gujil@ guji.com.cn
(3) 易文网网址:www.ewen.cc

上海世纪出版股份有限公司发行中心发行经销　上海展强印刷有限公司印刷
开本 787×1092　1/16　印张 23.25　插页 4　字数 495,000
2011 年 6 月第 1 版　2011 年 6 月第 1 次印刷
印数:1—1,000
ISBN 978 – 7 – 5325 – 5879 – 7
Ⅰ·2321　定价:82.00 元
如发生质量问题,读者可向工厂调换